R   O   M   A   N   C   E

LESLEY PEARSE

SONHOS PROIBIDOS

TRADUZIDO DO INGLÊS POR

MÁRIO DIAS CORREIA

ASA

Título: **SONHOS PROIBIDOS**
Título original: **BELLE**
© 2011, Lesley Pearse
© 2012, Edições ASA II, S.A.

Edição: Carmen Serrano
Tradução: Mário Dias Correia

Capa: Maria Manuel Lacerda
Imagem da capa: Yolande de Kort/Trevillion Images
Fotografia da autora: Charlotte Murphy
Paginação: GSamagaio
Impressão e acabamentos: Multitipo

1.ª edição: novembro de 2012
8.ª edição: junho de 2024 (reimpressão)
ISBN 978-989-23-2149-3
Depósito legal n.º 411055/16

Edições ASA II, S.A.
Uma editora do Grupo Leya
Rua Cidade de Córdova, n.º 2
2610-038 Alfragide – Portugal
www.leya.com

*Para Harley MacDonald, o meu novo
e maravilhoso neto, nascido a 5 de março de 2010.
E para a Jo e o Otis por terem feito de mim
uma avó orgulhosa e feliz outra vez.*

AGRADECIMENTOS

Evelyne Noailles, pela sua inestimável ajuda e pesquisa em tudo o que é francês. Deus a abençoe, fez muito mais do que era seu dever.

Jane Norton, a minha querida e sábia amiga que me pôs em contacto com a Evelyne. Hei de tentar calcular o valor da ajuda, um dia.

Jo Prosser, por ter estado disposta a ouvir incontáveis repetições da intriga e ter dado provas de uma notável coragem enquanto deambulávamos por Paris a fazer pesquisa. Que teria eu feito sem ti?

Al Rose, pelo seu maravilhoso livro *Storyville, New Orleans*, que tanto me ajudou a escrever a respeito do famoso bairro da lanterna vermelha. Uma obra fantástica que trouxe à luz um lugar e uma época fascinantemente perversos.

Finalmente, mas de modo algum menos importante, a minha querida editora na Penguin Books, Mari Evans. Sem o teu encorajamento, apoio e amizade, talvez tivesse sucumbido ao escrever este livro. Houve momentos em que me pareceu tão comprido e difícil como a gestação de um elefante, mas tu mantiveste-me concentrada com o teu entusiasmo e o teu conselho.

CAPÍTULO 1

Londres, 1910

— Deves ser puta. Vives num bordel!

Belle, quinze anos, recuou um passo e olhou, consternada, para o rapaz ruivo e sardento. Correra atrás dela rua abaixo para lhe entregar a fita que lhe caíra do cabelo, o que era por si só uma coisa invulgar nas buliçosas ruas de Seven Dials, onde praticamente toda a gente metia ao bolso tudo o que não estivesse pregado ao chão. Mas então ele apresentara-se: chamava-se Jimmy Reilly, chegara recentemente a Londres e era sobrinho de Garth Franklin, proprietário do Ram's Head. Tinham conversado um pouco e Jimmy perguntara-lhe se podiam ser amigos. Belle ficara entusiasmada; achava-o simpático e calculava que devia ser mais ou menos da sua idade. E então ele estragara tudo perguntando-lhe se não se importava de ser uma puta.

— Se vivesse num palácio não seria necessariamente uma rainha — retorquiu, irritada. — É verdade que vivo no Annie's Place, mas não sou uma puta. A Annie é minha mãe!

Jimmy ergueu para ela os olhos castanhos cheios de contrição.

— Peço desculpa por ter percebido mal. O meu tio disse-me que o Annie's é um bordel, de modo que quando te vi sair de lá… — Calou-se, atrapalhado. — Palavra que não queria ofender-te.

9

Belle ficou ainda mais confusa. Que se lembrasse, nunca conhecera ninguém que quisesse saber se a ofendia ou não. A mãe com certeza não queria, e as raparigas da casa também não.

– Não faz mal – respondeu, pouco segura de si mesma. – Não podias saber, não vives cá há tempo suficiente. O teu tio trata-te bem?

Jimmy encolheu os ombros.

– É um bruto – declarou Belle, presumindo que Jimmy já tivera oportunidade de travar conhecimento com os punhos do tio, pois era do conhecimento geral que Garth Franklin fervia em pouca água. – Tens mesmo de viver com ele?

– A minha mãe estava sempre a dizer que o procurasse se lhe acontecesse alguma coisa. Morreu o mês passado e o tio pagou o funeral e disse-me para vir para cá aprender o ofício.

Belle deduziu, pelo tom sombrio, que se sentia obrigado a ficar.

– Lamento que tenhas perdido a tua mãe – disse. – Quantos anos tens?

– Quase dezassete. O meu tio diz que tenho de praticar boxe para ganhar músculo – respondeu Jimmy, com um sorriso travesso. – A minha mãe costumava dizer que era melhor um homem ter miolos do que ter músculos, mas talvez eu possa ter as duas coisas.

– Não partas do princípio de que todas as raparigas são putas, ou não viverás o suficiente para ganhar músculo – disse Belle, a provocá-lo. Gostava dele; tinha um sorriso encantador e uma delicadeza que o tornava diferente de todos os outros rapazes do bairro.

Seven Dials não ficava muito longe das lojas elegantes de Oxford Street, dos teatros de Shaftesbury Avenue ou até da grandiosidade de Trafalgar Square, mas era como se pertencesse a outro mundo. Uma boa parte dos seus prédios de apartamentos e casebres desordenados tinha sido demolida nos últimos vinte anos, mas com o mercado de frutas e legumes de Covent Garden ainda a ocupar-lhe o centro, e tantas ruas estreitas, pátios e vielas em redor, os novos edifícios depressa se tinham tornado tão degradados como os antigos. Os residentes eram, no geral, o refúgio da sociedade – ladrões, prostitutas, mendigos, vadios e patifes –, a viver lado a lado com gente pobre que desempenhava as tarefas mais humildes – varredores de rua, cantoneiros e operários. Numa cinzenta e fria manhã de janeiro, com tanta gente a tentar proteger-se do frio com pouco mais do que farrapos, era uma visão deprimente.

– Da próxima vez que salvar a fita de uma rapariga bonita, vou ter muito cuidado com o que lhe digo – prometeu Jimmy. – O teu cabelo é encantador, nunca tinha visto uns caracóis tão pretos e brilhantes, e também tens uns olhos muito bonitos.

Belle sorriu. Sabia que os cabelos compridos e encaracolados eram, em matéria de beleza, o seu grande trunfo. A maior parte das pessoas estava convencida de que ela os frisava todas as noites e lhes punha óleo para os tornar brilhantes, mas eram assim naturalmente; tudo o que fazia era escová-los. Os olhos azuis vinham de Annie, mas tinha de presumir que era ao pai que devia os cabelos, pois os da mãe eram castanho-claros.

– Obrigada, Jimmy – disse. – Continua a elogiar as raparigas dessa maneira e vais ter muito êxito por estas bandas.

– Em Islington, de onde vim, nenhuma rapariga falaria com alguém como eu.

Belle quase nunca saíra de Seven Dials, mas sabia que Islington era onde viviam as pessoas respeitáveis, da classe média. Presumiu, pelo último comentário dele, e pelo facto de ter sido o tio a pagar o funeral, que a mãe trabalhara lá no serviço doméstico.

– A tua mãe era cozinheira ou governanta? – perguntou.

– Não, era modista, e até ganhava bastante bem. Até adoecer.

– E o teu pai?

Jimmy encolheu os ombros.

– Pôs-se a andar mais ou menos pela altura em que eu nasci. A minha mãe dizia que era um artista. O tio Garth diz que era um cretino e um estupor. Seja como for, não o conheci, nem quero conhecer. A minha mãe costumava dizer que graças a Deus era uma boa modista.

– Ou podia ter tido de vir trabalhar para o Annie's Place? – disse Belle, maliciosamente.

Jimmy riu.

– És esperta. Gosto disso – respondeu. – Então, podemos ser amigos?

Belle limitou-se a olhar para ele durante um minuto. Era talvez cinco centímetros mais alto do que ela, com feições regulares, e falava bem. Não exatamente de uma maneira elegante, como um cavalheiro, mas também não usava a linguagem rude e salpicada de calão londrino que a maior parte dos rapazes de Seven Dials adotava. Calculou que tinha sido chegado à mãe, e por isso protegido do género de excessos de bebida, violência e vício que por ali grassavam. Gostava dele, e também ela precisava de um amigo.

– Gostaria muito – disse, e estendeu o dedo mindinho como Millie, no Annie's Place, costumava fazer quando oferecia amizade. – Tens de esticar também o dedo mindinho – explicou com um sorriso, e quando o dedo dele se enganchou no dela, sacudiu a mão. – Fazer amigos, fazer amigos, nunca, nunca quebrar uma amizade – cantou.

Jimmy respondeu com um sorriso ternurento e Belle ficou a saber que tinha gostado do que ela dissera.

– Vamos a um sítio qualquer? – sugeriu ele. – Gostas de St. James's Park?

– Nunca lá fui – respondeu ela. – Mas agora tenho de voltar para casa.

Pouco passava das nove da manhã, e Belle tinha feito o que tantas vezes fazia: escapulir-se para apanhar um pouco de ar fresco enquanto ainda estava toda a gente a dormir.

Talvez ele tivesse adivinhado que ela não estava desejosa de voltar para casa e que a ideia de um passeio a tentava, pois pegou-lhe na mão, enfiou-a debaixo do braço e começou a andar.

– É muito cedo, ninguém dará pela tua falta – disse. – O parque tem um lago, e patos, e vai ser bom apanhar um pouco de ar. Não fica longe.

Belle sentiu formar-se-lhe no peito uma pequena vaga de excitação. Tudo o que a esperava em casa era despejar baldes de água suja e acarretar carvão para as lareiras. Não precisou de mais persuasão para ir com Jimmy, mas lamentou não ter posto a sua melhor capa azul-escura com o capuz debruado a pele. Sentia-se deselegante com a velha capa cinzenta.

Enquanto percorriam o dédalo de vielas até Charing Cross Road, e daí em direção a Trafalgar Square, Jimmy continuou a falar-lhe da mãe, e fê-la rir com histórias a respeito das senhoras ricas para quem ela costumava fazer vestidos.

– Mrs. Colefax era a que conseguia mesmo fazê-la perder a paciência. Era enorme, com ancas como as de um hipopótamo, mas acusava a minha mãe de lhe cobrar tecido a mais e com o que sobrava fazer qualquer coisa para si mesma. Um dia, a minha mãe não aguentou mais e disse-lhe: «Mrs. Colefax, tenho de recorrer a todo o meu engenho para lhe fazer um vestido com seis metros de crepe. O que sobra não daria para fazer um colete para um gafanhoto.»

Belle riu, a imaginar a mulher gorda de corpete e saiote a fazer a prova de um vestido.

– E o que foi que ela disse a isso?

– «Nunca fui tão insultada.» – Jimmy imitou Mrs. Colefax falando numa voz aguda e ofegante. – «Fazia bem em lembrar-se de quem eu sou.»

Detiveram-se para ver as fontes de Trafalgar Square, e em seguida atravessaram rapidamente a rua em direção ao Mall.

– Não achas o palácio magnífico? – perguntou Jimmy, quando passaram por baixo do Admiralty Arch e o Palácio de Buckingham lhes surgiu em todo o seu pálido esplendor no extremo mais distante do Mall. – Adoro escapar-me do Ram's Head e ir ver sítios bonitos. Faz-me acreditar que valho mais qualquer coisa do que ser o moço de recados do meu tio.

Até àquele momento, nunca passara pela cabeça de Belle que os sítios bonitos pudessem inspirar alguém, mas quando entraram em St. James's Park e viu como a geada transformava ramos nus, arbustos e relva num espetáculo refulgente, compreendeu o que Jimmy queria dizer. A débil luz do sol rompia por entre as espessas nuvens e os cisnes, gansos e patos do lago deslizavam sem esforço pela água. Era um mundo diferente do de Seven Dials.

– Quero ser modista de chapéus – confessou. – Passo todos os meus tempos livres a desenhar chapéus. O meu sonho é ter uma pequena loja no Strand, mas nunca tinha falado disto a ninguém.

Jimmy pegou-lhe nas duas mãos e puxou-a para si. O hálito dele era como fumo no ar gelado, quente na cara fria dela.

– A minha mãe costumava dizer que quando queremos muito uma coisa, podemos sempre consegui-la – disse. – Tudo o que tens de fazer é descobrir a maneira de lá chegar.

Belle olhou para o rosto sardento e sorridente que tinha à sua frente e perguntou-se se ele quereria beijá-la. Não tinha experiência daquelas coisas; criada no meio de mulheres, os rapazes eram um mistério para ela. Mas tinha uma sensação estranhíssima dentro do peito, como se estivesse a derreter-se, o que era ridículo com aquele frio.

– Vamos só dar uma volta pelo parque, e depois tenho mesmo de voltar para casa. A Mog já deve andar à minha procura – disse apressadamente, porque aquela estranha sensação estava a pô-la nervosa.

Começaram a atravessar com passos rápidos a ponte por cima do lago.

– Quem é a Mog? – perguntou ele.

– Acho que lhe chamarias a criada, ou a governanta, mas para mim é mais do que isso – respondeu Beth. – É como se fosse mãe, tia e irmã mais velha numa só pessoa. Sempre foi ela que cuidou de mim.

Enquanto caminhavam em passo acelerado pelo parque, Jimmy falou de como seria agradável no verão, de livros que tinha lido e da escola que frequentara em Islington. Não lhe perguntou nada sobre a casa dela; Belle calculou que por medo de dizer qualquer coisa errada.

Pouco depois, demasiado depressa, pareceu a Belle, estavam de regresso a Seven Dials, e Jimmy disse que a sua primeira tarefa quando chegasse seria acordar o tio com uma chávena de chá, e depois esfregar o chão da adega.

– Podemos voltar a ver-nos? – perguntou com um ar ansioso, como se estivesse à espera de uma recusa.

– Consigo sair quase todas as manhãs a esta hora – respondeu Belle. – E geralmente por volta das quatro da tarde também.

– Estarei à tua espera, então – disse ele, com um sorriso. – Gostei muito do nosso passeio. Ainda bem que a tua fita caiu.

CAPÍTULO 2

B elle sentiu-se um pouco vazia enquanto via Jimmy afastar-se por Monmouth Street. Durante aquela hora, fora livre e feliz, mas sabia que mal entrasse em casa seria para voltar a uma série de tarefas, incluindo despejar bacios e limpar e acender lareiras.

Tinham mais em comum do que Jimmy pensava. Ele aturava um tio com mau feitio, ela uma mãe com mau feitio. Estavam ambos rodeados de pessoas, mas Jimmy sentia-se claramente tão só como ela, sem amigos da sua idade com quem conversar.

O sol, que fizera uma aparição fugaz enquanto estavam no parque, voltara a esconder-se atrás de nuvens escuras, e o homem que vendia fósforos na esquina gritara-lhes, quando tinham passado, que ia nevar. Por muito relutante que Belle estivesse em entrar, fazia demasiado frio para continuar na rua.

Sabia muito pouco do mundo para lá de Seven Dials. Nascera na mesma casa onde ainda vivia. A história era que a mãe dera à luz sozinha, num dos quartos do primeiro piso, enfiara a bebé numa gaveta embrulhada numa velha manta e voltara a descer ao salão com as outras raparigas como se nada tivesse acontecido.

Aprendera ainda muito pequena que tinha de ser praticamente invisível. O seu lugar, a partir do momento em que ficara demasiado grande para dormir na gaveta, era na cave da casa, e nunca podia subir aquelas escadas depois das cinco da tarde ou perguntar à mãe o que se passava lá em cima.

Frequentara uma pequena escola em Soho Square, entre os seis e os dez anos. Fora lá que aprendera a ler e a escrever e a fazer somas, mas isso acabara repentinamente depois de uma desavença qualquer entre a mãe e a professora. Tivera então de ir para uma escola muito maior, que detestara, e ficara bastante aliviada quando a tinham deixado sair, com catorze anos. Mas, desde então, os dias tinham começado a parecer-lhe intermináveis e aborrecidos. No entanto, quando um dia expressara estes pensamentos em voz alta, a mãe caíra-lhe em cima e perguntara-lhe se preferia ser criada de copa ou vender flores nas ruas como tantas raparigas da idade dela eram obrigadas a fazer. Nenhum dos dois trabalhos lhe parecera apetecível: a rapariga que vendia flores um pouco mais abaixo na rua era tão magra e esfarrapada que parecia que um golpe de vento seria o suficiente para a levar.

Annie também não gostava que ela andasse, como dizia, «a vadiar pelas ruas». Belle não sabia muito bem se por recear que se metesse em sarilhos ou por não querer que ouvisse rumores a seu respeito.

Num dos seus raros momentos de nostalgia e comunicação, Annie contara-lhe que fora a favorita da «Condessa», que dirigia a casa na época em que ela nascera. Não fora o afeto daquela mulher, e ter-se-ia visto posta na rua e reduzida ao asilo e ao trabalho forçado. Explicara também que a Condessa ganhara a alcunha por ter uns modos altivos e por ter sido, nos tempos da sua juventude, uma verdadeira beldade, com admiradores de elevado estatuto. Fora um desses admiradores, que se dizia ser membro da família real, que a instalara na casa de Jake's Court.

Quando Belle era ainda muito pequena, a Condessa adoecera e Annie cuidara dela durante mais de um ano. Para a recompensar, a mulher fizera um testamento em que lhe deixava tudo.

Desde essa altura que Annie geria a casa. Contratava e despedia, fazia as vezes de anfitriã e tratava do dinheiro. Dizia-se em Seven Dials que era uma boa gestora, apesar de ser dura como pedras.

Belle ouvira a palavra «bordel» ao longo de toda a infância mas não sabia exatamente o que significava, apenas que era uma coisa de que não se falava na escola. O Annie's Place era também conhecido como uma «casa de meninas». Anos antes, Belle perguntara à mãe o que queria aquilo dizer e fora-lhe dito que era um lugar para entretenimento de cavalheiros. O modo como Annie respondera bastara para lhe dizer que não perguntasse mais.

Em Seven Dials, qualquer mulher ou rapariga que se vestisse de uma maneira vulgar, tivesse modos um pouco mais frívolos ou atrevidos e gostasse de beber e dançar podia ter quase a certeza de ser considerada uma puta. Era um termo pejorativo, claro, mas tantas vezes usado que acabara por ganhar um toque quase afetuoso, da mesma maneira que as pessoas chamam a alguém «uma sirigaita» ou «uma bruxa». Por tudo isto, até poucos meses antes Belle acreditara que o negócio da mãe era apenas uma festa que se repetia todas as noites e onde os cavalheiros podiam conhecer jovens desempoeiradas e divertidas para tomar uma bebida e dançar.

Recentemente, porém, através de canções indecorosas, piadas e conversas ouvidas, chegara à compreensão de que os homens tinham uma determinada espécie de necessidade e que era para satisfazer essa necessidade que frequentavam lugares como o Annie's.

Os pormenores do que isso implicava, ainda não os descobrira. Não podia interrogar Annie nem Mog a respeito do assunto, e as raparigas tinham demasiado medo de incorrer na ira da patroa para divulgar quaisquer segredos a Belle.

À noite, deitada na sua cama na cave, chegavam-lhe aos ouvidos ecos da alegria que reinava lá em cima: o piano a tocar, o tilintar de copos, gargalhadas masculinas, pés a bater no chão e a dançar, e até canções. Parecia tão divertido. Por vezes, desejava muito ousar subir a escada pé ante pé e espreitar por uma fresta da porta.

No entanto, por mais que desejasse saber toda a verdade a respeito do negócio da mãe, alguma coisa lhe dizia que havia também um lado escuro. Por vezes ouvira choros, súplicas e até gritos, e tinha plena consciência de que as raparigas nem sempre eram felizes. Havia muitos dias em que desciam para o jantar com os olhos avermelhados e comiam num silêncio pesado e sombrio. Ocasionalmente, uma delas tinha um olho negro ou marcas nos braços. Mesmo nos seus melhores dias, estavam sempre pálidas e abatidas. E também não eram simpáticas para com ela. Mog dizia que era por a julgarem uma espia por conta de Annie, e por inveja. Inveja de quê, perguntava-se Belle – ao fim e ao cabo, não tinha mais do que elas –, mas a verdade era que nunca a incluíam nas suas conversas, e calavam-se sempre que a viam aparecer.

Só Millie, a mais velha, era diferente. Sorria-lhe e gostava de conversar. Mas Millie não regulava muito bem da cabeça; esvoaçava de assunto em assunto como uma borboleta, incapaz de manter uma conversa com princípio, meio e fim fosse com quem fosse.

Mog era, na realidade, a sua única amiga, e de longe mais uma mãe para ela do que Annie. O seu verdadeiro nome era Mowenna Davis e tinha nascido nos vales de Gales. Quando era pequena, Belle não conseguia dizer Mowenna, e chamava-lhe Mog, e o nome pegara. Mog dissera-lhe certa vez que se alguém agora a tratasse por Mowenna não reconheceria o nome como seu.

Magra, de aspeto vulgar, perto dos quarenta, com cabelos castanhos baços e olhos azul-claros, Mog trabalhava na casa, como criada, desde os doze anos. Talvez fosse a sua vulgaridade que a mantinha a limpar cháos e a acender lareiras envergando um vestido preto e avental e touca brancos em vez dos vistosos cetins e dos cabelos enfeitados com fitas das raparigas lá de cima. Mas só ela era constante naquela casa. Não fazia cenas, não discutia, não se zangava. Tratava das suas tarefas domésticas com serena felicidade, inabalável na sua devoção a Annie e no seu amor por Belle.

A porta da frente do Annie's Place dava para Monmouth Street, ou pelo menos ficava recolhida num pequeno beco que desembocava na rua, mas eram só os cavalheiros de visita que entravam por aquele lado, subindo os quatro degraus do pórtico e passando pelo vestíbulo até ao salão. A passagem usada por todas as residentes ficava ao virar da esquina, em Jake's Court. As pessoas atravessavam o pequeno pátio, desciam seis degraus até à porta das traseiras e entravam numa meia-cave.

Mog estava a cortar carne na mesa da cozinha quando Belle entrou passando pela copa. A cozinha era uma grande divisão de teto baixo e chão lajeado, dominada pela enorme mesa que lhe ocupava o centro. Um aparador encostado a uma das paredes continha toda a louça, e na parede oposta havia o fogão, e tachos, panelas e frigideiras suspensos de ganchos. Era quente, por causa do fogão, mas um pouco escura, por ser na cave. Nos meses de inverno, a iluminação a gás estava acesa todo o dia. Havia várias outras divisões naquele piso: uma lavandaria, os quartos de Belle e de Mog, arrecadações e um depósito de carvão.

– Vem aquecer-te ao pé do fogão – disse Mog quando a viu. – Não imagino o que é que encontras para fazer lá fora na rua! Por mim, não consigo suportar o barulho, e os empurrões.

Mog raramente ia mais longe do que as redondezas imediatas porque tinha pavor das multidões. Dizia que quando fora ver o cortejo fúnebre no funeral da rainha Vitória, nove anos antes, fora tão apertada pelas pessoas que tivera palpitações e pensara que ia morrer.

– Aqui também há muito barulho, mas não parece incomodar-te – observou Belle, enquanto se despojava da capa e do lenço. Ouviu, lá em cima, a voz de Sally, a última rapariga a juntar-se ao grupo, a gritar por causa de qualquer coisa.

– Aquela não vai durar muito – disse Mog, sabiamente. – Tem demasiado sangue na guelra!

Era raro Mog fazer qualquer comentário a respeito das raparigas, e Belle pensou que, se tinha chegado até ali, talvez fosse possível convencê-la a ir um pouco mais longe.

– Que queres dizer com isso? – perguntou, esfregando as mãos junto ao fogão.

– Acha que devia ser a número um – respondeu Mog. – Sempre a discutir, sempre a pôr-se em bicos de pés. As outras raparigas não gostam disso, nem da maneira como ela lisonjeia os cavalheiros.

– De que maneira? – perguntou Belle, a esperar não ter sido demasiado óbvia.

Mog, porém, endireitou as costas, tendo-se subitamente apercebido de que estava a falar de coisas de que a sua pupila não devia saber.

– Chega, temos trabalhos para fazer, Belle. Mal ponha este guisado ao lume, quero dar uma boa arrumadela ao salão. Ajudas-me, não ajudas?

Belle sabia que na verdade não tinha escolha, mas gostava da maneira como Mog transmitia sempre as suas ordens como se fossem pedidos.

– Claro, Mog. Temos tempo para uma chávena de chá? – respondeu. – Encontrei o sobrinho do Garth Franklin. É um rapaz muito simpático!

Enquanto bebiam o chá, relatou a Mog o seu encontro com Jimmy, e o passeio que tinham dado pelo parque. Contava sempre tudo a Mog, porque estava muito mais próxima dela do que de Annie. Aos olhos da maior parte das pessoas, Mog era uma velha solteirona, mas Belle achava-a muito moderna de várias maneiras. Lia os jornais e interessava-se por política. Era apoiante de Keir Hardie, o deputado socialista, e das *suffragettes*, que faziam campanha pelo direito das mulheres ao voto. Era raro o dia em que Mog não comentasse a última reunião do movimento, ou uma marcha sobre o Parlamento, ou as histórias que corriam a respeito de serem alimentadas à força na prisão por terem entrado em greve de fome. Dizia muitas vezes que gostaria de juntar-se-lhes.

– Fico contente por teres encontrado um amigo – disse Mog, ternamente. – Mas vê lá se não o deixas tomar liberdades contigo, ou terá muito pior do que o Garth Franklin com que se preocupar! Bom, vamos lá tratar do salão.

Annie gabava-se de ter o melhor salão fora de Mayfair, e era verdade que gastara muito dinheiro em espelhos venezianos, no lustre de cristal, no tapete persa e nos belos cortinados de veludo que cobriam as janelas. Mas com os mais de vinte cavalheiros que apareciam todas as noites, as raparigas a entrar e a sair e os charutos e cachimbos que eram fumados, para não falar das bebidas entornadas, estava constantemente a precisar de ser limpo.

Belle pensava que o salão podia parecer ótimo à noite, mas durante o dia não o achava grande coisa. Os cortinados raramente eram corridos ou as janelas abertas, e o papel dourado das paredes parecia apenas amarelo-sujo quando a luz do sol entrava. Além disso, os cortinados cor de ameixa estavam cheios de pó e de teias de aranha, e fediam a fumo de tabaco. Mas mesmo assim gostava de o limpar. Havia qualquer coisa de verdadeiramente satisfatório no ato de remover dos espelhos o pó de um mês e vê-los refulgir, ou bater o tapete no pátio até as cores voltarem a ser vivas e brilhantes. E gostava de trabalhar com Mog porque ela era uma alma feliz que trabalhava duramente e sabia apreciar a ajuda dos outros.

Como sempre nas grandes limpezas, começaram por juntar os sofás e as mesas num canto, após o que enrolaram o tapete persa e, entre as duas, o levaram para baixo.

O salão ocupava a maior parte do piso térreo. Havia uma pequena área para chapéus e casacos junto à porta da frente, que Mog abria quando a campainha tocava. Atrás da escadaria que dava acesso aos outros três pisos ficava o chamado escritório, que tinha a forma de um L e era também o quarto de Annie. Num canto, por trás de uma porta, ficavam as escadas da cave. Mog comentava muitas vezes que a casa tinha a disposição ideal. Belle supunha que era por ela nunca ver quem entrava e os cavalheiros nunca verem como elas viviam.

Havia ainda uma casa de banho no piso térreo. Só tinha sido instalada há um par de anos; antes disso, toda a gente usava a latrina exterior.

Belle sentia-se muitas vezes ofendida por as raparigas nem sempre usarem a casa de banho, preferindo os bacios que tinham nos quartos. Achava que se ela podia sair da cama numa fria noite de inverno para ir à latrina exterior em vez de usar o bacio que tinha debaixo da cama, elas podiam ao menos descer dois lanços de escadas dentro de casa.

Mog, no entanto, nunca a apoiava quando ela resmungava por ter de despejar os bacios. Limitava-se a encolher os ombros e a dizer que talvez as raparigas estivessem aflitas. Belle achava aquilo absurdo; ao fim e ao cabo, se estavam a receber os cavalheiros no salão, demorava muito mais tempo subir ao quarto para urinar do que usar a casa de banho, que ficava mesmo ao lado.

Estava um frio de rachar quando estenderam o tapete nas cordas da roupa, e a respiração delas era como fumo no ar gelado. Mas quando começaram a bater o tapete com as pás de bambu, depressa voltaram a aquecer.

– Vamos deixá-lo aqui até o chão secar – disse Mog quando acabaram, e estavam as duas cobertas por uma fina camada de pó.

Foi só quando voltaram para dentro que Belle viu a mãe. Como todas as manhãs, Annie usava o seu roupão de veludo azul-escuro por cima da camisa de noite e tapava os rolos da cabeça com uma touca de renda.

Mog andava perto da idade de Annie, ambas no fim da casa dos trinta, e tinham estabelecido, ainda raparigas, aquilo a que Mog chamava uma aliança, pois tinham chegado à casa, quando ela era propriedade da Condessa, mais ou menos pela mesma altura. Belle perguntava-se muitas vezes porque seria que Mog não dizia que se tinham tornado amigas, mas a verdade era que não sendo Annie uma pessoa muito afetuosa, talvez não quisesse uma amiga.

Bem vestida, com a cara maquilhada, Annie era ainda bonita. Tinha uma cintura fina, um peito alto e firme e uma pose majestosa. Porém, de roupão, a pele dela parecia cinzenta, os lábios finos e

23

exangues, os olhos mortiços. Até o corpo escultural desaparecia sem o espartilho. A dureza com que muitas vezes falava com as raparigas sugeria que se ressentia do facto de a sua beleza estar a desaparecer enquanto a delas continuava no auge.

– Olá, mãe – disse Belle, de gatas a esfregar o chão. – Estamos a fazer uma limpeza geral, e já não era sem tempo. Estava tudo nojento.

– Deixamos o tapete lá fora até acabarmos – acrescentou Mog.

– Devias dar às raparigas algumas instruções em matéria de limpeza – disse Annie secamente, dirigindo-se a Mog. – Os quartos delas parecem ninhos de ratos. Só fazem a cama, o que é muito pouco.

– Não é bom para o negócio – respondeu Mog. – Não faz sentido manter o salão impecável e depois levar um cavalheiro para uma pocilga.

Belle ainda estava a olhar para a mãe enquanto Mog falava e viu Annie abrir muito os olhos, de choque, ao ouvir o comentário a respeito de levar um cavalheiro para uma pocilga. Também Mog viu a expressão, e empalideceu, e, ao olhar de uma para a outra, Belle percebeu que a mãe não queria que ela soubesse que os cavalheiros iam para os quartos das raparigas.

Aprendera há muito que se queria evitar problemas com a mãe o melhor que tinha a fazer era fingir que era demasiado burra para perceber grande coisa do que se dizia à sua volta.

– Posso limpar os quartos das raparigas – ofereceu-se. – Posso limpar um por dia e pedir-lhes que me ajudem.

– Deixa-a – disse Mog. – Ela gosta de estar ocupada.

Annie ficou imóvel durante alguns segundos, a olhar para Mog e para Belle, sem dizer uma palavra. Pareceu a Belle que estava a tentar descobrir uma maneira de lidar com a informação que tinha escapado.

– É boa ideia. Pode começar pelo da Millie, hoje, porque é o que está pior. Mas duvido que a Millie seja de grande ajuda. Aquela rapariga é incapaz de manter a cabeça no mesmo sítio durante muito tempo.

À uma e meia, com o salão a brilhar de limpo e a cheirar a fresco, Belle começou a limpar o quarto de Millie, no último piso da casa. Millie tinha saído para tratar de um assunto qualquer com Sally e as outras raparigas estavam no quarto de uma delas, no piso de baixo. Belle almoçara uma enorme tigela de sopa, seguida por uma fatia de tarte de melaço, e a graça de fazer limpezas estava a desaparecer rapidamente. Mas começara a nevar, de modo que não podia sair, e o quarto de Millie era o mais quente de toda a casa, uma vez que o calor das muitas lareiras subia até lá.

Millie detinha uma posição única na casa. Apesar de, com cerca de vinte e oito anos, ser muito mais velha do que qualquer das outras raparigas, continuava a ser notavelmente bonita, com longos e sedosos cabelos louros, uns grandes olhos azuis e uma boca macia e pequena, quase infantil. Ainda que um pouco lerda de entendimento, gozava da afeição geral; na realidade, era talvez devido à sua natureza infantil e ingénua que toda a gente gostava dela.

Era também a única rapariga que restava dos tempos em que a Condessa geria a casa. Belle sentia que tanto Annie como Mog lhe toleravam a preguiça em nome desse passado partilhado. Também ouvira dizer, mais de uma vez, que desfrutava de uma grande popularidade junto dos cavalheiros devido à sua maneira de ser terna.

Também Belle gostava de Millie, como toda a gente. Gostava do seu feitio alegre e amistoso, da sua bondade e generosidade. Millie costumava oferecer-lhe pequenos presentes – umas contas, uma fita para o cabelo ou alguns chocolates –, e abraçava-a com força quando ela estava triste ou magoada.

O quarto de Millie era o reflexo da sua natureza infantil. Cortara tampas de caixas de chocolates com imagens de gatinhos ou cachorros e espetara-as nas parede. Atara um guarda-sol de renda ao espaldar de uma cadeira com uma fita cor-de-rosa e por baixo dele sentara várias bonecas. Algumas eram bonecas de trapos, com vestidos em algodão de cores garridas, que tinham o ar de poder ter sido feitas por ela mesma. Mas havia também uma bastante grande, com um rosto de porcelana, cabelos louros e ondulados e um vestido de cetim cor-de-rosa.

Ao olhar em redor, Belle apercebeu-se de que Millie tinha dez vezes mais coisas do que qualquer das outras raparigas: ornamentos de porcelana, escovas de cabelo chapeadas a prata, um comboio de brincar, de madeira, um relógio de cuco que não funcionava, e muitas almofadas orladas de franjas.

Meteu mãos à obra, começando por fazer a grande cama de latão, que tapou com um guarda-pó antes de amontoar sobre ela tudo o que pôde de mobília e outros objetos.

O chão estava coberto por uma espessa camada de pó, e o único tapete era suficientemente pequeno para poder ser sacudido da janela. Depois de ter limpado a lareira e varrido e lavado o chão, acendeu um lume para o ajudar a secar mais depressa.

Uma hora mais tarde, tinha quase acabado: as prateleiras estavam limpas, os espelhos e as janelas a brilhar, as coisas de Millie cuidadosamente arrumadas.

Entretanto escurecera, e continuava a nevar intensamente. Ao olhar pela janela para Jake's Court, Belle viu que a neve transformara o lugar. Seven Dials era famoso por ter, num espaço que pouco excedia quatro quilómetros quadrados, mais bordéis, casas de jogo, tabernas e outros antros do género do que qualquer outro bairro de Londres. Com o mercado de Covent Garden a iniciar o seu dia a meio da noite, quando os jogadores e os bebedores regressavam a casa e às respetivas camas, nunca havia um momento de silêncio. Os políticos e os jornais não se cansavam de afirmar que os bairros degradados de Londres seriam em breve uma coisa do passado, e era verdade que muitas dessas áreas estavam a ser recuperadas, mas aparentemente ninguém no governo se lembrara de perguntar para onde iriam os residentes uma vez despejados. De momento, estavam a ir para ali, e a encontrar um simulacro de abrigo, juntamente com muitas centenas de outros homens, mulheres e crianças desesperados, nos muitos pátios, becos fétidos e vielas serpenteantes do bairro. Até para Belle, que nunca conhecera outra coisa, era um lugar sujo, malcheiroso e barulhento, e percebia como devia ser assustador para qualquer pessoa que ali entrasse por acaso depois de ter dobrado a esquina errada numa das ruas elegantes das proximidades.

Agora, porém, à luz amarelada do candeeiro a gás, o Court parecia encantado e belo sob um denso manto de neve. Estava também deserto, uma ocorrência muito invulgar, e Belle calculou que, naquela noite, a casa ia estar muito sossegada.

O quarto estava agora muito quente e, com as cortinas fechadas e apenas a luz da lareira e do candeeiro reduzido ao mínimo, tão acolhedor que Belle não resistiu à tentação de se deitar na cama para descansar um pouco. Esperava que Millie chegasse a qualquer momento e ficasse encantada por encontrar o quarto tão bem arranjado.

Sentiu a sonolência invadi-la e tentou levantar-se para voltar à cave, mas estava demasiado quente e confortável para se mexer.

O som de passos na escada acordou-a com um sobressalto. Não fazia ideia de que horas eram, mas a lareira estava quase apagada, o que sugeria que já era noite e que dormira muito tempo. O estômago enrodilhou-se-lhe de ansiedade, pois a regra que a proibia de estar nos pisos superiores depois das cinco da tarde era uma das que Annie impunha com mais rigor. Ainda se lembrava da sova que apanhara com seis anos por ter ousado desobedecer.

Foi o pânico cego que a fez levantar-se de um salto, alisar as mantas e enfiar-se debaixo da cama. Uma vez escondida, disse a si mesma que se Millie estivesse sozinha poderia explicar-lhe o que estava ali a fazer e pedir-lhe que a ajudasse a chegar à cozinha sem ser vista.

Mas o coração afundou-se-lhe no peito quando a porta se abriu e Millie entrou seguida por um homem. Millie abriu mais o gás e acendeu também um par de velas. Da sua posição debaixo da cama, Belle só conseguia ver a metade inferior do vestido azul-claro de Millie, com os seus folhos de renda, e as calças castanho-escuras e as botas abotoadas ao lado do homem.

– Porque foi que fingiste não estar em casa a semana passada, quando cá vim? – perguntou o homem. A voz dele era rude, e parecia zangado.

– Não estava – respondeu Millie. – Tive uma noite de folga e fui ver a minha tia.

– Bem, hoje paguei para ter a noite inteira contigo – disse ele.

A primeira reação de Belle foi de choque por ele ter pagado para partilhar o quarto de Millie. Mas então voltou a sentir um aperto no estômago quando se apercebeu de que estava encurralada. Como ia conseguir sair dali? Não podia ficar, claro, mas também não podia sair de baixo da cama, pedir desculpa pela intrusão e retirar-se.

– A noite inteira – repetiu Millie, e parecia tão horrorizada pela ideia como Belle estava.

Seguiu-se um silêncio, e Belle calculou que deviam estar a beijar-se, pois estavam os dois de pé e muito perto um do outro. Ouviu uma respiração ofegante e o restolhar de roupas, e de repente o vestido de Millie foi atirado para o chão, caindo a centímetros do nariz dela. Seguiu-se um saiote, e depois as botas e as calças do homem, e Belle percebeu enfim o que era exatamente uma puta. Os homens pagavam às putas para poderem fazer aquela coisa que só deviam fazer com as esposas para terem filhos. Espantava-a como fora possível não ter percebido mais cedo. Mas agora percebia, e a ideia de que Jimmy e outras pessoas que conhecia pudessem acreditar que também deixava os homens fazerem-lhe aquilo provocava-lhe náuseas.

Millie ficara reduzida à camisa interior, meias e cuecas enfeitadas com folhos de renda branca. O homem desembaraçara-se do casaco ao mesmo tempo que as calças e as botas, mas conservara a camisa, que lhe chegava quase aos joelhos, revelando umas pernas muito musculosas e peludas.

– Deixa-me pôr um pouco mais de carvão no lume – disse Millie, de repente –, está quase apagado.

Quando ela se debruçou para tirar carvão do balde, Belle pensou fazer-lhe sinal para que levasse o homem para fora do quarto, mas antes que pudesse sequer tentar, o sujeito aproximou-se de Millie por trás, agarrou-a pela cintura e puxou-lhe as cuecas com tanta violência que as rasgou.

Belle ficou tão chocada que pensou que o coração lhe ia parar de bater. Da posição onde estava, só conseguia ver o par da cintura para baixo, mas isso já era demasiado. Não queria ver as coxas e as nádegas de Millie, macias e cheias de covinhas, nem o homem obrigá-la a dobrar-se para poder enfiar a pila dentro dela. Belle só tinha visto duas ou três pilas em toda a sua vida, e tinham sido todas de rapazinhos a que as mães davam banho com água de uma bomba de rua. Mas a daquele homem devia ter uns dezoito ou vinte centímetros de comprimento e era direita como um poste. Percebeu, pela brancura dos nós dos dedos de Millie, agarrada à consola da lareira para se apoiar, que ele estava a magoá-la.

– Assim é melhor, minha boneca – ofegava o sujeito, enquanto investia contra ela. – Gostas, não gostas?

Belle fechou os olhos para não ver, mas ouviu Millie responder que gostava daquilo mais do que de tudo no mundo. Era claramente uma mentira, pois quando Belle voltou a abrir os olhos, Millie tinha-se movido um pouco e ela pôde ver-lhe a cara de lado, e estava contorcida de dor.

Subitamente, Belle compreendeu por que razão as raparigas pareciam tantas vezes tristes e abatidas. Aquilo confundia-a, porque as festas pareciam ser divertidas. Mas era evidente que não se divertiam muito tempo no salão. Em vez disso, eram levadas para os quartos e sujeitas àquele género de tortura.

Quando o homem se inclinou mais para as costas de Millie, Belle viu-lhe a cara de perfil. Tinha cabelo escuro, com um pouco de grisalho nas têmporas, e um espesso bigode de estilo militar. O nariz era bastante proeminente e ligeiramente adunco. Pensou que devia ter à volta de trinta e dois anos, embora tivesse sempre dificuldade em calcular a idade dos homens.

O par mudou-se então para a cama, e o ranger das molas a poucos centímetros da cabeça dela, e as coisas porcas que o homem dizia a Millie, eram horríveis. Pior ainda, via-os refletidos no espelho por cima da lareira. Não as caras, só do pescoço até aos joelhos. O homem tinha umas costas muito peludas e ossudas e estava a agarrar os joelhos de Millie e parecia estar a afastá-los à força para poder penetrá-la ainda mais fundo.

Aquilo continuou e continuou interminavelmente, o bater de carne contra carne, o ranger das molas, os grunhidos, as pragas e a respiração ofegante. De vez em quando Millie gritava de dor – a dada altura, até lhe pediu que parasse –, mas ele não parava.

Belle compreendeu que «foder» era aquilo. Ouvia a palavra todos os dias nas ruas, onde era sobretudo uma imprecação – alguns homens empregavam-na em todas as frases que diziam –, mas ouvia-a usada tanto em relação a homens como a mulheres. Só agora compreendia o seu verdadeiro significado.

Detestava ter de assistir àquilo e ainda pensou em tentar rastejar de baixo da cama e chegar à porta, mas o senso comum disse-lhe que as consequências seriam temíveis se o fizesse, tanto da parte do homem como de Annie. Também lhe pareceu estranho Mog não ter dado pela falta dela e ido à sua procura.

Quando já pensava que o tormento de Millie nunca ia acabar, o homem pareceu estar a atingir uma espécie de ponto culminante, pois estava muito ofegante e a mexer-se cada vez mais depressa. Então, de repente, parou, rolou de cima de Millie e ficou estendido no colchão, ao lado dela.

– Não foi bom? – perguntou.

– Oh, sim, querido – respondeu Millie, com uma voz tão fraca que mal se ouviu.

– Então vamos acabar com esta história. Amanhã de manhã sais daqui e vais comigo para o Kent.

– Não posso – disse Millie, debilmente. – A Annie não me deixa ir, precisa de mim aqui.

– Conversa! As putas são a um tostão a dúzia, e muito mais novas do que tu. E porque foi que me mentiste a respeito da semana passada?

A voz dele nunca tinha sido terna, mas naquele momento tornara-se positivamente ameaçadora.

– Não te menti.

– Mentiste. Nunca tiveste uma noite de folga aqui e não tens nenhuma tia. Evitaste-me propositadamente da última vez que cá vim. E nunca tencionaste ir viver comigo.

Millie negou. O som seco de uma estalada pontuado por um grito de dor revelou que ele lhe tinha batido.

– É para que vejas o que acontece quando me mentem – sibilou o homem.

– Evitei-te por causa disto! – gritou ela. – Porque é que me magoas e ao mesmo tempo dizes que queres que vá viver contigo?

– Uma puta deve esperar estas coisas – disse ele, como que surpreendido pelo protesto. – Além disso, tu adoras que eu te foda.

De repente, Millie saltou da cama e Belle viu que ela vestia apenas uma minúscula camisa de renda, os seios grandes e macios a transbordarem por cima, os abundantes pelos púbicos a aparecerem por baixo.

– Não adoro coisa nenhuma. Finjo que adoro porque é o que querem que faça – disse ela, num tom de desafio.

Belle soube instintivamente que uma afirmação daquelas não ia agradar ao homem e que Millie podia até estar em perigo. Desejou com todas as suas forças que ela corresse para a porta e saísse dali enquanto podia.

Mas antes que Millie tivesse sequer tempo de pensar em fugir, o braço do homem agarrou-a e puxou-a para a cama.

– Grande cabra – rosnou o indivíduo. – Enganaste-me com as tuas falinhas-mansas, impingiste-me mentiras atrás de mentiras. Fiz planos para nós, e agora dizes-me que estavas só a fingir!

– Somos obrigadas a ser sempre simpáticas para os clientes – argumentou Millie.

Ele voltou a bater-lhe, e dessa vez ela uivou de dor e suplicou-lhe que a deixasse ir.

– Já te deixo ir – rosnou ele. – Direita para o Inferno, que é o teu lugar.

Bastou a maneira desvairada como ele disse aquilo para convencer Belle de que ia matar Millie. Queria muito ser corajosa, sair de baixo da cama e bater-lhe com o bacio na cabeça antes de avisar Annie do que se estava a passar. Mas estava paralisava pelo medo e incapaz de mexer um músculo.

– Não, por favor! – suplicou Millie, e houve um barulho de luta, como se ela estivesse a tentar fugir. Mas, pouco a pouco, o barulho esmoreceu, e ao ouvir o som de uma respiração pesada Belle pensou que os seus receios tinham sido injustificados, porque ele estava novamente a beijar Millie.

– Assim é melhor – disse ele em voz baixa, quando finalmente os ruídos cessaram. – Quietinha. É assim que eu gosto.

No seu medo, Belle retrocedera para o centro da cama, de modo que deixou de vê-los no espelho. Mas a maneira como o homem falara sugeria que a violência acabara e que ele ia voltar a fazer aquilo com Millie. Pensou esperar que os barulhos e o ranger das molas recomeçassem para sair do seu esconderijo e correr para a porta.

Mas passou algum tempo e as molas não rangiam, só se ouvia a respiração ofegante, e ela deslizou um pouco mais para a beira da cama para poder ver o reflexo deles no espelho. O que viu foi tão chocante que quase gritou.

O homem estava de joelhos na cama, completamente nu e a esfregar a pila enquanto a segurava junto da cara de Millie, que tinha o queixo apontado para cima, expondo o pescoço branco, mas não estava a reagir ao que ele fazia. Tinha os olhos esbugalhados e parecia estar a gritar, embora não lhe saísse qualquer som da boca aberta.

O medo por Millie fez Belle esquecer o seu próprio terror. Voltou-se silenciosamente até ficar virada para a porta, rastejou até aos pés da cama e preparou-se, ainda fora da linha de visão dele, para correr até à saída.

Com um movimento rápido, pôs-se de pé, correu para a porta e puxou o ferrolho. Ouviu o homem rugir qualquer coisa, mas por essa altura já tinha aberto a porta e descia as escadas saltando dois degraus de cada vez.

– Um homem está a fazer mal à Millie! – gritou quando chegou ao último patamar e viu Annie sair do seu escritório.

Por uma fração de segundo, a expressão da mãe foi tão feroz que Belle pensou que ia bater-lhe. Mas, sem dizer uma palavra, Annie voltou costas e dirigiu-se ao salão.

– Jacob! – chamou. – Vem comigo ver o que se passa com a Millie.

O homem alto e corpulento era novo na casa, Belle vira-o pela primeira vez duas semanas antes, quando estava a substituir a vedação da torneira do lava-louça. Mog dissera que tinha sido contratado para fazer pequenas reparações, mas também para garantir que não havia problemas nos quartos. Estava muito elegante naquela noite, com um casaco verde-escuro, e respondeu rapidamente à ordem de Annie correndo escadas acima.

Annie seguiu-o, mas fez uma pausa para olhar para Belle e apontar para a porta da cave.

– Lá para baixo, e não saias de lá. Trato de ti mais tarde – disse.

Belle estava sentada à mesa da cozinha, com a cabeça apoiada nas mãos e a desejar que Mog descesse, porque sabia que seria muito mais fácil explicar-lhe a ela como tudo aquilo tinha acontecido.

O relógio da cozinha marcava as dez e dez. Tinha claramente dormido no quarto de Millie muito mais tempo do que imaginara. Mas não compreendia como não fora acordada pelas raparigas a prepararem-se para a noite, ou porque não fora Mog procurá-la quando não a vira reaparecer depois de limpar o quarto. Mog era como uma mãe-galinha; regra geral, ficava histérica se ela desaparecia durante mais de uma hora, e todos os dias, por volta das seis, bebiam chá juntas antes de Mog subir para tratar dos preparativos.

As tardes eram geralmente muito aborrecidas, porque Belle tinha de passá-las sozinha. Lavava a louça do chá e lia o jornal, se um dos cavalheiros tivesse deixado algum no salão na noite anterior. Se não havia jornal para ler, cosia ou tricotava. Mas quase sempre estava na cama às oito e meia, porque já não conseguia suportar durante mais tempo a sua própria companhia. Naquela noite, porém, não estava apenas sozinha, estava aterrorizada. Não por si mesma, embora temesse o que Annie poderia fazer-lhe, mas por Millie. Continuava a ver tão claramente a cara dela, aquele grito silencioso, a maneira como tinha a cabeça dobrada para trás e os olhos muito abertos. Tê-la-ia o homem matado?

Não vinha qualquer som do salão, de modo que talvez não estivesse lá ninguém senão Jacob quando ela descera. Era compreensível, tendo em conta a neve, mas perguntava-se onde estariam Mog e as raparigas. Além de Millie, havia sete outras raparigas, mas mesmo que estivessem todas nos respetivos quartos, com ou sem um cavalheiro, com certeza pelo menos algumas delas teriam espreitado ao ouvirem Annie e Jacob subir as escadas a correr.

No entanto, a sobrepor-se ao seu medo por Millie, e pelas possíveis repercussões dos acontecimentos que presenciara, havia o choque e o nojo que lhe causava tudo o que tinha acontecido naquela casa noite após noite, mesmo por cima da sua cabeça. Como podia ter sido estúpida ao ponto de não perceber o que se passava na casa onde vivia?

Como ia doravante poder caminhar pelas ruas de cabeça erguida? Como podia ser amiga de Jimmy sem perguntar-se a todo o instante se ele queria fazer as mesmas coisas com ela? Não admirava que Mog a tivesse avisado para não o deixar tomar liberdades!

Belle ouviu um grito vindo das traseiras, rapidamente seguido pelo barulho de pancadas e coisas a cair, como se alguém tivesse tropeçado nos caixotes de lixo, e então mais gritos de diversas pessoas. Correu para a porta das traseiras, atravessando a copa. Não a abriu para sair de casa, sabendo que já estava metida em sarilhos que chegassem, mas espreitou pela janela.

Não havia nada para ver, apenas a neve a cobrir os velhos caixotes e caixas que lá estavam. Continuava a cair com força, e o vento amontoava-a nos cantos e contra as paredes.

– Belle!

Girou sobre os calcanhares ao ouvir a voz da mãe, que tinha entrado na cozinha e estava parada junto à mesa, com uma mão na anca.

– Peço desculpa, mãe, adormeci no quarto da Millie. Não queria estar lá em cima.

Annie vestia sempre de preto à noite, mas aquele vestido de seda de mangas compridas tinha uma larga faixa bordada a fio de prata que descia dos ombros e contornava o decote acentuado. Tinha os cabelos presos com pentes de prata e, com brincos de diamantes nas orelhas, parecia uma rainha.

– Vem comigo. Quero que me expliques o que foi exatamente que viste – disse, num tom apressado.

Belle achou muito estranho quando, em vez de gritar com ela ou acusá-la de se ter portado mal, a mãe lhe pegou na mão e a levou para o pequeno quarto onde dormia. Annie alisou as mantas e disse-lhe que se despisse, vestisse a camisa de noite e se enfiasse na cama. Até a ajudou a desapertar os botões da parte de trás do vestido e lhe passou a camisa de noite por cima da cabeça. Só depois de ver a filha debaixo dos cobertores se sentou na cama, ao lado dela.

– Agora conta-me – ordenou.

Belle explicou como acontecera estar no quarto quando Millie entrou com o homem e como, em pânico, se escondera debaixo da cama. Não sabia como contar a Annie o que os dois tinham feito, de modo que falou de beijos e carícias. Annie agitou a mão, impaciente, e mandou-a avançar até ao que o homem dissera a Millie.

Belle repetiu tudo o que conseguiu recordar e como ele batera em Millie, e depois como ficara tudo silencioso e ela espreitara para o espelho.

– Ele tinha o… – calou-se e apontou para o ventre. – Tinha-o na mão, perto da cara dela. Ela não se mexia, e foi então que fugi. A Millie está bem?

– Está morta – respondeu Annie secamente. – Parece que ele a estrangulou.

Belle ficou a olhar para a mãe, horrorizada. Já perguntara a si mesma se o homem teria matado Millie, mas era uma coisa muito diferente ter a confirmação. Pensou que a cabeça lhe ia explodir com o choque, porque aquilo era o pior dos pesadelos.

– Não! Não pode estar morta! – A voz dela foi pouco mais do que um murmúrio. – Bateu-lhe, mas com certeza isso não ia matá--la, pois não?

– Belle, conheces-me bem. Não o diria se não fosse verdade – respondeu Annie, num tom de censura. – Mas não temos muito tempo. A polícia não tarda a chegar, mandei o Jacob chamá-los. Tens de esquecer que estiveste no quarto, Belle!

Belle não compreendeu e ficou a olhar para a mãe com uma expressão vazia.

– Ouve, vou dizer-lhes que fui eu que encontrei a Millie. Vou dizer que subi até ao quarto dela porque ouvi o barulho de alguém a sair pela janela – explicou Annie. – Não quero que te interroguem. Por isso vou dizer que estavas aqui em baixo, na tua cama. E se eles quiserem falar contigo, é o que vais dizer. Deitaste-te às oito e meia e só acordaste há pouco por causa de um barulho lá fora. Consegues fazer isto?

Belle assentiu com a cabeça. Era tão raro a mãe falar-lhe de uma maneira amável e suave que estava disposta a dizer tudo o que ela quisesse. Não compreendia, claro, porque não podia dizer a verdade, mas supunha que devia haver uma boa razão.

– Menina bonita. – Annie passou-lhe o braço pelos ombros e apertou-a. – Eu sei que tiveste um choque, que viste coisas que eu não queria que visses. Mas se dissesses à polícia que estavas naquele quarto e viste o que aconteceu, tudo isto se tornaria no pior pesadelo que possas imaginar. Terias de testemunhar no julgamento do homem e serias interrogada. Dir-te-iam todo o género de coisas porcas. Aparecerias nos jornais. E o homem que fez aquilo à Millie poderia querer vingar-se. Não posso deixar-te passar por tudo isso.

Ter esperado ser severamente castigada para descobrir que afinal a mãe queria protegê-la foi o bastante para que Belle se sentisse um pouco melhor.

– Onde está a Mog? – perguntou.

– Como sabia que ia ser uma noite sossegada, por causa da neve, deixei-a ir visitar uma amiga em Endell Street – respondeu Annie, franzindo os lábios. – E ainda bem que o fiz. Mas ela não tarda aí. Agora atenção, não te esqueças de lhe contar a mesma história a ela.

Belle baixou a cabeça em concordância.

– Mas quando os polícias prenderem o homem ele é capaz de dizer que eu estava no quarto – murmurou.

– Não vão prendê-lo, porque eu vou dizer-lhes que não o conhecia. Mas não quero que te preocupes com nada que tenha a ver com este assunto. Só eu e o Jacob sabemos que estavas lá em cima, e o Jacob não dirá nada.

– Mas se os polícias não prenderem o homem ele não será castigado por ter matado a Millie – disse Belle.

– Oh, será castigado, sim, não tenhas a mínima dúvida – respondeu Annie, e o seu tom foi feroz.

CAPÍTULO 3

Belle ainda estava acordada quando ouviu os inconfundíveis passos de Mog na escada. Tinha um joelho perro e descia devagar.

– Mog! – Belle usou um murmúrio audível porque não sabia se a polícia ainda estava lá em cima no salão. Ouvira-os andar de um lado para o outro, algum tempo antes, e preparara-se para os ver aparecer de um momento para o outro. – Podes chegar aqui?

– Oh, Céus, mas que grande baralhada! – exclamou Mog, ao entrar. Não havia candeeiro a gás no quarto de Belle, pelo que Mog riscou um fósforo e acendeu uma vela. – A tua mãe contou-me o que aconteceu. A polícia ia a sair quando cheguei. Imagine-se, a Millie morta! As outras raparigas estão cheias de medo e aposto que amanhã algumas delas se põem a andar. Mas eu disse-lhes que esta casa é o sítio mais seguro de todos, porque um raio nunca cai duas vezes no mesmo lugar.

A calma de Mog era previsível; nunca ficava verdadeiramente excitada fosse com o que fosse.

– Pobre Millie – continuou, os olhos a brilhar de lágrimas não derramadas. – Era uma boa alma, e não foi justo acontecer-lhe uma coisa destas.

Sentou-se na cama ao lado de Belle e afastou-lhe ternamente os cabelos da cara.

– Estás bem, querida? Deve ter-te dado cá um abalo.

– Só soube o que tinha acontecido quando a mãe apareceu cá em baixo com o polícia – mentiu Belle.

Mog olhou atentamente para ela.

– Não pode ser! Com essas tuas orelhas de morcego? Nem sequer ouviste o fulano a deslizar pelo cano do algeroz até ao pátio?

– Bem, ouvi qualquer coisa – admitiu Belle. – Mas pensei que fosse um gato a remexer nos caixotes de lixo.

Mog ficou sentada em silêncio por alguns instantes. O seu rosto parecia mais jovem e suave à luz da vela.

– Ainda estavas no quarto da Millie quando eu saí. A que horas desceste? – perguntou finalmente.

Belle abanou a cabeça.

– Não sei ao certo, não olhei para o relógio. Não era tarde, a casa estava sossegada.

– A Annie deixou as raparigas irem ao teatro, por causa da neve. Só ficou com a Millie e a Dolly. Eu ainda cá estava e as raparigas fizeram barulho suficiente para acordar um morto à saída, todas excitadas. É estranho não teres ouvido e descido!

Belle estava a sentir-se muito desconfortável. Mog sabia que ela estava a mentir, como sabia sempre.

– Deixaste-te adormecer lá em cima, não foi? – perguntou Mog, num tom preocupado. – Era para te ir buscar, mas pensei que a tua mãe era capaz de fazer escândalo se soubesse que estavas lá em cima. Calculei que conseguirias escapulir-te mais tarde, quando estivesse tudo calmo.

Belle sentiu as lágrimas subirem-lhe aos olhos. Não tinha, nunca tivera, a certeza dos sentimentos da mãe para com ela, mas sempre sentira o amor de Mog, inabalável e forte, só pela maneira como lhe falava e a olhava. Era difícil mentir-lhe, apesar de Annie dever ter uma boa razão para lhe pedir que o fizesse.

Subitamente, os olhos de Mog abriram-se muito, horrorizados.

– Viste o que aconteceu! – exclamou, tapando a boca com uma mão. – Oh, Meu Deus! E a tua mãe disse-te para não contares?

39

– Não digas nada – pediu Belle, debilmente. Queria muito contar tudo, chorar e deixar que Mog a embalasse nos braços até o medo desaparecer. Mas quando Annie dava uma ordem, toda a gente tinha de obedecer. – Aceita que eu estava aqui a dormir.

Mog pegou-lhe nas mãos, e os olhos dela, pequenos e normalmente brilhantes, estavam frios e sérios.

– Não pode vir nada de bom de mentir a respeito de um crime – insistiu. – É o que amanhã vou dizer à Annie, e não quero saber que ela faça escândalo ou não. Além de ser uma maldade deixar um assassino escapar impune, qualquer mulher devia saber que uma menina como tu precisa de falar de uma coisa destas, ou vai ter pesadelos para o resto da vida. Mas compreendo que fizeste uma promessa à tua mãe e não vou obrigar-te a quebrá-la esta noite.

Belle presumiu que aquilo significava que Mog ia desistir de interrogá-la, de momento, e sentiu alívio e desapontamento em igual medida. Alívio por saber que se Mog insistisse em fazer-lhe perguntas, ia acabar por ceder e contar-lhe a história toda, e Annie ficaria furiosa com ela. Mas ao mesmo tempo estava desapontada por Mog não ir contra os desejos de Annie, porque queria muito falar do que tinha visto.

– Agora dorme. – Mog empurrou-a para a cama e puxou-lhe os cobertores até às orelhas, prendendo-os com tanta força que Belle quase não se conseguia mexer. – Pode ser que amanhã as coisas pareçam diferentes a toda a gente.

Na dia seguinte, o manto branco era ainda mais espesso. Voltara a nevar durante a noite, escondendo quaisquer rastros que o assassino tivesse deixado. O corpo de Millie foi levado pela carreta da morgue logo de manhã cedo e o primeiro grupo de polícias apareceu pouco depois para passar o quarto a pente fino.

Annie ordenou a Belle que ficasse na cozinha. Não a queria lá em cima nem sequer para arrumar os quartos, limpar as lareiras ou despejar os bacios. A sua expressão era dura e a língua afiada, mas

Mog fez notar que isso se devia em parte ao facto de ter sido obrigada a levantar-se da cama e vestir-se a uma hora que considerava obscena.

Mog andava lá por cima, se porque a polícia lho tinha pedido ou se porque queria manter as raparigas debaixo de olho, Belle não sabia. Ouviu as raparigas serem chamadas ao salão uma a uma, para serem interrogadas, e quando Ruby, uma das mais novas, desceu à cozinha para beber uma chávena de chá, disse que os polícias estavam a fazer perguntas a respeito dos homens que gostavam particularmente de Millie.

– Disse-lhes que todos eles gostavam da Millie – contou Ruby, com uma pequena ponta de azedume. Não era muito bonita, tinha má pele e os cabelos castanhos eram baços. – Que me enforquem se percebo porque é que escolhiam alguém tão velho. E era burra!

– Mas era simpática – respondeu Belle. – Bondosa e sorridente.

Ruby fez uma careta.

– Sorrir só prova que era burra. Não há muita coisa que nos faça sorrir neste lugar, isso posso eu dizer-te! Os chuis estiveram a falar com a Dolly durante horas só porque não foi sair connosco, ontem à noite. Ela disse-lhes que tinha ido para a cama porque estava com uma das suas dores de cabeça e não ouviu nada.

Era invulgar Belle ter uma conversa tão prolongada com qualquer das raparigas; Annie desencorajava qualquer espécie de intimidade. Mas agora que tinha oportunidade de falar com Ruby, estava decidida a descobrir o mais que pudesse a respeito das atividades lá em cima.

– É estranho ela não ter ouvido nada – disse.

– Bem, ela gosta daquele remédio lá-lá, não é? Quando o toma, podia passar uma carruagem pelo meio da casa que não a acordava.

– Remédio lá-lá?

– Láudano – disse Ruby, e olhou para Belle como se achasse estranho ela ter de perguntar. – Aquela coisa castanha que torna o dia um pouco menos mau.

Belle já tinha ouvido falar de láudano, mas pensava que os médicos só o receitavam às pessoas que estavam com dores.

– Então dói muito quando fazem aquela coisa com os cavalheiros? – perguntou.

Ruby riu baixinho.

– Quer dizer que nunca o fizeste com ninguém?

Belle preparava-se para responder que claro que nunca o tinha feito com ninguém quando Annie apareceu no alto da escada e ordenou a Ruby que voltasse para cima.

– Só queria uma chávena de chá – justificou-se a rapariga.

– Bebes chá quando eu disser que podes beber chá – ladrou Annie. – Vem para cima. Belle, podes engomar esse monte de roupa de cama.

Belle pôs o ferro em cima do fogão e estendeu a grossa manta em cima da mesa, para começar a engomar. Mas ao ouvir um polícia chamar Annie ao salão, subiu a escada pé ante pé e entreabriu muito ligeiramente a porta do vestíbulo, para poder ouvir o que era dito.

O polícia fez várias perguntas de carácter geral, a respeito de quem vivia na casa, o que sabia Annie de cada uma dessas pessoas, há quanto tempo lá trabalhavam, e coisas assim. Depois começou a interrogá-la a respeito dos cavalheiros que visitavam a casa e perguntou se eram eles que escolhiam as raparigas de que mais gostavam ou se era ela que escolhia uma rapariga para cada homem.

– Quando é a primeira vez que vêm, muitos são tímidos e sou geralmente eu que escolho as raparigas – respondeu Annie. – Mas na segunda ou terceira visita, a maioria gosta sobretudo de vir tomar uma bebida e conversar um pouco. Se tenho um pianista, também costumam dançar. Então escolhem a que querem das que estão disponíveis.

– E a Millie, era escolhida com muita frequência?

A pergunta fora feita por uma voz diferente, mais rouca do que a primeira; até ao momento, Belle pensara que só estava um polícia com a mãe.

— Oh, sim, era a mais requisitada das minhas raparigas — respondeu Annie sem a mais pequena hesitação. — Diria que praticamente todos os meus cavalheiros a escolheram, numa ou noutra ocasião. Mas já lhes disse ontem à noite que ela não foi morta por nenhuma dos meus clientes habituais. O homem que fez aquilo nunca cá tinha estado.

— É capaz de descrevê-lo? — pediu o polícia da voz rouca. — E tente esforçar-se um pouco mais do que ontem à noite — acrescentou, sarcástico.

— Já expliquei que não se pode examinar um homem muito atentamente na sua primeira visita, ou nunca mais volta — retorquiu Annie, num tom seco. — Não devia ter mais de vinte e cinco anos, diria eu. Magro, bem vestido, com cabelos castanhos e sem barba nem bigode. Tinha ar de trabalhar num escritório. Usava chapéu de coco e colarinho de ponta virada.

Belle franziu a testa ao ouvir a descrição que a mãe fazia do homem, por ser o mais afastada possível da verdade. Conseguia mais ou menos compreender que a mãe não quisesse que ela dissesse à polícia o que tinha visto, mas agora parecia estar a lançar as autoridades numa falsa pista à procura de um homem que não tinha nada a ver com o verdadeiro assassino.

Neste ponto, Mog apareceu no patamar do primeiro piso e começou a descer a escada, de modo que Belle teve de fechar a porta e voltar ao ferro de engomar. Estranhamente, Mog ainda não lhe dissera nada: nem perguntas, nem avisos, nada. Se por Annie lho ter proibido ou se por não querer falar do assunto enquanto a polícia ali estivesse, Belle não tinha maneira de saber.

Outra coisa estranha era o facto de Jacob parecer ter desaparecido, e embora não pudesse ter a certeza, Belle também não se lembrava de o ter visto na noite anterior, quando a polícia chegara. Pensou que Annie lhe devia ter dito para ir chamar as autoridades e depois manter-se afastado até as coisas acalmarem.

Acudiu-lhe ao espírito a ideia de que, nas últimas vinte e quatro horas, a sua vida mudara completamente. Na manhã do dia anterior nem sequer compreendia a natureza do que se passava lá em cima. Agora compreendia, e sentia-se enojada e envergonhada. Também assistira a um assassínio que a aterrorizara. Mas momentos antes ouvira a mãe mentir com quantos dentes tinha, e isso não fazia o mais pequeno sentido para ela.

Os polícias continuaram a entrar e a sair da casa até bem depois das quatro da tarde, e Mog resmungava azedamente por causa da neve que traziam nas botas.

— Sobem as escadas, descem as escadas, entram no salão, saem do salão, e não querem saber do que fazem às nossas alcatifas? Porque é que não podem entrar de uma vez e ficar? Homens! Coisas inúteis! Não os queria em casa nem por nada!

Belle sentia que Mog não estava tão preocupada com as alcatifas como com as pessoas pelas quais se sentia responsável. Descobrira que ela própria se sobressaltava ao mais pequeno ruído inesperado, que andava chorosa e assustada. Revira mentalmente o que se passara vezes sem conta e continuava a não fazer sentido o homem ter matado Millie só porque ela não queria ir viver com ele. Precisava muito de falar daquilo, de se livrar das imagens horríveis que lhe enchiam a cabeça, e a pessoa que devia estar presente para ouvi-la, para explicar as coisas e confortá-la, era a mãe.

A raiva crescia-lhe no peito a cada minuto que passava. Sentia-se traída e amarga por Annie estar mais preocupada com as «suas raparigas» do que com a própria filha, e por lhe exigir que continuasse a cuidar das suas tarefas como se nada tivesse acontecido.

— A mãe não teria grande negócio se não fossem os homens — disse, meio à espera de que a ferroada levasse Mog a continuar o que tinha começado na noite anterior.

Mog não se deu por achada e continuou a mexer o guisado de frango que estava a preparar para o jantar, mas o seu rosto pálido e tenso mostrava bem que estava tão perturbada como ela.

– Linda menina – disse Mog apreciativamente, quando voltou a cabeça e a viu dobrar a manta de engomar depois de despachar o enorme monte de lençóis. – Vamos sentar-nos e beber uma chávena de chá. Acho que merecemos.

Ao longo da sua curta vida, Belle já reparara que a maneira que Mog tinha de lidar com qualquer problema era fazer um bule de chá. Se as raparigas lá em cima se pegavam, se chovia no dia de lavar a roupa, lá ia a chaleira para o lume. Nunca falava do problema antes de cumprir calmamente o ritual de dispor em cima da mesa os pires e as chávenas, a leiteira e o açucareiro, e de encher o bule. Só depois de as pessoas envolvidas estarem sentadas à volta da mesa e de ela ter servido o chá se sentia preparada para manifestar as suas opiniões.

Daquela vez, no entanto, não estava calma, pois as chávenas e os pires tiniram quando os tirou do aparador, tanto as mãos lhe tremiam, e até os passos dela na cozinha eram ligeiramente inseguros. Quando abriu a gaveta por baixo da mesa para tirar as colheres de chá, deixou cair uma delas no chão. Belle adivinhou que estava a fazer um esforço para controlar as emoções e que se sentia tão confusa, receosa e perplexa como ela própria.

Mog estava a colocar o abafador de lã vermelho por cima do bule cheio quando ouviram Annie abrir a porta no alto das escadas da cave. Deram ambas um salto, como se tivessem sido apanhadas a fazer qualquer coisa de mal.

– Calma, não vou morder – disse Annie. Parecia exausta. – Uma chávena de chá é mesmo do que estou a precisar. Contem comigo.

Belle apressou-se a ir ao aparador buscar mais um pires e uma chávena.

– Vamos abrir esta noite? – perguntou Mog, cautelosamente.

Annie sentou-se e, durante um ou dois segundos, pareceu pensar.

– Não, acho que vamos ficar fechados. Por respeito. A Millie era uma boa rapariga e todas nós vamos sentir a sua falta.

– E os parentes dela? – insistiu Mog. – Sei que tinha uma família. Quem é que lhes vai dizer?

Belle notou a acidez no tom de Mog e sentiu que havia coisas que ela queria dizer a Annie, de modo que pegou na sua chávena de chá e foi sentar-se na cadeira de balouço junto ao fogão, para deixar as duas mulheres falarem.

– Eu não. Suponho que a polícia o fará – respondeu Annie e, por uma vez, pareceu muito pouco segura de si mesma. – Terão de dizer a verdade a respeito de como e porquê ela morreu? É uma coisa horrível para dizer a uma mãe.

– Sem dúvida que é – concordou Mog.

Agora que compreendia o que Millie tinha sido, e que a mãe ganhava dinheiro à custa de raparigas como ela, Belle achou de certo modo estranho que Annie se preocupasse com o que era dito à família dela.

– Talvez possas escrever-lhes umas linhas? – sugeriu Annie a Mog.

– Mesmo que soubesse onde vivem, que poderia eu dizer que tornasse as coisas melhores para eles? – perguntou Mog queixosamente, e Belle viu uma lágrima deslizar-lhe pela cara. – Escrevi uma carta para a Millie uma vez, quando ela veio para cá, a dizer que era minha criada e era uma boa rapariga. A Millie pediu-me para o fazer porque a mãe devia estar preocupada e ela não sabia escrever. Mas a mãe nunca respondeu, e apesar de a Millie estar sempre a dizer que havia de voltar para casa quando poupasse algum dinheiro, gastava-o sempre todo.

– Estava a pensar que podias dizer que apanhou umas febres, ou que foi atropelada por um fiacre – sugeriu Annie. – Mas se já não te lembras de onde vive a família, não podes fazer nada, de qualquer modo.

– Isto é o género de história sangrenta que aparece pespegada na primeira página de todos os jornais – disse Mog, num tom duro. – Vão acabar por saber a verdade!

– Não sejas assim, Mog – pediu Annie, num tom de censura. – Já me sinto suficientemente mal com o que se passou. Não precisas de me espicaçar.

— Pois, sentes-te tão mal com isto que não deixas a tua filha dizer à polícia o que viu, e ainda por cima contaste-lhes um monte de mentiras a respeito do assassino.

Belle estava espantada com a coragem de Mog. Parecia pronta para uma discussão a sério, com o queixo espetado para a frente, num claro desafio. Felizmente, Annie estava com um ar amarfanhado, como se não lhe restassem forças para fazer uma cena.

— Não disse uma palavra à Mog! — afirmou Belle da sua cadeira, receosa de que a mãe a acusasse de ter falado. — Foi ela que adivinhou.

— É verdade, adivinhei. Soube mal olhei para a Belle… Ela não consegue mentir tão bem como tu.

— Cuidado com o que dizes — avisou Annie.

— O que é que vais fazer? Pôr-me na rua? Posso ir ter com a polícia e contar-lhes o que sei, e então estarias bem tramada. Diz-me só porque é que estás a proteger este homem. Presumo que é aquele a que as raparigas chamam Bruiser[1]?

— Não quero falar disso em frente da Belle — sibilou Annie.

— Ela já descobriu da pior maneira possível o que se passa nesta casa — ripostou Mog num tom furioso, erguendo um punho cerrado na direção de Annie. — Pedi-te que a mandasses para um colégio, disse-te vezes sem conta que era só uma questão de tempo antes de ela descobrir. Mas tu é que sabes tudo! Pensaste que se a mantivesses aqui em baixo ela nunca saberia. Deus sabe que nunca me passou pela cabeça que viesse a saber de uma maneira tão horrível, mas até qualquer pessoa com metade do cérebro veria que uma rapariga tão inteligente como a Belle havia de perceber tudo sozinha mais dia, menos dia.

— Estás a ir longe de mais, Mog — avisou Annie, mas o gume desaparecera-lhe da voz.

— Vou longe de mais porque te amo a ti e à Belle. — A voz de Mog subiu de tom. — Caso tenhas esquecido, fui eu que convenci

[1] Rufia, bruto, mas também pugilista. (N. do E.)

a Condessa a não te pôr na rua quando soube que estavas grávida. Ajudei a Belle a vir a este mundo, lavei-a e dei-lhe de comer, amei-a como se fosse minha filha para te deixar livre para dar manteiga à Condessa. Tenho estado contigo a cada passo, trabalhei para ti, menti por ti, chorei por ti e apoiei-te quando as coisas estavam mais negras. Podes ser a patroa desta casa, Annie Cooper, mas eu sou a cola que impede a tua vida de se desfazer em pedaços.

Belle nunca tinha ouvido a calada e gentil Mog fazer frente fosse a quem fosse. E aquilo fê-la sentir-se mais corajosa também.

Levantou-se da cadeira e foi pôr-se de pé em frente da mãe.

– Dê-me uma boa razão para eu não dizer à polícia como o homem verdadeiramente era e que vi tudo – pediu, a olhá-la nos olhos.

Foi Annie a primeira a baixar o olhar.

– É um homem muito perigoso, muito bem relacionado. Mesmo que a polícia o apanhasse esta noite e o prendesse, havia de arranjar maneira de nos fazer mal. Não posso correr esse risco.

Um arrepio gelado correu pelas costas de Belle. Não era aquilo que estava à espera de ouvir.

– Porque não recusaste deixá-lo entrar depois da primeira vez que ele magoou uma das raparigas? – perguntou Mog, mas também a voz dela tinha perdido a dureza, como se já se sentisse derrotada.

– Tentei, mas ele ameaçou-me – respondeu Annie, de olhos ainda baixos e a entrelaçar os dedos no regaço. – Descobriu uma coisa a meu respeito. Quando começou a escolher a Millie e ela pareceu não se importar com a brutalidade dele, pensei que acabaria por cansar-se e mudar para outra casa.

– Acho que ele a amava – disse Belle. – Disse que queria que ela fosse viver com ele.

– Homens como ele não amam ninguém – exclamou Annie, desdenhosamente. – Uma rapariga bonita e tola como a Millie seria usada e descartada quando se fartasse dela. Está melhor morta do que a viver com ele.

Belle não pôde impedir-se de pensar que a mãe falava com a voz da experiência.

– Como se chama? – perguntou Mog.

– Dizia chamar-se Mr. Kent, mas eu sei que noutros círculos é conhecido como «o Falcão». Mas basta desta conversa. As raparigas passaram o dia fechadas nos quartos sem nada que comer. É tempo de descerem para jantar. Nem uma palavra a este respeito a qualquer delas, vocês as duas. Amanhã vou falar com o sargento da polícia e perguntar-lhe se sabem de onde era a Millie. Se não souberem, tratarei eu do funeral. É o melhor que posso fazer por ela.

CAPÍTULO 4

Só quatro dias depois da noite em que Millie fora assassinada Belle voltou a ter oportunidade de sair de casa. A polícia continuara a aparecer em diferentes ocasiões com mais perguntas, e Annie andava com os nervos em franja. E o seu medo não tinha apenas a ver com a polícia, mas também com um jornalista que se dizia andar a meter o nariz por Seven Dials, a interrogar as pessoas. Temia que ele conseguisse entrar no Annie's Place sob uma falsa identidade e publicar uma história sórdida a respeito da casa. Por isso não tinha ainda retomado o negócio.

Rose e May tinham-se ido embora dois dias depois do assassínio. Disseram que tinham medo e que iam voltar para casa das mães, mas Mog estava convencida de que na verdade tinham ido trabalhar para outro bordel. Quanto às outras raparigas, com demasiado tempo nas mãos, deixaram de dizer que tinham medo de estar com qualquer homem e passaram a queixar-se de que não estavam a ganhar dinheiro. De hora a hora, havia uma discussão ou querela que Mog tinha de resolver. Dizia que estavam a comportar-se como crianças.

Belle achava que se aguentara bastante bem no rescaldo do assassínio. Não ficara histérica nem se pusera a dizer o que não devia. E nem sequer tivera muito medo, apesar de toda a gente na casa estar convencida de que corriam um perigo de morte. Mas parecia, afinal, ser apenas um caso de choque adiado, pois no terceiro dia acordara, antes do raiar da aurora, de um pesadelo com a morte de Millie. Fora como se tudo acontecesse em câmara lenta, todos os pequenos pormenores ampliados e arrastados, o que tornava a visão mil vezes mais aterradora. E durante todo esse dia não conseguira pensar noutra coisa, não só no assassínio em si mas na natureza da própria casa onde vivia.

A palavra «foder» não lhe saía da cabeça. Era apenas um palavrão que ouvia diariamente desde criança, mas agora que sabia que era o que os homens iam fazer lá a casa, adquirira um tom sinistro. Algumas das raparigas pouco mais velhas eram do que ela, e não conseguia impedir-se de pensar se a mãe não tencionaria que se tornasse também numa prostituta.

Antes da morte de Millie, quase nunca pensava no negócio da mãe. Talvez fosse por ter crescido com ele, do mesmo modo que os filhos de um magarefe ou de um taberneiro. Agora, no entanto, não pensava noutra coisa. Dava por si a olhar para as raparigas de uma maneira diferente, a querer perguntar-lhes o que sentiam a respeito do que faziam e porque tinham escolhido fazê-lo.

Achava que a mãe também devia ter sido prostituta, e que muito provavelmente o pai fora um dos seus clientes. A ideia agoniava-a, e talvez explicasse por que motivo Annie era sempre tão fria para ela. Apesar de jovem e inexperiente, Belle compreendia que um filho devia ser a última coisa que qualquer prostituta desejaria; só serviria para lhe tornar a vida duplamente difícil.

Antes de tudo aquilo acontecer, sempre se sentira segura e até um pouco superior aos vizinhos. A sua casa era limpa e arrumada, sabia ler e escrever corretamente, vestia bem, era saudável e toda a gente a achava bonita. O seu sonho de ter uma pequena loja de chapéus sempre lhe parecera alcançável, porque enchera um bloco inteiro com esboços de chapéus que desenhava. Tencionava ir à chapelaria que havia no Strand, um dia, e pedir-lhes que a aceitassem como aprendiz, para poder aprender a fazer chapéus.

Agora, porém, a sua confiança tinha desaparecido. Sentia-se tão baixa e inútil como qualquer dos miúdos de rua que dormiam debaixo dos arcos da ponte ferroviária em Villiers Street ou em caixotes abandonados à volta do mercado de Covent Garden.

Como se a dona da chapelaria aceitasse como aprendiz a filha da patroa de um bordel!

Ocorreu-lhe também que durante todo aquele tempo em que se comportara um pouco como se fosse mais do que os outros, muitos dos lojistas de Seven Dials deviam ter achado hilariante o facto de a filha de uma patroa de bordel ter o descaramento de se dar aqueles ares. Corava ao pensar no que deviam dizer dela: talvez até fizessem apostas a respeito de quanto tempo demoraria a vender também o corpo.

Tentou falar com Mog sobre isto, mas ela respondeu-lhe com brusquidão.

– Não tomes essa atitude em relação à tua mãe, Belle. Não fazes ideia de como é difícil para uma mulher ganhar a vida – disse, secamente. – Limpar casas, fazer vestidos, trabalhar numa loja, tudo isso exige trabalhar muitas horas por muito pouco dinheiro. Nem sempre aprovo o que a tua mãe faz, mas não te permito que a desprezes por gerir esta casa. Fez o que tinha de fazer para sobreviver. Espero que nunca te encontres na mesma situação.

As paredes da casa pareciam fechar-se sobre ela; por mais que tentasse expulsá-la, a imagem dos olhos esbugalhados de Millie e daquele homem horrível a esfregar a pila junto da cara dela não lhe saía da cabeça. Precisava desesperadamente de ar fresco, de outro som que não o das raparigas a discutirem lá em cima, de outra visão que não a expressão atormentada de Annie.

Acima de tudo, queria ver Jimmy. Por qualquer razão que não tentava sequer racionalizar, sentia que ele havia de compreender aquilo por que estava a passar.

Pôs a velha capa cinzenta debruada a peles, calçou as botas mais resistentes que tinha e escapuliu-se pela porta das traseiras. Não voltara a nevar nos últimos três dias, mas continuava a estar demasiado frio para que a neve e o gelo derretessem. Já não era uma visão bonita. A neve nas ruas e nos passeios estava agora negra de suji-dade, salpicada de excrementos de cavalo e riscada pelas rodas das carroças e dos fiacres. Muitos lojistas tinham espalhado sal e areia diante dos estabelecimentos, por uma questão de segurança, o que tornava tudo ainda mais feio.

Caminhou cuidadosamente por Monmouth Street, levantando um pouco as saias para evitar a imundície. Eram apenas nove da manhã de mais um dia cinzento e frio, e pareceu-lhe que o sol não brilhava há semanas.

– Belle, espera!

Ao ouvir a voz de Jimmy atrás de si, voltou-se com o coração a bater mais depressa e viu-o a correr temerariamente pela rua na sua direção, e depois a deslizar por um troço onde a neve compacta se transformara em gelo.

Vestia uma velha camisola azul que parecia dois tamanhos abaixo do dele, e as calças cinzentas eram um tudo-nada demasiado curtas. Usava um cachecol aos quadrados enrolado ao pescoço, mas estava sem casaco. Belle suspeitou de que não tinha nenhum.

– Como estás? – perguntou ele, ofegante, quando chegou a seu lado. – Foi uma coisa terrível, aquilo de a rapariga ter sido assassi-nada, as pessoas não falam de outra coisa. Mas toda a gente dizia que te tinham mandado para longe daqui. Ficaria contente por ti se isso te fizesse sentir melhor, mas não me agradava a ideia de nunca mais voltar a ver-te.

Os olhos de Belle encheram-se de lágrimas involuntárias, por-que ele era a primeira pessoa que parecia preocupado com ela. Até Mog evitava qualquer referência ao que acontecera, e Mog sabia o que ela tinha visto.

– Sim, foi horrível – admitiu. – Gostava da Millie e foi um cho-que tremendo.

– Não chores – disse ele, aproximando-se mais e pegando-lhe na mão enluvada. – Queres falar do assunto? Ou preferes que te distraia?

Os seus olhos castanho-claros estavam cheios de preocupação por ela, mas mesmo assim fez um sorriso maroto que lhe abriu uma cova no queixo.

– Distrai-me – disse ela.

– Então vamos até ao Embankment – sugeriu ele. – Lá a neve ainda está bonita, nos jardins.

A segurar-lhe a mão com força, fê-la correr e deslizar por Covent Garden, passando por carregadores que transportavam caixas de fruta à cabeça e por outros que empurravam carrinhos de mão cheios de sacos de legumes. Levou-a à secção das flores do mercado, e as enfiadas de cores brilhantes, juntamente com o perfume, puseram-na logo mais animada.

– Onde é que eles arranjam flores em pleno inverno? – perguntou. Jimmy tinha apanhado do chão um botão de rosa e estava a cheirá-lo.

– Nos países quentes, talvez – respondeu ele, aproximando-se e enfiando a flor na casa de um botão do casaco dela. – Ou talvez as cultivem em estufas. Não sei. Mas adoro vir aqui e vê-las e cheirá-las. Faz-me esquecer toda a fealdade que há à minha volta.

– Na taberna do teu tio?

Ele assentiu com a cabeça e ficou pensativo.

– Sim. Os homens que gastam em bebida o dinheiro que deviam levar para as mulheres e para os filhos. Os que se gabam de bater nas mulheres para as manter na linha. Os ladrões, os chulos, os mentirosos e os bandidos. Começo a pensar que não há em Seven Dials um único homem honesto e de bom coração. Nem sequer sei se o tio Garth é um deles.

– Não pode ser completamente mau. Recebeu-te em casa e pagou o funeral da tua mãe – recordou-lhe Belle. – A minha mãe também não é aquilo a que se poderia chamar uma boa mulher, mas talvez nenhum dos dois tenha tido por onde escolher.

– Talvez tenhas razão. Suponho que deve ser muito difícil subir a pulso e ter o nosso próprio negócio. Acho que poucas pessoas conseguiriam fazê-lo sem sujarem as mãos – disse Jimmy, num tom de resignação.

Enquanto percorriam o Strand e começavam a descer em direção ao Embankment, Jimmy contou-lhe que a notícia do crime tinha chegado ao Ram's Head na própria noite em que acontecera.

– Na altura não sabíamos quem tinha sido morto, mas alguém disse que esperava que não tivesse sido a Millie, porque era boa rapariga. Se não te tivesse conhecido, não acreditaria que alguém do bordel pudesse ser bom. Passei a noite inteira a pensar em ti, se estarias bem, como teria sido para ti e para a tua mãe.

O pequeno jardim do Embankment estava muito bonito. Nos caminhos, a neve estava pisada e remexida, mas nas árvores, nos arbustos, na relva e nas vedações de ferro continuava branca, densa e fresca. A imagem recordou a Belle que, poucos dias antes, também ela fora tão inocente como neve acabada de cair. Mas aquele homem mau espezinhara aquela pureza de espírito e mostrara-lhe a dura realidade.

Precisava de tentar explicar a Jimmy o que sentia, mas era muito difícil de traduzir em palavras.

– A verdade é que eu não sabia o que se passava na casa – disse, hesitante, corando intensamente. – Quero dizer, só soube naquela noite. Pensava que eram um espécie de festas particulares onde os homens pagavam para entrar.

Jimmy assentiu com a cabeça.

– Contei ao meu tio que te tinha conhecido, e ele disse que a tua mãe sempre te mantivera afastada de tudo aquilo e que havia que reconhecer que soubera educar-te muito bem. Mas talvez devesse ter-te explicado alguma coisa. Deve ter sido um choque horrível descobrir a verdade.

– Foi anda pior por ser a Millie. Era a única das raparigas que eu sentia que conhecia verdadeiramente – disse Belle, com a voz a tremer.

Jimmy limpou a neve de um banco e sugeriu que se sentassem enquanto Belle contava a história que lhe tinham dito para contar.

Jimmy escutava atentamente, mas a beleza do jardim, e até o pequeno pisco que saltitava de um lado para o outro à frente deles, faziam-na sentir que ia engasgar-se com as mentiras a respeito de estar na cama quando aquilo acontecera. Calou-se a meio de uma frase, com as lágrimas a subirem-lhe aos olhos.

– Vá lá, não chores – disse Jimmy, passando-lhe reconfortante-mente o braço pelos ombros. – Deve ter sido horrível descobrir o que tinha acontecido por cima da tua cabeça. Mas não digas mais nada, se isso te perturba.

Belle inclinou a cara para o peito dele.

– É dizer mentiras que me perturba – disse, numa voz que era pouco mais do que um murmúrio. – Se te disser a verdade, prome-tes não contar a ninguém?

Ele segurou-lhe o queixo com um dedo e levantou-lhe o rosto, para poder vê-lo melhor.

– Nunca diria a ninguém fosse o que fosse que me contasses em confidência – disse. – A minha mãe era muito rigorosa nisso de cumprir promessas e dizer a verdade. Portanto, despeja tudo cá para fora. Talvez te faça sentir melhor.

Belle contou então a verdadeira história, de uma forma por vezes desconexa; não encontrava as palavras certas e envergonhava--a falar do que o homem fizera com Millie antes de a matar. Final-mente, explicou que fora a mãe que quisera que ela dissesse que estava a dormir enquanto aquilo acontecia.

Jimmy estava com um ar chocado e estupefacto.

– Eu nem sequer sabia o que as raparigas faziam com os ho-mens antes daquela noite – murmurou ela, tapando a cara com as mãos para esconder a vergonha.

Começou então a soluçar, chorando as lágrimas amargas que de-viam ter vindo muito mais cedo. Jimmy pareceu intuir isto, pois abraçou-a, apertou-a contra o ombro e deixou-a chorar.

Belle conseguiu finalmente parar de soluçar, e afastou-se dele, procurando o lenço para se assoar.

— Imagino o que deves pensar de mim — disse, corada de vergonha.

— Penso que és amorosa — disse ele, tirando-lhe o lenço da mão para lhe limpar os olhos. — Não tenho pensado noutra coisa senão em ti desde que nos conhecemos. Só desejava poder fazer ou dizer qualquer coisa que te fizesse sentir melhor.

Belle espreitou para ele através das pestanas e viu-lhe a sinceridade nos olhos.

— Tenho querido tanto ver-te desde aquela noite — disse, muito baixo. — Tem sido horrível, e ninguém lá em casa me deixa falar do assunto. Sentia que tu havias de compreender, mas ao mesmo tempo parecia uma tolice pensá-lo quando mal te conheço.

— Não acredito que conhecer uma pessoa há muito ou há pouco tempo seja importante. Toda a minha vida conheci o meu tio, mas nem por isso lhe faria confidências. Mas depois de falar contigo alguns minutos, estava a contar-te coisas a respeito da minha mãe — respondeu ele. Voltou a pôr o dedo gelado debaixo do queixo dela e a erguer-lhe a cabeça. — A minha opinião é que a tua mãe faz mal em não dizer à polícia quem foi e que tu viste tudo. Mas compreendo que não queira fazê-lo por ter medo de que te aconteça alguma coisa. O que prova que gosta de ti e se preocupa contigo.

— O que te fez pensar que não gostava? — perguntou Belle.

— A maneira como falaste dela — disse ele, encolhendo os ombros. — Como se tivesses medo dela.

— Toda a gente tem um pouco de medo dela. — Belle esboçou um sorriso lacrimoso. — Não é uma pessoa com que seja fácil viver. Não é como a Mog. Muitas vezes desejo que fosse ela a minha mãe.

Belle falou de um modo geral a respeito de como era crescer numa casa só de mulheres.

— Se não lesse livros e os jornais, acho que nem sequer saberia como é ter um pai — concluiu.

— Para mim também foi um pouco assim — disse Jimmy, pensativo, voltando a passar-lhe o braço pelos ombros. — Éramos só eu e a minha mãe, e as senhoras que iam lá a casa provar os vestidos. O tio Garth aparecia de longe a longe e dizia que ela estava a tornar--me mole. Na altura não sabia como achava ele que os homens deviam ser, e agora que os vejo no *pub*, não quero ser assim. Tu não havias de querer um pai que fosse como os homens que vão a casa da tua mãe, pois não?

Belle fez um meio sorriso.

– Suponho que devia ser um deles. Mas nunca vi nenhum dos homens, exceto o assassino, e não podem ser todos como ele.

– Sabes como se chamava?

– Dizia chamar-se Mr. Kent, mas ouvi a minha mãe dizer que era conhecido como o Falcão. Não se arranja um nome desses a menos que se seja muito perigoso.

Levantaram-se do banco e começaram a andar, para aquecer um pouco, caminhando ao longo do Embankment em direção a Westminster Bridge. Quando Belle tinha cerca de nove anos, Mog levara-a a ver Trafalgar Square, os Horse Guards, a Catedral de Westminster e o Parlamento. Na altura, pensara que tinham percorrido quilómetros: só quando Jimmy a levara a St. James's Park se apercebera de que todos aqueles lugares históricos e esplêndidos ficavam na realidade muito perto de casa.

Jimmy sabia muito mais do que ela a respeito de Londres. Explicou-lhe a cerimónia do render da guarda nos Horse Guards e o que se passava no Parlamento.

– Quando chegar a primavera, vou levar-te a conhecer Londres de uma ponta à outra – prometeu. – Havemos de ir a Greenwich, a Hyde Park, à Catedral de São Paulo e à Torre de Londres. – Isto é, se ainda fores minha amiga.

Belle riu.

– Claro que vou ser – disse, subitamente consciente de que ele conseguira fazê-la voltar a sentir-se esperançosa e feliz. – Gosto muito de estar contigo.

Ele deteve-se e voltou-se para ela com uma expressão de pura felicidade.

– Acho que és encantadora – disse, um ligeiro rubor a tingir-lhe as faces pálidas e frias. – Mas agora é melhor voltarmos, ou ficamos os dois metidos em sarilhos.

Enquanto regressavam a Seven Dials, Jimmy explicou que a sua principal função era recolher e lavar copos, manter a adega limpa e verificar as entregas, mas que o tio o mantinha ocupado com muitas outras tarefas, desde lavar a roupa e limpar os quartos por cima da taberna a cozinhar. Belle ficou com a ideia de que ele trabalhava desde as onze da manhã até depois da meia-noite, todos os dias, sem receber sequer uma palavra de apreço.

– Um rapaz esperto como tu podia arranjar um emprego muito melhor – disse, cheia de pena dele.

– Pois podia – concordou Jimmy. – Mas por muito duro que o tio Garth possa ser, não hesitou em receber-me quando a minha mãe morreu, e ela gostava muito dele. Além disso, tem-me ensinado muita coisa. É esperto, determinado, não é fácil enganá-lo seja no que for. Vou esperar, aprender tudo o que puder, tornar-me indispensável, e depois arranjar um emprego melhor.

– Talvez seja o que eu devia fazer com a Annie – disse Belle.

Jimmy voltou a parar e a pegar-lhe nas mãos.

– Acho que quanto menos aprenderes a respeito daquele lugar melhor – declarou, muito sério. – Lê livros, Belle, incluindo livros de História e de Geografia. Melhora a tua escrita, e continua a sonhar com a tua lojinha de chapéus. Não tens de tornar-te numa puta, tal como eu não tenho de ser o taberneiro que serve ladrões, chulos e homens que espancam as mulheres. Vamos ser bons amigos e apoiar-nos um ao outro. Podíamos sair de Seven Dials se nos ajudássemos um ao outro.

Belle estava profundamente emocionada. Olhou-o nos olhos e desejou ter as palavras certas para lhe dizer como ele a fizera sentir-se tão melhor, como fizera renascer dentro dela uma centelha de esperança, como a fizera sentir que poderia ter uma boa vida longe de Seven Dials. Pensou que Jimmy talvez até tivesse o poder de apagar do espírito dela a recordação do lado feio dos homens que descobrira no quarto de Millie. Não sentia nele esse género de ameaça, na realidade desejava que voltasse a abraçá-la, talvez até a beijá-la.

– É uma coisa agradável em que pensar – disse, e inclinou-se para a frente e beijou-o na face. – Obrigada, Jimmy, por me animares. Farei como disseste.

Recomeçaram a andar, agora mais depressa, ambos conscientes de que iam ter problemas por se terem demorado tanto, mas quando se separaram no caminho para Jake's Court, Belle acenou e atirou-lhe um beijo.

CAPÍTULO 5

— O nde estiveste? – perguntou Mog indignada quando Belle entrou na cozinha depois de se despedir de Jimmy.

– Peço desculpa – disse Belle. – Só queria apanhar um pouco de ar fresco.

– Tens sorte por a tua mãe ainda estar na cama – resmungou Mog. – Tenho de sair daqui a nada para tratar do funeral da Millie. A polícia diz que não conseguiu descobrir onde vivem os pais dela, mas aposto que nem sequer tentaram.

– Há alguma coisa que eu possa fazer para ajudar? – perguntou Belle. Era evidente que Mog estava enervada.

– Não. Vamos só eu e a Annie. Não queremos mais ninguém a reboque.

– Achas que algum dia a família vai saber o que lhe aconteceu? – perguntou Belle, a pensar em como era triste uma pessoa tão alegre e animada ser enterrada quase em segredo.

– Bem, sabiam onde ela estava quando veio para cá – disse Mog, com uma fungadela de reprovação. – Mas nunca escreveram. Diria que isso significa que não querem saber dela para nada.

Belle teve de concordar que era de facto o que parecia.

– Quando vai ser, então? – perguntou.

61

— Na sexta-feira, às quatro da tarde. Em Holy Trinity. Teremos um pequeno chá cá em casa para nós e para as raparigas, depois do funeral. Só uma pequena despedida, nada de especial. Vou fazer uns bolos e sanduíches. É tudo o que posso fazer por ela.

Belle pensou que ter testemunhado um assassínio devia tê-la feito crescer de repente, pois sentiu que Mog estava a esconder o seu desgosto pela morte de Millie porque toda a gente esperava que aguentasse tudo o que a vida lhe atirasse à cara. Ela própria estava habituada a pensar em Mog como sendo velha, mas na realidade tinha apenas mais dez anos do que a rapariga assassinada, e passara metade da sua vida naquela casa, raramente saindo, às ordens de toda a gente e de um modo geral sem uma palavra de agradecimento.

Aproximou-se mais de Mog, passou-lhe os braços pelas costas e abraçou-a com força.

— Porque foi isso? – perguntou Mog, rabugenta.

— Por seres tão especial – respondeu Belle.

— Desaparece da minha vista – respondeu Mog, mas a maneira brincalhona como empurrou Belle e o tremor na sua voz indicaram que tinha ficado emocionada.

Na sexta-feira, às três e meia, Mog e Annie, vestidas de preto e com véus nos chapéus, saíram para se dirigirem à casa mortuária em Endell Street. O corpo de Millie fora para lá levado depois de ter sido examinado na morgue. As duas mulheres seguiriam a pé o carro fúnebre tirado por cavalos no curto percurso até ao cemitério. Durante a manhã, tinham sido deixadas duas coroas e alguns ramos de flores à porta da casa em Jake's Court. Nenhum deles tinha cartão, mas Mog estava convencida de que eram de admiradores da jovem falecida. Annie comprara uma coroa de ramos de plantas perenes com rosas vermelhas de cera, que, segundo ela, durariam muito mais do que quaisquer flores verdadeiras. Andara irritada toda a manhã, e Mog dissera que era natural, porque gostava muito de Millie, mas Belle achava mais provável que fosse por medo de que o funeral atraísse sobre si ainda mais atenção indesejada.

Lily e Sally, as mais velhas das raparigas que restavam, tinham ficado encarregadas das coisas em casa. Mog dissera-lhes que pusessem a chaleira ao lume às quatro e meia e que preparassem as coisas para o chá na mesa da cozinha. Ela e Annie estariam de volta pouco depois.

Mal as duas saíram, Belle pôs a capa cinzenta e escapuliu-se pela porta das traseiras. As raparigas estavam todas lá em cima – ouvia-as a gritar umas com as outras. O colar de Dolly desaparecera e ela afirmava que uma das colegas devia tê-lo roubado.

Desde a morte de Millie, as discussões tinham-se tornado constantes. Mog dizia que era por estarem aborrecidas, mas fosse qual fosse a causa, Belle estava farta de ouvi-las insultarem-se mutuamente. Ia tentar encontrar Jimmy.

Não ousou ir procurá-lo ao Ram's Head, mas passou devagar diante da porta, na esperança de que ele a visse. Jimmy dissera que habitualmente conseguia sair por volta das quatro da tarde, de modo que atravessou a rua para ir ver a montra de uma loja de roupa em segunda mão enquanto esperava que ele aparecesse.

A temperatura subira um pouco durante o dia e os montes de neve suja nas valetas estavam a derreter rapidamente. Esperou pelo menos quinze minutos até escurecer e então, sentindo-se verdadeiramente gelada, foi até ao mercado de Covent Garden; talvez ele estivesse por lá.

Como sempre, as ruas estreitas eram uma fervilhante massa de humanidade e os ouvidos de Belle eram assaltados pelos pregões dos vendedores ambulantes e pela música dos artistas de rua que tocavam acordeões, violinos e pandeiretas, pelo estrondear das rodas das carroças no empedrado e pelas vozes das pessoas que gritavam umas com as outras a tentarem fazer-se ouvir no meio da algazarra. E não eram só os ouvidos, o nariz também. Estrume de cavalo, maçãs caramelizadas, peixe, legumes podres, pão quente e bolos, tudo exalava aromas que se misturavam e pairavam como uma névoa fedorenta no ar frio. Examinou tristemente os edifícios degradados que a rodeavam, as ruas cheias de lixo, os homens e mulheres em vários estádios de embriaguez, as crianças imundas que corriam por todo o lado vestindo pouco mais que alguns trapos. Os únicos lugares que pareciam prósperos e bem conservados eram as tabernas e as casas de penhores.

Pareceu-lhe estranho ter crescido ali e no entanto nunca ter reparado verdadeiramente em como tudo era velho, esquálido e deprimente. Talvez não estivesse num dos seus melhores dias, pois o barulho provocava-lhe dores de cabeça, os cheiros davam-lhe a volta ao estômago e sentia o perigo à espreita em cada beco ou pátio. Começou a andar mais depressa, ansiosa por chegar a casa.

Ouviu a carruagem nas suas costas quando estava a chegar a Jake's Court, mas nem sequer voltou a cabeça, por ser um som tão comum. Repentinamente, porém, sentiu-se levantada do chão por alguém que se aproximara por trás. Puxaram-lhe os braços para trás das costas, prendendo-os com força, e ao mesmo tempo uma mão tapou-lhe a boca, para a silenciar. Debateu-se e tentou espernear, mas o atacante era muito mais alto e forte do que ela, e foi içada em peso para a carruagem negra que parara a seu lado, ocupando toda a largura da rua estreita.

Por estar escuro na rua, onde os candeeiros a gás emitiam uma luz mortiça, e mais escuro ainda dentro da carruagem, Belle só se apercebeu de que havia outro homem quando ele lhe agarrou os braços enquanto o primeiro saltava para o banco. Um deles bateu na parede, para indicar ao cocheiro que arrancasse.

Belle estava aterrorizada, mas mesmo assim gritou o mais alto que pôde, e tentou chegar à porta da carruagem para fugir. Uma violenta pancada no lado da cabeça fê-la cair no banco.

— Mais um som, e mato-te — disse uma voz rouca que reconheceu no mesmo instante.

Soube imediatamente que era o assassino de Millie. E soube também que ele cumpriria a ameaça se desobedecesse.

– Onde está ela, Mog? – perguntou Annie, zangada. Tinham chegado a casa há cerca de quinze minutos e encontrado as raparigas já todas reunidas na cozinha, a exigir pormenores sobre o funeral, de modo que não se apercebera imediatamente da ausência de Belle. Fora só ao servir a cada uma um cálice de vinho doce que dera pela falta dela.

– Não sei. Deve ter saído para apanhar um pouco de ar fresco, sabes como ela é – respondeu Mog. – A Belle disse alguma coisa a qualquer de vocês? – continuou, dirigindo-se às raparigas.

– A última vez que a vimos foi antes de saírem – disse Lily. Ela e as outras quatro raparigas estavam só meio vestidas, com velhos agasalhos por cima das camisas e cuecas bastante encardidas. Nenhuma delas parecia ter-se dado ao trabalho de se pentear nos últimos dias. Os cabelos louros de Lily pareciam um ninho de ratos.

O aspeto desleixado das raparigas, juntamente com as expressões vazias que todas mostravam, irritou Mog.

– Podiam ter feito um esforço e arranjarem-se um pouco, para mostrar respeito – atirou-lhes.

– Mas não vamos abrir esta noite – disse Lily, num tom insolente. – Qual é a vantagem de nos arranjarmos se não vai aparecer ninguém?

– Só espero que alguém faça o esforço no teu velório – sibilou Mog. – E podiam mostrar-se ao menos um pouco preocupadas com a Belle.

– Há de estar bem – disse Amy, puxando por uma madeixa de cabelos gordurosos e pondo-se a mordiscá-la. – O que é que pode acontecer-lhe num bairro onde toda a gente sabe quem é a mãe dela?

Às oito da noite, Annie estava em Bow Street, a dizer à polícia que achava que a filha tinha sido raptada e talvez até morta. Ela e

Mog tinham percorrido Seven Dials de uma ponta à outra, perguntando por todo o lado se alguém tinha visto Belle. Mas para desespero de ambas, ninguém a tinha visto naquele dia.

O sargento de serviço, um homem corpulento de bigode farfalhudo, pareceu achar graça à afirmação de Annie.

– Não é muito provável, minha senhora – disse, com um sorriso a bailar-lhe nos lábios. – As raparigas da idade dela gostam de andar por aí. Talvez até tenha um namorado, tanto quanto sabe.

– Não andaria por aí de noite, e com certeza sabe que uma rapariga foi assassinada em minha casa há dias. É possível que o mesmo homem estivesse a vigiar a casa e tenha raptado a minha Belle.

– E para que a quereria ele? Não é uma das raparigas – disse o polícia. – A senhora disse que ela estava na cama na altura do crime e que nunca a deixa ir aos andares de cima depois do meio da tarde. O mais certo é ele nem sequer saber que tem uma filha.

– Fê-lo para me avisar – respondeu Annie. – É uma maneira de me dizer que pode fazer o que quiser. Matar uma das minhas raparigas, raptar a minha Belle, que irá fazer a seguir?

O sargento saiu de trás do balcão, bocejou e espreguiçou-se.

– Olhe, minha senhora, compreendo a sua preocupação, mas pode apostar que a miúda foi ter com o namorado e esqueceu as horas. Agora deve estar cheia de medo de voltar para casa porque sabe que vai zangar-se com ela. Mas há de voltar quando tiver frio e fome.

– Por favor, comecem a procurá-la – suplicou Annie. – Ao menos perguntem por aí se alguém a viu esta tarde.

– Muito bem, começaremos amanhã de manhã se ela não voltar esta noite – concordou o sargento. – Mas volta, vai ver.

Às onze da noite, Annie e Mog estavam sentadas na cozinha, demasiado preocupadas para pensarem em ir para a cama. Não tinham ficado tranquilizadas pela opinião do polícia. Ambas sabiam que Belle nunca faltaria voluntariamente ao pequeno velório de Millie; para ela, seria o mesmo que dizer que não queria saber da rapariga que tinha morrido. E se lhe tivesse acontecido qualquer outra coisa, se tivesse sido atropelada na rua ou tivesse adoecido, haveria de arranjar maneira de lhes fazer chegar uma mensagem.

– Não sei o que fazer – admitiu Annie. – Se digo aos filantes que conhecia o assassino e que a Belle assistiu a tudo, vão pensar que estou metida na coisa com ele e acusam-me de obstrução à justiça. Se não digo nada, não vão levar-me suficientemente a sério para procurá-la. Mas o pior é que se lhes digo que foi o Falcão e ele descobre que o denunciei, mata a Belle e depois vem matar-me a mim.

Mog sabia que Annie podia ter razão. Mais ninguém em Seven Dials raptaria Belle. Annie fazia parte da comunidade, e por muito maus que alguns dos vizinhos fossem, não roubavam nem magoavam a sua própria gente.

Mas aquele homem, Kent, ou o Falcão, como era conhecido, sabia que a sua liberdade dependia de garantir que Belle e a mãe não falavam. Provavelmente tinha contactos em todo o lado. Na realidade, Mog estaria disposta a apostar que já sabia que Annie fora a Bow Street naquela noite. E depois da maneira como matara Millie, Mog tinha plena consciência de que não precisaria sequer da desculpa de a polícia andar a procurá-lo para assassinar Belle.

– Acho que devias contar tudo à polícia – disse, depois de pesar bem os prós e os contras. – Mas também acho que devias cobrar alguns favores e arranjar quem te ajude a descobrir para onde foi que esse filho da mãe levou a Belle.

Annie ficou silenciosa durante algum tempo, a roer pensativamente as unhas.

– Tenho medo de que ele a venda – acabou por dizer.

Mog empalideceu. Sabia exatamente o que Annie queria dizer com «vender». Uma virgem nova e bonita valeria um alto preço em certos círculos.

— Por favor, meu Deus, isso não — disse, e benzeu-se. Os olhos encheram-se-lhe de lágrimas e estendeu a mão para a de Annie, pois sabia que fora o que acontecera à amiga quando tinha a idade de Belle.

Annie tinha os lábios a tremer. Apertou a mão de Mog e fez um grande esforço para não recordar o horror do que lhe acontecera vinte e cinco anos antes.

Fora a mais dolorosa, nojenta e humilhante experiência de toda a sua vida, e ainda agora, passados tantos anos, sentia o cheiro do suor do homem, o fedor do *whisky* no seu hálito, e voltava a experimentar a sensação de ser esmagada viva pelo peso daquele corpo em cima do seu. Gritara, doera-lhe muito, mas ele parecera gostar, e quando finalmente acabara, examinara-lhe as partes íntimas e parecera satisfeito ao ver o sangue.

Era uma criança, na altura. Nem seios tinha, só um corpo magro como o de um rapazinho.

Annie sabia agora que fora apenas uma das milhares de crianças apanhadas nas ruas. Por toda a cidade de Londres, proprietárias de bordéis sem escrúpulos pagavam a pessoas, muitas vezes mulheres de aspeto maternal, para lhes arranjarem rapariguinhas bonitas para o negócio. Geralmente, as raparigas raptadas eram tratadas como ela própria fora, fechadas num quarto e submetidas pela fome. Muitas eram espancadas até lhes roubarem toda a capacidade de resistência.

A maior parte das vezes, quando uma criança era abusada daquela maneira, sentia-se física e mentalmente arruinada, e ficava na prostituição porque não conseguia enfrentar a perspetiva de voltar para casa. Fora assim com Annie; soubera que se a mãe descobrisse o que lhe tinha acontecido, nunca conseguiria ultrapassar a vergonha. Por isso perdera para sempre a família; preferia que pensassem que não queria saber deles a saberem que género de trabalho fazia.

Conseguira, um par de anos mais tarde, reunir coragem suficiente para fugir ao inferno daquele bordel, e tivera sorte ao encontrar a segurança relativa da casa da Condessa em Jake's Court. Ali aprendera a tolerar, senão a gostar, a profissão para onde fora atirada. Por vezes, na companhia das outras raparigas, chegava até a ser feliz.

Quando a Condessa lhe deixara a casa, considerara a possibilidade de vendê-la e usar o dinheiro para abrir uma loja numa zona respeitável. Mas aquilo era a única coisa que sabia fazer, e se começasse outro negócio e falhasse, perdendo tudo, para onde iriam ela e Belle viver?

Pensara muito naquilo, e chegara à conclusão de que enquanto os homens tivessem necessidade de sexo, haveria alguém a aproveitar-se disso para ganhar dinheiro. Por isso, tomara a decisão de continuar no negócio, mas prometera a si mesma que a sua casa seria uma boa casa. Só aceitaria raparigas voluntárias e experientes. Alimentá-las-ia bem, vigiar-lhes-ia a saúde e a higiene e não ficaria com todo o dinheiro que ganhassem. Parecera-lhe o compromisso perfeito.

Nunca oferecera uma criança fosse a quem fosse, e nunca o faria. Muitos homens lhe tinham pedido que lhes arranjasse uma, mas ela sempre os pusera na rua, deixando bem claro o que pensava dessas práticas doentias.

Agora que Belle tinha desaparecido e estava talvez à beira de ser molestada por um bruto, compreendia como fora estúpida ao não prever a possibilidade de uma coisa daquelas acontecer. Como pudera imaginar que seria capaz de manter a filha a salvo vivendo num bordel?

– Tens razão, devia tê-la mandado para um colégio interno – disse, a voz quebrada pela emoção. – Foi uma estupidez conservá-la aqui comigo.

Annie sabia exatamente porque não mandara Belle para um colégio. Porque ela era a única coisa boa da sua vida, na verdade a sua única razão para viver. Sentira que mantendo-a perto de si poderia impedir que lhe sucedesse algum mal.

Voltou para Mog os olhos marejados de lágrimas.

– Mesmo que isto não tivesse acontecido, mais cedo ou mais tarde ela teria percebido o que se passava.

— Deixa de te culpares a ti mesma e começa a pensar em quem é que nos pode ajudar. — Mog não sentia qualquer prazer por ter razão a respeito de mandar Belle para longe. Além disso, apesar de ter insistido com Annie para que o fizesse, ficara aliviada quando ela recusara. Belle era-lhe tão preciosa que até um dia sem ela parecia demasiado tempo.

— Como se chamava aquele homem que gostava da Millie? Aquele novo, que tinha a cara vermelha. Não era uma espécie de investigador?

Annie franziu a testa.

— Noah Bayliss! Acho que tens razão. A Millie dizia que ele também escrevia para um jornal. Mas como vamos encontrá-lo?

— Podemos começar por procurar no livro da casa — sugeriu Mog. — Eu sei que todos eles escrevem nomes falsos, mas o Noah não era aquilo a que se pode chamar um valdevinos. Talvez tenha dado a morada certa.

CAPÍTULO 6

O barulho de alguém a bater à porta penetrou o profundo torpor de Noah Bayliss e fê-lo abrir cautelosamente os olhos.
Não via nada, os pesados cortinados estavam fechados.

– O que é? – perguntou debilmente, pois bebera muito mais
do que a conta na noite anterior.

– Está aqui uma senhora para falar consigo – respondeu Mrs.
Dumas, a senhoria. – Diz que pede desculpa por vir tão cedo, mas
que queria apanhá-lo antes de sair para o trabalho.

– Hoje não tenho trabalho – resmungou Noah. – É em relação
a quê? – perguntou, em voz mais alta.

– Diz que é com a Millie.

De repente, Noah estava acordadíssimo. Só conhecia uma Millie, e embora não soubesse porque havia alguém de querer falar com
ele a respeito dela, estava intrigado.

– Desço já – respondeu, afastando os cobertores.

Noah Bayliss era solteiro, tinha trinta e um anos e uma vida
um tanto ou quanto precária porque, embora trabalhasse não só
como jornalista *freelance* mas também como investigador de uma
companhia de seguros, nenhum dos «empregos» pagava muito ou

71

sequer lhe garantia um trabalho regular. O jornalismo era a sua verdadeira paixão; sonhava dia e noite conseguir tão grande cacha que o *The Times* lhe oferecesse um lugar permanente. Muitas vezes, levava este sonho ainda mais longe e imaginava-se como editor do jornal. Mas, para seu grande desapontamento, nunca lhe pediam que cobrisse acontecimentos importantes ou excitantes, como um julgamento sensacionalista ou uma investigação. A maior parte das vezes, o que lhe pediam era reportagens sobre aborrecidas reuniões do conselho municipal ou outras histórias que mereceriam quando muito cinco linhas nas últimas páginas do jornal.

Até afirmar que era investigador de uma companhia de seguros podia considerar-se um pouco exagerado. A sua função consistia sobretudo em visitar pessoas que exigiam a execução de apólices e comunicar qualquer coisa que parecesse suspeito. As visitas aconteciam quase sempre depois de um falecimento, e o seus interlocutores eram viúvos ou viúvas chorosos. Até ao momento, não encontrara um único caso em que houvesse o mais pequeno vestígio de veneno, de empurrão escadas abaixo ou do que quer que fosse que apontasse para uma morte «não natural», embora não pudesse impedir-se de desejar que um dia isso acontecesse.

Lavou a cara com água fria na bacia do lavatório, vestiu uma camisa lavada e apanhou as calças do chão, onde as deixara cair na noite anterior. Tinha a sorte, em matéria de alojamento, de Mrs. Dumas ser uma viúva que queria companhia e alguma coisa que fazer mais do que apenas dinheiro. A casa dela em Percy Street, perpendicular a Tottenham Court Road, era muito limpa e confortável, e Mrs. Dumas tratava os seus inquilinos quase como membros da família. Noah tinha consciência disto, e por isso encarregava-se de fazer quaisquer pequenas reparações que fossem necessárias e todos os dias enchia os baldes de carvão. Enquanto descia rapidamente as escadas, esperou que Mrs. Dumas tivesse mantido as suas distâncias em relação à visitante; não queria que ela soubesse que era frequentador de bordéis.

– Miss Davis está na saleta – disse Mrs. Dumas quando ele chegou ao vestíbulo. Era uma mulher pequena que já tinha passado há muito os sessenta anos e recordava a Noah um passarinho, com o seu nariz pontiagudo e os olhos redondos e brilhantes. Estava de pé junto à porta do corredor que levava à cozinha, com o avental branco que todas as manhãs punha por cima do vestido. – Vá ter à cozinha quando acabar e eu preparo-lhe o pequeno-almoço – acrescentou, com o rosto a brilhar de curiosidade.

O nome Miss Davis não dizia nada a Noah, mas mal entrou na saleta reconheceu a mulher de casaco preto e severa *cloche*: era a criada do Annie's Place, aquela a que Millie chamava Mog.

– Peço desculpa por vir tão cedo, Mr. Bayliss – disse ela, pondo-se de pé e estendendo a mão. – Julgo que sabe quem sou.

Noah assentiu com um gesto de cabeça e apertou-lhe a mão.

– A minha senhoria referiu o nome da Millie.

– Com certeza já ouviu as terríveis notícias a respeito do assassínio dela?

O choque fez Noah recuar um passo.

– Assassínio? – arquejou.

– Oh, Deus. – A mulher aproximou-se dele e estendeu a mão para lhe tocar no braço, num gesto de conforto. – Lamento muito, Mr. Bayliss, ter-lhe causado este choque. Nem me passou pela cabeça que não soubesse, sendo jornalista e tendo a história aparecido em todos os jornais.

Noah estava tão horrorizado e espantado que ficou incapaz de pensar em qualquer coisa apropriada para dizer. Andara a fazer uma investigação para a companhia de seguros durante a última semana e não se dera ao incómodo de comprar um jornal. Sentia as lágrimas subirem-lhe aos olhos, e isso embaraçava-o.

– Não posso crer. Quem mataria uma rapariga tão encantadora? Quando foi isso? Apanharam o assassino? – perguntou finalmente, numa voz que mais parecia um grasnido, e teve de esperar que Mog não tivesse percebido que alimentara sonhos românticos em relação a Millie.

Mog sugeriu suavemente que se sentassem e contou-lhe toda a história. Noah achou curioso que uma mulher que trabalhava num bordel pudesse ser tão sensível e bondosa. Ela explicou que tinha saído na noite em causa e chegara a casa precisamente quando a polícia se preparava para retirar, e contou a história do assassínio através dos olhos da rapariguinha que assistira a tudo. Quando chegou ao ponto em que Annie, a mãe de Belle, mentira à polícia dizendo que a filha estivera a dormir enquanto tudo acontecia, teve de limpar com um lenço as lágrimas que lhe afloraram aos olhos.

Noah nunca imaginara que Annie tivesse um filha, e muito menos uma adolescente de quinze anos, a viver no local. Só pela maneira como Mog falava dela era evidente que a jovem era muito inocente, e pareceu-lhe intolerável que tivesse tido de testemunhar uma coisa tão chocante.

– Mas, para tornar tudo pior, agora a Belle foi raptada! – disse Mog, a dor a fazê-la levantar a voz. – Em plena rua! Foi ontem à tarde, enquanto estávamos no funeral da Millie.

– Oh, meu Deus! – exclamou Noah. – Foram à polícia, claro.

– Sim, naturalmente, mas de pouco nos serviu, uma vez que eles não sabem que a Belle testemunhou o assassínio e não se vão incomodar muito por nossa causa. Por isso não sabemos o que fazer. Então a Annie lembrou-se de que o senhor é um investigador e que gostava da Millie. Por isso esperámos que estivesse disposto a ajudar-nos.

Noah, o jornalista, não pôde deixar de pensar que aquela podia ser a história que sempre esperara para fazer nome. Mas envergonhou-se no mesmo instante por ter tido este pensamento. Gostara muito de Millie, e embora lhe agradasse a ideia de ser o homem que levara o assassino perante a justiça, não seria capaz de explorar a morte dela para favorecer a sua carreira.

Quando a conhecera, não fazia ideia de que fosse uma prostituta. Fora no Strand, pouco depois de uma criança ter sido atropelada por um fiacre, e na esperança de ser o primeiro a conseguir a história, perguntara às pessoas se alguém tinha visto alguma coisa. Millie

fora apenas uma dessas pessoas. Millie era muito bonita e mostrara-
-se desejosa de ajudar, preocupada com a criança e com os pais, e
quando dissera que tinha de voltar para casa, ele oferecera-se para a
acompanhar. Quando estavam a chegar a Jake's Court, ela confessara atabalhoadamente o que fazia. Ele dissera que não queria saber,
que continuava a gostar dela na mesma.

Só tinha ido uma vez a um bordel antes de conhecer Millie, e
nunca teria ido se não tivesse sido arrastado por um amigo numa
noite em que estava bêbedo. A ideia de um homem poder comprar
uma mulher como se fosse um saco de açúcar ou de carvão desa-
gradava-lhe profundamente. Mas queria desesperadamente voltar a
ver Millie, e por mais que o enervasse o que se passava no Annie's
Place, era a única maneira de o conseguir.

Na primeira visita, nem sequer quisera sexo. Dissera-lhe que só
queria estar com ela, e tinham ido para o quarto e falado e trocado
beijos.

Na visita seguinte, e nas subsequentes, tinham feito sexo. Não
conseguira resistir uma vez no quarto quente e aconchegado, quando ela se despira e ficara apenas de roupa interior, com os seios
cheios a sobressaírem da parte de cima da camisa. Fora maravilhoso,
a coisa mais excitante que alguma vez experimentara, mas não fora
só o sexo, gostava de tudo nela: a sua natureza doce e bondosa,
a pele lisa e macia, o sorriso tão alegre.

Talvez estivesse a iludir-se a si mesmo, mas acreditara que ela
gostava tanto dele como ele dela, e durante as seis ou sete semanas
seguintes fora vê-la todas as segundas-feiras, a noite mais sossegada
no Annie's Place. Mas da última vez que fora, ela já estava com
alguém, e ele ficara tão triste e magoado que na semana seguinte
não aparecera. E agora ela estava morta e ele nunca mais voltaria a
abraçá-la.

— Ouça, Miss Davis, não sou um detetive — explicou, a voz trémula de emoção. — Gostava da Millie e gostaria muito de ver o
homem que a assassinou na forca. E também gostaria muito de ajudar a encontrar a Belle, mas não faço ideia de como o fazer.

— Tenho a certeza de que conseguiria descobrir — disse Mog, com uma súplica nos olhos.

Noah suspirou.

— Suponho que posso começar a falar com pessoas à volta de Seven Dials… É possível que alguém saiba qualquer coisa. Talvez também consiga descobrir no jornal alguém que conheça em Bow Street o polícia mais indicado para obter informações.

— Mrs. Cooper não espera que o faça de graça — apressou-se Mog a dizer, calculando que, como a maior parte dos jovens, em questões de dinheiro ele devia ser chapa ganha chapa gasta.

Soubera, logo na primeira vez que o vira no Annie's, que era um bom homem. Gostava das faces rosadas dele, da maneira como os seus cabelos louros recusavam ficar deitados, por mais brilhantina que usasse. Não era bonito — o nariz achatado fazia lembrar um pequinês, e tinha umas grandes orelhas de abano —, mas havia honestidade naquela cara, e gostara do facto de ele tratar Millie com doçura, em vez de apenas com luxúria.

Quando descobrira que escrevera a verdadeira morada no livro da casa, vira confirmada a sua primeira impressão de que se tratava de um homem honesto. E o facto de viver numa casa tão respeitável era mais uma prova de que era exatamente o que lhe parecera.

— Nem é preciso dizer que este Falcão, ou Mr. Kent, como o conhecemos, é um homem muito perigoso. Pensamos também que tem muita gente a seu soldo, pelo que terá de ter muito cuidado com o que diz.

— Fazem alguma ideia de para onde ele possa ter levado a Belle? — perguntou Noah. — Quero dizer, tem alguma morada de residência ou de negócios que conheçam? Parentes, amantes?

— Não fazemos esse género de perguntas — disse Mog num tom de reprovação, como se ele tivesse a obrigação de o saber. — A Belle disse que o ouviu pedir à Millie que fosse viver com ele para o Kent, de modo que deve ter lá casa. Diria que era também por isso que dizia chamar-se Kent. Mas a Annie receia que ele a venda. Compreende o que estou a dizer?

76

Noah corou. As suas faces já normalmente rosadas ficaram muito vermelhas.

– Uma rapariga de quinze anos? – exclamou, horrorizado.

– Acontece a raparigas até mais novas – disse Mog, com um esgar de nojo. – É difícil acreditar que haja homens que tenham prazer numa criança. Se eu mandasse, pendurava-os a todos pelos pés e cortava-lhes um pedaço todos os dias, a começar pela parte ofensora.

Noah esboçou um sorriso. Não duvidava de que Mog fosse capaz de infligir tal castigo ao homem que levara Belle. Era evidente, pela maneira como falava dela, que a amava ternamente. Fora também amiga de Millie, e isso tornava-a querida aos seus olhos.

– Mas porque faria ele uma coisa dessas? Ela continuaria a poder denunciá-lo.

– A maior parte das raparigas raptadas desta maneira nunca recupera o ânimo – respondeu Mog, e os olhos encheram-se-lhe de lágrimas. – Fazem o que lhes mandam fazer e fogem à realidade recorrendo à bebida e ao láudano. Outras tornam-se duras, tão implacáveis como aqueles que as venderam, e muitas vezes acabam por ser tão más como eles. De um modo ou de outro, são todas almas perdidas.

Noah engoliu em seco, perturbado pelas imagens que Mog lhe fizera nascer na cabeça.

– Vou tentar conseguir algumas informações – disse. – Agora fale-me dos amigos da Belle. Não penso nem por um instante que tenha fugido com nenhum deles, mas pode ter-lhes contado qualquer coisa a respeito desse tal Kent que não tenha dito a mais ninguém.

Mog encolheu os ombros.

– A Belle não tem amigos a sério. Desde que saiu da escola, há mais de um ano, temo-la mantido em casa. Nunca a deixámos dar-se com as nossas raparigas, porque não queríamos corrompê-la. Quanto às crianças da vizinhança, ou são maltrapilhos, ou os pais não as deixam dar-se com a nossa Belle.

— Mas com certeza deve haver alguém? – insistiu Noah. Parecia-
-lhe uma vida tão triste e solitária para uma rapariguinha.

Mog pôs a cabeça um pouco de lado, como se estivesse a pensar.

— Há um rapaz chamado Jimmy que vive no Ram's Head com
o tio, um homem chamado Garth Franklin – disse. – A Belle não
o conhece há muito tempo, na verdade só o conheceu na manhã
do dia em que a Millie foi assassinada. Lembro-me porque chegou
a casa toda entusiasmada, a falar dele. Parece que a mãe morreu
recentemente e o tio o recebeu em casa, por cima do *pub*. A Belle
gostou muito dele. Mas acho que não foi a única vez que o viu.
Desapareceu uma manhã, depois de a Millie ter morrido, apesar de
a mãe lhe ter dito que não saísse. Desconfio que foi ter com ele.

— Vou então começar por aí. O Ram's Head fica em Monmouth
Street?

Mog baixou a cabeça.

— Mas eu nunca falei à Annie deste Jimmy. Ela não ia gostar
que a Belle fizesse amizade com rapazes, e para ser sincera, tinha-
-me esquecido completamente dele até que há pouco me perguntou
se ela tinha amigos. O tio do rapaz é um homem duro, difícil. Mas
se conseguirmos chamá-lo para o nosso lado, talvez ele conheça pessoas que possam ajudar-nos.

— Não posso prometer nada, mas vou fazer tudo o que puder –
disse Noah. – A senhora e a mãe da Belle devem estar muito assus-
tadas.

— Estamos doentes de preocupação – admitiu Mog. – A maior
parte das pessoas pensa que não temos sentimentos, por causa do
trabalho que fazemos. Não é verdade.

— A Millie disse-me que o Annie's era um bom sítio para trabalhar e que a tratavam bem – disse Noah. – Sei que havia de querer
que eu as ajudasse.

Mog estendeu a mão e tocou-lhe na face, um gesto de gratidão
e confiança.

— Tenho de ir – disse. – A Annie deve querer voltar a Bow Street para contar tudo à polícia. Decidiu admitir que a Belle testemunhou o assassínio, mas vai pedir-lhes que não espalhem a notícia.

Noah saiu logo a seguir a tomar o pequeno-almoço. Mrs. Dumas mostrara-se muito curiosa a respeito da visitante, de modo que tivera de mentir dizendo que Miss Davis era parente de uma pessoa que ele tinha de investigar por conta da companhia de seguros e lhe dera informações que apontavam para um pedido fraudulento de pagamento. Quando a senhoria insistira em fazer mais perguntas, tivera de ser mais seco do que gostaria, para a travar.

O dia estava agreste e ventoso e, enquanto descia Tottenham Court Road, Noah aconchegou melhor o cachecol de lã à volta do pescoço e levantou a gola do sobretudo. Sabia que muitas pessoas julgavam Seven Dials um lugar assustador onde se podia ser atacado e roubado, ou até apanhar alguma doença perigosa só por lá passar. Talvez tivesse sido verdade em tempos, antes de as áreas mais degradadas terem sido demolidas, vinte anos antes, mas agora já não era assim tão mau e Noah até gostava de lá ir. Embora soubesse que era uma zona de Londres desfavorecida, sobrepovoada, esquálida e onde grassavam todos os vícios, achava-a também animada, colorida e fascinante, e nem de longe tão pobre e deprimente como certas áreas do East End.

Os habitantes eram amistosos, tinham o riso fácil e não se queixavam da sorte que lhes coubera. Eram manhosos, claro, nunca deixavam escapar uma oportunidade de roubar uma carteira ou um relógio, e Noah já tinha ouvido dúzias de histórias de desgraça capazes de derreter um coração de pedra. Mas não era uma presa natural para os ladrões do bairro: as roupas que vestia eram baratas e não tinha uma carteira recheada nem um valioso relógio de bolso que valesse a pena roubar.

Um velho corcunda estava a lavar o passeio em frente do Ram's Head.

– Bom-dia – disse Noah, delicadamente. – O Jimmy está?

– Bem, não sei muito bem – respondeu o corcunda. Tinha uma maneira curiosa de desenrolar as palavras. – Quer dizer, não sei se «está» para si! – acrescentou, ao cabo de uma pausa dramática.

– Nesse caso talvez não se importe de perguntar-lhe se aceita falar com Mr. Bayliss a respeito de Belle Cooper– retorquiu Noah.

O corcunda entrou no *pub* a caminhar de lado, como um caranguejo, com passos deslizantes que eram ainda mais estranhos do que a sua maneira de falar. Noah seguiu-o, mas deixando-se ficar para trás.

O Ram's Head era uma das melhores tabernas de Seven Dials. Não via uma gota de tinta há anos, os painéis de madeira das paredes estavam rachados e o soalho ondulado rangia ameaçadoramente, mas mesmo às dez da manhã de um sábado, demasiado cedo para haver clientes, tinha um ambiente acolhedor. Havia uma lareira acesa no extremo mais distante da sala e o balcão estava limpo e brilhante. Noah pensou que não admirava que fosse tão popular; era provavelmente muito mais quente e confortável do que a maior parte das casas da vizinhança.

– Jimmy! – gritou o corcunda para as traseiras da casa. – Está aqui alguém que quer falar contigo a respeito da Belle Cooper.

Houve um bater de pés em degraus de pedra e um rapaz de cabelos ruivos e cara sardenta irrompeu no *pub*. Tinha as calças molhadas abaixo dos joelhos, como se tivesse estado a lavar um chão.

– Encontraram-na? – perguntou, ofegante.

Noah abanou a cabeça. Percebeu que o rapaz o julgava um polícia à paisana.

A cara do rapaz como que descaiu.

– Mas já têm provas de que foi raptada?

– O que é que te leva a pensar que possa ter sido raptada? – perguntou Noah.

Jimmy ficou a olhar para ele durante alguns momentos. A sua expressão tornara-se cautelosa, como se receasse ter dito alguma coisa errada.

– Diga-me primeiro quem é – pediu.

Noah dirigiu-se a uma das mesas junto à lareira.

– Não queres vir sentar-te comigo?

Jimmy foi, mas sentou-se na beira do banco, como que preparado para fugir. O corcunda voltou a sair.

Noah explicou que não era polícia, e sim um amigo de Millie, e que Miss Davis o procurara a pedir ajuda.

– Concordei porque gostava muito da Millie – disse. – E espero que me ajudes porque gostas da Belle. Tudo o que me disseres ficará só entre nós.

A expressão dura e desconfiada de Jimmy desapareceu, substituída por ansiedade.

– Ouvi dizer que a Annie e a criada andaram por aí ontem, por volta das cinco e meia, a perguntar a toda a gente se tinham visto a Belle. Eu queria ir ajudá-las, mas o meu tio… é o dono deste *pub*… disse que a Annie me comia vivo se soubesse que a Belle tinha falado comigo – respondeu atropeladamente. – Mais tarde, o meu tio disse-me que tinha visto a Belle à porta da casa de penhores, do outro lado da rua, por volta das quatro. Pensou que talvez ela fosse penhorar qualquer coisa para poder fugir.

– Porque é que ele não contou isso à Annie?

– Ainda bem que não contou, porque eu sei que estava lá à minha espera e toda a gente teria ficado furiosa comigo. Mas na altura eu não estava aqui, o meu tio tinha-me mandado a King's Cross levar uma mensagem a uma pessoa.

– Porque achas então que ela foi raptada em vez de ter simplesmente fugido?

– Por causa do que ela me disse depois de a Millie ter sido morta.

– E o que foi que ela disse?

– Prometi que não dizia a ninguém.

Noah gostou que o rapaz fosse honesto e leal.

– Acho que ela te disse o que Miss Davis me disse a mim, a respeito de ter assistido ao assassínio. Se tenho razão, é preciso que me contes tudo o que sabes, porque o homem que matou a Millie é quase de certeza o responsável pelo desaparecimento da Belle.

– Acha que pode matá-la também? – perguntou Jimmy, assustado.

Noah baixou a cabeça em assentimento.

– Não te vou mentir. Acho que é mais do que provável. O que ela viu pode levá-lo à forca. Homens desesperados fazem coisas desesperadas.

Jimmy empalideceu, mas revelou rapidamente tudo o que Belle lhe tinha contado.

– Temos de salvá-la – disse, ofegante, quando acabou. – Faz alguma ideia de para onde possam tê-la levado?

– Nenhuma – admitiu Noah. – Tinha esperança de que tu ou o teu tio fizessem. Achas que ele vai querer ajudar-nos a encontrar a Belle?

– Porque não mo pergunta a mim? – disse uma voz grave atrás deles.

Noah voltou-se no banco e viu o dono do *pub* ali especado, e o seu estômago contraiu-se, porque o homem parecia capaz de torcer o pescoço a alguém só por não gostar da maneira como olhassem para ele. Era grande, mais de um metro e oitenta, com ombros maciços e braços de pugilista. Noah calculou que teria entre trinta e cinco a quarenta anos, com uma espessa barba ruiva e faces rubicundas, como se bebesse muito.

– Peço desculpa. – Noah levantou-se de um salto e estendeu a mão. – Chamo-me Bayliss e era amigo da Millie. Pediram-me que ajudasse a encontrar a Belle Cooper, e como me disseram que o seu sobrinho era amigo dela, vim ver se podia dizer-me mais alguma coisa.

– Mais alguma coisa a respeito de quê? – perguntou Garth, num tom trocista.

– Mais do que aquilo que já sei, que ela desapareceu enquanto a mãe estava no funeral da Millie. Tinha também esperança de que o senhor se pusesse do nosso lado.

– O dono de um *pub* tem de manter-se imparcial – disse Garth, secamente.

– Com certeza – concordou Noah. – Mas deixe-me contar-lhe toda a história, como Miss Davis ma contou. Se depois não desejar ajudar-nos, continuarei sozinho.

Garth permaneceu de pé e de braços cruzados, uma postura que dizia que era pouco provável que se deixasse demover.

As palavras eram o ganha-pão de Noah, e ele contou a história de Belle se esconder debaixo da cama e assistir ao assassínio de Millie de uma maneira eloquente, acrescentando pormenores dramáticos e vívidos de coisas que Miss Davis tinha apenas sugerido. Soube que estava a conseguir alguma coisa quando Garth descruzou os braços e se sentou numa cadeira, os olhos azuis muito abertos de choque.

– Tenho a certeza de que pode imaginar como esta cena terá sido aterradora para uma rapariguinha tão nova e inocente – concluiu Noah. – E deve ter ficado ainda mais chocada por a mãe não ter contado imediatamente à polícia toda a verdade.

– Bem, nisso compreendo a Annie – disse Garth, amaciando o tom. – Tem feito o melhor possível por aquela rapariga todos estes anos; é natural que não a quisesse a ser interrogada pela polícia e a testemunhar em tribunal quando apanhassem esse maldito filho da mãe.

Noah ficou mais confiante na ajuda do homem, agora que a agressão tinha desaparecido e fora substituída por compreensão.

– Mas se tivesse dito a verdade à polícia, talvez eles o tivessem apanhado imediatamente – argumentou. – Ou pelo menos podiam ter posto alguém a vigiar a casa.

– Vê-se bem que não sabe grande coisa a respeito de criminosos – disse Garth, desdenhoso. – Nem de como a polícia pode ser inútil.

– Por isso preciso de alguém como o senhor, que conheça a área, as pessoas, e saiba como as coisas funcionam – respondeu Noah.

Garth inspirou por entre o dentes cerrados.

– Como disse, o dono de um *pub* tem de ser imparcial. Não seria bom para o negócio se as pessoas pensassem que ando a passar informações.

– Não estou muito seguro de que possa ser verdadeiramente imparcial – argumentou Noah, olhando o homem nos olhos. – Se a Belle disse ao Jimmy que testemunhou um assassínio, e lhe revelou o nome do assassino, também ele está em perigo.

Garth abriu muito os olhos.

– Isto é verdade, Jimmy? – perguntou. – E se é, porque foi que não me disseste nada ontem à noite?

– Estive para dizer, tio Garth – respondeu o rapaz nervosamente, baixando a cabeça. – Mas tinha prometido à Belle guardar segredo. Só contei aqui ao Noah porque ele me disse que estava convencido de que foi o assassino que a raptou.

Garth apoiou a testa no punho cerrado e ficou como que absorto nos seus pensamentos.

– A rapariga conhecia o assassino? – acabou por perguntar.

– Não, nunca o tinha visto antes de o ver matar a Millie, mas a Annie conhecia-o como Mr. Kent e ele já fora lá a casa várias vezes – explicou Noah. – Parece que também é conhecido como o Falcão.

A cara avermelhada de Garth empalideceu.

– Raios partam! – exclamou. – É um homem mau, sem a mínima dúvida, e fará o que for preciso para salvar o pescoço. – Voltou-se para o sobrinho e pousou-lhe uma mão enorme no ombro. – A partir de agora, rapaz, não quero que voltes a pôr o pé fora daquela porta sem ser acompanhado.

– Então conhece-o? – perguntou Noah, com o coração a bater mais depressa.

– Só de reputação, nunca o vi em pessoa. Mas sei do que é capaz. Acho que não tenho outro remédio senão juntar-me a si. Não me parece capaz de enfrentar sozinho aquele monte de trampa.

Jimmy olhou para o tio com um ar de choque e de admiração, a que se misturava um pouco de prazer. Noah calculou que o rapaz ficara mais surpreendido pela preocupação do tio em relação a ele do que pela oferta de ajudar a encontrar Belle.

– Disseram-me que ele queria levar a Millie para uma casa que tem no Kent – explicou Noah. – Faz alguma ideia de onde possa ser?

Garth pôs um ar pensativo.

– Não, mas ele foi marinheiro, segundo ouvi dizer. É frequente os marinheiros instalarem-se perto do porto que lhes servia de base. Talvez Dover.

– Acha que pode descobrir? – pediu Noah. – Qualquer informação pode ser útil.

– Calculo que pode – respondeu Garth secamente. – Mas antes que se ponha por aí a fazer perguntas à toa, tenha presente que o homem de que estamos a falar é uma besta má. Corta-lhe o pescoço num beco qualquer enquanto o Diabo esfrega um olho, e matará também o meu Jimmy se pensar que ele sabe de alguma coisa.

– O que sugere então que faça? – perguntou Noah, num tom nervoso.

– Comece pelas raparigas da Annie. Ele há de ter estado com uma ou outra delas quando a Millie não estava disponível. Pode ter referido o nome de um amigo, falado da família, dos lugares onde costuma ir beber ou do sítio onde mora.

– Miss Davis diz que as raparigas lhe chamam Bruiser – disse Noah. – Estava convencida de que era só porque ele gostava de lhes bater, mas «bruiser» não quer dizer também pugilista?

– Se foi, nunca ouvi falar – respondeu Garth, a esfregar pensativamente a barba. – Mas dizem que é um fulano ostentoso, boas roupas, sapatos feitos à mão, relógio de ouro.

– Vou perguntar às raparigas o que sabem a respeito dele – decidiu Noah.

– Certifique-se de que elas não se põem por aí a tagarelar a respeito do homem – avisou Garth, e fez o gesto de cortar a garganta com uma faca enquanto saía e deixava Noah sozinho com Jimmy.

– Acha que ele já matou a Belle? – perguntou Jimmy, a voz trémula de emoção.

Noah teve pena dele. Percebia-se que tinha sido bem-educado, e ter de trabalhar e viver num lugar como o Ram's Head dificilmente seria o ideal para um rapaz sensível que ainda chorava a perda da mãe. Mas o mais triste de tudo, na opinião de Noah, era o facto de sentir, pela maneira como falava de Belle, que ela fora a melhor coisa que lhe acontecera desde que a mãe morrera. E agora também ela lhe tinha sido tirada.

Estava convencido, tendo em conta o que lhe tinham dito a respeito de Kent, e que Belle era a única pessoa que podia levá-lo à forca, de que muito provavelmente já a tinha matado. Mas não era capaz de dizê-lo a Jimmy.

– Como hei de saber? – Encolheu os ombros. – Não sou detetive. Mas acho que se a intenção fosse matá-la, tê-lo-ia feito imediatamente e largava o corpo em qualquer lado. Vou agora a Bow Street, perguntar se encontraram algum corpo, mas, se não encontraram, podemos ter esperança de que ainda esteja viva. Dizem que quanto mais tempo o raptor conserva a sua vítima, menos provável é que a mate.

– Mas ainda não passou muito tempo, nem sequer vinte e quatro horas – argumentou Jimmy. – E se ele a matou não deve ter deixado o corpo numa esquina de Seven Dials para que a polícia pudesse encontrá-lo facilmente, pois não?

Noah engoliu em seco e pensou rápido.

– Não, claro que não, mas os polícias das várias áreas mantêm-se em contacto uns com os outros, e devemos ter a esperança de que cada hora que passa sem encontrarem um corpo significa que ela está um pouco mais segura. Agora tenho de ir, mas quero que fales com o teu tio. Ele que tente lembrar-se de tudo o que ouviu dizer a respeito do Falcão, dos sítios aonde vai beber, de quem são os seus amigos, tudo o que possa ajudar. Talvez possas tomar nota de tudo?

– Farei o que puder – respondeu Jimmy, cravando em Noah os olhos castanho-claros. – Vai-me contando o que acontecer, não vai? Não vou conseguir dormir enquanto não souber que a Belle está a salvo.

– Estás apaixonado por ela – disse Noah em tom de brincadeira, na esperança de aliviar o ambiente.

– Estou – respondeu Jimmy, com desarmante sinceridade. – É a
rapariga mais simpática e mais bonita que alguma vez conheci. Não
descansarei enquanto ela não voltar.

CAPÍTULO 7

Belle gritou com toda a força dos seus pulmões, mas Kent silenciou-a instantaneamente pressionando-lhe as cordas vocais com os polegares e aproximando tanto o rosto que o bigode dele lhe roçou o nariz.

– Calada – rosnou. – Ou mato-te aqui mesmo.

– Mas o que quer de mim? – gemeu Belle, quando ele a largou. – Nunca lhe fiz nada.

– Sabes quem eu sou, e isso é quanto basta – disse o homem, e com isto apertou-lhe a cara contra o banco da carruagem enquanto o cúmplice lhe atava os tornozelos. Em seguida obrigou-a a sentar-se de novo e amarrou-lhe os pulsos à frente do corpo.

Nada na vida de Belle chegara sequer perto de ser tão aterrador como correr pelas ruas de Londres numa carruagem, prisioneira daquele dois homens. O coração martelava-lhe no peito, estava alagada em suores e o estômago revolvia-se-lhe, como se fosse vomitar. Nem sequer o que sentira ao ver o que o homem fizera a Millie fora tão mau como aquilo. No entanto, uma vozinha dentro dela sussurrava-lhe que não dissesse nem fizesse fosse o que fosse que irritasse os seus captores. Já tivera ocasião de ver aquilo de que Kent era capaz quando estava verdadeiramente zangado.

Enquanto a carruagem percorria as ruas apinhadas de gente, ouvia outros coches e carroças, e os pregões dos vendedores ambulantes a chamar a atenção de possíveis clientes para os seus produtos. No entanto, apesar de os sons familiares a encorajarem a ter esperança numa salvação, no fundo do coração sabia que os dois homens não a teriam raptado se não estivessem determinados a calá-la definitivamente. O mais certo era estarem apenas à espera de sair da cidade para o fazer. Embora aterrorizada, não gritou. Em vez disso, chorou em silêncio, na esperança de que eles se apiedassem dela, ou pelo menos adiassem os seus planos. Nesse caso, talvez surgisse uma oportunidade de escapar.

Só um pouco mais tarde lhe ocorreu que só lhe tinham peado as pernas, deixando-as suficientemente afastadas para lhe permitir caminhar, ainda que com dificuldade. Isto deu-lhe mais um ténue raio de esperança, pois com certeza se tencionassem matá-la tê-la-iam amarrado com força, para depois a carregarem até ao local da execução.

Mas era apenas um ténue raio de esperança. Ao fim e ao cabo, podiam estar a planear levá-la para um bosque escuro e denso, ou para o meio de um pântano, qualquer sítio aonde a carruagem não pudesse chegar.

Os dois homens não falaram um com o outro. Belle estava voltada para a frente da carruagem, com Kent sentado a seu lado, embora ele se mantivesse à distância, encostado à janela. Viu-o acender um cachimbo, mas parecia muito tenso, dando um pequeno salto de cada vez que as rodas encontravam um alto na estrada.

O companheiro, sentado à frente dela, estava muito mais descontraído. Ocupava o centro do banco, de joelhos afastados, e o seu corpo parecia acompanhar os saltos e solavancos do veículo. Estava demasiado escuro no interior da carruagem para distinguir pormenores, mas Belle teve a certeza de nunca o ter visto antes. Tinha uma pele morena, como se fosse cigano, com cabelos escuros e frisados e lábios grossos. Vestia uma sobrecasaca, do género preferido pelos cocheiros, que exalava um intenso cheiro a mofo, como se tivesse estado guardada num lugar húmido.

Belle tentou calcular quando começariam Mog e a mãe a preo-cupar-se com o seu desaparecimento e quanto tempo passaria antes que começassem a procurá-la. Pensou que iam apenas ficar zangadas quando não a encontrassem em casa no regresso do funeral, mas por volta das oito ou nove horas começariam a pensar que alguma coisa devia ter-lhe acontecido, e então iniciariam as buscas. Esperava que alguém tivesse visto os dois homens arrastarem-na para a carruagem, mas não se lembrava de ver vivalma por perto quando acontecera, de modo que era pouco provável.

Dadas as circunstâncias, iria a mãe dizer à polícia quem tinha matado Millie? Talvez, mas isso não significava que a polícia soubesse onde encontrá-lo. Olhou de esguelha e, ao ver a cara dele de perfil, percebeu porque lhe chamavam o Falcão, pois tinha um nariz adunco como o bico de uma ave de rapina. Mas suspeitava de que merecera o nome também por outras razões. Talvez a rapidez e implacabilidade de que dava provas ao atacar as suas presas.

A viagem prolongou-se e Belle tinha tanto frio que pensou que ia morrer gelada mesmo antes de os homens tentarem matá-la. Os sons de Londres tinham cessado há muito e tudo o que ouvia era o bater dos cascos dos cavalos e o rolar das rodas da carruagem, nada mais. Tinha a sensação de terem viajado toda a noite, mas não era claramente o caso, pois Kent tirou o relógio do bolso e disse ao companheiro que deviam chegar por volta das nove.

Belle não fazia ideia de quantos quilómetros eram de Londres ao Kent, ou a qualquer outro destino. E mesmo que soubesse, nunca conseguiria calcular que distância podia ser percorrida em quatro horas e meia por uma carruagem tirada por duas parelhas.

Tinha demasiado medo para sentir fome, mas além de estar gelada, precisava desesperadamente de urinar. Mas não se atreveu a falar disso, com medo de que fosse desculpa suficiente para a mata-rem e a atirarem da carruagem para a estrada.

Mais tarde, Kent levantou a cortina da janela para olhar para fora. Belle não viu nada na escuridão profunda, nem sequer um lampejo de luz para mostrar que estavam a passar por casas. Mas ele parecia saber onde se encontravam, pois passado pouco tempo a carruagem abrandou e virou abruptamente à esquerda, começando a rolar sobre o que parecia ser pedras soltas.

Durante todo o caminho, Belle estivera tentada a perguntar-lhe o que tencionava fazer com ela, mas estivera demasiado assustada para falar. Talvez o melhor fosse manter-se calada, em todo o caso; Kent poderia bater-lhe se o aborrecesse.

– Preciso de ir – disse finalmente, em desespero. Não sabia como as senhoras deviam dizer aos homens que precisavam de ir à casa de banho. Em casa, as raparigas usavam a palavra «mijar», mas Mog dizia que não era maneira de uma senhora falar.

– Estamos quase a chegar – disse Kent, rudemente.

Cerca de cinco minutos mais tarde, o cocheiro puxou as rédeas, detendo os cavalos. O homem com ar de cigano foi o primeiro a apear-se e fez sinal a Belle para o seguir. A corda que lhe prendia os tornozelos um ao outro não era suficientemente comprida para lhe permitir descer da carruagem, mas ele estendeu os braços, pegou-lhe pela cintura e pousou-a no chão.

Uma camada de geada tão espessa que parecia neve cobria a terra e brilhava à luz das lanternas da carruagem. Estava demasiado escuro para lá do pequeno círculo de luz dourada para ver onde estavam, mas Belle pensou que devia ser uma quinta, por causa do cheiro bastante intenso a excrementos de animais. A casa parecia ser muito antiga, mas a única luz era a de uma lanterna colocada junto à porta.

Ouviu Kent falar em voz baixa com o cocheiro enquanto o cigano lhe pegava num braço e a obrigava a cambalear a seu lado em direção à casa. Não teve de usar chave para abrir a porta da frente, limitou-se a empurrá-la e entrar. A escuridão era absoluta e o homem procurou às apalpadelas, resmungando entre dentes durante alguns instantes. Mas então riscou um fósforo e acendeu uma vela, e Belle viu que estavam num vestíbulo amplo com chão de pedra.

Era claramente um lugar que o cigano conhecia bem, pois mesmo à escassa luz da vela encontrou um candeeiro a petróleo, que acendeu. De repente, havia luz bastante para ver uma imponente escadaria de carvalho à frente deles e várias portas de ambos os lados do vestíbulo. A Belle, pareceu a casa de uma pessoa rica, mas o cheiro a mofo e a camada de pó que cobria o enorme aparador denunciavam um longo abandono.

Ia abrir a boca para perguntar ao cigano se podia ir à casa de banho quando Kent entrou. Ouviu, atrás dele, a carruagem afastar-se.

– Vamos para a cozinha – disse o cigano. – O Tad deve ter acendido o fogão e deixado qualquer coisa para comermos.

Pegou no candeeiro e meteu por um corredor de cujas paredes pendiam quadros escuros com cavalos, sem esperar que o seguissem.

A cozinha estava quente e pairava no ar um apetitoso cheiro a sopa ou a guisado, mas a sujidade era muita. Havia um pão na mesa que ocupava o centro da divisão e o cheiro vinha provavelmente da panela enegrecida colocada em cima do fogão.

Belle conseguiu reunir coragem suficiente para perguntar se podia ir à casa de banho e Kent assentiu e disse ao outro que lhe soltasse as mãos, mas não os pés, e a levasse lá.

Nunca em toda a sua vida Belle tinha estado numa latrina tão fedorenta, e com a escuridão total que fazia ali dentro e o cigano a andar de um lado para o outro lá fora, não se demorou. O homem levou-a rapidamente para casa, mas não voltou a amarrar-lhe as mãos.

Kent encheu três malgas de guisado e colocou-as em cima da mesa, empurrando a mais pequena na direção dela. Em seguida deitou vinho de uma garrafa em dois copos, para ele e para o companheiro, e deu a Belle um copo de água.

Ao princípio, Belle estava demasiado assustada para comer, e quando provou cautelosamente o guisado achou-o desagradável, porque a carne era demasiado gordurosa, mas mesmo assim forçou-se a comer; pelo menos, aqueceu-a.

Os dois homens comeram em silêncio, mas de vez em quando Belle sentia-os olhar para ela e depois um para o outro, como que a fazer um comentário silencioso. Era uma agonia não saber o que lhe ia acontecer. Em parte pensava que não se dariam ao trabalho de lhe dar de comer se fossem matá-la imediatamente, mas a maneira como o cigano a olhava fê-la temer que o homem tencionasse abusar dela. Voltou a sentir o estômago enrodilhar-se, os suores frios regressaram e não conseguiu impedir as lágrimas de lhe correrem pelas faces.

Visto de perto, Kent pareceu-lhe mais velho do que julgara no quarto de Millie: trinta e muitos, talvez até mais. Se não fosse o nariz em gancho, os olhos frios e duros e a expressão sombria, seria um homem atraente. Não era muito alto, teria pouco mais de um metro e setenta, e era magro, mas parecia forte e Belle lembrou-se de ter reparado nas pernas muito musculosas quando o vira despido. Tinha cabelos escuros a ficarem grisalhos nas têmporas e um bigode preto, tudo muito vulgar, mas as roupas eram boas e falava como um cavalheiro, o que tornava ainda mais chocante a sua brutalidade.

Não pareceu a Belle que fosse ele o proprietário daquela quinta. Achou que devia ser o cigano. Falara em jantar e de alguém chamado Tad, e pegara no sobretudo de Kent e pendurara-o, juntamente com o dele, num cabide atrás da porta, como as pessoas costumam fazer nas suas casas. Tinha, além disso, um ligeiro sotaque provinciano. Excetuando a sobrecasaca, que era velha e cheirava a mofo, todas as suas roupas eram boas e de bom corte, e as botas, embora sujas de lama, eram iguais às que os cavalheiros elegantes de Regent Street usavam. Pensou que devia ser solteiro, pois era evidente pela sujidade da cozinha que não havia uma mulher naquela casa. Perguntou-se se seria mais bondoso do que Kent e se seria possível atraí-lo para o seu lado.

– Leva-a para cima, Sly – disse Kent bruscamente, quando Belle afastou a tigela de guisado que não tinha acabado.

Aquele nome, «Sly[1]», assustou-a ainda mais, e encolheu-se quando ele se aproximou. Mas o homem ignorou o gesto, acendeu outra vela, agarrou-lhe um pulso e levou-a para fora da cozinha.

Demoraram algum tempo a subir as escadas, por causa da maneira como os tornozelos dela estavam atados, mas Sly foi paciente, o que Belle achou encorajador. Assustada como estava, achou que tinha de lhe dizer qualquer coisa.

– É um homem mau como Mr. Kent? – perguntou, quando chegaram ao topo das escadas. – Não parece.

Estava a dizer a verdade neste aspeto, pois ele tinha um rosto simpático, com muitas pequenas rugas de riso à volta dos suaves olhos castanhos. Belle tinha dificuldade em calcular a idade dos homens, mas pensou que devia ser alguns anos mais velho do que Kent.

– Ser mau significa coisas diferentes para diferentes pessoas – respondeu, e ela julgou notar-lhe na voz uma nota de riso.

– Matar pessoas é mau para toda a gente.

– Bem, eu nunca matei ninguém – disse ele, e pareceu um pouco surpreendido. – Nem tenciono matar.

– Então porque é que está com ele?

Sly abriu uma porta e levou-a para dentro, pousando a palmatória com a vela no largo banco do vão da janela. O quarto estava completamente despido de mobília, excetuando uma cama de ferro com uma fina enxerga de palha, bastante suja, e um bacio no chão. Em cima da enxerga havia um pequeno monte de mantas e uma almofada.

– Podes fazer tu a cama – disse. – Não vou voltar a amarrar-te as mãos porque não podes sair daqui. A janela está entaipada pelo lado de fora e vou fechar a porta à chave.

– Durante quanto tempo? – perguntou ela.– O que é que vão fazer comigo?

– Isso será decidido esta noite – foi a resposta.

[1] Manhoso. *(N. do E.)*

– Se esta casa é sua e o ajudou a trazer-me para aqui e ele me matar, é porque é tão mau como ele – disse ela, olhando para ele com aquilo a que Mog costumava chamar os seus «olhos de pedir».

– Tu, menina, és muito esperta para a tua idade – respondeu ele, com um leve sorriso. – Suponho que é por teres crescido num bordel. A tua mãe é que teve a culpa, devia ter-te mandado para longe. Mas talvez tencionasse treinar-te.

Belle franziu a testa, sem perceber o que queria ele dizer.

– Vê se dormes – concluiu Sly. – Boa-noite.

Quando a porta se fechou e foi trancada pelo lado de fora, Belle desfez-se em lágrimas. Estava gelada até aos ossos, sem fazer a mínima ideia de onde se encontrava, e apesar de os seus captores não a terem violado ou matado naquela noite, como esperara, não iam com certeza devolvê-la a casa sã e salva na manhã seguinte.

Mas se iam matá-la, porque não o teriam feito logo que ali tinham chegado?

Queria muito acreditar que não era esse o plano, que talvez tencionassem pedir um resgate para a libertar. Mas era muito mais provável que precisassem da luz do dia para a levarem até ao lugar onde iam matá-la, alguma floresta ou pântano onde o seu corpo nunca seria encontrado.

Nunca tinha passado uma noite longe da mãe e de Mog. Sentira-se muitas vezes só e isolada quando era obrigada a ficar na cozinha enquanto elas estavam lá em cima, mas nunca assustada, porque sabia que Mog ia sempre ver como estava, de tempos a tempos.

Agora, porém, Mog não estava ali para a ajudar a fazer a cama, para lhe aconchegar as mantas e soprar a vela. Apesar de quase não conseguir ver por entre as lágrimas, escolheu as duas mantas mais macias para substituir os lençóis inexistentes e estendeu as outras por cima, além da capa cinzenta. Sentou-se na cama, inclinou-se para descalçar as botas e aninhou-se debaixo das mantas. Estavam húmidas e cheiravam a mofo, e a enxerga era fina e cheia de altos.

– Por favor, Deus, não deixes que eles me matem – suplicou, enquanto soluçava com o rosto escondido na almofada. – Faz com que a mãe mande a polícia buscar-me. Não quero morrer.

Repetiu a oração uma e outra vez, na esperança de que Deus a ouvisse.

CAPÍTULO 8

S ly voltou à cozinha depois de levar Belle até ao quarto. Kent continuava sentado junto ao fogão, debruçado para a frente na cadeira como se estivesse a remoer qualquer coisa. Sly não disse nada. Tirou uma garrafa de *whisky* do aparador, encheu dois copos, sentou-se também perto do fogão e ofereceu um dos copos a Kent.

Belle não se enganara ao pensar que a casa lhe pertencia. O verdadeiro nome de Sly era Charles Ernest Braithwaite, mas ganhara a alcunha Sly por ser um jogador aparentemente dotado de poderes quase telepáticos que lhe diziam em que jogos participar e quais evitar. Como qualquer jogador, por vezes perdia, mas não tão frequentemente como os outros e nunca grandes quantias.

Também a suspeita de que tinha sangue cigano estava correta: a mãe, Maria, fora uma romani. Aparecera naquela remota quinta perto de Aylesford, no Kent, no fim de um inverno, depois de ter fugido à família. Frederick Braithwaite, o pai de Sly, era, na altura, um celibatário de quarenta anos que se esforçava por tomar conta da mãe e da quinta.

Fred não era uma homem generoso ou benevolente, mas quando Maria lhe pedira comida e autorização para dormir no celeiro, vira as potenciais vantagens da situação e oferecera-lhe ambas as coisas a troco de o ajudar a tratar da mãe.

Maria era igualmente determinada. Tinha fugido à família porque queriam casá-la com um homem que detestava. Não demorara muito a perceber que a maior parte das pessoas tinha preconceitos contra os ciganos e que ninguém lhe daria trabalho ou abrigo. Não queria verdadeiramente tomar conta de uma mulher velha e doente, como não queria acabar na cama de Fred, mas estava desesperada e gostara do aspeto da quinta. Chegara à conclusão de que podia acontecer-lhe muito pior do que ter de tratar de uma velha, e até era possível que acabasse por gostar de Fred.

Casaram quatro meses mais tarde. Charles nascera um ano depois do casamento, e a velhota morrera tranquilamente na sua cama.

Talvez tivesse começado por ser um casamento de conveniência, mas Maria esforçara-se muito por ser uma boa esposa para Fred e uma mãe carinhosa para Charles e tinham-se tornado numa família feliz. Fred morrera vítima de um ataque cardíaco quando Charles tinha apenas dezanove anos, mas Maria mantivera as coisas a funcionar, permitindo ao filho fazer o papel de jovem cavalheiro sofisticado.

Charles tinha vinte e sete anos quando a mãe morreu e só então começara a recorrer a atividades ilegais para ganhar mais dinheiro. A quinta pertencia-lhe, e era rentável, mas ele interessava-se pouco por ela. Sabendo que constituía uma boa fachada para os seus negócios ilícitos, bastara-lhe pagar a alguém para a gerir.

Sempre conseguira justificar qualquer atividade sua que merecesse a reprovação da sociedade perguntando a si mesmo se prejudicara alguém ou não. Jogar e beber só o prejudicavam a ele, embora a mãe talvez tivesse discordado. Por isso, quando começara a procurar raparigas para trabalhar em bordéis, dissera a si mesmo que na realidade estava a ajudá-las. A maior parte fora expulsa ou tinha fugido de casa; muitas tinham sido criadas em orfanatos. Achava que, não fora a intervenção dele, teriam muito provavelmente morrido na rua, de fome e de frio.

Encontrava mulheres jovens e raparigas em estações de comboio, junto a tabernas, em mercados, em qualquer lugar onde pudessem ter a esperança de algum desconhecido mais generoso lhes oferecer uma bebida ou qualquer coisa de comer. Ele era esse generoso desconhecido. E acreditava sinceramente que estava a dar-lhes mais do que uma refeição quente e simpatia; estava a arranjar-lhes trabalho em alguns dos melhores bordéis da cidade.

Charles não era um homem cruel, e as circunstâncias em que aquela última rapariga fora «adquirida» não lhe agradavam nem um bocadinho. Nunca antes levara nenhuma contra a sua vontade, e muito menos raptara uma inocente em plena rua.

– Ela não é como as do costume – disse, enquanto despejava o *whisky* que lhe restava e voltava a encher o copo. – Não me agrada.

– Não sejas parvo, que tem ela de diferente? – perguntou Kent, como se a opinião do amigo o surpreendesse. – É mais velha do que algumas que apanhámos, e a casa onde vivia não prestava. Além disso, sabes bem que não tinha outro remédio. Ela sabe o suficiente para me levar à forca.

Kent admitira que tinha estrangulado uma prostituta em Seven Dials, mas Sly não estava totalmente convencido de que ele acreditasse que a rapariga que testemunhara o crime o fosse denunciar. Os moradores de Seven Dials aprendiam desde muito novos a não denunciar fosse quem fosse. Mas Kent era o seu parceiro, e além de ser o género de homem que ninguém quereria irritar, era também quem contactava as proprietárias dos bordéis quando tinham alguma rapariga para vender. Sly precisava de o manter satisfeito, mas também esperava conseguir dar-lhe a volta.

– É esperta e não vai ser fácil moldá-la – argumentou, sabendo que Kent planeava vender Belle a um bordel em França. – Digo-te uma coisa, vai dar mais problemas do que lucro. E a mãe vai ficar caladinha se lha devolvermos sã e salva. Porque é que não a levamos para Londres amanhã à noite e a largamos perto de casa?

– Não sejas estúpido. Não podemos fazer isso, e tu sabes muito bem porquê.

– Mas ela não faz a mínima ideia de onde fica este lugar – insistiu Sly. – Nem sabe nada a teu respeito. E a mãe vai ficar quieta se ela voltar para casa. Podemos ir diretamente para Dover depois de a termos largado e apanhar o barco para França como tínhamos planeado.

Sly podia não ter tido a sorte de nascer com um corpo bonito, pois era baixo, atarracado e de nariz achatado, mas tinha um certo carisma que resultava com ambos os sexos. Os homens achavam-no um companheiro divertido e admiravam-lhe a esperteza, a determinação e a força. As mulheres gostavam da maneira como ele as fazia sentir que eram a pessoa mais importante do mundo. Tinha as maneiras e o porte de um cavalheiro, mas com um fundo animalesco que achavam muito atraente. Tal era o seu encanto que muitas raparigas que deveriam vê-lo como o seu destruidor o defendiam teimosamente se alguém o criticava.

Kent, ou melhor, Frank John Waldegrave, que era o seu verdadeiro nome, tinha nascido no seio de uma família da pequena nobreza fundiária do Norte de Inglaterra. Mas apesar de as propriedades da família serem vastas, sendo o terceiro filho e aquele de que o pai menos gostava, soubera desde muito cedo que não herdaria nada de valor. Invejoso dos irmãos mais velhos, e magoado por a mãe e a irmã nunca se porem do seu lado, fizera-se ao mar levando no peito um ressentimento que cada desconsideração ou humilhação que sofria tinham alimentado e feito crescer.

Entrar para a marinha mercante era talvez a pior escolha de carreira possível para um jovem que não gostava que lhe dessem ordens, tinha dificuldade em fazer amigos e estava habituado aos vastos espaços abertos das charnecas do Yorkshire. Possuía uma inteligência viva que teria encontrado melhor emprego na contabilidade, no direito ou até na medicina, mas em vez disso vira-se forçado a partilhar todos os seus momentos de vigília com o género de homens rudes e incultos que trabalhavam nas terras da família.

E não tinha mais êxito junto das mulheres do que a fazer amigos entre os membros do seu próprio sexo. Em terra firme, em

Dover, um cavalheiro bem-educado que era ao mesmo tempo um vulgar marinheiro não era carne nem peixe. Gostava de pensar que as caixeiras e as criadas que encontrava o achavam muito superior a elas, mas a verdade era que não sabia falar com mulheres. As jovens de classe média ou alta com as quais poderia sentir-se mais à vontade não frequentavam os bares e salas de baile onde os marinheiros se reuniam.

Tinha vinte e poucos anos quando certa noite, em Dover, entrara com outros num bordel e descobrira que as raparigas que lá estavam gostavam dele. Quisera acreditar nisto porque elas ouviam com atenção o que dizia e lhe davam exatamente aquilo que queria. Chegara até a prová-lo a si mesmo dúzias de vezes, quando maltratava uma delas porque se sentia irritado. Nunca se queixavam ou recusavam recebê-lo da próxima vez que o navio atracava no porto. Gostavam dele.

Então, dez anos antes, quando Frank tinha vinte e oito, o tio Thomas, irmão mais novo do pai, falecera. E para sua grande surpresa, nomeara-o a ele como único herdeiro. Frank não sabia verdadeiramente porquê, porque nunca se dera muito com o tio, mas calculara que talvez Thomas se tivesse sentido maltratado pela família e isso o tivesse levado a simpatizar com ele.

Thomas não era um homem muito rico; não tinha grandes propriedades na província, apenas um par de prédios arrendados em Seven Dials e uma dúzia de casas esquálidas em Bethnal Green. Frank ficara horrorizado da primeira vez que vira o lugar a que chamavam o Caroço. Os edifícios delapidados de Seven Dials estavam cheios a abarrotar com esses desesperados destroços de humanidade que vão sempre acabar nos bairros pobres das grandes cidades. As casas de Bethnal Green eram igualmente más: até como abrigo de animais seriam inadequadas. Frank tapara o nariz, fechara os olhos ao horrível espetáculo daquelas ruas sórdidas e refugiara-se num hotel confortável.

No dia seguinte, porém, já esquecera os escrúpulos que de início lhe tinha provocado a ideia de viver à custa das rendas das casas que herdara. Apercebera-se de que assim podia deixar o mar e fazer uma vida confortável com um mínimo de esforço. A experiência como marinheiro endurecera-o, e estava agora bem habituado a usar os outros. A perspetiva de tornar-se senhorio num bairro degradado excitava-o.

Fora então que adotara o nome de Kent.

Na bonita aldeia de Charing, não muito longe de Folkestone, onde tencionava instalar a sua residência permanente, seria Frank Waldegrave, um sossegado e respeitável cavalheiro de posses. Mas em Londres, como John Kent, o implacável senhorio, poderia dar livre curso a todas as suas fantasias: putas, crime, jogo e extorsão. Não precisava de amigos desde que tivesse quem fizesse por medo o que ele mandava.

Ironicamente, quando já se convencera de que a amizade não era para ele, conhecera Sly durante um jogo de cartas na sala das traseiras de um bar no Strand. E qualquer coisa fizera clique entre os dois; estavam em sintonia. Sly dissera certa vez, a rir, que era por cada um deles ter características que faltavam ao outro. Talvez tivesse razão, pois Kent admirava a maneira como Sly se dava com as pessoas e Sly, por sua vez, admirava a crueldade de Kent.

Fossem quais fossem as razões daquela amizade, ambos tinham o mesmo objetivo, ainda que, na altura, nenhum deles soubesse qual era. Mas depressa se tornara manifesto que consistia em controlar a prostituição e o jogo em Seven Dials, e tornarem-se imensamente ricos ao fazê-lo.

Fora Sly que começara a chamar a Kent o Falcão. Afirmava que nunca tinha conhecido um homem com uma visão tão penetrante e um instinto predador tão apurado. E Kent gostara que a alcunha se espalhasse, pois sabia que o tornaria temido.

Belle acordou a ouvir um galo cantar algures ali perto e o seu primeiro pensamento foi que o galo devia ser maluco, pois era ainda noite escura. Mas enquanto estava ali deitada na dura enxerga, cheia de medo do que o novo dia ia trazer, reparou em três finas tiras de luz ao fundo do quarto gelado e percebeu que estava a olhar para as frestas da janela entaipada e que o dia já tinha nascido.

Esquecera que tinha os tornozelos atados, e quando se levantou para usar o bacio quase caiu. Conseguiu espreitar pela fresta mais larga da janela, e embora a vista fosse muito limitada, viu árvores nas proximidades imediatas e, para lá delas, campo aberto, com manchas de neve ainda a cobrir a terra nua. Para uma rapariga da cidade que crescera no meio de casas e bombardeada pelos ruídos da rua, aquilo era um vazio assustador.

Uma vez que dormira vestida e não tinha escova para se pentear nem água para se lavar, tornou a enfiar-se na cama para esperar a sorte que os dois homens lhe reservavam.

Apesar do medo, devia ter voltado a adormecer, pois a dada altura estava a ouvir Sly ordenar-lhe que se levantasse.

– Trouxe-te água para te lavares – disse ele e, na penumbra, Belle viu fumo a sair de uma jarra pousada em cima do lavatório. – E um pente. Venho buscar-te dentro de dez minutos.

O medo dela diminuiu um pouco, pois com certeza ninguém ia dar água quente e um pente a alguém que fossem matar. Começou a pedir uma explicação, mas Sly saiu rapidamente do quarto, fechando a porta à chave.

Voltou pouco depois, como dissera. Pegou na capa dela, que estava em cima da cama, e agarrou-lhe um braço até chegarem às escadas, mas uma vez ali pegou-lhe em peso, pô-la ao ombro e carregou-a até ao piso térreo.

Belle teve então oportunidade de ver melhor a casa, à luz que entrava pelas janelas. Era bastante grande: calculou que teria seis divisões em cada um dos dois pisos. E era também muito antiga, com tetos baixos, traves de madeira e chãos irregulares. Não havia sequer iluminação a gás. Através da janela do patamar, vira de relance algumas vacas serem levadas para um barracão, o que confirmou a sua impressão de que estava numa quinta. Mas era evidente que se Sly não a geria, alguém, talvez o homem chamado Tad, o fazia por ele, e não lhe pareceu que alguma vez ali entrasse qualquer mulher, pois estava tudo muito sujo e estragado. Observou os dois homens enquanto comia a tigela de papas de aveia que Kent lhe pusera à frente. Estavam ambos silenciosos, sentiu que discordavam a respeito de qualquer coisa, e provavelmente tinha a ver com ela.

– Sabes ler e escrever?

A pergunta de Kent apanhou-a de surpresa.

– Porque é que quer saber? – perguntou por sua vez.

– Limita-te a responder! – ladrou ele.

Ocorreu-lhe que talvez fosse boa ideia fingir-se ignorante, que talvez isso o tornasse menos desconfiado.

– Não – mentiu. – Nunca fui à escola.

Ele fez uma expressão de troça, como se aquilo fosse o que esperava, e Belle sentiu que marcara um ponto.

– O que vão fazer comigo? – perguntou.

– Não faças tantas perguntas – disse ele. – Acaba de comer essas papas. A próxima refeição é capaz de tardar algum tempo.

Ao ouvir isto, Belle sentiu que tinha de comer o mais que pudesse, e não só acabou as papas como devorou duas grossas fatias de pão, que barrou generosamente com manteiga. Sly serviu-lhe uma segunda chávena de chá e piscou-lhe amistosamente um olho.

Aquele piscar de olho animou-a, pois parecia dar a entender que ele estava do seu lado.

Mal tinha acabado de beber o chá quando Kent enfiou a sobrecasaca e atou um lenço à volta do pescoço. Pegou então na capa dela e estendeu-lha, ordenando-lhe secamente que a pusesse.

Em menos de dez minutos tinham saído para o pátio, onde uma carruagem, provavelmente a mesma da noite anterior, os aguardava. Sly escoltou-a até ao estribo e ajudou-a a subir enquanto Kent voltava a entrar em casa para ir buscar qualquer coisa. O sol tinha aparecido, e apesar de ser fraco e invernal, e de as árvores à volta da casa estarem despidas de folhas, tornou tudo mais bonito.

– Viveu aqui quando era rapaz? – perguntou ela a Sly.

Ele esboçou um sorriso.

– Sim. E pensava que não havia melhor lugar no mundo até ter mais ou menos a tua idade e me mandarem mungir as vacas e ajudar na ceifa.

– O que foi que o fez passar de agricultor a ajudante de um assassino? – perguntou Belle, ousadamente.

Ele hesitou um instante antes de responder, e ela teve a esperança de que fosse por lhe ter espicaçado a consciência.

– Sugiro que não faças esse género de perguntas – disse ele, com um ar severo. – E que não digas nada que possa irritar o Kent. Olha que o pavio dele é muito curto.

Voltaram a amarrar-lhe os pulsos antes de partirem da quinta e sentaram-na junto à janela voltada para a frente. A persiana baixada impedia-a de ver para onde iam. Mais uma vez, Kent sentou-se ao lado dela e Sly em frente, mas este tinha a persiana da sua janela levantada, para poder ver para fora.

O balanço da carruagem e o bater regular dos cascos dos cavalos provocavam-lhe sonolência, mas apesar do cabecear constante estava suficientemente acordada para ouvir os dois homens falarem em voz baixa. Discutiam sobretudo coisas que não tinham qualquer significado para ela, mas arrebitou as orelhas quando ouviu Sly falar de Dover e de um barco.

– Preferia viajar de noite e dizer que ela estava cansada ou doente – disse Sly.

– Assim é melhor, não há qualquer risco. Levamo-la para o camarote e mantemo-la lá – respondeu Kent.

Desta curta troca de palavras, Belle deduziu não só que iam levá-la para fora do país, como também que temiam que alguém a visse e adivinhasse que estava a ser raptada. Embora a ideia de ser levada para o estrangeiro a deixasse tão assustada como estivera na noite anterior, saber que os dois estavam preocupados agradou-lhe. Pensou que significava que talvez houvesse uma oportunidade de conseguir ajuda ou até escapar. Continuou a fingir que dormia, na esperança de que eles dissessem mais. Mas nada mais foi dito, e Belle preparou--se para gritar e espernear se lhe surgisse uma boa oportunidade.

De repente, a carruagem começou a rolar sobre saibro, e pouco depois deteve-se. Belle continuou a fingir-se adormecida, mas quando Kent a tirou do banco, debateu-se e gritou.

– Para com o barulho – sibilou ele, tapando-lhe a boca com uma mão.

Belle viu que não estavam no cais de Dover, como esperara, mas no caminho de acesso de uma pequena mas muito bonita casa de madeira, pintada de branco e com uma porta azul. Já vira casas pitorescas como aquela pintadas em caixas de chocolates, geralmente com jardins cheios de flores, como em pleno verão. Mas mesmo em janeiro aquele jardim era bonito, com sebes cortadas em diferentes formas e vários arbustos carregados de bagas vermelhas.

Ao primeiro olhar, parecera-lhe que a casa estava isolada, mas agora que olhava em redor viu que se situava entre duas outras, com apenas uma vedação a separá-las. Muito claramente, Kent receava que alguém a ouvisse gritar e aparecesse para investigar. Mas ele tapava-lhe a boca com demasiado força para lhe permitir qualquer ruído, e arrastou-a rapidamente em direção à porta.

Mal entraram, Kent amordaçou-a com um lenço branco.

– Já vi que não posso esperar que fiques calada – disse.

Belle ficou sozinha no vestíbulo, amordaçada e de pés e mãos amarrados, enquanto os dois homens subiam ao primeiro piso. Calculou que a casa pertencia a Kent, pois viu-o tirar um chaveiro do bolso e escolher uma chave só de olhar para ela. Pensou que se era para aquela casa que ele tencionava levar Millie, ela teria gostado, pois era muito bonita.

Não conseguia ver a casa toda, claro, ali no vestíbulo, mas o que via era encantador e tinha um estilo muito feminino.

O soalho do vestíbulo era de madeira e brilhava de cera, com um tapete azul no centro, e havia uma redoma de vidro dentro da qual pequenas aves empalhadas se empoleiravam numa árvore. As escadas tinham uma alcatifa azul e dourada, e por cima da cabeça dela refulgia um pequeno lustre de cristal. Belle avançou alguns passos, a arrastar os pés, para espreitar para a sala de estar, decorada e mobilada em tons de azul e verde, com centenas de livros numa estante que ia do chão ao teto.

Nada daquilo parecia, porém, bater certo com um bruto como Kent. Intrigada, preparava-se para continuar a avançar para poder ver mais quando os homens reapareceram no alto da escada, carregando entre os dois um grande baú vermelho. Belle sentiu o coração afundar-se-lhe no peito, pois era evidente a que se destinava o baú. A recuar em direção à porta, suplicou a Sly com os olhos que não o fizesse.

– Não será por muito tempo – disse ele, como que a pedir desculpa.

Desceram as escadas com o baú e abriram-no no vestíbulo.

– Não há orifícios para respiração – disse Sly, a olhar para o companheiro.

– Então faz alguns – respondeu Kent secamente, e afastou-se em direção às traseiras da casa.

Só a ideia de ser fechada num espaço tão exíguo fez Belle entrar num pânico tal que mal conseguia respirar. Percebeu que ia ter de dobrar os joelhos para caber no baú, mas se os dois homens estavam dispostos a chegar a tais extremos para a esconder num navio, o que fariam dela quando chegassem a França?

Kent voltou ao vestíbulo trazendo na mão um copo cheio. Pousou-o em cima da mesa, empurrou-a para uma cadeira e retirou-lhe a mordaça.

– Bebe isto – ordenou, aproximando o copo dos lábios dela.

– O que é? – quis Belle saber.

– Tens sempre de fazer perguntas – rosnou ele, irritado. Agarrou-lhe os cabelos da nuca e inclinou-lhe a cabeça para trás ao mesmo tempo que lhe encostava o copo aos lábios. – Bebe!

Belle sentiu que ele lhe bateria se não obedecesse, pelo que provou cautelosamente um pequeno golo. Era muito parecido com o remédio com sabor a anis que Mog lhe dava quando tinha dores de barriga, só que muito mais forte.

– Bebe tudo! – ordenou Kent.

Não tinha alternativa senão obedecer. Enquanto bebia, viu que Sly empunhava um berbequim e estava a abrir pequenos orifícios nos lados do baú.

Cerca de um quarto de hora mais tarde, depois de Sly a ter levado ao primeiro piso para usar a casa de banho, Belle foi transportada ao ombro para baixo e metida dentro do baú. Sly desatou a corda que lhe prendia os tornozelos e tirou-lhe as botas. Estendeu uma manta dobrada no fundo de baú, pôs-lhe uma almofada debaixo da cabeça e tapou-a com outra manta. Apesar de aterrorizada, Belle não pôde deixar de ficar emocionada por Sly estar a tentar pô-la o mais confortável possível. Pensou que Kent não quereria saber se ela tinha dores, fome ou frio.

– Vais ficar bem aí dentro – disse Sly, suavemente. – Vais adormecer não tarda, e quando acordares já teremos chegado.

– Diga-me só o que vão fazer comigo – pediu Belle.

– Vamos levar-te para fora do país, é tudo o que precisas de saber – respondeu ele. – Agora cala-te.

Belle ainda estava acordada quando levaram o baú, com ela lá dentro, para a traseira da carruagem. Sentiu o veículo arrancar, ouvia o barulho das rodas, cheirava o fumo do cachimbo de Kent e até ouvia as vozes dos dois homens, apesar de não estarem a falar suficientemente alto para perceber o que diziam. Mas de repente sentiu-se como se estivesse a ser sugada cada vez mais para o fundo de um lugar escuro, e não havia nada que pudesse fazer para o impedir.

– Experimenta os sais de cheiro – sugeriu Kent.

Sly tirou um pequeno frasco do bolso, desrolhou-o, inclinou-se para dentro do baú aberto e agitou-o debaixo do nariz de Belle. Ela torceu o nariz e voltou involuntariamente a cara para o lado.

— Deste-lhe demasiado — disse Sly, num tom acusador. — Para uma criança como ela bastavam algumas gotas. Podia ter morrido.

O navio partira com três horas de atraso por causa do mau tempo e a travessia demorara muito mais do que o esperado. Sly tentara acordar Belle já no camarote do navio. Tencionava dar-lhe uma bebida quente e qualquer coisa para comer, mas ela não acordara e ele começara a recear que nunca mais acordasse. Tinham saído de Calais numa carruagem alugada, e eram agora duas da manhã e os dois receavam que o bordel estivesse fechado quando lá chegassem.

— Está a voltar a si — disse Kent, aproximando do baú a vela que segurava. — Vê, está a mexer as pálpebras.

Sly deixou escapar um suspiro de alívio ao ver que Kent tinha razão.

— Belle! — disse, dando-lhe palmadinhas na cara. — Acorda! Acorda!

Desejava tanto ter recusado ajudar Kent com aquela rapariga. Devia ter calculado que o amigo não lhe contara a verdade toda. Antes de a raptarem, Kent dissera-lhe que ela era uma puta que o tinha visto matar a amiga e que só precisava de afastá-la de Londres durante algum tempo. Tinham chegado de carruagem às proximidades do bordel meia hora antes do funeral, pois Kent estava convencido de que a rapariga que queria estaria presente. Mas só duas mulheres já de alguma idade tinham saído, transportando uma coroa de flores, e no instante em que Kent dizia que ia esperar mais alguns minutos e depois entrar pela força e deitar a mão à testemunha do seu crime, ela aparecera.

Sly só a vira de longe, parada à porta do Ram's Head, como se estivesse à espera de alguém, e havia demasiada gente por perto para apanhá-la ali. Então ela descera na direção do mercado e não tinham podido segui-la na carruagem, mas Kent dissera que havia de voltar antes que as duas mulheres mais velhas regressassem do funeral, de modo que tinham esperado.

Fora só durante essa espera que Kent lhe falara do seu plano de vender a rapariga a um bordel em França. Sly não se opôs, ao fim e ao cabo não seria a primeira vez que levavam raparigas para França ou para a Bélgica, e presumira que a prostituta em questão teria dezoito anos ou mais. Quando Kent anunciara que ela se aproximava e o mandara agarrá-la, já tinha escurecido.

Só quando ela já estava na carruagem e Kent lhe batera por estar a gritar, Sly vira que era pouco mais do que uma criança, e ainda por cima muito bonita e bem tratada. Quisera exigir a Kent que parasse a carruagem e a deixasse ir, mas o cúmplice fizera notar, antes do rapto, que se fosse acusado de assassínio muitos outros crimes viriam também à superfície e que ele, Sly, estivera envolvido numa boa parte deles. Por isso não tivera outro remédio senão alinhar, na esperança de conseguir mais tarde fazer Kent desistir da ideia.

Na noite anterior, com a rapariga trancada no quarto do primeiro piso, tentara persuadir Kent a não ir para a frente com o seu plano. Mas Kent não se deixara convencer. Dissera que havia demasiado dinheiro em jogo e que, além disso, se voltassem atrás não teriam outro remédio senão matá-la, pois sabia demasiado.

Já era suficientemente mau levarem-na para França, mas Sly ficara doente quando Kent quisera metê-la no baú. Esperar tanto tempo em Dover tinha sido uma das coisas piores por que já passara. Se ela acordasse e começasse a espernear e a gritar dentro do baú, alertando as pessoas, ele e Kent teriam pela frente uma longa estada na prisão.

Naquele momento, porém, ao olhar para ela à luz da vela, doeu-lhe o coração e desejou nunca se ter envolvido com Kent. Belle estava muito branca, mas mesmo assim ele achava que nunca em toda a sua vida vira uma rapariga tão bonita. Tinha uns cabelos muito negros e brilhantes, encantadoramente encaracolados à volta do rosto, e uns lábios cheios e vermelhos. Mas não era só a beleza física, admirava também a coragem dela: a maior parte das raparigas daquela idade teria chorado e gritado sem parar a partir do momento em que fossem raptadas. Belle não tivera medo de tentar apelar

110

ao melhor que havia nele, e agora, quando pensava no que a esperava, desejava ter sido suficientemente corajoso para, na noite anterior, ajudá-la a fugir da quinta.

Kent não lhe dissera quanto ia conseguir por ela em Paris, mas Sly sabia que as virgens jovens valiam muito para quem tinha esses gostos. Uma tão bonita como Belle, que tinha ainda um corpo infantil, não completamente formado, valeria uma pequena fortuna.

As preferências pessoais de Sly iam para mulheres adultas e roliças, com alguma experiência, e não tinha estômago para homens que gostavam de violar crianças. Mas não lhe era difícil adivinhar que a dona do bordel que ia participar no sórdido negócio seria tão cruel e mercenária como Kent. Iria quase de certeza conseguir fazer Belle passar por virgem várias vezes, e quando, mais tarde, a rapariga fosse apenas mais uma puta, e forçada, ainda por cima, seria muito provavelmente espancada, obrigada a passar fome, drogada e constantemente ridicularizada até perder toda a capacidade de resistir e ficar reduzida a um destroço.

Sentiu o estômago contorcer-se-lhe e teve de inspirar fundo várias vezes para não vomitar.

– Onde estamos? – perguntou Belle, ao abrir os olhos.

– Em França – respondeu Sly, e pôs-lhe uma mão debaixo da cabeça para a ajudar a sentar-se dentro do baú. – Tens sede?

Ela passou a língua pelos lábios e franziu a testa.

– Não sei. Sinto-me muito esquisita.

Sly não disse nada. Desejou ser um homem a sério e fazer frente a Kent. Mas desviou os olhos do belo rosto de Belle e tentou dizer a si mesmo que não era por culpa sua que ela estava ali.

Demoraram algum tempo a chegar a uma cidade. Belle não saberia calcular quanto, pois passara a viagem a dormitar, mas soube que estavam numa cidade porque a carruagem avançava agora muito devagar, o que sugeria que percorriam ruas estreitas. Ouvia risos, pedaços de diferentes géneros de música, canções e gritos, e havia também pungentes cheiros de cozinhados.

– Alguém fala inglês lá para onde vou? – perguntou.

– Duvido – respondeu Kent, e sorriu, como se a ideia lhe agradasse.

Belle ficara tão atordoada ao acordar que não sentira verdadeiramente medo, mas logo foi arrancada ao seu torpor pelo sorriso de Kent. Dizia que ele lhe reservava qualquer coisa de muito mau. O terror que antes a dominara voltou multiplicado por dez, e quando olhou para Sly em busca de conforto, ele desviou o olhar.

– Mais vale confessarem para onde vão levar-me – disse, a voz trémula de medo. – Ao fim e ao cabo, se eles não falam inglês não conseguirei compreendê-los, e se não os compreender como poderei fazer o que estão a planear?

Os dois homens entreolharam-se.

– Vou ser criada? – Dirigira a pergunta a Kent, e quando nenhum dos dois respondeu, insistiu: – Ou é alguma coisa muito pior do que isso?

Ficou à espera, mas não houve resposta. Sly, como que a fazer jus à alcunha, olhava para todo o lado menos para ela.

– Pensa que lá por me deixar aqui num país estrangeiro não conseguirei encontrar o caminho de volta a Inglaterra e dizer à polícia que matou a Millie? – continuou Belle, ainda a dirigir-se a Kent e a tentar parecer mais corajosa do que na verdade se sentia. – Aposto que até era capaz de descobrir onde fica a sua casa, aquelas casas de madeira não são vulgares. Além disso, sabe muito bem que as pessoas de Seven Dials vão quebrar o código de silêncio pela minha mãe. Vão falar do homem a quem chamam o Falcão e do seu cúmplice chamado Sly. Não vão achar graça nenhuma a terem-me raptado em plena rua.

Dessa vez Kent reagiu, esticando o braço e esbofeteando-a com força.

– Cala a boca – sibilou. – Vais fazer exatamente o que te mandarem, ou não viverás para voltar a ser desobediente. Quanto a regressar a Inglaterra, nunca terás essa oportunidade.

Belle tinha a cara a arder, como se estivesse a inchar, e queria chorar, mas estava determinada a não lhe dar essa satisfação.

– Eu não teria tanta certeza – desafiou.

Kent preparava-se para voltar a bater-lhe, mas Sly saltou para a frente e impediu-o.

– Não estragues a mercadoria – disse.

Aquela palavra, «mercadoria», disse a Belle tudo o que precisava de saber. Para aqueles homens era apenas um bem, como um fardo de tecido, uma caixa de garrafas de *whisky* ou um pedaço de carne, que podiam vender. Mais, adivinhava a quem iam vendê-la. Podia só ter percebido muito recentemente o que eram na verdade os bordéis, mas soube com uma certeza absoluta que ia para um. Queria acreditar que seria apenas uma criada das raparigas, como Mog, mas ninguém esconderia uma pessoa num navio e faria tão longa viagem só para isso. Portanto, a realidade era que ia ser vendida para ser uma puta!

Quis gritar o seu terror e atacar os dois homens, mas sabia que isso só serviria para irritar ainda mais Kent e que ele seria até capaz de estrangulá-la se ficasse suficientemente zangado.

Mog costumava dizer que ela tinha mais truques na manga do que um mágico, de modo que naquele momento inspirou fundo e tentou acalmar-se. Não ia ser morta e não achava que fossem bater-lhe, uma vez que o seu aspeto importava. Tudo o que tinha de fazer era usar a sua esperteza para arranjar uma maneira de fugir. Não protestar e não fazer cenas seria um começo: talvez assim eles deixassem de vigiá-la constantemente.

A carruagem deteve-se poucos minutos mais tarde. Kent foi o primeiro a apear-se e estendeu a mão para ajudar Belle a descer, agarrando-lhe o braço com força para a impedir de fugir. Sly seguiu-a imediatamente. Estavam diante de uma sombria fila de casas altas, iluminadas a gás, mas, cerca de cinquenta metros mais adiante, a luz que saía das janelas de um bar derramava-se pela rua empedrada. O sítio quase vibrava com o som de música, pés que dançavam e risos.

– Parece que aqui ninguém dorme – disse Sly, e o seu tom foi de alívio.

Kent disse algumas palavras ao cocheiro. Belle presumiu que estava a falar em francês, pois não compreendeu uma palavra. Então, com Kent ainda a agarrar-lhe o braço direito e Sly o esquerdo, meteram por um beco estreito e chegaram a uma pequena praça. Belle olhou interrogativamente para Sly, mas ele voltou a cara.

Havia outro bar ainda aberto na praça, a luz amarelada a filtrar-se através das janelas pequenas, mas todas as outras lojas estavam fechadas e não havia ninguém por perto exceto dois homens que caminhavam ebriamente aos tropeções. Os dedos que lhe agarravam os braços apertaram-nos com mais força e Kent tapou-lhe a boca com a outra mão.

A casa para onde a levaram ficava na esquina da praça e um pouco recuada em relação às outras. Apesar da escassa iluminação, proporcionada por apenas dois candeeiros a gás, Belle viu o suficiente para ficar gelada. Era maior do que as restantes que circundavam a praça, com quatro pisos e pontiagudos telhados góticos. As janelas eram altas e estreitas e pareciam estar na sua maioria fechadas por portadas de madeira. Dois grifos de pedra empoleirados em postes guardavam os cinco ou seis degraus que davam acesso ao pórtico de estilo gótico. Uma pálida luz vermelha brilhava por cima da porta. Fez lembrar a Belle a imagem da casa de uma bruxa que vira num livro ilustrado, quando era pequena.

A porta foi imediatamente aberta, mal puxaram a corrente da sineta, por um indivíduo muito alto e forte, trajado a rigor. Olhou para Belle com alguma surpresa, mas Kent falou rapidamente em francês e o homem convidou-os a entrar.

Belle ouviu música, conversas e risos vindos de uma sala à sua esquerda, mas a porta fechada impediu-a de ver quem lá estava. O homem que lhes tinha aberto a porta desapareceu na sala do lado

direito; Belle viu de relance uma alcatifa com um padrão azul-
-escuro, mas mais nada.

Enquanto esperavam no amplo vestíbulo com uma majestosa
escadaria de madeira lavrada à sua frente, Belle notou que as alcatifas tanto do vestíbulo como da escada estavam muito puídas e o
papel escuro da parede cheio de manchas de humidade. Só o lustre
que pendia do teto era imponente, duas vezes maior do que o do
Annie's, e os pingentes de cristal agitavam-se e tilintavam na ligeira
corrente de ar que entrava pela porta; mas ninguém se dera ao trabalho de pôr velas em todos os suportes. Belle achou muito estranhos os quadros que enfeitavam as paredes: todos eles mostravam
mulheres nuas, mas o artista dera-lhes cabeças de animais.

O porteiro voltou e disse qualquer coisa aos homens. Ainda a
agarrar o braço de Belle com dedos que pareciam as mandíbulas de
um torno, Kent levou-a para a sala, com Sly a encerrar a marcha.

Mog teria descrito a mulher sentada atrás da grande e brilhante
secretária como «cara de machado». Nenhum sorriso de boas-vindas
lhe alterou o rosto alongado e estreito. Era alta, magra e vestia um
elegante vestido de noite de tafetá azul-escuro, os cabelos negros
elaboradamente encaracolados e amontoados no alto da cabeça, mas
os olhos que examinaram Belle eram mortos, como os de um peixe
na pedra de mármore do peixeiro.

Falava rapidamente, usando as mãos para se expressar. Belle não
conseguiu entender uma palavra, mas pareceu-lhe que também
Kent não compreendia tudo, porque de vez em quando interrompia
a mulher, suspirava, revirava os olhos e repetia mais devagar o que
ela dissera. Também murmurou qualquer coisa a Sly numa ou duas
ocasiões, mas Belle ficou com a impressão de que era mais para ela
não ouvir o que dizia do que para esconder fosse o que fosse à
mulher.

Pareceram chegar finalmente a um acordo, pois a mulher saiu
de trás da secretária e apertou a mão aos dois homens. Aproximou-
-se então de Belle, que continuava entre Kent e Sly, e levantou-lhe
o queixo com um dedo para poder estudar-lhe melhor o rosto.

– *Très jolie* – disse, e Belle calculou que fora um elogio, pois os dois homens sorriram.

Houve mais uma curta troca de palavras, e então a mulher serviu *brandy* aos homens e tocou uma pequena sineta que tinha em cima da secretária.

Apareceu uma mulher já de alguma idade, de cabelos grisalhos e um simples vestido preto; Belle calculou que devia ser uma criada ou governanta.

A mulher sentada à secretária disparou uma série de instruções e a mulher mais velha voltou-se para Belle, sorriu e estendeu a mão. Belle ignorou-a, apesar de a mulher lhe recordar um pouco Mog.

– Madame Sondheim quer que vás com a governanta dela, que se chama Delphine – traduziu Kent. – Vai dar-te de comer e meter-te na cama. Pensa que deves estar cansada e com fome. Madame falará contigo mais logo, quando estiveres repousada.

– Vai então deixar-me aqui? – Belle dirigiu a sua pergunta a Sly. Odiava Kent, e Sly não parecia nem de longe tão cruel e implacável, e pelo menos era inglês e o seu último laço com a Inglaterra.

– Sim, Belle – respondeu Sly, e a voz dele soou um pouco estranha, como se tivesse qualquer coisa na garganta. – Faz o que te mandarem e vai correr tudo bem.

– Por favor, pode dizer à minha mãe que estou bem? – suplicou Belle. – Só ela e a Mog vão preocupar-se.

Soube que o pedido era absurdo quando estava ainda a fazê-lo. Dois homens capazes de raptar uma rapariguinha na rua e vendê-la a um bordel não iam perder o sono por causa da ansiedade de uma mãe. No dia seguinte, quando houvesse luz, havia de arranjar maneira de fugir.

Quando, porém, Delphine lhe agarrou um pulso e começou a arrastá-la para a porta, Belle viu a expressão pesarosa de Sly.

– Por favor, Sly? – gritou. – Só uma nota enfiada por baixo da porta, qualquer coisa para lhe dizer que estou viva.

CAPÍTULO 9

Depois da sua conversa com Jimmy e Garth, Noah Bayliss passou o resto do dia na vizinhança, a falar com pessoas. As raparigas do Annie's foram uma desilusão; não sabiam nada de pessoal a respeito de Kent e nem sequer eram unânimes nas descrições que faziam dele. Mas todas estavam de acordo em que era um homem duro e frio que gostava de bater em mulheres.

Noutros lugares, Noah ficou a saber que o homem a quem chamavam o Falcão tinha propriedades para os lados de Bethnal Green e também na área de Seven Dials conhecida como o Caroço. Toda a gente parecia nervosa só por revelar isto a respeito dele e várias pessoas avisaram-no de que andava a meter-se em sarilhos.

Mais tarde, por volta das cinco, visitou a redação do *Herald* e falou com Ernie Greensleeve, o subchefe da redação. Sempre admirara a paixão pelo jornalismo de investigação daquele homem magro como um esqueleto e de cabelos sempre desgrenhados. Para Ernie, não havia nada que se comparasse a desenterrar a sórdida verdade, e quanto mais horrível ou trágica essa verdade fosse, ou mais conhecidos fossem os envolvidos, mais excitado ele ficava.

Fez-lhe um relato resumido do assassínio de Millie e do desaparecimento de Belle e perguntou-lhe onde poderia obter mais informações a respeito de Kent.

– Já ouvi falar do homem – disse Ernie, coçando a cabeça e desgrenhando ainda mais a cabeleira. – Aqui há um par de anos, correram rumores de que estava envolvido no tráfico de raparigas. Mas nunca consegui descobrir nada. O que tanto pode significar que os rumores não eram verdadeiros como que ele tem amigos influentes, ou até que é suficientemente esperto para não deixar rasto. Mas vou voltar a perguntar, para ver se houve alguma mudança.

– Tem alguma maneira de saber se a polícia está a investigar isto como deve ser? – perguntou Noah. – Ao fim e ao cabo, estamos a falar de um assassínio, e agora de um rapto que pode levar a um segundo assassínio. Com certeza um crime tão importante não pode ser varrido para debaixo do tapete, apesar de a vítima ser uma puta.

– Um dos grandes problemas que este país tem de resolver é a incompetência da polícia – disse Ernie, com um suspiro. – Torna demasiado fácil o florescimento da corrupção. Agora temos as impressões digitais, que deveriam duplicar o número anual de condenações, mas até ao momento nada aconteceu. Vou ver o que posso fazer. Pelo seu lado, continue a tentar convencer as pessoas de Seven Dials a falar.

Quando Noah chegou ao Ram's Head, às sete da tarde, Jimmy achou-o cansado e abatido.

– Não teve sorte? – perguntou.

– Bem, descobri que o Kent está envolvido na exploração de uns pardieiros em Bethnal Green e no Caroço. Uma vez que ambos os lugares são o Inferno na Terra, é pelo menos prova de que não tem escrúpulos no que respeita ao sofrimento humano.

O Caroço era o nome dado a um sórdido conjunto de prédios de arrendamento ali em Seven Dials. Jimmy sentia uma espécie de fascínio horrorizado pelo local. Dizia-se que chegavam a dormir doze pessoas em muitos dos quartos e que as instalações sanitárias consistiam de uma torneira em cada pátio e uma latrina que era um risco para a saúde. Sempre se perguntara o porquê do estranho nome, mas ninguém parecia saber. O tio Garth pensava que certa vez alguém dissera «está podre até ao caroço», e que o nome pegara.

Jimmy não era capaz de imaginar como podia alguém viver num lugar tão horrível. Podiam ser os mais pobres dos pobres, os velhos, os bêbedos, os doentes e os débeis de espírito que lá viviam, juntamente com um bom número de criminosos e de crianças que tinham fugido ou sido expulsas de casa, mas ninguém devia ter de viver daquela maneira. Mendigavam nas ruas, remexiam nos caixotes de lixo à procura de comida ou roubavam o que podiam, e tudo aquilo era um viveiro de doença.

— Está envolvido como? — perguntou Jimmy. — É o senhorio ou limita-se a cobrar as rendas?

— Isso não sei — respondeu Noah. — Mas tenho alguém no jornal a investigar.

Noah ficou no *pub* a conversar até cerca das nove e meia, e depois de ele ter ido para casa Jimmy foi ajudar Alf Perna-de-Pau a lavar os copos. Alf tinha perdido a perna na guerra da Crimeia, nos anos 1850, quando era pouco mais do que um rapaz, e o Exército desmobilizara-o como inválido. Passara o resto da sua vida adulta a mendigar e a fazer pequenos trabalhos aqui e ali.

Alf vivia no Caroço. Tinha agora mais de setenta anos e partilhava um quarto com vários outros tão miseráveis como ele. Se não fosse a generosidade de taberneiros como Garth, que o deixavam lavar uns copos e varrer o chão a troco de uma refeição quente e um xelim, não conseguiria sobreviver.

— Conheces esse homem a quem chamam o Falcão? — perguntou Jimmy, enquanto secava com um pano os copos que Alf ia lavando.

— Conheço, e digo-te que é um patife do pior — respondeu Alf, e olhou por cima do ombro, como se o visado pudesse estar a ouvi-lo. — É melhor não te meteres com ele, filho.

— Porque é que tens tanto medo dele?

Alf fez uma careta.

– Quando se tem a minha idade e um homem pode pôr-nos na rua só porque não gosta da nossa cara, há boas razões para ter medo dele.

– É o teu senhorio? – perguntou Jimmy, na esperança de que Alf revelasse mais qualquer coisa.

– Não sei se é o dono do prédio, mas é ele que manda aquele verme que vai receber as rendas. Tem espiões por todo o lado, e se alguém recebe outra pessoa para ajudar a pagar a renda, é logo obrigado a pagar mais. Uma noite eu não tinha dinheiro para a renda e ele disse que se não fosse levá-lo ao escritório no dia seguinte, ia para a rua.

– E conseguiste o dinheiro no dia seguinte?

Jimmy gostava de Alf. O velho era tão magro que dava a impressão de que uma rajada de vento bastaria para o levar. Geralmente cheirava mal, mas que culpa tinha, a viver num lugar daqueles? E era um bom homem, honesto como poucos.

– Sim, levei-lho ao escritório. – Alf revirou os olhos. – Lá estava ele com os pés em cima da secretária, a armar-se em grande senhor. Aposto que nunca trabalhou um dia que fosse em toda a vida.

– E onde é o escritório dele? – perguntou Jimmy.

Jimmy mal pôde esconder a sua alegria ao descobrir que o escritório de Kent ficava nos Mulberry Buildings, em Long Acre. Sabendo que nunca o tio aprovaria uma entrada por arrombamento, nem sequer no escritório de um assassino, esperou que o *pub* fechasse e Garth fosse dormir para se esgueirar pela porta das traseiras.

Long Acre, uma rua onde havia mais escritórios e pequenas lojas do que casas, ficava perto do mercado de Covent Garden. Sendo a noite o período de maior azáfama no mercado, e dado que muitos rapazes da idade dele lá trabalhavam, Jimmy tinha quase a certeza de que a sua presença na área não despertaria suspeitas. Não teve dificuldade em encontrar os Mulberry Buildings, e quando olhou para a lista de endereços junto à porta, reparou que havia sobretudo tipografias e negócios afins. Na esperança de que aquilo significasse que a segurança não seria muito apertada, uma vez que era pouco provável que o local atraísse ladrões, deu a volta até ao beco das traseiras, à procura de uma maneira de entrar.

Mal quis acreditar na sua sorte quando encontrou uma janela entreaberta no rés do chão. Infelizmente, uma vez no interior da tipografia, descobriu que a porta que lhe daria acesso ao resto do edifício estava fechada à chave. Tomara a precaução de levar consigo o chaveiro sobressalente do tio, mas apesar de as ter experimentado todas, nenhuma das chaves abriu aquela fechadura, pelo que teve de voltar a sair pela janela e procurar outra entrada.

Quando chegou ao segundo piso trepando pelo cano do algeroz, viu uma janela de bandeira a que podia chegar facilmente. Subiu para o parapeito, enfiou o braço pela pequena janela e abriu a maior que ficava por baixo.

Deu por si naquilo que parecia ser uma arrecadação. Quando acendeu a vela que levava no bolso, viu centenas de caixas de papel de impressão empilhadas por todo o lado. Esgueirou-se por entre elas até à porta, que, para seu encanto, não estava fechada à chave.

A arrecadação dava para um estreito patamar para o qual abriam cinco outras portas, e ao percorrê-lo Jimmy viu uma pequena placa afixada numa delas, no extremo virado para a frente do edifício. Aproximando a vela, leu: «Kent Management».

A porta estava trancada e Jimmy teve de pousar a vela para experimentar as chaves do tio. Descobriu mais uma vez, desapontado, que nenhuma delas servia. Mas quando se baixou para pegar na vela, com a intenção de desistir e abandonar o edifício, reparou no capacho. Recordando que era onde a mãe costumava deixar a chave, levantou-o e, para sua surpresa e alegria, lá estava uma chave.

Uma vez no interior do escritório, teve muito medo. A janela não tinha persianas e qualquer polícia no seu giro desconfiaria imediatamente de uma pequena luz num escritório fechado. Mas por outro lado não havia muito para revistar: a sala continha apenas uma grande secretária, duas cadeiras e um armário de arquivo de madeira quase igual àquele onde, no *pub*, o tio guardava toda a papelada.

As gavetas da secretária revelaram apenas canetas, lápis, um livro de recibos e vários blocos de notas que, apesar de escritos, não tinham qualquer significado para ele. Voltou a sua atenção para o arquivo.

Havia pouca coisa ali, apenas um par de pastas com papéis, uma garrafa de *whisky* e uma coisa com quatro buracos para enfiar os dedos que só podia ser um soqueira. Experimentou na mão o objeto eriçado de puas de ferro e percebeu que tinha sido claramente concebido para um homem adulto, com mãos grandes. Estremeceu, porque os estragos que aquela coisa podia provocar na cara de alguém eram demasiado horríveis para imaginar.

Pegou nas pastas e, levando-as para junto da vela que deixara em cima da secretária, folheou-as rapidamente. Havia sobretudo cartas de várias origens com queixas a respeito do estado de conservação dos edifícios do Caroço, algumas delas datadas de vinte ou trinta anos antes e endereçadas a um Mr. F. Waldegrave. Presumiu que era o verdadeiro proprietário dos prédios, apesar de haver algumas, de teor semelhante, dirigidas a Kent. Havia também um número substancial de cartas referentes a propriedades em Bethnal Green, mais uma vez queixas, sobretudo a respeito de infestações de ratazanas, problemas com as instalações sanitárias e excesso de inquilinos.

Mas então encontrou uma carta de um advogado de Chancery Lane, datada de apenas um ano atrás, que nada tinha a ver com o Caroço. Respeitava à compra de uma casa em Charing, no Kent, e estava dirigida a Mr. F. J. Waldegrave.

Jimmy guardou-a no bolso. Não era suficientemente recente para que a sua falta fosse notada e ele precisava de estudá-la com mais atenção. Uma vez que parecia não haver mais nada de interesse no escritório, decidiu regressar a casa.

Não saiu pelo mesmo caminho por onde entrara. Em vez disso, desceu as escadas e usou a porta da frente, que felizmente tinha uma daquelas fechaduras novas que por dentro abrem sem chave, voltando a trancá-la depois de sair.

Jimmy levantou-se às oito da manhã seguinte, apesar de se ter deitado já perto das três. O tio raramente se mostrava antes das dez da manhã e ele esperava falar com Noah Bayliss e voltar muito antes disso.

O frio era muito, de modo que fez o caminho quase todo a correr, para se aquecer. Mrs. Dumas, a senhoria de Noah, pareceu ficar muito surpreendida por o seu inquilino ter uma visita a uma hora tão matinal, mas disse que Noah estava a tomar o pequeno-almoço e perguntou a Jimmy se queria fazer-lhe companhia e beber uma chávena de chá.

– Ontem à noite entrei no covil do Falcão – sussurrou Jimmy a Noah mal entrou na sala de pequenos-almoços e Mrs. Dumas se retirou para a cozinha. – Encontrei isto – acrescentou, entregando--lhe a carta do advogado.

– Mas é dirigida a um Mr. Waldegrave – observou Noah, enquanto passava os olhos pelo conteúdo.

– Acho que é o verdadeiro nome do Kent – disse Jimmy, excitado, mantendo a voz baixa porque havia outro inquilino sentado no extremo mais afastado da mesa. – Havia cartas muito antigas com queixas a respeito do Caroço dirigidas a um Mr. F. J. Waldegrave, e outras mais recentes dirigidas ao Kent. Por isso acho que Waldegrave é o verdadeiro nome dele, e não Kent, e que as cartas mais antigas eram dirigidas ao pai ou a outro parente qualquer. Mas ele não tem muita imaginação no que toca a escolher nomes falsos, pois não? – troçou. – Vive no Kent! Pergunto a mim mesmo por que motivo precisará de ter um nome falso?

Noah sorriu.

– Para fazer coisas más. Talvez eu devesse chamar-me Warren Street, uma vez que vivo perto dessa rua.

– E eu podia ser Mr. Ramshead – brincou Jimmy. – Mas veja, temos a morada dele: Pear Tree Cottage, High Street, Charing. Talvez ele tenha levado a Belle para lá.

– Não acredito que seja assim tão fácil – disse Noah, lenta e pensativamente. – Não a levaria para um lugar que pudesse ser tão facilmente descoberto.

– Talvez não, mas podemos dizer à polícia que é lá que ele mora. Eles que verifiquem.

Noah olhou para o rosto excitado e cheio de esperança de Jimmy e desejou poder dizer-lhe que a polícia faria qualquer coisa para encontrar Belle. Mas a experiência da visita a Bow Street não fora encorajadora. Na realidade, encontrara um total desinteresse pelo desaparecimento da rapariga. A verdade era que a polícia não considerava que a filha de uma prostituta tivesse qualquer espécie de importância.

E não era tudo. Quando insistira que Belle fora raptada pelo homem que todos conhecem como o Falcão, o sargento de turno fingira que o nome não lhe dizia nada. Não era um mentiroso muito convincente, pois fora incapaz de olhá-lo nos olhos, e tornara-se muito beligerante, como as pessoas costumam fazer quando estão a esconder qualquer coisa. Em Seven Dials, praticamente não havia um adulto que nunca tivesse ouvido falar do Falcão, mesmo que não o conhecesse, e era inconcebível que um polícia não soubesse nada a respeito dele.

Dadas as circunstâncias, voltar à esquadra de polícia com provas de onde o homem tinha uma casa era bem capaz de ser contraproducente. Se aquele sargento estava a soldo de Kent, como Noah suspeitava, não deixaria de avisá-lo, e isso significaria que Jimmy e o tio podiam tornar-se alvos de assassinos contratados.

– Penso que é melhor falar primeiro com o teu tio e pô-lo do nosso lado – disse Noah, a tentar ganhar tempo para pensar naquilo.

– Mas não lhe vamos contar que assaltaste o escritório. Diremos que fui eu.

– Pode ir hoje ao *pub*? – pediu Jimmy.

– Agora não – respondeu Noah, e fez um aceno de cabeça a Mrs. Dumas, que voltava da cozinha com um bule de chá acabado de fazer e torradas para os dois. – Posso ir por volta das seis, se o Garth puder falar comigo nessa altura.

– Eu encarrego-me de garantir que pode – disse Jimmy. Pegou numa torrada e barrou-a com manteiga, enquanto Mrs. Dumas lhe servia o chá. Bebeu-o de um só trago, sem sequer o deixar arrefecer, e pôs-se de pé para sair, com a torrada na mão. – Tenho de voltar. Mas... e se ele já a matou, Noah?

A expressão angustiada do rapaz fez o coração de Noah doer de pena.

– Continuo a pensar que a teria matado num beco qualquer aqui mesmo, se fosse essa a sua intenção – respondeu, com toda a convicção de que foi capaz. – Fizeste bem em trazer esta carta, Jimmy. Foi muito corajoso da tua parte.

Noah continuou a comer o pequeno-almoço depois de Jimmy se ir embora, mas tinha perdido o apetite. Falara verdade quando dissera que não acreditava que Belle estivesse morta, mas não conseguia dizer ao rapaz o que suspeitava que ia acontecer-lhe. Tal como não podia dizer por que razão a polícia não ia ajudar a encontrar Kent e castigá-lo por ter matado Millie e raptado Belle.

Algum tempo antes de ter conhecido Millie, soubera de vários crimes graves em que a pessoa detida tinha sido inesperadamente libertada e todas as acusações tinham sido retiradas. Houvera fortes indícios de que certos agentes da polícia tinham sido subornados e as testemunhas do crime ameaçadas. Noah escrevera aquilo que Ernie Greensleeve considerara um excelente artigo sobre o caso, mas quando o levara a Mr. Wilson, o editor, este dissera que não podia publicá-lo por ser demasiado inflamatório.

Noah argumentara que o público tinha o direito de saber que havia corrupção na polícia, mas o editor limitara-se a recordar-lhe que o que não faltava era jovens jornalistas cheios de entusiasmo que teriam muito gosto em ficar com o lugar dele. E Noah tivera de recuar. Sabia que se tentasse vender a história a um dos jornais mais sensacionalistas nunca mais voltaria a escrever para o *Herald*.

Mais tarde naquela manhã, foi mandado entrevistar um vendedor de fruta em Covent Garden. Era uma história engraçada: uma tarântula tinha saído de um cacho de bananas e trepara para o ombro de um dos vendedores, um corpulento homem de meia--idade, onde fora avistada por outra empregada, que quase desmaiara de susto. Quando soubera o que tinha em cima do ombro, o pobre homem entrara em pânico, mas um rapazinho de apenas onze anos que ajudava a fazer pequenos trabalhos avançara intrepidamente e, com um copo e um pedaço de cartão, apanhara a tarântula. A vítima tombara redonda no chão enquanto o rapaz tentava alegremente mostrar o seu troféu a todos os vendedores. Finalmente, a aranha foi transferida para um frasco com tampa e avisaram o Zoo de Londres para que mandasse alguém buscá-la.

Tudo isto acontecera de manhã cedo, mas quando a história chegara a Fleet Street e Noah fora mandado entrevistar os envolvidos, já a aranha tinha sido levada e a vítima bebera tantos *brandies* para se acalmar que não dizia coisa com coisa. Em todo o caso, o herói da história era o rapazinho, que ficara muito excitado por saber que o seu nome ia aparecer no jornal.

Já que estava em Seven Dials, Noah decidiu ir falar com Annie Cooper antes de voltar a Fleet Street. Falara brevemente com ela no dia anterior, bem como com todas as outras residentes da casa, mas agora que tinha coisas novas para lhe dizer, graças a Jimmy, esperava que ela correspondesse com qualquer informação que pudesse ter retido até então.

Foi até às traseiras da casa em Jake's Court e bateu à porta. Foi--lhe aberta por Miss Davis, que usava um avental salpicado de farinha.

– Bom-dia, Miss Davis – disse Noah, delicadamente. – Peço desculpa por voltar a incomodá-la tão cedo, mas descobri mais umas coisas a respeito desse tal Kent. Gostaria de falar disso com Mrs. Cooper.

— Trate-me por Mog, ninguém me chama Miss Davis — disse ela, convidando-o a entrar. — A Annie não está muito bem, receio.

A julgar pelos olhos vermelhos, a própria Mog passara um bom pedaço a chorar, mas mesmo assim disse que tinha acabado de fazer chá e ofereceu uma chávena a Noah. Estivera a estender massa na mesa da cozinha e havia no ar um delicioso aroma a guisado de carne. Fê-lo sentar junto ao fogão e perguntou-lhe se queria comer qualquer coisa.

Ali sentado no calor da cozinha, com Mog a atarefar-se à sua volta, Noah compreendeu por que razão Belle nunca se apercebera da natureza do negócio da mãe. A cave ficava completamente separada do resto da casa, era um lugar aconchegado e acolhedor, e Mog uma mulher bondosa, de ar maternal. No dia anterior, mostrara-lhe o pequeno quarto de Belle, onde havia velhas bonecas, livros e jogos numa prateleira, a cama coberta por uma manta colorida, e apesar de ser um quarto escuro, tendo apenas uma pequena janela, era bonito e mostrava que ela era uma rapariga amada e tratada com todos os cuidados.

— A Annie não é habitualmente do género de mostrar os seus sentimentos — disse Mog, enquanto lhe oferecia um pão doce com o chá. — Mas isto atingiu-a com tanta força que receio por ela. Precisa de falar com alguém, e se traz notícias, talvez isso a ajude a abrir-se.

Mog deixou Noah a beber o seu chá e subiu as escadas para ir falar com a patroa. Voltou poucos minutos mais tarde e disse-lhe que podia subir.

Annie estava na divisão a seguir ao salão a que Millie chamava sempre «o escritório». Era, na realidade, o quarto de Annie, mas formava um L e a cama estava na secção mais curta e escondida por um bonito biombo. Era um espaço muito feminino, com um sofá de veludo cor-de-rosa em frente da lareira. A pequena mesa redonda, as cadeiras e a secretária de Annie eram de delicada laca preta e pintadas à mão com flores e folhas em rosa e verde. Havia muitas gravuras nas paredes, todas elas românticas, quer mostrassem um soldado e a sua namorada a passear por um campo de trigo ou uma mulher à espera do seu amor num cais.

Millie dissera que tomava muitas vezes chá junto àquela lareira com Annie e que quando tivesse a sua própria casa queria um quarto exatamente igual àquele. Noah compreendia agora porquê. Era quente e acolhedor, o que sugeria que Annie talvez não fosse tão austera, fria e desprovida de humor como parecia.

Mas a Annie que estava sentada ao pé da lareira, quase incapaz de voltar a cabeça para o cumprimentar, era completamente diferente da mulher elegante e altiva que encontrara nas várias ocasiões em que fora visitar Millie. Mesmo no dia anterior conseguira manter os seus modos frios e distantes, e o seu aspeto elegante. Se Mog não lhe tivesse dito, na altura, que Annie ficara muito perturbada pelo desaparecimento da filha, nunca ele o teria adivinhado, pois não mostrara o mais pequeno sinal de emoção.

A mudança que se operara nela era chocante. Tinha a pele acinzentada e a cara descarnada, como se tivesse emagrecido repentinamente, e os olhos encovados e mortos. O severo vestido preto, com a sua gola alta e as mangas tufadas, fazia-a parecer muito mais velha do que era, e os cabelos, que até àquele dia Noah só vira em caracóis arranjados com mestria, tinham sido violentamente puxados para trás e mostravam numerosos fios grisalhos entre o castanho.

– Peço desculpa por incomodá-la outra vez tão cedo – disse Noah –, mas pensei que gostaria de saber que descobri algumas coisas a respeito do tal Kent.

Houve um fugaz lampejo de esperança nos olhos de Annie quando os voltou para ele.

– Então fico em dívida para consigo – disse ela, mas a voz foi átona e sem expressão, como se tivesse de fazer um esforço para falar.

– Não fui só eu, foi também o Jimmy. É o sobrinho do Garth Franklin, do Ram's Head. Está tão decidido como eu a encontrar a Belle e a levar aquele monstro a julgamento por ter matado a Millie.

– A Mog disse-me que é amigo da Belle. Por favor, transmita--lhe os meus agradecimentos pela ajuda.

Noah achou estranho ela não perguntar mais a respeito de como Jimmy conhecera a filha, e nem ter sequer saltado do sofá para perguntar que notícias lhe levava. Pensou que era uma mulher muito fria.

Explicou como soubera onde o homem vivia e expôs a sua opinião de que Kent tinha a polícia no bolso.

– Tirando apanhar o homem e obrigá-lo a dizer onde está a Belle, não vejo sinceramente o que fazer – admitiu. – Mas não acredito que a tenha matado. Tenho a certeza absoluta de que a mantém viva algures.

– Por vezes, isso pode ser pior – disse Annie, voltando-se um pouco no sofá para olhar para ele. – Soube através dos meus informadores, como não duvido de que também sabe, que ele é conhecido por ser um fornecedor de raparigas.

– Foi-me referido por algumas pessoas – reconheceu Noah. – Mas disseram-no responsável por tantas maldades que, confesso, esperei que fosse um exagero.

– É uma das facetas mais lucrativas do nosso negócio. – Annie suspirou e voltou para Noah os olhos cheios de dor. – Enoja-me, e nunca tive a trabalhar para mim nenhuma rapariga que não tenha vindo de sua livre vontade e que não tivesse idade suficiente para saber o que estava a fazer. Mas a ideia de a minha Belle ser usada dessa maneira é mais do que consigo suportar.

Noah notou que o lábio inferior de Annie tremia e que ela parecia à beira da rutura.

– Lamento muito, Mrs. Cooper. – Estendeu a mão e pegou na dela, para a confortar. – Mas o Jimmy disse-me que é uma rapariga corajosa e esperta. Talvez consiga escapar.

– Também eu era corajosa e esperta, conseguia ser diabólica – disse ela, com a voz a tremer. – Mas eles apanharam-me, encarceraram-me e quase me mataram à fome. Mesmo sem a pancada e a privação de alimentos, nenhuma rapariga, por mais corajosa que seja, consegue fazer frente a um homem adulto excitado pela luxúria.

– Aconteceu-lhe então a si? – perguntou Noah suavemente. Annie estava a tremer de emoção e ele não sabia se seria melhor para ela falar do assunto, ou se devia tentar passar para outra coisa qualquer. – Lamento muito. Muito.

– Era um pouco mais nova do que a Belle e queria tanto conhecer Londres que supliquei ao carreteiro que me trouxesse até cá – explicou ela. – Sabe como são os jovens, não pensam nas coisas. Andei de um lado para o outro a ver as montras, e de repente estava a ficar escuro e eu não fazia ideia de como voltar para casa. Comecei a chorar e uma mulher aproximou-se de mim e perguntou-me o que se passava. Era uma mulher igual a qualquer outra, não tinha nada que fizesse desconfiar. Por isso disse-lhe o que tinha acontecido, e ela disse que podia ir para casa dela e que na manhã seguinte me levaria a ver a Torre de Londres antes de arranjar alguém que me levasse para casa. Bem, vi a Torre de Londres na manhã seguinte, mas foi através de uma fresta nas janelas entaipadas de um armazém junto ao rio.

– Ela prendeu-a? – exclamou Noah.

Annie assentiu sombriamente.

– Num minuto estava a falar-me de todas as coisas que ia mostrar-me de manhã, e no minuto seguinte eu estava fechada naquele lugar. Gritei e chorei, mas ela gritou-me através da porta que não havia ninguém para me ouvir. Deixou-me ali sem comida, apenas com um saco cheio de palha para me deitar e uma manta fina. Naquela noite tive tanto frio que não consegui dormir. No dia seguinte, quando apareceu um homem para me levar um pouco de comida, tentei atacá-lo. Ele deu-me uma sova e levou a comida e a manta. Só voltei a vê-lo três dias mais tarde, e nessa altura estava disposta a prometer fosse o que fosse só por comida e uma manta. O isolamento, a fome e o medo são as três coisas capazes de aniquilar a vontade até dos mais duros.

Noah estava profundamente chocado.

– Sobretudo quando se é novo – concordou. – Duvido que conseguisse aguentar um dia sem comida e mantas quentes.

Annie assentiu com a cabeça.

– Finalmente, eles apareceram, pegaram em mim e levaram-me para Tooley Street. Ainda hoje é um bordel, mas na altura eu não sabia o que era. Deram-me banho, lavaram-me e escovaram-me os cabelos, vestiram-me uma camisa lavada, e então levaram-me para um quarto maior, com uma cama grande, no piso de baixo. Tinham-me obrigado a beber qualquer coisa que me fez sentir tonta, mas quando o primeiro homem entrou no quarto e começou a fazer-me aquilo doeu-me tanto que gritei. – Fez uma pausa, os olhos cheios de lágrimas. – Ele gostou de me ouvir gritar – murmurou. – Adorou verdadeiramente aquilo.

– Lamento muito – disse Noah, com absoluta sinceridade. Sentiu vergonha de ser homem e de pensar tantas vezes em levar mulheres para a cama.

– Não acabou com ele. Houve mais três naquela noite. As mulheres que me tinham dado banho entravam no quarto depois de cada homem para me lavarem. E então vinha o seguinte. Pensei que ia morrer, pois com certeza nenhuma criança podia sofrer tanta dor e degradação e sobreviver.

Noah pousou-lhe a mão no ombro e ela começou a soluçar. Ele pensou em abraçá-la, como faria com praticamente qualquer outra mulher que estivesse a sofrer daquela maneira, mas tinha medo de passar as marcas.

– Eram aquilo a que a maior parte das pessoas chamaria cavalheiros – cuspiu ela, raivosa. – Vestiam boas roupas, tinham anéis nos dedos. Eram provavelmente membros das profissões liberais, advogados, médicos, políticos, cientistas. Homens inteligentes com dinheiro, e quase de certeza mulheres e filhos em casa. Mas encontravam o seu prazer na violação de uma rapariguinha demasiado nova para saber sequer o que era o ato.

Noah estava incapaz de falar, porque a imagem que ela descrevia era demasiado horrível de contemplar.

– Acontece por todo o lado – disse ela, os olhos a arder de fúria. – Todos os dias há rapariguinhas bonitas que desaparecem, geralmente dos bairros pobres, das ruas esconsas onde os pais não têm dinheiro ou poder para ter uma voz. Mas também há muitas raparigas do campo, como eu era. Muitas vezes estas raparigas acabam mortas, assassinadas quando deixam de ser úteis, ou são enviadas para o estrangeiro. As restantes ficam arruinadas, não podem voltar a uma vida respeitável, estão demasiado estragadas.

Fez uma pausa para se recompor.

– E é por isso que temo que a Belle esteja a passar neste preciso instante – continuou, a voz cortante de dor. – A vida dela vai tornar-se numa cópia da minha. E sou eu a culpada. Devia tê-la mandado para um colégio. Porque foi que não o fiz?

– Porque a amava e a queria perto de si? – sugeriu Noah.

– Essa é a verdade, mas o mais triste de tudo é que nunca o mostrei – soluçou Annie. – Ela sempre foi mais próxima da Mog do que de mim. Foi essa a verdadeira maldição do que aqueles homens me fizeram há tantos anos… não conseguia amar, era uma casca vazia sem sentimentos, e continuei a trabalhar como prostituta porque acreditei que era o único caminho que me restava.

Noah deixou escapar um fundo suspiro. Teve a sensação de que Annie nunca dissera aquilo a ninguém, e perguntou-se se ela se desprezaria a si mesma, mais tarde, por ter revelado tanto.

– Farei tudo o que puder para trazer a Belle de volta e conseguir que esse maldito seja enforcado pelo que fez – disse, ardentemente. – O jovem Jimmy está louco de preocupação, gosta verdadeiramente dela, e também o tio fará o que puder. Sinto que ainda não fiz nada, mas, aconteça o que acontecer, hei de conseguir que o meu jornal denuncie o escândalo da proteção que a polícia concede a criminosos. E talvez se falarmos às pessoas dessas bestas que raptam crianças e raparigas elas se ergam e queiram linchá-los.

Annie olhou para ele com os olhos cheios de lágrimas pelo que pareceu muito tempo.

– Já ajudou, Noah – disse por fim, limpando os olhos com um lenço debruado a renda. – Deixou-me dizer o que tinha no coração. Estava lá preso há tanto tempo que me envenenava. Obrigada.

CAPÍTULO 10

Belle sentia-se confusa. Há já quatro dias que estava naquela casa em França. Trancada num quarto no último andar do edifício, como uma prisioneira, mas as duas mulheres que entravam e saíam para lhe levar comida e água para se lavar, pôr carvão na lareira e despejar o bacio tratavam-na com carinho.

Não falavam inglês, mas a maneira como olhavam para ela, lhe escovavam os cabelos e faziam sons de reprovação com a língua quando não comia o que lhe levavam mostrava que se preocupavam. Perguntava-se se seriam prostitutas. Não pareciam ser, pois usavam simples vestidos azuis, toucas e aventais. No Annie's, as raparigas andavam seminuas quase todo o dia.

Tentara, com sinais e gestos, perguntar-lhes o que ia acontecer-lhe e fazê-las compreender que queria escrever uma carta à mãe, mas elas limitavam-se a abanar a cabeça, como se não fizessem ideia do que queria dizer.

Por isso balançava entre pensar que estava, como as crianças de «Hansel e Gretel», a ser como que engordada antes de a apresentarem a um homem, ou, alternativa e idealmente, que nada ia acontecer porque madame Sondheim não gostara dela ou a considerara inadequada e estava a planear mandá-la de volta para Inglaterra logo que possível.

134

O quarto onde a tinham fechado ficava no sótão e, do lado da janela, o teto inclinado descia para o chão. Era acanhado, escuro e escassamente mobilado com uma pequena cama de ferro, um lavatório e uma mesa e uma cadeira junto à janela. Mas era quente e bastante confortável, embora Belle achasse a comida que lhe levavam um pouco estranha. Havia também um monte de *puzzles* que ajudavam o tempo a passar um pouco mais depressa.

Fugir era absolutamente impossível. Na primeira manhã, Belle saíra pela janela para ver se conseguiria chegar à rua por aquele lado, mas uma vez no parapeito descobrira que era uma queda a pique até ao chão, nas traseiras da casa. Ao olhar para o telhado, tivera demasiado medo de tentar trepar pelas velhas e escorregadias telhas para ver se havia maneira de descer pelo lado da frente. Além disso, se houvesse uma maneira, duvidava que madame Sondheim tivesse deixado a janela sem grades.

Escutar à porta era igualmente inútil. Ouvia vozes e passos de vez em quando, mas as pessoas falavam sempre em francês. À noite, ouvia música e ocasionais gargalhadas vindas lá de baixo, o mesmo género de sons a que se habituara em Londres. Mas em casa Mog aparecia sempre pelo menos um par de vezes, a última das quais geralmente para lhe aconchegar as mantas e dar um beijo de boas--noites. Ali, ninguém ia vê-la depois do jantar, e já por duas vezes o petróleo do candeeiro acabara durante o serão, obrigando-a a deixar o *puzzle* e ir para a cama.

Regra geral, levavam-lhe o jantar bastante tarde; uma vez, ouvira o relógio da igreja dar as oito enquanto estava a comer. Por isso quando, na quinta noite, o jantar lhe foi levado bem antes de escurecer, sentiu que qualquer coisa ia finalmente acontecer.

Era uma sopa de legumes, bastante saborosa, com pedaços de pão, seguida por uma empada de peixe e batatas cozidas. Havia o habitual cordial de framboesa, mas naquela noite tinha um sabor diferente. Pensou que talvez lhe tivessem deitado vinho, e bebeu-o de qualquer modo.

Quando a porta voltou a abrir-se, presumiu que era uma das criadas para recolher a bandeja. Era a mais baixa das duas, e estava acompanhada por Delphine, a governanta que a levara até ali na primeira noite. Delphine falou rapidamente em francês, e quando Belle ficou a olhar para ela, sem perceber uma palavra, fez-lhe sinal para a seguir.

Belle ficou satisfeita por ter uma oportunidade de sair do quarto, mas ao mesmo tempo receosa do que podia significar. Delphine fê-la descer dois lanços de escada e guiou-a até uma casa de banho.

O banho já estava pronto e as duas mulheres começaram a despi-la.

– Sei despir-me sozinha – disse ela, irritada, afastando-as. – Deixem-me!

Tinham-lhe tirado o vestido de sarja azul-escuro na primeira noite e dado outro muito mais bonito e leve, verde com um franzido na orla da saia. A gola e a faixa da cintura eram de um tecido sedoso, branco com pequenas bolas verdes. Assustada como estava, na altura, ficara contente quando lhe tinham dado o vestido, porque era muito bonito e a fizera pensar que o facto de se preocuparem com o seu aspeto significava que não iam fazer-lhe mal. Naquele momento, viu em cima de um banco, na casa de banho, o que lhe pareceu ser uma camisa interior branca, debruada a renda, e umas cuecas, de modo que talvez tencionassem levá-la a qualquer lado.

Não gostou que as duas mulheres ficassem com ela até estar nua, claramente com a intenção de lhe dar banho como se fosse uma criança. Porém, incapaz de se fazer entender, teve de o permitir.

Esfregaram-na como se fosse uma vadia suja trazida da rua. Então, depois de terem puxado a válvula da banheira, enxaguaram-lhe os cabelos com vários jarros grandes de água quente. Foi só quando estavam a secá-la vigorosamente que Belle compreendeu que fora drogada. Não era como a poção soporífera que Kent lhe dera, não tinha uma sensação de sono. Mas sentia-se como que aturdida e despreocupada, tanto que começou a rir descontroladamente quando as duas mulheres acabaram de a secar e a ajudaram a vestir a roupa interior lavada.

Demoraram séculos a secar-lhe o cabelo. Esfregaram e esfregaram com uma toalha seca, e em seguida torceram-lhe os caracóis até eles penderem como compridos saca-rolhas negros à volta do seu rosto. Alguém gritou qualquer coisa do outro lado da porta, e Delphine gritou em resposta.

Fora claramente um aviso para que se apressassem, pois de repente as duas mulheres pareceram agitadas e preocupadas por o cabelo dela ainda estar húmido. Mas esqueceram-se de a ajudar a vestir outra vez o vestido novo. Abriram a porta da casa de banho, cada uma a pegar-lhe numa mão, e levaram-na apressadamente para cima, descalça e de roupa interior.

Quando, quatro dias antes, ali chegara, Belle pouco vira da casa, exceto que as alcatifas estavam puídas, mas nessa altura estava assustada e a maior parte dos candeeiros a gás apagados. Mas agora estavam acesos, e ela apercebeu-se de que a casa era muito maior do que imaginara, com cinco ou seis portas em cada patamar, e que o papel das paredes era tão velho e estava tão manchado que se tornava impossível distinguir qualquer espécie de padrão.

As duas mulheres abriram uma porta no terceiro piso, do outro lado da qual havia um pequeno corredor que parecia conduzir a uma ala separada do edifício. No final do corredor, havia outra porta.

Delphine abriu-a, e lá dentro estava madame Sondheim. Delphine disse qualquer coisa que pareceu ser uma desculpa, empurrou ao de leve Belle para a frente e saiu, fechando a porta.

Era outra sala parcamente mobilada. Havia uma cama de ferro só com um lençol e um par de almofadas, portadas de madeira nas janelas, um lavatório e nada mais. Mas enquanto o quarto do sótão parecia aconchegado por ser pequeno e com o teto inclinado, aquele era grande e austero.

Sentado na cama estava um homem grande, com uma cara gorda e vermelha. Vestia um fato cinzento, com um colete às riscas preto e cinzento por baixo, e estava a sorrir-lhe.

Madame estava claramente a apresentá-la, pois Belle reconhe-ceu o seu nome. Sentiu o estômago contrair-se e tentou correr para a porta, mas madame chegou lá primeiro e acenou-lhe com uma chave, para lhe mostrar que já estava trancada.

Sem mais uma palavra, a mulher voltou-se para Belle e puxou--lhe a camisa nova por cima da cabeça. Com outro rápido movi-mento, também as cuecas desapareceram, deixando-a completamente nua.

Belle começou a chorar e tentou esconder a sua nudez com os braços, mas madame afastou-lhos com uma palmada e passou-lhe as mãos pelo corpo, sem parar de falar como Belle já vira os nego-ciantes de cavalos fazer quando estavam a tentar vender um animal.

Mas a expressão do homem é que era verdadeiramente assusta-dora. Estava a olhar para Belle como se tivesse passado semanas sem comer e ela fosse um bife suculento. Os olhos brilhavam-lhe, tinha a testa coberta de suor e lambia os lábios. Madame tinha acabado de falar dela e empurrou-a na direção do homem, e em seguida obri-gou-a a deitar-se na cama.

Com um último comentário que Belle sentiu significar «Agora é toda sua», madame saiu, fechando a porta à chave.

– *Ma chérie* – disse o homem, e Belle soube que eram palavras de ternura, porque as duas criadas costumavam usá-las. O homem inclinou-se para ela e beijou-a nos lábios. Belle desviou a cara, por-que ele cheirava mal e era barbudo. Mas isso não pareceu perturbá--lo, pois tinha a mão nas partes íntimas dela e estava a afastar-lhe os lábios e a espreitar para dentro dela.

De repente, o sujeito começou a desembaraçar-se das roupas como se estivesse possesso, até ficar reduzido a uma camisola inte-rior de lã. As pernas dele eram curtas, gordas, muito brancas e pelu-das, mas muito mais aterrador para Belle foi o pénis, porque parecia enorme, com uma ponta vermelho-escura e brilhante.

Tentou fugir pelo outro lado da cama quando o homem subiu para o colchão, mas ele agarrou-lhe um braço e puxou-a para trás, abrindo-lhe as pernas e ajoelhando no meio delas enquanto enfiava os dedos de uma mão dentro dela e continuava a agarrar-lhe o braço com a outra. Belle chorava, mas ele pareceu não se importar com isso, pois murmurava coisas enquanto a tocava intimamente e parecia estar num mundo à parte. Ao mesmo tempo, mexia no pénis, esfregando-o para baixo e para cima e tocando-a com a ponta de uma maneira que a enojou.

De repente, porém, penetrou-a, agarrando-lhe as pernas e puxando-as para cima, entrando mais fundo.

Nunca, na curta vida de Belle, nada lhe doera tanto. Era como se ele estivesse a rasgá-la ao meio. Gritou e gritou, mas ele não a ouvia. Só quando ela tentou desesperadamente libertar-se pareceu aperceber-se, e bateu-lhe com força nas nádegas, puxando-a ainda mais para si. Falava constantemente, ou pelo menos repetia sem parar as mesmas palavras, o que a fez pensar que deviam ser obscenidades. Mas então os movimentos dele tornaram-se cada vez mais rápidos, as molas da cama a protestarem ruidosamente, e a dor aumentou a um ponto tal que Belle pensou que ia morrer. Já nem conseguia gritar, tinha a boca e a garganta demasiado secas. Chamou pela mãe e por Mog e pediu a Deus que aquilo acabasse depressa.

Acabou finalmente, e ele deixou-se cair na cama, a suar como um porco. Belle fugiu e foi acocorar-se num canto, o mais afastada dele que pôde. Tinha sangue a escorrer-lhe pelas pernas e uma coisa horrível e pegajosa e que cheirava mal. Toda ela tremia, à beira do vómito.

O homem adormeceu quase imediatamente. Belle ouvia-o ressonar, mas era incapaz de sair da sua posição acocorada no canto. Então a porta abriu-se e madame entrou. Olhou para o homem deitado na cama, e depois para Belle. Disse qualquer coisa, mas Belle não compreendeu, de modo que a mulher a agarrou por um braço e a obrigou a pôr-se de pé.

Os olhos dela percorreram o corpo de Belle, mas a expressão dura não se suavizou nem um pouco. Virou-se para a porta, onde havia um roupão pendurado de um gancho, pegou nele e entregou-o a Belle. Com isto, pegou na roupa interior nova, voltou a agarrar o pulso dela e deixou bem claro que ia levá-la de volta para o quarto.

Não disse uma palavra de conforto. No quarto, apontou para o lavatório e indicou-lhe por gestos que se lavasse. Em seguida voltou costas e saiu, fechando a porta à chave.

Mais tarde, lavada e deitada na cama com a camisa de noite que lhe tinham dado, Belle estava demasiado magoada e chocada para sequer chorar. Ficou ali estendida, a dor que lhe trespassava o ventre a impossibilitá-la de pensar noutra coisa. Ver Millie fazer aquilo fora horrível, mas fora de algum modo capaz de reconciliar--se com a ideia pensando que Millie tinha escolhido ser uma puta, como todas as raparigas que trabalhavam em casa da mãe. Para elas era apenas um trabalho, não tão mau como ser uma criada. Além disso, ganhava-se mais e trabalhava-se menos do que na maior parte dos outros empregos.

Mas devia ter sido igual para todas elas da primeira vez. Como tinham conseguido continuar depois daquela experiência? Como conseguiam vestir os seus melhores vestidos, arranjar os cabelos e sorrir ao próximo homem que queria fazer-lhes aquilo?

Passou todo o dia seguinte na cama, a chorar com a cara escondida na almofada. As criadas apareceram com comida, e a mais nova disse algumas palavras que Belle soube serem de simpatia, mas não se sentiu minimamente confortada. E então, mais uma vez, depois do jantar em que não tinha tocado, foi levada para baixo e enfiada na banheira. Dessa vez não lhe lavaram os cabelos. Deram-lhe o mesmo conjunto de roupa interior e levaram-na para o mesmo quarto que na noite anterior.

Esperava-a outro homem, mais velho e mais magro, com um pénis muito mais pequeno. Depois de madame Sondheim ter saído, tentou pôr-lho na boca, mas quando Belle se engasgou e gritou, passou diretamente para o ato principal. Não doeu tanto como na noite anterior, mas foi igualmente humilhante e detestável. Deitada debaixo dele, Belle desejou ter uma faca e poder cravar-lha nas magras costelas e matá-lo.

Durante as três noites seguintes, a rotina repetiu-se, com um homem diferente de cada vez. Um obrigou-a a meter o pénis na boca, outro penetrou-a por trás, como um cão, e o último quis que ela conservasse a roupa interior e se lhe sentasse no colo, como uma filha ou uma sobrinha. Mas não era afeto paternal que mostrava, tinha as mãos enfiadas por baixo das cuecas dela, a tocá-la, e Belle soube que na cabeça dele estava a desenrolar-se uma cena de uma qualquer fantasia doentia. Finalmente, também ele a penetrou por trás, e demorou tanto tempo que ela pensou que a dor havia de perdurar até ao fim da sua vida.

No dia seguinte ao quinto homem, Belle começou a vomitar, e não conseguia parar. Quando chegou a noite, não lhe restava nada no estômago, mas mesmo assim continuou com vómitos. Ao vê-la tão enfraquecida, a governanta tentou obrigá-la a comer e beber qualquer coisa, mas também isso ela deitou fora.

Ficou deitada na cama, incapaz sequer de querer melhorar, porque se sentia morta por dentro. Teve vaga consciência de o dia se transformar em noite, e novamente em dia. Não fazia ideia de quanto tempo tinha passado, mas apercebeu-se da preocupação das criadas por ela quando deixou de ser capaz de usar o bacio sem ajuda. Madame Sondheim devia ter sido alertada, pois apareceu um médico para a examinar.

O médico falava um pouco de inglês, e o simples facto de tentar comunicar com ela fê-la chorar.

– Como vires para França? – perguntou enquanto a auscultava, lhe media a tensão arterial e lhe apalpava o ventre.

– Numa caixa, com homens maus – soluçou ela, e agarrou-lhe as mãos para que ele a ouvisse. – A minha mãe em Inglaterra deve pensar que morri. Ajude-me!

O médico olhou interrogativamente para madame Sondheim, que se limitou a encolher os ombros.

– É uma mulher má, fez cinco homens fazerem-me isto.

Empurrou as mantas para baixo e apontou a vagina, pois não sabia de que outra maneira explicar.

– Verei o que pode fazer – disse o médico cautelosamente, e acariciou-lhe ao de leve a face, como que para a assegurar de que estava a falar a sério.

Belle sentiu-se um pouco melhor depois de o médico ter partido, não por causa dos medicamentos que ele lhe deixara, mas por sentir que a ajuda estava próxima. Adormeceu a imaginar-se de novo na cozinha, com Mog e a mãe.

Foi o barulho de alguém a entrar no quarto que a acordou. Ao ver um homem avançar para a cama, gritou com toda a força dos seus pulmões. Mas Delphine estava com ele e correu para a frente e tapou-lhe a boca com uma mão, ao mesmo tempo que lhe pedia que se calasse. Disse então qualquer coisa em francês, que Belle não percebeu, mas a maneira como agitava as mãos na direção do homem, e depois a fazia sentar-se e a embrulhava numa manta implicava que ele ia levá-la para outro sítio qualquer.

Belle esperou que fosse um hospital, pois o choque de ver o homem voltara a provocar-lhe vómitos, ainda mais violentos.

Julgou que sonhava estar numa carruagem, mas o barulho das rodas e o bater dos cascos dos cavalos parecia muito real.

Foi o silêncio que lhe disse, quando acordou, que tinha na realidade sido levada para outro sítio. Na outra casa havia sempre ruídos: vozes de pessoas, o bater de cascos de cavalos no empedrado da rua, música e, durante o dia, o som distante de máquinas e pancadas metálicas que talvez viesse de uma fábrica ou oficina. Não forçosamente altos, mas sempre presentes, como o zumbido dos insetos no verão.

Aquele lugar era silencioso como um cemitério, como se não houvesse outros seres humanos ou sequer animais num raio de vários quilómetros. Voltou a cabeça para a fonte da pálida luz dourada e viu uma grande janela com finas cortinas cor de alperce a ondular à brisa suave.

A cama era quente e confortável, mas o cheiro ligeiramente bolorento que vinha de baixo das mantas sugeria que estava ali deitada há algum tempo, talvez até dias. Tentou sentar-se, mas descobriu que estava tão fraca que voltou a cair na almofada. O quarto era quase monástico na sua nudez. Além da estreita cama de ferro, havia apenas uma cadeira, uma mesa de jogo com o tampo forrado a feltro ao lado da cama e, em cima da mesa, um jarro com água e um copo. As paredes eram caiadas e havia um crucifixo por cima da cabeceira da cama. Não havia espelhos, quadros ou sequer um lavatório. Belle perguntou a si mesma onde estaria.

Lembrou-se de que tinha estado muito agoniada e um médico fora vê-la. Já não estava agoniada, e quando se mexeu um pouco na cama descobriu que as partes íntimas já não lhe doíam. Conseguiu estender a mão e encher o copo de água. Soube-lhe bem beber; tinha a garganta ressequida.

O som da porta a abrir-se sobressaltou-a e encolheu-se involuntariamente, tapando os olhos.

Uma mulher falou em francês, uma voz suave que era tão calmante como o silêncio daquele lugar.

— Sentes-te melhor agora, *ma chérie*? — disse então a voz em inglês.

Belle abriu os olhos e viu uma mulher bonita de cerca de trinta anos. Tinha os cabelos castanho-claros apanhados num carrapito e uns grandes olhos cinzentos e usava um vestido de lã cinzento de gola alta com um alfinete de pérola no pescoço.

— Fala inglês? — perguntou Belle, e achou que a sua voz parecia um grasnido.

— Sim, *un peu*. Chamo-me Lisette e tenho cuidado de ti desde que chegaste.

— Que lugar é este? — perguntou Belle, temerosamente.

Lisette sorriu. Os lábios dela eram cheios e tinha o género de sorriso capaz de aquecer qualquer pessoa.

— Um lugar bom — disse. — Não precisas de ter medo.

— Não há mais homens? — perguntou Belle, num fio de voz.

Lisette pegou-lhe em ambas as mãos.

– Não. Sei o que te fizeram. Não voltará a acontecer. Vais ficar forte e boa.

– E depois posso voltar para Inglaterra?

Soube pela expressão do rosto de Lisette que isso não ia acontecer.

– Não, para Inglaterra não. Madame Sondheim vendeu-te, de modo que não voltarás para lá.

Era quanto bastava para Belle, de momento. Tinha fome, precisava de lavar-se, e se pudesse dormir tranquilamente naquele lugar silencioso sem ameaça de violência, seria o suficiente.

CAPÍTULO 11

M og acordou de um sonho estranho e de certo modo pertur-
bador e ficou durante alguns instantes deitada no escuro a
perguntar-se com o que fora exatamente que sonhara, e se devia
levantar-se e fazer uma chávena de chá. Mas de repente sentiu o
cheiro do fumo e saltou da cama.

O fogo era um perigo omnipresente em toda a cidade de Londres, mas muito especialmente em lugares como Seven Dials, onde
as casas pareciam apertar-se umas contra as outras e tantas delas
estavam em péssimo estado de conservação. Mog sempre fizera
questão de consciencializar as raparigas para a facilidade com que
um incêndio podia começar: bastava um carvão em brasa caído
numa alcatifa, uma vela acesa derrubada, até uma saia comprida a
pegar fogo numa lareira desprotegida.

Quando chegou a três quartos da escada da cave e viu as chamas
junto à porta da frente, soube que aquele não tinha começado de
nenhuma daquelas maneiras.

Era evidente que um trapo a arder ou qualquer outra coisa
semelhante fora enfiado pela fresta da caixa do correio. Também
não precisou de muito tempo para deduzir quem fora o responsável,
mas de momento a sua única preocupação era tirar toda a gente de
casa a tempo.

O fogo não tinha ainda chegado à escadaria que dava acesso aos pisos superiores, mas demoraria apenas alguns minutos, e Mog soube que seria loucura ir por ali. Em vez disso, correu para o salão, pegou na sineta que costumavam tocar vinte minutos antes de fechar, para recordar aos clientes que horas eram, e tocou-a com toda a sua força.

O quarto de Annie era no piso térreo, atrás da escada, e ela apareceu quase no mesmo instante em que Mog começou a tocar a sineta. Gritou de horror ao ver o vestíbulo a arder, mas Mog sabia que não havia tempo para histerismos nem explicações.

– Pega nisto! – disse, enfiando a sineta nas mãos de Annie. – Toca e grita até as raparigas descerem, mas não vás lá acima, ou ficas encurralada. Eu vou lá abaixo buscar uns baldes de água para tentar atrasar o fogo. Diz às raparigas que vão para Jake's Court e gritem até os bombeiros aparecerem.

Enquanto Mog desaparecia a caminho da cave, Lily desceu as escadas a correr. Sally gritou do patamar do primeiro andar que ia apressar as outras. Quando Mog reapareceu, vergada sob o peso de dois baldes cheios de água, o fogo estava a menos de um metro das escadas, e muito quente. Annie tirou-lhe os baldes das mãos e despejou-os nas chamas, ordenando a Mog que voltasse a enchê-los.

O fogo retrocedeu um pouco, mas era evidente que se tratava apenas de uma trégua temporária. Lily e Ruby vinham a correr escadas abaixo, seguidas por Amy, todas a tossir por causa do fumo.

– Lá para fora! – gritou Annie, empurrando-as para a cave. – Tu também, Lily! – ordenou à rapariga, que ficara como que paralisada de boca aberta, a olhar para as chamas. – E deem o alarme!

Sally ainda não tinha reaparecido com Dolly, e Annie gritou-lhes que se apressassem.

O fogo rugia agora como uma fera enraivecida. Enchia o vestíbulo, lambendo as paredes. Mog voltou com mais dois baldes de água, e estava a despejá-los nas chamas quando Sally e Dolly apareceram no alto das escadas. Estavam agarradas uma à outra e a chorar, com medo de descer porque pensavam que iam ter de passar pelo meio das chamas.

Annie subiu até elas, agarrou-lhes as mãos e puxou-as para baixo. Repentinamente, o fogo como que saltou em frente e chegou à base das escadas, bloqueando a passagem.

– Passem por cima do corrimão e saltem – ordenou Annie, e empurrou primeiro Sally e depois Dolly. Mog estava lá em baixo, para as encorajar e agarrar, e Annie saltou agilmente atrás delas.

As duas raparigas tossiam violentamente por causa do fumo, curvadas, e Mog teve de agarrar-lhes os braços e praticamente arrastá-las pelas escadas da cave.

Mog estava tão ocupada a mandar as raparigas para o pátio, a juntar mantas, casacos e tudo o mais que pudesse servir para mantê--las quentes na rua, que não reparou de imediato que Annie não estava com elas.

Horrorizada, voltou a correr escada acima. Calculou que Annie tinha ido ao quarto tentar salvar o cofre onde guardava o dinheiro. Mas quando chegou à porta ouviu os candeeiros a gás explodirem do outro lado e soube que o fogo tinha chegado ao salão e invadia o corredor de acesso ao quarto de Annie, encurralando-a lá dentro.

Com o coração a bater loucamente de medo pela amiga, voltou a descer a escada, pegou numa manta para cobrir a camisa de noite e correu para fora, gritando a Annie que abrisse a janela e saltasse.

A cozinha era apenas uma meia-cave nas traseiras da casa. Da porta de serviço, seis degraus desciam de Jake's Court para um pequeno pátio. O que significava que a janela do quarto de Annie não era muito alta; na realidade, o muro que rodeava o pátio ficava menos de um metro abaixo do parapeito. Mas infelizmente não ficava perto o suficiente para permitir o acesso dessa maneira. Era preciso uma escada.

O barulho e a agitação tinham atraído uma multidão considerável, só que, ao contrário de Mog e das raparigas, aquelas pessoas tinham enfiado casacos, chapéus e botas por cima das roupas de dormir. Mog olhou para as raparigas e viu-as apertadas umas contra as outras, a partilhar as mantas e a olhar para ela.

– Alguém vá buscar uma escada! – gritou à multidão, espantada por ninguém estar a tentar sequer ajudar. – A Annie ainda está lá dentro! Temos de a tirar dali!

Nenhum deles se mexeu. Havia vários homens fortes e saudáveis no meio da turba, mas estavam ali como carneiros a olhar para a casa e a dizer que as chamas já lambiam a janela do salão, contígua à do quarto de Annie.

Aterrorizada pela ideia de Annie poder morrer carbonizada, Mog atirou a manta para o chão, saltou para cima de um caixote de lixo e daí trepou para o muro do pátio. Correu descalça por cima dele e, ao chegar à parede da casa, tentou esticar-se e alcançar o parapeito da janela do quarto da amiga. Mas estava pelo menos um metro demasiado longe.

– Deixem passar! – trovejou repentinamente uma voz de homem. Mog voltou-se e, para sua grande surpresa e alívio, viu que era Franklin Garth, que transportava uma escada ajudado pelo jovem Jimmy.

– A Annie está aqui! – gritou Mog, apontando para a janela e voltando a correr pelo topo do muro para tornar a descer. – Penso que deve ter desmaiado por causa do fumo.

Garth não perdeu um segundo. Atirou praticamente a escada contra o parapeito da janela e trepou por ela acima. Tirou qualquer coisa do bolso e bateu no vidro, e continuou a bater à volta para partir todos os pedaços que tinham ficado presos ao caixilho. Entrou no quarto. Jimmy subiu a escada atrás dele e saltou para o interior com igual agilidade, e de repente Garth estava novamente no parapeito da janela e Jimmy ajudava-o a carregar ao ombro o corpo da mulher inconsciente.

Enquanto Garth descia a escada com Annie, o som de vidros a estourar dentro do quarto eram como o rebentar de pequenos petardos. Mog reteve a respiração, porque Jimmy tinha desaparecido de vista. Mas quando Garth chegou ao chão, e Mog torcia aflitivamente

148

as mãos, com medo de que também Jimmy tivesse perdido os sentidos devido ao fumo, o rapaz saltou para o parapeito da janela transportando o cofre e o casaco de peles de Annie.

Nesse preciso instante, ouviu-se a sineta estridente que anunciava a chegada do carro dos bombeiros. A multidão aplaudiu e abriu alas quando os quatro cavalos que tiravam a bomba entraram no Court a todo o galope.

Mog, porém, só conseguia pensar em Annie. Tirou-a dos braços de Garth, embrulhou-a numa manta, estendeu-a no chão e ajoelhou junto dela.

Não fazia a mínima ideia de como socorrer alguém sufocado pelo fumo, mas de repente Annie começou a tossir e abriu os olhos.

– Oh, Jesus! – exclamou Mog, ofegante, abraçando a amiga. – Pensei que tinhas morrido.

– Também eu pensei que ia morrer. Quando não consegui abrir a janela – arquejou Annie, antes de ser sacudida por novo acesso de tosse.

Mog sentou-a, batendo-lhe nas costas para a ajudar a expulsar o fumo dos pulmões, e embrulhou-a melhor na manta. Também ela estava cheia de frio no ar gelado da noite, mas a sua única preocupação era a amiga.

– Ardeu tudo? – conseguiu Annie rouquejar, alguns minutos mais tarde.

Mog ainda não pensara no que a perda da casa significava; para ela, eram as pessoas que lá viviam que importavam. Mas quando voltou a cabeça para ver, os olhos encheram-se-lhe de lágrimas. Saíam chamas de todas as janelas. Lembrou-se de como ela e Annie tinham ficado excitadas depois de comprarem o lustre e o tapete persa para o salão. Adorava puxar o lustro ao piano e pôr flores frescas na mesa do vestíbulo. Quase tudo naquela casa, desde a roupa das camas aos quadros passando pela louça de porcelana, estava ligado a uma pequena história.

Até a cave, que fora o seu domínio, estava a arder. Todos aqueles pequenos tesouros, o seu cesto de costura, uma fotografia de Belle numa moldura de tartaruga, a escova de cabelo revestida a prata que Annie lhe dera num Natal, um gato de porcelana e outras pequenas ninharias que fora juntando ao longo dos anos e que faziam do seu quarto o seu lar, tudo isso tinha ardido.

Supunha que a maior parte das pessoas consideraria vergonhoso trabalhar como criada num bordel, mas ela nunca pensara assim; na realidade, orgulhara-se de o manter limpo e confortável. Annie e as raparigas eram a sua família, o bordel tornara-se na sua vida, e agora tudo isso tinha desaparecido.

– Sim, ardeu tudo. – Mog fez um esforço para não se deixar abater. – Mas dêmos graças a Deus por ninguém ter morrido. Alguém tentou matar-nos a todas.

Garth aproximou-se e pôs uma manta à volta dos ombros de Mog, que continuava ajoelhada ao lado de Annie.

– É melhor vocês as duas virem comigo – disse, bruscamente.

Mog olhou surpreendida para aquele homenzarrão ruivo e bar-budo. Sempre ouvira dizer que era mau e mesquinho.

– É muita bondade sua, Mr. Franklin – disse –, mas esta noite já fez por nós mais do que o suficiente. Não queremos incomodar. Vamos para uma pensão.

– Não farão nada disso – respondeu ele, firmemente. – Alguém tentou matá-las esta noite, e não é difícil adivinhar quem foi. Precisam de ir para um lugar seguro, e comigo estarão a salvo.

As pessoas começavam a dispersar, porque os bombeiros tinham o incêndio controlado e fazia demasiado frio para estar na rua. Mog viu que as raparigas tinham desaparecido; supôs que os vizinhos lhes tinham generosamente oferecido uma cama para passar a noite. Mas pensou que podiam ter-se aproximado e pergun-tado como estavam as duas.

– Vamos, ainda morrem de frio aqui no meio da rua – disse Garth, impaciente, e, levantando Annie do chão como se ela não pesasse mais do que uma criança, começou a afastar-se na direção do Ram's Head.

– Venha, Miss Davis – disse Jimmy, e sorriu a Mog. Pousou o cofre no chão e segurou o casaco de peles de Annie para ela o vestir. – Vamos para casa? Deve ter os pés gelados!

Voltou a pegar no cofre e ofereceu-lhe o braço. Mog aceitou-o de bom grado, porque depois do choque e dos esforços daquela noite, era bom deixar as decisões para outra pessoa, ainda que fosse apenas um rapaz.

Três dias depois do incêndio, Mog estava de pé ao lado da cama, a olhar desesperada para a amiga. Annie recusara teimosamente tomar banho, de modo que continuava a cheirar mal e os cabelos caíam-lhe em madeixas gordurosas, como caudas de ratazana, sobre os ombros da camisa de noite suja de fuligem. Exceto para usar o bacio, não voltara a levantar-se da cama onde Garth a deitara.

– Estou arruinada – soluçou. – O que vai ser de mim?

Mog pousou automaticamente uma mão reconfortante no ombro da amiga, mas estava a ter dificuldade em sentir muita compaixão, porque fisicamente não havia nada de errado com Annie. Comia tudo o que lhe punham à frente e parara de tossir. Também Mog perdera a sua casa e o seu ganha-pão, mas não se deixara ficar deitada a chorar e a gemer. Na realidade, estava a tentar tirar o melhor partido possível de uma má situação ajudando no Ram's Head.

O quarto que as duas partilhavam era triste, pequeno, escuro e, até Mog lhe deitar as mãos, muito sujo. Mas mesmo que não tivesse o conforto e a elegância a que estavam habituadas, fora muito generoso da parte de Garth tê-las acolhido.

Em paga, Mog começara a cozinhar e a limpar no Ram's Head desde a primeira manhã. E apesar de Garth ser um homem de poucas palavras e nada dado a elogios, Mog sentia que ele estava a apreciar as refeições caseiras e o facto de ter um sítio limpo onde viver. Jimmy confidenciara-lhe que o tio se mostrava muito mais brando com ele desde que elas tinham chegado e ela transformara aquela casa num verdadeiro lar.

Mog gostava de estar ali. Jimmy era muito bom rapaz, e era bom viver sem as constantes discussões entre as raparigas. Mas com Annie a recusar erguer a cabeça e incapaz de tomar sequer uma decisão a respeito do seu futuro, era muito provável que Garth acabasse por achar que aquilo era um abuso e lhes pedisse para sair

— Que queres dizer com isso, «Que vai ser de mim»? — retorquiu. — Tens a tua vida. Vais receber qualquer coisa da companhia de seguros. E tens o cofre!

Mog não fazia ideia do que o cofre continha exatamente, mas era pesado, e conhecia Annie suficientemente bem para saber que não teria arriscado a vida na tentativa de salvá-lo se não houvesse lá dentro uma quantia considerável.

— É natural que não compreendas. Nunca tiveste de mobilar uma casa, nem de assumir a responsabilidade de gerir um negócio.

— Não me lembro de a teres mobilado. Tirando o lustre e o tapete persa, tudo o mais foi-te deixado pela Condessa — ripostou Mog. — Quanto a não ter gerido o negócio, estive lá noite e dia, a organizar as refeições, a lavagem da roupa, a limpeza dos quartos, a manter as raparigas na linha e a cuidar de ti e da Belle. Se não fosse eu, teriam morrido todas na cama. Como é que podes dizer que não sei nada de gerir um negócio?

— Sempre foste só uma criada.

Mog olhou duramente para Annie. Nunca fora uma beldade. Fora atraente, com um boa figura, mas a pele era amarelada e os cabelos castanhos não tinham brilho. O que tinha era presença. Bastava-lhe entrar num sala para todos os olhares se fixarem nela; era fria e altiva, com um toque de exotismo. Nos tempos em que era uma das raparigas, aquela presença fazia os homens sentir que estavam a obter qualquer coisa de especial, e a julgar pelo modo como a requestavam, talvez fosse verdade.

Então, quando herdara a casa, fizera a passagem de puta para madame com toda a naturalidade. A sua dignidade e a sua pose inatas impunham respeito. Usava a porção exata de frieza com os homens que tinham em tempos sido seus clientes para os fazer compreender que deixara de estar acessível, mas que continuavam a ser bem-vindos à casa.

Agora, porém, afundava-se na autocomiseração e toda a dignidade tinha desaparecido. Tinha o aspeto e o cheiro rançoso de uma velha num asilo. A triste verdade era que não havia muitas novas oportunidades para as mulheres do lado errado dos trinta, e embora houvesse de momento alguma simpatia por Annie, por causa do desaparecimento de Belle e do incêndio, também isso depressa murcharia e morreria se ela não se levantasse do chão disposta a lutar.

– Só uma criada! – disse Mog, com um fundo suspiro. – Obrigada por essa, Annie. É bom saber que sou apreciada. Tenho falado com a polícia desde o incêndio, tenho despejado os teus bacios, tenho-te dado de comer, tenho-te arranjado roupas, tenho chorado o desaparecimento da tua filha como se fosse minha. Até agora, não te ouvi dizer uma palavra a respeito dela!

«Só uma criada, dizes tu! Pois bem, não conheço outra criada que tivesse feito tudo o que eu fiz por ti. De modo que talvez seja tempo de eu cuidar de mim e deixar de me preocupar contigo e com os teus problemas.»

– Oh, sabes muito bem que não era isso que eu queria dizer – protestou Annie, abanando a cabeça – Estou de rastos, do que é que estavas à espera?

– Estava à espera que estivesses contente por ainda nos termos uma à outra – retorquiu Mog. – Estava à espera que começasses a pensar no que podemos fazer a esse filho da mãe que levou a Belle e nos incendiou a casa. O jovem Jimmy, o Garth e o Noah estão do teu lado, mas é mais do que tempo de te levantares dessa cama e voltares a ser o que eras e ripostar.

– Não consigo – gemeu Annie. – Já não tenho forças. Quem me dera que me tivesses deixado morrer no fogo.

– Há coisas muito piores do que perder uma casa – disse Mog, espantada. – A Belle ter sido raptada por um assassino foi uma delas. Mas essa não te atirou abaixo... Com certeza a casa não significa mais para ti do que a tua filha?

– Tu não compreendes. – Annie voltou para Mog os olhos cheios de lágrimas. – Ter aquela casa compensava todas as coisas horríveis que me fizeram. Quando a Condessa ma deixou, sarou as minhas feridas. Pude deixar de pensar nos homens que me violaram, e em todos os homens com os quais tinha de fingir porque eles me pagavam. Agora desapareceu, e todas essas recordações voltaram. Agora não sou nada.

– Não *és* nada se não fores capaz de lutar pela Belle – ripostou Mog, tentada a fazê-la ganhar juízo com um par de palmadas. – Neste momento devias estar em Bow Street a fazer um escândalo por causa da casa, em vez de estares aqui deitada a cheirar mal. Exige falar com o homem mais importante que lá houver, exige que investiguem o incêndio e o desaparecimento da Belle. Porque não usar algum do dinheiro que tens naquele cofre para oferecer uma recompensa por informações? É quase certo que há por aí um verme qualquer que sabe alguma coisa... O dinheiro é sempre a melhor maneira de os fazer sair dos seus buracos.

– O Falcão voltará a fazer-me mal – disse Annie, debilmente.

Mog revirou os olhos para o teto, exasperada.

– Que mais pode ele fazer-te? Já fez as duas coisas piores que consigo imaginar, não há mais nada que possa fazer.

– Pode matar-me.

– Não disseste que querias que eu te tivesse deixado morrer no fogo? Matar-te não seria assim tão mau – respondeu Mog, maldosamente. – Vou preparar-te um banho na copa. Se não te levantares dessa cama para te lavares, receio que tu e eu tenhamos de nos separar.

CAPÍTULO 12

Mog inclinou-se por cima do balcão e aproximou beligerante-mente a cara da do sargento de turno.

– Porque é que ainda não foram a casa nem ao escritório do Kent e o interrogaram? – exigiu saber. – Esse homem assassinou uma rapariga, raptou uma criança e pegou fogo à nossa casa. Que mais precisa de fazer para vocês se decidirem a agir?

Tinham passado dois dias desde que Mog descompusera Annie por não lutar e finalmente, naquela manhã, ela aceitara ir a Bow Street incitar a polícia a fazer qualquer coisa. Mas como não estava a ser nem de longe suficientemente assertiva, Mog achara que tinha de assumir o comando das operações.

– Já estivemos na casa e no escritório de Mr. Kent. Mr. Kent encontra-se fora do país, de modo que não pode ter sido ele a atear o incêndio.

O sargento, gordo e de cara vermelha, sorriu ao transmitir esta informação, claramente convencido de que ia fazer Mog baixar a crista.

– Oh, a sério? – perguntou ela, trocista. – Como se eu acredi-tasse nisso!

O rosto do polícia ensombrou-se.

– Devia acreditar, pois temos provas de que Mr. Kent embarcou num navio que partiu de Dover a 14 de janeiro.

– O dia em que a Belle foi raptada! – exclamou Annie. – Levou-a para fora do país! Para onde?

– Viajou para França com outro homem. Não havia nenhuma criança a acompanhá-los – disse o sargento, desinteressadamente.

Mog arquejou.

– Então deve tê-la assassinado – disse.

– Não há quaisquer provas de que ele tenha raptado a criança, a tenha assassinado ou ateado o incêndio. – O sargento ergueu os olhos para o teto, com uma expressão cansada. – A pessoa encarregada de cobrar as rendas por conta de Mr. Kent confirmou que ele se encontra ainda fora do país. Agora desamparem-me a loja, tenho trabalho para fazer.

Annie voltou-se para sair, mas Mog não ia desistir tão facilmente.

– Será que tem um coração nesse peito? – perguntou. – Como é que ia sentir-se se a sua filha fosse raptada e a sua casa incendiada? É um facto que a Millie foi assassinada por esse tal Kent, um ato que a nossa Belle testemunhou. Por isso não tente dizer-nos que ele não a levou, ou que não incendiou a nossa casa para nos fazer calar pelo medo. E o mais assustador é que vocês estão a acreditar nas palavras de um homem que é proprietário de alguns dos mais miseráveis pardieiros de Londres. Dificilmente se pode considerá-lo uma pessoa digna de confiança!

– As putas são-no ainda menos! – atirou-lhe o sargento. – Agora desapareçam antes que eu me lembre de qualquer coisa de que as possa acusar às duas.

Se Annie não a tivesse agarrado pelo braço e arrastado para fora da esquadra, Mog teria tentado esbofetear o polícia.

– Ouviste o que ele disse? – cuspiu Mog quando chegaram à rua. Tinha a cara roxa de fúria.

– Sim, ouvi, e gostei tanto como tu – disse Annie, agarrando ambos os braços de Mog e sacudindo-a ao de leve, a tentar acalmá-la. – Mas ele estava desejoso de ter um pretexto para nos prender, e isso não ia ajudar ninguém. O Noah vai aparecer mais tarde. Falamos com ele e vemos o que podemos fazer a seguir.

Mog deixou-se cair contra Annie. Sabia que tinha perdido aquela batalha, e ser presa não serviria qualquer propósito.

Era mais um dia de frio e o vento gelado tornava ainda mais vermelhas as faces de Mog enquanto caminhavam de regresso ao Ram's Head. Annie olhou de soslaio para a amiga e viu, pelo modo como tinha os lábios contraídos numa estreita linha, que continuava furiosa, e que alguma dessa fúria lhe era dirigida.

Sabia que Mog achava que ela não sentia tão profundamente como ela própria tudo o que tinha acontecido, mas estava enganada. Simplesmente era incapaz de falar dos seus sentimentos. Bem gostaria de ser diferente, bem gostaria de conseguir deitar cá para fora toda a sua raiva e todo o seu medo, mas não conseguia. Em vez disso, a morte de Millie e o rapto de Belle estavam encerrados dentro da sua cabeça, às voltas, paralisando-a de tal modo que se sentia incapaz de fazer fosse o que fosse. Fora essa a razão por que ficara na cama tanto tempo depois do incêndio.

Se toda a gente pensasse que aquilo era o resultado do choque de ter ficado encurralada pelo fogo, tanto melhor, porque o que não queria era admitir a culpa que sentia por ter sido incapaz de proteger a filha. Não uma, mas duas vezes. Não verificara onde estava Belle na noite do assassínio, e não previra que Kent podia tentar silenciá-la permanentemente por ter testemunhado o crime.

Por que diabo tentara abafar tudo em vez de dizer quem tinha assassinado Millie e mandar imediatamente Belle para um lugar seguro?

Não havia uma verdadeira resposta para aquela pergunta. Comportara-se como uma avestruz, escondendo a cabeça na areia, imaginando que tudo aquilo havia de passar, e essa vergonha ficaria para sempre com ela. Mas gostaria também de ser capaz de dizer a Mog que a amava como a uma irmã. Mog era sempre tão constante, generosa, honesta e leal, o que era espantoso, considerando que ela era muitas vezes má para ela. Mas, claro, podia sempre justificar a

157

sua maldade dizendo a si mesma que Mog tinha uma vida privilegiada. Nunca fora obrigada a vender-se, sempre tivera uma casa e um trabalho de que gostava, sem verdadeiras responsabilidades. Além disso, Belle sempre a amara muito mais do que à própria mãe.

No fundo, porém, Annie sabia que Mog merecera aquele amor, e tinha de admitir que a amiga tivera toda a razão ao admoestá-la por ficar na cama cheia de pena de si mesma. Por isso se forçara a levantar-se, tomar um banho, lavar o cabelo e pôr um dos vestidos que Mog tivera o cuidado de lhe comprar. E mal olhara para o espelho e se vira praticamente igual ao que era antes de tudo aquilo ter acontecido, voltara a sentir-se ela própria.

Estava muito agradecida a Jimmy por ter salvado o seu belo casaco de raposa vermelha, além do cofre. Fora-lhe oferecido por um admirador, cinco anos antes, e agora que o seu futuro parecia tão incerto, não podia deixar de arrepender-se de não ter aceitado também a oferta de casamento. Mas tudo isso eram águas passadas, e ela estava determinada a arrancar-se daquele abismo em que se afundara. No dia anterior, gastara uma libra num pequeno chapéu de veludo que ficava perfeito com o casaco. Mog provavelmente vira aquilo como uma compra totalmente frívola e diria que podia ter conseguido um em segunda mão por menos de seis *pence*, mas Mog não tinha uma reputação de elegância a defender, e com certeza não compreenderia a necessidade dela de não perder a sua.

— Acreditas que os dois homens foram verdadeiramente para França? — perguntou Mog de súbito, quebrando o silêncio.

— Tenho a certeza de que foi o que alguém disse à polícia — respondeu Annie. — Mas o Kent pode ter subornado alguém para o fazer. Até é possível que tenham levado a Belle no navio. Muito gostaria de saber quem era o outro homem.

— Como é que podemos descobrir?

— Posso pedir ao Noah que vá de comboio até Dover e pergunte nos escritórios da companhia de navegação. Parece ser um jovem desembaraçado, tenho a certeza de que não se importaria de ir.

Mog pareceu um pouco mais animada ao ouvir isto e passou algum tempo antes que voltasse a falar.

– Que vamos nós fazer, Annie? – perguntou. – Quero dizer, como é que vamos ganhar a vida, e arranjar uma nova casa. Não podemos ficar com o Garth muito mais tempo.

Ainda naquela manhã Annie fizera a si mesma aquela pergunta. Tão cedo não iria receber dinheiro do seguro, e em todo o caso não seria com certeza o suficiente para reconstruir a casa ou comprar outra. Mas tirando isso, não se sentia ainda capaz de tomar decisões a respeito do futuro. Precisava de tempo para considerar todas as opções.

– Talvez devas fazer planos a contar só contigo – respondeu. – Não vou poder manter uma criada, pelo menos no futuro imediato.

No momento em que as palavras lhe saíram da boca, Annie apercebeu-se de que estava a dizer que Mog não era acima de tudo uma amiga de confiança, mas apenas uma empregada.

– Se é isso que queres – disse Mog, o tom da voz a mostrar como se sentia magoada.

Annie tentou reformular o que tinha dito, mas viu pela expressão de Mog que não faria diferença.

Mog não voltou a falar com Annie naquela manhã. Sempre que Annie tentava iniciar uma conversa, fingia que tinha qualquer coisa que fazer noutro lugar. Mas quando, ao meio-dia, Noah entrou no Ram's Head, Mog pareceu esquecer os seus agravos.

Noah aparecera no dia a seguir ao incêndio para oferecer a sua solidariedade e perguntar se havia alguma coisa que pudesse fazer por elas, mas daquela vez levava uma mala cheia de roupas, lençóis de cama e toalhas, oferta da sua senhoria.

– Que generosidade! – exclamou Mog, convidando-o a passar do *pub* para a pequena sala das traseiras e oferecendo-lhe chá.

– Mrs. Dumas é uma excelente senhora – disse Noah. – Lamenta muito o que aconteceu e espera que estas coisas possam ser úteis. Também gostaria de poder oferecer às duas um quarto em sua casa, mas infelizmente estão todos ocupados.

Annie pediu-lhe que agradecesse a Mrs. Dumas em seu nome e no de Mog e começou imediatamente a contar-lhe o que fora dito em Bow Street.

– Não acredita que o sargento estivesse a mentir a respeito de o Kent ter ido para França, pois não? – perguntou, franzindo o sobrolho. – Mas talvez haja mais informação a acrescentar a isto, como o nome do companheiro dele, como chegaram a Dover, e assim por diante.

– Acredito que a polícia deve estar convencida de que ele foi para França, mas concordo que há provavelmente mais coisas que podemos descobrir.

– Penso que podia, Noah. Ao fim e ao cabo, é um investigador – disse Annie, e ofereceu-lhe um pagamento diário mais despesas.

Noah sorriu.

– Posso ir a Dover e voltar no mesmo dia – disse.

– Posso ir consigo, Noah? – pediu Jimmy, da porta. – E no regresso podíamos passar pela casa do Kent em Charing. Fica a caminho. Eu podia trepar a uma janela e dar uma vista de olhos ao interior!

Noah sorriu.

– Adoraria ter a tua companhia, Jimmy, se o teu tio puder dispensar-te um dia inteiro. Mas acho que não vamos arrombar a casa de ninguém.

Jimmy pareceu um pouco desapontado ao ouvir isto. O incêndio deixara claro a toda a gente que Kent era um homem extraordinariamente perigoso, capaz de matar quem quer que se lhe atravessasse no caminho. Jimmy estava desesperadamente preocupado com Belle; sentia, no fundo do coração, que ela estava viva, mas de certa maneira isso era ainda pior, pois não conseguia deixar de pensar no que Kent poderia estar a fazer-lhe. Tendo chegado ao ponto de revistar-lhe o escritório, estava agora pronto a fazer o que fosse necessário para encontrar Belle.

Annie e Noah continuaram a falar, e Mog, ainda magoada com Annie, foi até ao *pub* ver se podia ajudar Garth. Havia apenas dois homens sentados junto à lareira, a beber, e Garth pediu-lhe que ficasse ao balcão enquanto ele dava um pulo à adega.

Entraram mais dois homens durante a ausência dele e Mog serviu uma caneca de cerveja a cada um. Garth voltou quando ela estava a dar-lhes o troco.

– É bom tê-la por cá – disse, apreciativamente. – Vou sentir a sua falta quando a Annie decidir mudar.

Mog ficou sinceramente surpreendida pelo calor do comentário. No dia anterior gabara-lhe os cozinhados e agradecera-lhe por lhe ter pregado uns botões que faltavam na camisa, mas não o imaginara capaz de sentir a falta de quem quer que fosse.

– Não irei com ela – disse, tristemente. – A Annie quer estar sozinha.

– Isso é uma grande surpresa! – exclamou ele. – E que planeia ela fazer?

Mog abanou sombriamente a cabeça.

– Acho que nem ela própria sabe.

– E a Mog?

Ela encolheu os ombros.

– Daria uma boa governanta, mas quem me quereria se o único sítio onde trabalhei foi um bordel?

– Eu – respondeu ele.

Mog fez um meio sorriso, a pensar que ele estava a brincar, apesar de, até ao momento, não lhe ter parecido homem para brincadeiras.

– Ora, deixe-se disso!

– Estou a falar a sério. Conseguiu tornar esta casa mais acolhedora no pouco tempo que cá passou. Gosto disso, e o Jimmy gosta que cá esteja.

– Sente a falta da mãe.

– Sim, é verdade. Em tempos achava que ele passava demasiado tempo com ela, e assim o disse, mas o Jimmy não é nenhum piegas, é um bom rapaz.

Nunca Mog esperara ouvir aquele homenzarrão ruivo elogiar quem quer que fosse, e muito menos Jimmy, pois parecia ser do género de achar que os elogios eram uma forma de lamechice.

– Está então a dizer que me quer para governanta? Quer dizer, a pagar?

– Bem, não posso pagar muito. Acha bem três xelins por semana, com cama e comida?

Mog estava habituada a cinco xelins, e sabia que uma governanta numa grande casa ganharia muito mais, mas depois do que Annie dissera naquela manhã estava encantada por alguém a querer.

– Acho muito bem, Garth – disse, com um sorriso. – Como sua governanta, então, não se importa que organize um pouco as coisas e faça umas limpezas a sério por aqui?

Ele sorriu, e era uma visão tão invulgar que foi como o nascer do sol.

– Pode organizar o que quiser em casa – disse. – Mas o bar fica como está. Gosto dele assim.

– Estou muito contente por o tio Garth ter convidado a Mog para ser a nossa governanta – disse Jimmy a Noah quando, na manhã seguinte, se dirigiam à estação de Charing Cross para apanhar o comboio com destino a Dover. – Gosto muito dela e não queria que se fosse embora.

– E a Annie? – perguntou Noah. Já sabia que ela tinha decidido continuar sozinha.

– Da Annie não é tão fácil gostar – respondeu Jimmy, pensativo. – Acha que vai arranjar outro bordel?

Noah engoliu em eco. Não se sentia à vontade a falar daqueles assuntos com um rapaz tão novo.

– Não faço ideia. Mas penso que seria melhor arranjar outro negócio qualquer, para, se conseguir recuperar a Belle, não a arrastar para aquilo.

– Talvez já tenha sido arrastada.

Noah olhou para Jimmy e viu que tinha os olhos cheios de lágrimas.

– Esperemos que não – disse, apertando o ombro ossudo do rapaz. – Estás em vantagem em relação a mim, Jimmy... É que, estás a ver, não cheguei a conhecer a Belle. Diz-me como ela é.

– É muito bonita, com cabelos encaracolados e pretos, brilhantes como alcatrão molhado, e uns olhos azuis profundos. E a pele dela parece que brilha, não é nada como a da maior parte das raparigas daqui. E cheira bem, a limpo e a fresco, e os dentes dela são pequenos e brancos.

Noah sorriu. A descrição pormenorizada mostrava a que ponto Jimmy estava apaixonado por ela.

– Mas não é tanto o aspeto dela, é mais o que ela é – acrescentou Jimmy, para não deixar dúvidas.

– E como é ela?

– Enérgica, inteligente, sabe muito bem o que quer. Vi-a pela primeira vez na manhã do dia em que a Millie foi morta. Perguntei-lhe se era uma puta porque vivia num bordel.

– E o que foi que ela respondeu a isso?

Jimmy sorriu.

– Ficou muito indignada. Disse que podia viver num palácio e não ser uma rainha. Mas acabei por descobrir que na altura ela nem sequer sabia muito bem o que era uma puta. Só ficou a saber quando viu a Millie ser morta.

Noah corou, porque de repente recordou Millie de pé diante dele, só com a camisa interior vestida, a pegar-lhe na mão para a pousar no seio. As recordações que tinha de Millie eram todas doces e não gostava de ouvir alguém chamar-lhe puta, nem de pensar no que essa palavra significava.

— As raparigas como a Millie não têm muita escolha no que respeita àquilo que acabam por fazer para ganhar a vida – disse. – A Annie foi o mesmo, foi forçada a entrar naquela vida. Por isso não fales mal dessas mulheres. São homens como nós que as transformam naquilo que são.

— Eu sei – disse Jimmy, cheio de indignação. – Em todo o caso, a próxima vez que vi a Belle foi quando fomos os dois até aos Embankment Gardens e ela me contou o que tinha visto, contou-me tudo, e fartou-se de chorar. Suponho que é a pior maneira de uma rapariga aprender a respeito dessas coisas.

— Só a viste dessas duas vezes?

Jimmy assentiu sombriamente.

— Fiquei muito impressionado com ela, e muito feliz por querer ser minha amiga. E então foi raptada antes de eu ter tempo de a conhecer melhor.

Estavam a chegar à estação e Noah parou num quiosque para comprar um jornal porque queria dar uma vista de olhos a um par de pequenos artigos que tinha escrito e que deviam sair naquele dia.

— Já alguma vez andaste de comboio? – perguntou, contente por poder mudar de assunto para qualquer coisa mais leve, pois vira como Jimmy ficara perturbado por falar de Belle.

— Só uma vez. A minha mãe levou-me a Cambridge quando lá foi provar um vestido a uma senhora para quem trabalhava. Achei maravilhoso, mas foi uma viagem muito, muito longa.

— Não creio que Cambridge fique muito mais longe do que Dover, são cerca de cem quilómetros, mas quando se é muito novo, estar sentado e quieto uma hora parece interminável.

— Nunca vi o mar. Vamos poder vê-lo em Dover?

— Sim, claro. – Noah riu do entusiasmo do rapaz. – É pena estar demasiado frio para passear de barco.

*

A viagem até Dover pareceu incrivelmente longa, e ainda por cima estava muito frio dentro da carruagem. Quando chegaram, Jimmy tinha o nariz tão vermelho como os cabelos.

– Precisas de um casaco quente – disse Noah. Jimmy usava apenas um casaco de *tweed* coçado e um cachecol cinzento à volta do pescoço.

– Não gosto de pedir nada ao meu tio. A Mog disse que ia abordar o assunto, e pedir também umas botas novas… as minhas têm buracos nas solas… mas acho que se esqueceu.

– Tenho um casaco no meu quarto que já me está demasiado pequeno. Vou lá buscá-lo quando voltarmos. Mas uso sempre as minhas botas até se desfazerem.

– Veste muito bem – disse Jimmy, a olhar com admiração para o sobretudo escuro de Noah, que lhe chegava aos joelhos, para o chapéu de coco e para a camisa de colarinho engomado.

– Tem de ser, no meu trabalho – explicou Noah. – Não posso esperar que as pessoas que tenho de interrogar a respeito de pedidos de pagamento de seguros me levem a sério se lhes aparecer vestido como um vendedor ambulante. Como a minha mãe costumava dizer: «As roupas fazem o homem.»

– Também a minha mãe dizia isso – disse Jimmy enquanto desciam a rua em direção ao porto. – Andei sempre muito bem vestido até ela adoecer. A partir dessa altura tivemos de passar a gastar o dinheiro em coisas importantes como remédios e comida. Eu desejava parar de crescer para não precisar de coisas novas.

Noah pousou uma mão no ombro do rapaz.

– A tua mãe havia de ficar muito orgulhosa se te visse agora – disse. – Desconfio que até o rezingão do teu tio gosta de ti.

Jimmy riu.

– Não é assim tão mau, quando o conhecemos melhor. Ladra mais do que morde. A minha mãe disse-me que só se tornou como é agora quando a mulher dele fugiu com outro homem. Acho que agora que a Mog vai ficar connosco, até é capaz de se tornar alegre, porque gosta mesmo dela!

Calou-se ao ver o mar. O vento levantava ondas enormes que rebentavam na praia de seixos com uma força imensa.

– É muito diferente no verão – explicou Noah, percebendo que o espetáculo o deixara um pouco assustado. – É o céu que lhe dá a cor, e por isso hoje está cinzento-escuro, mas num dia de sol fica de um azul muito bonito, e as ondas são pequenas e suaves. Talvez possamos cá voltar daqui a uns meses, para o veres.

– É tão grande – disse Jimmy, com espanto na voz. – Continua para sempre.

– Aqui é o ponto mais próximo de França, que fica apenas a trinta e quatro quilómetros. Já houve quem fizesse a travessia a nado!

– Mas não num dia como o de hoje! – troçou Jimmy. – Percebe-se que é gelado só de olhar para ele.

Jimmy ficou muito impressionado pela maneira como Noah deu a volta ao empregado da bilheteira. Era um homem de cara magra e ar infeliz que começara por afirmar beligerantemente que não podia dar informações a respeito de passageiros. Mas Noah disse que era investigador de uma companhia de seguros e que tinha autorização da polícia para levar a cabo as suas investigações, o que fez o homem abrir o livro de registo e consultar a lista de passageiros do dia em questão.

– Mr. Kent e Mr. Braithwaite – disse. – Lembro-me deles porque pediram um camarote.

– Não tinham uma rapariguinha com eles?

– Oh, não! Eram só os dois.

– Consegue lembrar-se de como era o Braithwaite? – perguntou Noah.

O homem franziu a testa.

– Tinha cabelos encaracolados e era mais simpático do que o outro homem, mas mais nada, estava escuro e a luz aqui não é grande coisa.

166

– Há algum maneira de eles poderem ter levado uma rapariguinha para bordo sem ninguém notar?

– Não. Os bilhetes dos passageiros são novamente verificados quando embarcam. Estamos sempre atentos a isso.

– Sabe como foi que os dois chegaram até cá?

– Daqui não se vê, mas suponho que foi de fiacre ou de carruagem, pois tinham um baú com eles.

– Um baú! – exclamou Noah. – De que tamanho era?

– Não sei, não o trouxeram para aqui. Só ouvi um dos carregadores perguntar-lhes se queriam ajuda para o levar.

– Então foi isso, tinham-na no baú – disse Noah, quando saíram da bilheteira.

– Não pode ter a certeza – argumentou Jimmy.

– Tenho – insistiu Noah. – Os homens não usam baús a menos que vão emigrar, são mais para as coisas das mulheres e as roupas de casa. Um homem levaria uma mala ou um saco de viagem.

– Ainda estaria viva dentro do baú? – perguntou Jimmy, com a voz trémula de medo.

Noah mordeu o lábio inferior enquanto pensava.

– Eu diria que sim – acabou por dizer. – Alguém correria o risco de ser apanhado a sair do país com um cadáver? Não faria o mais pequeno sentido. Mas se foi assim que a levaram, devem tê-la drogado para a manter calada.

– O que significa que tinham qualquer coisa especial preparada para ela – disse Jimmy, cada vez mais assustado. – O que poderia ser?

Noah não precisou de responder, viu que Jimmy já sabia a resposta. Estendeu a mão e voltou a apertar o ombro do rapaz, desejando conseguir pensar numa alternativa menos horrível.

– Disseste que a Belle é inteligente e corajosa. Talvez tenha conseguido enganar os homens que a raptaram. Vamos a casa do Kent e ver se conseguimos encontrar lá alguma pista que nos diga para onde a levaram.

– Quer dizer forçar a entrada? – perguntou Jimmy, com os olhos a brilhar.

– Suponho que sim – respondeu Noah, e sorriu.

Pouco depois das onze dessa mesma noite, Noah e Jimmy regressaram ao Ram's Head. Garth estava a correr com os últimos clientes e disse a Jimmy que fosse às traseiras chamar Annie e Mog.

As duas mulheres apareceram a correr, os rostos luminosos de expectativa. Noah desejou ter mais para lhes dizer.

Contou o que tinham descoberto em Dover e em seguida passou para como tinham apanhado o comboio para Charing e entrado na casa de Kent.

– Mas não encontrámos nada de invulgar exceto um berbequim deixado no vestíbulo – disse Noah, sombriamente.

– Mas não era o género de casa que seria de esperar, pois não? – disse Jimmy, a olhar para Noah. – Muito bonita e arrumada, nada o género de lugar que se esperaria para um homem que é senhorio de pardieiros.

Noah sorriu a Annie.

– O Jimmy tem razão, fez-me lembrar uma casa de bonecas. Todas as peças de mobília, todos os ornamentos, tapetes e almofadas pareciam ter sido escolhidos e postos nos seus lugares com muito cuidado. O Jimmy é um bom assaltante, conseguiu entreabrir uma pequena janela nas traseiras e esgueirou-se por ali dentro como uma enguia. Mas quando me abriu a porta das traseiras, quase tive medo de entrar. Estava tudo tão limpo.

– O mais estranho era que parecia a casa de uma mulher – acrescentou Jimmy. – Eu costumava ir entregar as roupas que a minha mãe fazia a duas senhoras que viviam em Islington, e a casa delas era assim, como se nunca nenhum homem lá tivesse posto os pés. Deu-me arrepios. Fui ver no andar de cima, mas não havia nada de senhora.

– O que é um berbequim? – perguntou Annie.

Noah demonstrou com as mãos que era uma ferramenta para fazer orifícios, usada sobretudo pelos carpinteiros.

– Todas as outras ferramentas estavam num anexo no jardim, muito bem arrumadas numa tira de couro com bolsas para as enfiar. Acho que usou o berbequim para fazer orifícios de respiração no baú. Mas não encontrámos mais nada. Por isso penso que passou por casa só para ir buscar o baú e enfiar a Belle lá dentro e depois seguiu para Dover.

– Viram os papéis dele?

– Vi eu, mas não havia grande coisa, só faturas relativas à casa, todas em nome de Mr. Waldegrave, e examinei-as uma a uma – respondeu Jimmy. – Lembra-se de ter dito que a Belle ouviu o Kent pedir à Millie para ir viver com ele? Terá arranjado aquela casa para ela? Porque é o que parece.

Annie encolheu os ombros.

– Quem sabe? Não estou a imaginar um homem que estrangula uma rapariga por ter dito o que não queria ouvir a gostar suficientemente dela para arranjar a sua casa para a receber. Talvez nunca tenha tencionado viver com ela. Talvez planeasse mandá-la também para outro lado qualquer.

Noah fez um ar pensativo.

– Talvez seja por isso que tem a casa assim. Um bom lugar para levar raparigas de modo a convencê-las de que vão passar a viver bem, e depois vendê-las.

– Havia algum sinal de a Belle lá ter estado? Louça suja, coisas fora do lugar, camas desfeitas? – perguntou Annie.

Noah abanou a cabeça.

– Nada. Nem uma chávena suja ou um tapete enrugado. As camas todas muito bem feitas, tapadas com colchas. Deve ter uma governanta. Nenhum homem seria capaz de manter uma casa assim. Mas não senti humidade nem frio, como aconteceria se passasse muito tempo sem ninguém lá ir. O que talvez queira dizer que alguém vai acender as lareiras e arejar a casa de vez em quando.

– Perguntaram na aldeia?

– Não nos atrevemos. É um lugar tão pequeno que receámos parecer suspeitos – respondeu Jimmy.

– É estranho um homem poder viver numa casa perfeita e ganhar a vida à custa de um lugar como o Caroço – disse Mog pensativa. – Se não foi para lá que levaram a Belle, então talvez tenha sido para casa do outro homem. Braithwaite, não é como ele se chama?

Garth ergueu subitamente a cabeça.

– Acabo de lembrar-me de que conheço um homem chamado Braithwaite – disse. – Não o conheço pessoalmente, só ouvi histórias a respeito dele. É um jogador. Chamam-lhe Sly.

– Alguma vez o viu? – perguntou Noah.

– Não. – Garth abanou a cabeça. – Só ouvi falar dele. Mas posso perguntar por aí.

– Pode não ser o mesmo Braithwaite – disse Mog.

– Não é um nome muito comum – fez Annie notar. – Quais são as probabilidades de haver outro por estas bandas?

– Mas o Kent pode não conhecer o tal homem daqui – argumentou Mog.

Annie franziu os lábios.

– Bem, não estás a vê-lo recrutar ajuda para um rapto numa pequena aldeia, pois não?

Mog ignorou o sarcasmo.

– E agora? – perguntou. – Quer dizer, se a Belle está em França, nunca conseguiremos encontrá-la.

– Tenho maneiras de pôr o Kent e o Braithwaite a falar – disse Garth sombriamente. – O Kent não vai ficar muito tempo afastado daqui, tendo as rendas do Caroço para receber. Saberei quando ele voltar, com isso não se preocupem.

– E se ele contrata alguém para pegar fogo ao *pub*? – perguntou Jimmy, num tom assustado. – Não vai desistir tão facilmente, pois não? Ao fim e ao cabo, se o apanharem por ter matado a Millie, enforcam-no.

— A única coisa de que um rufião tem medo é de outro rufião maior do que ele – disse Garth, com um sorrisinho tenso. – Podem ter a certeza de que obrigarei esse filho da mãe a falar, quando lhe deitar a mão.

— Mas quanto tempo vamos ter de esperar? – perguntou Mog, a torcer as mãos. – A cada dia que passa, o perigo é maior para a Belle. Não consigo suportar a ideia do que possa estar a acontecer--lhe.

— Nem eu – disse Jimmy, numa voz baixa e tensa. – Vou encontrá-la e trazê-la para casa, custe o que custar.

Os adultos voltaram-se para ele e todos viram determinação na sua cara sardenta. Garth abriu a boca para troçar, mas viu aço nos olhos do rapaz e acenou com a cabeça em aprovação.

— É assim que se fala! – exclamou Noah. – Se eu tivesse feito em relação à Millie o que o coração me dizia, talvez ela ainda agora estivesse viva.

— Deus os abençoe – murmurou Mog. – Tu, Jimmy, e vocês os dois, Garth e Noah, restauraram a minha fé nos homens.

CAPÍTULO 13

— Diga-me onde estou, Lisette, e o que vai ser de mim – pediu Belle. – Sei que é uma mulher bondosa, por isso diga-me a verdade, por favor.

À primeira vista, não havia muito com que se preocupar. O quarto era claro e confortável, a lareira acesa todas as manhãs, Lisette levava-lhe de comer e beber três vezes por dia, havia até uma taça com fruta, e tinham-lhe dado alguns livros em inglês e roupas novas. Mas do outro lado da janela, os campos vestidos das suas tristes cores de inverno, cinzento, castanho e preto, estendiam-se até ao horizonte, sem uma casa à vista, e a porta do quarto estava sempre fechada à chave.

— Tenho muita pena de ti, *ma chérie* – respondeu a francesa, o rosto bonito cheio de sinceridade. – Mas sou apenas uma criada, e foi-me ordenado que não te dissesse nada. Posso dizer-te que estás numa aldeia perto de Paris, mas é tudo.

— Paris! – exclamou Belle.

Lisette assentiu.

— Não quero arranjar-lhe problemas – disse Belle. – Mas seguramente pode dizer-me se vão entrar aqui homens e violar-me outra vez?

— Não, não, nada disso, aqui não. – Lisette pareceu horrorizada pela ideia. – Esta casa é como um hospital, para mulheres doentes.

172

— Mas agora eu não estou doente. O que é que eles tencionam fazer comigo?

Lisette olhou em redor, como se estivesse meio à espera de descobrir alguém à escuta.

— Não devia dizer-te. Mas planeiam mandar-te para a América, em breve.

— Para a América! — exclamou Belle, incrédula. — Mas para quê?

Lisette encolheu os ombros.

— Compraram-te, Belle. És… como se diz, propriedade deles.

Belle sentiu-se repentinamente agoniada. Sabia o que «propriedade deles» significava.

— Que devo fazer? — perguntou.

Em vez de responder imediatamente, Lisette ficou por um instante a olhar para Belle sentada numa cadeira junto à lareira.

— Penso — acabou por dizer — que o melhor para ti é seres o que eles querem.

Belle ergueu a cabeça, os olhos a chispar de fúria.

— Está a dizer que tenho de ser uma puta?

Lisette franziu a testa.

— Há coisas piores, *ma chérie*. Passar fome, não ter casa. Se lhes fizeres frente, eles castigar-te-ão. A uma rapariga que foi trazida para aqui, cortaram-lhe um braço. Agora não pode fazer mais nada senão deixar os homens possuírem-na num beco por alguns *centimes*.

Belle sentiu o estômago revoltar-se-lhe face à crua imagem que Lisette acabava de pintar.

— São capazes de fazer isso? — perguntou, num murmúrio horrorizado.

— São capazes de fazer coisas piores — respondeu Lisette. — Tenho muita pena de ti, mas escuta o que te digo. Se alinhares com o que eles querem, se aprenderes a fazer o jogo dos cavalheiros, não te vigiarão tão apertadamente.

— Não sei como pode dizer-me que faça uma coisa dessas! — exclamou Belle.

– É porque gosto de ti, Belle, e tenho de dizer-te a melhor maneira de te salvares. Fui levada para uma casa quando era muito nova, como te aconteceu a ti. Sei como é horrível. Mas com o tempo deixei de me importar. Fiz amigas, voltei a rir.

– Ainda continua a fazê-lo?

Lisette abanou a cabeça.

– Agora já não. Trabalho aqui, trato das pessoas doentes. Tenho um filho.

– É casada?

– Não, não sou casada. Digo às pessoas que o meu marido morreu.

Belle digeriu em silêncio toda aquela informação enquanto Lisette arrumava o quarto. A ideia de qualquer homem aproximar-se sequer dela, quanto mais fazer-lhe aquela coisa horrível, fazia-a estremecer, mas o senso comum dizia-lhe que a maior parte das mulheres não temia o sexo, nem o detestava, ou não haveria romance nem casamento. Não se lembrava de ter ouvido qualquer das raparigas do Annie's dizer que odiava os homens; algumas até tinham namorados com quem se encontravam nas noites de folga.

– Como posso então aprender a tolerá-lo? – perguntou, passado algum tempo.

Lisette aproximou-se e pousou-lhe uma mão no ombro.

– Pode haver um jovem de que gostes, e então é muito diferente. Muitas raparigas ensinar-te-ão truques para deixar os homens tão excitados que acaba tudo muito depressa. Mas prometo-te uma coisa, não voltará a doer como das primeiras vezes.

Belle sentia que a mulher se interessava genuinamente por ela, e os olhos encheram-se-lhe de lágrimas.

– Tenho saudades da minha mãe e da Mog, que tomava conta de mim – murmurou. – Devem estar tão preocupadas. Não pode ajudar-me a fugir?

Lisette fez um ar assustado.

– Quem me dera ter coragem, mas eles fariam mal ao meu Jean-Pierre. Uma mãe sem marido não pode correr riscos – disse.

– Mas escuta, Belle, mesmo que conseguisses fugir daqui, sem dinheiro nunca conseguirias chegar a casa. Talvez fosses parar às mãos de pessoas muito más, piores do que estas.

Belle estava longe de ser estúpida, e pelo que já vira compreendia que os seus «donos» tratariam muito mal quem tentasse libertá-la. Por isso o medo de Lisette pela segurança do filho era inteiramente compreensível. Sabia que mesmo que conseguisse encontrar o caminho até à costa, sem dinheiro nunca atravessaria o canal.

– Não faz mal – disse, dirigindo a Lisette um débil sorriso. – Foi muito boa para mim e não quero arranjar-lhe problemas. Mas porquê a América? É tão longe!

Lisette encolheu os ombros.

– Não sei. Talvez lá as raparigas inglesas sejam especiais. Mas estarás com pessoas que falam a tua língua, e isso é bom.

Belle assentiu.

– Se mantiveres a cabeça fria e te fingires toda doce e boazinha enquanto observas as pessoas que te rodeiam, descobrir-lhes-ás as fraquezas e poderás usá-las a teu favor – acrescentou Lisette.

Belle lembrou-se de Mog lhe dizer como Annie descobria as fraquezas das pessoas e depois as explorava. Na altura, não percebera muito bem o que aquilo queria dizer, mas agora começava a perceber.

– É a madame Sondheim que vai mandar-me para a América?

– *Non.* – Lisette abanou o dedo. – Ela vendeu-te quando ficaste doente. Já tinha ganhado dinheiro, não queria conservar-te na casa.

Belle voltou a ter de fazer um esforço para conter as lágrimas, porque era horrível pensar que estava a ser vendida de mão em mão como um naco de carne no mercado de Smithfield.

– Então o meu novo dono pode ser pior? – perguntou.

– O teu novo dono paga para estares aqui. Pagam para que tenhas boa comida, uma cama macia e para que recuperes a saúde. És valiosa para eles, não te farão mal a menos que lhes faças frente.

Belle estava demasiado aturdida para fazer mais perguntas. Não podia acreditar que alguém capaz de comprar uma rapariguinha doente que fora sistematicamente violada por vários homens e depois planear enviá-la para a América para ser um prostituta pudesse ter um vestígio que fosse de decência.

Baixou a cabeça e chorou.

Lisette pousou-lhe a mão no ombro.

– Cuidei de muitas raparigas como tu nesta casa, mas já vejo que és uma das fortes. Além disso, és bonita, e acho que inteligente, por isso usa a cabeça. Fala com as raparigas mais velhas, aprende com elas, e espera pela tua oportunidade.

Saiu do quarto rápida e silenciosamente, deixando Belle a chorar.

Belle perdera a conta a exatamente quanto tempo tinha passado desde que fora raptada em plena rua, no dia do funeral de Millie. Lembrava-se de que fora a 14 de janeiro, e supunha que podia perguntar a Lisette a data atual, mas não o fizera por recear que saber há quanto tempo fora podia levá-la a acreditar que nunca mais voltaria a ver a mãe ou Mog.

Tinha tantas saudades de tudo o que deixara em Londres que o coração lhe doía. Havia Mog, o cheiro do pão a cozer na cozinha, a sensação de contentamento quando ela ia aconchegar-lhe as roupas à noite, com um beijo, a certeza de que seria sempre amada. E também a mãe. Podia não ter a ternura de Mog, mas havia aquele pequeno sorriso que esboçava quando ela fazia qualquer coisa que a deixasse orgulhosa. E o seu riso cristalino, que Belle sabia ser um som raro mas que ouvia mais frequentemente do que qualquer outra pessoa porque a mãe lhe achava graça.

Mas não era só das pessoas que tinha saudades, era também dos pregões dos vendedores na rua, do modo como as pessoas falavam, do barulho, das multidões, dos cheiros. Paris podia ser uma bela cidade, mas não era a sua cidade. Queria voltar a ir com Jimmy ao mercado das flores, ou correr pelos Embankment Gardens a deslizar no gelo. Sentira qualquer coisa especial naquele dia em que ele a abraçara e a reconfortara e não duvidava de que os dois teriam passado a ser namorados se não tivesse sido raptada.

E essa era quase a pior parte de tudo aquilo: tinham-lhe roubado todas aquelas coisas simples, o beijo de um namorado, o sonho de ser dona de uma loja de chapéus, e casar e ter filhos. Tudo apagado, para nunca acontecer, porque nunca voltaria a haver um rapaz como Jimmy a olhar para ela daquela maneira especial mas inocente que lhe dizia que era a rapariga dos seus sonhos.

De pé diante da janela a ver a neve cair nos campos enquanto a luz da tarde esmorecia, calculou que tinha passado pelo menos um mês. O que significava que fevereiro estava a chegar ao fim.

Suspeitou que era a neve que estava a impedi-los de enviá-la para a América. Quando acordara, no dia seguinte ao da sua conversa com Lisette, nevava intensamente, e durante mais três dias as temperaturas tinham-se mantido muito baixas, pelo que a neve não derretera. Agora estava outra vez a nevar e as estradas estavam provavelmente impraticáveis.

Talvez devesse estar contente por não poderem levá-la, mas não estava. Estar fechada naquele quarto, por muito confortável que fosse, era como estar numa cela. Queria sair dali, porque isso significaria pelo menos a possibilidade de fuga, o que era muito melhor do que ficar a olhar para os campos gelados e a perguntar-se o que o futuro lhe reservava.

A mudança, quando aconteceu, foi súbita e assustadora. Num minuto estava profundamente adormecida, no seguinte estava a ser sacudida por uma mulher que nunca tinha visto e que lhe ordenava que se vestisse. Lá fora era noite escura, e a mulher não parava de dizer «*Vite, vite*», enquanto enfiava as restantes roupas dela num saco de viagem.

Por um breve momento, Belle pensou que a pressa era necessária porque a mulher estava ali para a salvar, mas essa esperança depressa se dissipou. Quando ela e a mulher desciam a escada, a governanta que por vezes ia ao quarto com Lisette apareceu no vestíbulo e entregou-lhes um cesto que parecia conter provisões para a viagem.

Antes de saírem, deram-lhe um casaco de peles castanho-escuro, umas luvas de lá e um barrete forrado a pele de coelho que lhe tapava as orelhas. Tudo aquilo era velho e cheirava a mofo, mas fazia tanto frio que ficou contente por ter aquela proteção.

Lá fora, um homem esperava junto de uma carruagem, e apesar de ter falado em francês à mulher, e de lhe ter dado a mão para a ajudar a subir, não disse uma palavra a Belle, nem sequer para se apresentar. Estava demasiado escuro para lhe distinguir as feições, mas Belle pensou que era de meia-idade, pois tinha uma barba grisalha.

O homem e a mulher falaram um com o outro esporadicamente durante a longa viagem. Belle permaneceu encolhida no casaco de peles, com uma manta grossa a tapar-lhe os joelhos, mas não conseguiu dormir por causa do frio.

Quando o dia começou a clarear, a mulher abriu o cesto de comida e deu a Belle uma grande fatia de pão e um pedaço de queijo. Disse qualquer coisa num tom duro, e apesar de não compreender as palavras, Belle deduziu que era uma ordem para comer tudo porque tão cedo poderia não ter mais nada.

Havia menos neve naquela parte de França, e a paisagem era mais acidentada do que no lugar de onde tinham vindo, mas parecia ser igualmente pouco povoada, pois Belle só via uma ou outra casa de campo de longe em longe. Viu os sinais indicadores nos cruzamentos, e ficou a saber que a estrada que seguiam levava a Brest. Lembrava-se de ter visto o nome num mapa de França e tinha a certeza de que ficava no lado esquerdo, junto ao mar. Calculou que a partir dali iriam de barco.

Tentou não entrar em pânico face à perspetiva de uma longa viagem marítima em pleno inverno e pôs-se a devanear a respeito de conhecer a bordo um marinheiro que conseguisse persuadir a ajudá-la, senão a fugir, pelo menos a enviar uma mensagem à mãe e a Mog. Aceitou gratamente outro pedaço de pão e queijo e sorriu ao casal, na esperança de lhes conquistar a confiança, mas eles não retribuíram.

A carruagem deteve-se num porto e a porta foi aberta por um homem alto de frios olhos azuis que usava uma grande sobrecasaca preta e um chapéu de coco. Ficou a olhar para ela durante alguns instantes, como que intrigado, e então voltou-se para o casal.

– *Je ne savais pas qu'elle était si jeune* – disse.

A única palavra que Belle compreendeu foi «*jeune*» – Lisette usava-a várias vezes e sabia que significava «jovem» – e deduziu, pelo ar espantado dele, que tinha dito que não esperava que fosse tão nova.

O homem e a mulher responderam qualquer coisa e encolheram os ombros, como que a dar a entender que não tinham nada a ver com isso.

– Vais comigo para o navio – disse ele a Belle num inglês perfeito, com apenas um ligeiro sotaque. – Chamo-me Étienne Carrera. Tratar-me-ás por tio Étienne enquanto estivermos a bordo. Direi a todos os que perguntarem que és filha do meu irmão, educada em Inglaterra, e que vou levar-te para casa da minha irmã porque a tua mãe morreu. Compreendeste?

– Sim, tio Étienne – respondeu Belle ousadamente na esperança de desarmá-lo, porque tinha um ar muito sombrio.

– Há uma coisa que quero dizer-te antes de darmos mais um passo – disse ele, agarrando-lhe um pulso com dedos que pareciam de ferro, os gélidos olhos azuis cravados nela de uma maneira que lhe causou arrepios. – Se causares escândalo, se tentares conseguir que alguém te ajude a fugir ou se fizeres qualquer coisa que me desagrade, mato-te.

Belle sentiu o sangue gelar-lhe nas veias, pois soube que ele estava a falar a sério.

Aparentemente, o navio ia fazer escala em Cork, na Irlanda, para embarcar mais passageiros e reabastecer antes de atravessar o Atlântico até Nova Iorque.

No navio, Étienne fez Belle descer uma escada, percorrer um curto corredor e descer mais alguns degraus até chegarem à porta de um camarote.

– É aqui – disse, num tom brusco, enquanto abria a porta.

Belle entrou num espaço minúsculo, onde pouco mais de quarenta centímetros mediavam entre os estreitos beliches e a pequena vigia. Por baixo da vigia havia um lavatório de lona, dobrável, uma estreita prateleira e um espelho. No extremo dos beliches havia dois cabides para pendurar roupas e por baixo do beliche inferior uma espécie de mala para guardar tudo o mais.

O facto de o camarote ser tão pequeno não a incomodou, mas ter de partilhá-lo com Étienne horrorizava-a.

– Não tens motivos para temer que eu te toque – disse ele, como se lhe tivesse lido os pensamentos. – A minha missão é entregar-te sem provar a mercadoria. Podes ficar com o beliche de cima e correr a cortina para teres alguma privacidade. Só cá virei buscar-te para as refeições, para te levar a fazer um pouco de exercício e, claro, para dormir. – Tirou do ombro os dois sacos de viagem. Entregou a Belle o dela e pousou o seu no beliche inferior. – Deixo-te para te instalares. Partimos em breve. Virei buscar-te quando já formos a caminho.

E com isto saiu do camarote, fechando a porta à chave.

Dois dias mais tarde, quando o navio zarpou de Cork com muitos mais passageiros, Belle deixou-se ficar junto à vigia a ver a costa da Irlanda tornar-se cada vez mais pequena até desaparecer, e ocorreu-lhe um estranho pensamento: em poucos dias, já tinha viajado até mais longe do que a mãe ou Mog numa vida inteira.

Não estava tão assustada como esperara estar. Estava aborrecida, frustrada por ter de ficar ali trancada até Étienne ir buscá-la, e sentia-se muito só. Mas não assustada. Étienne era muito respeitador: se ela queria ir à casa de banho, não a obrigava a esperar até lhe dar na gana, acompanhava-a até à porta e esperava no exterior.

Saía do camarote para ela se lavar e vestir. Era até solícito, perguntava-lhe como se sentia, se tinha comido e bebido o bastante e até lhe arranjara um par de livros para ler.

Mas não falava muito. Nem uma palavra a respeito da sua própria situação ou de para onde a levava. Na sala de jantar, respondia se outro passageiro lhe dirigia a palavra, mas nunca iniciava uma conversa. Belle imaginou que receava que ela persuadisse alguém a ajudá-la e ela, claro, não desistia de procurar a pessoa certa.

Eram passageiros de segunda classe, como todos os que tinham camarotes no mesmo convés que eles. Havia apenas cerca de doze passageiros de primeira classe, cujos camarotes ficavam no convés, e comiam na sua própria sala de jantar, onde a comida era provavelmente muito melhor.

Em Cork, tinham recebido quase cem passageiros de terceira classe. Estavam alojados nas entranhas do navio e Belle ouvira um dos oficiais informá-los secamente de que só podiam usar certas partes do convés a certas horas. Belle vira-os de relance quando tinham embarcado e percebera, pelas roupas velhas e pelas botas que usavam, que eram pobres. Lembrava-se de ter ouvido, na escola, a história dos primeiros emigrantes irlandeses para a América, e das terríveis condições que tinham de suportar durante as viagens; esperava que aquela pobre gente não fosse tão maltratada.

Praticamente no instante em que fora trancada no camarote, gizara um plano. Tendo-se apercebido de que Étienne não ia tolerar a mais pequena desobediência, decidira tentar amaciá-lo com o seu encanto. Sempre que ele voltava ao camarote recebia-o com um sorriso, perguntava-lhe se estava frio no convés, quem lá estava e coisas assim. Fazia-lhe a cama, mantinha as coisas dele limpas e arrumadas e, na medida do possível, tratava-o como se fosse na verdade seu tio.

E sentia que ele estava a responder ao tratamento. Aparecia com mais frequência no camarote a convidá-la para dar um passeio pelo convés ou para irem sentar-se numa das confortáveis cadeiras de descanso e ver o mar.

Voltou costas à vigia ao ouvir Étienne entrar.

– Olá, veio libertar-me? – perguntou, com um sorriso.

– Está a preparar-se uma tempestade – disse ele. – Alguns dos passageiros já começaram a sentir-se enjoados. Geralmente, é melhor estar perto do ar fresco quando o mar está agitado. Queres ir para o salão?

Belle decidira que Étienne era um homem atraente. Os seus frios olhos azuis podiam ser um pouco assustadores ao princípio, como assustadora fora a ameaça que lhe fizera, mas tinha um nariz bem proporcionado e uma boca generosa, e a pele era lisa, sem marcas e dourada, como se tivesse estado recentemente exposto ao sol. Ao contrário da maior parte dos homens, não usava barba nem bigode, e isso agradava-lhe. E também tinha um bom cabelo; estava habituada a ver homens de cabelo ralo e empastado de brilhantina, ou, em Seven Dials, sujos e descuidados. Mas o cabelo de Étienne era limpo, espesso e louro, do tipo que, como Mog sem dúvida diria, era feito para despentear.

Nessa manhã, espreitara por uma fresta da cortina para vê-lo de tronco nu lavar-se e fazer a barba, e ficara impressionada ao descobrir um corpo rijo, musculoso e poderosamente constituído, como o de um pugilista. E era mais novo do que de início julgara, talvez trinta e dois anos, ou à volta disso. Era tudo isto, a sua relativa juventude e boa aparência física, que a fazia ter esperanças de conseguir atraí-lo para o seu lado.

– Gostaria muito, tio – respondeu, com um sorriso. – Talvez possamos beber uma chávena de chá.

Étienne encomendou chá e bolo e enquanto estavam sentados junto à janela a olhar para o mar, Belle reparou em três raparigas bem vestidas reunidas num pequeno grupo. Não teriam mais de vinte e três ou vinte e quatro anos e deviam ter embarcado em Cork, pois nunca as tinha visto antes. Duas delas eram vulgares, mas a terceira era muito bonita, com cabelos encaracolados e de um ruivo flamejante.

– Aquela rapariga ruiva seria o ideal para si – disse. – É muito bonita.

– O que é que te leva a pensar que quero arranjar namorada? – perguntou Étienne, com um pequeno sorriso a bailar-lhe nos lábios.

– Todos os homens querem, não é verdade?

– Talvez já seja casado.

Belle abanou a cabeça.

– Não me parece.

– Porque dizes isso?

Belle queria responder que nenhuma mulher gostaria de um marido que levava rapariguinhas para trabalhar em bordéis, mas o mais certo era que isso o irritasse.

– Tem um ar solitário – disse.

Ele riu pela primeira vez, e os seus olhos pareceram menos frios.

– És uma rapariga engraçada, e sabida para a idade. Como é que alguém tem um ar solitário?

– Quando uma pessoa tem o ar de não ter ninguém que se preocupe com ela – disse ela, e pensou em Jimmy e em como o rosto dele se iluminara quando ela dissera que seria sua amiga. Teria perguntado a Mog por ela? Se sabia que tinha sido raptada, estaria preocupado com ela?

– É verdade que por vezes me sinto só, mas isso acontece a toda a gente.

– Em Inglaterra, havia uma senhora que tomava conta de mim quando eu era pequena. Costumava dizer que era bom sentirmo--nos sozinhos de vez em quando, porque isso nos faz dar valor ao que temos – disse Belle. – Eu não dava valor a nada, até ter sido raptada em plena rua e levada para longe. Agora não penso noutra coisa senão em voltar para casa, e isso faz-me sentir ainda mais sozinha.

– Foste raptada em plena rua?

Étienne enrugou a testa, numa expressão de surpresa.

Belle presumira que ele sabia tudo a respeito do seu passado e por que razão estava em França. Descobrir que não era o caso deu--lhe uma réstia de esperança de conseguir conquistar-lhe a simpatia.

– Sim, assisti a um assassínio, e o homem que o cometeu levou--me para França. Vendeu-me a um bordel e fui violada por cinco homens noutros tantos dias antes de ficar doente. Parece que então a patroa da casa me vendeu, e os meus novos donos, para quem deve trabalhar, cuidaram de mim até eu recuperar a saúde.

Ele pareceu um pouco abalado pela história.

– Não vale a pena fingir que não sabia. Deve saber tudo aquilo por que passei e também o que me espera – disse ela, amargamente.

– Nunca faço perguntas, limito-me a fazer o que é preciso – respondeu ele. – Mas a verdade é que nunca me tinham pedido para levar uma das raparigas deles fosse para onde fosse. Esta foi a primeira vez.

– Acha certo forçar uma rapariga a uma coisa destas?

– Não, não, claro que não – disse ele, apressadamente. – Mas essa é apenas a minha opinião pessoal. Na minha profissão, tenho de fazer muitas coisas que preferia não fazer, mas que fazem parte do trabalho. Não tenho escolha na matéria. Deram-me este trabalho porque conheço bem a América.

– Mas não se envergonha de fazer coisas más por dinheiro?

Ele olhou atentamente para ela durante alguns instantes, e então sorriu.

– Tens mantido uma compostura tão perfeita que pensei que tinhas pelo menos dezoito anos, mas agora vejo que ainda conservas a mente idealista de uma criança. Qual era a profissão do teu pai? Tenho a certeza de que até ele tinha de fazer coisas de que não gostava.

– Não sei quem era o meu pai – disse Belle, com sinceridade. – Mas sei aonde quer chegar porque eu fui criada num bordel. Era a minha mãe que o geria. Sei muito bem que algumas pessoas dirão que isso é mau, mas também sei que ela nunca fez mal a ninguém, e que nenhuma das raparigas que lá trabalhavam tinha sido forçada.

Ele pareceu tão surpreendido por este inesperado passado que ela contou um pouco mais, explicando que nunca se apercebera da natureza exata do negócio da mãe até à fatídica noite em que Millie fora assassinada.

– A minha mãe nunca teria feito de mim uma puta – concluiu. – Ela e a Mog queriam que eu tivesse uma vida respeitável e devem estar aflitas por não saberem onde estou nem o que me fizeram.

– Eu não te fiz mal, pois não? – disse ele, como se isso justificasse o seu papel. – Como a tua mãe, não tenho alternativa senão fazer o que faço, e tento sempre usar o mínimo de força. És uma rapariga esperta, Belle. Sei que decidiste tentar ganhar a minha confiança, que é sempre a melhor manobra numa situação como esta. Mas por muito que simpatize contigo, tenho de seguir as ordens que recebi, ou serei morto ou estropiado.

Disse isto tão distraidamente que Belle soube que tinha de ser verdade.

Nessa noite desencadeou-se uma tempestade, e o navio foi sacudido de um lado para o outro como um pau num rio em cheia. Belle sentia-se bem, embora fosse desconcertante ser quase atirada para fora do beliche e estar num camarote que mais parecia um carrossel descontrolado.

Mas Étienne não estava a aguentar tão bem. Quando o ouviu gemer, Belle saltou da cama para ir buscar o bacio guardado num pequeno compartimento por baixo do beliche dele. Étienne vomitou violentamente várias vezes seguidas, até não lhe restar nada senão bílis para deitar cá para fora.

Teve finalmente a oportunidade de sair do camarote sem ser vigiada, para ir despejar o bacio, mas estava tão preocupada com ele que não fez mais do que isso, e em seguida foi procurar um camaroteiro para lhe perguntar se o médico de bordo podia ir vê-lo.

O médico nunca chegou a aparecer. Aparentemente, eram tantos os passageiros doentes que se concentrou em cuidar dos mais vulneráveis, os muito novos e os muito velhos. De modo que foi Belle a enfermeira de Étienne. Segurava o bacio para ele vomitar, limpava-lhe a cara e o peito com um esponja, obrigava-o a beber água e mudava-lhe os lençóis quando ficavam ensopados em suor.

Mal dormiu e pouco comeu, porque não gostava de deixá-lo sozinho mais do que alguns minutos.

Na quarta noite, porém, o balouçar do navio diminuiu e Étienne melhorou. Belle subiu à sala de jantar, comeu uma refeição copiosa e levou pão e sopa para Étienne.

– Tens sido muito bondosa – disse ele debilmente, enquanto Belle o ajudava a sentar-se e lhe punha almofadas atrás das costas para o apoiar.

– Foi uma sorte não ter enjoado também – respondeu ela, enquanto lhe dava a sopa colher a colher, como se ele fosse uma criança. – Praticamente todos os passageiros estão doentes. A sala de jantar estava vazia.

– Aproveitaste a oportunidade para arranjar quem te ajude? – perguntou Étienne, agarrando-lhe o pulso.

Estava muito pálido, mas o tom esverdeado da sua pele tinha desaparecido. Ela olhou para a mão que lhe agarrava o pulso e franziu a testa. Ele largou-a no mesmo instante e pediu desculpa.

– Assim está melhor – disse ela, com secura. – Mas não, não procurei ajuda, estava demasiado ocupada a tratar de si.

O alívio dele foi palpável, e Belle pensou que devia ter mentido e dito que contara ao comissário, ou coisa assim.

– Então é melhor eu recuperar rapidamente, antes que tu fujas num salva-vidas – disse ele, com um sorriso. – Darias uma enfermeira de primeira classe, porque não só tens um estômago forte e uma vontade de ferro, como também és generosa.

Belle sorriu porque estava feliz por vê-lo tão melhor. Mas ao mesmo tempo sentia-se confusa, sem saber porque havia de preocupar-se com ele quando, para todos os efeitos, era o inimigo.

– Coma. Ainda vai passar algum tempo antes que fique outra vez suficientemente forte para mandar em mim. Deixarei a minha fuga para essa altura – retorquiu.

Nos dias que se seguiram, o mar acalmou e, pouco a pouco, a vida a bordo voltou à sua rotina normal. Étienne recuperou muito depressa e pouco depois estava outra vez a comer bem. Mas os seus modos para com Belle tinham mudado: mostrava-se muito mais amistoso, e em vez de fechá-la no camarote por longos períodos, sugeria que jogassem cartas ou entretivessem o tempo com jogos de tabuleiro no salão.

– Como é esse lugar em Nova Iorque para onde me vai levar? – perguntou ela, enquanto estavam a jogar damas.

– Não é em Nova Iorque, é em Nova Orleães.

– Mas isso fica do outro lado da América, não fica?

Ele assentiu.

– No Sul Profundo. Lá vais ter muito mais calor.

– Mas como iremos até lá?

– Noutro navio – respondeu ele, e disse-lhe que Nova Orleães era diferente de qualquer outro lugar da América. A prostituição era legal e havia música, dança e jogo vinte e quatro horas por dia. Explicou que os nativos eram crioulos de origem francesa, mas que havia também uma grande população de negros que tinham confluído para a cidade depois da Guerra Civil e da abolição da escravatura. O Exército da União destruíra a maior parte das grandes plantações de algodão e tabaco do Sul e a mão de obra deslocada tivera de encontrar outro trabalho. – Nova Orleães é também uma cidade muito bonita – continuou, com evidente apreço. – Foi construída pelos Franceses com elegantes mansões, belos jardins e praças. Acho que vais gostar.

– Talvez, depois de ultrapassar o obstáculo de me vender – disse ela, acidamente.

Ele esboçou um pequeno sorriso.

– Sabes uma coisa, Belle? Tenho a sensação de que és suficientemente esperta para convencer as pessoas que te compraram de que poderás ser-lhes mais útil num papel diferente.

– Que espécie de papel?

Étienne mordeu, pensativo, o lábio inferior.

– Dançar, cantar, animar a casa, receber os clientes. Não sei, mas pensa nisso e vê se consegues lembrar-te de alguma coisa. A tua mãe não tinha ninguém a trabalhar que não fosse com os homens?

— Bem, havia a Mog, de que já lhe falei – respondeu Belle. – A minha mãe chamava-lhe criada, mas na realidade era a governanta, e também cozinheira. À noite trabalhava lá em cima. Acho que recebia os homens e lhes servia bebidas… nunca me falou do que fazia.

— Num bordel, a criada ocupa-se geralmente do dinheiro e cuida das raparigas – explicou Étienne. – É um papel crucial, porque tem de ser diplomática e sensível, mas dura se necessário. Porque é que achas que ela não ia com nenhum dos homens? – perguntou, a arquear uma sobrancelha.

— Bem, não era muito bonita – disse Belle, e sentiu no mesmo instante que estava a ser desleal para com Mog.

Étienne riu e estendeu a mão para afastar um caracol solto que lhe tinha caído para a cara.

— Nunca ninguém poderá dizer o mesmo de ti! Mas és inteligente, Belle, e isso pode ser um trunfo importante numa cidade onde há centenas de raparigas bonitas mas preguiçosas, gananciosas e bastante estúpidas.

Belle já deduzira que quem a tinha comprado devia ter pagado um alto preço por ela. Só as despesas de viagem representavam mais dinheiro do que alguma vez imaginaria ganhar. Estava intrigada, porque não fazia qualquer sentido comprar uma rapariga inglesa que nem sequer conheciam quando havia inúmeras outras raparigas mais bonitas e menos rebeldes nos estados do Sul da América.

Em todo o caso, significava que devia ser uma espécie de prémio especial. Se juntasse aquilo ao que Étienne dissera a respeito de oferecer-se para fazer qualquer outra coisa, talvez resultasse.

Mas para que outra coisa poderia oferecer-se? Era capaz de cantar sem desafinar, mas não era brilhante; a única dança que sabia era a polca e também não tocava qualquer instrumento musical. Não lhe ocorria nada que soubesse fazer que fizesse alguém endireitar-se na cadeira e reparar.

Mog dissera, logo a seguir a Millie ter sido morta, que ela fora a favorita da casa, e Belle sempre tivera consciência de que Mog e Annie lhe faziam mais elogios, a tratavam com mais afeto e a mimavam mais do que a qualquer das outras raparigas. Sabia agora que isto significava que Millie lhes proporcionava mais dinheiro, mas qual era a diferença na maneira como Millie tratava os seus clientes relativamente às outras raparigas? Belle não queria ser uma prostituta, mas se não tivesse outro remédio, então preferia ser uma prostituta superior pela qual os homens estivessem dispostos a pagar mais dinheiro.

Como descobrir o que fazia de uma prostituta uma excelente prostituta? Tinha a sensação de que Étienne sabia, mas tinha vergonha de perguntar-lhe uma coisa daquelas.

Dois dias antes da data prevista para o desembarque em Nova Iorque, Étienne levou Belle para um passeio pelo convés. A tarde estava fria e ventosa, mas o sol brilhava, e sabia bem estar ao ar livre, a ver as gaivotas voar em círculos por cima do navio.

– Temos dois dias em Nova Iorque antes de apanharmos o barco para Nova Orleães – disse, ambos apoiados à amurada a ver a proa sulcar o mar como um arado. – Vou dar-te a escolher. Ou ficas trancada comigo no quarto da pensão, ou, se prometeres não fugir, levo-te a ver cidade.

Belle já aprendera que Étienne era um homem de palavra, e agradava-lhe o facto de ele estar disposto a aceitar a dela.

– Prometo não fugir se me deixar escrever uma carta para casa a dizer que estou viva – respondeu ela.

Ele voltou-se, apoiando as costas à amurada. O vento despenteava-lhe os cabelos e dava-lhe um ar arrapazado, nada ameaçador. Ficou a olhar para ela durante o que pareceu um eternidade.

– O gato comeu-te a língua? – perguntou Belle, atrevida.

Ele sorriu.

– Nunca compreendi essa frase inglesa. Porque havia um gato de querer comer a língua fosse a quem fosse? Mas decidi deixar-te escrever um postal para casa. Tudo o que podes dizer é que estás em Nova Iorque e de boa saúde. Eu leio-o e ponho-o no correio.

Belle lançou um grito de alegria. Não a salvaria, mas serviria para impedir que a mãe e Mog continuassem a temer pela sua vida.

– Está combinado – disse. – Não tentarei fugir.

Era noite quando o navio subiu o East River para atracar no cais de Nova Iorque. Fora anunciado que desembarcariam de manhã e haviam sido dadas instruções a respeito do que iriam encontrar quando passassem pelos serviços de imigração em Ellis Island. Belle não prestara muita atenção às palavras do oficial, convencida de que Étienne saberia o que fazer. Mas enquanto guardava as suas coisas no saco de viagem, a preparar-se para o dia seguinte, não conseguiu impedir-se de pensar em como tencionava ele lidar com qualquer funcionário que decidisse fazer perguntas embaraçosas, pois o capitão avisara que seria preciso fazer um exame médico e passar por vários testes antes de entrar na América.

Ia começar a despir-se para se deitar quando Étienne entrou no camarote.

– Vamos embora – disse secamente. – Põe o resto das tuas coisas no saco e despacha-te.

Os olhos dele tinham readquirido a expressão tensa e dura de quando ela o conhecera em Brest.

– Como é que podemos ir embora? – perguntou, espantada, enquanto ele tirava o seu próprio saco de baixo do beliche e arrumava as suas últimas coisas. – O navio ainda não atracou.

– Vêm buscar-nos. Agora despacha-te e não faças perguntas.

O navio estava ancorado, à espera do rebocador que o levaria para o porto às primeiras luzes da aurora. Estava tudo muito silencioso quando saíram do camarote e se dirigiram ao convés inferior. Belle pensou que a maior parte dos passageiros devia estar a fazer as malas, ou a deitar-se cedo para estar pronta no dia seguinte. Agarrando-lhe um braço, Étienne levou-a para o lado de bombordo do convés, onde o comissário Barker os esperava. Aquele homem fora muito solícito para com ela durante a indisposição de Étienne.

Compreendia agora porquê, pois era óbvio que estava a ser pago para ajudá-los a iludir os funcionários da Imigração.

Barker pegou apressadamente nela, fê-la sentar-se num bailéu e pôs-lhe os sacos de ambos no colo. Étienne saltou para a plataforma, com um pé de cada lado enfiado debaixo das pernas dela, agarrado à corda. Subitamente, o bailéu foi passado por cima da amurada e Barker começou a descê-la. O assento rodopiava loucamente açoitado pelo vento gelado e Belle fechou os olhos, com medo de cair à água.

– Não tenhas medo – disse-lhe Étienne, em voz baixa. – Não há perigo. Estamos no barco numa questão de segundos.

Não se enganava. Quase no mesmo instante, Belle sentiu um solavanco quando a cadeira chegou ao outro barco. Étienne saltou para o convés e ajudou-a a descer. Estavam no que, pelo aspeto e o cheiro, parecia ser um barco de pesca. A cadeira foi içada e, antes que Belle tivesse tempo de adaptar-se ao balanço da pequena embarcação, começaram a afastar-se do navio.

Um homem baixo e entroncado, que vestia calças e casaco de oleado, aproximou-se deles.

– Vão para a casa do leme – disse, secamente. – Sentem-se no chão e não se mostrem.

Belle podia não ter enjoado durante a tempestade no grande navio, mas começou a sentir-se muito esquisita mal se acocorou num canto da casa do leme. Não era só o cheiro a peixe, ou o balouçar do pequeno barco, mas também medo, pois não fazia ideia do que a esperava. O homem que segurava o leme não lhes dirigiu a palavra, nem sequer se voltou quando entraram na cabina. Era como se achasse que se ignorasse a presença deles poderia fingir que não estavam a bordo.

Beth estava assustada. Estava a entrar ilegalmente no país. Que aconteceria se alguma vez tentasse sair? Estava furiosa consigo mesma por não ter fugido de Étienne em vez de alinhar com o plano dele. Como pudera ser suficientemente estúpida para acreditar que ele ia mostrar-lhe Nova Iorque e deixá-la enviar um postal para casa? Não seria muito mais provável que estivesse a preparar-se para a levar para um lugar horrível, ainda pior do que o bordel em Paris? Por que diabo começara a confiar nele?

Étienne não disse uma palavra durante todo o tempo em que permaneceram sentados no chão, e uma vez que Belle sentia que podia colocar-se a si mesma ainda em maior perigo dizendo fosse o que fosse, também ela permaneceu calada. Estavam no barco de pesca há cerca de vinte e cinco minutos quando, repentinamente, um grande clarão entrou pelas janelas da casa do leme e Belle ouviu homens a gritar uns com os outros.

– Estamos a aproximar-nos do cais. Vão atracar de um momento para o outro – sussurrou Étienne. – Ficamos aqui até nos dizerem que podemos sair.

– Para onde vamos? – perguntou ela, num murmúrio assustado.

– Para um hotel, como eu te disse. Só não te disse que era assim que íamos entrar em Nova Iorque porque tive medo de que entrasses em pânico.

– E se somos apanhados? Não nos atiram para uma prisão?

Ele pegou-lhe nas duas mãos e levantou suavemente os dedos para lhes beijar as pontas. Os seus olhos azuis brilhavam de malícia.

– Nunca sou apanhado. Em França, chamam-me L'Ombre, que significa a sombra.

– És um excelente guia – disse Belle enquanto desciam a prancha do pequeno barco que os levara a ver a Estátua da Liberdade. – Talvez devesses dedicar-te a isso em vez de trabalhar para homens maus.

A noite caía, e começava a ficar muito frio, mas os dois últimos dias tinham sido límpidos e soalheiros e eles tinham caminhado quilómetros e visto muita coisa: o Flat Iron Building, o primeiro dos arranha-céus de Nova Iorque, a ponte de Brooklyn, Central Park... Tinham viajado na linha de comboio elevada que passava por cima das casas e escritórios. Belle comera o seu primeiro cachorro-quente e maravilhara-se com as lojas da Fifth Avenue, mas também vira o suficiente dos bairros degradados e sobrepovoados para perceber que na América havia ainda mais gente desesperadamente pobre do que na Inglaterra.

Étienne cumprira a sua palavra, levando-a a salvo do barco de pesca para uma pensão no Lower West Side. Apesar de a área ser em todos os aspetos tão esquálida e miserável como Seven Dials, e não corresponder nem de longe à imagem que as pessoas em Inglaterra tinham da maneira como os Americanos viviam, a pensão era quente e acolhedora, com aquecimento a vapor, banhos quentes e casas de banho interiores.

– Foi um prazer mostrar-te a cidade – disse Étienne. – Só gostava que tivéssemos mais uns dias, pois ainda há muita coisa que queria que visses. Quando voltar a França, continuarei a fazer o meu trabalho, porque não tenho alternativa, mas em Nova Orleães vou tentar influenciar a tua nova patroa para que cuide bem de ti.

Belle tinha o braço enfiado no dele e apertou-lho, sabendo que Étienne lamentava sinceramente o papel que desempenhara na sua captura. Também sabia que tinha de ir até ao fim, porque ele contara-lhe finalmente a sua história.

Tinha nascido e crescido em Marselha, mas a mãe morrera quando ele tinha seis anos, e o pai voltara-se para a bebida. Étienne começara a roubar por necessidade. O pai gastava no álcool tudo o que ganhava, e alguém tinha de pôr comida na mesa, vesti-los e pagar a renda das duas divisões onde viviam.

Aos catorze anos, era já um hábil ladrão, e os seus alvos eram os grande hotéis ao longo da Riviera, onde os muito ricos se instalavam. Procurava sobretudo joias, que depois vendia por uma fração do seu real valor às pequenas joalharias que pululavam nas estreitas ruas perto do porto.

Tinha dezoito anos quando, certa noite, fora apanhado em flagrante no quarto de um homem que se tornara milionário graças, dizia-se, à extorsão. E fora-lhe dado a escolher: trabalhar para aquele homem a quem Étienne decidira chamar Jacques, porque não podia revelar o seu verdadeiro nome, ou ser entregue à polícia, que sem dúvida arranjaria maneira de o fazer cumprir uma longa pena de prisão, pois há anos que era um tormento para as autoridades.

Étienne explicara a Belle que se julgara o homem com mais sorte do mundo ao ser-lhe oferecida uma oportunidade de trabalhar para Jacques.

– Nem queria acreditar. Mandou-me para Londres, onde aprendi inglês. Fiquei num lugar muito agradável chamado Bayswater, e foi lá que aprendi a conhecer os hábitos dos aristocratas ingleses, para poder roubá-los. Mas enquanto no passado roubava um anel de diamantes ou uns brincos de esmeraldas deixados em cima de um toucador, tinha agora de limpar cofres que continham centenas de libras em joias ou levar alguém no conto do vigário para lhe sacar milhares de libras.

Dissera que durante alguns anos fora agradável ter fatos feitos por medida e camisas de seda e ficar nos melhores hotéis, e que ganhava mais dinheiro do que alguma vez sonhara. Mas um susto com a polícia inglesa fizera-o regressar a Paris para se manter uns tempos fora de vista, e fora nessa altura que voltara a Marselha e conhecera uma rapariga pela qual se apaixonara. Queria casar com ela, e sentia que chegara a altura de dar bom uso ao dinheiro que ganhara e montar um negócio legítimo, antes que a sorte se lhe acabasse.

– Expus o meu plano ao Jacques e ele pediu-me que lhe desse mais dois anos. Quando os dois anos acabaram, voltei a Marselha e casei com a Elena, e em sociedade com o irmão dela, que é um *chef*, abrimos um restaurante. Mas eu enganei-me ao pensar que podia pura e simplesmente dizer adeus ao Jacques; ele nunca deixava ninguém escapar da sua rede. De vez em quando, mandava recado a dizer que tinha um serviço para mim, e eu não podia recusar.

– Eram serviços como ir buscar-me? – perguntara Belle.

– Não, já te disse que nunca tinha feito coisas como acompanhar raparigas. Eram quase sempre coisas que envolviam… persuasão.

A maior parte das vezes, tenho de avisar alguém de que anda a pisar o risco, ou talvez a atravessar-se no caminho do Jacques. Tenho frequentemente de recorrer à violência, mas quero que compreendas que estas pessoas são todas patifes e *gangsters*, de modo que não me importo. Mas agora desejo ter sido capaz, depois de montar o restaurante, de recusar de uma vez por todas continuar a trabalhar para o Jacques. – Suspirou. – Ele não teria gostado, e ter-me-ia tornado a vida difícil, mas ao alinhar com ele só me enterrei cada vez mais fundo.

Belle escutara-o com atenção e então perguntara se tinha alguma possibilidade de libertar-se agora.

– Ao trazer-te até aqui, pus-me numa situação ainda pior – respondera Étienne, sombriamente. – Lutas entre bandidos e *gangsters* é uma coisa que a maior parte das pessoas compreende e aceita, mas agora que me envolveu no tráfico de uma rapariga tão nova, o Jacques reforçou ainda mais o seu poder sobre mim.

– E o que acha a tua mulher de tudo isto? – perguntara ela.

– Pensa que sou o assistente de um homem de negócios com muitas empresas, e apesar de não gostar que eu me afaste durante tanto tempo, gosta do dinheiro extra que levo para casa. Para te dizer a verdade, sempre gostei de ser o tipo forte que resolvia as questões entre criminosos. Mas agora que o Jacques me obrigou a fazer este serviço, já não sinto o mesmo. Traficar raparigas é uma coisa má, e eu não quero ter nada a ver com isso, como não quereria que a minha mulher e os meus filhos alguma vez descobrissem que o fiz.

– Estamos os dois em situações parecidas, não estamos? – observara Belle. – Eu não posso fugir porque tenho medo do que poderia acontecer-te a ti, e tu não podes ajudar-me porque tens medo do que pode acontecer à tua mulher e aos teus filhos.

Ele voltara-se e segurara-lhe a cara entre as mãos.

– Belle, não me importaria de correr esse risco se tivesse a certeza de que ficavas a salvo, porque podia dizer ao Jacques que os tipos da Imigração te apanharam e ele acreditaria porque não teria maneira de verificar. Mas o que seria de ti? Terias de arranjar trabalho aqui, com todos os riscos que envolve o facto de seres uma rapariga sozinha numa cidade perigosa, ou podias dizer às autoridades que foste ilegalmente trazida para cá e conseguir que eles te mandassem para casa.

Belle soubera que a esperança devia ter-lhe transparecido no rosto, pois ele abanara a cabeça.

– Essa pode parecer-te a solução perfeita, mas esse tal Kent, de que falaste, saberia, através de Nova Orleães, o que tinha acontecido e mandaria alguém matar-te para se proteger. Sei como esses homens funcionam, ele deve ser muito parecido com o Jacques.

– Não há outra maneira? – perguntara.

– És uma jovem notável – dissera ele, tristemente. – É isso que me dá a certeza de que vais conquistar Nova Orleães. Nova Orleães é muitas coisas, um lugar corrupto e perigoso, mas também tem uma alma, e eu julgo, apesar de tudo, que estarás mais segura lá e poderás escolher o teu próprio rumo na vida.

CAPÍTULO 14

À medida que o navio navegava para sul ao longo da costa da América, o vento amainou e o tempo tornou-se um pouco mais quente, o céu um pouco mais azul. No dia em que Belle completou dezasseis anos, Étienne comprou uma garrafa de champanhe para celebrarem.

– É pena não me teres dito que fazias anos dentro de tão pouco tempo quando ainda estávamos em Nova Iorque. Ter-te-ia comprado uma prenda – disse ele, pesaroso. – Hoje deves pensar ainda mais na Mog e na tua mãe.

Belle *tinha* estado a pensar em casa. Mog fazia-lhe sempre um bolo com cobertura de açúcar e velas, e havia pequenas prendas de todas as habitantes da casa. No último aniversário, a mãe tinha-lhe oferecido a capa cinzenta que usava quando fora raptada, mas até essa desaparecera, deixada para trás na casa de madame Sondheim.

– Não faz mal – disse, apesar de se sentir muito triste. – Em anos futuros hei de lembrar-me de onde estava quando bebi a minha primeira taça de champanhe.

Dias mais tarde, estavam no convés, a ver a linha da costa à distância.

197

– Nova Orleães é muito mais quente do que a Inglaterra ao longo de todo o ano – explicou Étienne. – Tem invernos muito amenos e verões muito quentes e húmidos. Mas também chove muito, e há furacões, sobretudo em finais de agosto e princípio de setembro.

– Que mais podes dizer-me a respeito da cidade?

Belle estava a ficar muito assustada, porque dentro de vinte e quatro horas Étienne entregá-la-ia e regressaria a França.

– É um lugar feito para o divertimento – disse ele, e os olhos brilharam-lhe, como se a frase evocasse boas recordações. – As pessoas vêm durante o fim de semana para relaxar, dançar, jogar, encontrar uma mulher, e ouvir a música. A música é o que nos fica na cabeça muito depois de termos deixado Nova Orleães. Jorra de todos os bares, de todos os clubes, de todas as salas de baile e restaurantes, segue-nos pela rua e insinua-se nos nossos sonhos.

– E se me obrigarem a fazer aquela coisa? – Belle pôs-se muito vermelha, pois não conseguia falar abertamente do que sabia ser esperado dela. – Há qualquer coisa que me possas dizer que o torne mais fácil de suportar?

Ele pousou-lhe a mão na face, os olhos cheios de ternura, como se desejasse poder garantir-lhe que não ia acontecer.

– No teu lugar, eu tentaria pensar no dinheiro. A escravatura acabou, e poderás ficar com metade do que ganhares, se te impuseres. Põe esse dinheiro num sítio seguro, será para o teu futuro que estarás a poupar. – Calou-se por um instante, como que a pensar no que podia dizer a respeito do ato propriamente dito. – Penso que o verdadeiro truque é convencer os homens de que estão a obter qualquer coisa única e maravilhosa – continuou. – O que é fácil, porque os homens são tolos, olham para a tua cara bonita, veem como és jovem, e antes que lhes pegues sequer na mão, já estão a acreditar que és um sonho tornado realidade.

Belle sorriu. Adorava ouvir Étienne falar, ainda que o tema não fosse dos mais agradáveis. Aquela sugestão de sotaque francês era tão encantadora, e quanto mais olhava para ele, mais triste se sentia por ir perdê-lo em breve.

198

— Mas acima de tudo, tens de acreditar que és a melhor — disse Étienne, com veemência. — As melhores raparigas de Nova Orleães cobram trinta ou quarenta dólares de cada vez, usam vestidos de seda da última moda, têm uma criada para as pentear, algumas até têm a sua própria carruagem para passear. Muitas têm clientes ricos que lhes pagam para não estarem com mais nenhum homem. Há outras que têm reservas para a noite inteira, todas as noites, mas muitas vezes os clientes só querem dormir abraçados a elas. E a partir daqui vamos descendo na escala até às casas de diversão mais baratas, às raparigas que alugam quartos à hora, às que fazem o seu trabalho nos becos e vielas. Essas são megeras sujas e depravadas, cheias de doenças, que cobram apenas alguns cêntimos.

«Tens de lembrar-te sempre de que és uma rapariga de classe. Sê bonita, sê doce e encantadora para com os teus clientes, mesmo quando tiveres vontade de chorar. Deves tentar amar os homens durante o curto espaço de tempo em que estás com eles, e em breve descobrirás que consegues mesmo amá-los um pouco e não te sentirás tão mal com a tua vida.»

— Pareces saber verdadeiramente como as coisas funcionam. Já frequentaste essas casas?

— Belle, eu era um assaltante de casas, sempre vivi misturado com pessoas que estão do lado errado da linha. Acabei por conhecer as raparigas das casas de passe de Marselha como se fossem minhas irmãs. Elas contavam-me as suas vidas, falavam-me dos clientes, das outras raparigas e das madames, e é por isso que sei que tens de manter sempre a madame do teu lado. É ela que tem o poder de transformar a tua vida num inferno, se não gostar de ti.

— Falas de casas de diversão e casas de passe... Não são a mesma coisa que bordéis? — perguntou ela, curiosa.

Étienne sorriu-lhe.

— Em Nova Orleães usam mais estas palavras do que bordel. As casas de diversão são geralmente estabelecimentos grandes, muitas vezes com um banda a tocar na sala. Põem um biombo à volta dos músicos para que eles não possam ver os homens que lá vão dançar e divertir-se com as raparigas.

Belle foi de súbito dominada pela emoção e começou a chorar.

– O que foi? – perguntou Étienne, passando-lhe os braços à volta do corpo e puxando-a para si.

– Vou ter tantas saudades tuas – soluçou ela.

Ele abraçou-a com força e acariciou-lhe os cabelos.

– E eu vou ter saudades tuas, pequenina. Tiraste-me uma parte do coração. Mas pode ser que me mandem outra vez para estes lados, e nessa altura hás de ser tão importante que não quererás falar comigo.

– Nunca serei demasiado importante para ti. – Belle fungou, reprimindo as lágrimas, e quase riu, pois sabia que ele estava a provocá-la. – Mas os meus admiradores poderão ter ciúmes por seres tão bonito.

Étienne agarrou-lhe a cabeça com ambas as mãos e inclinou-se para lhe beijar os olhos marejados de lágrimas.

– Acho que o melhor será manter-me bem longe de ti quando fores mais velha, porque sei que hás de destroçar-me o coração – disse, em voz baixa. – Nunca esqueças o que eu te disse: és bonita e inteligente, e deves usar essa inteligência para levar a melhor sobre quem tentar encurralar-te ou fazer-te mal.

Um pouco mais tarde, Étienne deixou Belle no convés enquanto ia ao camarote buscar qualquer coisa. Excetuando as ocasiões em que ele sofria de enjoo, era a primeira oportunidade que ela tinha de falar com quem quisesse. Havia dúzias de outras pessoas no convés – casais respeitáveis unidos pelo matrimónio, grupos de jovens, alguns idosos e até duas senhoras severamente vestidas que ela sentiu serem do género de passar a vida na igreja. Seriam as pessoas ideais a quem pedir ajuda, e não duvidava de que se uma oportunidade daquelas se lhe tivesse deparado no vapor que a trouxera de França não teria hesitado em aproveitá-la.

Mas agora já não queria ajuda. Embora fosse verdade que ser entregue num bordel não era o seu sonho como começo de vida, teria Londres sido muito melhor? Tinha a certeza absoluta de que nem a mãe nem Mog quereriam que se tornasse numa prostituta, mas que mais havia para uma rapariga do seu meio senão entrar para o serviço doméstico ou trabalhar numa fábrica? Ficar em casa para sempre era uma perspetiva ainda pior, porque nunca teria amigos e os dias seriam intermináveis.

Olhara muitas vezes para as grandes lojas – como o Selfridges, que abrira um ano antes em Oxford Street, ou a Swan and Edgar's, em Regent Street – e desejara poder trabalhar numa delas. Mas mesmo que conseguisse arranjar boas referências de alguém, o que era pouco provável, toda a gente dizia que as empregadas naqueles lugares trabalhavam muitas horas por pouco dinheiro e eram tratadas duramente pelos chefes de piso. Lembrava-se de como as outras alunas da escola que frequentara em Bloomsbury murmuravam a respeito dela. Não duvidava de que esse género de murmúrios a seguiria para qualquer emprego que arranjasse. Tal como Jimmy presumira que ela era uma puta por viver num bordel, o mesmo faria toda a gente.

Por isso decidira que ia fazer exatamente o que Étienne sugerira e usar a sua inteligência para conseguir uma boa vida. Não lutaria contra o facto de ser uma puta, deixar-se-ia ir na corrente e apontaria para o lugar mais alto. Não a trancariam nem a vigiariam a todo o instante se vissem que estava disposta a fazer o seu trabalho. E seria bom usar vestidos de seda e ter a sua própria carruagem. Na realidade, podia ser a maior das aventuras. Estava, ao fim e ao cabo, na América, um país onde os sonhos podiam tornar-se realidade.

Um dia, quando tivesse juntado dinheiro suficiente, voltaria a Inglaterra e abriria a pequena loja de chapéus com que sempre sonhara.

*

Nessa noite, na sala de jantar com Étienne, Belle sentiu-se estranhamente liberta, porque tinha tomado uma decisão a respeito do seu futuro. O tempo estava ameno, e ela escolhera um leve vestido de tafetá azul-claro que lhe tinham dado em Paris mas que nunca usara por causa do frio. Era muito bonito, com franzidos de renda branca no corpete e nas mangas, e pusera nos cabelos uma fita azul, a condizer. Quando Étienne lhe ofereceu um pouco de vinho tinto, aceitou entusiasmada, porque também aquilo fazia parte de passar para o seu novo estilo de vida.

– Pareces diferente esta noite – disse Étienne, quando a servia. – Não estás a preparar-te para fugir no momento em que o navio atraque, pois não? Olha que Nova Orleães é um lugar muito perigoso para uma jovem andar sem companhia.

Belle riu.

– Não, não vou fugir. Seria uma tolice. Já não acho que isto seja assim tão mau.

Ele sorriu e pousou a mão em cima da dela.

– Ainda bem. Sabes que amanhã vou fazer tudo o que puder para que eles compreendam como és especial.

Depois do jantar, Étienne foi para o convés fumar um charuto e Belle desceu sozinha ao camarote e acendeu uma vela para se despir. Apercebeu-se de que estava ligeiramente embriagada, mas gostou da sensação, como gostara do toque da mão de Étienne na sua.

Enquanto começava a desabotoar o vestido, perguntava-se como seria ser beijada por Étienne. Não um beijo na face, mas um verdadeiro beijo de adultos, na boca. O pensamento fê-la sentir-se quente e trémula.

Olhou para o beliche dele, e de repente soube que queria lá estar, com ele. Com dedos que tremiam, desapertou os últimos botões, desembaraçou-se do vestido e descalçou as botas. Seguiram-se os dois saiotes, que caíram em cima do tafetá azul como espuma branca. Fez uma pausa, de camisa interior, cuecas e meias, a perguntar-se quanto mais deveria despir. Gostava da camisa interior, era uma das que lhe tinham dado em Paris, algodão branco macio com pregas e renda branca à volta do decote cavado. Decidida, despiu as cuecas e as meias, atirou a roupa toda para cima do seu beliche e enfiou-se no de Étienne.

O coração batia-lhe loucamente no peito, todos os seus nervos, músculos e tendões preparados para o regresso dele, mas felizmente não teve de esperar muito, pois ouviu os passos que tão bem conhecia a aproximarem-se pelo corredor.

A porta do camarote abriu-se, ele entrou e deteve-se bruscamente ao vê-la no seu beliche.

– Que estás aí a fazer? – perguntou. – Demasiado tonta para conseguires trepar para o de cima?

Belle gostou do facto de Étienne não ter presumido que ela estava no seu beliche para estar com ele.

– Não, estou aqui porque quero que me abraces – murmurou, nervosa.

Ele despiu o casaco, pendurou-o num dos cabides aos pés dos beliches e ajoelhou no chão ao lado dela.

– Maravilhosa Belle – disse, com um suspiro. – És o suficiente para tentar até o mais santo dos homens. Mas o que é que te leva a fazer isto? Queres treinar para ser uma tentadora? Ou talvez penses que se fizeres isto eu não serei capaz de levar-te àquela casa, amanhã?

– Eu sei que vais ter de me levar – respondeu ela, um pouco confusa pela expressão preocupada dele. – Mas a Lisette disse-me, em Paris, que se conhecesse um homem de que verdadeiramente gostasse, mudaria de ideias a respeito de... daquilo. – Não sabia que palavra usar, não conseguia dizer sexo, ou foder, e se havia alguma palavra menos explícita, não a conhecia.

– Com um homem de que realmente gostes, chama-se fazer amor – disse ele, e inclinou-se para a frente, aproximando muito a cara da dela. – Sinto-me lisonjeado por gostares de mim, Belle, nunca conheci uma rapariga de que gostasse mais do que de ti. Abraçar-te-ei e beijar-te-ei, mas mais nada. Tenho uma mulher à espera em casa e não posso ser-lhe infiel.

Inclinou-se ainda mais e os seus lábios tocaram os de Belle, roçando-os com a leveza do toque das asas de uma borboleta. Belle ergueu os braços para o abraçar e a língua dele aflorou a dela, fazendo um pequeno frémito descer-lhe pela espinha.

– Que tal? – perguntou ele, a provocá-la. Com apenas uma vela acesa, Belle não conseguia ver-lhe claramente o rosto. Mas segurou-lho com ambas as mãos, usando os polegares para lhe acariciar suavemente os lábios.

– Foi suficientemente bom para me fazer querer mais – sussurrou.

Ele ergueu-se do chão, deitou-se no beliche ao lado dela e abraçou-a.

– És uma pequena tentadora – suspirou. – Vais ser bem-sucedida em Nova Orleães!

Voltou a beijá-la uma e outra vez, até todo o corpo dela ansiar ser acariciado também. Mas, apesar de lhe beijar o pescoço, os braços e os dedos, Étienne não tentou ir mais longe.

Belle sabia que ele a desejava, sentia o pénis a exigir ser libertado das calças, mas quando, hesitante, tentou agarrá-lo com a mão, ele afastou-lha docemente.

– São horas de irmos os dois dormir – disse, beijando-a na testa e descendo do beliche.

Tirou as roupas dela do beliche superior, apagou a vela e trepou para lá, e Belle espreguiçou-se no espaço que ficara vazio e sorriu para si mesma ao sentir o cheiro dele na almofada.

Nenhum homem seria tão assustador agora que ela sabia como podia ser doce. Teria gostado que tivesse sido Étienne a iniciá-la nas artes do amor, mas ao menos ele fizera-a compreender o que era o desejo.

– *Bonsoir, ma petite* – disse ele docemente lá de cima.

– Boa-noite, Étienne – sussurrou ela. – Se os cavalheiros de Nova Orleães forem todos como tu, não terei qualquer dificuldade em amá-los.

CAPÍTULO 15

Querubins dourados a segurar uma mesa de alabastro, sofás forrados a veludo turquesa cobertos de almofadas de cetim rosa e dourado, um piano branco, um quadro em tamanho natural, representando uma senhora nua deitada num sofá por cima da lareira de mármore branco – estas eram apenas algumas das maravilhas da sala de estar da *maison de joie* Martha's, como a mulher lhe chamara. Belle teve de fazer um esforço para não se deixar distrair pelo esplendor e tentar ouvir o que Étienne dizia a madame Martha.

Madame Martha era uma mulher muito grande, com cerca de quarenta e cinco anos. Belle calculou que devia ter pelo menos um metro e setenta e cinco de altura e pesar à volta de noventa e cinco quilos; os cabelos, pintados de um louro dourado, amontoavam-se no alto da cabeça em elaboradas volutas. Mas por muito grande ou velha que fosse, continuava a ser bonita, com uma pele acetinada cor de marfim e uns olhos tão escuros que Belle não conseguia ver as íris. Usava um amplo vestido de chá cor de alperce com um complicado bordado de contas à volta do generoso decote, de onde os planturosos seios se erguiam, ameaçando transbordar. Tinha uns pés pequenos, enfiados nuns sapatos bordados da mesma cor que o vestido. As mãos, igualmente pequenas, ostentavam um anel em cada dedo.

— A Belle é muito diferente das suas raparigas habituais, madame — dizia Étienne, muito delicadamente. — É inteligente, tem a compostura e as capacidades de comunicação de uma mulher adulta, e é também uma jovem bondosa e sensível. Não me atreveria sequer a tentar sugerir-lhe como gerir a sua casa. Mas acabei por conhecer bem a Belle durante a nossa longa viagem, e acredito que seria mais rentável para si mantê-la um pouco afastada, deixá-la aprender com as outras raparigas e talvez usá-la para provocar um pouco os cavalheiros.

— Se quisesse a sua opinião, querido, tinha-lha pedido — respondeu madame. Mas, apesar destas palavras, parecia divertida pela audácia dele.

— Nunca me passaria pela cabeça ofender uma mulher tão magnífica — disse Étienne, num tom de seda. — Só disse isto por saber que por vezes as raparigas são postas a trabalhar tão rapidamente que os seus verdadeiros dotes nunca chegam a ser notados. A Belle foi muito maltratada, raptada de casa da mãe e levada para Paris, onde foi submetida ao género de coisas que eu sei que detesta. Seria bom para ela um pouco mais de tempo.

Madame acenava com a cabeça enquanto Étienne falava, mas quando ele chegou à parte de ela ter sido maltratada em Paris, voltou-se para Belle e examinou-a com um olhar avaliador.

— Isto é verdade, querida? — perguntou.

— É, sim — respondeu, surpreendida por ter sido interpelada. — Fui raptada porque testemunhei um assassínio. Em Paris, fui violada por cinco homens diferentes, e então fiquei muito doente — admitiu. Mas, não querendo dar a impressão de que ficara permanentemente danificada, sorriu à mulher mais velha. — Agora já estou muito melhor, claro, e daria uma criada muito boa e poderia ajudá-la na casa com a limpeza, a lavagem da roupa e até na cozinha.

— Não paguei para te trazerem de Paris para seres uma criada — disse madame. O tom foi duro, mas os olhos quase negros cintilavam. — A minha casa é uma das melhores da cidade porque as minhas raparigas são felizes, e acho que posso esperar um pouco para ver como correm as coisas contigo e ver se também tu consegues ser feliz.

— É uma alma generosa – disse Étienne, pegando-lhe na mão e beijando-a.

— Acho que está embeiçado por ela – disse madame num tom de riso, arqueando sugestivamente uma sobrancelha.

— Qualquer homem estaria – respondeu Étienne. – A Belle é uma autêntica pérola.

Étienne disse que tinha de ir embora e Belle acompanhou-o até à porta para se despedir.

O vestíbulo era quase tão grandioso como a sala, com um lustre enorme, o chão de lajes brancas e pretas e as paredes forradas com um ornamentado papel vermelho e dourado com um padrão em relevo. Tudo o que Belle vira até ao momento parecia ótimo, mas ela sabia que as aparências pouco significavam, e que quando Étienne partisse ficaria sozinha, num país desconhecido, sem ninguém a quem recorrer.

Talvez Étienne tivesse adivinhado estes pensamentos, pois ao chegar à porta deteve-se e voltou-se para ela.

— Não tenhas medo – disse, acariciando-lhe ternamente a face. – Apesar de não conhecer a Martha, sei de fonte segura que é uma boa mulher. Aqui estarás a salvo.

Belle não queria que ele partisse, mas era demasiado orgulhosa para chorar ou parecer aflita.

— Diz-me uma coisa, terias sido capaz de me matar se eu fugisse ou tentasse conseguir ajuda?

Ele sorriu maliciosamente.

— Como poderia eu matar-te se fugisses? E também não poderia fazê-lo se tivesses conseguido ajuda. Mas tinha de te meter medo para te obrigar a ter juízo. Desculpa se te assustei.

— Nunca lamentarei ter-te conhecido – disse, e corou encantadoramente. – Agora tens uma parte do meu coração.

– Continua tão bonita e doce como és agora – disse ele. – Acredito que acabarás por ver Nova Orleães como sendo a tua casa, e esquecerás o passado. Não deixes ninguém fazer de ti gato-sapato e não te esqueças de pôr sempre algum dinheiro de parte.

Belle avançou para poder beijá-lo nos lábios.

– Faz uma boa viagem de regresso, e pensa em mim de vez em quando.

Os olhos dele, que lhe tinham parecido tão frios e duros quando o conhecera, em Brest, eram agora suaves e tristes.

– Vai ser difícil pensar noutra coisa – disse Étienne, e então beijou-a de tal maneira que ela sentiu que as pernas lhe iam ceder.

Quando Belle finalmente caiu na cama, exausta, à primeira luz da manhã seguinte, sentiu-se quase como se estivesse em casa. O ambiente no Martha's era semelhante ao do Annie's, sobrecarregado de expectativa, ligeiramente histérico, mas ao mesmo tempo caloroso e acolhedor. Até os cheiros e os sons eram quase os mesmos: perfume, charutos, o restolhar de saiotes de tafetá e os risos das raparigas. Em Londres, podia não ter passado uma única noite no andar de cima, mas os sons e os cheiros chegavam a toda a casa.

Havia apenas cinco outras raparigas, todas à volta dos dezoito ou dezanove anos e excecionalmente bonitas: Hatty, Anna-Maria, Suzanne, Polly e Betty. Quando, ao princípio da noite, Belle as vira descer a escadaria, cada uma com um vestido de seda de cor diferente que revelava o suficiente dos seus encantos para excitar qualquer homem, fora como olhar para cinco raras e belas flores de estufa.

Não fora assim que lhe tinham parecido no primeiro encontro. Apesar de se estar a meio da tarde, acabavam de levantar-se da cama. Vestiam apenas um agasalho solto por cima da camisa de noite e estavam muito despenteados.

Enquanto as raparigas comiam fruta e bolos e bebiam café, Martha apresentara-lhes Belle. Sugerira então que lhes contasse qualquer coisa a seu respeito, e Belle, que queria fazer delas suas amigas e aliadas, dissera-lhes que tinha crescido num bordel e falara-lhes do assassínio que testemunhara.

Mais tarde, perguntara a si mesma se não teria falado de mais, se não teria sido preferível manter a distância, mas elas tinham ficado atentas a cada uma das suas palavras, cheias de compreensão, e tinham querido saber tudo a respeito de Inglaterra. Aquela empatia surpreendera-a; lembrara-se de que, quando chegava uma rapariga nova ao Annie's, havia sempre alguma hostilidade e má vontade.

Anna-Maria, de cabelos muito negros, era crioula, e o seu sotaque francês reconfortantemente parecido com o de Étienne. Hatty e Suzanne tinham vindo de São Francisco e, tal como acontecera com Belle, Martha pagara para as levar para a sua casa. Ambas se tinham apressado a dizer que não se arrependiam e que, embora o seu contrato de um ano com Martha tivesse expirado há já vários meses, queriam ficar.

Polly e Betty tinham trabalhado juntas num bordel de Atlanta, mas a casa fora encerrada pela polícia e as duas tinham-se mudado para Nova Orleães. Diziam-se afortunadas por terem sido encaminhadas para o Martha's e imediatamente aceites.

Eram as cinco brancas. Aparentemente, a lei não permitia casas mistas, de modo que as raparigas de cor trabalhavam em casas diferentes.

O pianista começara a tocar na sala ao princípio da noite, as raparigas tinham-se espalhado pelos diversos sofás e, pouco depois, os cavalheiros tinham começado a chegar. Para grande surpresa de Belle, pareciam ser verdadeiramente cavalheiros. Eram muito bem-educados, não diziam palavrões e tratavam as raparigas como autênticas senhoras. Todos vestiam fatos de bom corte, camisas brancas impecavelmente engomadas e botas muito bem engraxadas e usavam barbas e bigodes cuidadosamente aparados. Alguns, muito poucos, ostentavam os coletes aos quadrados de cores berrantes e os vistosos relógios com corrente de ouro que Étienne lhe apontara,

no navio que os trouxera de Nova Iorque, como indicadores inconfundíveis daquilo a que chamara «lixo branco». Mas apesar de um
pouco exuberantes e barulhentos, aqueles homens não deixavam de
ser muito corteses. Belle achara um encanto o facto de pedirem ao
pianista que tocasse músicas especiais para poderem dançar com as
raparigas.

O pianista chamava-se Errol, e era negro, mas aparentemente ali,
todos os pianistas eram tratados pelo nome de «o Professor». Sabia
centenas de músicas, e tocava-as todas de ouvido, sem pauta. Algumas tinham posto Belle a bater o pé e com vontade de dançar. Betty
dissera-lhe que era *jazz*, e que ia ouvir aquele género de música
muito mais vezes, porque era *a* música de Nova Orleães. Mas o Professor também cantava – tinha uma bela voz, profunda e rouca –, e
em algumas canções alterava as letras para dizer coisas maliciosas a
respeito da casa de Martha que punham toda a gente a rir.

Belle servia aos cavalheiros *whisky*, vinho ou champanhe – que
lhe parecia extravagantemente caro a um dólar a taça, sobretudo
sabendo ela que as bebidas que eles pagavam às raparigas eram apenas água colorida. Achava simpático os homens não serem arrastados escada acima e o facto de as raparigas ficarem a conversar e a
namoriscar com eles, como se estivessem numa festa. Mas apercebeu-se mais tarde de que todas as bebidas que eles pagavam representavam uma maquia considerável, e que era por isso que Martha
encorajava as suas «meninas» a mantê-los na sala.

Convidar uma rapariga para dançar parecia ser a maneira discreta de os homens escolherem a que queriam, e quando saíam da
sala, de mão dada, podiam muito bem ir apenas dar um passeio
inocente pelos jardins.

Belle perguntara-se como seria feito o pagamento, pois excetuando o preço das bebidas e as gratificações que os cavalheiros
davam a Errol, não vira uma única nota mudar de mãos. Mas
Suzanne explicara que a primeira coisa que as raparigas faziam
quando chegavam ao quarto com um cavalheiro era pedir os vinte
dólares. Entregavam o dinheiro a Cissie, a criada do primeiro andar,

que o passava a Martha, que mantinha um registo de tudo o que cada uma ganhava numa noite.

Cissie era uma jovem negra, alta e magra, estrábica de um olho. Tinha uma expressão muito severa, e raramente sorria, mas as raparigas tinham-lhe dito que era a bondade em pessoa, sobretudo se alguma delas adoecia.

Belle ficara muito surpreendida com o pouco tempo que os homens se demoravam nos quartos com as raparigas, sobretudo depois de estarem na sala a conversar e a beber durante mais de um hora. Calculara que o tempo médio que cada cliente passava com uma rapariga rondava os vinte minutos; se ficavam mais do que meia hora, Martha começava a pôr-se tensa. Depois, mal desciam abandonavam a casa. Belle sempre presumira que o ato sexual durava pelo menos uma hora, pois fora isso que lhe parecera em Paris, e quando Kent estivera com Millie. Começava agora a ver que fora muito menos do que isso e que só o horror fizera com que parecesse tanto.

Uma vez que cada rapariga recebia em média dez cavalheiros por noite, a vinte dólares de cada vez, deviam ganhar uma pequena fortuna, mesmo que Martha ficasse com metade. Belle achara maravilhoso quando Martha lhe dissera que lhe pagaria um dólar por dia para servir bebidas, e só naquela primeira noite recebera um total de dois dólares e cinquenta cêntimos em gratificações. Era, claro, uma ninharia em comparação com o que as raparigas ganhavam, ou com as gratificações que o Professor recebia – quase todos os cavalheiros lhe davam um dólar. Mas parecia-lhe que aquele era um lugar onde qualquer pessoa com a atitude certa podia enriquecer muito depressa.

As raparigas tinham dito que aquela noite fora sossegada, e que aos sábados a casa enchia até abarrotar. No entanto, tendo observado as raparigas, visto os seus sorrisos, ouvido as suas gargalhadas, percebera que não era um trabalho tão miserável como imaginara.

211

De momento, porém, não queria pensar nisso. Era melhor deixar-se afundar no macio colchão de penas só com uma fina manta a cobri-la, porque estava calor, e lembrar-se do frio inglês.

Esperava que, entretanto, o postal que enviara a Annie e Mog, de Nova Iorque, já lhes tivesse chegado às mãos. Étienne não a deixara dizer para onde ia, ou o que se esperava que fosse fazer, tal como não dissera o que lhe tinha acontecido em Paris. Mas considerando que a mãe geria um bordel, era natural que adivinhassem a verdade. Tudo o que Belle podia esperar era que elas sentissem que estava feliz quando escrevera o postal e que isso lhes aliviasse a ansiedade.

Tencionara escrever uma verdadeira carta para casa mal se instalasse ali, mas agora não sabia bem se seria o mais indicado. Talvez só servisse para tornar tudo ainda pior; ao fim e ao cabo, a mãe não tinha dinheiro para ir buscá-la a Nova Orleães, e mesmo que tivesse, o mais certo seria Martha insistir que lhe devolvesse o que tinha pagado por ela.

Pensou também em Jimmy. Queria muito escrever-lhe e contar-lhe a história toda, mas se o fizesse talvez ele quisesse ir atrás de Kent, e então a sua vida correria perigo.

Portanto, pensando bem, Belle chegou à conclusão de que o melhor talvez fosse não escrever nada. A verdade só contribuiria para os deixar ainda mais preocupados. Se lhes mentisse e dissesse que estava a trabalhar numa loja ou como criada, não acreditariam. Ao fim e ao cabo, ninguém raptaria uma pessoa para lhe dar uma vida respeitável!

Adormeceu a pensar no problema.

Deu por si bem acordada às dez horas da manhã seguinte. Parecia estranho, mas quase não se ouvia um som vindo da rua. A noite anterior fora mais barulhenta do que Monmouth Street num sábado à noite.

Estava morta por sair e explorar, uma vez que o que conhecia de Nova Orleães até ao momento era o que avistara da janela do fiacre no caminho do porto até ali. Também nessa altura estivera tudo sossegado, sendo apenas nove da manhã, e tudo o que vira fora carroças de entregas, varredores de rua e criadas negras a varrer pórticos e a arear os latões das portas. Mas ficara impressionada pelo encanto antigo da cidade. Étienne dissera-lhe que a zona que estava a atravessar era conhecida como o Bairro Francês porque, em 1721, os primeiros vinte quarteirões tinham sido construídos por franceses.

As casas davam diretamente para a rua, sem os jardins que eram comuns na maior parte dos prédios vitorianos de Londres. E, além disso, aquelas não eram todas iguais: pitorescas vivendas de estilo crioulo, de janelas protegidas por portadas de madeira, ladeavam casas de estilo espanhol com ornamentadas varandas de ferro forjado, muitas vezes cheias de plantas e flores. Belle vira de passagem pequenos pátios, jardins no meio de praças e muitas flores exóticas e palmeiras altas.

Étienne explicara-lhe que, até 1897, Nova Orleães fora um lugar assustador, sem lei nem ordem, onde as prostitutas exerciam o seu comércio e se mostravam praticamente nuas às portas das casas por toda a cidade. Tratando-se de um porto tão azafamado, todas as noites hordas de marinheiros das mais diversas nacionalidades invadiam as ruas para jogar, beber, arranjar uma mulher e, quase sempre, envolverem-se em zaragatas. O número de mortos em consequência de esfaqueamentos e tiros era muito elevado, e muitos outros eram encontrados inconscientes em becos e vielas depois de terem sido espancados e roubados. As pessoas vulgares e respeitáveis que tentavam educar os seus filhos viam estas coisas acontecer à sua volta e, a dada altura, tinham exigido que fossem tomadas medidas.

Sidney Story, um dos membros da municipalidade, tivera então a ideia de pegar numa área de trinta e oito quarteirões, no lado mais distante da via-férrea, atrás do Bairro Francês, e transformá-la num espaço onde a prostituição seria legal. Desse modo, todos os males da cidade ficariam concentrados num único lugar, tornando mais fácil o seu policiamento. Os cidadãos respeitadores da lei tinham aprovado a proposta que punha fim à presença de prostitutas e bandos de marinheiros embriagados nas proximidades das suas casas. O jogo e os antros de ópio ficariam longe da vista e deixariam de ter de temer o crime violento relacionado com o vício.

Uma vez que fora Sidney Story a fazer a proposta e a conseguir que fosse aprovada, a zona recebera o nome de «Storyville». Mas a maior parte das pessoas chamava-lhe simplesmente o Bairro.

Belle não pudera deixar de achar divertida a descrição que Étienne lhe fizera de como aquilo era antes da aprovação da proposta. Fazia tanto lembrar Seven Dials! Assim lho dissera, acrescentando que apesar de ter crescido rodeada de todo o género de atividades criminais e de vícios, nunca tivera verdadeiramente consciência disso, nem fora afetada pela circunstância, até à morte de Millie.

– Sempre achei divertido as pessoas que se queixam do vício serem precisamente as que mais beneficiam com ele – dissera Étienne, com um sorriso torcido. – Lojas, hotéis, bares, lavandarias, transportes, modistas e chapeleiros, nada disso poderia sobreviver sem os visitantes que o Bairro atrai a Nova Orleães. Até a municipalidade, os hospitais e as escolas beneficiam dos impostos que lá são cobrados. Mas ninguém gosta de mostrar dinheiro sujo.

Belle levantou-se da cama e foi à janela ver aquele lugar que a boa gente de Nova Orleães queria escondido.

O quarto que lhe tinham dado ficava no quarto piso, um pequeno e escassamente mobilado quarto de criada, muito diferente dos luxuosos aposentos que as raparigas tinham nos andares inferiores. A janela dava para a via-férrea que separava Basin Street do Bairro Francês. Segundo ficara a saber, Basin Street era a primeira rua do Bairro, aquela onde se situavam as mais prestigiadas *maisons de joie*, onde havia as raparigas mais bonitas, a melhor comida, a melhor bebida e o melhor divertimento. Os estabelecimentos das ruas para lá de Basin Street, fossem bares, restaurantes ou bordéis, iam-se tornando mais baratos e mais sórdidos à medida que se aproximavam do limite exterior do Bairro. No último quarteirão de Robertson Street, os bares eram autênticos antros e as raparigas vendiam os seus favores por alguns cêntimos. Algumas não ganhavam o suficiente para pagar sequer um dos cubículos mais baratos.

Betty falara-lhe daqueles cubículos. Eram uma série de minúsculos quartos com espaço apenas para uma cama. Os homens faziam fila no exterior, e quando um saía outro entrava. Segundo Betty, aquelas raparigas chegavam a servir cinquenta clientes por noite. Mas eram controladas por chulos, que lhes tiravam a maior parte do que ganhavam e muitas vezes lhes batiam se não conseguiam tanto como eles queriam. Para aquelas raparigas, não havia luxos como casas de banho ou latrinas interiores. A vida delas era indizivelmente dura e muitas procuravam refúgio na bebida ou no ópio. Ainda segundo Betty, os homens que se serviam delas eram dos mais miseráveis; para aquelas raparigas não havia esperança de dias melhores e muitas encaravam a morte como uma libertação.

Para seu grande desapontamento, Belle não conseguiu ver nada exceto os trilhos da via-férrea, mesmo esticando o pescoço para fora da pequena janela. De momento, ia ter de contentar-se com o que vira fugazmente no dia anterior, durante o trajeto até ali: casas grandes, solidamente construídas, nem uma única degradada como havia em Seven Dials. Hatty dissera-lhe que a maior parte tinha iluminação elétrica em quase todas as divisões, e aquecimento a vapor.

Apesar de se estar apenas em abril, sentia o sol quente nos braços e no rosto, como num dia de verão em Inglaterra. Pensou em como o tempo era cinzento, frio e ventoso naquela altura do ano, em Seven Dials, e surpreendeu-se ao dar por si mais contente do que triste por estar ali.

Bem gostaria de poder sair, dar um passeio e ver o Bairro. Mas teve o pressentimento de que Martha não aprovaria uma saída sem autorização prévia.

Abriu a porta do quarto e começou a descer a estreita escada que dava acesso ao piso inferior, atenta a quaisquer sinais de que mais alguém estivesse a pé. Mas não ouviu o mais pequeno som, excetuando um ligeiro ressonar que parecia vir do quarto de Hatty.

Cheirava aos charutos da noite anterior e estava um cinto de ligas de cetim azul caído na alcatifa vermelha e dourada do patamar de baixo. Perguntou-se a qual das raparigas pertenceria, e porque teria sido ali deixado. Uma bonita cortina de renda branca cobria a janela do patamar e, através da porta entreaberta da casa de banho, viu o chão lajeado a branco e preto e uma parte da banheira de pés em forma de garra.

Parecia tudo tão limpo, brilhante e bonito… Belle sorriu para si mesma ao recordar como, quando estava em Paris, não pensava noutra coisa senão em fugir. Podia ir-se embora naquele preciso instante. Vestir-se, descer a escada e sair pela porta da frente. Mas apercebeu-se de que não queria fazê-lo.

E não era por os dois dólares e cinquenta cêntimos que recebera de gratificação na noite anterior representarem o total da sua fortuna. Gostava de estar ali.

– Nesse caso, mais vale começar a comportar-me como as outras raparigas – murmurou para si mesma e, fazendo meia-volta, regressou ao quarto e enfiou-se na cama.

Uma semana mais tarde, por volta das três da madrugada, Belle estava sozinha na sala, a recolher copos e cinzeiros, quando ouviu um grito vindo da rua.

Fora uma noite sossegada no Martha's. O último cavalheiro saíra meia hora antes e as raparigas tinham ido para a cama logo que se tornara evidente que não haveria mais visitantes. Martha retirara-se para o seu quarto, no primeiro piso, e Cissie estava na cozinha a fazer chá.

Belle pousou a bandeja cheia de copos e aproximou-se da janela para espreitar lá para fora. Viu uma pequena multidão reunida a cerca de vinte metros de distância, rua abaixo, em frente do Tom Anderson's, iluminada pela luz da casa.

Tinha ficado espantada da primeira vez que vira o Tom Anderson's de noite, pois o bar era iluminado por tantas lâmpadas elétricas que quase fazia doer os olhos. Anderson era quem mandava por aquelas bandas: resolvia disputas, castigava os que tinham de ser castigados e era dono de uma boa fatia da cidade. O seu ofuscante *saloon*, com meio quarteirão de comprimento, todo ele madeiras de cerejeira esculpidas, espelhos e talha dourada, estava aberto vinte e quatro horas por dia, com doze empregados atrás do balcão.

Basin Street nunca estava completamente silenciosa. Podia haver um período mais morto entre as cinco da madrugada e as dez da manhã, mas durante o resto do tempo havia música a sair de dúzias de bares, clubes e casas de diversão, havia artistas de rua e, por cima de tudo isto, a animação e a gritaria próprias de um bairro de lanterna vermelha. Por vezes, Belle olhava da janela e via bandos de marinheiros embriagados a encaminharem-se aos tombos para o Few Clothes Cabaret. As outras raparigas diziam que provavelmente tinham bebido um copo em todos os bares por que tinham passado desde a saída do navio. Mais tarde, iriam procurar os cubículos de Iberville Street, onde as raparigas custavam um dólar, mas quando lá chegassem estariam quase de certeza incapazes de fazer fosse o que fosse e sem dinheiro.

Os homens que chegavam a Nova Orleáes de comboio estavam em melhor posição para chegar às mulheres antes de ficarem demasiado bêbedos, porque os comboios paravam mesmo no início do Bairro e os passageiros já tinham visto as raparigas de alguns bordéis a posar sedutoramente à janela para lhes chamar a atenção.

Incapaz de ver da janela, Belle abriu a porta da frente e saiu para o pórtico. Presumiu, pelos aplausos e gritos de encorajamento, que a multidão assistia a uma zaragata entre dois homens. Mas repentinamente a multidão abriu-se e Belle viu, espantada, que eram duas mulheres que lutavam, atacando-se uma à outra como cães selvagens.

Já tinha visto a mulher grande, de cabelos pintados de ruivo, no dia anterior, pois estava a gritar em plena rua. Hatty dissera que o mais certo era ter qualquer coisa a ver com o chulo dela ter sido visto com outra mulher, ou coisa assim. Se era o caso e se fora a mulher ligeiramente mais pequena e de cabelos descolorados que roubara o amante e protetor da ruiva, aquela estava em sério risco de ser morta.

Rolaram as duas engalfinhadas pelo chão, levantaram-se de um salto e voltaram a atacar-se. A loura lutava como uma mulher, tentando agatanhar com as unhas a cara da outra, mas a ruiva lutava como um pugilista, usando os punhos, e de cada vez que um deles atingia a cara ou o corpo da adversária, a multidão aplaudia.

A dada altura, estavam agarradas uma à outra, e Belle avançou um pouco pelo passeio para ver melhor. Um súbito uivo de dor e de fúria da loura fez toda a gente aproximar-se ainda mais, e a ruiva cuspiu qualquer coisa para o chão.

Tinha arrancado três dedos à mão da outra.

Belle ficou petrificada de horror. Os três dedos ensanguentados estavam caídos no passeio, cerca de três metros à frente dela.

– Basta! – gritou um homem na multidão. – Então, Mary, não podes arrancar bocados às pessoas.

– Arranco uma orelha e o nariz a quem tentar impedir-me de matar esta cabra – rugiu a ruiva, com sangue a escorrer-lhe da boca.

Quatro ou cinco homens saltaram em frente e seguraram-na, enquanto outros tratavam da ferida.

Belle retrocedeu e voltou para casa, a sentir-se agoniada pelo que tinha visto.

– Que barulheira é esta? – perguntou Martha, que descia a escada no instante em que Belle fechava a porta.

Belle contou-lhe, a conter os vómitos enquanto explicava.

– Deve ter sido a Dirty Mary – disse Martha, e pegando num braço de Belle, levou-a para a sala, onde lhe serviu um pequeno cálice de *brandy*. – Aqui há anos, atacou outra mulher à machadada. Cortou-lhe um braço abaixo do cotovelo. E foi absolvida. Tem a sorte do próprio Diabo.

– Porque fez ela uma coisa tão má? – perguntou Belle, sentindo-
-se muito trémula e desejando não ter saído.

– Tem sífilis, é por isso que lhe chamam Dirty Mary. A sífilis é
uma doença que afeta o cérebro.

– Mas então não contagia outras pessoas? – perguntou Belle,
horrorizada.

– Oh, a Mary já não fode – disse Martha, tão calmamente
como se estivessem a falar do que iam comer ao pequeno-almoço.
– Agora já só faz francês.

– O que é isso? – perguntou Belle, apesar de ter o pressentimento de que preferia não saber.

– Fá-lo com a boca. – Martha franziu o nariz, numa expressão
de desagrado. – Há muitas raparigas que o fazem. Não há o perigo
de engravidar e também não se apanha nada. Já deves ter ouvido as
raparigas falarem da French House, ao fundo da rua. É o que lá
fazem.

Belle estremeceu.

– Não faças essa cara – disse Martha, com um sorriso. – É rápido, não suja, não é preciso cama. Tem uma porção de vantagens.

Belle tinha ouvido mais do que o suficiente a respeito do «francês», mas queria saber o que ia acontecer a Mary e à loura que ficara
sem os dedos.

– A Mary irá a tribunal, mas provavelmente não apanhará mais
do que uma multa. A outra rapariga irá para o hospital.

– Mas como vai a rapariga loura conseguir trabalhar sem dedos?

Martha sorriu e deu-lhe uma palmadinha num ombro.

– Deixa de te preocupar com os outros e vai para a cama. Amanhã, quero falar contigo a respeito do teu futuro.

CAPÍTULO 16

– Fica aí e vê o que a Betty faz – disse Martha firmemente. Apontou a cadeira baixa atrás do biombo e o pequeno orifício no tecido através do qual Belle poderia ver sem ser vista desde que permanecesse sentada. – Observa tudo com muita atenção! Como ela vê se ele não tem sífilis, como o lava e tudo isso. Fica aí muito caladinha e aprende!

Belle já tinha sido avisada de que era assim que Martha preparava as raparigas novas, de modo que não foi um choque total para ela. E Betty fora desarmantemente aberta quando falara de como encarava o seu trabalho.

Belle gostava da rapariga atrevida de Atlanta. Era divertida, tinha bom coração e estava sempre disposta a conversar.

– Todas nós fingimos que estamos a gostar imenso – disse Betty, com um sorriso maroto. – Quer dizer, é esse o nosso papel. Mas eu tenho pensamentos maus quando estou a fazê-lo, e guio-os para me darem prazer a mim, e sabes, querida, por vezes é mesmo bom.

Embora Betty fosse invulgar na medida em que não se importava de falar daquelas coisas, Belle sentia que nenhuma das outras raparigas detestava o seu trabalho ou se sentia infeliz com a sua vida. Todas elas riam muito, e interessavam-se por todas as coisas e todas as pessoas que as rodeavam. Todas elas eram oriundas de famílias pobres, e embora todas referissem o facto, a pobreza não parecia ser a única razão por que se tinham tornado putas. Parecia haver uma combinação de sede de aventura, prazer de ser desejada, ganância e também preguiça, pois todas sabiam como era duro o trabalho honesto.

Belle estava agradecida a Martha por ela lhe ter dado uma trégua de quase duas semanas antes de a lançar às feras, pois durante esse tempo o ambiente lânguido e sensual da casa acabara por contagiá-la. Dava constantemente por si a pensar no que sentira quando Étienne a abraçara e a beijara, observava os homens com olhos avaliadores e queria que eles a desejassem também. Ansiava usar belos vestido de seda como as outras raparigas, ter Cissie para a ajudar a arranjar os cabelos, e também ganhar mais dinheiro.

Era bem possível que a atmosfera da casa tivesse acalmado os traumas do passado e a fizesse até aguardar com excitada expectativa o dia em que se tornaria, como Martha dizia, «uma cortesã». Foram, no entanto, os seus passeios por Nova Orleães que a levaram a ver que tinha outras opções. Não precisava de julgar-se encurralada para sempre num lugar e numa ocupação que detestasse.

Ao princípio, vira apenas a cor, a música e a decadência da cidade: uma festa imensa que se prolongava vinte e quatro horas por dia, sete dias por semana. Fora só ao olhar mais de perto que se apercebera de que tudo tinha a ver com ganhar dinheiro. Dos ricos proprietários dos esplendorosos *saloons* onde milhares de dólares mudavam de mãos todas as noites e das madames que geriam as casas mais exclusivas até aos cocheiros de fiacre que cobravam uns poucos cêntimos por corrida e aos músicos que tocavam em todos os bares e em plena rua, o dinheiro era o centro à volta do qual todo o Bairro girava.

Mas ao contrário de Londres e de Nova Iorque, onde eram sobretudo os homens que puxavam os cordelinhos, ali as mulheres podiam desempenhar os papéis principais. Vinham de toda a América e de mais além. Muitas eram madames, claro, mas muitas mais tinham lojas e outros negócios: eram donas de hotéis, bares e restaurantes. Belle sabia, porque lho tinham dito, que a esmagadora maioria chegara à cidade sem um cêntimo e usara a prostituição como um começo de vida, mas isso impressionava-a ainda mais porque provava que com esforço e determinação qualquer um podia ter êxito.

E ela sentia que também podia. Tinha a vantagem de ser inglesa, para começar, o que ali constituía uma curiosidade. Podia, sem vanglória, considerar-se mais bonita do que a maior parte das outras raparigas, e tinha também a juventude do seu lado. Mas, acima de tudo, era inteligente. Nunca tivera verdadeira consciência disto em casa porque não tinha grandes termos de comparação. Ali, via todos os dias que estava muito à frente das outras raparigas em matéria de miolos. Como Étienne dissera, a maioria era estúpida, preguiçosa e gananciosa.

Tanto Mog como Annie eram leitoras ávidas e tinham-na encaminhado para os livros e para os melhores jornais, embora ela nunca se tivesse apercebido de que isso era invulgar para uma rapariga do seu meio. Lembrava-se de, na casa perto de Paris onde recuperara, as criadas parecerem surpreendidas ao vê-la ler os livros que lhe deixavam no quarto. Também Étienne ficara espantado quando a vira ler. A leitura proporcionara-lhe conhecimento sobre muita coisa: História, Geografia e géneros de vida diferentes do seu.

Nenhuma das raparigas do Martha's lia; na realidade, Belle desconfiava que não sabiam, pois folheavam as revistas limitando-se a olhar para as imagens. Pouco sabiam, e não estavam interessadas em saber, de tudo o que fosse além da última moda e dos mexericos do Bairro. Betty julgava que a Inglaterra ficava perto de Nova Iorque. Anna-Maria pensava que o México ficava do outro lado do Mississipi. A única coisa a que todas aspiravam era amor e casamento. Todas queriam um marido que lhes desse uma casa bonita e filhos, e embora achasse que era compreensível, Belle perguntava-se como pensariam elas consegui-lo. Com certeza sabiam que poucos homens estariam dispostos a casar com uma prostituta?

222

Quanto a ela, não tinha a ambição de ser mantida como uma espécie de animal de estimação. Queria ser igual a qualquer homem. Também não sabia, ainda, como consegui-lo, mas, para já, ia estudar os homens com muita atenção e aprender tudo o que pudesse a respeito deles.

Cerca de dez minutos mais tarde, Betty entrou no quarto levando um cavalheiro pela mão. Betty era uma ruiva pequena e curvilínea, com uma pele branca e cremosa e uns grandes olhos azuis cheios de uma inocência que a sua conversa libertina desmentia.

O vestido de seda verde-maçã mal cobria os fartos seios, que expôs, puxando o corpete para baixo, mal fechou a porta. Pegou nas mãos do homem e pousou-as neles.

– Gostas, querido? – perguntou, a olhar para o cliente com a mais atrevida das expressões.

– Adoro – disse o homem, os olhos escuros a devorarem-lhe os seios, a voz carregada de desejo. – Mal posso esperar para ver que mais tens para me oferecer.

Não devia ter mais de vinte e quatro anos, magro e de cabelos escuros, com bigode e uma pele bronzeada. Talvez não fosse verdadeiramente bonito, mas tinha uma cara agradável.

– Bem, querido, dá-me os vinte dólares, despe as calças e prepara-te para visitar o paraíso.

Belle queria rir, pois Betty sabia que ela estava ali a observar e aquela última frase parecia tirada de um guia prático da prostituta.

O homem deu-lhe o dinheiro, Betty entreabriu a porta e passou-o a Cissie, voltou a fechar a porta e apoiou as costas contra a madeira, a sorrir sedutoramente.

– Vejamos então o que tens tu para me oferecer – disse. O homem desembaraçou-se dos sapatos, das calças e cuecas num abrir e fechar de olhos, e Belle viu que já tinha o pénis ereto, a esticar o tecido da camisa.

– Oh, grande e bonito! – disse Betty, e empurrou-o para a cama, levantou-lhe a camisa e pegou-lhe no pénis, que examinou atentamente.

Ainda no dia anterior as raparigas tinham estado a falar da procura de sinais de sífilis enquanto tomavam café na cozinha. Tinham falado de procurar «corrimentos», um pus amarelado, ou quaisquer feridas ou lesões nos órgãos genitais. Se havia qualquer indício de infeção, recusavam o cliente.

Depois de ter examinado o homem, Betty tirou um pano de dentro de uma bacia com água e desinfetante e lavou-o vigorosamente, mas sempre sem parar de fazer comentários lascivos a respeito da virilidade dele e de quanto desejava senti-lo dentro de si.

Depois de o lavar, pediu ao homem que lhe desabotoasse o vestido, que atirou, juntamente com o saiote, para cima da cadeira, ficando apenas com uma camisa interior debruada a renda que lhe expunha os seios e terminava acima das nádegas. Belle ficara a saber que noutras casas as raparigas andavam sempre de roupa interior, e que algumas dançavam com os clientes quase nuas. Mas Martha gostava de manter uma ilusão de decência na sua casa, de modo que, apesar de os decotes serem generosos e de as raparigas não usarem cuecas, elas só se despiam completamente no quarto.

O jovem estava a ficar cada vez mais excitado à medida que Betty se despojava das roupas, e quando ela subiu para a cama, ajoelhou-se ao lado dele e levantou a camisa para mostrar as partes íntimas, Belle viu a luxuriante mata de pelos escuros que tinha entre as pernas. O homem estendeu a mão para lhes tocar e Betty gemeu e arqueou as costas para trás, convidando-o a tomar liberdades.

Foi uma coisa estranhíssima para Belle. Imaginara que sentiria repulsa ao testemunhar tais coisas, e que seria assaltada por recordações do que lhe acontecera em Paris, mas o que experimentou em vez disso foi uma excitada curiosidade, e uma sensação de calor nas suas próprias partes íntimas.

Os dedos do homem tinham desaparecido dentro de Betty e ela estava a ondular o corpo, como se aquilo fosse maravilhoso, e a emitir pequenos gemidos guturais.

– Hum, é tão bom, querido – disse. – Estás a deixar-me pronta para montar essa tua grande pila.

Belle olhou para a cara do homem e viu como ele tinha os olhos fixos nos seios de Betty, e como a excitação que sentia era evidente no rubor da tez dele e na rigidez do seu do pénis.

– Monta-me agora! – disse ele subitamente, e Betty assim fez, com um joelho de cada lado, baixando devagar o corpo até tê-lo todo dentro de si. Inclinou-se para a frente, apoiada nas mãos, e o homem acariciou-lhe os seios enquanto ela fazia subir e descer a pélvis com movimentos lentos e regulares.

O homem estava quase delirante de prazer, a abanar a cabeça de um lado para o outro na almofada, as mãos a moverem-se ao longo do corpo curvilíneo de Betty com evidente prazer. E Betty parecia controlar o ato, erguendo-se ao ponto de quase sair dele para a seguir voltar a descer, enquanto os arquejos e os gemidos de prazer do homem se tornavam cada vez mais altos.

Então, de repente, acabou. O homem soltou uma espécie de grunhido frenético e ficou quieto, erguendo as mãos para segurar ternamente o rosto de Betty.

Betty não foi brusca, mas não tardou a sair de cima dele, lavar--lhe o pénis e entregar-lhe as cuecas e as calças. Enquanto ele calçava os sapatos, lavava-se ela, e quando ele ficou pronto para sair, já estava à porta pronta para se pôr em bicos de pés e despedir-se com um beijo na face.

– Adeus, docinho – disse. – E volta depressa para mim.

Não houvera beijos até à rápida despedida, e quando Betty fechou a porta Belle saiu de trás do biombo, com um ar embara-çado.

– Viste, não custa nada. – Betty riu. – É pô-los todos excitados ainda antes de subires para a cama e fazes deles o que quiseres. Não me importaria de o fazer com este rapaz de borla. É simpático e acho que me daria prazer a noite inteira se eu lho pedisse.

Belle ajudou Betty a vestir-se e a prender os colchetes nos ilhós.

– Porque foi que não o beijaste? – perguntou.

– Porque isso é o que os namorados fazem, querida – respondeu Betty. – Beijar é muito bom, mas é para fazer amor, não para fazer um serviço. É uma coisa que reservas para o homem que amas. Compreendes?

Belle compreendia, muito melhor do que esperara. Não podia afirmar que estava desejosa de ocupar o seu lugar como uma das raparigas, mas estava agora muito menos reluctante, e até pensava que se lhe tocasse um jovem como aquele, não seria assim tão mau.

Durante a semana seguinte, observou, uma a uma, todas as raparigas com os clientes, e certa noite viu Anna-Maria e Polly com um só homem.

– Faço-os pagar muito mais por isto – explicou Martha. – Geralmente, são o velhos ricos que o pedem, mas vais ver que as raparigas não se importam; o mais difícil para elas é não desatarem a rir.

Belle já descobrira que o riso era algo que havia em abundância na casa de Martha. À tarde, as raparigas gostavam de sentar-se à sombra, no pequeno pátio das traseiras, a beberricar chá gelado ou limonada e a discutir os pontos altos da noite anterior. Não escondiam nada, as descrições eram vívidas e detalhadas, e regra geral muito divertidas, sobretudo as de Betty e Suzanne. Por vezes, riam tanto que se queixavam de pontadas.

Ao princípio, Belle limitara-se a ficar sentada e ouvir, mas, pouco a pouco, deixara-se convencer a falar das suas experiências em Paris. Mas aquelas cenas de pesadelo que ela tanto se esforçara por esquecer tornavam-se quase cómicas quando as contava às suas novas amigas. Dava por si a exagerar a corpulência de um homem ou a velhice de outro, e desse modo custava-lhe menos. Talvez, ocasionalmente, a voz se lhe quebrasse e os olhos se enchessem de lágrimas, mas as raparigas pegavam-lhe na mão e apertavam-lha e faziam qualquer comentário que não só mostrava que compreendiam aquilo por que tinha passado, como muitas vezes transformavam as lágrimas em riso.

– Se consegues rir dos velhos patéticos que só conseguem pô-lo de pé com uma rapariguinha assustada, então já lhes ganhaste – dissera certa vez Suzanne, com um toque de amargura que dava a entender que sabia do que estava a falar. – Não os deixes arruinar a tua vida, Belle. Um dia hás de conhecer um homem que te mostrará como o sexo pode ser belo. Mas enquanto aqui estiveres, vamos mostrar-te que pode ser divertido, e muito lucrativo.

As palavras de Suzanne confirmaram-se quando Belle observou as duas raparigas com o cliente. Ambas, a morena Anna-Maria e a loura Polly, estavam completamente nuas, os seus corpos jovens e firmes e os seus rostos bonitos a formarem um contraste gigante com o enorme e espalhafatoso texano de cara vermelha e barriga enorme e flácida. O pénis dele era muito pequeno, mas quando Anna-Maria se sentou às cavalitas quase em cima da cara dele e o deixou ver de perto enquanto se acariciava a si mesma, como que se pôs em sentido. Polly saltou-lhe em cima, inclinando-se para trás para lhe agarrar os testículos enquanto se movia para cima e para baixo, e então Anna-Maria avançou de modo a que o homem pudesse lambê-la.

Belle quase não queria acreditar no que via, pois era óbvio que eram as raparigas, e não o homem, quem mandava ali. Observou-lhes os rostos. Polly estava a fazer um esforço enorme para não rir, mas ao mesmo tempo acariciava-o e rodava as ancas de modo a aumentar o mais possível a carga erótica da situação e fazê-lo ejacular rapidamente. Quanto a Anna-Maria, parecia estar a gostar verdadeiramente de ser lambida pelo homem; dizia-lhe que era excitante e *sexy* e que estava a vir-se. E a verdade era que parecia ser verdade, pois tinha o rosto enrubescido, os olhos semicerrados e a boca parcialmente aberta.

O texano berrou como um touro quando acabou e Polly tapou a boca com a mão para não se rir. Anna-Maria continuava a ondular contra a grande língua do homem; quando disse que estava a vir-se, agarrou-lhe a cabeça com ambas as mãos, e o suor brilhava-lhe na testa e escorria-lhe por entre os seios.

Belle recostou-se na cadeira enquanto as duas raparigas se despediam do texano. O homem sorria de orelha a orelha, repetindo que elas o tinham levado até ao fim do mundo.

– Muito gostava de as ter às duas, suas diabinhas, na minha cama todas as noites – disse, passando um braço pela cintura de cada uma e apertando-as com força. – Acho que vou agarrar a piça todas as noites e pensar em vocês.

Quando a porta se fechou nas costas do sujeito, Belle saiu de trás do biombo. Polly desatou a rir.

– Então, querida, gostaste?

Anna-Maria estava sentada na beira da cama, a esforçar-se para vestir a camisa. Parecia um pouco aturdida.

– Tu é que parece que gostaste – disse-lhe Belle.

– Gostei – respondeu Anna-Maria, com o seu ligeiro sotaque francês, e riu e corou um pouco. – Foi a primeira vez que me aconteceu, vim-me mesmo.

Belle tinha ouvido aquela expressão muitas vezes desde que chegara ao Martha's. Compreendia-a no sentido masculino, mas nunca, até àquele momento, soubera que podia acontecer também às mulheres. Em todo o caso, Polly achou obviamente imensa piada à ideia, pois foi dominada por um ataque de riso.

– Imagina-o de pila na mão a pensar em nós! – exclamou.

Belle subiu ao seu quarto para deixar as outras duas raparigas lavar e vestir-se. Sentou-se na beira da cama e apercebeu-se de que estava confusa. Não a respeito do que acabava de ver, mas com todas as coisas que a vida lhe lançara no caminho, pois seguramente tinha de haver um plano qualquer por trás de tudo aquilo. Só tinha de perceber qual era.

Crescera num bordel sem saber o que a palavra significava. Vira uma rapariga ser assassinada e a mãe mentira a respeito do autor do crime. Depois fora o seu rapto e os horríveis acontecimentos de Paris. Mas então conhecera Étienne, que ao princípio a aterrorizara mas de quem acabara por gostar, talvez até amar um pouco. Devia estar horrorizada por ter sido levada para ali para ser uma puta, mas não estava. Devia detestar Nova Orleães, mas gostava da cidade. Não sentia sequer a mais pequena ponta de ressentimento por Martha ir obrigá-la a fazer o trabalho para que a comprara.

Seria por ter nascido para ser puta? Seria possível herdar a pre-disposição para essa profissão como se herdava o feitio do nariz ou a cor dos olhos da mãe?

Uma parte dela acreditava que era mau para qualquer mulher vender o corpo, mas outra parte negava-o. Vira a delícia na cara do texano naquela noite, as raparigas tinham-no feito feliz. Como podia então ser assim tão mau?

Mas havia outras coisas que também a confundiam. Tinha sau-dades de Mog e haveria sempre um lugar especial reservado para ela no seu coração, mas sentia-se mais em casa ali com Martha e as raparigas do que em Londres. Porque seria? Não estaria a ser desleal?

Suspeitava de que se Étienne tivesse tentado servir-se dela não lhe teria resistido. O que era sem dúvida mais uma prova de uma natureza devassa. Na realidade, parecia-lhe que já não era capaz de definir o que era certo e o que era errado, pois tudo se misturara e tornara indistinto.

Uma ligeira pancada na porta sobressaltou-a, e ficou ainda mais espantada quando a cabeça de Martha apareceu na abertura.

– Posso entrar, querida?

– Sim, sim, claro – disse Belle, atrapalhada por ter sido apanha-da a fazer gazeta. – Ia já voltar para baixo. Peço desculpa.

– Não ligues a isso – disse Martha, sentando-se na cama estreita. – Precisavas de te recompor, eu compreendo.

Belle já tinha notado que Martha parecia compreender quase tudo o que as pessoas faziam. Nem uma única vez a ouvira erguer a voz.

– Suponho que o que viste esta noite foi um pouco surpreen-dente – continuou Martha.

Belle teria esperado que ela usasse a palavra chocante em vez de surpreendente, mas surpreendente era de facto a palavra exata.

– Sim, senhora – sussurrou, baixando os olhos.

– Não esperavas que as raparigas se divertissem tanto, ou que o cavalheiro ficasse tão satisfeito?

Belle confirmou com um aceno de cabeça.

Martha deixou escapar um fundo suspiro.

– As pessoas respeitáveis, essas que vão à igreja, têm tendência para não ver que fomos feitos para apreciar o sexo. Não se resume tudo a ter filhos, querida. Amar-nos uns aos outros de uma maneira física é bom para todos nós, é a cola que impede que um casamento se desfaça e o torna feliz. Se as esposas dos homens que aqui servimos se soltassem e aprendessem a gostar de foder, não haveria necessidade de casas como a minha.

Belle corou. Martha e as raparigas usavam constantemente aquela palavra, e era uma coisa que ela achava desconcertante.

Martha levantou-lhe o queixo com um dedo.

– Olha para ti a corar! É o que é, querida, mais vale aprenderes a dizer a palavra e deixares-te dessas vergonhas. Quando souberes como é bom ser amada por um homem, verás tudo mais claramente. Acho que devia ter sugerido ao Étienne que ficasse aqui a primeira noite contigo. Ele é do género de despertar qualquer mulher.

– É casado – exclamou Belle, num tom indignado.

Martha riu.

– Então, querida, achas que me preocupa que homens casados frequentem esta casa?

Belle sorriu, pois já tinha percebido que mais de metade dos homens que ali iam eram casados.

– Não, suponho que não.

– O Étienne tinha… como hei de dizer? – Martha fez uma pausa, à procura da palavra certa. – Carisma! Duvido que alguma vez tenha pagado para ter uma mulher.

– Foi muito decente comigo – disse Belle.

– O que torna qualquer mulher ainda mais inclinada a ser inde-cente – riu Martha. – Mas, querida, acho que chegou o momento de despertares.

Nessa noite, Belle teve um sonho extremamente vívido e per-turbador. Estava nua, deitada numa cama enorme e rodeada de homens que estendiam as mãos para lhe tocar. Não estavam a agarrá-la à bruta, mas a acariciá-la de uma maneira que a fazia sentir-se como se estivesse a arder. Acordou encharcada em suor, com a camisa de noite subida até às axilas, e teve quase a certeza de que estivera a acariciar as suas partes íntimas como vira Anna-Maria fazer horas antes.

CAPÍTULO 17

J immy escondeu-se atrás de um monte de caixas de flores, no mercado, quando o homem se deteve para falar com alguém. Esperou um segundo, e então espreitou por cima das caixas para ver o que estavam a fazer.

Tinha a certeza absoluta de que o homem era Kent. Passara horas, ao longo das últimas semanas, a vigiar o edifício onde se situava o escritório, em diferentes alturas do dia, eliminando gradualmente os homens que trabalhavam nas gráficas do rés do chão e do primeiro andar à medida que entravam ou saíam. Nunca vira luz no escritório de Kent, e já começava a pensar que ele desistira de usar o local quando repentinamente, naquele dia, tinha aparecido.

Havia qualquer coisa na maneira como aquele homem bem vestido caminhava por Long Acre, determinado, confiante, que fez Jimmy ficar rígido ainda antes de o desconhecido se ter aproximado o suficiente para ele poder ver o nariz adunco, o denso bigode de estilo militar, os ombros largos e musculosos que correspondiam à descrição que lhe tinham feito de Kent.

Quando o viu entrar no edifício, Jimmy teve a certeza de que era ele, mas deparou-se com um dilema. Passava um pouco das dez da manhã, já andava na rua há mais de uma hora e sabia que tinha

232

de voltar ao *pub*, mas a necessidade de saber mais a respeito daquele homem era maior do que o medo que tinha do tio. Decidiu esperar mais uma hora e ver se voltava a sair e para onde se dirigia. Para sua alegria, Kent reapareceu ao cabo de apenas dez minutos.

Jimmy atravessou atrás dele o mercado das flores em direção ao Strand, mas, antes de lá chegar, Kent virou à direita em Maiden Lane. Jimmy deixou-se ficar o mais possível para trás, bem consciente de que o seu cabelo ruivo, mesmo coberto por um boné, dava nas vistas e era fácil de recordar. Como a maior parte das vielas antigas da área, Maiden Lane era estreita e esquálida, ladeada de velhos edifícios que mais pareciam tocas de coelhos. Havia também as portas das traseiras de dois teatros do Strand, e quando Kent desapareceu de repente, a primeira ideia de Jimmy foi que tinha entrado no Vaudeville. Mas quando chegou à porta do teatro descobriu que estava fechada à chave. A porta ao lado, no entanto, estava apenas encostada e parecia provável que Kent tivesse entrado por ali.

Hesitou. Por cima da porta havia uma tabuleta pintada à mão que mostrava uma cara de mulher meio escondida por um leque. Não havia qualquer nome, nada que indicasse que espécie de negócio se fazia ali dentro, mas Jimmy teve quase a certeza de que devia ser uma espécie qualquer de clube, talvez com dançarinas. Talvez Belle tivesse sido levada para ali, se o dono era Kent.

Com o coração a martelar-lhe no peito, abriu um pouco mais a porta e entrou. Consciente de que se fosse apanhado a rondar estaria metido em grandes sarilhos, decidiu que a única solução era comportar-se como se tivesse qualquer assunto a tratar, de modo que avançou ousadamente pelo corredor estreito e subiu as escadas de madeira nua, depois de verificar que todas as portas do piso térreo estavam fechadas a cadeado.

No topo do lanço de escadas havia outra porta com uma pequena janela de vidro. Espreitou e viu que a sala do outro lado era mais ou menos o que esperara, grande, suja, sem janelas e mobilada com mesas e cadeiras. O chão era de tábuas em bruto. Do lado direito havia um balcão, do esquerdo um pequeno estrado com um piano. Estaria completamente às escuras se não fosse a porta aberta na parede fronteira. Ouviu vozes de homens vindas de lá.

Abriu um pouco a porta e o cheiro foi como ser atingido na cara por um pano de lavar o chão. Era uma mistura de cerveja azeda, tabaco, sujidade e mofo capaz de revirar as tripas a qualquer um. Perguntou então a si mesmo se era suficientemente corajoso para entrar, porque se fosse apanhado não poderia alegar qualquer razão válida para ali estar. Mas, por muito medo que tivesse, queria saber de que estavam os homens a falar e ver como era a sala onde se encontravam.

Com o coração a bater violentamente, contornou a sala junto à parede, pronto para se esconder debaixo de uma mesa se aparecesse alguém. Ao mesmo tempo, apurava o ouvido na tentativa de ouvir o que estava a ser dito.

– Querem mais duas, mas eu não consigo arranjar do género que pretendem – disse um dos homens. Era uma voz culta, de modo que Jimmy calculou que devia pertencer a Kent.

– Com certeza o Sly consegue arranjar um par – afirmou outra voz, esta mais rude, com um forte sotaque londrino.

– Não. Acagaçou-se depois da última. Há um tipo em Bermondsey que me dizem que é capaz de consegui-lo, mas não sei se posso confiar nele.

Jimmy aproximou-se mais, até chegar mesmo junto à porta, e espreitou pela fresta do lado dos gonzos. Era um escritório, com uma grande janela que dava para o Savoy Hotel, no Strand. Kent estava de pé, de frente para a janela, e o outro homem sentado numa cadeira atrás de uma secretária. Era muito parecido com as fotografias do rei Eduardo, grande, careca, com uma barba espessa e comprida, mas tinha uma cicatriz feia a cruzar-lhe a cara e usava um colete vermelho por baixo do casaco e uma corrente de relógio dourada.

– Não temos de preocupar-nos com questões de confiança – disse o homem calvo, com uma gargalhada seca. – Depois de fornecer as raparigas, podemos livrar-nos dele.

Jimmy sabia que tinha ouvido o suficiente para ser esquartejado membro a membro se o apanhassem, de modo que se afastou da porta e voltou a contornar a sala, colado à parede, em bicos de pés. Quando chegou à porta por onde tinha entrado, passou por ela e desceu as escadas num abrir e fechar de olhos, com o suor do medo a pingar-lhe da testa.

— Imbecil! O que te passou pela cabeça? — berrou Garth, a olhar para Jimmy.

Ficara irritado quando se levantara, às nove, e descobrira que o sobrinho tinha saído, pois precisava que ele lhe fizesse um recado. Mas quando, às onze, Jimmy ainda não tinha voltado, ficara furioso. Estavam à espera de uma entrega de cerveja, a lareira do bar precisava de ser limpa e acesa e havia dúzias de outros pequenos trabalhos para fazer. Quando Jimmy entrara a correr, muito vermelho e ofegante, Garth concluíra precipitadamente que se metera num sarilho qualquer e vinha a fugir de alguém que o perseguia. Mas quando o interrogara e ficara a saber que tinha andado a espiar Kent, o medo enfurecera-o ainda mais.

Apesar das suas promessas, não conseguira encontrar o tal Sly, ou sequer obter quaisquer novas informações a respeito de Kent. Também Noah esbarrara num muro de silêncio, e o facto de ninguém se atrever a falar dele dizia muito sobre a reputação de Kent. Com a polícia a não mostrar o mínimo interesse em deter quem quer que fosse pelo crime, tinham passado mais de três meses desde que Belle desaparecera, o que quase de certeza significava que também ela estava morta. Intimamente, Garth já tinha desistido, embora recusasse admiti-lo perante Mog.

Saber que o sobrinho continuava a tentar fazer qualquer coisa envergonhava-o e fazia-o sentir-se incapaz. E quando se sentia assim atacava.

— Tenho de saber mais coisas a respeito do homem — disse Jimmy, desafiador. — E pelo que ouvi hoje, diria que vão raptar outras raparigas e levá-las para um lado qualquer. Vou entrar naquele escritório e ver o que mais consigo descobrir.

– Não vais fazer nada disso! – rugiu Garth. – Se és apanhado por alguém ligado a esse clube, matam-te e atiram-te ao rio.

– Não me apanham, já sei como é que vou fazer – respondeu Jimmy, inabalável.

– Não quero que te aproximes sequer desse lugar! – berrou Garth.

Jimmy ficava assustado quando o tio berrava daquela maneira, mas manteve-se firme e olhou para o homem mais velho com uma expressão de desafio.

– Há séculos que não descobrimos nada de novo, tio. A Mog não se consola, a Annie foi-se embora porque não consegue aceitar que o incêndio tenha destruído tudo o que tinha e eu quero que aquele filho da mãe seja enforcado por ter assassinado a Millie. E quero trazer a Belle de volta.

– A esta hora já está morta! – gritou Garth, exasperada. – Com certeza percebes isso!

Jimmy abanou a cabeça.

– Sinto que está viva, e a Mog também. Mas mesmo que estejamos os dois enganados e ela esteja morta, continuo a querer apanhar o Kent.

A fúria de Garth quebrou-se perante a determinação e coragem do sobrinho, que o faziam sentir vergonha de si mesmo.

– Nesse caso, tem muito cuidado – disse. – A última coisa que eu e a Mog queremos é ver-te desaparecer também. E da próxima vez que quiseres brincar aos detetives, pelo amor de Deus, diz-nos aonde vais.

Jimmy saiu para ir tratar das suas obrigações com um sorriso nos lábios. Chegara a casa meio à espera de apanhar uma valente descompostura. Não contava de todo encontrar preocupação.

Garth deixou-se cair numa cadeira, confuso pelos seus sentimentos e pela maneira como a sua vida mudara desde que a irmã morrera e ele acolhera Jimmy. Na realidade, não se lembrava de sentir grande coisa em relação ao que quer que fosse; andava demasiado ocupado a gerir o Ram's Head, e supunha que o passado fizera dele um homem amargo.

Ele e Flora não tinham sido muito próximos quando crianças. Tinha apenas seis anos, e a irmã catorze, quando ela entrara como aprendiz numa casa de modas e fora viver para lá. Flora terminara o aprendizado e continuara a trabalhar como costureira na mesma casa até casar com um pintor irlandês, Darragh Reilly, quando tinha vinte e cinco anos.

Garth tinha dezassete na altura do casamento e lembrava-se de ouvir o pai dizer que Flora tinha escolhido um homem fraco. Depressa se tornara evidente que o pai tinha razão, pois Darragh julgava-se um artista demasiado talentoso para sujar as mãos a fazer qualquer espécie de trabalho que lhe permitisse levar algum dinheiro para casa. Desaparecera pouco depois de Jimmy nascer e nunca mais voltara, e Flora ficara com o encargo de sustentar-se sozinha a si mesma e ao filho.

Garth fizera o que pudera para ajudar naqueles primeiros tempos, mas Flora era tão boa modista que em breve começara a governar-se bastante bem. Garth sempre a admirara por isso, mas discutia muitas vezes com a irmã a propósito da maneira como ela estava a criar Jimmy. Achava que era demasiado branda com ele e que o rapaz acabaria por tornar-se num inútil como o pai.

Tinha agora de admitir que se enganara a esse respeito. Jimmy era trabalhador, honesto, leal e honrava a memória da mãe. Tinha todos os trunfos para ser bem-sucedido na vida se ao menos conseguisse pôr aquela história de Belle para trás das costas. Mas com Mog por perto era pouco provável que isso acontecesse. Era ela que mantinha a chama acesa.

Annie tinha-se mudado há já seis semanas. Alugara uma casa em King's Cross e tencionava receber hóspedes. Enquanto ali estivera não mexera uma palha, adotara uns ares superiores e andava de um lado para o outro como se tudo lhe cheirasse mal, pelo que Garth ficara satisfeito quando ela se fora embora. Mog podia continuar a chorar a perda de Belle, mas fazia-o calada e era uma excelente governanta. Garth gostava muito dela, e sabia que Jimmy também.

Mog entrou no bar no preciso instante em que Garth se servia de uma pequena dose de *whisky*.

– Hoje começa cedo! – observou, secamente. Olhou para a lareira, que não tinha sido limpa desde a noite anterior. – Vamos ter mais um dia de frio, essa lareira devia ser acesa antes de os clientes começarem a chegar.

– Aqui sou eu o patrão – fez Garth notar. – Eu é que sei o que é preciso fazer, e além disso acender a lareira faz parte das obrigações do Jimmy.

– O Jimmy está a trabalhar na adega e a tentar não se atravessar no seu caminho – respondeu Mog –, de modo que acendo eu a lareira. Ele ajuda-me tanto durante o dia que é o menos que posso fazer.

– É uma mulher bondosa – disse ele com a voz ligeiramente enrouquecida, pois ela tinha ajoelhado diante da lareira para varrer as cinzas e, por qualquer razão, vê-la assim fazia-o sentir-se pouco à vontade. – Palavra que não sei como é que nos governávamos antes de ter aparecido. Agora temos camisas lavadas, boa comida e uma casa limpa.

Mog endireitou-se, descaindo para trás até ficar apoiada nos calcanhares. Usava um avental cinzento por cima do vestido escuro; o avental seria substituído por outro imaculadamente branco quando tivesse acabado os trabalhos mais sujos da manhã.

– Limito-me a fazer o meu trabalho – disse. – Embora nem pareça um trabalho, sendo o Jimmy um rapaz tão encantador. Sei que está zangado por ele não desistir de encontrar a Belle, e talvez até pense que é por influência minha, mas não me cabe nenhum crédito na determinação dele. É como um jovem buldogue com um osso.

Garth não pôde impedir-se de sorrir, pois recordou que a mãe costumava dizer aquilo a respeito dele quando era rapaz.

– Tenho medo de que apanhe alguma sova – admitiu.

– Devia sorrir mais – disse Mog, ousadamente. – Fica bonito.

Isto fez Garth rir. Ocorreu-lhe que se tornara muito mais dado a sorrir e a rir desde que Mog fora viver com eles. Ela tinha uma maneira muito sua...

— Se eu devo sorrir para ficar mais bonito, acho que devia usar qualquer coisa mais alegre do que um vestido preto todos os dias — disse, para a provocar.

— Não se pode fazer uma bolsa de seda com uma orelha de porca — replicou ela, pousando nele os olhos cinzentos e firmes. — E se começasse a aperaltar-me, as pessoas diriam que andava de olho em si.

— Desde quando quer saber do que as pessoas dizem? — perguntou ele, divertido com a resposta.

— Sabia exatamente quem era quando trabalhava para a Annie — disse Mog, pensativa. — Era a criada dela, a governanta, era principalmente a mãe da filha dela. Podia estar a par de tudo o que acontecia naquela casa, saber coisas a respeito dos nossos cavalheiros que lhe poriam os cabelos em pé, mas toda a gente aqui sabia que não era uma puta. Orgulhava-me disso, era uma coisa que me dava dignidade.

— Continua a ter essa dignidade — disse Garth. — Nada mudou.

— As pessoas estão à espera de um deslize meu. Eram muito poucos os que gostavam verdadeiramente da Annie, ela era demasiado fria e altiva. E pensavam o mesmo de mim, sem sequer me conhecerem. Agora que a Annie se foi embora, querem coscuvilhar a meu respeito. Acreditar que eu lhe aqueço a cama para ter um teto sobre a cabeça dar-lhes-ia muito com que se entreterem.

Descobrir que Mog era tão perspicaz foi uma surpresa. Garth já lhe apreciava os dotes domésticos, mas presumira que era uma alma simples. Num lampejo de intuição, apercebeu-se de que na realidade era mais esperta do que ele próprio, e de que só continuara a trabalhar para Annie porque amava Belle.

— Nunca daria a ninguém a ideia de que andava a aquecer-me a cama — disse, surpreendido por perceber que se preocupava com o que os clientes e vizinhos pudessem pensar de Mog.

– Mas eu continuarei a usar vestidos pretos e aventais para lhe poupar o embaraço de eles pensarem que estou – retorquiu ela, e voltou à limpeza da lareira.

Garth atarefou-se a alinhar as garrafas nas prateleiras atrás do balcão, mas, pelo espelho, continuava a vê-la varrer as cinzas para uma caixa de lata. Era evidente que ela se julgava pouco atraente, e sem dúvida que Annie reforçara essa opinião pelas suas próprias razões, mas ele sentia-se atraído por aquele corpo pequeno e harmonioso, e via-lhe no rosto uma doçura que vinha de dentro. Quando jovem, sempre tivera uma queda para mulheres atrevidas e bonitas que sabiam usar as suas artimanhas femininas para conseguir o que queriam. Mas aprendera à sua custa que eram tudo menos sinceras. Transformavam-se em harpias traiçoeiras se não recebiam as prendas, a atenção e as bebidas que julgavam merecer. Maud, a sua última mulher e a que lhe incendiara o coração, fora um bom exemplo. Jurara, quando ela fugira com outro homem, levando-lhe as poupanças, que nunca mais permitiria que outra mulher entrasse na sua vida.

Dois dias mais tarde, às quatro da madrugada, quando os sons do ressonar do tio ecoavam pelo Ram's Head, Jimmy esgueirou-se pela porta das traseiras e saiu para a rua. Fez a correr todo o trajeto até ao mercado, só abrandando o passo para evitar os carregadores que empurravam as carretas cheias de fruta, flores e legumes.

Foi primeiro a Maiden Lane, mas, como já esperava, a porta do clube estava fechada a cadeado. Deu então a volta até ao Strand, atravessou a rua para o lado do Savoy e olhou para as janelas do lado oposto. A maior parte das que ficavam por cima da fila de lojas do piso térreo pertenciam a essas lojas ou armazéns; em alguns casos, os proprietários viviam lá. O escritório aonde Jimmy queria chegar distinguia-se facilmente: as janelas não eram lavadas há anos e, além disso, um dos vidros mais pequenos fora partido e substituído por um pedaço de madeira, coisa que Jimmy tinha notado quando espreitara pela fresta da porta.

Um algeroz de aspeto sólido descia do beiral do telhado até ao passeio, passando a cerca de trinta centímetros do parapeito da janela do primeiro piso. Mesmo do outro lado da rua e no escuro, Jimmy conseguia ver que o parapeito era largo. No bolso do casaco levava uma argola com várias chaves, um par de velas e algumas ferramentas para abrir fechaduras e arrombar portas. Tinha também um rolo de corda resistente à volta do peito, por baixo do casaco. Mas achava que ia conseguir entrar no escritório sem usar qualquer destas coisas.

Verificou que não havia ninguém por perto, atravessou a rua, deu um salto para se agarrar ao algeroz e começou a trepar. Sempre fora um bom trepador; a mãe costumava dizer que parecia um gato.

Uma vez no parapeito, examinou a janela partida e descobriu, encantado, que o pedaço de madeira tinha sido apenas ligeiramente pregado ao caixilho, mais para impedir a entrada do frio e da chuva do que de ladrões. Um pequeno puxão e tinha-o arrancado, mas, antes de abandonar o rebordo do parapeito, Jimmy pegou no rolo de corda que levava a tiracolo e atou uma ponta ao algeroz, para o caso de ter de fazer uma saída precipitada.

Já no interior do escritório, acendeu uma vela e puxou as cortinas de modo a tapar a janela. Eram muito velhas, estavam rígidas de sujidade e cheiravam mal, mas ao menos eram grossas e impediriam que a luz fosse vista da rua. Feito isto, acendeu o candeeiro a gás pregado a uma das paredes: trabalharia mais depressa se conseguisse ver bem.

Era um escritório atravancado e desarrumado, e muito sujo, com cinzeiros cheios de pontas de charuto, copos, chávenas e pires usados espalhados por todo o lado. O cesto de papéis estava cheio até transbordar e o chão coberto de cinza de charuto. Tudo indicava que a sala não era limpa há meses.

As gavetas da secretária não revelaram nada de interesse, apenas alguns livros de contabilidade que pareciam pertencer ao clube.

Num pequeno cofre aberto havia cerca de cinquenta libras, talvez as receitas de dois ou três dias. Jimmy fechou o cofre e voltou a pô-lo onde o encontrara; não estava ali para roubar.

A seguir abriu o armário de arquivo, mas não havia qualquer organização, apenas montes de papéis atirados uns para cima dos outros. Muito claramente, o dono daquele antro não tinha assimilado o conceito de arquivo.

Jimmy pegou numa resma de papéis e pousou-os em cima da secretária, para os examinar. Havia uma variedade de razões para a correspondência. Algumas das cartas eram a respeito do edifício; aparentemente, Mr. J. Colm tinha alugado as instalações em Maiden Lane a uma empresa de Victoria. Os proprietários escreviam-lhe a avisar de que havia queixas de outros inquilinos a respeito de barulho, bêbedos a sair do edifício e cenas de violência em Maiden Lane. Algumas das cartas ameaçavam-no com uma ordem de despejo, mas Jimmy viu que estas ameaças já vinham de há quatro ou cinco anos, de modo que tudo indicava que ou Mr. Colm as ignorava, ou pagava aos senhorios qualquer coisa para os acalmar.

A outra correspondência tinha sobretudo a ver com abastecimentos de bebidas. Havia também uma lista de nomes e moradas de mulheres que Jimmy pensou que talvez fossem dançarinas ou criadas. Guardou-a no bolso.

Passou em revista o conteúdo do armário, mas não havia nada que provasse uma ligação ou sociedade entre Colm e Kent, ou sequer qualquer coisa que não tivesse diretamente a ver com a gestão do clube. Afastou um pouco as cortinas e calculou, pelo débil palor do céu, que deviam ser quase seis horas. Tinha de sair dali antes que o Strand se tornasse num mar de gente.

Preparava-se para abrir a cortina antes de apagar o candeeiro quando reparou no endereço afixado na parede junto à janela. Era de Paris, e provavelmente não lhe teria dado qualquer importância se o nome não fosse madame Sondheim, e para um rapaz de dezoito anos com imaginação, aquilo soava a dona de bordel. Por isso, e para jogar pelo seguro, arrancou o papel da parede e enfiou-o no bolso. E então abriu as cortinas e apagou a luz.

Empoleirado no peitoril da janela, viu meia dúzia de pessoas a caminhar pelo Strand. Mas estava escuro, e a chover, e as pessoas caminhavam de cabeça baixa, e adiar a descida não seria boa ideia, porque a partir daquele momento o número de transeuntes só ia aumentar.

Deixou a ponta da corda cair para a rua e desceu-a rapidamente. Um homem que caminhava na sua direção olhou para ele, chocado e surpreendido, e gritou-lhe que parasse, mas Jimmy fugiu a correr, dobrou a esquina mais próxima e voltou para trás por Maiden Lane até Southampton Street. O homem devia ter desistido da ideia de o perseguir, pois não ouviu vozes nem o som de pés a correr, e, quando chegou ao mercado, Jimmy abrandou para um passo de passeio.

– Onde estiveste, Jimmy? – perguntou Mog, quando ele entrou pela porta das traseiras. Usava um roupão por cima da camisa de noite e tinha os cabelos soltos caídos sobre os ombros. – Estás encharcado! Que horas são estas para andar na rua?

– Boas horas para quem quer obter informação – respondeu Jimmy, com um sorriso.

– Voltaste a entrar no escritório daquele homem? – perguntou Mog, alarmada.

– Não daquele que julga – disse ele. – O que é que está a fazer a pé tão cedo, de qualquer modo?

– Ouvi-te sair – respondeu ela, num tom de censura, apontando-lhe o indicador. – Fiquei tão preocupada que não consegui voltar a adormecer. De modo que acabei por vir para aqui fazer uma chávena de chá.

Por um brevíssimo instante, a expressão do rosto de Mog foi tão semelhante à da mãe dele que Jimmy sentiu um nó na garganta.

– Não faça essa cara – murmurou.

– Que cara?

– Como a minha mãe costumava fazer.

Mog aproximou-se dele, tirou-lhe o boné e despenteou-lhe os cabelos.

– Parece que vou ter de fazer o papel dela – disse. – Vamos beber uma chávena de chá e tu contas-me o que descobriste.

Cerca de meia hora mais tarde, e depois de uma segunda chávena de chá, Jimmy tinha contado tudo.

– Essa madame Não-Sei-Quê pode não ter nada a ver com a Belle – disse Mog tristemente, mas continuou a olhar para o pedaço de papel, como que a desejar que ele respondesse às suas perguntas. – Quanto à lista de raparigas ou mulheres, o mais provável é que trabalhem para ele.

– Mas eu ouvi-o falar a respeito de arranjar raparigas, e dizer que não sei quem se tinha acagaçado. O tio Garth disse que o homem chamado Braithwaite era conhecido como Sly, e nós sabemos que o Braithwaite foi a França com o Kent, de modo que talvez tenha sido ele que se acagaçou. Se pudéssemos falar com ele...

– Um homem desses nunca admitiria nada do que fez, mesmo que estivesse arrependido de a ter feito – disse Mog. – O mais certo era cortar-te a língua para te calar se te aproximasses dele. Mas esta madame Não-Sei-Quê talvez valha a pena investigar. Pode ser que o Noah esteja disposto a ir até lá ver se descobre alguma coisa.

– Quer que dê um pulo a casa dele e lhe deixe uma mensagem? – perguntou Jimmy.

Mog suspirou.

– Acho que é melhor falarmos primeiro com o teu tio. Mas deixa-me dar mais uma vista de olhos à lista de raparigas. Algumas delas moram perto daqui... Talvez eu possa investigar um pouco por minha conta.

Horas mais tarde, com as lides da casa terminadas e uma empada de carne e rim a cozer no fogão, Mog foi a Endell Street, à primeira morada da lista.

Endell Street era uma área mista. Alguns dos prédios estavam em muito mau estado e eram habitados por pessoas que lá viviam em terríveis condições de insalubridade e sobrelotação, mas os restantes edifícios da rua eram boas casas onde viviam pessoas respeitáveis e trabalhadoras: carpinteiros, cocheiros de fiacre e afins. Mog ficou muito surpreendida ao descobrir que o número oitenta correspondia a uma destas, com cortinas muito brancas na janela e um degrau de entrada esmeradamente esfregado.

Bateu à porta, sem saber muito bem o que ia dizer, e quando ela lhe foi aberta por uma mulher rechonchuda aproximadamente da sua idade, com um avental branco impecável por cima de um vestido estampado, o espanto travou-lhe a língua.

– Peço desculpa por incomodar, mas vive aqui uma Amy Stewart? – inquiriu, depois de a mulher lhe ter perguntado o que desejava, forçando-a a dizer qualquer coisa.

– Vivia – respondeu a mulher, e, de repente, os lábios dela começaram a tremer e os olhos encheram-se-lhe de lágrimas.

– Oh, por favor, não chore – pediu Mog, alarmada, presumindo que a rapariga fizera qualquer coisa que perturbara a mãe.

– Porque pergunta? – quis saber a mulher, e havia nos olhos dela uma súplica com que Mog se identificou imediatamente. – A minha Amy desapareceu há dois anos. Foi à loja comprar-me uma coisa e nunca voltou. Tinha só treze anos, demasiado nova para ir sozinha fosse aonde fosse.

CAPÍTULO 18

— Encantado por conhecer-te, Belle. Deves saber que o teu nome significa bela em francês. Um bom nome para ti, porque és verdadeiramente bonita.

Belle sentiu-se corar da raiz dos cabelos até às pontas dos pés, porque o homem atraente que lhe fazia tão extravagante elogio tinha um sotaque francês igual ao de Étienne, com um tom profundo e aveludado que a fazia fremir por dentro.

— Obrigada, Mr. Laurent, é muito gentil — murmurou.

— Tens de tratar-me por Serge. Queres ir dar um passeio comigo? — perguntou ele. — Podemos ir até Jackson Square, comer um gelado.

Belle compreendera, quando Martha a chamara ao vestíbulo para a apresentar àquele homem, que tinha de ser o tal que supostamente ia ensiná-la a gostar de fazer amor. Descera a escada ansiosa, à espera de encontrar um velho feio. Ao ver-se face a face com um homem alto e magro, de rosto agradável, elegantemente vestido com um fato cinzento-claro, o seu coração palpitara. Os cabelos dele eram escuros, os olhos pareciam lagos de chocolate derretido, e os lábios cheios, ligeiramente encurvados para cima nos cantos, faziam que parecesse estar a sorrir mesmo quando não estava. Nunca vira um homem tão perfeito; até tinha uma covinha no queixo, e os dentes eram impecáveis.

Por um instante, não conseguiu fazer mais nada senão olhar para ele. Podia ficar petrificada de medo face à perspetiva de fazer amor, mas certamente nenhuma mulher no mundo seria capaz de resistir a Serge Laurent. Até o nome dele lhe fazia o coração bater mais depressa.

– Adoraria ir dar um passeio consigo – disse, ofegante.

Durante o trajeto até Jackson Square, Serge contou-lhe muitas pequenas histórias a respeito das pessoas que viviam nas casas por que passavam, no Bairro Francês. Apresentou-a a piratas, jogadores, rainhas do vudu, madames e patifes, além de um punhado de escritores e poetas famosos. Fazia tudo parecer tão pitoresco que Belle teve a certeza de que estava a inventar uma parte, ou no mínimo a exagerar, mas não se importou: gostava da companhia dele e estava um belo dia de calor.

Martha dissera, naquela manhã, que em breve o tempo se tornaria muito quente, e que era então que as pessoas ficavam demasiado preguiçosas para trabalhar, os maus génios explodiam e por vezes havia quem enlouquecesse devido ao calor. Belle não conseguia imaginar um calor assim; em Inglaterra, os dias mais quentes de que se lembrava eram quando o leite azedava e a manteiga derretia no pires. Mas o tempo quente em Inglaterra nunca passava de talvez sete ou oito dias por ano.

Serge comprou cones de gelado para os dois e foram para os jardins de Jackson Square e sentaram-se num banco, à sombra, a comê-los. Belle só tinha estado um par de vezes naquela parte do Bairro Francês, de que gostava muito. Era elegante, silenciosa e serena, pelo menos em comparação com Basin Street, que era sempre rude, barulhenta e agitada.

Havia um par de músicos a tocar no jardim, uma rapariga negra dançava sapateado em cima de uma tábua, e uma mulata de aspeto estranho, com uma capa de cetim vermelho por cima do que parecia ser um velho vestido de casamento, de renda branca, lia a sina de quem estivesse interessado, com uns pauzinhos que atirava.

Muitos dos homens que passeavam à volta da praça iam muito provavelmente aparecer no Bairro mais tarde, quando anoitecesse; talvez muitas das bonitas jovens que deambulavam protegidas pelas suas sombrinhas de renda com folhos fossem na realidade putas. Mas não pareciam. Se Belle erguesse os olhos, poderia ver pessoas sentadas nas suas varandas de ferro forjado a saborear o sol da tarde, mães a embalar os filhos. Ouvia casais a conversar, e crianças a gritar enquanto jogavam à bola com as mães, e era como se nunca nada de mau pudesse acontecer no Bairro Francês.

Serge não lhe perguntou nada, nem a respeito do seu passado, nem de como fora parar a casa de Martha. Falou de coisas em geral e contou-lhe mais histórias divertidas, mas enquanto falava pegava--lhe na mão e acariciava-lha, e ela só conseguia pensar em como desejava ser beijada por ele.

Tinham saído do Martha's por volta das três, e eram quase cinco quando Serge lhe disse que ia levá-la a sua casa para lhe oferecer chá de menta. Por esta altura, Belle sentia que era bem capaz de des-maiar se ele não a beijasse depressa.

Não teve de esperar muito. Mal entraram no pequeno aparta-mento, com portadas de madeira escura nas janelas, Serge abraçou--a. Quando os lábios dele tocaram os dela, Belle sentiu que estava a perder toda a noção de vontade própria. A única coisa que queria era ser possuída por aquele homem.

– Bela, bela Belle – murmurou ele, beijando-lhe o pescoço enquanto lhe desapertava o vestido. – Sabes que foste feita para o amor, a tua pele, o teu cabelo, o teu corpo, tudo tão perfeito. E eu vou mostrar-te como é bom fazer amor. Pode ter sido uma rapari-guinha que aqui entrou, mas é uma mulher que daqui vai sair.

Belle queria acreditar no que ouvia enquanto ele inclinava a cabeça para lhe beijar os seios, murmurando que também eles eram perfeitos, que nunca dissera aquilo a outra rapariga e que estava a apaixonar-se por ela. Mas sabia que não era assim, que ele era apenas um ator que desempenhava soberbamente o seu papel, mas a verdade era que não se importava, porque ele estava a fazê-la sentir coisas que nunca antes poderia ter imaginado.

Serge despiu-a com gestos fáceis e rápidos e levou-a para a cama estando ele ainda completamente vestido, com exceção do casaco, de que se desembaraçara ao entrar. Então, na cama, beijou-a ainda mais apaixonadamente, enquanto lhe acariciava com os dedos as partes íntimas. E o mais estranho era que aquelas coisas que os outros lhe tinham feito em Paris e lhe tinham parecido tão horríveis e dolorosas eram agora deliciosamente boas.

Os lábios de Serge desceram-lhe pelo corpo, beijando-lhe os seios, os braços, o ventre, e ela arqueava as costas a exigir mais carícias, porque ele tinha encontrado um ponto na vagina dela onde o toque circular do dedo despertava sensações tão maravilhosas que pensou que ia gritar alto.

Ele afastou a mão e voltou-a para lhe beijar as costas e as nádegas e então voltou a enfiar a mão por baixo dela e acariciou-a e fê-la arquejar que era maravilhoso.

Mais tarde, Belle não se recordaria de o ver despir-se, tão habilmente o fez. Num instante estava vestido, no instante seguinte estava nu, e quando ela viu o pénis ereto, não teve medo, desejou-o dentro de si.

Já não queria saber como se comportava nem o que ele ia pensar dela. Agarrou-o pelas ancas e puxou-o para si, enrolando as pernas à volta dele como trepadeiras à volta de uma árvore, e quando ele deslizou para dentro dela gritou de prazer.

Belle tinha, entretanto, observado muitas vezes o ato sexual, mas o que sentiu naquele momento não tinha nada em comum com o procedimento rápido e despido de emoção a que assistira. Tanto ela como Serge estavam banhados em suor, cada arremetida, cada apertão, cada beijo e cada carícia tinha a intenção de proporcionar prazer, e proporcionava, muito. Serge retirou-se de dentro dela várias vezes, encontrando sempre o tal ponto sensível. Então, de repente, Belle sentiu-se explodir debaixo dos dedos dele, e Serge voltou a penetrá-la, cada vez com mais força, até que aconteceu também para ele.

Meio a dormitar, deitada na segurança dos braços de Serge, Belle sentiu que finalmente compreendia as graças que as outras raparigas diziam. Aquele era o estado que todas queriam atingir, mas que talvez só poucas conseguiam, pois tinha a certeza de que poucos homens compreendiam como Serge o corpo de uma mulher.

Ele soergueu-se apoiado num cotovelo, inclinado para ela, os cabelos negros a caírem-lhe para o rosto bronzeado.

– Foste feita para o amor, Belle. E agora que sabes como pode ser bom, certifica-te de que tens amantes dignos de ti, porque a maior parte dos homens é egoísta, pensa apenas no seu próprio prazer.

Belle franziu a testa. Lembrava-se de Millie ter dito qualquer coisa parecida, um dia, na cozinha. Mog mandara-a calar, formando algumas palavras com os lábios para lhe recordar que Belle estava a ouvir.

– Duvido que os homens que me vão pagar estejam interessados em dar-me prazer – disse ela, languidamente.

– Muitos estarão, se os encorajares – respondeu ele com um sorriso, inclinando-se ainda mais para voltar a beijá-la. – Aprendi tudo o que sei em casas de passe. Afirmar que tudo o que os homens querem é derramar a sua semente e ir embora é uma falácia. Podem fazê-lo porque é o que se espera, mas uma boa cortesã dar-lhes-á muito mais do que isso. A Martha vê o teu potencial, e eu sinto que queres enriquecer. É verdade?

Belle assentiu.

– Então tanto melhor. Quando um homem te escolher, pergunta-lhe se quer o paraíso ou apenas um pequeno escape. Satisfaz-lhe as fantasias e ele voltará a procurar-te uma e outra vez, pagando sempre mais.

– Mas como saberei quais são as fantasias dele? – perguntou Belle intrigada, porque não sabia verdadeiramente o que queria ele dizer com a palavra.

– É simples, perguntas-lhe. – Serge riu, a covinha no queixo a afundar-se um pouco mais. – A minha fantasia é exatamente o que acabo de ter, uma rapariga inexperiente que levo ao sétimo céu. É uma fantasia que muitos homens partilham, sobretudo com uma rapariga muito nova e bonita como tu. Mas há homens que gostam de raparigas vestidas de ama ou de criada. Tenho um amigo que gosta que a amante vista um hábito de freira.

«Mas não tem necessariamente de estar relacionado com a maneira de vestir ou a representação de um papel. Há homens que gostam que a mulher os provoque, que ande nua de um lado para o outro, a exibir-se. Ou até que se acaricie a si mesma para que eles possam ver. – Serge voltou a pôr a mão na vagina dela e sorriu. – Eu gostaria de ver-te fazer isso, como gostaria de ver-te chupar a minha pila, e também gostaria de lamber-te aqui. Mas agora tenho de levar-te para casa, e tenho de deixar qualquer coisa que outros homens sejam os primeiros a experimentar.»

Martha limitou-se a sorrir quando Belle regressou a Basin Street. Serge levou-a às dez da noite, despediu-se dela à porta, com um beijo, e Belle soube no fundo de si mesma que não voltaria a vê-lo. Perguntou-se, ao vê-lo afastar-se por entre a multidão que enchia a rua, o passo ligeiro, as costas direitas, a cabeça bem levantada, quanto lhe teria pagado Martha pelo tempo que passara com ela.

Sentia que devia estar cheia de vergonha, mas não estava. Ao fim e ao cabo, Serge apenas fizera o que ela própria tencionava fazer. E se conseguira dar-lhe tanto prazer sendo pago para isso, teve a certeza de que também ela conseguiria fazer o mesmo.

Sentia que agora compreendia todos os mistérios da vida. Martha podia ter-lhe ensinado as coisas práticas, como pôr uma pequena esponja no fundo da vagina para evitar engravidar, o duche depois do ato, a reconhecer as infeções dos homens. Mas mesmo que os homens que iam pagar-lhe para ter sexo com ela nunca conseguissem fazê-la sentir o que sentira com Serge, ao menos sabia como podia ser bom com o homem certo.

Na tarde seguinte, Martha chamou Belle ao seu quarto.

– Acho que estás pronta – disse, com um sorriso caloroso. – Por isso esta noite farás a tua estreia.

Belle sentiu que o coração se lhe alvoroçava nervosamente e desejou muito pedir um pouco mais de tempo. Mas Martha já tinha sido incrivelmente paciente e generosa, e Belle teve a sensação de que isso podia acabar se não começasse a ter em breve algum retorno do investimento que fizera.

– Se é o que quer – respondeu.

– Menina corajosa – disse Martha. – A primeira vez é sempre a pior, estranha e embaraçosa, mas deixa-me mostrar-te o vestido que escolhi para ti. Vais ver que te sentes melhor.

Foi atrás do biombo de vestir e voltou com um vestido de seda vermelha. Belle não conseguiu evitar uma exclamação abafada, porque era na verdade maravilhoso. Sem mangas e profundamente decotado, parecia concebido mais para cingir-se ao corpo do que para o esconder.

– Experimenta-o – disse Martha. – Vá lá! Há uma camisa nova atrás do biombo.

Mal se desembaraçou das roupas e vestiu a camisa nova, Belle adivinhou que Martha não queria que ela usasse cuecas. A camisa nova era de *crêpe-de-chine* vermelho com bolas brancas, mal lhe cobria os mamilos e era curta, ficando cerca de cinco centímetros abaixo das nádegas. Fazia-a sentir-se perversa; desejou poder contemplar-se num espelho, pois conseguia imaginar como teria Serge reagido se a visse assim.

O vestido era leve como um murmúrio, com barbas de baleia no corpete para apoiar e dar forma aos seios. Havia varias filas de folhos à volta da orla da saia, o que criava o rocegar e o movimento de saiotes, mas a macia seda vermelha agarrava-se-lhe ao corpo como uma segunda pele.

– Vem para aqui para eu to apertar – chamou Martha.

Não disse nada quando Belle saiu, hesitante, de trás do biombo. Apertou o vestido nas costas em silêncio, ajustando as alças da camisa nos ombros de modo a que não se vissem.

– Olha – disse então, apontando para o grande espelho de corpo inteiro.

Belle mal queria acreditar no que estava a ver. Parecia tão escultural, tão adulta. Não fazia ideia de que tinha aquele corpo de mulher, tão cheio de curvas. Devia-se, claro, ao corte do vestido, que se agarrava a lugares que normalmente ficavam escondidos por saiotes e cuecas. Nem sequer se apercebera de que os seus seios se tinham tornado tão grandes; ameaçavam saltar do corpete.

– Não estou indecente? – perguntou, a olhar para Martha.

A mulher riu.

– Se fosse para ires à igreja, estarias com certeza. Mas para os nossos cavalheiros vais parecer o primeiro prémio. Acho que gostas um pouco de te ver com esse vestido, não gostas?

Belle rodopiou em frente do espelho. Tudo o que sentira com Serge no dia anterior continuava presente, e o vestido fazia-a sentir-se zonza de expectativa.

– Gosto muito de me ver com ele – admitiu. – Acho que, no fundo do coração, já sou uma puta! – acrescentou, com uma pequena gargalhada.

Martha aproximou-se dela e, pousando-lhe uma mão carregada de joias em cada ombro, beijou-a nas duas faces.

– Quase todas as mulheres o são, mas reprimem-no e negam-no – disse. – Tu vais ser uma das grandes, senti-o no instante em que chegaste. Agora vamos despir esse vestido. Voltarás a vesti-lo mais tarde, depois de tomares banho e de a Cissie te ter penteado. Podes beber um cálice de *brandy* esta noite, para acalmar os nervos, mas não deixes a Cissie tentar-te com o láudano. É um mau caminho.

Belle ficou espantada com a gentileza das outras raparigas quando desceu à sala vestida e pronta para o seu primeiro cavalheiro. Estivera à espera de alfinetadas – ao fim e ao cabo, era concorrência, e mais nova do que qualquer delas –, mas elogiaram-na por estar tão bonita, e todas elas tinham um conselho para dar:

«Não os deixes ficar mais do que o tempo.» «Ao primeiro sinal de problemas, chama a Cissie.» «Não os beijes, e não te esqueças de lavar e examiná-los.» «Não te esqueças de lhes pedir o dinheiro antes de te despires.»

– Estás com um ar assustado – disse Hatty, compreensiva. – É normal, todas nós estivemos. Vai correr tudo bem, os homens vão estar tão desejosos que se vêm só de olhar para ti.

Martha observou os três primeiros homens que entraram nessa noite. Dois eram amigos e já lá tinham estado, o terceiro não o conhecia, mas era jovem, não devia ter mais de vinte e cinco anos, de cabelos louros e rosto fresco. Decidiu que seria o ideal para Belle, pois parecia tão nervoso como ela.

Belle estava linda. O vestido era um êxito, realçando-lhe tanto o corpo como o tom da pele. Cissie penteara uma parte dos cabelos para cima e prendera-os com uma fita vermelha, e em seguida usara ferros quentes para dar elasticidade aos caracóis que lhe pendiam para os ombros quase nus. Um toque de *rouge* disfarçava a palidez causada pelos nervos.

Martha sentia-se em dívida para com a sua associada do hospital de Paris, a qual tivera a honestidade de admitir que Belle fora maltratada, e o preço que pedira por ela refletira o facto. Mas também dissera que Belle podia ser recuperada, e que tinha aquela qualidade especial que faz as grandes cortesãs.

Fora uma jogada arriscada, depositar uma grande quantia no banco sem ter a garantia de que a rapariga seria entregue, e mesmo

que fosse, a dona do hospital em Paris podia ter-se enganado totalmente na sua avaliação.

A partir do momento em que o francês chegara com Belle,
Martha soubera que tinha encontrado a sua galinha dos ovos de
ouro. A rapariga não era apenas bonita, era bela, com um corpo
perfeito, e a sua voz inglesa faria acelerar o coração de muitos
homens antes de verem sequer os seus outros trunfos. A cinquenta
dólares por encontro, mais do dobro do que pedia pelas outras raparigas, recuperaria o seu investimento em apenas duas semanas.

Muitas pessoas diziam que o próprio ar de Nova Orleães era
afrodisíaco, e talvez fosse em parte verdade, porque aquela jovem
rapariga inglesa tinha desabrochado como uma flor para a ideia do
sexo e da sedução desde que chegara. Talvez Étienne lhe tivesse
sarado as feridas durante a viagem, talvez tivesse despertado nela a
primeira agitação sexual, e observar as outras raparigas com os clientes e ouvir as histórias que contavam tinha-a avivado ainda mais.
Mas fora Serge, claro, que fizera dela uma mulher. Martha bem vira
a expressão na cara da rapariga quando regressara a casa. Serge
levara-a sem dúvida a um lugar aonde ela havia de querer voltar.

Agora que Belle era uma das raparigas, Martha chamara Esme
para servir as bebidas. Esme tinha trinta e poucos anos, era mãe de
três filhos e já não se sentia inclinada a vender-se, mas era uma excelente criada, intuitiva, discreta e perita a juntar a rapariga e o
homem certos. E não deixava as raparigas pôr o pé em ramo verde.
Se as deixassem, claro, passariam a noite na sala, a beber, dançar e
namoriscar, mas um olhar de Esme punha-as a correr escada acima.

Esme não precisou de recomendar Belle ao jovem louro. Ele
ficou especado a olhar, de queixo caído, e ela aproximou-se como
se já tivesse feito aquilo mil vezes.

– Chamo-me Belle – disse, com aquele seu sorriso delicioso.
– Quer uma bebida?

Foi Esme que informou o jovem de que o preço seria cinquenta dólares, e Martha sorriu quando ele nem sequer pestanejou e tirou a carteira do bolso para pagar ali mesmo. Esme abanou a cabeça.

– Aqui não. Dê-os à Belle quando estiverem lá em cima.

Belle ainda estava a beberricar o *brandy* que Martha lhe servira para lhe dar coragem, mas o jovem, que disse chamar-se Jack Masters e ser do Tennesseee, despejou o dele de um trago, pegou na mão dela e encaminhou-se para as escadas.

Martha recuou para as sombras quando eles começaram a subir. Não queria ver o bonito rosto de Belle tenso de medo. Ainda se lembrava da sua primeira vez. Fora num bordel de Atlanta e o homem que lhe calhara em sorte não era nenhum gatinho como o que Belle conseguira. Era um bruto tal que ela se sentira como se tivesse sido rasgada ao meio.

– Bem, Jack, se despir as calças, posso lavá-lo – disse Belle, a tentar dar a impressão de que já tinha feito aquilo centenas de vezes. Ele dera-lhe o dinheiro quando tinham entrado no quarto, e ela abrira a porta e passara-o a Cissie, que esperava no corredor. Enquanto deitava água na bacia, as mãos tremiam-lhe tanto que pensou que ia deixar cair a jarra.

– És muito bonita – disse ele, enquanto desabotoava as calças. – Mal posso acreditar que encontrei um anjo como tu.

– É muito gentil, senhor – respondeu Belle, a reprimir o riso. – Talvez por nunca ter estado numa casa destas?

As calças dele estavam no chão, juntamente com as cuecas. Tinha uma pele muito branca e umas pernas muito magras.

– É a minha terceira vez – disse, com algum orgulho. – Venho a Nova Orleães em negócios com o meu tio de três em três meses. O meu tio negoceia em louça de mesa.

Belle sabia que tinha de apressá-lo, de modo que afastou a comprida camisa, pegou-lhe no pénis e começou a lavá-lo. O membro empinou-se no mesmo instante, e felizmente parecia muito saudá-vel, sem quaisquer sinais de corrimento.

– Está contente por me ver – disse ela, repetindo a frase que ouvira Hatty dizer a um dos seus cavalheiros.

– E de que maneira! – arquejou Jack.

– Bem, o melhor é ajudar-me a desapertar o vestido.

Belle sentiu-lhe o hálito quente nas costas e no pescoço, e os dedos que tremiam. O facto de ele a desejar tanto fê-la sentir também uma pequena pontada de desejo. Pensou que não ia ser assim tão mau.

Depois de ter despido o vestido, que atirou para cima de uma cadeira, ficou de camisa interior, meias e sapatos e, a sorrir, estendeu a mão e pegou na dele, colocando-a sobre um dos seios.

Preparava-se para lhe perguntar como a queria quando ele saltou para a frente, puxou a camisa para baixo para expor os seios e lhe apertou um mamilo com os lábios. Introduziu a mão direita entre as pernas dela e, a segurá-la assim, encaminhou-a na direção da cama e dobrou-lhe as costas para trás. Não foi bruto, apenas apaixonado, e Belle voltou a sentir aquela pontada de desejo, pelo que se moveu debaixo dele, dizendo-lhe que estava a gostar. De repente, ele estava em cima dela, a penetrá-la, sem lhe largar o seio. Belle estava apenas meio deitada na cama, e ele de pé no chão, à sua frente.

Atingiu o clímax ao cabo de apenas cinco ou seis investidas e deixou-se cair para a frente, com um soluço. Belle olhou para o pequeno relógio em cima da consola da lareira e viu que tinham decorrido menos de dez minutos. A situação era quase cómica: aquele jovem gastara nela mais do que a maior parte das pessoas ganhava num mês, e não durara sequer o tempo de uma cerveja. Mas viu também o lado triste: um jovem simpático mas solitário que pensava que frequentar um bordel ia fazer dele um homem a sério.

Acariciou-o durante alguns minutos, a dizer-lhe como tinha sido maravilhoso, e então afastou-o um pouco e disse-lhe que tinha de se vestir. Estava meio à espera de o ouvir queixar-se de que não estivera o tempo suficiente, mas ele parecia aturdido e feliz, nada aborrecido.

— Posso vir ver-te da próxima vez que vier a Nova Orleães? — perguntou Jack.

— Claro, estarei à tua espera — respondeu Belle

Jack saiu rapidamente. Belle fechou a porta e encostou-se a ela, de olhos fechados. Não se sentia mal, porque Jack parecera verdadeiramente encantado, tanto com ela como consigo mesmo. Se fossem todos como ele, talvez até desse por si a pedir a um que ficasse um pouco mais para ela poder ensinar-lhe umas coisas a respeito de prazer. Riu para si mesma. Era agora oficialmente uma puta. E uma puta de cinquenta dólares. Perguntou-se o que pensariam a mãe e Mog, se soubessem.

— Enganou-se, Martha — disse Belle no fim da noite. As raparigas tinham recebido a sua parte e ela deixara-se ficar até depois de toda a gente ter saído. Queria saber por que razão recebera apenas dois dólares. — Fui com doze homens. Devia ter recebido trezentos dólares.

— Não, querida. As novas raparigas a trabalhar para mim recebem dois dólares por noite até eu ter recuperado o que paguei por elas e os custos com vestidos, sapatos e roupa interior.

Belle ficou sem saber o que dizer. Dois dólares por uma noite de trabalho era mais ou menos o que poderia esperar em praticamente qualquer outro tipo de atividade. Mas Étienne dissera que teria direito a metade da receita, e ela não gostava de ser enganada.

— Nesse caso, tenho a certeza de que não se importará de me mostrar os seus livros de contabilidade? — disse, depois de pensar uns segundos. — Mostre-me quanto pagou por mim e quanto gastou até agora. Desse modo, saberei quanto terei de esperar até que a minha dívida fique paga.

Viu o rosto de Martha ficar tenso e soube que armar-se em esperta não fora provavelmente uma boa ideia. Mas não tencionava retirar uma palavra do que dissera.

— Vai para a cama — disse Martha, numa voz fria como gelo. — De manhã falamos.

*

Belle ficou acordada durante muito tempo naquela noite, a ouvir os sons de Basin Street. Uma banda de *jazz* tocava um pouco mais abaixo e ouvia o bater ritmado de pés num soalho de madeira ali perto, gritos, risos, conversas abafadas, exclamações de bêbedos e garrafas a serem atiradas para dentro de caixotes de lixo. Eram quase os mesmos com que crescera em Seven Dials, e isso fê-la pensar em qual teria sido a reação da mãe se alguma das raparigas questionasse o que recebia.

Suspeitou que Annie lhe teria dito que podia fazer a mala e desandar, se quisesse, e que havia muitas à espera para lhe ocupar o lugar. Mas a verdade era que não fazia ideia de quantos homens as raparigas da mães serviam numa noite. Nem que preço cobravam. Mas duvidava que fosse mais de cinco libras, no máximo. Também não duvidava de que se as raparigas recebessem uma libra por noite, com cama e comida, ficariam encantadas.

Saber isto, porém, não a fazia sentir-se melhor. Era ela que tinha de aguentar os homens a agarrarem-na, a babarem-se em cima dela, a dizerem coisas ordinárias, a apalparem-na, a fornicarem-na e talvez até a pegarem-lhe qualquer doença ou engravidarem-na. Tudo o que Martha tinha de fazer era ficar sentada em cima do seu traseiro gordo e ver o dinheiro entrar.

Além disso, tinha dores, não tanto por causa do sexo, porque nenhum dos homens aguentava o tempo suficiente para a magoar, mas por causa do desinfetante que Martha as obrigava a usar. Parecia suficientemente forte para matar um homem adulto, quanto mais um espermatozoide ou um germe.

Era evidente que havia muito dinheiro a ganhar na prostituição, mas Belle tinha agora o desagradável pressentimento de que não ia ganhá-lo a trabalhar para Martha. O mais provável era a mulher nunca admitir quanto pagara por ela, e isso significava que nunca chegaria o momento em que deixaria de estar em dívida.

Mas não se deu por vencida. Aqueles americanos do Sul julgavam-se muito espertos, mas não chegavam aos calcanhares de uma rapariga nascida e criada em Seven Dials. Ia alinhar com tudo aquilo, por enquanto, mas estaria atenta, a ouvir e a aprender, e quando a oportunidade surgisse, agarrá-la-ia com ambas as mãos.

CAPÍTULO 19

Mog olhou espantada para Mrs. Stewart.
– Diz que a sua Amy desapareceu? – exclamou.
– Sim, é verdade. Faz agora dois anos. Quase enlouqueci de desgosto e preocupação.
– Lamento muito – disse Mog, com absoluta sinceridade. – Também nós perdemos a nossa Belle da mesma maneira e compreendo aquilo por que passou. Posso entrar por um instante e falar consigo?
– Sabe alguma coisa?
A esperança relampejou no rosto de Mrs. Stewart, que, por um breve segundo, pareceu dez anos mais nova.
– Não exatamente, mas se falarmos... – disse Mog.
Mrs Stewart abriu completamente a porta.
– Entre, Mrs... – Fez uma pausa, apercebendo-se de que não sabia o nome da sua visitante.
– Miss Davis – disse Mog, enquanto passava o umbral. – Mas toda a gente me chama Mog. A Belle é filha de uma amiga minha. Não tenho filhos, mas ajudei a criá-la desde bebé.
– Chamo-me Lizzie. – Mrs. Stewart levou-a por um estreito corredor até uma cozinha ampla e quente. – Levava-a para a sala, mas está lá muito frio. Acendi sempre a lareira até a Amy desaparecer, mas agora parece já não fazer sentido.

261

– Eu também vivo na cozinha – disse Mog. Olhou em redor e reparou que estava impecavelmente limpa, o chão e a mesa bem esfregados. Duas cadeiras de braços junto ao fogão tornavam-na acolhedora. – Não vale a pena desperdiçar carvão numa lareira diante da qual ninguém se senta. Diz que a sua Amy desapareceu quando tinha treze anos. A polícia suspeitou de alguém?

Lizzie abanou tristemente a cabeça.

– Foram uns inúteis, só me diziam que ela havia de voltar para casa, a seu tempo. Conheço a minha filha, sei que não se iria assim embora, não me pregava um susto desses.

– O que é que acha que lhe aconteceu?

– Acho que foi apanhada pelo tráfico de carne branca.

Na imprensa mais sensacionalista, sempre houvera histórias sobre raparigas raptadas para alimentar aquele tráfico. E Mog sempre pensara que não passavam de invenções escabrosas destinadas a assustar o público e vender jornais. No entanto, por muito que outrora tivesse rido dos fantasiosos contos a respeito de raparigas inglesas vendidas para se tornarem concubinas nos haréns de príncipes persas, agora que Belle desaparecera, deixara de achá-los divertidos.

– Não acredito que o tráfico de carne branca exista, pelo menos da maneira como é retratado na imprensa – disse, suavemente. – Mas acredito que a sua Amy foi levada pelas mesmas pessoas que levaram a nossa Belle.

Fez uma pausa, medindo bem as palavras, pois não queria dizer demasiado.

– É que um amigo meu tem feito algumas investigações para tentar descobrir o que aconteceu à Belle, e encontrou uma lista de nomes e moradas. O nome da sua Amy faz parte da lista, e foi por isso que vim bater-lhe à porta.

– Nesse caso, devemos levá-la à polícia – disse Lizzie.

Mog ficou um pouco assustada; não sabia se podia confiar em Lizzie Stewart. Era uma mulher respeitável, e se começasse a falar-lhe de uma rapariga assassinada num bordel, era bem capaz de se pôr a correr rua abaixo como uma porco com a faca na garganta.

– Pensamos que o homem que está por detrás disto tem a polícia no bolso – disse. – Por isso não me atrevo a falar com as autoridades até ter provas definitivas de que ele anda a raptar raparigas. Mas vou visitar as outras moradas da lista, e se todas as raparigas tiverem desaparecido, então teremos um caso que a polícia não poderá ignorar.

Os olhos azul-claros de Lizzie abriram-se muito, cheios de inocência infantil.

– Está a dizer que a polícia é corrupta?

– Digamos que por vezes preferem fazer vista grossa, sobretudo se os bandidos são homens fortes e poderosos – respondeu Mog, que não queria despojar a pobre mulher das suas ilusões. Lizzie vivia confortavelmente à margem da realidade, e apesar de morar perto de Seven Dials, o mais certo era não fazer a mínima ideia do que lá se passava. – Tem alguma fotografia da Amy que possa mostrar-me?

Lizzie foi direita ao aparador e voltou com uma foto de família emoldurada, tirada num estúdio. Lá estava ela, sentada num sofá com o marido, um homem alto e magro de grandes bigodes, e Amy sentada num tamborete baixo, junto aos joelhos da mãe.

– Aqui a Amy tinha doze. – A voz de Lizzie tremeu. – Não é bonita?

– Muito – concordou Mog. A rapariga era magra como o pai e tinha os cabelos louros entrançados e enrolados no alto da cabeça, como uma coroa.

– Quando lhe desmanchava as tranças, os cabelos chegavam--lhe à cintura. – Os olhos de Lizzie encheram-se de lágrimas, e os lábios dela tremeram. – No dia em que desapareceu usava um casaco azul-centáurea, a cor dos olhos dela, que eu lhe tinha feito. O Larry, o meu marido, disse que era uma má cor para um casaco, porque se notava a sujidade, mas eu não quis saber, ficava-lhe tão bem… – Calou-se, vencida pela emoção.

Mog pousou a mão no braço da outra mulher, em silenciosa solidariedade.

– É a minha única filha. A dor de perdê-la foi tão horrível que pensei que ia morrer – soluçou Lizzie. – Por vezes desejo ter morrido, porque já nada mais me resta nesta vida.

– Senti o mesmo por causa da Belle – admitiu Mog. – É o não saber se estão vivas ou mortas que torna tudo ainda pior. Mas permaneço forte porque o coração me diz que a Belle não morreu. E a Lizzie? Acredita que a Amy está morta?

Lizzie abanou a cabeça.

– Não, tenho a certeza de que saberia se estivesse. O Larry não confia na minha intuição, diz que estou a tomar os meus desejos por realidades, mas eu acho que está enganado.

– Nesse caso, há esperança. – Mog passou os braços pelos ombros da outra mulher e abraçou-a com força. Lizzie devolveu o abraço e ficaram assim durante algum tempo, duas desconhecidas unidas pelo medo pelas suas meninas.

Mog foi a primeira a desfazer o abraço, os olhos húmidos de lágrimas.

– Não posso prometer nada, mas virei falar consigo se descobrir alguma coisa. Se souber de alguma coisa que possa ajudar-nos, ou se quiser apenas falar comigo, poderá encontrar-me no Ram's Head, em Monmouth Street.

O segundo nome da lista era Nora Toff, de James Court. Mog sabia que ficava para os lados de Drury Lane e lembrava-se de ouvir as pessoas referirem-se ao lugar como Gin Court, pela fama de grandes bebedores dos que lá viviam. Porém, indiferente ao facto de essa fama poder ou não ser merecida, foi para lá que se encaminhou, na sua ânsia de ter qualquer coisa que mostrar a Garth e a Noah.

James Court era de facto um lugar miserável. Mog avançou cuidadosamente pelo meio do lixo, ignorando os olhares desconfiados dos miúdos ranhosos e vestidos de farrapos, e chegou diante do número dois, cuja porta parecia ter sido várias vezes aberta a pontapé. Bateu firmemente na madeira com os nós dos dedos.

– Sumam-se, seus putos de merda! – berrou uma voz de homem lá de dentro, e Mog recuou, assustada.

A porta foi aberta por um homem que vestia apenas umas calças e um casaco muito sujo. Estava descalço e cheirava a álcool.

– Se é da igreja, pode sumir-se também – rosnou.

– Não sou da igreja – respondeu Mog, a indignação por ser tão rudemente tratada a dar-lhe coragem. – Vim perguntar por Nora Toff. É sua filha?

– E o que é que tem com isso?

Mog interpretou a réplica como confirmação de que o homem pelo menos conhecia Nora, ainda que não fosse o pai.

– Espero que nada, mas a filha de uma amiga minha desapareceu, bem como outra rapariga, em circunstâncias muito semelhantes. Só gostaria de saber se a Nora está a salvo em casa.

– Foi-se embora há seis meses – disse o homem. – O que é que está a dizer? O que foi que aconteceu a essas outras raparigas?

– Não sabemos, pura e simplesmente desapareceram. Ambas as mães sabem que não teriam partido de sua livre vontade, eram boas raparigas.

– É melhor entrar – grunhiu o homem. – A nossa Nora também não era de fugir, nunca tinha feito uma coisa assim.

Mog não queria entrar sozinha em casa do homem; o cheiro a humidade e porcaria que saía pela porta era o suficiente para saber que lá dentro seria ainda pior. Além disso, o sujeito tinha ar de bandido; não, não seria nada seguro entrar ali.

– Gostaria de falar consigo a respeito do assunto – disse cuidadosamente –, mas não aqui. Pode ir ao Ram's Head em Monmouth Street, ao fim da tarde? Pergunte pela Mog.

Afastou-se com passos rápidos, ignorando os chamamentos dele. Depois de dobrar a esquina para Drury Lane, olhou para a lista de nomes e moradas e decidiu que já tinha feito bastante para um dia.

＊

Quando entrou no *pub*, encontrou Noah a conversar com Jimmy e Garth. Voltaram-se os três para ela com expressões de expectativa, e era evidente que tinham estado a discutir a lista de nomes.

— A Amy Stewart desapareceu há dois anos — disse Mog em voz baixa, consciente de que alguns dos clientes podiam estar a ouvir. — Tinha só treze anos e é filha de pais muito respeitáveis.

E prosseguiu, contando o que acontecera quando perguntara por Nora Toff.

— Não tenho a certeza de que o homem fosse o pai — explicou. — Era um bruto, e tinha estado a beber, mas eu sugeri-lhe que viesse até cá ao fim da tarde. Não me sinto inclinada a tentar mais nada hoje… A Lizzie Stewart deixou-me esgotada.

— Eu encarrego-me de investigar algumas das outras — ofereceu--se Noah, tirando-lhe a lista das mãos e dando-lhe uma vista de olhos. — Há duas perto de Ludgate Circus. Como de todos os modos tenho de ir a Fleet Street esta tarde, aproveito e passo por lá.

— Que tal ir a Paris? Investigar essa tal madame Sondheim — disse Jimmy, com os olhos a brilhar de excitação. — Se fores, posso ir contigo, Noah?

— Não vais a parte nenhuma, filho — disse Garth.

Jimmy espetou beligerantemente o lábio inferior.

— O teu lugar é aqui — confirmou Noah, estendendo a mão para lhe despentear os cabelos. — Fizeste um excelente trabalho ao conseguir a lista e a morada em Paris, mas se levasse alguém comigo, seria alguém que falasse francês.

— A mim parece-me — disse Garth, ponderosamente — que devíamos redobrar os nossos esforços para encontrar esse tal Sly e arrancar-lhe alguma informação, nem que fosse à pancada.

— Oh, Garth! — escandalizou-se Mog.

Garth cruzou os braços, num gesto de desafio.

– O Jimmy ouviu aqueles homens falarem dele. Disseram que se tinha acagaçado. Agora perguntem a vocês mesmos porque é que terá sido.

– Por causa do que os outros estavam a fazer? – sugeriu Noah.

– Pode ser – disse Garth. – Mas o mais provável é ter achado que era demasiada areia para a carroça dele e ter ficado com medo.

– O tio disse que há séculos que ninguém o vê por estes lados – notou Jimmy.

Garth assentiu.

– É verdade, mas conheço um homem a quem posso apertar e que talvez saiba dizer-me onde ele para.

Mog não gostava quando ouvia homens falar de arrancar informação à pancada ou apertar com alguém, fosse quem fosse, e assim o disse.

Garth limitou-se a sorrir.

– Há pessoas que não respondem quando lhes perguntamos delicadamente – retorquiu.

Duas semanas mais tarde, Mog, Garth, Noah e Jimmy juntaram-se à volta da mesa da cozinha nas traseiras do *pub*. O tempo estava húmido e muito ventoso e, às seis da tarde, ainda quase não havia clientes.

Noah tinha uma folha de papel na qual escrevera os nomes e moradas da lista encontrada no escritório de Colm e, à frente de cada nome, o que tinha descoberto.

– Amy Stewart – leu. – Treze anos, desaparecida há dois. Nora Toff, catorze, desaparecida há seis meses. Flora Readon, dezasseis, desaparecida há onze meses. May Jenkins, desaparecida há catorze meses. – Fez uma pausa e olhou em redor. – Não há necessidade de percorrer os vinte nomes da lista. Todas estas raparigas, com exceção de três, desapareceram nos últimos quatro anos. Quase todas tinham entre catorze e dezasseis anos. Amy Stewart foi a mais nova, com treze. Todas eram consideradas bonitas; na maior parte dos casos, foram-me mostradas fotografias que o confirmavam. Quanto às três restantes, não tenho a certeza do que lhes aconteceu, porque as famílias já não vivem nas moradas indicadas. Mas uma vizinha de Helen Arboury disse que a rapariga tinha «desaparecido». Não soube ou não quis dizer se achava que houvera qualquer coisa de suspeito no seu desaparecimento, mas disse que a mãe de Helen era viúva e que pegara nos outros dois filhos e fora viver para a casa de parentes.

– Então, vamos agora à polícia? – perguntou Mog. – Quer dizer, de que mais provas precisamos para mostrar que o Kent e esse tal Colm de Maiden Lane andam a raptar raparigas e a fazer sabe Deus o quê com elas?

Noah olhou para Garth, que abanou a cabeça.

– Podemos ir à polícia, Mog… Diria que o facto de um homem ter no seu escritório uma lista de raparigas desaparecidas prova sem sombra de dúvida que está envolvido. Mas receio que haja um informador na esquadra. Se essa gente descobre que andamos em cima deles, fecham a loja e mudam-se para outro lado, e então é que nunca mais encontramos nenhuma das raparigas nem conseguimos pôr os responsáveis atrás de grades. – Fez uma pausa, com um ar pensativo. – O meu plano é não perder mais tempo e ir imediatamente a Paris verificar a tal madame Sondheim.

– Mesmo que esteja envolvida, é provavelmente apenas a pessoa a quem as raparigas começam por ser levadas – disse Mog, num tom de dúvida. – A estas horas, podem estar em qualquer parte do mundo.

– Confie na minha capacidade de iniciativa – respondeu Noah, com um sorriso. – Obviamente não estou à espera de que as vinte raparigas estejam todas enclausuradas naquela morada. Tenho um amigo que fala francês e que está disposto a ir comigo. Acho que juntos havemos de conseguir descobrir qualquer coisa.

– Continuo a pensar que seria mais direto encontrar o tal Sly e obrigá-lo a falar – insistiu Garth, teimoso. – Além disso, se se meterem em sarilhos em Paris não terão ninguém a quem recorrer.

— Cá nos havemos de arranjar — disse Noah, firmemente. — Tenho o meu editor do nosso lado. Está à mira de uma história sensacional, de modo que vai arranjar-nos identidades falsas e pagar todas as despesas. Vamos fazer-nos passar por um par de homens de negócios bem-sucedidos dispostos a divertirem-se na alegre Paris. As raparigas farão naturalmente parte da ementa!

Mog assentiu. Percebia o que Noah queria dizer, e se o tal amigo era tão bem-educado e encantador como ele, duvidava que tivessem muita dificuldade em ganhar a confiança da proprietária de um bordel ou das raparigas da casa.

— Mas tenham cuidado — avisou. — Muitos bordéis empregam homens para lidar com os clientes difíceis, e se suspeitam que andam a investigar, o mais certo é serem levados para um beco e apanharem uma sova.

— Não se preocupe, Mog. — Noah sorriu-lhe. — Transmitiremos passo a passo toda a informação que conseguirmos ao meu editor. Se nos acontecer alguma coisa, ele estará pronto para atacar. Tem uma cópia da lista, e haverá grandes cabeçalhos a respeito de a polícia ficar de braços cruzados enquanto raparigas de tenra idade desaparecem.

— Isso não os trará de volta para nós — objetou Mog.

— Hei de voltar. — Noah voltou a sorrir. — Estou de olho num lugar no quadro permanente do jornal.

— É aqui — disse Noah ao seu amigo James, a olhar para o edifício feio e alto, um pouco recuado em relação à praça, no bairro parisiense de Montmartre. — Parece mais uma mansão assombrada do que uma casa de prazer!

— Temos de interrogar alguém a respeito da casa e de madame Sondheim — respondeu James. — O melhor é escolhermos alguém da nossa idade. Quero eu dizer, se ela dirige um bordel aqui, é natural que as pessoas que vivem na praça não queiram admiti-lo.

– Não creio que ninguém que viva em Montmartre fique perturbado pela ideia de um bordel – disse Noah, com um sorriso. No caminho do Pigalle até ali, tinham visto dúzias de prostitutas, e tinham contemplado os cartazes das raparigas do cancã à porta do Moulin Rouge. – Alguns dos artistas que vivem aqui só pintam raparigas dos bordéis, de modo que deve haver centenas deles.

– Talvez, mas esta praça parece ser o género de lugar onde vivem pessoas decentes – insistiu James.

James Morgan poderia ser descrito pela maior parte das pessoas como «um cavalheiro de meios». Quando o pai herdara do avô uma próspera loja de ferragens em Birmingham, vendera-a e apostara tudo no fabrico de bicicletas. Era um visionário, e apesar de a maior parte das pessoas o ter julgado louco por correr tão grande risco numa coisa que podia não passar de uma moda passageira, ele estava convencido de que as bicicletas haviam de tornar-se no mais popular de todos os meios de transporte. Tinha razão, claro, e tendo entrado no negócio antes de o resto do mundo se aperceber do valor do produto, e de ter ultrapassado várias dificuldades, as bicicletas *Morgan*, de fabrico inglês, tinham-se tornado sinónimo de perfeição técnica e fiabilidade.

A empresa crescera regularmente, dominando o mercado interno e exportando para todo o mundo. James estava oficialmente empregado nos escritórios de Londres, mas o seu único verdadeiro trabalho consistia em viajar pela Europa em busca de novos mercados. Por isso aceitara de bom grado ir a Paris com Noah: para todos os efeitos, ia apenas inspecionar as lojas que já vendiam *Morgans*.

Noah tirou o relógio do bolso do colete.

– Quase uma – disse. – Porque é que não vamos almoçar ali? – Estava a apontar para um restaurante do outro lado da praça, com mesas e cadeiras no exterior. – Podemos fazer o papel de um par de estroinas e perguntar ao criado onde podemos arranjar raparigas!

James riu. Gostava de estar com Noah; a sua simpatia, bom aspeto e confiança atraíam as pessoas. James não tinha a mesma facilidade em fazer amigos. Não que fosse exatamente tímido, só não conseguia destacar-se. Sabia que não era bonito, sendo baixo e um pouco para o gorducho, e parecia ter um pouco menos de cabelo cada vez que olhava para o espelho. As pessoas estavam constantemente a dizer que com trinta anos, uma boa educação e dinheiro, era o melhor dos partidos possíveis, mas apesar de os pais e os amigos estarem sempre a apresentá-lo a jovens adequadas, nenhuma parecia interessar-se muito por ele. A verdade era que James estava convencido de que as mulheres o achavam aborrecido, e ele achava que devia ser, pois continuava virgem. Uma coisa que, claro, não conseguia admitir perante Noah.

Duas horas mais tarde, depois de um bom almoço regado com vários copos de vinho, os dois bebiam sossegadamente um *brandy*.

James não fora capaz de perguntar diretamente se havia algum bordel ali perto, mas Noah, com um punhado de palavras em francês, o esboço de uma mulher nua desenhado num pedaço de papel e muitos gestos, arranjara maneira de fazer-se entender pelo velho criado de costas encurvadas e avental verde que lhe chegava quase aos pés. O homem apontara em diagonal para o outro lado da praça, exatamente a morada que eles tinham, e mostrara sete dedos esticados, presumivelmente para indicar a hora a que o estabelecimento abria.

— Até agora, estamos a safar-nos bem — disse Noah, e pediu outro *brandy*. — Depois de saber que era um bordel, não me pareceu sensato mencionar madame Sondheim. Se ela soubesse que andava alguém a fazer perguntas a seu respeito, éramos bem capazes de descobrir que não nos deixavam entrar.

— Temos então de lá ir esta noite? — perguntou James, nervosamente.

— De que outra maneira vamos descobrir seja o que for? — respondeu Noah, revirando os olhos numa exibição de impaciência. — Vá lá, James, tu é que falas francês, não me voltes as costas agora.

— É que nunca estive num bordel — sussurrou James, com medo de que alguém o ouvisse. — Não sei o que fazer.

– Elas percebem logo que é a tua estreia. – Noah riu, recordando como fora como ele. – Suponho que aqui não será muito diferente. Vamos ambos fingir que somos novatos, desse modo talvez consigamos falar mais com as raparigas. Como tu é que falas francês, podes fingir que não queres fazê-lo, porque tens uma noiva em casa.

– Mas não me importo de o fazer – apressou-se James a declarar.

Noah sorriu.

– Mas é a tua primeira vez, não é?

James deixou pender a cabeça e confessou que sim. Noah tinha-lhe explicado tudo a respeito de Belle ter testemunhado o assassínio de Millie quando James concordara ir a França com ele, mas naquele momento sentiu que tinha de contar ao amigo como conhecera Millie e o que sentira por ela.

– Estava completamente embeiçado por ela – confessou. – Era tão bonita, tão terna e generosa, nada a ideia que as pessoas têm das putas. É por causa do que ela era que tenho de descobrir onde está a Belle, e todas as outras raparigas também.

– Amava-la? – perguntou James. Aceitara participar naquela viagem porque sentira que ele e Noah iam salvar jovens inocentes de um perigo moral e físico. Mas a sua educação conservadora tornava-lhe difícil aceitar que qualquer homem decente alimentasse sentimentos românticos em relação a uma prostituta.

– O que é o amor? – disse Noah, com um sorriso triste. – Se é ter alguém no pensamento tão continuamente que não conseguimos comer, dormir ou pensar noutra coisa, então sim, amava-a. Mas penso que o meu pai insistiria que era apenas luxúria. Suponho que se tivesse podido levá-la do Annie's Place e passar algumas semanas sozinho com ela talvez tivesse acabado por descobrir que afinal não era mais do que isso. Mas não tive a possibilidade de saber. Por isso, suspeito que vou ficar sempre à espera de encontrar outra mulher que me faça sentir o que sentia por ela. Já algumas vez passaste por isto?

– O mais perto que cheguei foi ter sonhos muito vívidos a respeito de uma rapariga que vi na fábrica do meu pai em Birmingham – admitiu James. – Se não tivesse bebido um ou dois copos a mais não to diria, mas a tal rapariga estava a testar a altura do selim de uma bicicleta. Tinha a saia levantada e eu vi-lhe a perna... usava meias pretas... até ao joelho, rodeada pela renda do saiote. Achei que era a coisa mais erótica que alguma vez tinha visto.

Noah fez um risinho.

– Mas como era ela?

– Perfeitamente vulgar – respondeu James. – Nos meus devaneios só vejo a perna dela, não a cara.

– Pois bem, James, além de descobrirmos o que aconteceu à Belle e às outras raparigas aqui em Paris, vamos certificar-nos de que tens qualquer coisa mais substancial para alimentar os teus sonhos do que uma rapariga numa bicicleta. – Noah sorriu. – Agora vamos dar uma volta e conhecer a área antes de cá voltarmos logo à noite.

Eram oito horas quando voltaram à praça. Já tinha anoitecido quando saíram do hotel, no Pigalle, mas viram-se rodeados de luz, barulho e movimento. Ficaram espantados pelo número incrível de bares, cafés e restaurantes que lhes tinham passado despercebidos à luz do dia. À porta do Moulin Rouge, um pregoeiro anunciava aos berros que decorria ali o mais sensacional espetáculo de Paris, e muitos turistas das mais diferentes nacionalidades olhavam embasbacados para o grande cartaz que mostrava uma fila de pernas femininas esticadas para cima a sair de uma espuma de saiotes de malha.

Enquanto subiam a rua íngreme e sinuosa, chegava-lhes do interior de bares mal iluminados e cheios de fumo a música de pianos, acordeões e violinos. Os cheiros das cozinhas dos restaurantes competiam com os das bancas dos vendedores de rua, que ofereciam castanhas assadas ou crepes, e juntavam-se a uma pungente mistura de que participava também o fedor dos excrementos de cavalo.

Os olhos de James e de Noah quase lhes saltavam das órbitas sempre que um pregoeiro lhes punha diante do nariz fotografias de bailarinas esculturais vestidas com pouco mais do que algumas lantejoulas e um leque de plumas a tapar-lhes metade da cara. E também não havia escassez de prostitutas: foram várias vezes abordados durante o trajeto, e fosse o que fosse que as raparigas diziam a James, fazia-o corar intensamente.

O porteiro do hotel avisara-os para que tivessem cuidado, pois a zona continuava a ser perigosa, cheia de carteiristas e rufiões, isto apesar de muitos dos velhos tugúrios terem sido demolidos nos últimos anos para permitir a construção do Sacré-Coeur. Mas Noah achava que aquele era o lugar mais excitante onde alguma vez estivera. Era pitoresco, colorido e vibrante, com fortes pinceladas de devassidão e menos esquálido do que Seven Dials.

– Mais uma bebida antes de irmos até lá? – sugeriu James quando chegaram à praça.

A casa de madame Sondheim estava às escuras, excetuando uma luz vermelha junto à porta. Mas Noah tinha a certeza de que a falta de luz no interior se devia apenas ao facto de haver portadas a tapá--la, não à sua inexistência.

– Isso são táticas dilatórias – disse, a provocar o amigo. – É melhor entrarmos já. Mais tarde é provável que o movimento seja maior e corremos o risco de não ter oportunidade de falar com ninguém. Estou a contar contigo, tu é que sabes francês. Vou tentar conseguir uma rapariga que fale inglês, mesmo que seja feia. – Soltou uma gargalhada. – É para que vejas como estou a levar a sério a nossa missão.

Dirigiram-se à porta da frente. James parecia um coelho assustado.

– Coragem, meu amigo – disse Noah. – Qual é a pior coisa que pode acontecer num bordel?

— Eu não conseguir pô-lo de pé – respondeu James, presumindo que para Noah era esse o pior cenário possível.

— Não, para mim é haver um incêndio e ter de correr nu para a rua!

James riu, e descobriu que isso o fazia sentir-se muito menos tenso.

— Essa é fácil de resolver. Não te dispas.

Quando Noah puxou a corrente da campainha, abriu-se uma pequena portinhola e viram uma mulher espreitar para eles. Noah cumprimentou-a tirando o chapéu. A porta abriu-se e uma mulher de aspeto emaciado, com pelo menos cinquenta anos e severamente vestida de negro, apareceu no umbral.

James explicou-lhe, num francês hesitante, que eram ingleses e que um amigo lhes dera aquela morada. A mulher mandou-os entrar com um gesto e, depois de fechar a porta, ficou-lhes com os chapéus e conduziu-os a uma sala à esquerda do vestíbulo.

A sala estava muito quente, graças a uma enorme lareira. Estavam presentes quatro raparigas, todas elas escassamente vestidas com *negligées* de seda que mal escondiam a roupa interior. A mulher que lhes abrira a porta ofereceu-lhes uma bebida; não havia opção, apenas vinho tinto. Em seguida, apresentou as raparigas: Sophia, Madeleine, Arielle e Cosette. Arielle era uma beldade de cabelos negros, com uns olhos enormes e límpidos e uma boca larga e cheia, mas as outras três não tinham nada de notável.

James apertou-lhes as mãos, o que provocou risinhos.

— Alguma de vocês fala inglês? – perguntou Noah.

— Um pôco – respondeu a baixinha com cabelos cor de rato, chamada Cosette.

James começou a falar com Arielle e Noah notou que ela parecia muito impressionada e interessada no que quer que fosse que ele lhe dizia. Noah sorriu resignadamente a Cosette, pegou-lhe na mão e beijou-a.

Também isto provocou risinhos, mas Cosette pareceu gostar.

Num canto da sala, uma pianola tocava, e Noah estendeu os braços num convite para dançar. Cosette voltou a rir, como se nunca antes nenhum homem tivesse sugerido uma dança.

– Madame Sondheim não gosta que dancem? – perguntou ele. Sabia que muitas madames não gostavam que as raparigas perdessem tempo com danças.

– Cônhesses? – Cosette parecia alarmada.

Noah abanou a cabeça.

– Pessoalmente, não. O meu amigo que veio cá disse-me que é uma senhora muito severa. É verdade?

Cosette assentiu com a cabeça. Noah notou que tinha uns bonitos olhos cinzentos, e apesar de os cabelos estarem a precisar de uma lavagem, era ótimo ela falar um pouco de inglês.

– Contas-me depois, lá em cima? – perguntou, sentindo que ela seria discreta em frente das outras raparigas.

– Querres-me? – perguntou ela, como que surpreendida.

Noah não tinha a certeza de querer ter sexo com ela, mas sorriu e disse que claro que sim. Quase no mesmo instante ela agarrou--lhe na mão e arrastou-o praticamente para fora da sala, enquanto James ficava com a bela Arielle e Madeleine e Sophia olhavam.

Cosette levou-o para o terceiro piso, mas quando passaram pelas portas fechadas do primeiro e segundo andares, Noah ouviu sons que sugeriam que havia ali outras raparigas ocupadas com clientes. O quarto de Cosette era como ela – gasto, desarrumado e negligenciado.

– Tens de me darre o dinheirrô – disse ela, estendendo a mão.

Noah ainda não tivera tempo para se familiarizar com o dinheiro francês, de modo que tirou do bolso uma nota de dez francos e entregou-lha. Ao ver que ela franzia o sobrolho, acrescentou outra, e dessa vez Cosette sorriu, dirigiu-se à porta e entregou o dinheiro a alguém.

Começou a despir o roupão azul, mas Noah interrompeu-lhe o gesto.

– Não posso – disse. – O meu amigo queria muito uma mulher. Eu só vim com ele. Podemos só falar?

Cosette encolheu os ombros e sentou-se na cama, voltando a envolver-se no roupão.

– Ingleses estrranhos – disse.

Noah riu.

– É verdade, podes dizê-lo. Muitos de nós gostam de raparigas muito novas. Ouvi dizer que por vezes madame Sondheim consegue arranjar raparigas muito novas.

– Não parra rapazes come tu – disse ela, incrédula. – Só parra velhôs.

Noah foi sentar-se na cama ao lado dela e pegou-lhe na mão.

– Arranja raparigas inglesas muito novas? – perguntou.

Cosette assentiu.

– Às vezés. É muito mau. Ouvimos elas chorrarre. Não bom parra nós, os homens que vêm só querrerrem isso.

Noah percebeu que a prática tinha um efeito negativo no trabalho dela e das outras raparigas.

– Já viste algumas dessas raparigas muito novas?

– Não, nunca vi. Ficam lá em cima. Nunca descem à sala.

– Trancadas? – Noah fez o gesto de fechar uma porta à chave.

Cosette assentiu.

– Os homens vão lá acima?

Novo aceno de cabeça.

– Quanto? – perguntou ele.

Cosette fez um gesto com as mãos que parecia indicar uma grande quantia, e franziu os lábios numa expressão de desagrado.

– E depois para onde vão?

Cosette pareceu não perceber a pergunta. Noah voltou a tentar, com outras palavras, perguntando quanto tempo as raparigas ficavam lá em cima, mas ela continuava a abanar a cabeça e a repetir: «Não comprrendô». Mas o mais estranho era que tinha lágrimas nos olhos.

Noah tirou a carteira do bolso e separou algumas notas.

– Para ti – disse, enfiando-lhas na mão. – Madame não precisa de saber. – Levantou-lhe suavemente o queixo e limpou as lágrimas com a ponta do dedo. – Agora diz-me, porque choras?

Ela começou a falar rapidamente em francês, e apesar de não compreender uma palavra, Noah sentiu a repulsa e a raiva, e não eram dirigidas contra ele.

– Em inglês, por favor – disse. – Para onde vão as raparigas.

– Não sei – disse Cosette. – Ouvi alguém falarre de um *couvent*.

– *Couvent?* – inquiriu ele. – É o mesmo que convento?

Ela encolheu os ombros, dando a entender que não sabia.

– Onde?

Viu um lápis na mesa de cabeceira junto à cama, pegou nele e abriu a carteira à procura de um pedaço de papel onde pudesse escrever. Mas ela empurrou-lhe a mão e abanou a cabeça.

– Não sei onde é. Nem onde fica. Só os ouvi dizerre «*couvent*».

Noah começou a perguntar se tinha chegado alguma rapariga em janeiro, mas ela pousou-lhe um dedo nos lábio.

– Mais não. Não posso dizerre mais. Prroblemas parra mim, comprrendes?

Para Noah, isto significou que *tinha* chegado uma rapariga em janeiro e que se conseguissem descobrir o convento estariam na pista certa.

Não foi capaz de deixar Cosette sem fazê-la sentir-se melhor consigo mesma.

– És uma querida – disse, pegando-lhe no rosto com ambas as mãos e beijando-a na testa, nas faces e depois nos lábios. – Se não fosse casado... – Fez uma pausa, na esperança de que ela tirasse a devida conclusão do comentário. – Mas a minha mulher obrigou--me a prometer que me portaria bem em Paris.

Ela sorriu, e foi como se o sol tivesse nascido, porque de súbito pareceu verdadeiramente bonita.

– A tua mulherre tem sorrte terre bom marrido – disse. – Fala mais – continuou, puxando-o de volta para a cama quando ele se encaminhou para a porta. – Eu falo anglés.

278

Noah sentiu que era mais por não querer que ele voltasse para baixo tão depressa, deixando-a ficar mal perante as outras raparigas, do que por ter vontade de praticar inglês, mas em qualquer caso seria indecente recusar.

Ela explicou que era de Reims, a mais velha de sete irmãs, e que o pai trabalhava na terra. Não precisou de dizer porque fora para Paris para tornar-se numa prostituta: fora obviamente a única maneira de ganhar dinheiro suficiente para enviar para a família. Corou ao dizer que aprendera inglês com um artista que vivia em Montmartre. Disse que ia vê-lo quando tinha uma tarde livre. Quando Noah lhe perguntou se o tal artista casaria com ela, riu descuidadamente e disse que não, porque era muito velho. Acrescentou que a tratava bem, e Noah pensou que se ela sorrisse mais e se arranjasse melhor, mais pessoas a tratariam bem.

Quando Noah voltou à sala, só Sophia ainda lá estava. A rapariga disse qualquer coisa em francês, num tom mal-humorado, e voltou-lhe as costas.

Cinco minutos mais tarde, James desceu as escadas. Tinha o rosto muito vermelho e sorria de orelha a orelha. A criada que os deixara entrar saiu de uma porta ao fundo do vestíbulo e entregou-lhes os chapéus, e os dois só abriram a boca quando já estavam do outro lado da praça.

– Ela foi maravilhosa – disse James, num alvoroço. – Tão gentil, tão dada.

– Mas aposto que ficou com o dinheiro – observou Noah, acidamente. Estava contente por o amigo ter finalmente dobrado aquele cabo, mas compreendeu que ia ter de passar o resto da noite a ouvir descrições de como a experiência fora maravilhosa.

– Acho que não queria – respondeu James, num tom sonhador. – Mas tinha demasiado medo de madame Sondheim para o recusar.

– E então, fizeste as perguntas?

– Pareceu-me que não compreendeu a maior parte. Perguntei-
-lhe a respeito de raparigas novas, e ela disse que era melhor para
mim do que alguém muito novo.

Noah não conseguiu impedir-se de sorrir. Supôs que era irreal
esperar que o amigo interrogasse uma mulher tão encantadora
como Arielle estando sozinho com ela num quarto.

– A palavra *couvent* significa convento? – perguntou, inesperadamente.

James franziu o sobrolho.

– Sim. Porquê?

– Porque é para onde algumas raparigas vão depois de terem
passado por aqui. Infelizmente, calculo que procurar um convento
sem nome em Paris seja muito parecido como procurar a proverbial
agulha num palheiro.

CAPÍTULO 20

1911

Belle acordou com o calor e, como de costume, estava encharcada em suor. Recordava agora a todo o instante, saudosamente, o fresco tempo inglês, porque o húmido e abafado verão de Nova Orleães era esgotante.

Lembrava-se de como ficara excitada quando, em abril do ano anterior, lhe tinham dado aquele quarto. Ficava nas traseiras da casa, pelo que era mais sossegado, amplo e solarengo, com uma bela e grande cama de latão. Não lhe ocorrera, na altura, que iria transformar-se num forno quando o tempo aquecesse e que era por isso que nenhuma das outras raparigas o queria.

Mas a verdade era que, naqueles dezasseis meses já decorridos, descobrira que não podia confiar verdadeiramente em nada nem em ninguém. O que parecia bom hoje tornava-se mau amanhã.

Fora um erro enorme ter pedido a Martha prova de quanto pagara por ela, sobretudo tão pouco tempo depois de ter chegado. A reação da mulher fora gélida, e Hatty avisara-a de que o melhor era pedir desculpa imediatamente.

– Estamos todas ligadas a uma espécie de contrato, querida – explicara. – A madame de um bordel tem de ter mão de ferro, ou as raparigas abusam. Até no caso daquelas de nós que não foram

281

compradas como tu, ela dá-nos cama e comida, fornece os vestidos, os sapatos e tudo o mais, de modo que, naturalmente, desconta isso do nosso dinheiro… também tem de ganhar a vida. E nós temos de conquistar a confiança dela. Como seria se ela aceitasse uma rapariga e acordasse uma bela manhã e descobrisse que ela tinha saído da cidade com as pratas e um baú cheio de vestidos?

Dito assim, Belle compreendera.

– Mas eu só queria saber quanto tempo ia ela demorar a recuperar o seu dinheiro – alegara, tentando justificar-se. – Não vejo onde é que está o mal de perguntar. De que outro modo posso planear a minha vida?

– Não é assim que a Martha vê a questão, acha que isso só a ela diz respeito – insistira Hatty. – E nós, as raparigas, somos como flores, só nos mantemos frescas por um período limitado de tempo. Ela tem de espremer o máximo possível de nós enquanto pode. Se engravidamos, apanhamos alguma doença, somos desfiguradas por uma das outras ou espancadas por um cliente, deixamos de ter qualquer préstimo para ela.

Isto pusera um arrepio de medo na espinha de Belle. Não lhe ocorrera que qualquer daquelas coisas pudesse acontecer-lhe, mas talvez pudesse.

– Mas o homem que me trouxe para aqui disse que ela era uma boa mulher, e parecia tão bondosa – dissera, intrigada. – Como é que pode ganhar tanto dinheiro à nossa custa e atirar-nos para o lixo se nos acontecer alguma coisa má?

Hatty sorrira de esguelha, como que incapaz de acreditar que Belle pudesse ser assim tão ingénua.

– A Martha *é* uma boa mulher, pelo menos em comparação com a maior parte das madames que há por aí. Alimenta-nos bem, se adoecemos cuida de nós. Não nos exige que trabalhemos quando estamos menstruadas. Antes de começares a queixar-te, querida, é melhor abrires os olhos e veres como é para algumas raparigas desta cidade. Muitas delas nem sequer comem como deve ser, são chicoteadas, tiram-lhes os filhos! Ouvi falar de uma madame que, quando a sua melhor rapariga resolveu largar tudo e voltar para casa dos pais, mandou tatuar a palavra «puta» nas costas da mão dela, e assim já não pôde ir. Se tivesse um par de horas livres, podia contar-te histórias a respeito de madames más capazes de te fazer cair os cabelos.

– Mas eu preciso do dinheiro para regressar a Inglaterra – argumentara Belle, apesar de a história que Hatty acabava de lhe contar a ter assustado. – Tenho medo de ser obrigada a ficar aqui anos e anos.

Ao ouvir isto, Hatty rira.

– Querida, nenhuma de nós, nem sequer a mais bonita de todas, vai ficar aqui anos e anos, pelo menos neste lado da cidade – dissera, num tom condescendente, dando uma palmadinha na cabeça de Belle. – O melhor para ti é fazer as pazes com a Martha, provar o teu valor e esperar que apareça algum homem rico que te queira para amante, ou até como mulher. Nunca vi nenhuma rapariga largar esta vida de outra maneira, e é isso que vou fazer.

Belle pensara em tudo o que Hatty lhe dissera durante um par de dias. A parte que mais a abalara fora a afirmação a respeito de as flores não se manterem frescas; não lhe passara pela cabeça que houvesse alguma espécie de limite de tempo para fazer aquele trabalho. Além disso, recordara o que Étienne lhe dissera a respeito de ser necessário ficar nas boas graças de madame. A mãe costumava queixar-se de certas raparigas e, agora que pensava nisso, essas raparigas acabavam sempre por sair. E provavelmente não por sua livre e espontânea vontade.

Não lhe restava a mínima dúvida de que Martha estava muito zangada com ela. Voltava as costas sempre que entrava na sala, e nunca mais lhe dirigira diretamente a palavra.

Depois de tudo o que Hatty lhe dissera, chegara à conclusão de que não tinha remédio senão pedir desculpa e tentar compor as coisas; caso contrário, ainda acabava por ser vendida a outra madame qualquer. Toda a gente na América fazia muita questão de afirmar que a escravatura era uma coisa do passado, mas embora os mercados de escravos para trabalhadores nas plantações e para criados pudessem ter desaparecido, ali em Nova Orleães continuavam a existir para as prostitutas, fossem elas brancas, negras ou mulatas.

Toda a gente aceitava este estado de coisas; as raparigas do Martha's falavam constantemente do assunto. No segmento superior do mercado, havia até uma espécie de prestígio para uma rapariga que tivesse mudado de mãos por um alto preço. Essa rapariga podia ter a certeza de ser tratada com todos os cuidados enquanto os homens acorressem dispostos a pagar bom dinheiro por ela. Mas mais para baixo na escala, as raparigas não tinham quaisquer direitos. Ninguém queria saber de como eram tratadas, e muito menos a polícia. E Belle tinha praticamente a certeza de que se alguma protestasse, muito provavelmente acabaria silenciada para sempre.

Por isso dissera a si mesma que devia dar-se por feliz por estar numa boa casa e ser considerada um bem valioso por ser nova, bonita e inglesa. Tinha de entregar-se ao trabalho, mostrar entusiasmo, e desse modo manter-se a salvo até arranjar maneira de fugir a tudo aquilo.

Por isso, fora ter com Martha e pedira desculpa.

Belle, que mal se lembrava de coisas que tinham acontecido uma semana antes, recordava cada pormenor daquele dia, dezasseis meses atrás, em que descera até à sala de Martha.

Escolhera para a ocasião o vestido azul com folhos que trouxera de França, porque lhe dava um ar inocente. Deixara os cabelos caírem-lhe soltos sobre os ombros e aplicara um ligeiríssimo toque de *rouge* por baixo dos olhos, para dar a impressão de que estivera a chorar.

Era quase meio-dia e Martha estava sentada no seu sofá, com o vestido de chá cor de alperce e os cabelos cobertos por um turbante a condizer.

– O que é, Belle? – perguntara, num tom gelado.

– Vim pedir desculpa – dissera Belle, de cabeça baixa e a torcer as mãos. – Sei que está zangada comigo por ter perguntado pelo dinheiro. Compreendo que devo ter parecido muito ingrata, depois de ter sido tão boa para mim.

— Não gosto de ser questionada pelas minhas raparigas – respondera Martha. – Esta é a minha casa e é gerida pelas minhas regras.

— Fiz muito mal. Mas não compreendia como as coisas funcionam, por ser nova nisto. Não pensei nos maravilhosos vestidos e roupas e sapatos que me comprou, nem em quanto deve ter gastado para me trazer para cá. Mas agora pensei muito bem em tudo e percebo que tenho muita, muita sorte em estar na sua casa. Por favor, posso fazer alguma coisa para a compensar por ter sido tão má?

— Tu, querida, tiveste muita sorte por eu não te ter vendido imediatamente para outra casa – dissera Martha, severa. – Só não o fiz por seres tão nova, e não conheceres o negócio. Gastei tempo e trabalho contigo; mais ninguém nesta cidade o teria feito.

— Eu sei, senhora – respondera Belle, contrita. – Tem sido como uma mãe para mim. Estou muito arrependida.

— Tenho então a tua palavra em como não haverá mais disparates desagradáveis da tua parte? – perguntara Martha.

— Oh, sim, prometo fazer tudo o que puder para a compensar – dissera Belle, e conseguira espremer uma ou duas lágrimas, embora tivesse preferido dizer à mulher o que realmente pensava a respeito da escravatura. – Quero muito pôr isto para trás das costas e começar de novo.

— Vem cá, querida. – Martha dera uma palmadinha no sofá, a seu lado. – Ainda bem que vieste falar comigo hoje. Porque isso me diz que és a coisinha doce que me pareceste ao princípio. Ora bem, vou deixar passar o teu erro, desta vez, porque acho que o facto de os meus cavalheiros gostarem tanto de ti talvez te tenha subido à cabeça. Mas se voltares a questionar-me, não serei tão condescendente uma segunda vez. Vais porta fora antes que tenhas tempo de dizer Mississipi. Fui suficientemente clara?

— Sim, senhora – dissera Belle, baixando a cabeça e espremendo mais algumas lágrimas. – Prometo nunca mais voltar a mostrar falta de respeito.

– Podes ir, querida – dissera então Martha, dando-lhe uma palmadinha no joelho como se ela fosse uma criança. – E despe essa coisa. Pareces uma professora com isso vestido.

Belle lembrava-se de como saíra da sala de estar de Martha e correra para o seu quarto para poder dar vazão em privado à fúria que despertava nela a indignidade de ser obrigada a humilhar-se só para ter um teto por cima da cabeça. Mas prometera a si mesma que jogaria o jogo só enquanto isso lhe conviesse, e que chegada a altura sairia dali para fora.

Não contara, no entanto, com o encanto sedutor de Nova Orleães. Nem se apercebera de que a vida fácil e luxuriosa que se fazia no Martha's havia de colar-se-lhe à pele e torná-la tão indolente como as outras raparigas.

Martha voltara a ser a mulher amistosa e simpática que fora antes do seu pequeno desaguisado. Belle tornara-se amiga das outras raparigas e, à tarde, iam passear em grupo para Jackson Square ou ao longo do paredão do Mississipi. Havia sempre muito de que rir e falar, pois o trabalho que faziam era pródigo em situações engraçadas, e nenhuma delas o levava muito a sério. Belle recebia os seus dois dólares por noite e todas as semanas punha de parte o máximo que podia.

Sobretudo, sentia-se feliz na companhia das raparigas, como se elas fossem as irmãs mais velhas que nunca tivera. Com elas aprendia coisas a respeito da América, a respeito da moda, truques de beleza e, claro, coisas a respeito dos homens, porque eles eram sempre o principal tema de conversa.

Tinha também o seu novo quarto, que apesar de ser demasiado quente no verão, era bonito, com rosas escuras no papel de parede. Podia comer tudo o que quisesse, e gostava particularmente da picante *jambalaya* e de outros pratos da cozinha tradicional crioula. Podia dormir quase o dia todo, se quisesse, ou preguiçar no fresco pátio das traseiras, estendida em cima de almofadas a ler um livro. Nunca tinha de esfregar chãos, nem lavar roupa, nem fosse o que fosse exceto arranjar-se e ser bonita.

No entanto, de longe em longe, a raiva e o ressentimento cresciam-lhe no peito.

Não era o trabalho que a incomodava; para ser totalmente sincera, a maior parte das vezes até gostava. Preferia os homens mais velhos aos mais novos. Por vezes, diziam-lhe que eram viúvos ou que as mulheres já não queriam dormir com eles. Apesar de saber que era muito provável que estivessem a mentir e tudo o que quisessem fosse carne jovem e emoções isentas de complicações, quer dissessem ou não a verdade eram invariavelmente corteses, gentis e agradecidos. Ficava muitas vezes emocionada pelo apreço que demonstravam – algumas lágrimas, um abraço antes de saírem, flores ou chocolates deixados para ela mais tarde faziam-na sentir-se especial e até amada.

Alguns dos homens mais novos, pelo contrário, faziam-na sentir-se suja. Podiam ser rudes, indelicados e muito insensíveis aos seus sentimentos. Por vezes; comportavam-se como se achassem que ela devia estar agradecida por a terem escolhido, e ocasionalmente apanhava um ou outro que se queixava de que não valia o dinheiro. Martha dizia que havia sempre alguns homens que diziam aquilo porque se sentiam diminuídos por terem de pagar por sexo e que não o levasse a peito. Mas era difícil não o fazer.

Em muito menos de dois anos, passara de mal compreender o que era o sexo para saber mais do que desejaria. Sabia que não havia dois pénis iguais; tinha-os visto enormes, minúsculos, dobrados e doentes, e todas as variações intermédias possíveis de imaginar. Aprendera os truques de contrair os músculos internos para aumentar o prazer dos homens e fazê-los chegar ao clímax mais depressa. Conseguia até tomá-los na boca e fingir que estava a adorar quando na realidade só lhe apetecia vomitar.

Alguns homens queriam fazer amor a sério, outros apenas uma rápida libertação. Alguns queriam acreditar que ela era verdadeiramente uma senhora, outros queriam que se comportasse como a mais reles das rameiras. Desenvolvera a capacidade de adivinhar o que eles queriam só pela maneira como a olhavam na sala. Mudava de senhora para rameira tantas vezes que já quase não sabia qual das duas personalidades estava mais próxima do seu verdadeiro carácter.

Sabia que não era a mesma rapariga que saíra de Inglaterra. Já não tinha devaneios românticos. Em vez disso, duvidava de metade do que lhe diziam e pura e simplesmente não acreditava na outra metade. Desenvolvera um certo cinismo e também era capaz de ser dura, especialmente para com os homens que chegavam perto de ver a rapariga que em tempos fora.

A Inglaterra e todos os que lá amara pareciam-lhe agora uma mancha confusa e distante, como ver o passado num sonho. O seu décimo sétimo aniversário chegara e passara e ela continuava a não escrever para casa porque sabia que não havia nada que pudesse dizer que fizesse com que a mãe e Mog aceitassem melhor o seu desaparecimento. Preferia que pensassem que continuava em Nova Iorque, onde estava quando escrevera o postal, e a fazer uma vida muito melhor do que poderia ter tido com elas.

Mas não conseguia impedir-se de ler os jornais em busca de notícias inglesas. Infelizmente, os jornais americanos só publicavam histórias a respeito de Inglaterra quando se tratava de qualquer coisa verdadeiramente importante, como quando o rei Eduardo morrera, em maio do ano anterior. O caso tivera uma grande cobertura, com fotografias do funeral, e Belle chorara ao ver uma com a Abadia de Westminster e o Parlamento em fundo e se lembrara de que Jimmy a tinha lá levado.

Mog havia de ter estado algures no meio da multidão, a ver. Apesar de detestar multidões, nada a impediria de assistir a um cortejo, e além disso achava que o rei Eduardo era boa pessoa. Por vezes também havia algumas linhas sobre as *suffragettes*, histórias a respeito de serem alimentadas à força na prisão ou da última coisa que tinham feito para publicitar a sua causa. Era também o suficiente para fazê-la chorar, pois sabia que Mog estava sempre a dizer que gostava de ter coragem para se lhes juntar.

Fora, no entanto, a coroação de Jorge V, em junho daquele ano, que a fizera sentir verdadeiramente saudades de casa. Era o género de história inglesa que os Americanos adoravam, e enchera todos os jornais e revistas. Lembrava-se de quando Eduardo VII fora coroado, da excitação, dos festões e das bandeiras hasteadas. Mog levara-a a assistir ao cortejo em Whitehall, e ela nunca esquecera a carruagem dourada e toda a gente a dar vivas. Houvera festa na rua naquele dia, alguém fora buscar um piano e a dança e a bebida tinham-se prolongado por grande parte da noite.

Quando estes sentimentos de saudade a assaltavam, tentava dizer a si mesma que a sua vida ali era muito melhor do que em Inglaterra, mas a dívida a Martha estava sempre presente no fundo da sua mente. O senso comum e o gosto pelos números diziam que o dinheiro investido fora recuperado há muito e que Martha era uma bruxa gananciosa e aldrabona que andava a tomá-la por parva.

Tinha juntado dinheiro suficiente para sair da cidade, ainda que não o bastante para regressar a Inglaterra, mas dizia-se que Martha tinha espiões por todo o lado e seria informada no instante em que uma das suas raparigas comprasse um bilhete de comboio, e que enviaria imediatamente alguém à estação para a impedir de embarcar.

Dizia a si mesma que aquilo não passava de uma história inventada para assustar as raparigas, mas mesmo assim tinha demasiado medo para arriscar, pois sabia que, se fosse apanhada, Martha se vingaria. Vendê-la-ia no mesmo dia, e não seria para outra casa em Basin Street e sim para uma que ficasse vários quarteirões para o interior, onde se esperaria que atendesse quarenta ou cinquenta homens por dia. E as donas dessas casas vigiavam de muito perto as suas raparigas e espancavam-nas se saíssem da linha.

A gravidez era outra preocupação. Até ao momento, as esponjas e os duches de Martha tinham-na protegido, e às outras raparigas também, mas Belle sabia que noutras casas as raparigas não tinham tanta sorte. Podiam então escolher entre recorrer aos serviços de Mammy Mou, uma mulata que sabia desembaraçar-se de bebés indesejados, ou ter o filho e esperar que as respetivas madames as deixassem continuar na casa. Belle sabia que nunca Martha consentiria que qualquer das raparigas criasse um filho na sua casa. Havia bordéis das ruas mais recônditas do Bairro onde vários bebés e crianças pequenas viviam num quarto do andar de cima, mas Belle ouvira dizer que eram medicadas com «Sossego», um cordial inventado por um tal Dr. Godfrey que continha láudano, e quando cresciam eram despachadas para outro sítio. Mesmo em Londres, Belle ouvira falar de crianças mandadas para casa de mulheres que faziam profissão de cuidar delas. Não recebiam amor e carinho dessas mães de aluguer, muitas delas nem sequer eram convenientemente alimentadas, e dizia-se que ali na América se passava o mesmo.

De momento, porém, Belle sentia que tinha de concentrar-se em agradar a Martha, pois continuava a ter a sensação de que a mulher não gostava verdadeiramente dela. Não havia nada de tangível que confirmasse esta sua impressão, apenas um ou outro olhar sombrio ou uma palavra mais dura, mas as outras raparigas contavam histórias a respeito de como Martha já provara ser vingativa, no passado.

A verdade era que tinha dificuldade em lisonjeá-la como as outras raparigas faziam. Procurava evitar que Martha a visse ler o jornal ou um livro, adivinhando que essa era uma das coisas que a tornava diferente, e também nunca manifestava as suas opiniões. Mas não tinha nascido para ser subserviente, e não conseguia forçar-se a fazer de parva para agradar a uma mulher que comprava e vendia seres humanos.

Por isso lhe parecia que a ideia de Hatty a respeito de encontrar um homem que a quisesse para amante era a única maneira de fugir daquela ratoeira. Não queria um marido; não seria decente casar sabendo que tencionava fugir. Mas um homem casado que tivesse uma amante já estava a enganar, pelo que merecia ser enganado.

Todas as noites, anotava na sua agenda os nomes dos cavalheiros que tinha servido, e mais tarde pensava em cada um deles e fazia mais apontamentos: o que achava dele, como era fisicamente, com quanta frequência visitava o Martha's e se era ela a sua preferida. Havia muitos homens que eram clientes habituais da casa e a escolhiam sempre a ela. Separava aqueles de que mais gostava, os que lhe levavam presentes e, finalmente, os que pareciam ser suficientemente ricos para ter uma amante.

No fim de tudo isto, ficou reduzida a dois nomes: Faldo Reiss, um texano jovial que tinha uma posição importante nos caminhos de ferro, e o capitão Evan Hunter, proprietário de vários navios baseados em Nova Orleães. Faldo tinha cinquenta e poucos anos, uma mulher e quatro filhos adultos em Houston. Evan era um pouco mais novo, à volta dos quarenta e sete. Nunca falara de ter mulher ou filhos, mas vivia em Baton Rouge.

O que precisava de saber era se os dois homens tinham negócios em Nova Orleães ou se se davam ao incómodo de ir ao Martha's só para estar com ela.

O facto de Martha desencorajar os seus clientes de passarem mais de meia hora no quarto com as raparigas era uma contrariedade. Fazia-o porque ganhava muito mais dinheiro com uma sucessão de homens do que com um que se demorasse várias horas, ou até a noite inteira. Meia hora era tempo suficiente para o sexo, mas não deixava muito espaço para falar. Havia o tempo que passavam na sala, mas aí Martha e as outras raparigas estavam sempre de ouvido alerta, o que tornava impossível entabular uma conversa íntima com quem quer que fosse.

Numa noite de sexta-feira, em finais de julho, chovia tão intensamente que as sarjetas não conseguiam dar vazão à água e Basin Street transformou-se num rio. As raparigas chamaram-lhe um furacão, mas a verdade era que estavam sempre a falar de furacões e de como eram assustadores, com telhados arrancados das casas e árvores desenraizadas. Martha concordou que podia ser um furacão, embora faltasse ainda um mês para a época deles, mas disse que as raparigas estavam a exagerar e que em todos os anos que passara em Nova Orleães só vira um telhado ser arrancado.

Belle vira chover daquela maneira dúzias de vezes em Inglaterra, mas lá a chuva era sempre fria. Ali parecia um duche morno, e não ficou surpreendida ao ver que as pessoas continuavam a andar pelas ruas, indiferentes ao facto de ficarem encharcadas.

Mas a chuva estava a reter os cavalheiros em casa. Às nove da noite, só tinham aparecido dois, o Professor elanguescia sentado ao piano e as raparigas estavam tão aborrecidas que começaram a implicar umas com as outras.

Anna-Maria, que, como Belle descobrira há pelo menos um ano, era extremamente traiçoeira, perguntou a Suzanne porque tinha escolhido um vestido verde, que a fazia parecer amarelada. O que não era verdade: Suzanne tinha uns brilhantes cabelos acobreados e o verde ficava-lhe bem.

– Não quero ofender – disse Anna-Maria, num tom afetado. – Só achei que alguém devia dizer-te.

– E alguém devia dizer-te que és uma cabra mentirosa – retorquiu Suzanne, pondo-se de pé e olhando ameaçadoramente para a outra rapariga. – Estás com ciúmes porque ontem à noite aquele banqueiro rico me escolheu a mim.

– Não voltaria a escolher-te se soubesse como és porca – atirou-lhe Anna-Maria, levantando-se por sua vez. – Não te lavas entre clientes, fedes como uma gata vadia.

Suzanne saltou para a outra rapariga, as unhas compridas prontas para arranhar a cara. Belle não gostava muito de Anna-Maria e achava que ela merecia um arranhão por ter sido tão má para Suzanne, mas Martha ia muito provavelmente culpar a que desferisse o primeiro golpe. Por isso, levantou-se também e pôs-se à frente de Anna-Maria.

– Basta! – disse no tom de voz firme que tantas vezes ouvira Martha usar com as raparigas. – Anna-Maria, vais pedir desculpa à Suzanne. O que lhe disseste foi horrível e nem sequer é verdade.

Hatty, Polly e Betty puseram-se todas a debitar as respetivas opiniões. Betty achava que Anna-Maria merecia um par de estalos por estar sempre a arranjar problemas.

– Vê lá se queres que te arranhe também! – gritou-lhe Anna-
-Maria, a tentar passar por Belle. – Também tens ciúmes de mim.

O Professor começou a tocar mais alto, e nesse momento a
porta da sala abriu-se e Martha apareceu no umbral, o duplo queixo
a tremer de fúria.

– Que se passa aqui? – perguntou, a olhar à vez para cada uma
das raparigas.

Nenhuma delas respondeu. Uma lei tácita proibia-as de se denun-
ciarem umas às outras.

– Suponho que foste tu, Belle? – ladrou Martha. – Vejo pela
tua atitude que estavas a intimidar a Anna-Maria.

– Não estava – disse Belle, consciente de que continuava de pé
em frente da outra rapariga e que talvez isso pudesse parecer inti-
midação para alguém acabado de entrar na sala. – Diz-lhe, Anna-
-Maria.

– Estava, pois, está sempre a implicar comigo – queixou-se
Anna-Maria.

Ao mentir, tinha violado o código de silêncio, e as outras começaram a gritar todas ao mesmo tempo, contando o que verdadeiramente acontecera.

Ainda estavam a gritar e a lançar acusações contra Anna-Maria
quando, de repente, a voz de Cissie se sobrepôs à algazarra para
anunciar a chegada de um cliente.

Era Faldo Reiss, o grande texano, mas apesar de regra geral aparecer impecavelmente bem vestido, de casaca às riscas cinzentas e
brancas e colarinho engomado, naquela noite, completamente
encharcado, tinha um ar ridículo ali parado à porta da sala.

As raparigas calaram-se no mesmo instante. Belle teve vontade
de rir, pois com as roupas molhadas coladas ao corpo, a barriga proeminente e os cabelos e o bigode a pingar água, parecia uma morsa.

– Que bom vê-lo, Mr. Reiss – arrulhou Martha. – As raparigas
estavam a ter um pequeno debate. Quase parece que se afogou,
pobre homem. Dê o casaco e o chapéu à Cissie e venha tomar uma
bebida.

Belle recompôs-se instantaneamente e aproximou-se de Faldo, com um sorriso de boas-vindas.

– É um prazer vê-lo, Mr. Reiss. Espero que não tenha arriscado uma pneumonia só para me ver?

– Arriscaria tudo para a ver – respondeu ele galantemente, pegando no copo de *whisky* que Cissie lhe oferecia e despejando-o de um trago.

– Não podemos secar-lhe as roupas? – perguntou Belle, voltando-se para Martha.

Martha teve uma espécie de tremor, como se estivesse a tentar sacudir o incidente que interrompera minutos antes.

– Sim, Belle, é uma boa ideia. Quer subir com a Belle, Mr. Reiss, ou foi outra rapariga que veio ver?

Belle sentiu que Martha estava na esperança de que fosse outra rapariga, mas Faldo sorriu e disse que era com ela que queria estar.

Enquanto saíam da sala, Belle não conseguiu impedir-se de dirigir um sorriso de troça a Anna-Maria.

Já no quarto, disse a Faldo que se despisse completamente. Explicou que ia entregar as roupas a Cissie, que as poria a secar junto do fogão, na cozinha.

– Mas receio que não sequem em meia hora – acrescentou, enquanto ele as despia.

– Pagarei para ficar a noite toda – disse ele, ansiosamente. – Pode ser?

– Vou ter de perguntar a madame – disse ela, baixando timidamente os olhos. Não estava particularmente interessada em passar a noite inteira com ele; Faldo Reiss era um homem grande, e a ideia de ele querer fazê-lo uma e outra vez não era muito convidativa. Por outro lado, andara à espera de uma oportunidade de conhecê-lo melhor, e ali a tinha.

Levou as roupas e os sapatos dele para baixo, entregando-os a Cissie.

Martha continuava na sala, e quando Belle entrou sentiu a tensão e calculou que tinha estado a descompor as raparigas. Perguntou se podia falar com ela em privado. Quando Martha saiu para o vestíbulo, explicou o que se passava e perguntou quanto teria Faldo de pagar para ficar a noite toda.

– Quinhentos dólares – respondeu Martha, num tom seco.

Belle soube instintivamente que era muito mais do que seria normalmente cobrado, sobretudo com aquele temporal, que tornava improvável o aparecimento de outros clientes. Mas teve o pressentimento de que Martha pedira um preço tão elevado na esperança de que Faldo recusasse, o que a deixaria ficar mal perante ela e as outras raparigas.

– Não me parece que ele goste assim tanto de mim – disse, com um pequeno sorriso. – Mas posso perguntar-lhe.

Enquanto subia as escadas, com o vestido de cetim a rocegar, sentiu os olhos de Martha seguirem-na, e sentiu também a animosidade. Aquilo provocou-lhe um estranho mal-estar, mas a verdade era que não sabia o que fazer.

Faldo estava na cama quando ela entrou no quarto. Tinha um peito largo, muito branco e flácido, e onde o esfregara com a toalha dela, os pelos eriçavam-se como as puas de um porco-espinho.

– Não me parece que queiras ficar toda a noite. Ela diz que são quinhentos dólares – explicou, num fiozinho de voz.

Ele soltou uma grande gargalhada.

– Pois eu chamo-lhe uma pechincha para ficar contigo – disse. – Passa-me a carteira que está em cima da mesa de cabeceira, querida. Vou acrescentar outros vinte para termos uma garrafa de champanhe.

Quando, minutos mais tarde, Belle voltou a subir as escadas com a garrafa de champanhe num balde de gelo e as duas taças, mal conseguia conter a alegria que sentia. A cara de Martha ao receber o dinheiro fora inigualável, dividida entre a raiva por se ter enganado em relação a Faldo e a ganância por ganhar tanto dinheiro numa noite má.

A alegria de Belle não se devia, porém, à humilhação de Martha, e sim à reação de Faldo. Queria estar com ela, e pedira champanhe, o que significava que via aquilo como uma ocasião especial. E ela estava determinada a certificar-se de que o seria.

Um pouco mais tarde, encostada à cabeceira da cama ao lado dele, a beber champanhe e a rir, Belle recordou o que Étienne dissera a respeito de amar um pouco os seus clientes. Fisicamente, Faldo não era muito atraente; na realidade, tinha até um aspeto bastante estranho. A cabeça em forma de ovo era pequena, completamente desproporcionada em relação ao resto do corpo. Os olhos pareciam dois botões pretos e o nariz era demasiado comprido, e com a barriga flácida, mas os braços e as pernas muito magros, estava todo errado. E no entanto, apesar de tudo isto, era um homem simpático e bem-humorado, que sempre a tratara bem. Parecia não ter qualquer dos pequenos e perturbadores fetiches que outros homens tinham e sorria com os olhos, não apenas com a boca.

Mas agora que parecia não ter pressa de servir-se dela, Belle estava a ver ainda outra faceta da sua personalidade. Era bom estar ali recostada nas almofadas e conversar; nunca tivera oportunidade de o fazer com outros homens. Faldo contou-lhe que tinha de viajar muito de comboio para se certificar de que os passageiros eram devidamente tratados, os horários eram cumpridos e as estações ao longo da linha bem conservadas. Mas estava também envolvido na tomada de decisões quanto a novas linhas, nas negociações para a compra dos terrenos que essas linhas atravessavam e para a construção ou aquisição de hotéis e outros serviços relacionados nas proximidades das estações.

Tinha a capacidade de fazer as coisas mais prosaicas parecerem interessantes, mas quando começou a falar das diversas regiões da América, da vida selvagem e dos índios, tornou-se fascinante.

– É um país feito pela mão de Deus – disse, com genuíno fervor. – Planícies infindáveis, florestas imensas, grandes rios, montanhas tão belas que nos põem um nó na garganta.

Quis então saber de Inglaterra, e apesar de Belle se ter esforçado ao máximo por descrever Londres de tal maneira que ele pudesse imaginá-la, sentiu vergonha por saber tão pouco a respeito da cidade onde tinha nascido.

Queria fazer-lhe perguntas a respeito da mulher e dos filhos, mas sentiu que não seriam bem-vindas. De modo que, em vez disso, contou-lhe como tinha sido raptada em plena rua e levada para ali.

Ele ouviu a história com um ar pensativo e, quando ela acabou, pegou-lhe na mão e apertou-lha.

— São homens como eu que tornam este mercado lucrativo — disse, tristemente. — Só vemos a excitação, o colorido e a animação dos bordéis. Nem sequer pensamos em como as raparigas lá foram parar. Sinto-me envergonhado.

Ela correspondeu ao gesto de carinho e aninhou-se mais contra ele.

— Não sintas. És um bom homem. Não há nesta casa nenhuma rapariga que cá esteja contra a sua vontade. Eu própria, mesmo que não tivesse sido forçada a entrar para esta vida, acabaria provavel-mente por cá ter vindo parar, de qualquer modo. Não foste tu que me raptaste, nem foste um dos homens que me violaram em Paris. Gosto de estar aqui contigo. Gosto de ti.

Ele voltou-se e acariciou-lhe a face.

— Também eu gosto de ti, Belle. És a rapariga mais bonita que alguma vez vi, com esses teus cabelos negros e esses teus olhos que parecem dançar. Fazes-me sentir novamente jovem.

Depois de terem acabado o champanhe, Faldo abraçou-a como, sentiu Belle, um marido ou um amante a abraçariam, e procurou proporcionar-lhe prazer em vez de esperar que fosse ela a propor-cionar-lho.

O sexo com os clientes era uma coisa rápida e mais ou menos sempre igual, fosse qual fosse o parceiro. Também Faldo, até então, fora como os outros; não houvera nada que o distinguisse, a não ser o facto de nunca ser rude, nunca ser grosseiro ou desagradável de qualquer outra maneira. Naquela noite, porém, foi diferente, mais lento, mais sensível e amoroso. Como amante, não estava nem de longe ao nível de Serge, mas foi agradável.

A dada altura, Belle olhou para o relógio em cima da mesa de cabeceira e ficou surpreendida ao ver que já passava da meia-noite. Tinham subido ao quarto pouco depois das nove. Mas ele estava a reter-se, a querer que durasse, e, por uma vez, ela não tentou apressar as coisas; estava a gostar, verdadeiramente a gostar.

A luz do dia começava a insinuar-se à volta das portadas das janelas quando ela acordou e descobriu que ele continuava a abraçá--la, e que aquele corpo que lhe parecera tão flácido na noite anterior parecia agora quente, macio e confortável. Espreguiçou-se como uma gata, fazendo passar as pernas por cima das dele. Estar casada devia ser assim, pensou, uma espécie de contentamento aconchegado.

Faldo voltou a fazer amor com ela, e foi ainda mais terno do que tinha sido na noite anterior. Belle até o deixou beijá-la, pois sentia que devia dar-lhe tudo o que tinha.

Por volta das oito e meia, porém, ele olhou para o relógio de bolso e suspirou.

– Tenho de ir, minha flor. Tenho uma reunião às dez e preciso de passar pelo barbeiro para fazer a barba e pelo hotel para vestir roupa lavada.

– Foi muito bom – disse ela, abraçando-o com força. – Quem me dera que pudesse ser sempre assim.

Na penumbra do quarto, ele não parecia velho nem feio, era apenas um homem terno que a fizera sentir-se feliz e bem consigo mesma.

– És boa no teu trabalho – disse ele, e riu baixo. – Por um instante, quase acreditei que estavas a ser sincera.

Belle sentou-se vivamente na cama e olhou para ele.

– Mas estava. Palavra!

Ele sorriu e aproximou-se para lhe beijar a ponta do seio. Aquele ligeiro toque fez um frémito de prazer descer-lhe pela espinha, e ela apertou-o com mais força.

– Tenho de ir – disse ele, relutante, passado um ou dois minutos. – Podes mandar vir as minhas roupas?

Dez minutos mais tarde estava vestido, com as roupas secas e engomadas. Cissie até lhe engraxara os sapatos. Pousou as mãos na cintura de Belle e, a sorrir, contemplou-a no seu *negligée* vermelho de cetim e renda.

– Podemos fazer isto mais vezes, doçura? – perguntou.

– Ficaria zangada se não quisesses – respondeu ela, inclinando a cabeça para o beijar. – Mas custa-me teres de pagar todo aquele dinheiro à madame.

Ele inclinou-se para a beijar.

– Vales cada cêntimo – disse, com um sorriso. – Mas agora tenho de me pôr a andar!

Belle voltou para a cama depois de o ter acompanhado até à porta. Não sabia exatamente o que sentia. Estava contente por se ter aproximado mais de Faldo, talvez agora ele a quisesse para amante, e tinha quase a certeza de que poderia pagar fosse o que fosse que Martha exigisse para a libertar. Mas ao mesmo tempo entristecia-a estar a planear enganar um homem tão bom.

– Não podes pensar nisso – disse em voz alta para si mesma, num tom duro. – O teu dever é cuidar de ti e regressar a Inglaterra. Também o Faldo vai ter o que quer.

– Como foi passar a noite inteira com ele? – perguntou Hatty, horas mais tarde. As raparigas estavam todas na cozinha, a molhar biscoitos no café. – Deve ser riquíssimo, para pagar tanto.

Hatty era uma rapariga grande, voluptuosa, com cabelos castanhos, olhos verdes e bom coração. Era a única a quem Belle fazia confidências e que procurava quando queria companhia. Fora criada num orfanato, em São Francisco, de onde fugira quando um dos diretores tentara abusar dela. Tinha sido forçada a prostituir-se por um casal que se fingira amigo dela e acabara por vendê-la a madame, juntamente com Suzanne.

– Ou estará apaixonado pela Belle? – disse Betty, com um sorriso.

– Acho que foi mais por não querer voltar a vestir as roupas molhadas – troçou Belle. Notara que Anna-Maria estava de sobrolho carregado, de modo que achou preferível manter secretos, pelo menos de momento, os seus verdadeiros pensamentos a respeito de Faldo. – Pensei que a manhã nunca mais chegava – acrescentou, para reforçar a ideia.

Houve um pouco mais de conversa entre as raparigas a respeito de homens que tinham pedido para passar a noite. Pareceu a Belle que a maior parte recuava quando sabia o preço. Pelo que pôde deduzir, sem parecer demasiado interessada, Hatty era a única das outras que já passara uma noite inteira com um cliente.

– Ensina-nos os teus truques, querida – disse Anna-Maria. Estava a sorrir, a voz dela era doce como mel, mas Belle sentiu o veneno escondido. – Aprendeste-los em Paris? Vá lá, conta!

– Nenhum truque. Como disse, ele só não queria voltar a vestir a roupa molhada – repetiu Belle. – Quase aposto que quando olhar para a carteira e a vir vazia não vai querer voltar tão depressa.

Durante a semana que se seguiu, Faldo nunca andou muito longe dos pensamentos de Belle. Mais do que sonhar acordada com ele, era sobretudo a possibilidade de sair dali para fora e de ficar alguns passos mais perto de regressar a Inglaterra. Mas entretanto, além do mal-estar latente com Martha, havia uma situação idêntica com Anna-Maria, que a olhava de esguelha e interrompia as conversas quando ela entrava na sala.

Belle sabia que Anna-Maria fora a preferida da casa até ela ter aparecido e, no espaço de semanas, lhe ter tirado o lugar. Não tinha dificuldade em imaginar como devia ser irritante; sabia que até ela teria ciúmes se Martha trouxesse outra rapariga e a sua posição fosse usurpada.

A beleza de Anna-Maria era do género dramático, tempestuoso: pele cor de azeitona, olhos quase negros, cabelos pretos e encaracolados, e uma natureza fogosa a acompanhar tudo isto. Não era só a popularidade de Belle junto dos cavalheiros que a enfurecia, era também o facto de as outras raparigas gostarem dela e se porem muitas vezes do seu lado.

As zangas entre raparigas eram comuns em Londres, onde raramente passava um dia sem alguma pequena altercação. Belle lembrava-se de ouvir Mog dizer que as raparigas podiam ser mortíferas como cobras quando tinham ciúmes, e por isso cuidava de não antagonizar Anna-Maria.

Passaram dez dias antes que Faldo reaparecesse, e chegou com uma bela caixa de bombons para oferecer a Belle. Estava enfeitada com rosas de veludo e era tão bonita que ela ficou com um nó na garganta.

– Posso ficar outra vez a noite toda? – perguntou ainda antes de ter provado a bebida.

– Tens a certeza de que queres gastar esse dinheiro todo? – sussurrou ela, para que mais ninguém a ouvisse. Felizmente, a sala estava cheia e o Professor tocava bastante alto.

– Claro que tenho! – disse ele. – Era capaz de atravessar a nado um pântano cheio de aligátores para estar contigo.

Belle riu, mas disse que tinha de perguntar a Martha. Havia tantos cavalheiros naquela noite que tinha quase a certeza de que ela ia recusar.

Para sua surpresa, Martha concordou, embora Belle não soubesse quanto havia no maço de notas que Faldo lhe entregou.

Mais uma vez, ele pediu champanhe, e Cissie seguiu-os escadas acima com a bandeja.

*

Uma vez no quarto, Belle beijou-o nos lábios e começou a despir-lhe o casaco.

– Não podes continuar a fazer isto – disse. – É loucura.

– Uma loucura boa, querida – respondeu ele a rir, agarrando-a pela cintura e voltando a beijá-la. – Não tenho pensado noutra coisa senão em ti desde a última vez. Tem sido uma tortura imaginar-te com outros homens.

Ela segurou-lhe o rosto com as mãos e olhou-o ternamente.

– Quanto a isso não posso fazer nada, Faldo. Também eu tenho desejado estar contigo.

Ele voltou-a e começou a desapertar-lhe o vestido, inclinando-se para lhe beijar as costas enquanto o empurrava para o chão.

– És tão adorável – murmurou. – Tão pequena e perfeita, e eu sou um velho tolo por me apaixonar por ti.

Belle passou por cima do vestido caído a seus pés e voltou-se para ele.

– Também eu estou a apaixonar-me por ti – disse, e não sentiu remorsos ao dizê-lo porque lhe parecia ser verdade.

Faldo possuiu-a com uma paixão ardente antes até de estarem os dois completamente despidos, e Belle respondeu com a mesma ânsia.

Mais tarde, sentados na cama a beber champanhe, com a música e o barulho do Bairro a entrarem pela janela aberta, Faldo deixou escapar um fundo suspiro.

– Parece que tens todas as preocupações do mundo em cima dos ombros – disse ela.

– Só uma preocupação, e és tu – disse ele. – Que dirias se eu te pedisse que largasses tudo isto e viesses comigo?

Belle sentiu o coração dar-lhe um salto no peito. Não esperara que aquilo acontecesse tão depressa.

– Quem me dera poder – respondeu. – Mas estou presa a um contrato com a Martha.

E explicou por que razão não sabia quanto dinheiro ainda devia.

– Estou a ver – disse ele, e parecia zangado com Martha. – Mas eu trato disso, não tenhas medo.

– Mas, Faldo, ela não me vai deixar ir facilmente – disse Belle, e agarrou-se a ele, porque de repente ocorrera-lhe que Martha não se tornara dona de um dos bordéis mais famosos do Bairro sendo mole, honesta ou preocupada com o futuro das suas raparigas.

– Tenho influências – respondeu ele. – Deixa que seja eu a tratar da Martha.

No dia seguinte, Faldo levantou-se e vestiu-se. Belle continuou na cama, mas estava um pouco preocupada com a expressão carregada do rosto dele.

– O que foi? – perguntou.

Faldo sentou-se na beira da cama e olhou para ela.

– Estive a pensar no assunto – disse. – Tu age como se não houvesse nada entre nós, não digas uma palavra seja a quem for.

Belle assentiu. Estava com medo de que ele tivesse desistido da ideia de levá-la dali.

– Vou arranjar uma casa para nós – continuou Faldo. – Vai ter de ser aqui em Nova Orleães, porque é o único lugar que visito com muita frequência, mas vou arranjar qualquer coisa longe do Bairro. Quando tiver tudo preparado, volto cá uma noite para te avisar. Na tarde seguinte finges ir dar um passeio, mas apanhas um fiacre e vais ter comigo. Quando estiveres fora daqui, eu trato do assunto com a Martha.

Belle percebeu, pela seriedade da expressão dele, que tinha tudo bem pensado e estava decidido. Lançou-lhe os braços ao pescoço e agradeceu-lhe.

– Compreendes que vais passar muito tempo sozinha? – disse ele, num tom de aviso. – Não poderás voltar ao Bairro para ver as tuas amigas. Vai ter de ser uma rutura definitiva.

– Não quero saber disso – disse ela. – Só quero estar contigo.

CAPÍTULO 21

— É inútil, Jimmy, temos de aceitar que nunca vamos conseguir encontrar a Belle – disse Noah, tristemente. – Passou demasiado tempo, o rasto está frio e nós estamos sem ideias. Não posso fazer mais nada, por muito que o deseje.

Era um dia quente e abafado de setembro, ao princípio da tarde, e os dois jovens estavam sentados no pátio das traseiras do Ram's Head. O verão fora quente e seco, e Mog fizera tudo o que estava ao seu alcance para tornar o pátio mais agradável. Convencera Garth a desembaraçar-se dos velhos caixotes e outro lixo que o atravancava, plantara gerânios em floreiras de barro e pintara de branco um velho banco e uma pequena mesa. Há já semanas que aquele pátio servia como um refúgio abençoado contra a algazarra e o calor do *pub*.

O calor e a seca prolongados estavam a causar problemas por toda a cidade de Londres. As pessoas andavam irritadiças, não conseguiam dormir, os esgotos fediam, a comida estragava-se demasiado depressa, as ruas estavam cheias de pó e até as folhas das árvores caíam prematuramente. Ainda na noite anterior Garth dissera andar com a ideia de fechar o *pub* durante uma semana para poderem ir os três passar umas férias junto ao mar.

Mas a resposta de Jimmy fora que o tio e Mog podiam ir; ele ficaria, para o caso de receberem notícias de Belle. Garth dissera que nunca conhecera ninguém casmurro e tapado ao ponto de acreditar que ainda era possível chegarem notícias ao cabo de ano e meio.

Noah já fora a Paris três vezes, com James, em tentativas desesperadas de encontrar o tal convento de que a rapariga do bordel falara. Estava convencido de que já tinha batido à porta de todos os conventos de Paris, mais de quarenta, no total, sem encontrar um só que admitisse ter qualquer relação com madame Sondheim. Vários funcionavam como hospitais e diziam que muitas das suas pacientes eram prostitutas, mulheres que tinham sido vítimas de agressões ou eram para lá levadas em consequência de partos complicados, mas que não tinham registo de qualquer inglesa e muito menos de qualquer rapariga que afirmasse ter sido forçada a entrar na profissão.

Nem Noah acreditava que qualquer das freiras com que falara pudesse ser cúmplice na exploração de jovens. Tinham sido todas muito abertas, horrorizadas por alguém poder sequer pensar que algum membro de uma ordem religiosa fosse capaz de tentar esconder tal crime.

Perante isto, estava convencido de que as pessoas por detrás do tráfico de raparigas chamavam convento ao lugar que usavam como uma maneira de desviar suspeitas, e que se tratava apenas de uma casa onde as raparigas eram retidas até serem enviadas para outro lado qualquer. Mas sem a mais pequena pista quanto à localização desta casa, sabia que não podia ter qualquer esperança de encontrá-la.

Jimmy fora igualmente incansável na sua busca. Voltara a entrar no escritório de Kent e de Colm para lhes revistar os papéis e interrogara quase metade da população de Seven Dials na esperança de que alguém soubesse qualquer coisa. E, um ano antes, fizera de facto uma descoberta: o sítio onde Charles Braithwaite, conhecido como Sly, vivia.

Só lhe tinham dito que o homem morava em Aylesford, no Kent, e viajara até lá para saber mais a respeito dele. Fora informado de que os Braithwaite tinham trabalhado aquelas terras durante três

gerações, mas que Charles crescera convencido de que era um cavalheiro e que, desde que herdara a quinta, passava a maior parte do
seu tempo em Londres.

Acompanhado por Garth, a fazer as vezes de guarda-costas,
Jimmy visitara a quinta com a intenção de forçar Braithwaite a dar-
-lhes alguma informação, mas tinham encontrado apenas Tad Connor, o feitor. Tad dissera que Braithwaite desaparecera há cerca de
três meses e que desde então não voltara a saber dele nem a receber
qualquer salário. Connor parecera-lhes um homem decente e
honesto impossibilitado de sair dali porque tinha mulher e três
filhos para alimentar e a casa onde viviam fazia parte da propriedade. Dissera que estava a sobreviver da venda dos produtos da
quinta e que se Braithwaite não voltasse depressa ia ter de vender
algumas vacas.

Jimmy perguntara-lhe se se lembrava de Braithwaite ter para
ali levado uma jovem, em janeiro. Tad lembrava-se de o patrão e o
amigo terem chegado tarde, numa noite, e partido cedo na manhã
seguinte, pois fora a única vez que lá tinham estado. Dissera que se
estava alguma rapariga com eles, não a vira. Mas acrescentara que
tinham lá estado raparigas, no passado. Não se recordava das datas
e só as vira à distância, pelo que não podia descrevê-las, mas lembrava-se de ter pensado que Braithwaite e o amigo deviam andar
metidos em qualquer patifaria, pois nessas alturas não o deixavam
entrar na casa principal, como normalmente fazia.

Jimmy, recordando a conversa entre Colm e Kent a respeito de
Braithwaite se ter acagaçado, sugerira a Connor que talvez o melhor
fosse avisar a polícia do desaparecimento do patrão. Connor não
parecera convencido de que isso fosse necessário, mas dissera que
consideraria a possibilidade se passasse mais um mês sem notícias
de Braithwaite.

Pouco depois de Jimmy e Garth terem voltado de Aylesford,
Noah dissera a Jimmy que não lhe parecia que houvesse mais nada

306

que pudessem fazer para encontrar Belle. Na altura, Noah ficara com a impressão de que Jimmy concordava. Mas, ao olhar para ele naquele momento, convenceu-se de que o rapaz nunca ia desistir.

– Fizeste um bom trabalho com a história no jornal a respeito de todas as raparigas que desapareceram – disse Jimmy, tristemente. – Pensei que aquilo ia mesmo abalar a polícia. Mas continuaram a não fazer nada.

Noah estendeu a mão e deu uma palmada afetuosa no ombro do rapaz. O artigo que escrevera, no início do ano, a respeito das raparigas desaparecidas fora uma tentativa desesperada de conseguir alguma ação e justiça. Apesar de aparentemente em nada ter alterado a atitude da polícia, que continuara a afirmar ter feito tudo o que estava ao seu alcance, o jornal recebera centenas de cartas vindas de toda a Inglaterra. A reportagem tocara claramente um ponto sensível, pois além daqueles que expressavam a sua solidariedade para com os pais das raparigas, havia também pessoas que se queixavam do desaparecimento de uma filha. Muitas das cartas eram de pessoas que ofereciam conselhos, ainda que na sua maioria impraticáveis. E algumas eram de pessoas que julgavam conhecer os perpetradores do crime; Noah entregara-as à polícia, para que as investigasse.

A ironia de ter escrito o artigo fora que, apesar de não ter verdadeiramente ajudado Belle, passara a ter muito mais trabalho jornalístico, tudo bom trabalho de investigação em que podia pôr à prova as suas qualidades.

– A polícia ainda fez bastante – recordou a Jimmy. – Interrogaram o Kent e o Colm, e acredito que se esforçaram genuinamente para os apanhar. Mas aqueles dois são uns patifes sabidos, e não havia quaisquer provas sólidas e inquestionáveis que os ligassem às raparigas desaparecidas. Nem sequer a declaração da Annie a respeito de o Kent ter assassinado a Millie vale grande coisa, uma vez que a Mog não estava lá naquela noite e não pode corroborá-la. Tudo o que têm são as afirmações feitas a terceiros por uma rapariga que entretanto desapareceu. Se a Annie tivesse dito a verdade à polícia na noite em que aconteceu, talvez agora tudo fosse diferente.

– Não há então mais nada que possamos fazer? – perguntou Jimmy, lamentando-se.

– A nossa melhor esperança é que uma das raparigas desaparecidas apareça e diga onde foi raptada e por quem.

– Se ao menos pudesse ser a Belle – disse Jimmy, com um tremor na voz.

Jimmy completara entretanto dezanove anos, mas Noah, que o conhecia há mais de ano e meio, só agora, e de repente, se apercebia de como mudara fisicamente. Tinha crescido pelo menos sete centímetros e meio, os músculos dos ombros e dos braços retesavam o tecido da camisa e uma sombra de barba escurecia-lhe o queixo. Provara a sua maturidade na maneira resoluta como fizera tudo ao seu alcance para encontrar Belle e trabalhara para o tio, mas agora estava um homem, e embora dificilmente se pudesse considerá-lo uma beleza clássica, com os seus cabelos ruivos e as suas sardas, tinha um rosto agradável, cheio de personalidade.

– Devias sair e conhecer outras raparigas – disse Noah, suavemente. – A verdade é que mal chegaste a conhecê-la. Mesmo que ela voltasse um dia, é muito pouco provável que ainda tivessem alguma coisa em comum.

Jimmy olhou-o bem de frente, e a sua expressão era um claro aviso para que não dissesse mais nada a respeito do assunto.

– Hei de encontrá-la, Noah – disse, convicto. – Talvez já não me queira, e eu aceitá-lo-ei. Conheci algumas raparigas desde que ela desapareceu, mas nenhuma significou fosse o que fosse para mim. Não da mesma maneira que a Belle.

Com isto, disse que tinha uns assuntos a tratar e saiu pelo portão do pátio, enquanto Noah voltava ao *pub*. Garth ainda não abrira o bar e estava sentado à mesa da cozinha a fumar o seu cachimbo. Mog, sentada em frente dele, remendava um par de meias. Noah reparara que os dois pareciam agora estar sempre juntos, e que Mog era uma boa influência, pois Garth tornara-se muito menos rude do que em tempos fora.

– Quer uma bebida, chá, ou cerveja? – perguntou Mog.

Noah declinou a oferta e disse que era melhor ir andando, pois ficara de acompanhar uma jovem a um espetáculo musical em King's Cross, nessa noite.

– Também o Jimmy devia fazer qualquer coisa desse género – comentou Mog.

Noah achava que sim, mas ficou um pouco surpreendido por Mog pensar o mesmo.

– Não faça essa cara! – exclamou ela. – O rapaz tem dezanove anos, é mais do que tempo de arranjar uma namorada.

– Ela tem razão – disse Garth, sombriamente. – Não é bom para ele andar sempre a pensar na Belle.

– Ainda agora lhe disse qualquer coisa nessa linha – admitiu Noah. – Mas o facto de todos acharmos que devia não quer dizer que o faça.

– E eu também não ajudo – disse Mog, pensativa. – Quer dizer, estou sempre a falar da Belle, não consigo evitá-lo. Não compreendo a Annie. Nunca aparece por cá para saber notícias, nem sequer para me ver. E quando fui lá a casa o mês passado, a criada disse-me que ela não estava. E eu sei que estava a mentir.

Noah fora falar com Annie duas vezes, e também ele ficara surpreendido com a frieza com que fora recebido. A casa onde aceitava hóspedes era bonita e elegante, e os hóspedes que tinha eram do género de ficar horrorizados se descobrissem que a senhoria fora em tempos proprietária de um bordel, mas com certeza não acreditava que Mog ou ele dissessem qualquer coisa que a envergonhasse.

– Sempre foi muito fria – observou Garth. – Na altura, dizia-se que ela tinha recorrido à chantagem para obrigar a Condessa a deixar-lhe tudo.

– Isso é coscuvilhice maldosa e completamente falso – disse Mog, num tom firme. – A Condessa gostava da Annie e a Annie cuidou dela até ao fim, como cuidaria de uma mãe.

– Nesse caso, porque é que ela não quer saber da própria filha? – perguntou Garth. – Até parece que tu é que eras a mãe da Belle, Mog. O que foi que correu mal?

Noah interrompeu a conversa erguendo uma mão.

– Eu sei que a Annie foi forçada a entrar para a profissão. Não deve ser fácil amar uma filha nascida naquelas circunstâncias.

Mog estava a morder o lábio, como se tivesse qualquer coisa para dizer mas não se atrevesse.

– Então, Mog? – exortou-a Noah. – Vejo que sabe qualquer coisa.

– A culpa é minha – murmurou Mog. – Mal a Belle nasceu, peguei-lhe ao colo e passei a tratar dela. Nunca deixei a Annie fazer nada. Ela era a número um da Condessa, e eu dizia-lhe que tinha de voltar ao trabalho o mais depressa possível para impedir que outra qualquer lhe roubasse o lugar. – Começou a chorar, com grandes lágrimas a deslizarem-lhe pelas faces. – Se não o tivesse feito, talvez tudo tivesse sido diferente. Talvez seja este o meu castigo. Roubei o bebé da Annie, há muitos anos, e agora tenho de sofrer a dor de tê-la perdido.

Para grande espanto de Noah, Garth levantou-se da cadeira e deu a volta à mesa para confortar Mog, e quando o homenzarrão se inclinou, com o rosto habitualmente severo cheio de ternura, Noah percebeu que se tinha apaixonado por ela.

– A culpa não é nada sua, Mog – disse Noah por cima do ombro, enquanto começava a encaminhar-se para a porta das traseiras. – Foi uma boa amiga e uma excelente mãe para a Belle. Mas chegou a altura de ter a sua própria vida, e parece-me que tem o homem certo para a acompanhar.

Sorriu ao chegar ao pátio. Esperava que Mog e Garth descobrissem por si mesmos que um novo e radiante dia começava para eles.

– Não chores, Mog – disse Garth, desajeitadamente. Nunca se sentira à vontade junto de mulheres a chorar. – O Noah tem razão, a culpa não é tua. És uma boa mulher.

– Que queria ele dizer com aquela última coisa? – perguntou ela, limpando os olhos ao avental e olhando para ele. Garth teve aquela estranha sensação no estômago que tantas vezes experimentava

310

quando estava perto dela. Achava que Mog tinha um rosto muito doce, e adorava a maneira como mordia o lábio quando estava nervosa, e a ternura que lhe brilhava nos olhos cinzentos. Sabia que tinha de falar naquele instante, ou talvez nunca conseguisse arranjar coragem para o fazer.

— A respeito de teres o homem certo para te acompanhar? Bem, suponho que ele sabe o que eu sinto por ti, Mog — disse, num repente atabalhoado.

Ela abriu muito os olhos, e levou a mão à boca.

— Por mim?

— Sim, por ti, por quem havia de ser? — respondeu ele, a voz rouca porque lhe parecia ter passado uma eternidade desde a última vez que tentara cortejar uma mulher, e uma mulher que nem sequer significava tanto para ele como aquela. — Mas talvez tu não sintas o mesmo? Se é assim, di-lo, e não se fala mais no assunto.

— Oh, Garth — disse ela baixinho, o lábio inferior a tremer como se fosse recomeçar a chorar. — Sinto o mesmo, sim, mas pensava que era só do meu lado.

Garth apercebeu-se de que aquele era o género de conversa em que a bola podia continuar a saltar de um lado para o outro, como numa partida de ténis, sem nunca chegar a uma resolução. Por isso, pegou-lhe nas mãos, obrigou-a a pôr-se de pé, tomou-a nos braços e beijou-a.

Mog sabia às maçãs que estivera a cortar para fazer uma tarte, e cheirava a sabonete e a alfazema. Garth abraçou-a com força e levantou-a do chão enquanto a beijava, e o coração encheu-se-lhe de alegria porque sentiu, pela maneira como os lábios dela respondiam aos dele, que Mog sentia o mesmo.

— Acho que são mais do que horas de abrir o bar — murmurou Garth contra o pescoço de Mog, algum tempo mais tarde. Tinha-se instalado numa cadeira da cozinha e sentara-a no colo para a beijar uma e outra vez. A verdade era que não sabia muito bem o que fazer a seguir. Namorar era para os jovens, mas pressentia que Mog era capaz de se assustar se ele avançasse demasiado depressa. Além disso, tinha de pensar em Jimmy. Não podia pegar em Mog e levá-la para a cama sem primeiro esclarecer as coisas com o rapaz.

Tinha a sensação de que Jimmy ia achar que o casamento era a única maneira certa de o fazer, e talvez tivesse razão.

– Nunca pensei que isto me pudesse acontecer – disse Mog, corando como uma colegial. – Mas temos de ter em consideração os sentimentos do Jimmy; não podemos deixar que ele entre porta dentro e nos apanhe assim.

Garth pensou que era espantosa a maneira como ela parecia sempre saber o que ele estava a pensar.

– Confesso que nunca pensei que seria o meu jovem sobrinho a fazer-me casar outra vez – disse.

Mog pôs-se rígida e recomeçou a morder o lábio, e Garth percebeu que aquilo não tinha saído como tencionara.

– Quero dizer, não posso dar um mau exemplo – disse, e percebeu que também aquilo não soara muito bem, sentiu que a cara se lhe punha tão vermelha como os cabelos. – O que quero mesmo dizer, Mog, é que quero casar contigo. Queres ser minha mulher?

Então ela riu, um pequeno trilo que soou como água a deslizar sobre seixos.

– Não quero outra coisa, Mr. Franklin. E é melhor que seja em breve, se não queremos dar um mau exemplo ao Jimmy.

Noah ainda ia a sorrir por causa de Garth e Mog enquanto subia Tottenham Road em direção à casa onde tinha um quarto alugado. Achava que eram o casal perfeito e estava convencido de que talvez Jimmy deixasse de pensar tanto em Belle se os dois decidissem casar.

Mas, como tantas vezes acontecia quando pensava em Belle, os seus pensamentos derivaram para todas aquelas outras raparigas que tinham desaparecido, e recordou o que um alto graduado da polícia de Bow Street lhe tinha dito:

– Sabemos que acontece, que há raparigas que são levadas para França ou para a Bélgica para se tornarem prostitutas, e raparigas que são trazidas para cá com o mesmo objetivo. Encontrámos duas francesas num bordel em Stepney onde fizemos uma rusga, há alguns meses. Estavam num estado lamentoso, esqueléticas e viciadas em ópio. Depois de lhes darmos banho e de chamarmos uma intérprete francesa, ficámos a saber que tinham vindo para Inglaterra para serem «criadas de senhora». Aparentemente, tinham ambas sido entrevistadas na mesma casa, em Paris, pela mesma mulher, que lhes disse que viriam com ela para Inglaterra pelo prazo de um ano. Foram as duas iniciadas por «cavalheiros» numa grande casa, onde eram vigiadas para não poderem fugir. Então, alguns meses mais tarde, levaram-nas para vários outros lugares, cada um pior do que o anterior, até chegarem a Stepney, onde as encontrámos.

O polícia dissera ainda que todos os anos desapareciam entre trezentas e quatrocentas raparigas, e que dessas só cerca de cento e cinquenta voltavam a ser vistas. Fizera notar que muitas estariam provavelmente com um homem com que tinham fugido, algumas talvez tivessem sido assassinadas, mas as restantes, em sua opinião, encontravam-se em bordéis. Uma grande parte já não poderia ser salva, acrescentara, porque o vício nas drogas e a doença teriam cobrado o seu tributo. Muito em breve, seriam apenas mais um corpo na mesa de uma morgue qualquer.

– Talvez seja melhor fazer mais uma viagem a Paris e tentar subornar a Cosette – murmurou para si mesmo, incapaz de suportar a imagem de raparigas estendidas na mesa de uma morgue.

CAPÍTULO 22

Belle sentia-se doente de medo enquanto descia a escada para deixar definitivamente o Martha's. Eram duas da tarde de um dia quente e abafado, em que não corria sequer a mais pequena aragem.

Na noite anterior, Faldo aparecera para lhe dizer que arranjara uma casa para os dois. Pagara por uma visita curta, apenas o tempo suficiente para lhe dar a morada e instruí-la sobre o que fazer, deixando-a à beira de um ataque de nervos. E a situação não melhorara durante a noite; passara horas acordada, atormentada pela dúvida: parecia-lhe que estava a depositar toda a sua confiança num homem a respeito do qual, bem vistas as coisas, pouco sabia.

Era, porém, demasiado tarde para voltar atrás e, como Faldo lhe dissera, levava apenas uma pequena bolsa de rede, onde só guardara as suas poupanças, uma escova de cabelo e algumas fitas enroladas. Levava o vestido azul por baixo do verde que lhe tinham dado em Paris, e por baixo dos vestidos, dois saiotes, duas cuecas e duas camisas. Tinha um calor horrível com toda aquela roupa, mas não fora capaz de decidir-se a deixar para trás tudo o que possuía, como Faldo lhe dissera que fizesse.

Deixara no quarto tudo o que Martha lhe dera, e esperava que as outras raparigas pudessem dividir entre si as poucas joias e objetos pessoais que abandonava.

Martha apareceu no corredor da cozinha no momento em que Belle chegava ao fundo da escada.

– Está muito calor lá fora – disse, a olhar para Belle com uma expressão curiosa, como se a notasse mais forte do que de costume. – As outras raparigas estão todas no pátio a beber limonada.

Belle sentiu o estômago dar uma volta. Tinha a certeza de que Martha adivinhara o que se preparava para fazer.

– Apeteceu-me dar um passeio – respondeu. – É tão fácil uma pessoa tornar-se preguiçosa com todo este calor.

– Bem, não exageres – aconselhou Martha. – Nunca consegui perceber porque é que os Ingleses gostam tanto de fazer exercício.

Há já algum tempo que Martha fazia pequenos comentários deste género a respeito dos Ingleses. Belle tinha a sensação de que a intenção era levá-la a ripostar. Claro que não tencionava deixar-se engodar, e muito menos naquele momento, de modo que sorriu docemente.

– Desconfio que me vou arrepender logo que passe a linha do caminho de ferro – disse. – E nessa altura voltarei para me sentar à fresca com um copo de limonada.

Martha seguiu até à sala e Belle chegou à porta da rua. Tinha pena de não poder despedir-se das outras raparigas, porque, exce-tuando Anna-Maria, acabara por gostar delas e estava-lhes grata pela companhia, conselho e amizade. Ia sentir a falta dos risos, das con-versas divertidas. A verdade era que a presença delas a ajudara quando se sentira assustada, sozinha e cheia de saudades de casa.

Atravessou rapidamente a via-férrea, entrou no Bairro Francês e embrenhou-se no dédalo de ruas, olhando de vez em quando por cima do ombro para se certificar de que Martha não mandara Cissie ou qualquer outra pessoa espiá-la.

Finalmente, quando se convenceu de que não estava a ser seguida, fez sinal a um fiacre e pediu ao cocheiro que a levasse a Canal Street.

*

315

Belle raramente saíra do Bairro, de modo que não tinha ideia de como era a área de Mid-City. O fiacre pareceu percorrer uma longa distância por Canal Street antes de meter por uma transversal, mas Belle viu o sinal a indicar North Carrollton Avenue e ficou aliviada: estava no caminho certo. Não pôde, no entanto, evitar um sentimento de choque e desilusão quando o cocheiro deteve o cavalo diante de uma das muitas «shotgun houses» que se alinhavam ao longo da rua.

Sabia que aquele estilo de casas de madeira de um só piso era muito comum em todos os estados do Sul, por serem baratas e fáceis de construir. Com pouco mais de três metros e meio de largura e as divisões a darem umas para as outras sem necessidade de um corredor, não havia espaço desperdiçado, além de aproveitarem a corrente de ar que se criava como sistema de arrefecimento, durante o verão. Dizia-se que o nome de «shotgun» vinha do facto de, com uma porta à frente e outra nas traseiras, ser possível disparar uma caçadeira de uma ponta à outra da casa.

Não havia verdadeiramente nada de errado com a casa, e Belle sabia que milhões de pessoas se dariam por muito felizes se tivessem uma assim. Mas, por qualquer razão, metera-se-lhe na cabeça que Faldo ia arranjar-lhes uma bonita vivenda de estilo crioulo como as que havia no Bairro Francês, com varandas de ferro forjado e persianas nas janelas. Não estava à espera de uma vulgar casa de gente pobre.

Não tinha sequer um jardim à frente. Todas as casas da rua estavam sobrelevadas sobre postes de tijolo, com degraus de madeira que davam acesso à porta; o telhado, ligeiramente sobressaído, formava um pequeno alpendre.

Faldo apareceu à porta e começou a descer os degraus no instante em que Belle se apeava do fiacre. Acolheu-a com um sorriso caloroso, pagou ao cocheiro e deu-lhe o braço para a ajudar a subir os degraus.

– Espero que não tenhas tido problemas com a Martha – disse. – Estava preocupado contigo.

– Não. Falou comigo quando eu ia a sair, mas eu disse-lhe que ia só dar um passeio. Tive medo de que reparasse como estou gorda. Trago dois vestidos um por cima do outro e estou a morrer de calor.

Riu, nervosa. Apesar de estar aliviada por ter saído do Martha's sem problemas, sentia-se repentinamente assustada pela perspetiva do que a esperava.

Faldo abriu a porta de rede que mantinha os insetos voadores do lado de fora e fez-lhe sinal para entrar à frente. A primeira impressão dela foi que a divisão era maior do que julgara, e o teto alto fazia-a parecer arejada, mas estava muito escassamente mobilada, com apenas dois cadeirões de braços forrados a veludo vermelho-escuro e uma pequena mesa junto à janela. A iluminação era a gás, e havia uma lareira, ainda que, com aquele calor, Belle tivesse dificuldade em imaginar que alguma vez chegasse a fazer em Nova Orleães frio suficiente para que fosse usada.

– Consegui que me entregassem algumas peças essenciais de mobília esta manhã – disse Faldo. – Mas pensei que gostarias de ser tu mesma a escolher o resto.

Belle não fazia ideia do que dizer. Parecia tudo tão nu e pouco acolhedor, sobretudo depois do conforto do Martha's. Sabia que ia viver ali sozinha a maior parte do tempo, e isso fê-la tremer de medo.

– Posso ver o resto? – pediu, a tentar recompor-se e sentir-se feliz por ter dado o primeiro passo no sentido da liberdade.

– É só um quarto e a cozinha – disse Faldo, acompanhando-a até à porta do quarto. A cama que comprara era bonita, de latão, e em cima do colchão havia um monte de lençóis e fronhas, almofadas e uma colcha de xadrez. – Deixei-a para tu a fazeres. As mulheres são muito melhores nesse género de coisas.

Havia também um toucador com três espelhos ovais e um tamborete à frente. Belle admirou-o, e à cama, e então abraçou Faldo, porque tinha medo de que ele adivinhasse os seus verdadeiros sentimentos em relação à casa.

– Eu sei que és demasiado nova para teres aprendido muitas competências domésticas, querida – disse ele, com os lábios encostados ao pescoço dela. – Mas eu ajudarei em tudo o que puder, e uma rapariga esperta como tu saberá tirar muitas ideias de livros e revistas.

A terceira e última divisão era a cozinha. Tinha um fogão a gás, um lava-louça, prateleiras nas paredes, alguma louça, tachos e panelas e uma pequena mesa com duas cadeiras no centro. Faldo abriu um armário forrado a metal com um bloco de gelo em cima de um prato quadrado no fundo.

– Aqui é onde vais guardar o leite, a manteiga e a carne, para os manteres frescos – explicou. – Todas as semanas há de aparecer um homem para te vender o gelo. Só tens de lhe levar o prato quando o ouvires tocar a sineta da carroça.

Belle tinha visto gelo ser entregue no Martha's, mas não esperara que as pessoas vulgares pudessem tê-lo também, e aquilo ajudou a animá-la um pouco.

– Mas receio que a latrina seja lá fora – disse ele, e pareceu receoso de que o facto a ofendesse.

– Não faz mal – afirmou Belle, apesar de o coração ter voltado a afundar-se-lhe no peito.

Faldo encheu a chaleira para fazer café. Também tinha comprado uma caixa de mercearias, e ao ver um bolo de noz em cima, Belle mexeu-se para arrumar aquilo tudo.

– Sabes cozinhar? – perguntou ele, enquanto despejava algumas colheres de café numa cafeteira.

– Um pouco – respondeu Belle. – Costumava ajudar a Mog, lá em casa. Descascava e cortava os legumes, fazia tartes de geleia e coisas assim, com ela. Mas nunca preparei uma refeição completa sozinha.

– Se sabes ler, sabes cozinhar – disse ele, e sorriu. – Pelo menos, era o que a minha mãe costumava afirmar. Talvez devesses ir a uma livraria comprar um livro de receitas.

– É uma excelente ideia – aprovou Belle, e sorriu, querendo parecer entusiasmada e alegre, apesar de não o sentir.

Beberam café e comeram bolo de noz, e então Faldo disse que lhe ia dar dez dólares por semana. Belle ficou horrorizada por ser tão pouco – não iria muito longe com aquilo. Faldo não reparou na expressão dela.

– Mas abri duas contas para ti – continuou. – Uma na Frendlar's, uma mercearia em Canal Street. A outra é na Alderson's, uma loja que vende de tudo, desde meias e linhas de costura a mesas e cadeiras. Entras as duas, encontrarás de certeza tudo o que vais precisar para fazer desta casa um lar. Compras o que quiseres e mandas pôr na conta. Terás de assinar as faturas como Miss Anne Talbot, e se alguém perguntar, dizes que sou teu tutor. Achas bem?

Belle presumiu que precisava de ter um nome falso para o caso de Martha tentar encontrá-la.

– Tens sido muito generoso – disse. – Espero que não venhas a arrepender-te de tudo isto.

Ele sorriu e estendeu a mão para lhe acariciar a face.

– Não há qualquer razão para que isso aconteça, és um encanto. Mas tenho medo de que te sintas sozinha e aborrecida. Virei ver-te tantas vezes quantas puder, mas sei que não é o mesmo que ter amigos ou família por perto.

– Fico bem. Posso ler, costurar e aprender a cozinhar – disse ela, com mais coragem do que sentia. – Mas o que digo de mim aos vizinhos?

Faldo franziu a testa.

– Penso que o melhor será manteres as distâncias – disse. – Mas se surgir uma circunstância em que tenhas de falar com eles, claro que não podes dizer que vieste do Bairro. Diz que eu sou o teu tutor e que vieste para cá porque os teus pais morreram, em Inglaterra. Se forem curiosos ao ponto de perguntar por que razão não vives com a minha família, podes dizer que gostas de ser independente. Mas o melhor seria não teres de dizer nada. Desse modo, não há o risco de a Martha saber que estás aqui.

– Quando é que vais falar com ela?

– Não vou, querida – respondeu ele e, ao ver a surpresa na cara dela, explicou: – Ela é uma mulher muito dura, ia exigir uma soma enorme por ti, e poderia arranjar problemas se eu me recusasse a pagar. Por isso, vou aparecer por lá uma noite destas e perguntar por ti, o que me fará parecer inocente de qualquer cumplicidade no teu desaparecimento. Mas, como de certeza compreendes, não podes voltar a aproximar-te do Bairro Francês, e muito menos do Bairro.

Belle assentiu, mas sentiu-se menosprezada por ele não estar disposto a pagar qualquer coisa para a libertar.

– Claro. Também não havia de querer lá ir, de qualquer modo – disse.

– Então, vamos? – disse ele, pegando-lhe na mão e levando-a para o quarto. Tirou o monte de lençóis de cima da cama e deixou--o no chão. – Vai ter de ser uma rápida. Tenho uma reunião de negócios daqui a pouco.

Pouco depois, Belle ouviu a porta de rede fechar-se e o som dos passos de Faldo a descerem os degraus e, deitada de costas no colchão nu, começou a chorar.

Sentia-se mais uma prostituta naquele momento do que alguma vez se sentira no Martha's. Ele dissera-lhe que despisse todas as roupas e então praticara o ato sem uma carícia ou um beijo, apressadamente, e fora-se embora.

Nada daquilo era o que tinha esperado. Estava sozinha numa parte da cidade que não conhecia e que podia ser perigosa. Não tinha o luxo de uma banheira ou de uma latrina interior. Faldo ia dar-lhe menos dinheiro do que ganhava no Martha's, e se Martha descobrisse que a sua rapariga número um continuava na cidade era bem capaz de mandar alguém para a ensinar a não fugir.

O que mais a perturbava, no entanto, era ter sido suficientemente estúpida para acreditar que ia ter tudo a seu jeito porque Faldo a amava. Era talvez uma expectativa pouco razoável; ao fim e ao cabo, ela não o amava e só se voltara para ele em desespero de causa. Mesmo assim, magoava-a pensar que tudo o que ele queria era uma rapariga bonita sempre às ordens para fazer sexo e uma casa onde ficar quando ia a Nova Orleães.

E era esperto, disso não havia dúvida. O facto de deixá-la debitar numa conta tudo o que comprasse fazia-o parecer muito generoso, mas a verdade era que não queria dar-lhe dinheiro para comida e para as coisas da casa por recear que ela o usasse para fugir.

Tinha pouco mais de cem dólares em poupanças. Embora parecesse muito, não sabia se seria o suficiente para levá-la até Nova Iorque, quanto mais de regresso a Inglaterra.

Chorou durante tanto tempo que nem se apercebeu de que tinha escurecido. Teve de fazer um esforço para voltar a vestir a camisa, fechar as portadas e acender o gás. Alguém cozinhava, ali perto, e o cheiro permeava as paredes, mas a rua era muito mais tranquila e silenciosa do que aquilo a que estava habituada no Bairro. Mesmo que detestasse tudo o mais na casa acanhada e feia, aquele era um ponto a favor.

– Precipitaste-te – disse em voz alta, enquanto se dirigia à cozinha para pôr a chaleira ao lume. – Devias ter esperado para conhecê-lo melhor, ou tentado outros homens antes de te decidires por ele. Mas agora está feito e não há maneira de voltar atrás, de modo que o que te resta é tirar o melhor partido do que tens.

No espaço de poucos dias depois de ter deixado o Martha's, Belle descobriu que o tédio e a solidão eram os seus piores inimigos. Lidava com o primeiro limpando, cozinhando, passeando, lendo e costurando, mas contra a solidão não encontrava antídoto.

Quase todos os dias desejava estar de regresso à cozinha do Martha's, com as outras raparigas, a saborear prolongados pequenos-almoços, de camisa de dormir e os penteados desfeitos, todas a falar ao mesmo tempo da noite anterior e a rir loucamente quando uma delas descrevia alguma experiência particularmente bizarra. E depois

havia as tardes preguiçosas a passear pelo Bairro Francês ou estendida numa cadeira de repouso no pátio das traseiras a conversar e a
beberricar refrescos. Daria tudo para ouvir a campainha da porta
da frente tilintar, ainda que isso significasse que tinha entrado um
cavalheiro e que de repente tinham de pôr os seus sorrisos mais
sedutores e preparar-se para o que ia acontecer.

No Bairro, era quase impossível caminhar por uma rua sem que
alguém a fizesse parar para dois dedos de conversa. Os artistas de
rua estavam sempre de olho nas raparigas, tocando muitas vezes
uma música especialmente para elas: Belle perdera a conta às vezes
que parara para ouvir e rira enquanto eles lhe dirigiam galanteios.
Ia comprar um gelado ou uma talhada de melancia numa banca e
a vendedora contava-lhe um mexerico qualquer. Os lojistas eram
todos simpáticos e recebiam-na sempre com um sorriso. Não havia
ares presumidos, não se consideravam superiores a ela. Havia por
todo o Bairro uma sensação de união e solidariedade, muito como
houvera em Seven Dials.

Naquela rua, porém, e até ao momento, ninguém lhe dirigira a
palavra, ou sequer lhe sorrira. Duvidava que fosse por saberem da sua
condição de mulher por conta: que visse, ninguém falava com ninguém. Só podia supor que era assim que as coisas se passavam nas
zonas «respeitáveis». As pessoas fechavam-se em si mesmas por receio
de qualquer coisa. Se era receio de se envolverem ou simples snobismo, não sabia dizer. Mas, fosse qual fosse a razão, não gostava.

Havia ocasiões em que se sentia tão só que chorava até adormecer. O silêncio pesava sobre ela como uma ameaça. Houvera também um par de trovoadas, com uma chuva tão forte que ecoava
como marteladas no telhado de zinco e trovões tão ribombantes
que a tinham feito tremer de medo. Ganhara o hábito de sair para
longos passeios, indo cada vez mais longe para adiar o momento de
regressar a casa e cansar-se de tal maneira que conseguisse adormecer
quando chegasse.

Faldo aparecia uma vez por semana, mas era sempre em dias
diferentes. Ao princípio, Belle acreditara que era, como ele dizia,

por não ter uma rotina e nunca saber quando estaria num dado lugar, mas agora suspeitava de que o fazia para verificar se ela não andava com outra pessoa.

Na primeira visita depois de ela se ter mudado, tinha aparecido com uma caixa de uma loja de *lingerie* chique. Comprara-lhe uma bonita camisa de dormir de seda vermelha, com um roupão a condizer, e uns elegantes chinelos de quarto de macio couro vermelho debruados com penugem de cisne preto. Fora encantador naquela noite, verdadeiramente afetuoso, elogiara-a por a casa estar tão bonita e mostrara-se preocupado por ela estar sozinha.

E Belle acreditara que ia ser sempre assim. Fizera planos para preparar-lhe refeições especiais, arranjar a mesa com flores e velas, e pensara que uma vez por outra iriam a um restaurante ou a um teatro. Até imaginara que um dia ele sugeriria irem os dois fazer umas férias longe dali.

Mas da vez seguinte Faldo fora frio e distante, e Belle não conseguira perceber porquê. Não podia ser por ela parecer desmazelada: todas as noites se lavava, arranjava os cabelos e vestia a sua *lingerie* nova, para o caso de Faldo aparecer. Fazia tudo o que podia para lhe agradar, e era muito doloroso ele não responder com afeto. Mas nessa noite perdoara-lhe, porque pensara que talvez ele tivesse tido um dia horrível.

Só que, a partir de então, fora sempre assim. Nunca podia relaxar completamente à noite, porque ele podia entrar pela porta a qualquer momento. Se não aparecesse até às dez, era porque já não iria, e ela despia a bonita *lingerie*, guardava-a na gaveta e ia para a cama. E nas noites em que ele aparecia, não queria conversar, não lhe perguntava como fora o dia dela nem lhe contava como fora o seu. Levava-a para a cama, fazia o que queria fazer e adormecia.

Durante o dia, Belle ainda conseguia convencer-se de que mesmo que Faldo não se mostrasse amoroso, continuava a estar numa situação bem melhor do que a que tivera no Martha's. Era uma amante, não uma prostituta; e tinha uma casa confortável, porque fora à Alderson's e escolhera mobília, tapetes, quadros e ornamentos que mandara debitar na conta de Faldo. Tinha mais do que o suficiente para comer e podia fazer o que quisesse durante todo o dia. Mas à noite, quando ele estava, ficava acordada muito tempo depois de Faldo ter adormecido, a pensar que ele falara ainda menos do que na primeira noite que tinham passado juntos no Martha's, e sentia-se terrivelmente usada e magoada.

Dava por si a pensar em Mog, na mãe e em Jimmy, e isso era como deslizar por um túnel escuro que, bem o sabia, não conduzia a nada senão ao desespero. Pensava uma e outra vez em escrever-lhes e pedir-lhes ajuda para voltar para casa, mas não tolerava a ideia de lhes dizer o que lhe tinha acontecido.

Uma tarde, quatro semanas depois de se ter mudado para North Carrollton Avenue, uma pequena loja de chapéus a poucos quarteirões de distância chamou-lhe a atenção. Saía para passear todos os dias, seguindo diferentes caminhos para conhecer melhor a cidade e os seus diferentes bairros. Mas, por qualquer motivo, nunca fora para aquele lado, apesar de não ficar muito longe da casa onde vivia.

Esperou que uma zorra pesadamente carregada de barris de cerveja acabasse de passar e atravessou a rua em direção à loja. Ficou algum tempo a olhar para a montra, que estava muito bonita. Apresentava um tema outonal, com um ramo de árvore e folhas recortadas em papel dourado, cor de ferrugem e vermelho espalhadas por baixo. Havia vários chapéus pendurados dos ramos: um vermelho, atrevido, enfeitado com penas douradas e castanhas, um verde-musgo, de aba larga e com véu, uma touca de veludo castanho e outro muito bonito, castanho, estilo *cloche*, decorado com contas de âmbar.

Desde que saíra de Inglaterra, nem uma única vez voltara a pegar no lápis para desenhar chapéus, como costumava fazer em casa. Na realidade, excetuando ter dito a Étienne que o seu sonho era ter uma loja de chapéus, não voltara sequer a pensar no assunto.

324

Naquele momento, porém, ao olhar para o interior através da montra, recordou esse sonho. Ao fundo da loja havia uma bancada, e uma senhora de idade, muito baixinha e com os cabelos completamente brancos, estava de pé diante dela a trabalhar num chapéu preto colocado num suporte. Parecia estar a acrescentar-lhe um véu.

Havia dúzias de chapéus expostos na pequena loja, e Belle sentiu que tinha de entrar para ver melhor. Ao abrir a porta fez soar uma pequena campainha, e o som era exatamente igual ao da campainha da loja de doces perto da casa dela, em Seven Dials.

– Em que posso ajudá-la, minha senhora? – perguntou a mulher de idade, interrompendo o que estava a fazer.

Devia ter pelo menos sessenta anos, com o rosto sulcado de rugas e as costas encurvadas. No entanto, apesar do simples vestido preto, que tinha apenas uma gola e punhos de renda creme para o animar, os seus olhos eram brilhantes e o sorriso caloroso.

– Só queria dar uma vista de olhos – respondeu Belle. – Adoro chapéus, e a montra está tão bonita.

– Obrigada, querida – disse a senhora. – Vejo que é inglesa. Sempre achei que as mulheres inglesas têm muito bom gosto.

Conversaram um pouco a respeito de chapéus, e então, como a velha parecia contente por ter companhia, Belle confessou que o seu sonho sempre fora ser modista de chapéus e ter uma loja sua.

– Não me diga! – exclamou a velhota. – Nunca conheci ninguém que quisesse aprender a fazê-los. A maior parte das pessoas pensa que vou a um lado qualquer e os compro já feitos. Não sabem que é uma verdadeira arte moldá-los e depois cosê-los e decorá-los.

Belle estava preparada para lisonjear e gabar a senhora só para poder ficar na loja e sentir-se um pouco menos só durante algum tempo. Confessou que não tinha dinheiro para comprar um chapéu, mas experimentou alguns e disse-se encantada por estarem todos tão bem feitos.

– É um prazer vê-los usados por alguém tão jovem e bonito – disse a velhota. – Ora bem, sou Miss Frank e ia agora mesmo fazer uma chávena de café. Também quer?

– Chamo-me Belle Cooper e adoraria uma chávena de café – respondeu Belle, e só depois de dizer o seu nome verdadeiro se lembrou de que devia chamar-se Anne Talbot. Não podia retirar o que dissera, mas resolveu não revelar mais nada.

– Sempre sonhei ir a Inglaterra – disse Miss Frank, enquanto abria uma porta ao fundo da loja, revelando uma pequena cozinha. – Suponho que nunca lá chegarei, estou a ficar demasiado velha. Mas gostava muito de ver o rei Eduardo e o seu palácio. E depois há a torre onde costumavam cortar a cabeça a reis e rainhas.

– O rei Eduardo morreu o ano passado e o filho, Jorge, foi coroado rei – disse Belle. – Fui uma vez ver a Torre de Londres, e é um lugar assustador. É guardada por uns homens de uniformes vermelhos e dourados chamados Beefeaters. Mas hoje já ninguém é decapitado.

– Fico contente por sabê-lo. – Miss Frank soltou uma pequena gargalhada. – As decapitações não são nada boas para o meu negócio.

Belle riu, e foi a primeira vez que o fazia verdadeiramente desde que deixara o Martha's.

– Assim gosto mais, é bom ouvi-la rir – disse Miss Frank. – Vi a sua cara quando estava a olhar para a montra e pareceu-me muito triste e desamparada. Tem saudades de casa?

Belle acenou com a cabeça. Não se atreveu a falar, porque a pergunta tinha-lhe marejado os olhos de lágrimas.

– Está em casa de parentes? – Miss Frank olhou para ela por cima dos óculos, enquanto deitava algumas colheres de café na cafeteira.

Belle voltou a acenar e então, ao reparar num objeto com o feitio de uma cabeça que estava na cozinha, perguntou se servia para moldar chapéus, só para desviar a conversa da sua pessoa.

– Claro. Encho a parte de baixo com água e ponho-a a aquecer, como uma cafeteira. Então ponho o feltro ou a lona por cima, e o vapor dá forma à copa. Aquela coisa grande em cima é uma forma… tenho muitas diferentes para todo o género de abas e copas.

Mostro-lhe como se faz depois de bebermos o nosso café. Isto é, se estiver interessada.

Belle demorou-se na loja quase uma hora, e Miss Frank mostrou-lhe as mais variadas coisas relacionadas com a chapelaria. Tinha gavetas cheias de fitas e tranças, caixas de flores artificiais, e ainda mais caixas de penas. Era tudo fascinante, e Belle confessou que costumava desenhar chapéus, em Inglaterra.

– Se voltar a apetecer-lhe desenhar alguns, gostaria de os ver – disse Miss Frank. – Faço-o há tantos anos que receio estar a ficar um pouco antiquada. A Angelique's, a loja de vestidos no Bairro Francês, compra-me chapéus, e uma das donas disse-me, da última vez que a vi, que gostaria de ter uns modelos mais atrevidos. Para ser franca, Belle, não sei muito bem o que quis ela dizer com aquilo.

Belle sorriu.

– Vi recentemente uma revista com modas de Paris – disse. – Os chapéus que os modelos usavam eram mais pequenos, pouco maiores do que uma flor. Vi um que parecia um pequeno ninho, com um passarinho fofo a espreitar lá de dentro. Penso que é a uma coisa assim que ela se refere quando fala de atrevido.

Miss Frank abanou a cabeça, como se não conseguisse imaginar alguém a usar semelhante coisa.

– Talvez esteja a ficar demasiado velha. Quando era nova, o que se usava era toucas, chapéus de palha com uma fita bonita e talvez umas flores a enfeitar. Depois, no outono e no inverno, tínhamos chapéus de feltro, de peles se fazia muito frio. Sabia-se o que as senhoras iam comprar em cada estação. Agora já não é nada disso.

Belle voltou a casa pouco depois, mas durante toda a tarde não conseguiu pensar em nada senão em chapéus. Encontrou papel e um lápis e começou a desenhar freneticamente, mas, fosse pelo que fosse, nenhum dos chapéus que desenhou lhe parecia bem.

Três dias mais tarde, depois de ter passado quase todos os seus momentos livres a desenhar, voltou à loja de Miss Frank.

– Não consigo desenhar nada de jeito – confessou. – Acho que é porque primeiro preciso de saber como se faz um chapéu.

Miss Frank ficou a olhar para ela durante algum tempo, sem falar.

– Não posso pagar a uma ajudante, pelo menos enquanto o negócio não animar – disse finalmente. – Mas se quer aprender chapelaria, eu ensino-a.

– Faria isso? – perguntou Belle, ofegante. – É o que mais desejo no mundo.

A partir da primeira manhã em que se apresentou na pequena loja de Miss Frank e lhe foi confiada a tarefa de enformar a vapor um chapéu *cloche*, Belle sentiu renascer a esperança. A chapelaria era uma profissão respeitável; quando dominasse a técnica, conseguiria arranjar um emprego decente. Mas mesmo que isso se situasse muito longe no futuro, de repente passara a ter uma razão para se levantar de manhã, um objetivo para cada dia que não limitar-se a esperar que Faldo aparecesse.

Aprendeu depressa. Miss Frank dizia que ela tinha bons dedos e uma habilidade natural. E a velha era uma boa professora, tão interessada em transmitir os seus conhecimentos como Belle em adquiri-los. Mas havia perigos implícitos no seu novo papel de aprendiza. Miss Frank era uma mulher inquisitiva, tal como as clientes habituais que visitavam a loja há anos. Queriam saber porque fora Belle para a América, quando e como, onde vivia e do que vivia. Mesmo quando não faziam diretamente estas perguntas, os olhos delas inquiriam, e Belle calculava que, quando não estava na loja, interrogavam Miss Frank.

Não lhe era fácil mentir. Dissera a Miss Frank que fora mandada viver com o seu tutor quando a mãe, viúva, falecera. Mas porque a mulher e os filhos dele não a queriam a viver consigo, o tutor arranjara-lhe acomodações alternativas. Não parecia plausível, nem sequer a ela, que qualquer tutor esperasse que uma rapariga tão nova vivesse sozinha numa cidade desconhecida. Miss Frank, no entanto, pareceu acreditar; emitiu alguns ruídos de reprovação e declarou que lhe parecia um comportamento vergonhoso, mas a compaixão dela só serviu para fazer Belle sentir-se ainda pior. Desejava tanto poder dizer a verdade, tirar de cima dos ombros o peso de toda a sua triste história. Mas por muito bondosa que fosse, Miss Frank seria tudo menos uma mulher do mundo; era uma velha solteirona que ia à igreja e provavelmente nunca tinha sido beijada, quanto mais tido uma experiência sexual. Não ia querer uma prostituta na sua bonita lojinha; podia até convencer-se de que Belle se aproximara dela com a intenção de a roubar. Acharia a ideia de ser a amante de um homem casado absolutamente repugnante. Talvez até a denunciasse à polícia, o que implicaria o risco de Martha descobrir onde estava.

Por isso, Belle tentava manter a boca calada, dizendo o menos possível a Miss Frank e às suas clientes ao mesmo tempo que se esforçava denodadamente por dominar as novas competências que estava a aprender e continuava a treinar o desenho de chapéus à noite.

Não falou a Faldo da sua nova ocupação, sabendo que ele não a aprovaria. Mas, animada pela felicidade recém-descoberta na loja de Miss Frank, esforçava-se ainda mais por lhe agradar.

– Diz-me onde estiveste esta semana – pedia, enquanto lhe preparava um *mint julep*, uma bebida com *bourbon* que ele dissera ser a sua preferida. Numa ou duas ocasiões, Faldo dissera-lhe que tinha estado em St. Louis, ou até mais longe, mas a maior parte das vezes nem se dava ao incómodo de responder: bebia o *mint julep* e dizia que eram horas de ir para a cama.

Uma noite, Belle perguntou-lhe por que razão já não queria conversar com ela.

– O que é que há para dizer? – respondeu ele, com um encolher de ombros. – Não venho aqui para ser interrogado, estou cansado ao fim de um dia de trabalho.

A cada visita, Belle sentia-se um pouco mais humilhada e usada por ele, mas combatia esta sensação recordando que tinha um teto por cima da cabeça, e culpava-se a si mesma por ter saltado para aquela situação sem ter tido o cuidado de conhecê-lo melhor.

Os dias, em contrapartida, eram cada vez mais felizes e animados, porque os seus desenhos estavam a melhorar espetacularmente agora que sabia como se fazia um chapéu. Entrava de rompante na loja todas as manhãs levando-os na mão, e Miss Frank ria do seu entusiasmo e prometia examiná-los atentamente mais tarde.

Quase sempre, dizia-lhe que não eram práticos, ou porque seriam demasiado pesados e desequilibrados, ou porque envolviam demasiado trabalho, mas finalmente examinou um que parecia uma grande rosa achatada e, muito contente, anunciou a Belle que tinha conseguido um bom desenho.

– É perfeito para mulheres que não queiram que um chapéu lhes esmague ou estrague o penteado – disse. – Posso fazer a base em que assenta muito pequena, e o chapéu pode ser preso com um alfinete. Penso que lá na Angelique's vão adorar. Vamos fazer um e eu levo-o para lhes mostrar.

Fizeram o primeiro em cor-de-rosa. A base rígida estava envolta em veludo rosa-escuro, e a rosa propriamente dita era de seda sobre uma armação de arame, a face inferior de cada pétala num tom um tudo-nada mais forte. Acabaram-no a meio da tarde, e quando Belle o experimentou, Miss Frank bateu palmas, encantada.

– Querida, está maravilhoso! – disse. – Vou já levá-lo à Angelique's. Vá para casa, que eu fecho a loja.

Eram quase quatro da tarde quando Belle saiu da loja, e a dada altura começou a chover, de modo que fez o resto do caminho a correr.

Quando abriu a porta e entrou, chovia tão torrencialmente que as ruas estavam inundadas, e o céu pusera-se tão escuro que teve de acender a iluminação a gás.

Sentira-se feliz na loja porque agradara a Miss Frank, mas naquele momento, novamente mergulhada na realidade, sozinha para mais uma longa tarde com a chuva a martelar o telhado, teve repentinamente a certeza de que não conseguiria aguentar muito mais daquilo.

Não lhe parecia certo ser mantida por um homem que se mostrava tão frio com ela. Devia poder dizer-lhe que estava a aprender a fazer chapéus, mostrar-lhe os seus desenhos e confessar o sonho de ter uma loja. Certa vez, dissera-lhe que tinha apanhado o elétrico para ir ver as grandes casas de Garden District, e a cara dele fechara-se numa expressão de desagrado. A partir de então, só lhe dizia coisas como que tinha feito um bolo, ou começado um qualquer bordado ou peça de tricô, mas era errado sentir que não podia dizer-lhe mais nada.

– Troquei um negreiro por outro – murmurou para si mesma, e as lágrimas subiram-lhe aos olhos. – Tudo o que ele quer é um lugar para ficar quando vem à cidade e uma rapariga na cama para não ter de pagar num bordel.

No entanto, aquilo não fazia sentido, porque saía mais caro a Faldo mantê-la do que alugar um quarto de hotel para passar uma noite e uma prostituta. Era tão intrigante: conhecia os homens, e sabia que poucos dariam casa a uma mulher e lhe pagariam todas as contas a menos que estivessem apaixonados por ela.

Porque seria que ele nem sequer lhe dizia quando voltaria a aparecer? Porque seria que não queria partilhar uma refeição com ela, levá-la a dar um passeio ou ao teatro? Por que razão, sendo tão terno e conversador no Martha's, mudara tão radicalmente?

Belle sentia que, sendo uma mulher por conta, não podia questioná-lo fosse no que fosse, e acreditava que devia mostrar sempre um grande entusiasmo pela competência dele como amante. Até pensara que isso o encorajaria a esforçar-se mais por lhe agradar. Mas não resultara; ele não fazia o mais pequeno esforço para a satisfazer, e isso, juntamente com a rude premissa de que Faldo partia de que ela, como sua mulher por conta, tinha de fazer tudo o que lhe ordenasse, tornava cada vez mais difícil para ela fingir que gostava de ter sexo com ele. Perguntava-se durante quanto mais tempo seria capaz de manter o fingimento.

Dirigiu-se à sala, deixou-se cair num dos cadeirões e cedeu às lágrimas. A lareira vazia era uma censura: em Inglaterra, naquela altura do ano, haveria um lume a arder em cada lareira da casa. Imaginou Mog, com o seu avental branco muito limpo, a preparar o jantar, a tagarelar enquanto mexia o conteúdo de tachos no fogão e punha a mesa. Annie estaria na sua sala particular, a ver as contas da casa; as raparigas estariam a arranjar os penteados para a noite que se aproximava.

Desejou intensamente estar lá, a ler artigos do jornal para Mog, ou simplesmente a contar-lhe os mexericos que apanhara enquanto andava a fazer recados. Tinha tantas saudades de casa. A vida fora tão simples antes de Millie ter sido assassinada; talvez um pouco monótona, mas sentia-se segura, consciente do que se esperava dela, sabedora do que Mog e Annie sentiam por ela.

Recordou o dia em que conhecera Jimmy e como fora bom ter um verdadeiro amigo. Jimmy fizera Londres parecer um lugar tão maravilhoso, e ela alimentara tantas esperanças de explorá-lo anda mais na companhia dele.

Estaria a passear com ele naquele momento se não tivesse sido raptada? Como teria sido se fosse ele o primeiro a dar-lhe um beijo de adulto?

Soltou um fundo suspiro, não só por ter a certeza de que por aquela altura já Jimmy se esquecera completamente dela mas também por duvidar que alguma vez pudesse voltar a encaixar na vida que deixara para trás em Inglaterra.

O que fazer? Não podia dar-se ao luxo de abandonar Faldo sem ter um trabalho remunerado e um lugar para viver. E as suas poupanças não chegavam para lhe permitir voltar a casa.

As lágrimas corriam-lhe livremente pelas faces. Estava encurralada.

CAPÍTULO 23

– *B*onsoir, Cosette – disse Noah à rapariga baixinha com cabelos cor de rato. Achara-a a mais feia de todas as raparigas de madame Sondheim da última vez que a vira, e isso não mudara; parecia uma pequena traça castanha encurralada na sala com cinco deslumbrantes e vistosas borboletas. – *Repellez moi?*

Não tinha a certeza de ser aquela a palavra correta para «lembras-te», mas ela sorriu como se compreendesse o que ele queria dizer.

– Sim, lembrro-me de ti, *anglais* – respondeu, em inglês. – Não trrazes o amigo, desta vez?

Noah disse que tinha ido sozinho para falar com ela e aceitou um copo de vinho. Duas das outras raparigas estavam a fazer-lhe olhinhos do outro lado da sala, mas ele voltou-se para Cosette e dirigiu-lhe aquele que, segundo lhe tinham dito, era o seu sorriso mais sedutor.

Mais tarde, ela pegou-lhe na mão e subiram juntos a escada, e Cosette parecia mais animada e descontraída do que da última vez. Estava claramente lisonjeada por ele ter voltado e tê-la escolhido, e Noah esperava que isso a tornasse mais disposta a dizer-lhe o que queria saber.

– Zangaste-te com a tua mulherr? – perguntou ela, enquanto ele lhe entregava o dinheiro, e Noah recordou que a desculpa que usara para não ter sexo com ela fora o facto de ser casado e amar a mulher. Sentiu que daquela vez ia ter de ser mais direto, de modo que depois de ela entregar o dinheiro à criada que esperava no corredor, deu-lhe mais vinte e cinco francos.

– Da última vez perguntei-te a respeito de raparigas muito novas que são trazidas para aqui. Desta vez tens de dizer-me mais. A mãe da rapariga que procuro tem o coração destroçado e está muito doente – disse, levando as mãos ao peito para ilustrar o que dizia. – Disseste que levavam as raparigas para um *couvent*, mas eu visitei todos os conventos de Paris. Não há lá raparigas nenhumas. Por favor, Cosette, diz-me o que quero saber. Não te trairei.

Ela pareceu assustada e olhou para a porta, como se imaginasse que estava alguém lá fora a ouvir.

– Nunca direi a ninguém que me contaste – continuou Noah, abraçando-a e acariciando-a. – É uma coisa boa que podes fazer. A mãe da Belle pode morrer se não souber onde está a filha. Tu sabes que essa gente é má!

– Só tenho este trrabalho – disse ela, com os olhos a encherem-se de lágrimas. – Também minha mãe está doente. Agora posso mandarr-lhe dinheiro, mas se perrder este trrabalho ela pode morrer.

Noah compreendeu que tinha de oferecer-lhe mais dinheiro. Abriu a carteira e tirou outros cinquenta francos.

– Toma este, para lhe mandares. Mas diz-me, Cosette, o que preciso de saber! Juro que não direi a ninguém que me ajudaste.

Cosette estava a olhar para o dinheiro, não para ele, e Noah imaginou que talvez estivesse a pensar que era o suficiente para deixar Paris e voltar definitivamente à sua aldeia.

– Muda a tua vida – exortou. – Deixa este trabalho de uma vez por todas. Deus sorrir-te-á se a Belle puder ser salva.

A luta de emoções que se travava dentro dela refletia-se-lhe no rosto. Queria o dinheiro, talvez até quisesse fazer o que era certo por outras raparigas, mas tinha muito medo.

– Não precisas de ter medo. Ninguém saberá que me deste qualquer informação. Sê corajosa, Cosette, pela pequena Belle e por outras como ela.

Ela suspirou profundamente, e então olhou-o nos olhos.

– La Celle Saint-Cloud – disse. – Há uma grande casa no extremo da aldeia, tem uma grande ave de pedra junto ao portão. Pergunta pela Lisette, é uma boa mulher, é enfermeira. Também ela vai ter medo de te dizer seja o que for, porque tem um filho pequeno. Juras não dizer o meu nome a ninguém?

– Juro, Cosette – disse Noah, e enfiou-lhe o dinheiro na mão e beijou-a na boca. – Deixa este trabalho. Vai para casa e cuida da tua mãe, casa com um agricultor e tem muitos filhos. Encontra a felicidade!

Ela pousou-lhe as mãos nos ombros e pôs-se em bicos dos pés para o beijar em ambas as faces.

– Vou rezar para que encontres a Belle, e para que também ela possa aprender a voltar a ser feliz. Para a maior parte de nós, não há regresso. – Os olhos encheram-se-lhe de lágrimas e transvazaram. Noah lembrou-se de Millie e sentiu um nó apertar-lhe a garganta. Millie dissera qualquer coisa semelhante, uma vez; na altura, não compreendera o que ela queria dizer, mas agora compreendia.

Muito cedo na manhã seguinte, Noah partiu para La Celle Saint--Cloud, a sudoeste de Paris. Pelo que conseguira perceber, ficava a cerca de vinte e dois quilómetros da cidade, não muito longe de Versalhes, e, felizmente, podia ir até lá de comboio. Tinha investigado a área num guia, só para conseguir um mínimo de informação básica, mas, excluindo a agricultura, parecia que a única outra coisa que podia justificar qualquer pretensão da terra à notoriedade era o Château de Beauregard, uma enorme e velha mansão.

O vento soprava agreste e havia no ar uma nítida sugestão de outono, e Noah desejou ter levado um sobretudo. Enquanto esperava pelo comboio, a suportar os encontrões da multidão que enchia a gare, estremeceu e pensou que há já vinte meses que Belle tinha desaparecido. «Se hoje não descobrires nada de novo, vais ter de desistir», disse para si mesmo. «Não podes continuar com esta cruzada.»

*

Noah passeou pelas ruas de La Celle Saint-Cloud, encantado com a bonita praça central cheia de velhos sentados a fumar cachimbo e de mulheres que se atarefavam a comprar pão, carne e legumes. Depois do ritmo frenético de Paris, era agradável estar num lugar calmo e silencioso.

Descobriu finalmente a casa que Cosette descrevera depois de percorrer dois caminhos diferentes até à orla da aldeia e ter encontrado apenas pequenas moradias. Mas no terceiro caminho viu um grande casarão à sua frente e soube que era o que procurava só pela maneira como se erguia sozinho, a última casa da aldeia.

Havia uma águia de pedra empoleirada num dos pilares do portão e apenas um pedaço de pedra partida em cima do outro, a mostrar que, em tempos, tinham sido um par. A casa ficava a pelo menos cem metros do vizinho mais próximo e estava rodeada de campos. Ao longe, um homem arava a terra enquanto um bando de aves descrevia círculos no céu por cima dele, e apesar de ser uma vista encantadora, ocorreu a Noah que, para alguém retido na velha casa, podia parecer assustadoramente remota.

Examinou a casa. Era grande. Quatro pisos, com oito janelas só na fachada e um pórtico bastante majestoso, ainda que degradado, a enquadrar a porta principal. Mas a verdade era que todo o edifício, bem como a parte do jardim que conseguia ver do portão, apresentava sinais de abandono.

Enquanto ali estava, à procura de um pretexto para bater à porta, apareceu repentinamente uma mulher na esquina da casa. Era magra, com cabelos escuros, e Noah calculou que teria trinta e poucos anos. Usava um xaile a cobrir-lhe a cabeça e um vestido azul-escuro, e segurava um cesto de compras no braço.

Noah inspirou fundo e, quando ela chegou ao portão, tirou o chapéu, mostrou aquele que esperava ser o seu sorriso mais sedutor e perguntou-lhe se era Lisette.

Ela ergueu a cabeça e sorriu e, para sua surpresa, Noah viu que era muito bonita, com olhos escuros e ternos, pele aveludada e boca larga e cheia.

– Sou sim, senhor – respondeu ela em inglês. – E porque pergunta por mim um súbdito de Sua Majestade britânica?

Noah achou muito *sexy* o sotaque francês; e estava a fazê-lo sorrir como um colegial.

– Preciso de falar consigo.

Ela ergueu a cabeça, num gesto quase de desdém.

– Tenho de ir às compras – disse.

– Nesse caso vou consigo e levo-lhe o cesto – respondeu ele. – Talvez consiga persuadi-la a tomar um café comigo?

A mulher olhou para ele, como que a avaliá-lo, por um instante, e soltou uma pequena gargalhada.

– Se foi monsieur Deverall que o mandou, perderá o seu tempo. A resposta é não.

Começou a caminhar em direção à aldeia, e Noah acompanhou-a.

– Ninguém me enviou – disse. – Vim perguntar-lhe por uma rapariga chamada Belle.

A maneira como ela se deteve bruscamente e empalideceu disse a Noah tudo o que precisava de saber. Pousou a mão no cotovelo dela.

– Não se assuste, não tem nada a temer de mim. Só quero fazer-lhe umas perguntas.

Ela disse qualquer coisa em francês, numa rápida rajada.

– Só sei meia dúzia de palavras em francês – disse ele. – Vai ter de falar inglês comigo.

– Não posso falar consigo. – A mulher parecia agora verdadeiramente assustada. – Não sei nada.

– Sabe, sim, Lisette – insistiu ele. – Sei que tem um filho pequeno e que receia por ele, mas, acredite, não tem nada a temer de mim. Sou amigo da mãe da Belle… Prometi-lhe tentar descobrir onde está a Belle porque ela sofre muito e não saber se a filha está

337

viva ou morta, ou onde se encontra, está a matá-la aos poucos. Mas tudo o que me disser ficará entre nós. Não o direi a ninguém, não falarei com a polícia ou seja com quem for. Está absolutamente segura comigo.

– Quem o mandou ter comigo? – perguntou ela, os olhos muito arregalados e cheios de medo.

– Uma pessoa boa e generosa que acredita que a Lisette também o é. Mas é tudo o que posso dizer. Prometi-lhe também a ela que estaria segura comigo.

– Mas não é seguro! – protestou ela. – Não imagina como estas pessoas são más!

Tinham chegado à aldeia, e Noah viu que havia outras pessoas à volta deles.

– Lisette, acalme-se, tente não chamar as atenções para nós. Vamos ao café. Se, depois, alguém lhe perguntar quem sou, diga que lhe perguntei o caminho para a estação e lhe ofereci um café. É totalmente credível, sendo uma mulher tão bonita.

Ela esboçou um meio sorriso nervoso, mas Noah sentiu que estava a conseguir fazê-la sentir-se menos assustada. Mal queria acreditar na sua sorte ao tê-la encontrado tão facilmente, mas sabia que a sorte era bem capaz de acabar se a forçasse demasiado ou tentasse avançar demasiado depressa. Por isso, enquanto se encaminhavam para o café, deixou de falar de Belle e falou das coisas que tinha visto em Paris.

Uma vez sentados na esplanada e depois de terem pedido café e bolos, voltou ao assunto.

– Lisette, sei que a Belle foi levada para o lugar onde trabalha – disse. – E o meu palpite é que foi a Lisette a enfermeira que cuidou dela.

Ela hesitou, claramente a tentar decidir se devia ou não responder. Acabou por baixar a cabeça.

– Estava muito doente. Cheguei a recear pela vida dela.

– Tinha sido violada? – perguntou Noah, cautelosamente.

338

Sentiu a perturbação dela e conteve a respiração, receando que se calasse. Mas Lisette inspirou fundo e olhou-o bem nos olhos.

– Sim, tinha sido violada. Várias vezes – admitiu, e Noah percebeu que a razão que a levava a falar era estar tão horrorizada. – Foi horrível o que fizeram a uma rapariga tão nova. O corpo sara, mas o espírito nem sempre. – Fez uma pausa, a olhar para Noah como que ainda a tentar decidir se podia ou não confiar nele, e então acrescentou: – Mas a Belle era uma lutadora. Tem uma enorme força de vontade. Pediu-me que a ajudasse a fugir, mas eu não podia fazê-lo. Eu ou o meu filho seríamos mortos se o fizesse. Compreende isto?

Noah pousou a mão na dela, num gesto de conforto.

– Eu sei, tenho a certeza de que a teria ajudado se pudesse. Mas não estou aqui para julgar. Só quero encontrá-la e levá-la para casa, para junto dos que a amam. Quando lá estiver, a Belle poderá optar por falar dos ingleses que a raptaram em plena rua e a trouxeram para França. E então eles serão castigados.

– Ela não está em França – interrompeu-o Lisette. – Está na América. É tudo o que sei.

– América! – exclamou Noah, e o coração caiu-lhe aos pés. – Tem a certeza?

Lisette assentiu tristemente.

– Não a vi partir. Quando cheguei de manhã, já a tinham levado. Bem gostaria que estivesse em França ou na Bélgica e eu pudesse dizer-lhe onde, porque me afeiçoei à Belle. Mas ninguém me disse para onde foi, na América.

– Foi vendida a um bordel? – perguntou Noah, quase num murmúrio.

– Para estas pessoas, as raparigas bonitas são como cavalos, ou vacas – cuspiu ela, desdenhosamente. – A Belle era carne de primeira. Muito nova, inglesa, tão bonita. Aconteceu-me o mesmo quando era nova, levaram-me para um bordel em Inglaterra, e é por isso que falo inglês. Mas continuo presa por eles... demasiado velha para o bordel, mas obrigam-me a cuidar das raparigas que magoam.

– Não a deixam partir?

– Nunca – disse ela, sombria. – Sou demasiado valiosa para eles como enfermeira, e eles sabem coisas a meu respeito que lhes garantem que faço o que me mandam. Se tivesse dinheiro, talvez pudesse pegar no meu Jean-Pierre e fugir de França, mas para isso é preciso muito dinheiro.

– Eu podia levá-la daqui – disse Noah, impulsivamente.

Ela esboçou um sorriso triste.

– Não, não seria bom para si fazê-lo.

– Pois eu acho que sim, e vou dar-lhe a minha morada. Se alguma vez precisar de ajuda, é só pedir, e eu prometo vir buscá-la ou encontrar-me consigo em Dover. Acredita em mim?

– Sim, acredito que é um homem bondoso.

– Há mais alguma coisa que possa dizer-me, ou alguém que possa saber para onde levaram a Belle? – perguntou Noah, sentindo que tinha de tentar forçá-la a ir um pouco mais longe.

– Sou apenas um elo na corrente – disse Lisette, tristemente. – Eles não confiam em mim sequer para me dizerem quem é o elo seguinte. Não sei mais nada.

Noah acreditou. Talvez soubesse os nomes de algumas pessoas acima dela, mas não acreditava que fossem os nomes verdadeiros, porque uma organização como aquela nunca sobreviveria se isso fosse conhecido.

Procurou no bolso interior do casaco e tirou de lá a lista das outras raparigas que tinham desaparecido. Mostrou-lha.

– Diga-me só se reconhece algum desses nomes.

Lisette examinou cuidadosamente a lista.

– Esteve cá uma inglesa chamada Amy, só por uma noite – disse, de testa franzida. – Penso que a Flora e a May também.

Aquelas três raparigas eram as mais novas das vinte e poucas cujos nomes constavam da lista e todas elas, ao que se dizia, excecionalmente bonitas.

– Também foram mandadas para a América?

– Não, a única que conheci que foi para lá foi a Belle. As outras foram para a Bélgica.

Só sabia que para Bruxelas. Nenhuma morada.

– Há pouco, quando nos conhecemos, pensou que eu tinha sido mandado por um monsieur Deverall – disse Noah. – Quem é ele?

O medo voltou aos olhos dela.

– Não sei dizer-lhe nada a respeito dele – respondeu Lisette apressadamente. – É o homem no topo. Nunca o conheci, mas sei que é cruel e implacável. Dizem que muitos polícias tentaram pô--lo atrás de grades, mas ele é demasiado esperto, nunca puderam provar as coisas que faz. Mas não seria ele a levar pessoalmente a sua Belle para a América, de certeza que ela nunca o viu. Dizem que prende os que trabalham para ele através da chantagem. Tem muitos outros negócios. Todos do género em que recorre à força.

Noah presumiu que o tal Deverall devia ser um homem muito parecido com Kent, com as mãos metidas em muitas áreas de vício, extorsão e jogo.

– Mas pensou que eu vinha da parte dele, o que significa que já noutras ocasiões mandou alguém falar consigo.

Lisette suspirou.

– É tão esperto como o homem dele – disse, com uma ligeira nota de admiração. – Também ele é encantador, o género de homem em que uma mulher quer confiar. Por vezes, o Deverall manda-o para me pedir que acompanhe raparigas, mas eu recuso sempre.

– Porquê?

– É horrível ver como eles as magoam, mas eu ponho-as bem. Não seria capaz de levá-las a alguém para voltarem a ser magoadas.

– Compreendo. E esse homem que trabalha para o Deverall aceita a sua resposta?

– Sim, ele sabe o que eu sinto, e há sempre alguém disposto a levar as raparigas, porque ele paga bem.

– E este homem saberá para onde levaram a Belle?

– Não, não me parece, dessa vez não esteve envolvido. Tudo o que sei é o que ouvi dizer, que vinha uma carruagem buscá-la para a levar a Brest. Calculo que a carruagem levou a Belle até alguém que a acompanhou na viagem de navio.

– Sabe quem é a pessoa que a levou para a América? – perguntou Noah, sem grande esperança.

Ela fechou os olhos, exasperada.

– Não ouviu nada do que eu lhe disse? – explodiu. – Dizer-lhe isso é arriscar a vida do meu filho. Já o ajudei em tudo o que podia. Não me peça mais.

– Mas que mal poderá fazer dizer-me esse nome? – argumentou Noah, pousando as mãos em cima das dela.

Lisette afastou-as com uma palmada e pôs-se de pé.

– Vou-me embora agora, antes que me pareça que tenho de denunciá-lo ao Deverall por andar a fazer demasiadas perguntas – disse, zangada. – Sei que as suas intenções são boas, mas está a pôr-nos a ambos em perigo. Volte para Inglaterra, esqueça isto. A Belle é uma rapariga forte. Estou convencida de que saberá arranjar maneira de voltar para junto daqueles que ama.

Noah escreveu rapidamente a sua morada num pedaço de papel e foi atrás dela.

– Fique com isto – disse. – Ajudá-la-ei a sair de França, se quiser fazê-lo. Estou-lhe muito grato por ter falado comigo. É uma mulher boa e corajosa.

Lisette pousou-lhe a mão no braço, os belos olhos a sondarem os dele.

– Também o Noah é bom e generoso, e, se as coisas fossem diferentes, desejaria ser sua amiga.

Noah sentiu o coração dar-lhe um salto no peito. Ela sorriu, talvez adivinhando a surpresa dele.

– É um homem muito atraente, e oferece-me segurança, a mim e ao meu filho, o que é muito tentador. Mas não quero que corra esse risco por mim.

– Estou disposto a fazer o que for preciso – disse ele, com veemência.

Ela pousou-lhe um dedos nos lábios para o calar.

– Vou fazer mais uma coisa por si – disse. – O homem de Brest, só o conheço pela reputação, mas sei que está na mesma situação que eu, preso por uma coisa a que não pode fugir. Nunca vem aqui, mas talvez eu consiga arranjar maneira de o contactar. Não conte muito com isto, é possível que eu não consiga nada. Mas se conseguir e descobrir alguma coisa a respeito da Belle, escrever-lhe-ei a dizer. Agora vá, não faça mais perguntas e deixe Paris o mais rapidamente que puder. O Deverall tem espiões por todo o lado.

CAPÍTULO 24

— América! – Mog disse a palavra como se estivesse a confirmar a morte repentina de alguém. Noah passou-lhe o braço pelos ombros para a reconfortar e tentou desesperadamente pensar em qualquer coisa que pudesse acrescentar para tornar a notícia menos devastadora.

Entrara no bar cheio de fumo do Ram's Head momentos antes da hora de fechar. Garth estava a correr com os últimos clientes e Jimmy recolhia os copos. Garth cumprimentara-o calorosamente, dissera-lhe que Mog estava na cozinha, a preparar pão e queijo para um jantar tardio e perguntara-lhe se queria um copo de *whisky* para aquecer, pois a noite estava gelada.

Mal o último cliente saíra e a porta fora trancada, tinham-se encaminhado para a cozinha. Mog ficara encantada por ver Noah e pegara-lhe no casaco e indicara-lhe o lugar mais perto do fogão.

Noah achara-a radiosa; antes de ele ter partido para França, Mog dissera-lhe que Garth a tinha pedido em casamento, e isso parecia ter feito dela uma mulher nova. Até usava um vestido novo, cinzento-claro com discretas riscas brancas. Embora não fosse uma enorme mudança, a cor ficava-lhe melhor, e já não parecia uma pobre criada de servir.

344

Mandara-os sentar à mesa e comer enquanto lhes servia chá. E então pedira a Noah que lhes falasse da viagem.

Durante todo o trajeto de regresso a casa, Noah dissera a si mesmo que fora um grande progresso descobrir onde Belle tinha estado, e onde estava atualmente. Mas quando explicou o que ficara a saber e viu o horror espelhar-se no rosto de Mog, quase desejou não ter encontrado Lisette e não ter qualquer nova informação a respeito de Belle.

– Bem, pelo menos a América é um país civilizado – disse Garth, a esforçar-se por animar Mog. – Pode fugir às pessoas que a levaram e pedir ajuda à polícia.

– Tem toda a razão – concordou Noah, satisfeito por Garth estar a oferecer uma perspetiva positiva. – A Lisette disse-me que a Belle é uma rapariga cheia de força de vontade, e pode apostar que há de ocorrer-lhe uma solução qualquer. Talvez até lhe tenha escrito e as cartas não tenham sido entregues porque o Annie's Place ardeu.

O rosto de Mog animou-se um pouco.

– Não tinha pensado nisso! Amanhã vou esperar pelo carteiro e perguntar-lhe o que fazem às cartas que não conseguem entregar – disse. – Mas onde está ela, na América? É um país muito grande.

– Tem de ser Nova Iorque – respondeu Noah. – É onde tudo acontece.

– Posso ir até lá procurá-la – propôs Jimmy.

Noah reparou que o rapaz estava outra vez com a tal expressão nos olhos.

– Não conseguirias encontrá-la – disse, suavemente. – Nova Iorque é enorme, e não farias a mais pequena ideia de onde começar a procurar. O melhor que podemos esperar é que a Lisette consiga mais notícias através do homem que levou a Belle para lá.

Ficaram todos calados. Os únicos sons que se ouvia eram o de mandíbulas a mastigar e o do carvão a arder no fogão.

Foi Mog que quebrou o silêncio.

– Vai dizer a Mrs. Stewart que acha que a Amy dela está em Bruxelas? – perguntou a Noah.

– Acho que devo. – Noah suspirou. – Mas não tenho vontade nenhuma... ela vai ficar inconsolável. Tal como todas as outras mães.

Quando acordou, na manhã seguinte, a primeira coisa em que Noah pensou foi na expressão horrorizada de Mog. Continuou deitado na cama durante alguns instantes, a perguntar a si mesmo se haveria mais alguma coisa que pudesse fazer por Belle e por todas as outras raparigas desaparecidas.

Sabia que o editor teria muito gosto em publicar um artigo de continuação baseado no que ele descobrira em França, mas isso só iria agradar àqueles leitores que gostavam de histórias sobre tráfico de carne branca. Não suscitaria o aparecimento de nova informação sobre onde qualquer das raparigas estava a ser retida, nem contribuiria para as libertar. Na realidade, se algum dos implicados nos raptos lesse o artigo, Cosette e Lisette seriam imediatamente desmascaradas como informadoras. O que também podia acontecer se ele voltasse à polícia, e a verdade era que não tinha nada para lhes dar que os ajudasse a lançar uma investigação.

Não podia pôr em risco a segurança de Lisette ou do filho. Continuava a ver o rosto dela, a ouvir-lhe a voz, e tudo aquilo era muito semelhante ao que sentira por Millie. Arrependia-se de não lhe ter pedido uma morada para onde pudesse escrever, quanto mais não fosse para lhe dizer que gostara muito dela e recordar-lhe que falara muito a sério quando se oferecera para a ajudar a sair de França. Não podia, claro, escrever-lhe para o casarão: uma carta de Inglaterra seria seguramente intercetada. Disse a si mesmo que não teria outro remédio senão esperar que fosse Lisette a contactá-lo.

Perguntou-se porque seria que parecia destinado a apaixonar--se por mulheres com problemas. Todos os dias conhecia mulheres e raparigas que tinham empregos normais, que eram enfermeiras ou costureiras, que trabalhavam numa loja ou num escritório. As mulheres gostavam dele, não era feio, tinha boas maneiras. Porque seria então que não fazia a tal faísca mágica com uma delas?

Também Belle pensava no futuro, pois as duas irmãs proprietárias da Angelique's, a loja de roupa feminina no Bairro Francês, tinham encomendado a Miss Frank uma dúzia dos chapéus em forma de rosa que ela desenhara.

– Agora vou ter de oferecer-lhe um lugar remunerado – dissera Miss Frank, com um sorriso largo como o Mississipi. – De outro modo não poderia usar o seu belo desenho nem pedir-lhe que me ajudasse a fazê-los. Gabei-me às irmãs de que tinha uma nova desenhadora e elas ficaram loucas por ver mais trabalhos seus.

Belle queria ficar entusiasmada e excitada, mas em vez disso sentia uma pontada de puro terror só de pensar na possibilidade de Martha entrar na Angelique's para ver chapéus e as irmãs lhe dizerem que a sua fornecedora habitual tinha uma nova desenhadora que era inglesa.

– Disse-lhes o meu nome ou que sou inglesa? – perguntara Belle.

– Não ia dizer-lhes que é inglesa – respondera Miss Frank. – Elas orgulham-se muito de dizer que tudo o que têm na loja é chique e francês. Mas fiquei tão feliz por terem gostado do chapéu que me pus a palrar, e talvez lhe tenha chamado Belle. Porque pergunta?

– Preferia que o meu nome e o facto de ser inglesa ficassem fora deste assunto – dissera Belle nervosamente, consciente de que aquilo podia levar Miss Frank a desconfiar dela.

– É uma jovem extraordinariamente reservada – comentara a senhora, mas agitara as mãos, como se nada daquilo fosse da sua conta, e começara a falar a respeito de que cores deviam usar nos chapéus da encomenda.

Um pouco mais tarde, Miss Frank sugerira pagar-lhe um dólar por dia e dar-lhe vinte e cinco cêntimos sempre que vendesse um chapéu desenhado por ela.

– Sei que não é muito – dissera, embaraçada. – Mas é o melhor que posso fazer, de momento.

Quando o tempo refrescou, em outubro, Belle poderia ter sido verdadeiramente feliz não fora a ansiedade que lhe causava a sua relação com Faldo. Adorava trabalhar com Miss Frank e orgulhava-se do seu domínio da arte da chapelaria, e também do facto de parecer estar a desenvolver um genuíno talento para desenhar chapéus. Também era bom poder pôr de lado tudo o que ganhava, sabendo que cada dólar significava que estava um pouco mais perto de poder sair de Nova Orleães.

Mas, por mais que se esforçasse por agradar a Faldo, não conseguia que ele a tratasse melhor. Era a amante perfeita; lisonjeava-o, interessava-se pelo trabalho dele, tentava fazê-lo relaxar e esforçava-se por estar sempre impecavelmente arranjada todas as noites, para o caso de ele aparecer. Mas Faldo continuava a não lhe dizer quando voltaria, e agora dera-lhe para chegar tão tarde que já nem sequer se dava ao incómodo de alguns momentos de conversa, queria ir diretamente para a cama.

Além disso, estava geralmente embriagado, e se não conseguia uma ereção, culpava-a a ela. Vezes sem conta, Belle tivera de dobrar a língua para não lhe dizer o que pensava dele. E, de manhã, ele não se demorava sequer o tempo suficiente para uma chávena de café.

Uma noite, tentara falar com ele a respeito das razões daquela mudança de comportamento.

– Costumavas ficar tão feliz por me ver, eras gentil e amoroso – dissera, e começara a chorar. – Não te lembras de como foi bom daquelas duas vezes que ficaste a noite toda? Se já não sentes o mesmo, então talvez seja melhor eu deixar esta casa e tentar arranjar um trabalho qualquer para me sustentar.

– O único sítio onde poderias arranjar trabalho é num dos cubículos de Robertson Street – respondera ele, com um riso de desdém.

– Como é que és capaz de insultar-me dessa maneira? – soluçara ela. – Vim para aqui porque pensava que gostavas de mim. Que te fiz eu de tão mau para me comparares a uma dessas criaturas cheias de doenças?

Pensara que ele ia bater-lhe, pois vira-o avançar dois passos com um ar ameaçador. Mas Faldo detivera-se a tempo e voltara--lhe costas.

– Vou para a cama – dissera. – Estou cansado, e não esqueças que se não fosse eu estarias a atender pelo menos dez homens por noite.

Fora-se embora na manhã seguinte, ao raiar da aurora; Belle acordara e vira-o esgueirar-se para fora do quarto, de botas na mão. Pensara que ele se envergonhava do que tinha dito e por isso fingira que estava a dormir.

Convencera-se de que depois de ter pensado no que ela lhe dis-sera, Faldo voltaria a ser como era no Martha's. Mas não acontecera. Em vez de melhorar, ficara cada vez pior, tornando-se taciturno e duro sempre que aparecia. Belle pensara que tinha remorsos por estar a cometer adultério, que queria acabar com aquilo mas não sabia como.

Só desejava ter dinheiro suficiente para se ir embora e pôr fim àquela situação de uma vez por todas.

Numa quarta-feira à noite, no início de novembro, Belle sobressaltou-se ao ouvir Faldo abrir a porta com a sua chave. Estava sentada à mesa da cozinha, a desenhar um chapéu, ainda com o simples vestido azul-escuro que usava todos os dias para trabalhar na loja. Os pratos do jantar estavam no lava-louça, à espera de serem lavados, e havia roupa a secar em frente do fogão. Não se dera ao trabalho de se arranjar a si mesma ou à casa, pois estivera com ele na segunda-feira e não esperava que voltasse naquela semana.

– Faldo! – exclamou, surpreendida, enquanto ele atravessava a sala e o quarto em direção à cozinha. – Não estava à espera de outra visita esta semana! Que bom!

Ele deteve-se no umbral, a olhar em redor com uma expressão de desprezo.

– É então assim que vives quando eu não estou – disse.

Belle fechou apressadamente o caderno de esboços e levantou-se da mesa para o abraçar.

– Tinha arrumado tudo e vestido qualquer coisa mais bonita se soubesse que vinhas.

– Não suporto o desmazelo – declarou ele secamente, afastando-a de si.

– Está tudo limpo e arrumado menos a cozinha – disse ela, na defensiva. – Mas que te importa a ti que eu tenha lavado ou não a louça, de qualquer modo? Nunca entras na cozinha. Só estás a usar isto como desculpa para seres mau.

– Que queres dizer com isso? – perguntou ele, agarrando-a pelos braços.

– Desde há semanas que tens sido horrível para mim. Cada vez que vens cá, estás pior. Nunca me levas a parte nenhuma e nem sequer falas comigo – queixou-se Belle, a tentar libertar-se porque os dedos dele estavam a cravar-se-lhe na carne.

– Arranjei-te esta casa, venho cá pelo menos uma vez por semana, que mais queres?

Belle não gostou da maneira como ele estava a erguer a voz, nem do vermelho intenso que lhe coloria o rosto.

– Já te disse, queria que fosse como era no Martha's – disse. – Lá parecias gostar verdadeiramente de mim como pessoa, conversávamos e ríamos juntos, não era só sexo.

– Esperas quinhentos dólares por noite, é isso? – atirou-lhe ele.

Belle ficou tão chocada ao ouvir estas palavras, e o desprezo que transparecia na voz dele, que, por um momento, não soube o que responder.

– Sabes muito bem que nunca ganhei esse dinheiro – acabou por murmurar. – E sabes como fui para o Martha's, a escolha nunca foi minha.

– É o que tu dizes, querida, é o que tu dizes – respondeu ele, arrastando o sotaque texano. – Estavas a escrever uma carta para casa, a pedir-lhes que venham salvar-te?

Pegou no caderno de esboços e abriu-o. Ficou a olhar para o primeiro desenho durante alguns instantes, e depois folheou as outras páginas.

– O que é isto? – perguntou.

As feições de Faldo eram muito duras, com um nariz e um queixo pontiagudos, e as maçãs do rosto angulosas. Mas a desconfiança fazia-as parecer ainda mais pétreas.

– Gosto de desenhar chapéus – disse ela.

– Porquê?

Belle encolheu os ombros.

– Já te tinha dito. Quando vivia em Londres, o meu sonho era ter uma loja de chapéus.

Estava cheia de medo, agora, receosa de que, de alguma maneira, ele descobrisse que nunca estava em casa durante o dia. Talvez até pensasse que andava com outro homem. Tinha de acalmá-lo.

– Queres uma bebida, Faldo, ou qualquer coisa para comer? – perguntou, e então aproximou-se dele, tirou-lhe o caderno da mão e abraçou-o. – Pareces muito tenso.

– És tu, consegues pôr qualquer homem tenso – resmungou ele, voltando a afastá-la. – O que é que queres?

Belle não compreendia o que queria ele dizer com aquilo, e aquela ferocidade assustava-a.

– Tenho aqui tudo o que quero – mentiu. – Uma boa casa para viver, e tu a tomar conta de mim. Só gostava que viesses ver-me mais vezes e que falasses comigo. Porque é que dizes que te ponho tenso?

– Raios! – explodiu ele. – Sei muito bem que não sou eu que tu queres. Só alinhaste no jogo para poderes sair do Martha's. Mas, como um parvo, acreditei que gostavas de mim.

Independentemente de ele ter razão quanto aos seus motivos, Belle sempre quisera manter uma relação de ternura, e fora ele que falhara nesse capítulo. Resolveu não se calar, embora corresse o risco de enfurecê-lo ainda mais.

– E gostava, quando me trouxeste para aqui, mas tu conseguiste fazer-me sentir mais uma prostituta do que me sentia no Martha's – ripostou. – Como podes esperar que te ame quando nunca chegas suficientemente cedo para partilhar uma refeição comigo? Quando nem sequer me perguntas o que fiz todo o dia e então fornicas-me como se eu fosse uma puta barata e desapareces de manhã sem sequer dizer quando voltas? Porque foi que vieste esta noite? Para tentar apanhar-me com outra pessoa?

Faldo foi tão rápido que ela nem viu o punho que a atingiu no queixo. Recuou aos tropeções e bateu contra a mesa, dobrando as costas.

– Como foste capaz de fazer uma coisa destas? – disse, furiosa, levando a mão à cara. – Tomei-te por um cavalheiro. Desiludes-me.

Doía-lhe terrivelmente o queixo, e pensou que de manhã ia ter uma enorme nódoa negra.

– Não queria bater-te – disse ele, agarrando-a pelos ombros e sacudindo-a. – És tu que dás comigo em doido porque sei que nunca serás minha, pelo menos da maneira que eu quero que sejas.

– Que queres de mim? – gritou-lhe ela, com lágrimas de fúria a correrem-lhe pela cara. – Estou sempre aqui à tua disposição, faço tudo o que queres. Que mais há?

– Quero o teu coração! – gritou ele por sua vez, o rosto vermelho e contorcido.

Belle estava demasiado magoada e furiosa para poder responder com um mínimo de convicção que já o tinha.

– Podias tê-lo se me tratasses como uma namorada e não como uma pega – sibilou. – Tínhamos qualquer coisa no Martha's, era doce e era bom. Mas no momento em que me trouxeste para aqui, tudo isso desapareceu. Tenho estado sozinha, triste e assustada, e tu deves sabê-lo, a menos que sejas completamente estúpido. Mas alguma vez quiseste saber? Alguma vez me levaste a algum lado para me fazer pensar que me querias para mais do que uma simples foda? Não, nunca.

Passou por ele em direção ao quarto, a despir-se pelo caminho.

– Que estás a fazer? – perguntou Faldo, ao ver os saiotes caírem junto à porta.

Belle voltou à cozinha completamente nua.

– O que é que achas? – disse, num tom duro. – Sou uma puta, tu pagas, portanto acabemos com isto, está bem?

Faldo soube naquele instante que tinha feito tudo mal. Quando estava vestida, Belle parecia sofisticada e cheia de compostura. E isso, aliado à sua inteligência e à facilidade com que comunicava com os outros, fazia que qualquer pessoa presumisse que tinha vinte e poucos anos. Não era apenas bonita, era devastadoramente bela, com aqueles caracóis negros, aquelas sobrancelhas que pareciam asas de anjo por cima dos olhos azuis, aquela pele aveludada e a boca larga, sensual. Tinha estado no Martha's pouco depois de ela ter fugido de lá, e Martha tivera muito que dizer a respeito da rapariga, nomeadamente que era uma cabra ardilosa e traiçoeira capaz de roubar a qualquer homem tudo o que ele tivesse.

Faldo não quisera acreditar nela; tentara convencer-se de que Martha estava apenas furiosa por ter perdido a sua rapariga número um, e uma boa talhada de receita. No entanto, o veneno que ela lhe vertera nos ouvidos, e o conhecimento de que não era um grande partido, e ainda por cima tinha um aspeto esquisito, tinham--se combinado para o persuadir de que fizera figura de parvo e de que Belle só estava a brincar com ele até aparecer alguém mais rico e mais influente. E isto estragara tudo, e a única maneira que ele tinha de não perder a face era tratá-la duramente e nunca lhe mostrar afeto.

Havia tanto em Belle que parecia confirmar a opinião que Martha tinha dela. Era uma cortesã tão exímia. Sempre que aparecia, encontrava-a com a *lingerie* vermelha e preta que lhe tinha dado. Deixava-o possuí-la da maneira que quisesse sem nunca protestar, e muitas vezes acariciava-o, dava-lhe prazer e tocava-o como nenhuma mulher decente faria. Por muito estimulante e sensual que isto fosse, magoava-o porque era mais uma prova das centenas de outros homens a quem devia tê-lo feito.

Martha dissera que Belle mentia quando afirmava ter sido rap-tada e forçada a prostituir-se. Mantinha que era uma predadora fria que tinha sido treinada para aquela profissão pela própria mãe, pro-prietária de um bordel. Fora para Nova Orleães porque ali a pros-tituição era legal, sabendo que poderia ganhar muito dinheiro.

Naquele instante, porém, ao vê-la nua à sua frente, com os olhos cheios de lágrimas, soube que não era nenhuma das coisas que Martha dissera que era e em que ele escolhera acreditar. Era apenas uma rapariguinha vulnerável, esguia e perfeita, e embora tivesse uns seios pequenos e redondos, eles só lhe realçavam a juven-tude. Podia adotar uma pose de sedutora, mas a dor era bem visível, e o homem bom e decente que havia nele foi recordado de que tinha sido uma série de homens não muito diferentes dele que a tinham despojado da sua inocência.

Há várias semanas que começara a reparar que havia uma espé-cie de brilho nela, e naquele dia deixara-se convencer pela raiva e pelo ciúme de que era porque tinha outro homem, e fora ali para os apanhar em flagrante.

Fora ao ver os desenhos que soubera que tinha percebido tudo mal. Não seria outro homem a levar-lha, e sim a inteligência e a ambição dela.

– Anda – disse ela. – Do que é que estás à espera?

Avançou para ela, tencionando apenas abraçá-la e pedir-lhe des-culpa por lhe ter batido, mas mal teve nos braços o corpo esguio e nu a excitação apoderou-se dele, e já só conseguia pensar em possuí--la. Atirou-a para cima da cama, desabotoou as calças com uma mão e entrou nela à força. Tinha consciência de que Belle estava seca, e soube que estava a magoá-la pela rigidez do corpo dela, mas naquele momento não se importou. Ela era a sua mulher e ele queria-a.

– Faldo, não, não! – gritou ela. – Não mereço isto!

354

Lutou por livrar-se dele, mas isso só serviu para o inflamar ainda mais. Acometeu-a cada vez com mais força, cravando as unhas na carne macia das nádegas, e a excitação de um ataque tão frenético e brutal pôs-lhe o coração a bater loucamente.

Belle estava aterrorizada. Faldo podia ter-se mostrado frio e pouco expansivo com ela naqueles últimos tempos, podia até tê-la chocado momentos antes ao bater-lhe, mas nunca julgara possível vê-lo transformar-se naquele bruto enlouquecido que a violava como aqueles homens horríveis tinham feito em Paris.

Primeiro tentou lutar, mas, quando isso pareceu enfurecê-lo ainda mais, optou por não oferecer resistência. Mas não podia impedir-se de chorar, não só porque ele estava a magoá-la fisicamente, mas também porque queria humilhá-la. Tinha a cara enterrada no pescoço dela, e enquanto ofegava e arquejava, o hálito dele era quente como o vapor saído do bico de uma chaleira.

Não parava; tinha a camisa encharcada em suor, e a respiração tornou-se-lhe mais entrecortada. Mas quando começou a emitir um som estranho, que era meio grunhido meio grito, o primeiro pensamento dela foi que aquele pesadelo estava quase a terminar.

Mas então, quando ainda estava dentro dela, Faldo arqueou as costas para trás e enclavinhou uma mão no peito, e, apesar de o quarto estar mergulhado na obscuridade, Belle viu que o rosto dele se cobrira de manchas vermelho-escuras. Soube instintivamente que alguma coisa de muito grave se passava.

– Faldo! – gritou, contorcendo-se para sair de baixo dele ao mesmo tempo que o empurrava para a cama e o fazia rolar até ficar deitado de costas. – Mãe Santíssima, o que foi? – perguntou, porque ele tinha os olhos revirados nas órbitas e todo o seu corpo era sacudido por espasmos, como se estivesse a ter um ataque.

Correu para a cozinha e voltou com um copo de água e um pano molhado. Mas a água escorreu da boca de Faldo quando tentou obrigá-lo a beber, e o pano molhado na testa pareceu não ter qualquer efeito.

– Faldo, ouve-me – pediu –, tenta dizer-me o que tens.

Mas, mesmo enquanto falava, sabia que ele não podia responder, que aquilo era qualquer coisa de muito grave e que tinha de chamar um médico.

Vestiu-se rapidamente e então, voltando para junto de Faldo, meteu-lhe o pénis dentro das calças e abotoou-lhe a braguilha. Correu para a rua, sem se deter sequer para pegar num xaile. Como era habitual às dez da noite, estava deserta, de modo que correu até Canal Street, onde esperava encontrar um polícia ou um cocheiro de fiacre que soubesse onde procurar um médico.

Teve sorte. Dois agentes da polícia desciam juntos Canal Street.

– Por favor, ajudem-me! – gritou, enquanto corria para eles. – Um amigo meu teve uma espécie de ataque. Não sei onde encontrar um médico.

Menos de cinco minutos mais tarde, o mais novo dos dois agentes entrava com Belle em casa dela. O outro tinha ido chamar um médico.

Por um breve instante, Belle pensou que Faldo tinha recuperado, pois tinha-se voltado de lado e, à débil luz do candeeiro a gás, parecia ter adormecido. Mas alguma coisa a fez deixar-se ficar para trás e deixar o agente avançar e examiná-lo.

O polícia tateou o pescoço de Faldo, segurou-lhe o pulso com dois dedos. Então endireitou-se e voltou-se lentamente para olhar para Belle.

– Lamento, menina – disse. – O seu amigo está morto.

– Não pode estar! – exclamou Belle, tapando a boca com uma mão, horrorizada. Não queria acreditar que aquilo estava a acontecer-lhe, que num instante Faldo fervia de fúria e paixão e no instante seguinte estava morto. Teria sido ela a responsável?

Sentia o queixo a latejar onde o murro a tinha atingido, e lembrou-se de ele ter dito que queria o coração dela, e de repente estava a soluçar.

– Lamento muito – disse o agente. – Pode dizer-me quem são os dois e o que foi que o levou a ter esse ataque de que falou?

Belle olhou para ele, desamparada. Tinha olhos azuis e brilhantes e parecia muito compreensivo, mas ela sabia que não podia permitir que isso a levasse a dizer-lhe toda a verdade.

– O nome dele é Faldo Reiss e chegou por volta das nove para me visitar – disse, entre soluços. – Estivemos a conversar um pouco na cozinha, e então ele disse que se sentia esquisito. Estava muito vermelho e cheio de calor. Pôs-se de pé para ir até às traseiras apanhar um pouco de ar, mas ia a cambalear, de modo que eu o levei para o quarto, para o deitar. Então ele começou a respirar com muita força e a apertar o peito. Tentei dar-lhe um pouco de água e refrescar-lhe a testa com um pano molhado, mas quando vi que não conseguia falar saí para pedir ajuda.

– Fez bem – disse o polícia. – Diz que era apenas um amigo. Onde era então que ele vivia?

– Em Houston, no Texas – respondeu ela –, mas não sei a morada. Trabalhava para os caminhos de ferro e vinha a Nova Orleães quase todas as semanas.

O agente semicerrou os olhos, como se estivesse a ponderar qualquer coisa.

– É inglesa? – perguntou.

Belle assentiu. Estava aterrorizada porque sabia que muito em breve lhe seriam feitas perguntas muito mais complicadas e difíceis de responder. Faldo tivera um lugar importante nos caminhos de ferro. Podia ter sido mau para ela naquela noite, mas mesmo assim gostava o suficiente dele para querer evitar um escândalo que magoasse a mulher e os filhos. E também tinha de pensar em Martha. Se viesse a saber que Faldo morrera, e onde, não tardaria a perceber o que acontecera.

– Diz que era seu amigo?

Ao ouvir a pergunta do polícia, Belle sentiu o estômago contrair-se-lhe, pois adivinhava que ele já deduzira que Faldo fora mais do que um amigo. Era jovem, não teria mais de vinte e cinco anos, com pelo menos um metro e oitenta, bem-parecido, cabelos castanho-claros cortados muito curtos e os olhos azuis e brilhantes em que já tinha reparado. Mas, por mais simpático que parecesse, os polícias eram, pela própria natureza do trabalho que faziam, homens experientes e difíceis de enganar.

– Sim, apenas um amigo – disse. – Foi muito bondoso quando eu vim para cá e ajudou-me a arranjar esta casa para viver. Costumava aparecer para me ver sempre que vinha à cidade em negócios.

O agente estava a anotar o que ele dizia num bloco de notas e voltou a perguntar-lhe como se chamava. E ela teve de dizer que era Anne Talbot, uma vez que fora com esse nome que Faldo abrira contas nas duas lojas e era possível que a pessoa a quem alugara a casa também o tivesse. Mas antes que o polícia pudesse perguntar mais qualquer coisa, o colega chegou com o médico e os três homens entraram no quarto.

Belle ficou na cozinha e pôs a chaleira ao lume para fazer café. O coração batia-lhe com tanta força que tinha a certeza de que os três homens conseguiam ouvi-lo.

O médico, um homem baixo e robusto, careca e com óculos, saiu do quarto ao cabo de poucos minutos.

– Bem, minha querida, tudo indica que o seu amigo morreu de um ataque cardíaco. Lamento muito, mas vou contactar a morgue e pedir-lhes que o venham buscar.

O polícia que estivera a interrogá-la, e que se apresentara como sendo o tenente Rendall, ficou para trás quando o colega e o médico saíram.

– Tudo isto deve ser muito difícil para si – disse, enquanto Belle lhe servia uma chávena de café. – Tem família que a possa acolher?

Belle respondeu que não e recomeçou a chorar. Ele deu-lhe uma palmadinha na mão e perguntou-lhe se Faldo era seu amante.

– Não, não era – soluçou ela. – Era um homem casado e com filhos. E é isso que torna tudo tão horrível. Espero que possa evitar falar de mim à mulher, ou o mais certo é ela tirar a mesma conclusão.

– Aposto que sim! E se me perdoa a franqueza, Miss Talbot, poucas mulheres gostariam de saber que o marido vinha visitar uma jovem tão bonita – disse o tenente Rendall, e a maneira como os olhos dele brilhavam sugeria que não acreditara numa palavra do que ela tinha dito. – Mas desde que a investigação não revele nada de estranho ou inesperado, não vejo razão para não nos limitarmos a dizer à senhora que o marido morreu numa pensão.

Belle agradeceu-lhe.

– Mas confesso a minha curiosidade quanto aos motivos que poderão ter levado uma jovem inglesa a vir sozinha para Nova Orleães – continuou Rendall, cravando nela os olhos brilhantes. – Nova Iorque ou Filadélfia compreenderia, ou até Chicago, mas aqui? Nova Orleães é uma cidade perigosa.

– Vim com uma pessoa que me deixou – disse ela, impulsivamente. – E logo que consiga juntar dinheiro suficiente para voltar para casa, vou-me embora.

– Não me quer falar dele?

Belle quase riu, porque aquele homem tinha uns modos cativantes.

– Não, não lhe quero falar dele – respondeu. – Do que eu verdadeiramente gostaria era que esta noite horrível acabasse. Mas desconfio que nunca mais conseguirei dormir naquela cama, depois de o Faldo lá ter morrido.

– Posso acompanhá-la a uma pensão onde poderá passar a noite, se quiser – disse Rendall. – Há uma muito sossegada e decente mesmo ao virar da esquina, em Canal Street.

– É muita gentileza sua, mas não posso pagar um quarto noutro sítio. Acho que vou ter de me arranjar aqui.

– Tem emprego?

– Sim, trabalho numa chapelaria – respondeu Belle, na esperança de que ele não perguntasse qual. – Mas o ordenado é pouco.

– Foi Mr. Reiss que lhe bateu? – perguntou Rendall, a olhar fixamente para ela. – Há pouco pensei que fosse uma sombra na sua cara, mas agora vejo que tem uma nódoa negra a aparecer-lhe no queixo.

— Tropecei nos degraus das traseiras — mentiu Belle. — Caí contra um dos postes da balaustrada.

Felizmente, a carreta da morgue apareceu naquele instante, os cascos dos cavalos a ecoarem na rua silenciosa. Entraram dois homens, Rendall indicou-lhes o quarto e minutos depois voltaram a sair levando Faldo numa maca, tapado por uma manta.

Rendall despediu-se de Belle, manifestando o desejo de que ficasse bem, mas junto à porta hesitou e olhou para ela, sentada junto ao fogão, a chorar.

— Não me agrada nada deixá-la assim, menina — disse, num tom brusco.

— Se não se for embora as pessoas vão falar — respondeu ela. — Já é suficientemente mau ter morrido aqui um homem, mas será muito pior se um dos agentes da polícia ficar.

— Sim, suponho que tem razão — concordou ele. — O que eu queria dizer era que devia ter alguém que ficasse consigo.

— Há já algum tempo que vivo sozinha. Não tenho mais amigos na cidade; o Faldo era o único.

— Nesse caso, lamento muito a sua perda — disse ele, e finalmente abriu a porta e saiu.

Belle fechou e trancou a porta e foi para o quarto. Toda ela tremia e tinha o estômago às voltas. Nunca se sentira tão só.

Viu na colcha a depressão que o corpo de Faldo deixara e notou o cheiro a suor e da brilhantina que ele usava. Queria ser capaz de chorar por ele, devia-lhe ao menos isso, mas estava furiosa por a ter deixado daquela maneira.

Lembrou-se de Suzanne, no Martha's, lhe ter contado do homem que morrera em cima dela. Como Faldo, fora de um ataque cardíaco. E da maneira como Suzanne e as outras raparigas contavam a história, parecia engraçada. Suzanne até admitira que lhe tinha revistado a carteira antes de o médico chegar e ficara com cem dólares.

Era, porém, muito fácil rir de uma morte pouco digna num local inadequado quando se tratava de um desconhecido. Suzanne até costumava afirmar que, se a maior parte dos homens pudesse escolher o local onde morrer, seria na cama com ela. Dizia, na brincadeira, que tencionara enviar flores com um cartão a dizer: «Eu sempre disse que ia levar-te ao Paraíso!»

Mas Belle sabia que mesmo que tivesse todas as outras raparigas à sua volta naquele instante não seria capaz de encontrar nada sequer vagamente divertido na morte de Faldo. Fora um homem complicado, contraditório, e naquela noite comportara-se como um bruto. Dissera que queria o coração dela. Porquê, então, fazer aquelas coisas horríveis?

Iria ser sempre assim com os homens? Iriam querer o corpo dela, mas nunca o espírito, nunca conseguiriam ver para lá da prostituta?

Deitou-se em cima da cama e tapou-se com a manta. Mas no mesmo instante apercebeu-se de que tinha muito mais com que se preocupar do que com o que os homens pudessem pensar dela. Na realidade, ficara sem nada. Os poucos dólares que Miss Frank lhe dava não chegariam para a sustentar. Quando a renda deixasse de ser paga, o senhorio reclamaria a casa. Como ia viver?

Martha encarregar-se-ia de bloquear-lhe a entrada em qualquer das boas casas, o que deixaria apenas os pavorosos antros de Robertson Street.

O pânico invadiu-a. O que ia fazer?

CAPÍTULO 25

– Portanto é assim, Miss Frank – disse Belle, e a voz tremeu-lhe um pouco, pois bem via que a senhora estava horrorizada com o que acabava de ouvir. – Achei que lhe devia a verdade inteira, depois de ter sido tão boa para mim.

Passara a noite inteira acordada, no terror do que ia acontecer-lhe. Uma grande parte dela, a maior, queria fugir, atirar tudo o que tinha para dentro de um saco e apanhar o primeiro comboio que saísse de Nova Orleães. Mas uma vozinha débil, a voz da razão, perguntara-lhe para onde pensava que podia ir, pois seria muito duro começar de novo numa cidade estranha, onde não conhecesse ninguém.

A mesma vozinha sugerira que fosse falar com Miss Frank e lhe contasse a história toda. A senhora parecia gostar dela, e Belle pensou que talvez aceitasse dizer à polícia que o seu nome era Anne Talbot, se aparecesse alguém a fazer perguntas. Esperava que com o dinheiro que ganhava na loja, e talvez se arranjasse outro emprego como criada de mesa, conseguisse ficar em Nova Orleães.

– Pensou mesmo que eu aceitaria mentir à polícia e dizer que a conheço como Anne Talbot? – exclamou finalmente Miss Frank.

Belle ouviu a animosidade na voz da mulher e sentiu um aperto no estômago. Apesar de ter visto o horror no rosto de Miss Frank

362

enquanto explicava tudo, cometera o erro de presumir que a expressão se devia à agitação que lhe causava o relato de todas as desgraças que lhe tinham acontecido. Mas era evidente que Miss Frank sentia apenas repugnância.

– Não estava a pedir-lhe que mentisse. Tenho trabalhado para si, e não vejo que diferença pode fazer o nome por que me conhece – argumentou Belle.

– Faz muita diferença para mim – respondeu, seca, a mulher mais velha. – Ninguém muda de nome a menos que ande metido em qualquer patifaria.

– Mas já lhe expliquei porque foi que Mr. Reiss me obrigou a usar este nome e as circunstâncias em que vim parar a Nova Orleães. Não acha que para sofrimento já chega ter sido raptada, vendida e obrigada a prostituir-me? Se lhe tivesse acontecido a si, não teria procurado deixar essa vida de todos os modos ao seu alcance?

– Não acredito que não tenha tido alternativa. Penso que é muito mais provável que se tenha desgraçado e inventado essa história ridícula para se fazer passar por vítima – disse Miss Frank severamente, o rosto e o corpo rígidos de indignação. – Nem sequer sei se acredito que esse homem que a mantinha morreu de causas naturais. Ainda por cima quando é evidente pela marca que tem na cara que discutiram! Mas pondo isso de lado, faz alguma ideia do que aconteceria ao meu negócio se as minhas clientes soubessem o que é? Não quereriam pôr os pés dentro da loja, quanto mais experimentar um chapéu em que tivesse tocado.

Para Belle, aquilo foi como um pontapé na barriga. Nem por um momento lhe passara pela cabeça que não acreditariam nela, nem que Miss Frank consideraria uma prostituta tão perigosa como alguém que tivesse lepra.

– De mim não apanham nada – retorquiu. – Embora talvez apanhem dos maridos, pois pode apostar que a maior parte deles visita regularmente o Bairro.

Miss Frank arquejou de escandalizado horror.

– Como se atreve a dizer uma coisa tão má e caluniosa?

De repente, Belle viu que fora uma tola ao imaginar que aquela velha solteirona poderia compreender e compadecer-se do que ela tinha passado. A sociedade em que crescera vivia com os olhos completamente vendados, e a maior parte das mulheres como ela ignorava tudo até dos seus próprios corpos. Mesmo que tivesse confessado apenas que um homem a beijara, Miss Frank teria provavelmente deitado a mão ao frasco de sais.

Mas não ia de certeza pedir perdão por uma coisa de que não era culpada. E também não ia recorrer às lágrimas. E não ia deixar aquela mulher tola esconder-se atrás das suas opiniões ridículas e hipócritas.

– Porque é verdade – disse, teimosamente. – Porque será que as pessoas consideram sempre as prostitutas como a mais baixa forma de vida existente à face da Terra? Não existiriam sem os homens. E posso dizer-lhe com conhecimento de causa que são invariavelmente os chamados homens «respeitáveis» e casados que se servem delas. Se as mulheres cumprissem o seu papel no casamento, não seriam obrigados a fazê-lo. Por isso as suas clientes ofendidas deviam ver-se ao espelho antes de me apontarem o dedo.

– Nunca ouvi uma coisa tão chocante! – ofegou Miss Frank, o rosto a tingir-se de cor-de-rosa.

– Chocante! Eu digo-lhe o que é chocante – atirou-lhe Belle, furiosa. – Chocante é ter-me tido a trabalhar aqui dia após dia, a fingir que gostava de mim. E quando lhe conto a verdade a respeito do que me aconteceu, volta-se contra mim. Tomei-a por uma mulher bondosa. Acreditei mesmo que queria ajudar-me.

– Quero que saia imediatamente da minha loja. – A voz de Miss Frank foi aguda e fria. – Vá, vá, sua pegazita.

Belle soube que tinha de sair; nada que pudesse dizer conseguiria vencer os preconceitos daquela mulher.

– Muito bem, vou – disse, estendendo rapidamente a mão e pegando num monte de desenhos seus que estavam em cima da bancada de trabalho. – Mas não lhe deixo isto, e de caminho vou passar pela Angelique's e informar as proprietárias de que a última encomenda que lhe fizeram foi desenhada e feita por uma puta. Provavelmente vão devolver tudo, se forem parecidas consigo.

Viu o rosto pequeno de Miss Frank abater-se e, por uma fração de segundo, sentiu-se tentada a dizer que não tinha falado a sério. Mas estava demasiado magoada para recuar; acreditara sinceramente que o afeto que sentia por aquela mulher era retribuído.

– Tenho dezassete anos. Passei pelo inferno desde que fui raptada em plena rua há já ano e meio, estou a milhares de quilómetros de casa, sem fazer ideia de como voltar – cuspiu, agitando o monte de papéis que tinha na mão. – A pouca segurança que tinha morreu ontem com Mr. Reiss, mas pensei que tinha ao menos uma verdadeira amiga que me ouviria e me ajudaria sem me julgar. Que parva fui!

Teve a fraca consolação de ver a vergonha invadir o rosto de Miss Frank, mas voltou costas e saiu da loja.

Regressou a casa, quase cega pelas lágrimas. Agora não tinha alternativa senão sair de Nova Orleães. Tudo aquilo era, por quaisquer padrões, uma história muito suculenta, e sabia que Miss Frank não seria capaz de guardá-la para si. Não tardaria muito a chegar aos ouvidos de Martha, que mandaria alguém procurá-la.

E depois, havia a polícia. O mais certo era aparecerem com mais perguntas, sobretudo se a autópsia de Faldo revelasse qualquer coisa estranha. Quando soubessem do seu passado, podiam até acusá-la da morte dele. Mas ainda mais assustadora era, agora, a possibilidade de as pessoas que a tinham comprado e vendido quererem silenciá-la permanentemente.

Estava aterrorizada. Se fosse para a estação dos caminhos de ferro, arriscava-se a ser vista por um dos espiões de Martha, e a caçada começaria. Um navio era provavelmente o melhor plano, mas não fazia a mínima ideia de como proceder.

Enquanto arrumava as suas coisas, tentou dizer a si mesma que sempre soubera que aquele dia havia de chegar, pois comprara a mala precisamente para aquela eventualidade. Mas mesmo assim chorava, porque nunca imaginara que fosse em semelhantes circunstâncias. Escolhera as coisas para a sua casa com tanto cuidado, e agora custava-lhe deixar tudo para trás. Podia levar o leque azul decorado com querubins dourados que pusera na parede por cima da cama porque fechado quase não ocupava espaço, mas não o quadro que mostrava uma praia exótica, demasiado grande. Passara tantas horas de devaneio a imaginar-se numa cabana com telhado de colmo numa praia como aquela, com palmeiras a ondular ao vento, areia branca e mar azul-turquesa. E também sonhara com um homem como Étienne a tomar conta dela. Mas o quadro e o encantador tapete vermelho da sala e todas as outras coisas bonitas que comprara iam ter de ficar ali.

Tinha agora mais roupas do que quando chegara – quatro vestidos, vários saiotes, camisas, meias, cuecas e sapatos –, mas já não tinha um casaco quente, porque o de peles que trouxera de França ficara no navio quando chegara a Nova Orleães. O tempo ali podia continuar a ser ameno, mas ela sabia que, quando estivesse mais perto de Nova Iorque, faria muito frio.

Uma hora mais tarde, Belle estava em Canal Street, com o braço a doer-lhe de ter carregado a mala pesada aquela curta distância. Enfiara as chaves da casa na fresta da caixa do correio ao sair, presumindo que o senhorio ia aparecer mal fosse avisado de que Faldo tinha morrido.

Fez sinal a um fiacre e disse ao cocheiro que a levasse à Alderson's, esperasse enquanto fazia umas compras e depois a deixasse no cais.

Sentiu uma pontada de remorso quando mandou debitar na conta de Mr. Reiss o caro casaco cinzento com gola e punhos de pele de carneiro, mais um chapéu de pele de carneiro preto a condizer e um vestido de lã azul-escuro. Mas disse a si mesma que sempre, até ao momento, fora cuidadosa nas despesas, e ele devia-lhe qualquer coisa pela nódoa negra no queixo e por tê-la tratado tão mal antes de morrer.

A meio da tarde, Belle estava à beira das lágrimas porque não conseguia arranjar passagem num navio. Embora compreendesse, depois de ter falado com vários agentes, que os navios que demandavam o porto de Nova Orleães eram sobretudo cargueiros que não transportavam passageiros, os que o faziam queriam ver documentos de identificação antes de lhe venderem um bilhete.

As docas eram uma colmeia de atividade frenética, malcheirosa, barulhenta, sufocantemente húmida. Homens corpulentos e cobertos de suor carregavam e descarregavam navios, gritando uns com os outros enquanto baixavam ou içavam grandes caixotes de madeira usando cabrestantes. Outros faziam rolar barris por pranchas de desembarque e levavam-nos, a estrondear, até às zorras que os esperavam.

Carroças e carretas sobrecarregados, puxados por cavalos velhos e cansados, passavam ruidosamente por entre a multidão de pessoas. E até havia animais, vacas, cavalos e cabras, a serem tirados dos porões. A dada altura, um pequeno grupo de vitelos tresmalhou-se, em pânico, pondo em debandada marinheiros, estivadores e outras pessoas que se encontravam no cais. Belle fora constantemente empurrada, mirada com olhos concupiscentes, perseguida por mendigos, e uma jovem negra vestida de farrapos chegara a tentar arrancar-lhe o chapéu da cabeça.

Estava cheia de calor, cansada e muito ansiosa. Tinham-lhe dito mil vezes que Nova Orleães era um lugar perigoso, mas só naquele dia, nas docas, o sentira verdadeiramente. Bandos de crianças de cinco ou seis anos, quase nuas, imundas, com cabelos que pareciam estopa, corriam de um lado para o outro à procura de qualquer coisa que pudessem roubar; tinha visto prostitutas da mais baixa condição, de seios praticamente nus, a aliciar os homens em plena luz do dia. Havia um número incalculável de bêbedos, e outros, teve

a certeza ao ver-lhes os rostos amarelados e esqueléticos, eram vicia-
dos em ópio. Ouvira falar muitas línguas diferentes e vira pessoas
de todas as nacionalidades, desde chineses a índios. Embora fosse
verdade que tomara consciência desde o seu primeiro dia na cidade
que Nova Orleães albergava gente de todas as cores e credos, nunca
até àquele dia se encontrara face a face com os que ocupavam o
extremo mais baixo e miserável da escala.

Como precaução, antes de sair de casa guardara a maior parte
do seu dinheiro numa bolsa escondida debaixo do cós da saia, mas
via pelo que a rodeava que tudo o que tinha – roupas, sapatos e a
mala – era motivo de cobiça para os ladrões. Não ousava relaxar
nem se permitia distrair por um instante que fosse. No entanto, à
medida que o tempo passava sentia crescer o medo, pois se não conseguisse um navio antes do anoitecer, teria de encontrar um sítio
onde dormir, e a perspetiva do género de cama que poderia arranjar
naquela área era demasiado horrorosa para sequer contemplar.

– Ouça, menina, o *Kentucky Maid* parte para França esta noite.

Belle foi surpreendida pelo rapazinho que se lhe dirigia. Trouxe-
-lhe a dolorosa lembrança de Jimmy, em Londres, pois tinha os mesmos cabelos ruivos e a mesma cara sardenta.

– Onde? Leva passageiros? – perguntou.

O rapaz apontou para um lugar mais para o extremo do cais.

– Não é bem um navio de passageiros – disse. – Mas conheço
o capitão e acho que ele a leva.

– Quem és tu? – perguntou ela, num tom duro, pois não
conhecia o rapaz e parecia-lhe estranho ele saber o que ela procurava.

– Chamo-me Able Gustang e faço uns biscates aqui no porto.
Ouvi-a falar com os agentes das companhias e pareceu-me que está
desesperada por sair daqui. Anda fugida?

– Claro que não – respondeu Belle, mas quase riu, porque o
rapaz era tão parecido com Jimmy que a fazia sentir que podia confiar nele. Era muito magro, estava descalço e as calças esfarrapadas
só lhe chegavam aos joelhos. Calculou que não teria mais de doze

anos. – Mas cheguei à América sem papéis e quero muito voltar para casa – explicou.

– Era puta? Elas é que geralmente não têm papéis.

– Não, não era – retorquiu ela, mas não teve a certeza de ter conseguido parecer suficientemente indignada.

– Bem, desconfio que foi um homem que a trouxe para cá, de qualquer modo. – O rapaz semicerrou os olhos, por causa do sol. – É o que acontece às raparigas bonitas.

Belle sorriu.

– Fazes-me lembrar uma pessoa que conheci na minha terra. Mas sou mais dura do que pareço, portanto não sonhes sequer enganar-me. Se me ajudares, recompenso-te.

– Dez dólares?

– Parece-me justo, desde que o barco não esteja à beira de se afundar e não tenha de dormir no porão, ou com o capitão.

Able fez-lhe um sorriso desdentado.

– Este vai tentar, mas sabe ser um autêntico cavalheiro. Já fiz uns trabalhos para ele, é boa pessoa.

O *Kentucky Maid* era um vapor de bom tamanho, mas Belle sentiu o coração afundar-se-lhe no peito ao vê-lo cheio de manchas de ferrugem e com um aspeto negligenciado. Duvidava que um cargueiro oferecesse o mesmo género de confortos que o navio de passageiros em que chegara a Nova Orleães, mas aquele ia para Marselha, que ficava, ao menos, muito mais perto de Inglaterra do que Nova Iorque. Além disso, numa altura daquelas não podia dar-se ao luxo de ser esquisita.

– Fique aqui um instante enquanto eu vou falar com o capitão – disse Able. – Agora não fuja, está bem?

Belle garantiu-lhe que não fugiria e ficou a vê-lo subir o portaló com a confiança de um adulto. Passaram cerca de dez minutos, durante os quais a ansiedade dela não parou de crescer, até que, repentinamente, Able apareceu no convés acompanhado por um homem baixo e robusto que usava um quépi branco e tinha galões dourados no casaco escuro. O homem olhava para ela enquanto

Able falava excitadamente, agitando as mãos como que para reforçar um argumento.

Pouco depois, Able voltou a descer e aproximou-se dela.

– Está com medo que arranje sarilhos – disse. – Não gosta de transportar senhoras desacompanhadas porque elas enjoam e depois esperam um tratamento especial. Mas se conseguir convencê-lo de que não é assim, e até talvez dar-lhe a ideia de que poderá ser útil cozinhando e fazendo outras coisas, acho que lhe dá a volta.

Belle inspirou fundo e subiu até ao convés para falar com o capitão Rollins. Sabia que ia precisar de ter muito cuidado. Se fosse demasiado simpática, ele ia presumir que poderia tê-la à disposição durante toda a viagem até França, mas se fosse demasiado gélida dar-lhe-ia uma desculpa para não a levar.

Compôs o seu melhor sorriso inocente e estendeu a mão ao homem.

– Tenho muito gosto em conhecê-lo, capitão, e estou-lhe muito agradecida por aceitar levar-me como passageira.

– Ainda não decidi se a levo ou não – respondeu ele, secamente. Os olhos eram tão escuros que pareciam não ter íris, e apesar de ser baixo e corpulento, era bastante atraente, com uma pele dourada e feições bem desenhadas. – Tenho de ter a certeza de que não será um incómodo.

– Não sairei do meu camarote, se for isso que preferir. Ou posso ajudar o seu cozinheiro. Sou uma boa marinheira. Na viagem para a América, todos os passageiros enjoaram menos eu.

– Porque é que não tem papéis? – perguntou ele, sem rodeios.

– Porque fui raptada em Londres. Testemunhei um crime, e o assassino raptou-me para me calar.

– Um pouco exagerado, trazê-la para tão longe – comentou o capitão, com um meio sorriso.

– Ganhou muito dinheiro ao vender-me – respondeu ela, seca-mente. – Mas agora quero voltar para casa e levá-lo perante a justiça. Por favor, diga-me quanto vai cobrar-me por me levar até França.

– Duzentos dólares – disse ele.

Belle revirou os olhos.

– Nesse caso, vou ter de procurar outro navio. Não tenho nada que se pareça com isso.

– Tenho a certeza de que podemos chegar a um acordo.

Belle endureceu o tom. Sabia exatamente o que ele queria dizer.

– Não, vamos combinar um preço aqui e agora – disse. – Setenta dólares?

Ele bufou e franziu os lábios, desviando o olhar.

– Posso ir até aos oitenta, mas não mais do que isso – suplicou Belle. – Por favor, capitão Rollins, leve-me consigo. Prometo que serei verdadeiramente útil.

Rollins olhou para ela, a abanar lentamente a cabeça. Mas então, de repente, sorriu.

– Muito bem, minha senhora, levo-a por oitenta dólares, mas se enjoar não espere que alguém a ajude.

Vinte minutos depois de pagar a Able e despedir-se dele, Belle estava no seu camarote. Era tão pequeno que só de lado conseguia passar pelo espaço entre os beliches e a parede que tinha a vigia. Não imaginava sequer o que seria ter de partilhá-lo com outra pessoa.

O capitão Rollins tinha-lhe dito que permanecesse lá até depois de terem zarpado, mas na realidade ela ficara com a nítida impressão de que o que quisera dizer fora que permanecesse lá até que ele lhe dissesse para sair. Mas não se importou, estava tão cansada por não ter dormido na noite anterior que de boa vontade dormiria vinte e quatro horas.

Rollins informara-a de que havia apenas outros dois passageiros a bordo. Arnaud Germaine era francês, mas a mulher, Avril, era americana, e iam a caminho da casa da família dele, em França. Belle só os vira de relance; Avril teria cerca de trinta e cinco anos, o marido era pelo menos dez anos mais velho. Mas mesmo que fosse pouco provável que viessem a revelar-se uma companhia para ela, agradava-lhe a ideia de haver pelo menos outra mulher a bordo.

Enquanto o capitão a levava até ao seu camarote, fora mirada por vários membros da tripulação. Todos eles tinham um ar desmazelado, meio selvagem e sujo. Ia ter o cuidado de manter a porta do camarote sempre trancada.

Ao terceiro dia a bordo, Belle já tinha uma rotina e descobrira que a mal-encarada tripulação era uma mistura de nacionalidades. Cerca de metade eram negros. De resto, havia *cajun*, mexicanos, chineses, irlandeses, brasileiros, e o cozinheiro era italiano. Porém, até ao momento, tinham-se todos mostrado surpreendentemente delicados com ela, talvez por o capitão lhes ter dito que era filha de um amigo.

Passeava pelo convés durante uma hora a seguir ao pequeno almoço, depois ia buscar uma caneca de café à copa e levava-a ao capitão Rollins, a quem perguntava se havia alguma coisa que pudesse fazer. Até ao momento, ele não lhe pedira grande coisa; na realidade, parecia até ter de esforçar-se para arranjar-lhe qualquer coisa que fazer. Pregara alguns botões numa camisa e arrumara-lhe o camarote, e também ajudara Gino, o cozinheiro, a preparar os legumes para o jantar, mas o capitão não a autorizava a fazer mais nada na cozinha. Conversar com Rollins ocupava, no entanto, uma boa parte do seu dia, e Belle sentia que ele gostava da sua companhia.

Passava as tardes sobretudo a ler na pequena e pobre sala a que chamavam a messe dos oficiais. Havia lá centenas de livros, nas prateleiras, metidos em caixas e em resmas no chão, alguns deles tão folheados que pareciam prestes a desfazer-se. Era também lá que ela, Mr. e Mrs. Germaine e os cinco oficiais do navio comiam as suas refeições. E apesar de pobre e acanhada, a messe dos oficiais era um lugar acolhedor e confortável.

Arnaud Germaine fazia claramente questão de ignorá-la, e Belle tinha quase a certeza de que ele sabia do seu passado. A mulher, Avril, olhava para ela com curiosidade, mas era evidente que tinha sido proibida de lhe falar. O que para Belle era ótimo, pois a última coisa que queria era ter de responder a perguntas. O capitão Rollins podia interrogá-la, e interrogava-a, mas era sempre gentil e os seus olhos escuros brilhavam. Durante as suas conversas, todas as manhãs, Belle dissera-lhe mais a seu respeito do que tencionara, mas mesmo quando lhe confessou que tinha trabalhado no Martha's, ele manteve inalterada a sua expressão calma e ligeiramente divertida, e Belle sentiu que mesmo que lhe revelasse tudo, a reação seria igual.

O navio faria escala nas Bermudas, para se abastecer de água, e em seguida atravessaria o Atlântico até à ilha da Madeira antes de finalmente atracar em Marselha. Na véspera da chegada às Bermudas, Rollins disse a Belle que no dia seguinte não saísse do camarote.

– As autoridades locais são vigilantes – explicou. – Como seria de esperar, pois são inglesas – acrescentou, com um sorriso seco. – Poderia talvez pensar que se mostrariam sensíveis ao seu problema, mas estaria enganada. Limitar-se-iam a recambiá-la para Nova Orleães e a mim levar-me-iam a tribunal. Portanto, fique no seu camarote.

Depois de o barco ter atracado, o calor no minúsculo camarote tornou-se sufocante. Belle sabia que nas Bermudas havia praias iguais à do quadro que deixara para trás, e desejava muito poder vê-las. Em vez disso, despiu-se até ficar só com a camisa e deitou-se no beliche com a vigia aberta, a ouvir os sons da ilha tropical que chegavam até ela. Alguém tocava um tambor metálico, ao longe, e uma mulher apregoava qualquer coisa, e o seu pregão era igual ao das vendedoras de rua em Londres. Não avistava o porto, da vigia, porque aquele costado do navio estava voltado para o mar, mas durante a aproximação ao cais vira mulheres de pele castanha e brilhante, com vestidos de cores garridas, a carregar cestos de fruta na cabeça. Vira homens em canoas compridas que pareciam escavadas em troncos de árvore a lançar redes à água azul-turquesa, vira crianças castanhas e roliças saltarem nuas do pontão para mergulhar.

A tripulação inteira estava muito excitada com aquela escala. O segundo-tenente Gregson comentara que todos estariam mortos de bêbedos uma hora depois de porem pé em terra. Dissera-lhe que aquele era o lugar onde os homens abandonavam mais frequentemente o navio, por vezes intencionalmente, mas quase sempre por estarem demasiado bêbedos para reembarcar a tempo. Queixara-se de que fazia parte das suas obrigações arrebanhá-los ao fim da tarde, o que significava que ia ter de manter-se relativamente sóbrio.

Quando todos desembarcaram e o navio ficou silencioso, Belle sentiu-se muito triste e abandonada. Tentou dormir para que o tempo passasse mais depressa até que voltassem a levantar ferro, mas continuou irritantemente alerta. Não parava de pensar que quando chegasse a França seria Natal, e que pouco depois faria dois anos que Millie fora assassinada e que até essa noite não tinha verdadeiramente compreendido o que era um bordel. Era difícil acreditar que alguma vez pudesse ter sido tão ingénua, mas o mais provável era Mog e a mãe terem ameaçado as raparigas de expulsão se lhe falassem do que faziam nos andares de cima.

Como as coisas tinham mudado desde então! Viajara milhares de quilómetros e passara de virgem a prostituta, de criança a mulher adulta. Não acreditava que houvesse mais qualquer coisa que pudesse aprender sobre os homens; todas aquelas ideias românticas que em tempos tivera a respeito de namoro, amor e casamento tinham desaparecido.

Uma das suas maneiras preferidas de ocupar o tempo a bordo do navio era observar os membros da tripulação e imaginar cada um deles no Martha's. Gregson, o segundo-tenente, era o mais jovem dos oficiais, e solteiro. Tinha os cabelos louros e os olhos azuis de um herói de fantasia; achava que seria do género de embebedar-se perdidamente e cair na inconsciência quando finalmente subisse ao quarto com uma das raparigas.

O primeiro-tenente Atlee, de quarenta anos, casado, natural de St. Louis, julgava-se uma espécie de Don Juan. Belle achava-o parecido com uma fuinha, porque era magro e muito alto, com olhos escuros, pequenos e duros, que saltitavam de um lado para o outro como se tivesse medo de perder alguma coisa. Sentia que era do género *voyeur*, um desses homens que tinham mais prazer em ver outros fazer sexo do que em fazê-lo eles próprios.

O capitão Rollins era mais difícil de classificar. Era muito homem de família: tinha em cima da secretária fotografias da mulher, muito bonita, e dos três filhos, e falava deles com ternura. Belle sentia, no entanto, que havia nele outra faceta, porque, quando ela lhe confessara ter trabalhado no Martha's, fora evidente que lugares como aquele não lhe eram estranhos. Considerava-o um oportunista, o género de homem que, embora incapaz de se impor pela força a uma mulher, sabia colocar-se em situações em que a própria mulher tinha dificuldade em resistir-lhe. Suspeitava que era um homem apaixonado e um amante bom e generoso.

O pensamento fê-la sorrir. Rollins poderia revelar-se útil quando chegassem a Marselha.

Belle entregou a Avril Germaine uma bacia para ela vomitar e, carregada de genuína compaixão, limpou-lhe a testa com um pano húmido. Lembrava-se de como Étienne sofrera com o enjoo, e os gemidos de Avril a dizer que ia de certeza morrer incitavam-na a fazer tudo o que pudesse pela pobre mulher. Quando voltou a vomitar, Avril tinha a cara tão verde como a manta em que Belle a embrulhara depois de a ter ajudado a levantar-se dos lençóis sujos do beliche.

– Não vai nada morrer – disse Belle firmemente, tirando-lhe a bacia das mãos e despejando-a no balde sanitário. Passou a bacia por água e devolveu-lha, para o caso de Avril ter ainda alguma coisa para deitar fora. – A tempestade vai acalmar dentro de poucas horas e então voltará a sentir-se melhor.

Avril era uma mulher pequena, bonita, com cabelos louros e encaracolados, olhos azul-claros e uma pele que parecia porcelana. Usava roupas elegantes e caras e fazia lembrar a Belle a boneca de louça da história de um livro que Mog lhe tinha dado quando era criança. A boneca pensava que era a rainha do quarto dos brinquedos por ser tão bonita e o brinquedo preferido da dona. Tratava sempre mal os outros brinquedos, que considerava seus inferiores. Avril era assim, em todos os aspetos.

– Porque é que está a ser tão boa para mim? – perguntou, numa voz muito fraca. – Eu tenho sido má para si.

Belle esboçou um sorriso. Ambos os Germaine a tinham ignorado desde o início da viagem, mas tinham-se tornado muito mais desagradáveis depois da partida das Bermudas, não se limitando a excluí-la das conversas na messe dos oficiais, mas fazendo comentários acerados a respeito dela. Era óbvio que tinham provas de que ela era uma prostituta e sentiam-se afrontados por terem de comer à mesma mesa.

Sentira-se tentada a dizer a Arnaud Germaine que fosse para o Inferno quando ele aparecera a suplicar que ajudasse a mulher, mas a verdade era que nunca fora capaz de ignorar o sofrimento de outro ser humano.

– Até as prostitutas têm coração – disse, enquanto se esticava até ao outro lado do beliche para prender o lençol lavado. – Na realidade, algumas de nós até temos corações maiores do que as pessoas normais. Só não percebo como é que vocês os dois conseguem tratar-me com tanto desprezo. Se bem entendi, fizeram fortuna a vender bebidas a bordéis!

Fora o capitão Rollins que deixara escapar aquela informação, e Belle suspeitava de que não tinha sido por acidente e que esperava que ela pudesse usá-la em seu proveito.

Avril voltou a vomitar. Belle parou de fazer a cama para afastar os cabelos da mulher do pescoço e refrescá-la com o pano húmido. Então, quando os espasmos pararam, lavou-lhe a cara e deu-lhe um pouco de água.

– Tem razão – disse Avril debilmente, deixando-se cair como uma boneca de trapos contra a parede. – Foi assim que fizemos fortuna. Mas acho que optei por não pensar nisso.

Belle não viu razão para remexer na ferida. Ao fim e ao cabo, Avril estava muito doente. Também a boneca de louça do livro de histórias tivera um triste fim; caíra da prateleira e rachara a cara, e depois disso a dona nunca mais brincara com ela.

– Bem, pelo menos é suficientemente mulher para o admitir – disse. – Agora, vamos lá lavá-la e vestir-lhe uma camisa de noite limpa. Vai ver que se sente muito mais confortável.

Uma hora mais tarde, deixou o camarote dos Germaine levando consigo os lençóis e a camisa de noite sujas, para os lavar. Estava satisfeita por o enjoo de Avril parecer estar a melhorar. Depois de lavada e enfiada no beliche feito de novo, adormecera imediatamente e recuperara um pouco de cor.

Estava a lavar a roupa suja no tanque da lavandaria quando o capitão Rollins meteu a cabeça pela fresta da porta.

– Então, como correu a sua missão de misericórdia? – perguntou, com um brilho nos olhos.

– Misericordiosamente curta – respondeu Belle, e riu. – Mrs. Germaine está agora um pouco melhor.

Enfiou a ponta do lençol entre os rolos do espremedor e fez girar a manivela, vendo a água escorrer.

– Daria uma boa enfermeira – disse ele. – Falei agora mesmo com Mr. Germaine, e ele está muito comovido com a maneira como cuidou da mulher.

Belle encolheu os ombros.

– Puta, enfermeira, são muito parecidas, apenas se atende a necessidades diferentes.

– Podia andar de cabeça mais levantada se optasse por ser enfermeira.

Belle voltou a cabeça e viu o capitão a olhar para ela com um ar pensativo.

– E poderia erguer a cabeça ainda mais alto se tivesse a minha própria casa, uma carruagem e roupas bonitas – disse, secamente. – Mas as enfermeiras não ganham assim tão bem.

– Vai então continuar a ganhar dinheiro da mesma maneira quando regressar a Inglaterra?

Belle pensou que era uma pergunta estranha.

– Só se não tiver outro remédio – disse, sacudindo a cabeça. – Quero ter uma loja de chapéus com algumas divisões por cima para viver e montar uma oficina. Mas resta-me muito pouco dinheiro, e é muito longe de Marselha a Londres. Por isso, se tiver algumas boas ideias a respeito de como posso evitar vender-me para conseguir esse dinheiro, terei muito prazer em ouvi-las.

— Entristece-me ouvi-la falar assim — respondeu ele, num suave tom de censura.

Belle largou o lençol acabado de espremer, aproximou-se do capitão e apertou-lhe a bochecha entre o polegar e o indicador.

— Como disse, se me mostrar outro caminho, terei muito gosto em segui-lo. Mas não se preocupe comigo, capitão. Como dizem em Nova Orleães, sou um osso duro de roer.

Às nove dessa mesma noite, Arnaud Germaine subiu até à ponte para falar com o capitão Rollins.

— Boa-noite, cavalheiro — disse Rollins, cumprimentando o seu passageiro. — Como se sente a sua esposa, agora que o mar está mais calmo?

— Muito melhor — respondeu Arnaud, num inglês carregado de sotaque. — E é a Miss Cooper que o devemos.

— Foi o que ouvi dizer — disse o capitão. — Ironicamente, quase lhe recusei a passagem com receio de que enjoasse e exigisse cuidados.

— Envergonho-me da maneira como a tenho tratado. A minha mulher diz que ela lhe salvou a vida.

O capitão Rollins sorriu. Não imaginara que o belicoso francês fosse capaz de sentir vergonha.

— Nesse caso, talvez devesse recompensá-la — sugeriu. — Sei que ela vai ter muita dificuldade em pagar um bilhete de comboio de regresso a Inglaterra.

— Hum, talvez — murmurou Arnaud. — Mas diga-me, capitão, não acha esta rapariga um pouco intrigante?

— Quer dizer, por ser jovem e bonita e tão bondosa?

Arnaud assentiu.

– Isso, e também a curiosa maneira que tem de ostentar aquilo que é. Aqueles olhares sabedores, as respostas aceradas. Penso que se ri de todos nós. Fez notar à minha mulher que ganhámos o nosso dinheiro a vender bebidas a bordéis, pelo que não somos melhores do que ela!

O capitão Rollins riu.

– Se tivesse dito isso na messe, quando a sua esposa estava bem, era bem capaz de ter desencadeado uma tempestade.

– Sem dúvida. Mas não partilho da sua diversão. Receio que tente conquistar a simpatia da minha mulher para ser convidada para a nossa casa em França.

– Não creio que seja essa a maneira dela. – O capitão Rollins sorriu. – Acho que está a julgá-la pelos seus próprios padrões.

Arnaud bufou de indignação.

– Essa agora, senhor! Isso é muita falta de consideração!

Mais tarde, Rollins deixou o primeiro-tenente Atlee a tomar conta do leme e desceu ao seu camarote para escrever no diário de bordo. Mas deu por si sentado à secretária a olhar para o vazio, a pensar no que Arnaud Germaine dissera a respeito de Belle.

A rapariga *era* efetivamente um enigma, ousada, franca, e corajosa, ainda por cima, pois poucas mulheres na sua situação se atreveriam a viajar para França num navio de carga. Mas do que mais gostava nela era o facto de não se envergonhar de ser uma prostituta. Era como se, a dada altura, tivesse decidido que, embora não fosse aquela a profissão que escolheria, seria exímia no seu desempenho. E não duvidava que de facto fora, com aquela cara extraordinária e o seu corpo perfeito. Ele próprio a desejava, desejara-a no primeiro instante em que a vira, mas ela deixara bem claro que não estava disponível. Achava-a muito honesta, e também lhe apreciava o sentido de humor. Sorriu ao pensar em como tinha posto Avril Germaine no seu lugar recordando-lhe que o marido fizera fortuna a abastecer bordéis. E também achara graça quando ela lhe contara como tinha decidido tornar-se amante do homem dos caminhos de ferro, para chegar à conclusão de que era uma desilusão na cama.

Rollins conhecera muitos homens que tratavam a mulher ou a amante da mesma maneira que os avarentos tratam o seu ouro, nunca o deixando brilhar em público e amesquinhando-o sempre que podiam. Tinha de presumir que era por de algum modo senti-rem que não as mereciam, ou por recearem que outro qualquer lhas roubasse. Não se imaginava a ter tal comportamento, porque se Belle fosse sua amante havia de querer ostentá-la, exibi-la, sentir a inveja dos outros homens. Para que servia ter um grande tesouro e mantê-lo escondido?

Estava, no entanto, um tudo-nada preocupado com o interesse de Arnaud Germaine em Belle. Apesar de o homem ter afirmado não querer ter quaisquer outros contactos com ela quando chegas-sem a Marselha, tinha a nítida impressão de que o único propósito do francês ao ir procurá-lo na ponte fora tentar sondá-lo a respeito de Belle, como se tivesse um plano qualquer em relação a ela.

Perguntou-se se devia avisá-la para que não aceitasse convites da parte do casal. Mas se o fizesse, ela era suficientemente fogosa para dizer qualquer coisa aos Germaine. E isso significaria que Arnaud Germaine iria muito provavelmente, de futuro, escolher outro navio para levar o seu vinho até Nova Orleães. Portanto, tal-vez fosse preferível confiar no discernimento de Belle e não dizer nada.

CAPÍTULO 26

As docas de Marselha eram ainda mais barulhentas, mais apinhadas de gente e mais malcheirosas do que as de Nova Orleães. A acrescentar a isto já anoitecera, estava muito frio e toda a gente à volta dela falava francês. Belle deteve-se no patim inferior da escada de portaló, de mala na mão, aterrorizada porque não fazia a menor ideia do que fazer ou para onde ir.

Na sua imaginação, sairia do navio e encontraria imediatamente uma pensão, mas tudo o que via à sua frente era as formas escuras de edifícios que pareciam armazéns. Havia homens a tentar pegar na mala, a fazer-lhe sinal para os seguir sabia Deus para onde, e rapazinhos a puxar-lhe pelo casaco e a pedir-lhe dinheiro.

De repente, Arnaud Germaine estava a seu lado.

– Deixe-me chamar-lhe um fiacre – insistiu, tirando-lhe a mala da mão. – Não falando francês, deve estar assustada.

– Sim, é verdade. Ainda bem que apareceu – disse. – Estava quase a entrar em pânico porque não sabia para onde ir. Pode pedir ao cocheiro que me leve a uma pensão, qualquer coisa limpa mas barata?

Desde que cuidara de Avril, tanto esta como o marido tinham-se tornado seus amigos. Tinham jogado cartas quase todas as noites, depois do jantar, e Belle acabara por gostar de Avril. Mas desconfiava de Arnaud; era verdade que ele se esforçava ao máximo por ser encantador, mas ela sentia que era forçado.

– Conheço o sítio ideal para si, minha querida – disse ele, com um sorriso caloroso. – Mas deixe-me acompanhá-la até lá, para poder apresentá-la à proprietária.

O cheiro a peixe no porto era avassalador e Belle subiu a gola do casaco e enterrou o nariz na pele. O fedor vinha de um barracão muito iluminado, a menos de vinte metros de distância; Belle presumiu, pelos gritos que de lá vinham, que devia ser a lota, onde o peixe era leiloado.

– Este é um lugar interessante para ver durante o dia – comentou Arnaud, com riso na voz. – Mas não é lá muito agradável ver uma lagosta, um bacalhau ou um arenque quando se está cansado e cheio de frio. Dê-me o braço e vamos procurar um fiacre.

Belle ainda pensou em perguntar-lhe onde estava Avril, mas o barulho e o pandemónio eram tais que se agarrou ao braço dele e o deixou guiá-la pelo meio da multidão.

Arnaud levou dois dedos à boca e assobiou alto.

– Sempre desejei ser capaz de fazer isso – disse ela, com uma nota de admiração. – Mas acho que não é muito senhoril.

Arnaud riu a concordar e apontou para lhe mostrar como o assobio tinha sido eficaz: o cocheiro de um fiacre estava já a encaminhar o cavalo na direção deles.

– Em breve estaremos fora desta balbúrdia e voltará a sentir-se segura.

– É muito gentil da sua parte, Mr. Germaine – disse Belle, enquanto o francês a ajudava a subir para o fiacre.

– É o mínimo que posso fazer depois da maneira como cuidou da minha mulher quando ela esteve doente – respondeu ele, colocando a mala no chão do pequeno veículo e saltando para o banco ao lado de Belle, depois de ter dito algumas palavras ao cocheiro.

Belle tinha as mãos geladas, mas estava um pouco mais quente dentro do fiacre.

– Onde está a sua mulher? – perguntou.

— Mandou-me procurá-la e certificar-me de que estava bem — respondeu Arnaud. — A minha família leva-a para casa e eu vou ter com ela mais tarde. Disse-me que a convidasse para nos visitar no Natal.

O dia seguinte seria a véspera de Natal, mas Belle só conseguia ver a quadra como mais uma inconveniência que a impediria de partir imediatamente para Inglaterra. Mesmo que houvesse um comboio de manhã, achava que não devia ter dinheiro suficiente para o bilhete. Pior ainda, o pouco dinheiro que lhe restava ia desaparecer rapidamente enquanto estivesse a viver numa pensão. Precisava de arranjar trabalho para ganhar mais algum, mas não seria de certeza fácil, uma vez que não falava francês.

Quisera pedir ao capitão Rollins que lhe emprestasse algum dinheiro, mas não conseguira fazê-lo. Tal como não conseguia reunir coragem para pedi-lo a Arnaud.

— Gostaria muito de os visitar, mas vou ter de arranjar trabalho, pois não me parece que tenha dinheiro suficiente para voltar a Inglaterra — disse, embaraçada.

— Tenho a certeza de que tudo se há de compor — disse ele sedosamente, dando-lhe uma palmadinha no joelho.

Subitamente, Belle sentiu-se pouco à vontade. Não sabia se era apenas por estar cansada, cheia de frio e ansiosa, mas pareceu-lhe que aquela aparente bondade era apenas um truque para a colocar em dívida.

Tinha plena consciência de que só havia uma maneira segura de ganhar rapidamente dinheiro em Marselha, e estava resignada a isso. Já tinha decidido usar o plano do hotel, uma ideia que lhe fora dada por duas das raparigas do Martha's. Mas embora não se importasse de dar a um porteiro de hotel alguns francos para que a ajudasse a encontrar o cliente certo, não queria que Arnaud ou qualquer outro homem ficasse com os seus ganhos.

Mas não podia dizer nada. Era possível que Arnaud estivesse verdadeiramente a tentar tranquilizá-la dizendo-lhe que ia correr tudo bem. Se dissesse qualquer coisa desagradável, ele podia pô-la fora do fiacre e deixá-la no meio da rua sem saber para onde ir.

Acabou por ficar calada; pareceu-lhe ser o mais seguro.

Madame Albertine, a ruiva proprietária da pensão, falou rapidamente em francês com Arnaud e, a julgar pela excitação na voz dela e pelo sorriso rasgado, eram muito bons amigos.

De repente, porém, a mulher levou uma mão à boca e voltou-se para Belle.

– Não devia estar a falar francês com o Arnaud diante de alguém que não compreende a língua – disse, num inglês perfeito. – Por favor, perdoe-me.

Belle sorriu e disse que já esperava que se falasse francês em França e que o que tinha de fazer era tentar aprender um pouco enquanto ali estava.

Arnaud disse que tinha de ir, e acrescentou que Belle não tinha de se preocupar com a conta. Seria ele a liquidá-la, como agradecimento por ela ter cuidado de Avril. Belle envergonhou-se de ter suspeitado dos motivos dele, agradeceu-lhe, beijou-o na face e desejou-lhe um bom Natal.

– Até breve – disse ele, pegando-lhe na mão e beijando-a. – Mandarei uma carruagem buscá-la.

Madame Albertine tinha cerca de cinquenta anos e era muito atraente, com cabelos ruivos, olhos verdes e uma figura voluptuosa. Usava um magnífico vestido de brocado prateado, que Belle admirou.

– Esta noite tenho um jantar – explicou ela. – Em qualquer outro dia ter-me-ia encontrado com roupas perfeitamente vulgares, mas estamos no Natal, de modo que fiz um esforço.

Enquanto subia as escadas com Belle, disse que esperava que não se sentisse muito só.

– Tinha a casa cheia, mas os meus hóspedes foram todos passar as festas com a família. Espero, nos próximos dias, poder apresentá-la a alguns dos meus amigos.

O quarto que mostrou a Belle era pequeno, com paredes brancas e portadas na janela, mas havia uma colcha de cores vivas a cobrir a cama de latão e madame Albertine acendeu o lume já preparado na lareira.

— Daqui a nada está quentinho — disse. — Se soubesse que ia ter uma hóspede, tinha-a acendido há uma ou duas horas.

— Já está a aquecer — respondeu Belle. — Estava tão assustada quando saí do barco. Estou muito feliz por monsieur Germaine me ter trazido até cá.

Madame Albertine sorriu calorosamente.

— Vai ser agradável ter uma companhia feminina para o Natal. Vou deixar-lhe um pouco de pão e queijo para o jantar. Tenho a certeza de que encontrará facilmente a cozinha, fica mesmo ao fundo do corredor. Faça de conta que está em sua casa, está bem? Vemo-nos amanhã de manhã. Talvez queira ir comigo ao mercado comprar algumas comidas de Natal?

A última coisa que a exuberante senhora disse a Belle antes de sair foi que havia água quente que bastasse para um banho, se quisesse. Em Nova Orleães, tinha de aquecer panelas de água para encher a banheira de zinco, e no navio não conseguira mais do que lavar-se numa bacia, aos pedaços, de modo que dizerem-lhe que podia tomar um banho quente era o mesmo que darem-lhe uma prenda de Natal antecipada.

Belle dormiu como uma pedra a noite toda. Só acordou quando as portadas foram abertas e a luz do sol inundou o quarto. Madame Albertine estava aos pés da cama, com uma grande chávena de café na mão.

— Se quer ir ao mercado comigo, é melhor irmos andando — disse, com um grande sorriso. — Vamos, toca a levantar e a vestir.

*

Belle ficou encantada com as vielas estreitas e sinuosas que desciam até ao mercado, perto do porto. As casas estavam, na sua maioria, bastante degradadas, com a tinta a pelar das portadas das janelas e portas que pareciam antigas, e apertavam-se umas contra as outras numa confusa desordem. Notou as semelhanças com o Bairro Francês de Nova Orleães nas persianas e nas varandas de ferro forjado, mas ali era tudo mais velho, mais desorganizado. As ruas eram mais estreitas, os cheiros mais fortes e não havia tabuletas em inglês.

Quando chegaram ao mercado, Belle teve o cuidado de não se separar de madame Albertine, receando ficar perdida para sempre no meio da enorme multidão. Tinha visto muitos mercados – Seven Dials era como um grande mercado, todos os dias –, mas nunca nada como aquilo.

Havia centenas de bancas cheias de todos os géneros possíveis e imaginários de alimentos, e muitas mais de coisas que não conseguiu reconhecer. Lebres, coelhos e faisões pendiam de barrotes, presos pelas patas. Perus, galinhas e patos já depenados eram exibidos aos olhos dos compradores sobre grandes prateleiras. Havia bancas com montanhas de maçãs vermelhas e brilhantes, outras com diferentes espécies de frutas e legumes tão belamente dispostos que pareciam obras de arte. Havia esplêndidos bolos com as mais variadas coberturas especialmente para o Natal, alguns deles enfeitados com frutas cristalizadas e nozes. Havia dúzias de grandes peças de carnes de fumeiro vermelhas, castanhas e brancas, a que os vendedores cortavam por vezes uma fatia para dar a provar aos clientes. Havia uma quantidade incalculável de frascos de qualquer coisa que Belle presumiu serem conservas, embora não conseguisse identificar os conteúdos, e bancas que vendiam apenas pão, muitos deles entrançados ou moldados noutras formas exóticas. Havia ervas, especiarias, garrafas de vinho e cordiais, chocolates, rebuçados e bombons.

Aqui e além surgia uma banca que vendia decorações pintadas à mão para a árvore de Natal, e havia também biscoitos de gengibre decorados com desenhos que lhe trouxeram instantaneamente à memória imagens de casa. Mog costumava fazer biscoitos como aqueles, que pendurava suspensos de cordéis numa corda atravessada sobre o fogão.

Nunca tivera árvore de Natal. Annie troçava desse costume, e na realidade parecia não apreciar qualquer das tradições do Natal. Com sete anos, Belle ficara muito desapontada ao saber que a comprida meia de lã vermelha que Mog a mandava pendurar junto ao fogão para que o Pai Natal a enchesse de doces, nozes e pequenos brinquedos era na realidade enchida pela própria Mog. Mas mesmo que Annie não celebrasse o Natal, gostava do ambiente festivo ligado à quadra. A casa fechava, e as raparigas que não tinham família suficientemente perto para poderem ir visitá-la desciam até à cozinha, e Belle lembrava-se de ser sempre um dia muito alegre, em que tanto Mog como a mãe ficavam um pouco embriagadas. Umas vezes comiam ganso, outras um frango grande, mas havia também salsichas, recheio magnífico e aquilo a que Mog chamava as suas Batatas Assadas Especiais de Natal. Belle sabia que Mog adoraria aquele mercado francês, pois havia por todo o lado mulheres muito parecidas com ela, a encher os cestos de compras com petiscos para as respetivas famílias.

Numa banca, um homem assava um porco num espeto, e madame Albertine comprou dois pães recheados com porco assado para as duas comerem enquanto passeavam.

– Isto é divinal! – exclamou Belle, revirando os olhos deliciada, pois há muito tempo que não provava nada tão bom. – Por este andar, não vou querer sair de Marselha.

Madame Albertine escolheu uma árvore de Natal juntamente com as outras coisas que comprou e um rapaz prometeu levar-lhe tudo a casa, mais tarde. Madame explicou que tinha uma grande caixa cheia de enfeites para a árvore e que Belle poderia ajudá-la com a decoração.

Belle foi finalmente para a cama à meia-noite, quase incapaz de acreditar no dia maravilhoso que tivera. Depois do longo período de solidão por que passara após ter fugido do Martha's, era encantador ter uma companhia feminina, e poder ajudar nas compras e na cozinha e na decoração da árvore de Natal. Madame Albertine era uma pessoa de conversa tão fácil que Belle acabara por lhe falar do que lhe tinha acontecido em Nova Orleães, da morte de Faldo e de como ficara desiludida quando Miss Frank fora tão má para ela. Parte da razão por que revelou tudo isto foi ter praticamente a certeza de que Arnaud diria a madame Albertine que ela tinha trabalhado num bordel, e queria contar a sua própria versão da história antes que ele apresentasse outra mais ou menos distorcida.

Quando Belle lhe perguntou ansiosamente se estava horrorizada, madame Albertine encolheu os ombros, num gesto muito francês.

– Porque havia de estar? – respondeu. – Penso que merece ser admirada pela sua coragem e força de ânimo.

Belle sorriu e sentiu-se muito melhor consigo mesma.

O dia de Natal foi igualmente encantador. Primeiro, Belle foi à igreja com madame Albertine, e apesar de a missa ser em latim e os cânticos em francês, adorou o cheiro do incenso e a maneira como toda a gente vestia as suas melhores roupas, sendo que a velha igreja era muito bonita.

Tinha escolhido o seu melhor vestido, de crepe azul-claro, que se lhe ajustava ao corpo como uma luva até às ancas. Tinha um rufo de renda à volta do decote e, a debruar a orla da saia, outro que subia por trás até à cintura, criando uma espécie de efeito de anquinha. Comprara-o em Nova Orleães quando ainda estava no Martha's, mas nunca o usava lá porque as raparigas diziam que a fazia parecer uma mestre-escola. Belle sabia que não era de modo algum essa a imagem que o vestido criava; era só porque todas as raparigas do Martha's tinham de usar decotes generosos.

Madame Albertine admirou-o, disse que era o vestido perfeito para o dia de Natal e deu-lhe uma flor de veludo azul para pôr no cabelo que condizia lindamente com o vestido.

Depois da missa, um grupo de amigos foi até casa de madame Albertine para uma bebida. Foi a única ocasião naquele dia em que Belle se sentiu um pouco constrangida e em exposição, porque nenhuma daquelas pessoas falava inglês e todas a miravam com curiosidade.

A criada ficou a preparar o ganso assado enquanto madame Albertine recebia, mas quando as visitas saíram, Belle e madame foram para a cozinha ajudar.

O almoço de Natal seria às três, e havia apenas três convidados, todos homens. Madame Albertine tinha explicado antes de eles chegarem que eram todos homens de negócios que não podiam ir passar o Natal com as famílias e que tinha fama de acolher estas almas perdidas naquela altura do ano.

Felizmente, os três falavam muito bem inglês, e apesar de volta não volta caírem no francês, conversaram com Belle as vezes suficientes para ela não se sentir excluída. Com champanhe antes do almoço e vinho à refeição, Belle não conseguiu reter os apelidos dos homens nem o negócio a que se dedicavam, mas só precisou de usar os nomes próprios: Pierre, Clovis e Julien.

Todos eles namoriscaram com ela e lhe dirigiram elogios extravagantes, e madame Albertine parecia satisfeita por estarem todos a dar-se tão bem. Mais tarde, jogaram cartas, e Belle aprendeu alguns jogos que desconhecia. Os cavalheiros retiraram-se por volta das oito da noite, e quando um casal de vizinhos apareceu para ver madame Albertine, Belle foi para o seu quarto, onde adormeceu profundamente mal a cabeça tocou na almofada.

No dia seguinte, Arnaud e Avril mandaram uma carruagem para a levar a almoçar a casa deles.

Tinham uma pequena mas encantadora vivenda no alto de uma colina nos arredores da cidade, com uma vista incrível sobre o mar e sobre Marselha. Havia vários outros convidados, a maior parte dos quais falava inglês, mas Belle não se sentia muito confortável por ter o pressentimento de que Arnaud e Avril lhes tinham falado dela. Ninguém disse nada, foram todos muito simpáticos, mas sentiu que estava a ser estudada, e os homens mostravam-se um tudo-nada excessivamente familiares, de modo que ficou bastante aliviada quando chegou a hora de regressar a casa de madame Albertine.

Na manhã seguinte, madame perguntou-lhe se gostaria de ir a um jantar com Clovis, um dos cavalheiros que estivera presente no almoço do dia de Natal.

– Não pode ir sozinho, e como gostou tanto de estar consigo e acha que é a rapariga mais bonita da cidade, espera que tenha gostado o suficiente dele para o acompanhar.

Belle sentiu-se lisonjeada pelo convite. Clovis era um homem de gostos sofisticados, que afirmara gostar de ópera e bailado, e apesar de ter apenas trinta anos, não esperaria que quisesse a companhia de alguém tão jovem e falha de graças sociais como ela. Além disso, era atraente, não obstante o seu aspeto ossudo e pensativo, com maçãs do rosto altas, olhos muito escuros e velados e nariz aquilino.

Respondeu que gostaria muito, mas que achava que não tinha um vestido apropriado para a ocasião.

– Tenho dois vestidos informais, e o azul que usei no Natal, mas o único outro é de cetim vermelho. Receio que revele às pessoas aquilo que sou.

Madame Albertine riu alegremente.

– *Ma chérie*, estamos em França, aqui não julgamos ninguém, mas é bem possível que eu tenha guardada aí algures qualquer coisa mais adequada. Já fui magra, em tempos, e nunca dei nem vendi nenhum dos meus belos vestidos.

Emprestou a Belle um vestido de renda preta que lhe assentava como uma luva. Era um modelo clássico, de mangas compridas, com uma série de folhos que desciam em cascata a partir dos joelhos. O forro era estilo camisa, de modo que os ombros, os braços e o volume dos seios de Belle transpareciam através da renda.

– Vivi momentos maravilhosos com esse vestido – disse madame, rindo. – Os homens ficavam fascinados. Acho que achavam os vislumbres de pele provocadores.

*

O jantar era no restaurante de um majestoso hotel no centro de Marselha. Quando foi buscá-la num fiacre, Clovis disse a Belle que estava muito bonita, e parecia tão genuinamente excitado pela companhia que ela não se sentiu minimamente nervosa quando ele lhe deu o braço e a levou para o vestíbulo do hotel, para a apresentar aos amigos.

Eram doze os convivas. As outras cinco mulheres eram todas atraentes, elegantemente vestidas e carregadas de joias, mas um pouco mais velhas do que Belle. Foram, no entanto, muito simpáticas, e pareceram acreditar na história que madame Albertine sugerira a Belle, que tinha sido enviada para casa de uma tia em Nova Orleáes quando a mãe morrera. Belle acrescentou que a tia tinha uma chapelaria onde ela trabalhara a fazer e vender chapéus. Descobriu que a história lhe saía facilmente dos lábios – ao fim e ao cabo, continha elementos de verdade –, e até fez toda a gente rir ao descrever algumas das clientes mais bizarras que lhe tinham aparecido.

Estranhamente, ninguém lhe perguntou porque apanhara um navio para Marselha, mas a maior parte dos presentes conhecia os Germaine, de modo que a história a respeito de como cuidara de Avril tinha-a precedido. Belle achou agradável ser vista como uma jovem corajosa e de bom coração, e gostou da declarada admiração de Clovis.

Se tivesse sido convidada para um jantar daqueles em Londres, o seu sotaque tê-la-ia denunciado como pertencente às classes mais baixas. Mas, felizmente, ter estado tanto tempo na América disfarçara, pelo menos em parte, esse pormenor, e, claro, sendo franceses, os presentes não tinham o ouvido afinado para as subtilezas dos sotaques ingleses. Martha sempre lhe elogiara os bons modos – era a Mog que tinha de agradecer –, mas quando viu a variedade de talheres e copos em cima da mesa, passou por um momento de medo.

Optou por fazer o que os outros faziam, e descobriu que era capaz de apreciar verdadeiramente estar num hotel de luxo, com um companheiro atraente e atencioso, a beber champanhe e a comer boa comida, e ser de alguma maneira o centro das atenções. Sabia que ficava sensacional com o vestido de renda preta; podia não ter diamantes à volta do pescoço como todas as outras mulheres, mas era jovem e bonita e tinha o mundo a seus pés.

Apercebeu-se de que bebera demasiado quando se pôs de pé depois da sobremesa. Tinha dificuldade em caminhar em linha reta e as caras das pessoas pareciam-lhe menos nítidas. Uma vozinha no fundo da cabeça dizia-lhe que embriagar-se na companhia de pessoas que mal conhecia era perigoso, mas não estava interessada em ouvir aquela voz; estava a divertir-se demasiado para isso.

Quando voltou da casa de banho das senhoras, ofereceram-lhe um licor. Sabia a café e ela despejou-o de um só trago.

– Sente-se bem, Belle? – perguntou Clovis.

Voltou-se para ele, pousou-lhe a mão na cara e olhou-o nos olhos escuros e velados.

– Estou ótima – disse, ainda que com alguma dificuldade em formar as palavras. – Mas estaria ainda melhor com um beijo.

– Tê-lo-á mais logo – disse ele, apertando-lhe a mão.

Uma orquestra tocava na sala contígua ao salão de jantar e, ao ouvir uma valsa, Belle levantou-se de um salto e pegou nas mãos de Clovis, incitando-o a ir dançar. Pareceu-lhe ouvir alguns dos outros sentados à mesa dizerem que iam juntar-se-lhes, mas não reparou se mais alguém os seguiu até à pista de dança.

Do que se lembrou, mais tarde, foi de se sentir muito sonolenta e se agarrar a Clovis. Ouviu-o dizer qualquer coisa a respeito de levá-la para o seu quarto e, quando deu por ela, ele tinha o braço na cintura dela e ajudava-a a subir uma ampla escadaria com uma espessa alcatifa vermelha.

– Tem um quarto aqui no hotel? – perguntou, a tentar não entaramelar as palavras.

– Sim, fico sempre aqui quando venho a Marselha.

– Mas o que vão eles pensar de eu ir para o seu quarto? – perguntou.

– Os hotéis de luxo como este não formam opiniões a respeito do comportamento dos hóspedes – foi a resposta.

Belle lembrava-se de ter subido as escadas, mas pareceu-lhe demorar uma eternidade a chegar ao quarto. Então, em contrapartida, tinha a sensação de terem passado apenas um ou dois segundos até ficar completamente nua. Tinha uma vaga recordação de Clovis a manter de pé diante de um grande espelho e tocar-lhe intimamente de uma maneira que era agradável mas não lhe parecia muito correta da parte de um homem que se limitara a levá-la a um jantar.

E então lembrou-se de, repentinamente, ele estar também nu, e de ter ficado chocada ao ver que tinha o peito e as costas cobertos por espessos pelos negros. Nesse ponto, tentara dizer que aquilo era um erro e que tinha de ir para casa, mas, em vez de lhe dar ouvidos, Clovis pegara nela e levara-a para uma grande cama.

Depois disso, era tudo muito confuso. Ouviu-o dizer coisas em francês que suspeitou serem obscenas, soube que ele a tinha penetrado e, embora embriagada, sentiu-se envergonhada por se ter traído ao beber tanto e levar Clovis a acreditar que era aquilo que queria.

Acordou horas mais tarde, cheia de sede, e ao princípio não soube onde estava, devido à escuridão total. Mas apalpou a cama a seu lado e encontrou umas costas peludas, e então recordou tudo.

Ficou furiosa consigo mesma por se ter embriagado. O que ia madame Albertine pensar dela agora? Tinha a cabeça a latejar, sentia os odores do seu próprio corpo e precisava desesperadamente de beber água. Teve a vaga recordação de ter usado uma casa de banho contígua ao quarto, de modo que deslizou para fora da cama e foi tateando ao longo da parede. Chegou a uma porta, mas ao abri-la viu que dava para o corredor. Antes de voltar a fechá-la, porém, teve tempo de ver que havia uma segunda porta no quarto.

De todas as coisas que Belle apreciava na vida, uma casa de banho com água quente e fria na banheira e uma sanita com autoclismo ocupava o topo da lista. Apesar de haver uma assim no Martha's, com tantas raparigas a querer usá-la e a caldeira para aquecer a água a só ser acesa a determinadas horas do dia, a sua vez de tomar um banho nunca chegava tão frequentemente quanto desejaria. A da pensão de madame Albertine era agradável, tinha até uma coisa a que ela chamava bidé para lavar o rabo. Mas a casa de banho daquele hotel era a melhor que alguma vez vira, com um lavatório encastrado numa armação de mármore, uma enorme banheira, uma sanita e um bidé. O chão era de ladrilhos brancos e pretos e brilhava como se estivesse molhado.

Mas apesar de ter tomado boa nota de todos estes luxos, acabava de fechar a porta quando o conteúdo do estômago lhe subiu à garganta, e mal conseguiu chegar à sanita a tempo.

Pareceu-lhe ter vomitado durante horas. Tão depressa tinha tanto frio que tinha de se embrulhar numa toalha de banho como logo a seguir sentia tanto calor que julgava ir morrer de afrontamento. Finalmente, quando já não tinha mais nada no estômago para deitar fora, conseguiu levantar-se e, a arrastar os pés, foi examinar-se no grande espelho por trás da banheira.

Os cabelos, que tinha passado uma hora a arranjar na noite anterior, prendendo caracóis com travessas e ganchos no alto da cabeça, pareciam um emaranhado de silvas, tinha a cara muito branca e os lábios pareciam magoados e inchados. Também lhe doía lá em baixo, e soube que Clovis devia tê-la tratado com brutalidade.

Quando madame Albertine lhe explicara o propósito do bidé, Belle não percebera muito bem a utilidade daquela peça, mas quando se sentou ali e a água quente lhe acalmou as partes íntimas, compreendeu. Infelizmente, com o esclarecimento a respeito de bidés, veio a compreensão devastadora de que tinha caído numa cilada.

Não acreditava que um homem culto e inteligente como Clovis se aproveitasse de uma mulher que tinha bebido demasiado a menos que soubesse que ela não estava em posição de apresentar queixa contra ele.

O que significava que madame Albertine lhe devia ter dito o que ela era, e isso fê-la chorar, porque gostara sinceramente de Albertine e convencera-se de que o seu segredo estaria a salvo com ela.

Ficou na casa de banho pelo que lhe pareceram horas. Lavou o corpo todo, arranjou os cabelos e bebeu água até se sentir de novo completamente sóbria. Então voltou ao quarto e, no escuro, procurou até encontrar as suas roupas.

Uma espreitadela através das cortinas revelou-lhe que ainda era noite, sem sequer uma sugestão de aurora a clarear o céu, e além de não saber como voltar a casa de madame Albertine, não estava ansiosa por ser vista a sair do hotel pelo porteiro da noite, de modo que, uma vez vestida, pegou no edredão que tinha caído da cama, sentou-se na cadeira de repouso junto à janela e tapou-se com ele para se manter quente enquanto pensava em como ia lidar com aquela situação.

Clovis ressonava baixinho, um som de certo modo até enternecedor, e Belle desejou poder acreditar que ele só a levara até ali com a intenção de a deixar dormir e curar a bebedeira, mas que a luxúria o dominara. Infelizmente, porém, conhecia demasiado bem os homens para acreditar nisso. O mais irónico era que muito possivelmente teria ido para a cama com ele de livre vontade, noutra ocasião qualquer, pois gostara verdadeiramente do homem.

Ao recordar a maneira como se tinham conhecido durante o almoço de Natal percebeu, como que num relâmpago de clarividência, que madame Albertine tinha na realidade estado a exibi-la, tanto então como mais cedo no mesmo dia, aos seus outros amigos, preparada para a oferecer ao que desse mais. Ficou horrorizada, porque aquela era sem dúvida a pior das traições. Mas quanto mais pensava nisso, mais se convencia de que não se enganava, e além disso, madame Albertine não estaria naquilo sozinha. E o seu mais óbvio cúmplice era Arnaud.

Via agora a imagem completa. Arnaud oferecera-se para lhe arranjar um fiacre e levá-la a um lugar que conhecia porque tinha tudo previamente planeado. Era possível que madame Albertine já gerisse um bordel, e certamente ficara encantada por Arnaud lhe ter levado uma nova recruta. Percebia agora por que razão se sentira tão desconfortável em casa de Arnaud; os amigos dele sabiam o que ela era e talvez até lhe tivessem feito ofertas pelos seus favores.

O jantar daquela noite fora um engodo para a apanhar.

E ela engolira o anzol, o isco e o peso. Bastara uma companhia atraente, um vestido bonito e demasiada bebida. Tendo ido voluntariamente para o quarto de Clovis, não podia queixar-se do que ele fizera.

Nem, claro, madame Albertine esperava que ela se queixasse. Ia sem dúvida mostrar-se muito compadecida dela quando chegasse a casa mais tarde, naquela manhã, e então sugerir suavemente que de futuro bem podia fazê-lo por dinheiro; ao fim e ao cabo, seria a maneira mais rápida de ganhar o suficiente para pagar um bilhete de comboio para Inglaterra.

Quer fosse madame Albertine ou Arnaud a angariar os clientes, não duvidava de que os dois partilhariam o dinheiro que ela ganhasse. E então ver-se-ia outra vez na mesmíssima situação em que estivera com Martha.

Sabia que havia bordéis em todos os portos, e embora não houvesse outras raparigas em casa de madame Albertine, e a casa não se parecesse nada com um bordel, era mais do que possível que os dois estivessem a planear mandá-la para um. Pensou que não era verdadeiramente muito lógico zangar-se, uma vez que ela própria já tencionava trabalhar como prostituta, em todo o caso. Mas era a mentira que magoava. Madame Albertine andara a passeá-la fingindo pretender apenas que ela se divertisse, mas durante todo esse tempo vira-a apenas como uma peça de mercadoria para ser vendida pela melhor oferta.

Continuou sentada, a pensar, mais alguns instantes, e então pôs-se de pé e pegou no casaco que Clovis tinha atirado para o chão. Encontrou a carteira e tirou dela cinco notas de vinte francos. Calculou que equivaleriam a cerca de vinte dólares, um preço justo por uma noite com uma prostituta de topo.

Os olhos tinham-se-lhe entretanto habituado à escuridão e deteve-se por um instante junto à cama, a olhar para Clovis. Era atraente, e fora uma noite divertida até se ter embriagado, mas um cavalheiro não se teria comportado como ele se comportara. Havia cerca de trezentos francos naquela carteira, e ele podia dar-se por muito feliz por ela não levar o dinheiro todo. Mas Belle não era, e nunca seria, uma ladra.

Então, depois de enfiar o dinheiro na pequena bolsa de rede, saiu do quarto em bicos de pés, deixando Clovis a ressonar baixinho.

No vestíbulo, o porteiro da noite dormitava atrás do balcão da receção. Belle passou silenciosamente por ele e foi até ao pequeno cubículo onde, horas antes, deixara o casaco, que felizmente ainda lá estava.

Quando saiu e se dirigia à porta principal, o porteiro da noite acordou e sentou-se muito direito.

– *Revenez au sommeil, doux monsieur* – disse ela descaradamente, soprando-lhe um beijo. Madame Albertine dissera aquilo, durante o almoço de Natal, a um do homens que não tinha ouvido qualquer coisa que ela acabava de dizer, e explicara a Belle que a frase significava: «Volte a dormir, doce senhor.» Se era ou não verdade, nunca o saberia, mas o porteiro sorriu embaraçado e ela saiu.

Estava muito frio no exterior, e ainda escuro. Belle desceu a rua porque, logicamente, essa direção teria de levá-la ao porto. Esperava encontrar lá um café aberto onde pudesse beber qualquer coisa quente e pedir indicações para chegar à estação de caminhos de ferro. Felizmente, o casaco era suficientemente comprido para esconder todo o vestido de noite, que teria parecido muito estranho durante o dia. Teria de comprar um vestido informal, que fosse quente, com uma parte do dinheiro de Clovis. Não podia, claro, voltar a casa de madame Albertine para ir buscar as suas coisas e as suas poupanças.

Enquanto percorria as ruas desertas, sentia-se desesperadamente envergonhada de si mesma, e uma parva por ter confiado nas pessoas e permitido que a manipulassem. Estava cansada e só lhe apetecia chorar. O que não era de estranhar, considerando que dormira muito pouco e se via obrigada a deixar para trás todas as suas roupas e pertences. No lado positivo, tinha a certeza de que cem francos seria mais do que o suficiente para a levar até Paris, e ia poder ficar com o bonito vestido preto.

A tarde chegava ao fim quando o comboio entrou na gare em Paris. Belle tivera sorte, pois, antes de chegar ao porto de Marselha, vira uma tabuleta a indicar a estação ferroviária para a esquerda, e descobrira que ficava apenas a um par de ruas de distância. Partia um comboio para Paris às seis, dentro de apenas meia hora, e acabava de abrir um café onde bebera uma chávena de café quente.

Adormecera mal o comboio começara a andar, e só acordara ao meio-dia porque os outros ocupantes da carruagem estavam a fazer muito barulho. Pareciam ser todos da mesma família: duas mulheres de vinte e poucos anos, um homem na casa dos trinta e um casal muito mais velho, provavelmente os pais. Discutiam, mas parecia ser uma discussão amigável, pois riam muito, e passavam uns aos outros comida que tiravam de um cesto.

A mulher mais velha dissera-lhe qualquer coisa, que ela presumira ser um pedido de desculpas por a terem acordado, e pouco depois oferecera-lhe uma fatia de um flã salgado tirado do cesto, logo seguido por pão e queijo. Belle sorrira e agradecera com o pouco francês que aprendera nos últimos dias, mas ficara aliviada por ninguém do grupo falar inglês, o que a desobrigava de manter uma conversa.

Foi só à medida que o comboio se aproximava de Paris que começou a preocupar-se. Encontrar um quarto barato, uma muda de roupa e artigos de higiene, tudo isto sem falar francês, era só por si uma tarefa assustadora. Mas sabia que também tinha de conseguir mais algum dinheiro, e de algum modo obter documentos de identificação para poder regressar a Inglaterra. Não houvera problemas em Marselha, onde um representante das autoridades subira a bordo do navio para verificar os papéis dos tripulantes; o capitão Rollins não referira a presença de passageiros, e ninguém perguntara. Mal as autoridades tinham deixado o navio, pudera sair livremente. Em Inglaterra não aconteceria o mesmo, disso tinha Belle a certeza.

Enquanto contemplava pela janela da carruagem os campos planos e nus, recordou a paisagem semelhante que avistara das janelas do hospital quando estivera em Paris. Perguntou-se se a polícia francesa a ajudaria a chegar a Inglaterra se lhes explicasse o que lhe tinha acontecido.

Alguma coisa lhe disse que não era boa ideia. Ou não teria ainda aprendido que não podia confiar em ninguém?

CAPÍTULO 27

As ruas à volta da Gare de Lyon, em Paris, eram escuras e estavam apinhadas de pessoas que pareciam cheias de pressa de chegar a qualquer lado. Era um lugar sujo, barulhento e malcheiroso, muito pior do que Marselha, e Belle sentia-se ameaçada por todos os homens que olhavam para ela. Ainda por cima, estava muito frio e tinha começado a chover. Via hotéis para onde quer que olhasse, mas nada que lhe dissesse se eram bons, maus, caros, baratos, seguros ou perigosos, pois pareciam-lhe todos igualmente miseráveis. Estava bastante consciente do vestido de noite por baixo do casaco, e os sapatos, feitos para usar dentro de casa, não eram os mais adequados para caminhar pelas ruas de uma cidade. Além disso, tinha fome e muita sede.

Não era a Paris da sua imaginação, com amplos *boulevards* ladeados de árvores, edifícios luxuosos, fontes ornamentadas, belas lojas e restaurantes elegantes. Era tudo cinzento e triste, o que lhe recordou que aquela era a cidade onde tinha sido violada por cinco homens.

Como pudera esperar que lhe acontecesse ali qualquer coisa de bom?

Chegou a um restaurante e deteve-se para espreitar pela montra. Era tão tristonho como todos os outros, mas estava cheio de

400

gente. A maior parte dos clientes parecia ser constituída por empregados de escritório, o que talvez significasse que a comida era boa e não muito cara.

Sentou-se a uma mesa já ocupada por duas raparigas que não deviam ser muito mais velhas do que ela. Estavam bem vestidas mas de uma maneira simples e usavam os cabelos puxados para trás. Sorriu-lhes e disse *bonsoir*. Elas responderam ao cumprimento e voltaram à sua conversa.

A ementa nada significava para Belle, de modo que quando a criada de mesa se aproximou para tomar nota da encomenda, apontou para o que parecia ser um guisado de carne no prato de uma das raparigas.

– *S'il vous plaît* – disse, com um sorriso.

A mulher franziu a testa.

– *Je ne parle bien français* – acrescentou Belle, muito orgulhosa por se ter lembrado daquela frase.

A criada afastou-se e uma das raparigas perguntou a Belle se era inglesa. Belle assentiu.

– Uma vez em França? – perguntou a rapariga

– *Oui* – disse Belle, aliviada por a rapariga falar inglês, ainda que não muito bem. – Estou com medo porque não sei para que hotel ir.

As duas raparigas olharam uma para a outra e conversaram em francês.

– Quer hotel limpo, não muitos francos? – perguntou a primeira rapariga, a de cabelos mais escuros.

Belle assentiu.

As duas raparigas voltaram a conferenciar e então a mais morena tirou um bloco de notas da mala, arrancou-lhe uma folha e escreveu qualquer coisa a lápis.

– Este bom – disse, entregando o papel a Belle. – Não ter medo.

Tinha escrito Hôtel Mirabeau, rue Parrot, e esboçado um mapa tosco para mostrar que ficava na rua mais ou menos paralela àquela onde estavam, na parte de trás. Sorriu a Belle. «*Bonne chance*», disse.

O Hôtel Mirabeau tinha um ar tão cansado e miserável como tudo o mais. Se não fosse uma tabuleta de onde a tinta já quase desaparecera a balouçar por cima da porta, Belle não o teria visto, pois ficava no meio de uma fila de casas em banda, encaixado entre uma padaria e a loja de um sapateiro. Mas estava demasiado frio na rua para procurar mais longe, e além disso doíam-lhe os pés, de modo que subiu os degraus, empurrou a pesada porta e entrou.

A porta abria diretamente para um pequeno vestíbulo onde havia várias cadeiras e um balcão de receção. Belle ficou ali parada, a olhar em redor por um momento, antes de carregar na campainha colocada em cima do balcão. O vestíbulo, e as escadas que dele subiam, tinham as paredes forradas a papel vermelho-escuro, o que lhes dava um ar acolhedor e constituía um bom pano de fundo para a vasta coleção de quadros pendurados. Todos os quadros mostravam cenas agrícolas; homens a ceifar trigo, homens a regressar a casa num carroção carregado de feno, um pastor com um rebanho de ovelhas. Tinham obviamente sido pintados pela mesma pessoa e Belle perguntou-se se o autor seria o dono do hotel.

Uma mulher ossuda, de ombros encurvados, saiu de uma porta junto à base das escadas. Fez uma careta, que era presumivelmente o mais próximo que conseguia chegar de um sorriso. Belle pediu um quarto, esticando um dedo para indicar que era para apenas uma pessoa. A mulher assentiu e disse cinquenta *centimes*.

Belle achou barato, de modo que concordou e recebeu uma chave presa a um pedaço de metal com quinze centímetros de comprimento, após o que a mulher lhe fez sinal para que a seguisse e a levou até ao quarto piso. Abriu uma porta e Belle entrou. Era um quarto pequeno, a mobília e o tapete do chão velhos, mas parecia e cheirava a limpo.

– Obrigada – disse. – É ótimo. – Estava demasiado cansada para tentar sequer pensar em como se dizia aquilo em francês.

A mulher lançou-lhe um olhar duro.

– Nada de visitantes – disse, em inglês. – Duas noites adianta-
das. Um franco, se faz favor.

Belle corou, presumindo que a mulher sabia o que ela era. Mas
quando pegou na bolsa percebeu que a desconfiança se devia apenas
ao facto de não ter bagagem.

– Roubaram-me a mala – mentiu. – Amanhã vou ter de comprar roupas novas.

A mulher assentiu, mas a sua expressão não se suavizou.

– *Petit déjeuner de sept à neuf.*

Belle percebeu as palavras para pequeno-almoço, mas não o
resto.

– A que horas? – perguntou, erguendo os dedos.

– Das sete às nove – respondeu a mulher, secamente. – *Salle de
bain dans le couloir.*

E saiu, fechando a porta.

Belle presumiu que aquilo significava que a casa de banho ficava
ao fundo do corredor. Experimentou a cama. Era dura e quase de
certeza cheia de altos e baixos, mas resistiu ao impulso de chorar.
Em vez disso, pensou em como fora boa a refeição que acabava de
comer, felicitou-se por ter arranjado um quarto e disse a si mesma
que de manhã tudo pareceria melhor.

Acordou a ouvir pessoas no corredor fora do quarto. Pôs-se de
joelhos na cama e afastou um pouco a cortina. O céu começava a
clarear, pelo que calculou que deviam ser sete e meia, mas não havia
nada para ver, só as casas do outro lado da rua, muito parecidas com
as que havia do seu lado.

Tinha dormido bem. A cama era surpreendentemente confortável, os lençóis cheiravam a alfazema e as mantas e o edredão eram
muitos quentes. Vestiu o casaco por cima da camisa com que tinha
dormido, pegou na fina toalha dobrada nas costas da cadeira e foi
procurar a casa de banho.

A casa de banho estava muito limpa, mas era muito fria, e a água também era fria. Mas despiu a camisa, entrou para a banheira e lavou-se toda. Desejou ter uma escova de dentes: cheirava mal da boca.

Quinze minutos mais tarde, desceu à sala de jantar. Para sua surpresa, era inesperadamente quente e acolhedora, com paredes pintadas de amarelo. As toalhas das seis mesas eram aos quadrados azuis e havia um fogão aceso. Escolheu a mesa mais perto do fogão e embrulhou-se melhor no casaco, para que o vestido de noite não se visse. Havia dois casais a comer, e um homem sozinho a ler o jornal. O homem olhou para ela e esboçou um sorriso.

A mulher que a atendera na noite anterior entrou pouco depois, transportando uma bandeja. Era o pequeno-almoço: café, leite, alguns *croissants* num cesto, manteiga e compota. A mulher não era tão velha como lhe tinha parecido, provavelmente andaria pelos trinta e poucos anos, mas era evidente que não fazia o mais pequeno esforço para melhorar o seu aspeto. O puído vestido preto ficava-lhe mal e tinha os cabelos presos num carrapito tão apertado que parecia ter pintado o crânio de castanho baço. Tinha também um lenço aos quadrados pretos e brancos atado à volta do pescoço, o que parecia estranho, quase como se estivesse a esconder qualquer coisa. Já na noite anterior usava um lenço, mas todo preto e menos óbvio.

Não havia na mulher nada que sugerisse que pudessem ter qualquer coisa em comum, mas mesmo assim Belle não resistiu à tentação de entabular conversa com ela, quanto mais não fosse para descobrir quem pintara os quadros.

Quando a mulher pousou o pequeno-almoço em cima da mesa, Belle sorriu-lhe.

– Como se chama? – perguntou.

A mulher esboçou um meio sorriso, o que era um progresso assinalável em relação à noite anterior.

– Gabrielle Herrison – disse.

– Eu chamo-me Belle Cooper. Poderá, mais tarde, dizer-me onde comprar algumas roupas em segunda mão?

O rosto de Gabrielle suavizou-se muito ligeiramente.
– Arranjo pequeno mapa. Boa loja perto.

Belle estava apreensiva quando entrou na pequena loja de madame Chantal. Madame Herrison não parecia ser o género de mulher que soubesse grande coisa a respeito de roupas, pelo que esperava que a loja que lhe recomendara fosse como as lojas de roupa usada de Seven Dials, que fediam a mofo, a suor e a coisas piores e onde as roupas, todas a monte, eram geralmente tão miseráveis que só os muitos desesperados as compravam. Mas, para sua surpresa, naquela loja as roupas estavam cuidadosamente penduradas de varões, e o único cheiro que detetou foi o de café acabado de fazer.

Uma mulher baixinha de cabelos grisalhos, envergando um vestido preto com gola e punhos de arminho, dirigiu-se-lhe e cumprimentou-a em francês. Belle pensou que estava provavelmente a perguntar-lhe o que desejava. Perguntou à mulher se falava inglês, mas a resposta que obteve foi um abanar de cabeça, de modo que despiu o casaco para mostrar o vestido de noite e mimou alguém a fugir com a sua mala. Surpreendentemente, a mulher pareceu compreender, pois indicou um cabide de vestidos simples.

Belle examinou-os. Eram todos bons vestidos para usar no dia a dia, mas ela precisava de qualquer coisa com um pouco mais de charme se queria atrair homens ricos.

A proprietária da loja notou talvez a falta de entusiasmo com que Belle passava pela fila de vestidos, pois disse qualquer coisa que ela não compreendeu e estendeu-lhe um fato de duas peças para examinar. Era azul-claro, com um bordado a azul mais escuro no casaco justo. Parecia ter sido muito caro e era muito mais próximo daquilo que Belle tinha em mente. Mas a cor não servia. Belle sorriu e assentiu com a cabeça, para que a mulher soubesse que aprovava, e então apontou para dois vestidos, um púrpura e o outro vermelho, e de novo para o que tinha na mão.

A mulher fez um gesto afirmativo. Depois de remexer nos cabides durante dois ou três minutos, tirou um fato vermelho com alamares pretos no peito, que lhe davam um ar ligeiramente militar, e outro púrpura com gola e punhos de veludo preto.

Belle colocou o vermelho à frente do corpo e viu-se no espelho. Seria perfeito se lhe servisse, discreto e elegante mas com uma pontinha de arrojo, e a cor ficava-lhe bem.

A mulher levou-a até um cubículo ao fundo da loja, para que pudesse experimentá-lo. Apontou para um etiqueta de seda no casaco que dizia «Renée» e Belle percebeu que estava a tentar dizer-lhe que era especial, não feito por uma vulgar modista. Via-se, pelo toque do tecido, pelas costuras e até pelo corte que aquele fato tinha pertencido a uma mulher rica. Estava ansiosa por experimentá-lo.

A dona da loja tagarelava em francês fora do cubículo, e Belle teve a certeza de que estava a fazer-lhe um discurso de vendedor, talvez a dizer que um vestido como aquele tinha sido feito para alguém jovem e bonito como ela. No instante em que apertou a saia na cintura, soube que a antiga proprietária tivera a sua altura e constituição, pois tinha o comprimento perfeito, ficando a dois centímetros do chão, e ajustava-se-lhe nas ancas como uma segunda pele. Conteve a respiração enquanto vestia o casaco, a desejar que não fosse demasiado pequeno, e não era; tal como a saia, assentava-lhe perfeitamente.

– *Magnifique! Il est fait pour vous* – exclamou a dona da loja quando ela saiu do cubículo, e Belle teve de presumir que aquilo significava que era perfeito para ela.

E era de facto perfeito em todos os aspetos. O corte adelgaçava-lhe ainda mais a cintura, a cor contrastava bem com os cabelos escuros, os alamares de estilo militar davam-lhe um toque de ousadia.

– *Combien?* – perguntou. Era uma palavra que aprendera com madame Albertine, quando a acompanhara ao mercado.

– *Vingt francs* – respondeu a mulher, e ergueu duas vezes os dedos de ambas as mãos.

Belle engoliu em seco. Sabia que vinte francos era um preço bastante razoável para um fato tão bonito, mas fariam um enorme rombo nas suas finanças. Precisava das roupas certas para ganhar mais dinheiro, mas... e se o seu plano nos hotéis não resultasse? Além disso, também precisava de uma muda de roupa interior, um vestido simples e um par de sapatos.

A dona da loja olhava interrogativamente para ela, e Belle apontou para os sapatos, levantou a saia para mostrar que não tinha saiote e finalmente tocou num dos vestidos informais. Tirou vinte e cinco francos da bolsa e mostrou-os à mulher.

A lojista percebeu muito bem o que ela estava a tentar dizer, mas não gostou. Resmungou qualquer coisa e revirou os olhos, começando a andar de um lado para o outro com um ar zangado, mas Belle manteve-se firme, ainda que com uma expressão abatida. Finalmente, a mulher acalmou e foi até ao fundo da loja, onde tinha sapatos, regressando com vários pares, todos em excelente estado. As pequenas botas pela altura do tornozelo, abotoadas ao lado, serviam perfeitamente a Belle; tinham um pouco de salto e pareciam muito elegantes.

A seguir, a mulher tirou de um cabide um vestido de lã cinzento-claro. O corpete abotoava à frente e tinha aplicações de flores de um cinzento mais escuro de um lado. Belle gostou dele porque seria quente e adequado para a maior parte das ocasiões. Indicou por gestos que gostaria de experimentá-lo. A mulher dirigiu-se a um cesto e voltou com vários saiotes, cuecas e camisas, que entregou a Belle como que a dizer que escolhesse o que quisesse.

Quase uma hora mais tarde, Belle saiu alegremente da loja com o vestido cinzento e os sapatos novos. Levava a roupa interior que escolhera, o fato vermelho e o vestido e os sapatos de noite num embrulho de papel castanho. Conseguira tudo aquilo por vinte e cinco francos, mas sentia alguns remorsos por causa da pobre dona da loja.

Um pouco mais abaixo na mesma rua, reparou numa loja que vendia plumas, contas, véus e flores para chapéus. Ficou algum tempo a olhar para a montra e a recordar a si mesma que ia ser modista de chapéus quando voltasse a Inglaterra. Concentrar-se nesta ideia fê-la sentir-se mais forte e determinada. Não ia limitar--se a ganhar dinheiro suficiente para a viagem, ia também constituir um pé-de-meia para poder manter a cabeça bem erguida quando chegasse a casa.

Além de uma escova de dentes e um pequeno boião de creme para a cara, comprou um chapéu em segunda mão, um chapéu de pele preto que era o mais perto que podia chegar do que fazia conjunto com o casaco e que fora obrigada a deixar em Marselha. No dia anterior sentira-se só meio vestida sem um chapéu, mas agora estava outra vez completa.

Madame Herrison estava no vestíbulo quando chegou ao hotel.

– Encontrou coisas bonitas? – perguntou a mulher.

Belle estava tão encantada com as suas compras que teve muito gosto em exibi-las, e enquanto as mostrava à dona do hotel sentiu que a atitude da mulher se suavizava. Madame Herrison encostou o vestido vermelho aos ombros de Belle e sorriu.

– É a sua cor – disse. – Penso que vai dar-lhe sorte.

– *Merci, madame* – respondeu Belle, e foi recompensada com um sorriso que iluminou o rosto da mulher e lhe tirou dez anos de cima.

Tudo o que Belle sabia a respeito de trabalhar em hotéis vinha de uma das raparigas de Nova Orleães, que afirmava ter vivido vários meses em Washington dessa maneira e ganhado muito dinheiro. Mas por muito brilhante que o plano fosse em teoria, Belle achava a perspetiva assustadora. Estava bem consciente de que a prostituição era ilegal em Paris, embora a cidade tivesse fama de tolerante. Tinha visões de *gendarmes* a segurarem-na pelos braços e a atirarem-na para uma cela. Havia, obviamente, milhares de prostitutas em Paris, a trabalhar nas ruas, em bordéis e nos hotéis, e bem desejava conhecer algumas para se informar de como as coisas funcionavam.

No seu segundo dia em Paris, comprou um mapa da cidade e estudou alguns hotéis perto dos Champs-Elysées, presumindo que seriam os melhores. Alguns acabaram por revelar-se bastante miseráveis, e outros descartou por terem porteiros demasiado vigilantes, o que a convenceu da impossibilidade de pôr ali em prática o seu plano. Outros hotéis pareciam elegantes vistos do exterior, mas ao observar as idas e vindas dos hóspedes descobriu que eram pessoas vulgares, e ela precisava de um hotel que fosse frequentado por gente verdadeiramente rica.

No fim, acabou por interrogar um porteiro a respeito de hotéis, fingindo andar à procura de um lugar onde instalar a tia e a mãe. O homem deu-lhe uma lista de quatro hotéis, a que acrescentou o Ritz, na place Vendôme. Sorriu enquanto o fazia e disse:

– *Vous devrez être très riche pour y rester.*

Belle teve quase a certeza de que ele dissera que era preciso ser muito rico para lá ficar, de modo que sentiu imediatamente que tinha de ser o sítio certo para ela.

A place Vendôme era uma vasta praça apenas com duas entradas que parecia quase circular devido à forma chanfrada dos quatro cantos. Belle soube imediatamente que era um lugar muito especial. Os belos edifícios simétricos deviam ser pelo menos dois séculos mais antigos do que os dos amplos *boulevards* por onde passeara e tinham apenas quatro andares em vez dos seis que pareciam ser a norma na cidade. No centro do espaço lajeado erguia-se um enorme pilar de bronze, e quando se deteve junto dele, a olhar para cima e a perguntar-se se a estátua que o coroava seria de Napoleão, ouviu um cavalheiro inglês de casaca e chapéu alto explicar à esposa que fora feito com o metal das centenas de canhões que o imperador francês capturara nas suas batalhas. Enquanto observava, viu o casal entrar numa das muitas joalharias que circundavam a praça. Qualquer pessoa percebia, só de olhar para as montras, que aquelas lojas não se destinavam a uma clientela vulgar: ostentavam refulgentes colares de diamantes, anéis com enormes safiras, rubis e esmeraldas tão magníficos que quase cortavam a respiração.

O Ritz não apregoava a sua presença na praça; na realidade, Belle teve de olhar com atenção para ver as discretas letras douradas por cima das portas. Lembrou-se de Mog lhe ter dito que os melhores hotéis de Londres eram os que tinham aquela tranquila dignidade. O Ritz sem dúvida que a tinha, e Belle esperou que por ser tão majestoso e caro poucas outras raparigas tivessem coragem para lá tentar a sorte. Se o plano era ou não sensato não sabia dizer, mas sempre ouvira Martha dizer às suas raparigas que deviam visar alto.

Quando voltou ao Mirabeau para mudar de roupa, estava exausta, depois de ter caminhado quilómetros seguindo o mapa. Sabia que em breve teria de aprender a utilizar o Métropolitain. Ao fim e ao cabo, os habitantes de Londres usavam constantemente o metro, e o dali não podia ser muito diferente. Mas ela só o tinha usado uma vez, com a mãe, e achara-o muito confuso.

No entanto, andar a pé fora bom, pois vira o Arco do Triunfo e, ainda que só de longe, a espantosa Torre Eiffel, que, segundo se lembrava de ter ouvido dizer na escola, era o edifício mais alto do mundo. Também deambulara por lugares que eram tão miseráveis e assustadores como os seus equivalentes londrinos. Disse a si mesma que havia de explorar a cidade pedaço a pedaço, e de aprender a amá-la. Havia de entrar em chapelarias para absorver ideias, e estudar todos os aspetos da moda francesa. Mas antes de tudo isso, tinha de dar um passo decisivo e voltar ao Ritz naquela noite.

A coragem quase a abandonou quando chegou à place Vendôme, às sete e meia da noite. Sabia que estava bonita com o seu vestido vermelho e os cabelos presos no alto da cabeça, mas a enormidade do que tencionava fazer, e a possibilidade de ser expulsa do Ritz à força, faziam-lhe tremer os joelhos.

Já achara a place Vendôme suficientemente intimidante durante o dia, mas vista à luz dos candeeiros a gás, com dezenas de carruagens particulares à espera – algumas das quais até tinham brasões pintados nas portas – e, aqui e ali, alguns automóveis cintilantes, fê-la sentir-se completamente deslocada. Só a maneira como a luz dos lustres de cristal do vestíbulo do hotel brilhava através dos vidros das portas de madeira, ou o enorme arranjo de flores que viu de relance ao passar, aludiam a hóspedes famosos, possivelmente até membros da realeza.

Belle inspirou fundo, ergueu a cabeça e avançou deliberadamente para a porta. Estava aterrorizada, mas não ia recuar agora. Os homens ricos queriam sempre mulheres. Era capaz de fazer aquilo.

– *Bonsoir, mademoiselle* – disse o porteiro de libré com um sorriso, enquanto lhe abria a porta.

Belle tentou comportar-se como se não fizesse outra coisa senão frequentar lugares daqueles, mas à sua frente estendia-se um largo corredor de mármore branco com uma alcatifa azul-cobalto, e aquela alcatifa era a mais espessa que alguma vez tinha visto. Havia estátuas de mármore, mais arranjos de flores espetaculares, lustres refulgentes, e todas as portas de madeira brilhavam como espelhos. Pensou que era assim que o Palácio de Versalhes devia ser no tempo de Luís XIV.

Felizmente, havia dúzias de pessoas por perto, o que a fez sentir-se um pouco menos nervosa. Algumas registavam-se na receção, outras saíam ou chegavam para jantar. As mulheres estavam todas elegantemente vestidas, carregadas de joias, e muitas vestiam o género de casacos de peles que Belle calculava custarem centenas de libras. Viu bagageiros a empurrar carrinhos carregados de malas de couro, e pensou com tristeza na mala de cartão que deixara em Marselha. A riqueza de tudo aquilo deslumbrava-a, e sentiu uma profunda inveja das pessoas que viviam daquela maneira e não conheciam outra. No entanto, olhando objetivamente para as mulheres, viu que nenhuma era bonita, e algumas eram até bastante feias.

Dois homens de meia-idade estavam de pé, a conversar. Viu-os, pelo canto do olho, interromper a conversa para olhar para ela, e virou-se ligeiramente, mantendo a cabeça baixa, e então voltou a levantá-la e esboçou um sorriso malicioso antes de baixar de novo os olhos.

Sabia que seria impossível angariar clientes diretamente ali no vestíbulo do hotel, mas não era esse o seu plano. Tinham-lhe dito que todos os *concierges* conheciam raparigas que «apresentavam» aos clientes a troco de uma boa maquia, e calculava que o do Ritz não seria diferente, seria apenas mais exigente na escolha do que os dos hotéis menos luxuosos.

Foi colocar-se junto de uma ornamentada mesa de talha dourada em forma de meia-lua e ficou ali a olhar em redor, como se estivesse à espera de alguém. Captou o olhar de outro homem e sorriu, e então baixou os olhos. Mesmo de olhos baixos, sentiu que ele a estudava, e adivinhou que gostava do que via.

Foi como se tivesse regressado momentaneamente ao Martha's. Sempre se sentira poderosa quando os homens entravam e lhe lançavam aquele olhar que dizia que a queriam. Voltou a sentir o mesmo naquele instante e deixou de ter medo. Sentia-se bem.

– *Est-ce que je peux vous aider?*

A pergunta sobressaltou-a. Não tinha ouvido o homem aproximar-se. Tinha cerca de cinquenta anos, cabelos que começavam a ficar grisalhos, um bigode esmeradamente aparado e pera. Os olhos eram pequenos e muito escuros e vestia um simples fato preto. Não percebia pelas roupas se trabalhava ou não no hotel, mas teve a sensação de que sim.

– Não falo francês – disse, apesar de ter praticamente a certeza de que ele perguntara se podia ajudá-la.

– Eu falo inglês – respondeu ele, quase como se ele próprio fosse inglês. – Sou monsieur Pascal, o *concierge*. Perguntei se podia ajudá-la. Está à espera de alguém?

– Sim, talvez de si – disse ela, coquete, com um bater de pestanas.

Ele quase sorriu, mas conteve-se. Belle adivinhou que se aproximara por desconfiar dela, mas não sabia ao certo se era uma prostituta em busca de trabalho ou alguém à espera de um amigo ou

412

familiar. Achou que era bom ele não ter a certeza. Pelo que lhe tinham dito, um *concierge* minimamente experiente conseguia detetar uma prostituta à primeira vista, pelo que as suas roupas e atitude deviam ser bastante convincentes.

– Espera alguém que esteja aqui hospedado? – continuou o homem.

Belle sabia que tinha de arriscar. Era um caso de caras ganhava, coroas perdia. Ele podia pô-la na rua, mas por outro lado podia vê-la como uma fonte de rendimento extra.

– Talvez – disse, olhando-o bem de frente nos olhos. – Penso que pode depender de si.

Viu a maçã de Adão dele subir e descer. Engolir em seco era geralmente um sinal de incerteza, e calculou que ele estava a fazer uma pausa para ponderar o que acabava de ouvir. Continuou a olhá-lo nos olhos, com um meio sorriso confiante nos lábios.

– Penso que devíamos continuar esta conversa num lugar menos público – disse ele finalmente, numa voz mais baixa.

Belle teve vontade de gritar de alegria. Ele não a levaria para parte nenhuma se não estivesse um pouco interessado nela. Limitar-se-ia a acompanhá-la até à porta e dizer-lhe que se fosse embora ou chamaria a polícia.

– Acho ótimo – disse.

Cerca de vinte minutos mais tarde, Belle fazia a pé o caminho de regresso ao Mirabeau, a pensar que Pascal daria um excelente jogador de póquer, uma vez que não revelara nada a respeito de si mesmo ou sequer comprometera a sua posição no hotel. Levara-a, por um comprido corredor, até uma pequena sala que parecia servir para reuniões de negócios, pois estava mobilada com uma grande mesa e oito cadeiras. Pediu-lhe que se sentasse, sentou-se em frente dela e perguntou-lhe de chofre o que era que queria. Ela disse que queria ser posta em contacto com cavalheiros que desejassem companhia para a noite quando estivessem sozinhos em Paris. Ele respondeu perguntando-lhe o que a levava a pensar que ele ou qualquer outro funcionário do hotel estaria interessado em envolver-se em tal esquema.

– Para fazer os hóspedes felizes – respondeu ela, a tentar dar a impressão de que estava habituada a fazer aquilo.

Ele não reagiu a isto, o que a deixou ainda mais intrigada. Monsieur Pascal não tinha qualquer razão legítima para levá-la para ali, poderia ter feito as suas perguntas no vestíbulo, onde havia tanta gente a andar de um lado para o outro que não correriam o risco de ser ouvidos. Ela nem sequer vagamente aludira a sexo, nem dissera fosse o que fosse a respeito de um pagamento pelos seus serviços. Se fosse mais ingénua, poderia pensar que ele não compreendera o que tinha dito.

Mas a experiência dizia-lhe que ele não só sabia exatamente o que ela estava a oferecer, como a queria para si mesmo. Os olhos escuros podiam não ter expressão, e os seus modos eram rígidos, mas tinha lábios carnudos, uma coisa que, notara ela muitas vezes, revelava uma natureza apaixonada.

– Penso que um *concierge* pode ganhar mais do que o seu ordenado semanal ajudando um hóspede a obter qualquer coisa especial – disse, com um sorriso. – Não será razão suficiente?

– Pensa então que é especial? – perguntou ele, num ligeiro tom de troça.

– Claro. Por isso vim aqui, o lugar onde estão as pessoas mais especiais.

Ele olhou para ela sem falar pelo que pareceu pelo menos cinco minutos, embora provavelmente tivessem sido apenas alguns segundos. Quando finalmente falou, o seu tom foi muito seco.

– Deixe-me a sua morada. Se tiver alguma coisa para si, mandar-lhe-ei recado.

Belle teve um momento de medo enquanto lhe passava um pedaço de papel com a morada do Mirabeau, apercebendo-se de que ele podia simplesmente entregá-lo à polícia e mandá-la prender.

Mas o instinto disse-lhe que não era essa a intenção. Pascal estava interessado em ganhar algum dinheiro, só não estava ainda preparado para o admitir.

A noite estava fria e ela tiritava enquanto caminhava, a desejar ter um casaco quente para usar. Mas por muito frio que tivesse, enquanto subia a rue de la Paix a caminho do boulevard des Capucines, Belle estava a ver a Paris que sempre imaginara, com as suas largas avenidas ladeadas de árvores. Pensou em todas aquelas mulheres no vestíbulo do hotel, com os seus casacos de peles e as suas joias refulgentes e em como gostaria de viver aquele género de vida, e teve a certeza absoluta de que monsieur Pascal ia contactá-la e fazer com que acontecesse.

— *Un message pour vous, mademoiselle* — disse uma voz de rapazinho.

Eram três da tarde do dia seguinte, e estava muito frio. Belle deitara-se na cama, por baixo do edredão, a ler um romance inglês que encontrara numa prateleira da sala de jantar. Quase tinha adormecido, mas mal ouviu a voz do rapaz ficou bem desperta e levantou-se de um salto.

O rapaz de cabelos escuros tinha treze anos, chamava-se Henri e era filho de Gabrielle. Belle tinha-o visto fugazmente, nessa manhã, durante o pequeno-almoço.

— *Merci* — disse, e quase lhe arrancou o sobrescrito da mão. Mas então, recordando as boas maneiras, fez-lhe sinal para esperar e foi buscar a bolsa. Deu-lhe um *centime* e voltou a agradecer-lhe.

O bilhete era curto e ia direito ao assunto: «Monsieur Garcia gostaria de ter a sua companhia esta noite às seis e meia para jantar seguido de teatro. Esteja no restaurante do hotel às seis e um quarto e diga que tem um encontro com monsieur Garcia. Irei falar consigo antes de ele chegar. Édouard Pascal.»

*

Apesar de estar nervosa ao chegar ao Ritz, Belle não precisava de se ter preocupado. Limitou-se a sorrir ao porteiro e pedir-lhe que lhe indicasse o restaurante, onde disse ao *maître d'hôtel* que monsieur Garcia tinha reservado uma mesa. Alguém lhe ficou com o casaco, foi conduzida a uma mesa de canto e ofereceram-lhe uma bebida enquanto esperava, e um ou dois minutos mais tarde Pascal entrou na sala. Cumprimentou-a, por causa do pessoal do salão de jantar, como se fosse uma parente com quem ia falar um ou dois minutos. Disse-lhe, em voz baixa, que já tratara do pagamento com Garcia e entregou-lhe discretamente um sobrescrito que continha a parte dela, cem francos.

Embora exteriormente se comportasse com os modos benignos de um tio, examinou-a dos pés à cabeça, aprovou o vestido de renda preto e a ausência de maquilhagem na cara. Mas então, numa voz muito baixa, avisou-a de que devia comportar-se sempre como uma senhora, pois um cavalheiro com a posição de monsieur Garcia não ia querer que alguém adivinhasse que pagara para ter companhia.

Finalmente, disse que Garcia a levaria para ali depois do teatro, mas que ele teria um fiacre pronto para levá-la a casa à meia-noite e meia. Beijou-a em ambas as faces antes de sair, mas sussurrou-lhe uma mal velada ameaça de que se saísse da linha fosse de que maneira fosse ia arrepender-se.

A ameaça foi o suficiente para a deixar nervosa. E então, quando Bernard Garcia apareceu minutos mais tarde, o coração afundou-se-lhe ainda mais no peito, pois era um homem baixo e gordo, com apenas algumas madeixas de cabelo cor de areia atravessadas numa cabeça completamente calva. Tinha pelo menos cinquenta e cinco anos, talvez mais, e nem o dispendioso *smoking* feito por medida ou o relógio de ouro que lhe espreitava do bolso do colete conseguiriam alguma vez torná-lo um parceiro atraente.

Mas falava um inglês quase perfeito e olhava para ela como se se considerasse o homem mais afortunado do mundo, e isso enterneceu-a. Garcia fez conversa de circunstância a respeito do frio, e disse que chegara a Paris de comboio naquela tarde, vindo de Bolonha, e que tomara um banho quente para se aquecer. Então, quando o criado apareceu com as ementas, perguntou a Belle o que lhe apetecia comer.

– Escolha por mim. Tenho a certeza de que sabe o que fazem melhor aqui – respondeu ela, porque uma ementa em francês estava muito para lá do seu alcance. Sorriu e bateu-lhe afetuosamente no braço, como se estivesse perfeitamente deliciada por passar a noite com ele.

Talvez fosse do estupendo vinho tinto que ele escolheu, ou dos seus modos corteses, mas o certo é que Belle não tardou a relaxar e a sentir-se feliz por ser a companhia de Bernard naquela noite. A despeito do seu aspeto pouco cativante, Bernard tinha uma bela voz, profunda e melodiosa, e emanava um ar de tranquila confiança. Falaram sobretudo a respeito de Inglaterra, que ele conhecia muito bem. Bernard não falou da sua vida pessoal, e não a interrogou sobre a dela.

A peça que a levou a ver depois do jantar foi *Madame Sans-Gêne*, de Victorien Sardou. Apesar de ele lhe ter explicado o enredo geral, Belle não conseguiu verdadeiramente acompanhar a ação. Mas não se importou. Era maravilhoso estar sentada numa confortável poltrona de veludo vermelho num camarote, sabendo que muitas das pessoas elegantemente vestidas que enchiam o teatro olhavam para ela e teciam conjeturas a respeito de quem seria.

Aquilo era infinitamente melhor do que trabalhar no Martha's, onde tinha de servir dez ou doze homens diferentes por noite. Embora temesse o momento em que voltariam ao quarto de hotel, pois sentia que Bernard tinha grandes expectativas, o mais certo era ele não tardar muito a adormecer.

Quanto a essa parte, porém, estava redondamente enganada. Bernard encomendou champanhe quando voltaram ao hotel e pediu-lhe que se sentasse na cama a bebê-lo usando apenas as meias e a camisa.

Pressentindo que ele era do género de ter fantasias com mulheres lascivas, comportou-se de bom grado como uma. Agitou-se na cama, deixando que ele a visse bem, e, quando mesmo assim Bernard continuou sentado no cadeirão de braços, aproximou-se dele e sentou-se-lhe de pernas abertas no colo, pegando-lhe numa das mãos e pousando-a num seio, e a outra na vagina. A cara dele estava a ficar cada vez mais corada, os olhos a brilharem, e apalpou-a frenética mas desajeitadamente, como se nunca tivesse tocado no corpo de uma mulher.

Ela desabotoou-lhe a braguilha e enfiou a mão na abertura, mas, para sua surpresa, apercebeu-se de que ele tinha um pénis tremendamente pequeno, como o de um rapazinho. Nem sequer estava rijo, e Belle compreendeu que o seu plano de o montar não ia resultar.

– Anda deitar-te comigo na cama – sugeriu, pegando-lhe na mão e obrigando-o a pôr-se de pé.

O mais desconcertante em Bernard não era a falta de jeito nem o pénis minúsculo, mas o facto de não falar. Conversara facilmente ao jantar num inglês fluente, conversara durante todo o intervalo e na viagem de regresso no fiacre, mas depois de lhe ter pedido que se despisse, não dissera mais nada. Era uma coisa que nunca lhe tinha acontecido; na realidade, descobrira que os homens com pénis pequenos tinham normalmente tendência para falar mais do que os outros. Não só afirmavam que era pequeno porque tinham estado a beber, mas muitas vezes eram também os que gostavam de dizer obscenidades. Mas Bernard permaneceu silencioso, mesmo quando ela começou a despi-lo.

Ao cabo de uma hora, Belle estava a considerar seriamente a possibilidade de lhe devolver os cem francos, agradecer o jantar e o teatro e correr para a porta. Tentara tudo para fazê-lo ejacular, mas nada, nem esfregá-lo, nem lambê-lo, resultara. O pénis continuava flácido, e ele continuava calado.

O bom jantar e o vinho que o tinha acompanhado, e depois o champanhe desde que tinham subido ao quarto, estavam a deixá-la

418

sonolenta, mas tinha demasiado frio por estar nua e destapada. Finalmente, teve de admitir que nunca ia conseguir que acontecesse e, sentando-se na cama, apertou-o contra os seios e embalou-o com a intenção de aceitar a derrota.

Mas de repente ele começou a chupar-lhe o seio como um bebé esfomeado, e quando ela fez deslizar a mão para baixo até ao pénis dele, descobriu que ficara subitamente ereto. Ele gemeu quando ela lhe tocou, e chupou-lhe o mamilo ainda com mais força. Belle sentiu-se tão encorajada que lhe segurou o pénis ainda mais firmemente. Pensou que havia qualquer coisa de pouco saudável no facto de ele só reagir à combinação de sugar o peito e masturbação, mas ficou tão aliviada por ter finalmente descoberto o segredo para o fazer funcionar que não quis saber do que era.

Bernard atingiu o clímax minutos depois, e foi só então que reencontrou a voz e lhe chamou «ama». Belle olhou para ele, e viu que tinha lágrimas nos olhos.

Dez minutos mais tarde, estava profundamente adormecido, ainda com a cara apertada contra o seio dela. Belle perguntou a si mesma quem seria a «ama» e que idade teria ele quando tivera uma experiência semelhante com ela. Estava convencida de que nunca Bernard fizera sexo normal com uma mulher. Desejou ter-lhe perguntado mais cedo se era casado e tinha filhos. Não sabia nada a respeito da vida dele.

Esperou até à meia-noite e um quarto, e então libertou-se dele, pôs-se de pé e vestiu-se. Rabiscou um pequeno bilhete, a agradecer-lhe a noite encantadora, deixou-o em cima da almofada e saiu silenciosamente do quarto.

O porteiro de serviço não era o mesmo que lhe indicara o salão de jantar horas antes nem o que lhes abrira a porta quando tinham voltado do teatro, e, se achou estranho uma mulher sair sozinha àquela hora para voltar a casa, não o mostrou. Ajudou-a a subir para o fiacre e sorriu com simpatia quando ela o gratificou, o que levou Belle a pensar que, para ele, a situação era comum.

Mas enquanto o fiacre sacolejava pelas ruas desertas, Belle sentia-se feliz. Numa noite, ganhara mais do que a maior parte das mulheres ganhava num mês, comera um excelente jantar, fora ao teatro e, ainda por cima, conseguira dar a Bernard o que ele queria. As pessoas respeitáveis podiam considerar tudo aquilo detestável e pecaminoso, mas ela não queria saber do que os outros pensavam. No que lhe dizia respeito, ajudar um homem com problemas sexuais a conseguir alívio era uma coisa boa e generosa.

CAPÍTULO 28

Janeiro transformou-se em fevereiro, e fevereiro em março, e Belle continuava no Hôtel Mirabeau, e continuava a ganhar cem dólares por noite sempre que Pascal lhe arranjava um encontro com um homem.

Mudara-se para um quarto maior e mais soalheiro no primeiro piso que tinha uma pequena varanda com balaustrada de ferro forjado debruçada sobre os quintais das traseiras e os jardins. Comprara mais roupas, chapéus e sapatos, aprendera francês suficiente para conseguir manter uma conversa simples e conhecia Paris como uma nativa.

Se Gabrielle Herrison tinha adivinhado o que a sua hóspede inglesa fazia para ganhar a vida, o facto parecia não a incomodar. Se estava a pé quando Belle regressava de madrugada, arranjava-lhe sempre café e um par de *croissants*, ainda que fosse demasiado cedo para o pequeno-almoço. Também se oferecia para lhe lavar a roupa, e Belle retribuía comprando-lhe flores todas as semanas, como penhor da sua gratidão. Gabrielle não era de grandes conversas, apenas um sorriso e algumas palavras de vez em quando, mas nessas palavras Belle sentia que a mulher simpatizava e se preocupava com ela.

Belle tinha uma enorme curiosidade a respeito de dona do hotel. Sentia que havia ali uma boa história, até porque Gabrielle lhe dissera que os quadros do vestíbulo tinham sido pintados por um amigo que já morrera. Tinha a certeza de que esse homem fora um amante de Gabrielle, porque os olhos dela se embaciavam sempre que olhava para os quadros. Esperava que, um dia, Gabrielle lhe contasse mais a respeito dele.

Saía com cavalheiros três a quatro noites por semana. Raramente era com alguém que estivesse no Ritz; Pascal tinha ligações em muitas áreas. Mas quer o encontro fosse noutro hotel, num restaurante ou até em casa do cavalheiro, eram sempre homens muito ricos e possivelmente influentes.

Presumira que Bernard, o seu primeiro cliente, era uma raridade, mas a verdade era que a maior parte dos homens que conhecia através de Pascal tinham uma bizarria qualquer e eram com frequência ainda muito mais estranhos do que Bernard. Um pedira-lhe que passeasse nua ao luar enquanto ele se masturbava, e outro queria que lhe batesse com um chinelo. Também tivera um par de homens que tinha querido fazer sexo à bruta, mas, felizmente, conseguira livrar-se rapidamente dessas situações, antes que acontecesse algo de mais grave. Um homem queria que ela lhe desse ordens e praguejasse com ele quando desobedecia. E houvera outro que gostava de brincar aos cavalos. Andava de gatas pelo chão e ela tinha de montá-lo, nua. Pelo menos metade dos homens com que saía pareciam incapazes de conseguir uma penetração.

Lembrava-se de como Étienne lhe tinha dito que devia tentar amar os seus clientes. Não era fácil, mas ela encontrava genuinamente muito de que gostar na maior parte deles, pois até ao momento tinham sido todos inteligentes e geralmente interessantes. Agia sempre como se cada um deles fosse muito especial para si. E sabia que o fazia com êxito, pois muitos cavalheiros tinham pedido para voltar a estar com ela e feito novos arranjos com Pascal.

Contava quase diariamente o dinheiro que ganhara. Apesar de já ter o suficiente para voltar a casa, sentia que precisava de ganhar mais para poder regressar em triunfo, uma orgulhosa sobrevivente com capital para abrir uma loja de chapéus. Não queria ficar dependente da mãe ou de Mog.

Imaginava-se constantemente a entrar na cozinha e surpreender Mog. Quase conseguia ouvir os gritos de alegria dela e sentir-se envolvida nos seus braços. Tinha mais dificuldade em imaginar as reações da mãe: ia, claro, ficar contente por ter a filha de novo em casa, mas Annie nunca fora de mostrar os seus sentimentos ou demonstrar afeto.

E depois havia Jimmy. Podia já estar casado, claro, ou pelo menos ter namorada, mas Belle tinha a certeza de que havia de querer vê-la, quanto mais não fosse em memória dos velhos tempos, e pensava com terna expectativa nesse reencontro.

No entanto, por muito que sonhasse com o regresso a casa, também sabia que nunca lá poderia desfrutar da liberdade que tinha em Paris. Por vezes conversava com ingleses que encontrava nos cafés de Montmartre e Saint-Germain, e todos diziam que aquilo de que mais gostavam em Paris era a ausência de hipocrisia, a alegria e sentido de diversão que a cidade respirava. Ela própria reparara que os parisienses pareciam não se preocupar muito com classes sociais; viam os artistas, os poetas, os escritores e os músicos como sendo tão importantes como os médicos, os advogados ou qualquer outro membro das profissões liberais. Nunca, nem uma única vez, lhe tinham perguntado como ganhava a vida, e embora suspeitasse que a maior parte das pessoas que conhecia presumia que vivia de rendimentos por causa da maneira como vestia, tinha a certeza de que se dissesse que era dançarina ou atriz ninguém passaria a considerá-la menos. Em Inglaterra, não seria assim.

Além disso, ali raramente se sentia sozinha. Tinha pequenas conversas com os outros hóspedes, embora a maior parte só estivesse em Paris por uns poucos dias, no máximo, e acabara por conhecer pessoas nos cafés onde habitualmente comia ou bebia café. E depois, passava noites maravilhosas com os seus cavalheiros, a assistir a espetáculos no Moulin Rouge e noutros *cabarets*, a peças de teatro e a óperas. Já tinha comido na maior parte dos melhores restaurantes de Paris, dançara em clubes noturnos e dormira em hotéis de luxo e em magníficas casas e apartamentos. Ia ser difícil voltar a encaixar-se na sua antiga vida, ter alguém a dizer-lhe o que fazer e ser olhada com curiosidade por toda a gente em Seven Dials por ter estado ausente tanto tempo.

Por isso era tão importante voltar a casa com dinheiro suficiente para abrir a sua loja de chapéus. Visitava todas as chapelarias de Paris para ver as últimas modas. Comprava revistas da especialidade e estudava-as, e nas noites em que estava sozinha no seu quarto passava o tempo a desenhar e a decidir como cada modelo deveria ser executado. Chegara até a considerar a possibilidade de arranjar um pequeno apartamento com espaço para ter o equipamento necessário e os materiais para fazer os seus próprios modelos e vendê-los. Desse modo poderia voltar a casa de cabeça bem erguida e anunciar que se tornara modista de chapéus.

Por muito feliz que se sentisse em Paris, havia um problema que a incomodava: Pascal. Ao princípio desconfiara dele, pois sentira que a desejava, mas acabara por convencer-se de que estava enganada, porque a partir do momento em que Pascal aprendera a confiar nela, passara a haver muito pouco contacto entre os dois.

As instruções a respeito de quem era o cliente, e onde e a que horas devia encontrar-se com ele, chegavam por mensageiro. Paris estava cheia de rapazinhos que tinham todo o gosto em entregar uma carta a troco de alguns cêntimos. Então, o cliente entregava-lhe um sobrescrito fechado contendo os seus honorários. Só via Pascal quando tinha de encontrar-se com um cavalheiro no Ritz, e mesmo assim raramente iam além de um aceno de cabeça.

No princípio de março, porém, ele enviara-lhe uma nota a pedir um encontro num café de Montmartre. Como Pascal nunca lhe tinha pedido que se encontrassem, Belle pensou que talvez quisesse pôr fim ao acordo entre os dois com receio de que a gerência do hotel o descobrisse, ou por um dos seus clientes se ter queixado dela.

Pascal já estava no Moulin à Vent, que ficava perto da ainda incompleta basílica do Sacré-Coeur, em La Butte, a beber um copo de absinto. A maneira como estava sentado, inclinado para a bebida, sugeria que não era o primeiro, e tinha uma expressão tão azeda que Belle antecipou problemas.

– Ah, Belle – exclamou ele ao vê-la, e pôs-se de pé, um tudo-nada cambaleante. Chamou o criado e pediu absinto para ela, mas Belle recusou e pediu um copo de vinho. Pascal passou algum tempo a tentar convencê-la de que absinto era o que se devia beber em Paris, mas Belle já provara e não tinha gostado. Desde então, reparara que a maior parte dos bêbedos crónicos não bebia outra coisa.

– Porque quis encontrar-se comigo? – perguntou. – Passa-se alguma coisa?

– Tem de passar-se alguma coisa para eu a convidar a tomar uma bebida comigo?

– De modo nenhum – disse ela. – Mas como não é habitual, pensei que tivesse um problema.

– E tenho – declarou ele, e então despejou o copo de um só trago e pediu outro, num tom de voz demasiado alto. – O meu problema é que passa a noite com muitos homens, mas não comigo.

Belle sentiu o coração afundar-se-lhe no peito porque sabia que ele não era homem para brincadeiras; estava a falar a sério.

– Temos um acordo comercial. Nunca é bom misturar negócios com prazer – respondeu a sorrir, na esperança de que ele não se ofendesse.

– Eu pagar-lhe-ia.

Belle encolheu-se por dentro. A verdade era que achava Pascal repelente. Era untuoso. Já o vira falar com hóspedes no Ritz e só lhe faltava lamber-lhes o traseiro. Usava uma brilhantina com um cheiro enjoativo a violetas e as mãos eram demasiado brancas e macias para um homem. Mas era a maneira como olhava para ela que lhe dava arrepios, tão intensa, tão calculista. Os olhos eram quase reptilianos, completamente desprovidos de expressão. Não havia nele alegria nem calor. Parecia estranho que um homem assim quisesse uma mulher.

– Não, monsieur Pascal, estou muito satisfeita com o nosso acordo tal como está e não desejo alterá-lo.

Não lhe importava que a parte que ele recebia do que ela ganhava fosse possivelmente muito maior do que a sua. Também compreendia que para conservar o emprego ele tinha de ser obsequioso para com os clientes importantes e os gerentes do hotel. Mas havia nele mais qualquer coisa que não conseguia precisar, algo escuro e talvez até perigoso.

– Trata-me por Édouard – disse ele, pousando uma das mãos brancas e macias em cima da dela e inclinando-se tanto para a frente que Belle lhe sentiu o cheiro a alho no hálito. – Podia dar-te muito mais do que tens agora.

Belle sentiu que a única maneira de sair daquela situação era levá-la para a brincadeira.

– Tenho tudo o que quero – disse, retirando a mão. – E penso, senhor, que está um pouco embriagado e que amanhã é bem capaz de arrepender-se das tolices que está a dizer.

Saiu do café pouco depois, mas com o coração pesado, pois sentia que aquilo não ia ficar por ali.

Toda a gente dizia que a primavera em Paris era imperdível. Já havia narcisos nas floreiras das janelas, rebentos verdes nas árvores, e os dias começavam a ficar mais quentes. Belle decidiu, nesse noite, que o incidente com Pascal era um sinal de que era tempo de regressar a casa. Resolveu ficar só mais um par de semanas, até depois da Páscoa, que calhava no fim da primeira semana de abril, e então desaparecer sem lhe dizer para onde ia.

Na manhã da terça-feira seguinte à Páscoa, o jovem Henri entregou-lhe uma nota enviada por Pascal. Dizia-lhe que estivesse pronta às sete, hora a que um fiacre a iria buscar para a levar a um encontro com Philippe Le Brun em Montmartre. Belle ficou encantada, porque já passara três noites com Philippe e gostava daquele homem grande e jovial que tinha vinhedos em Bordéus e era proprietário de dois grandes restaurantes em Paris. Na semana anterior tinha comprado, na loja de madame Chantal, um belo vestido de noite prateado, com sapatos a condizer, e estava à espera da oportunidade certa para o usar. Philippe era o género de homem que gostava de ser visto em público com uma rapariga bonita, de modo que Belle sabia que ia levá-la a um *cabaret* e que a noite seria de comer, beber, dançar e divertir-se, e não apenas sexo num quarto de hotel.

Saiu para lavar a cabeça e fazer um penteado especial num cabeleireiro perto do Mirabeau, e durante a tarde tomou um banho demorado, aproveitando o facto de, para variar, a água estar quente.

Um pouco antes das sete estava no vestíbulo, à espera do fiacre. Gabrielle escrevia qualquer coisa, sentada à sua secretária, e ergueu a cabeça e sorriu ao vê-la.

– *Vous êtes belle* – disse.

Belle corou ao ouvir dizer que estava bonita; era a primeira vez que Gabrielle fazia qualquer espécie de comentário pessoal. Agradeceu e disse que tinha sido convidada para jantar.

Gabrielle olhou para ela durante tanto tempo e tão fixamente que Belle sentiu um arrepio de medo descer-lhe pela espinha.

– Tenha cuidado – disse a mulher mais velha em voz baixa, agora em inglês. – Receio que esteja a brincar com o fogo.

Qualquer coisa nos olhos da dona do hotel disse a Belle que Gabrielle não só sabia o que ela estava a fazer, como também já tinha percorrido aquele caminho.

– Vou voltar em breve para casa – respondeu.

Nesse momento, ouviu o bater dos cascos do cavalo na rua e dirigiu-se à porta. Gabrielle levantou-se da secretária e fê-la parar, agarrando-lhe o braço.

– Se tiver problemas, há alguém em quem confie e que eu possa contactar? – perguntou.

A pergunta deixou Belle ainda mais gelada. Abanou a cabeça, mas no instante seguinte pensou em Étienne.

– Conheci em tempos um homem chamado Étienne Carrera – disse, mas fez um gesto de impotência com as mãos. – Mas foi em Marselha e não faço ideia de onde mora.

– Então mantenha-se a salvo e volte em breve para casa – disse Gabrielle. – Esta noite é a última?

Belle sentiu que a mulher se preocupava verdadeiramente com ela, e assentiu.

– A última vez.

Gabrielle pegou-lhe na mão e apertou-a. Belle sorriu debilmente e correu para o fiacre.

As palavras e os modos de Gabrielle tinham varrido toda a feliz expectativa que Belle sentira antes. O dia estivera agradável, e apesar de começar a escurecer, as ruas estavam ainda cheias de tráfego e pessoas. Enquanto o fiacre avançava em direção a Montmartre, todos aqueles sons e cheiros lembraram-lhe repentinamente o dia em que fora atirada para dentro de uma carruagem, em Seven Dials. Não era um episódio que tivesse por hábito recordar. Acontecera tanta coisa desde então que tendia a olhar apenas em frente, e nunca por cima do ombro. Naquele instante, porém, tinha uma sensação estranha no estômago, subitamente consciente de que corria de facto um risco sempre que saía para ir ao encontro de um novo homem. Sempre confiara no discernimento de Pascal quanto aos clientes, mas a verdade era que qualquer um deles podia ter sido um novo Mr. Kent.

Disse para si mesma que naquela noite não correria perigo; ao fim e ao cabo, conhecia bem Philippe Le Brun. Mas decidiu cumprir a palavra dada a Gabrielle, e aquela vez seria a última. No dia seguinte, faria as malas e partiria.

Montmartre, ou La Butte, como muitos lhe chamavam, era um dos bairros de Paris de que mais gostava. Adorava as espetaculares vistas da cidade, as ruas estreitas e tortuosas pavimentadas com paralelepípedos e frequentadas por livres-pensadores e boémios. Tinham-lhe dito que fora em tempos uma zona muito má, cheia de ladrões, prostitutas e anarquistas, o género de lugar de onde os parisienses respeitáveis se mantinham afastados. Mas à medida que pintores, poetas, escritores e músicos se tinham para lá mudado, atraídos pelas rendas baratas, passara pouco a pouco um ser lugar na moda. Em resultado disto, a rendas tinham subido, e muitos artistas tinham-se mudado para Montparnasse e Saint-Germain, na Rive Gauche. Agora, com a bela basílica do Sacré-Coeur quase acabada, e casas novas a substituir os antigos pardieiros, era evidente que estava a caminho um renascimento. Belle dissera a Philippe, da última vez que se tinham encontrado, quanto gostava de Montmartre, e como um dos restaurantes dele ficava mesmo junto ao sopé da colina, no Pigalle, presumiu que era lá que ele tencionava levá-la.

O fiacre saiu do muito iluminado e barulhento boulevard de Clichy na esquina do Moulin Rouge e atravessou outra rua que Belle reconheceu e onde descobrira uma loja de chapéus encantadora. Havia muitos bons restaurantes naquela rua e estava à espera de que o cocheiro parasse em frente de um deles, mas, em vez disso, o fiacre virou à direita e começou a subir uma íngreme e estreita rua empedrada, muito mais escura e onde só quase havia casas de habitação.

Belle ficou surpreendida quando o homem deteve os cavalos quase junto ao cimo da colina.

– *Voilà, mademoiselle* – disse, abrindo-lhe a porta e apontando para uma casa alta e estreita de janelas protegidas por portadas do seu lado direito. Belle não conseguia ver muito bem – o candeeiro mais próximo ficava no topo da rua, em frente de um café –, mas pensou que era uma onde estivera um par de semanas antes.

O fiacre afastou-se enquanto ela puxava a corrente da campainha da porta da frente. Apesar de ouvir um acordeáo a tocar algures, a rua era muito sossegada, pelo que presumiu que aquela era a casa de Philippe, embora ele não tivesse dito que vivia em Montmartre.

Ainda não se tinham extinguido completamente os últimos ecos do repicar da sineta quando a porta foi aberta, mas não por

Philippe ou por uma criada, e sim por Édouard Pascal. Belle sentiu o coração cair-lhe aos pés.

– Monsieur Pascal! – exclamou. – Mas que surpresa!

Porém, presumindo que Pascal estava ali de visita, e não querendo que ele sentisse a sua deceção, nem ofender Philippe, sorriu e aceitou um beijo em cada face.

– Está muito bonita esta noite – disse ele, depois de ela entrar no vestíbulo e a porta se ter fechado. – Eu fico com o seu abafo.

Belle agradeceu delicadamente e deixou-o tirar-lhe dos ombros a curta capa de pele de raposa. Fora a sua única extravagância. Comprara-a na loja de madame Chantal, como todas as suas outras roupas, mas custara duzentos francos, e ela passara dias numa agonia a debater consigo mesmo se devia gastar tanto dinheiro. Mas era maravilhosa, e quando a usava sentia-se um membro da realeza.

– Onde está o Philippe? – perguntou.

– Foi chamado para tratar de um assunto urgente e pediu-me que tomasse conta de si até voltar – disse Pascal. – Venha para junto do lume, penso que não vai demorar muito.

A maior parte dos apartamentos e casas onde Belle estivera em Paris tinham sido sumptuosamente decorados, mas ela achara muitas vezes que lhes faltava carácter. A sala de estar para onde Édouard a levou era, pelo contrário, muito acolhedora, com sofás grandes, uma lareira acesa, estantes carregadas de livros, muitos ornamentos em mesas baixas e uma espessa alcatifa chinesa no chão. Mas não parecia de acordo com a personalidade exuberante de Philippe.

– Esta casa é do Philippe? – perguntou. – Não me disse que tinha uma casa em Montmartre.

Embora conseguisse imaginar Philippe esparramado num dos sofás, estava surpreendida por tê-los escolhido azul-claros, e aqueles ornamentos todos também não encaixavam com a imagem dele.

– Com certeza que um cavalheiro da posição dele teria escrúpulos em levar uma senhora a sua casa antes de a conhecer melhor – disse Pascal, sedosamente. – Venha sentar-se junto do lume enquanto eu lhe preparo uma bebida.

Serviu dois grandes balões de *cognac* e sentou-se em frente dela, do outro lado da lareira. Belle sentiu a bebida subir-lhe à cabeça, pois não comera mais nada depois do pequeno-almoço. Estivera a contar com um jantar com Philippe e esperava que Pascal se fosse embora mal ele chegasse.

Já notara, em encontros anteriores, que Pascal não mantinha uma conversa. Tendia a fazer perguntas ou dar instruções, e naquele momento não foi diferente: perguntou-lhe como era o sítio onde estava, se tinha amigos em Paris e porque fora que saíra de Inglaterra.

Desde que chegara a Paris, Belle evitara revelar o que quer que fosse a respeito do seu passado, por achar que era mais seguro assim, mas tinha de responder às perguntas de Pascal, de modo que disse que tinha ido para Paris com um homem que amava, mas que a trocara por outra mulher e a deixara. Acrescentou que não queria falar daquele assunto, que desejava pôr para trás das costas.

— No entanto fez a passagem de amante para dama da noite sem grandes problemas?

Belle encolheu os ombros. Pensou que talvez ele tivesse descoberto qualquer coisa a seu respeito e estivesse a tentar encurralá-la e obrigá-la a mentir ou a confessar qualquer coisa.

— É espantoso o que uma pessoa consegue fazer quando a necessidade aperta — disse.

— Está a ser muito evasiva — observou ele, semicerrando os olhos. — Porquê?

— Não gosto de falar a meu respeito — respondeu ela. — Não lhe deve ser difícil compreender isto, uma vez que também nunca fala de si.

Tinha passado meia hora desde que chegara e começava a recear que Philippe não voltasse de todo.

— Até agora só me viu no meu local de trabalho, e claro que lá não falo de mim — disse ele. — Mas agora é diferente, somos dois amigos a tomar uma bebida.

— Diga-me então, é casado, tem filhos? — perguntou ela.

Ele hesitou, e então disse que não era casado. Belle tinha quase a certeza de que mentia, pois certa vez ouvira-o, no Ritz, falar com um casal ao qual arranjara bilhetes para o teatro e dizer que a mulher tinha gostado muito. Na verdade, era tão untuoso que seria bem capaz de inventar aquilo para convencer a senhora de que ia adorar a peça, mas a experiência de Belle dizia-lhe que não era vulgar os homens solteiros referirem uma esposa.

– É melhor ir para casa, não estou a sentir-me muito bem – disse Belle, depois de ter tentado um pouco de conversa de conveniência a respeito da Torre Eiffel e de ter descido o Sena de barco. Pôs-se de pé e levou a mão à cabeça, como se lhe doesse.

– Não pode ir – disse Pascal, levantando-se de um salto.

– O Philippe compreenderá – argumentou ela, encaminhando-se para a porta.

Quando lá chegou, Pascal agarrou-a por um ombro e puxou-a para trás.

– Não vai a parte nenhuma!

– Desculpe? – disse Belle, num tom de reprovação. – Não lhe compete dizer-me o que posso ou não posso fazer. Não fui paga por esta noite.

– Eu pago-lhe para estar comigo.

A rapidez da resposta disse a Belle que Philippe não ia aparecer naquela noite, que aquela casa podia até não ser dele, e que Pascal lhe armara uma cilada. Um arrepio gelado desceu-lhe pela espinha.

– Não. Temos um arranjo de negócios, mais nada – disse, rapidamente. – Agora deixe-me ir, não me sinto bem.

Ele agarrou-a pelo ombros, os dedos a cravarem-se na fina seda que os cobria.

– Estava bem quando chegou. Se pode dar-se a qualquer homem que eu lhe arranje, porque não a mim?

Os olhos dele já não estavam vazios de expressão, brilhavam de fúria, e Belle sentiu uma pontada de medo.

– Porque gosto de si e o respeito como amigo – mentiu.

Ele tirou a mão esquerda do ombro dela e esbofeteou-a com força, primeiro numa face, depois na outra.

– Não me mintas. Sei que me desprezas porque sou apenas um *concierge*.

A cabeça de Belle doía-lhe agora a sério, pois tinha ficado aturdida pelas bofetadas.

– Isso não é verdade – disse ofegante. – Não o desprezo por ser um *concierge*, porque havia de o fazer? Tivemos um bom acordo até agora. Deixe-me ir para casa, por favor!

– Depois de me dares aquilo que eu quero – rosnou ele e, agarrando com força o decote do vestido, arrancou-lhe o corpete.

Belle gritou e tentou fugir, mas ele era mais forte do que parecia e prendeu-lhe os braços, afastando-a da porta e empurrando-a para o sofá. Belle usava por baixo do vestido uma camisa às riscas bege e cor-de-rosa que mal lhe cobria os seios, e quando ele lhe arrancou o vestido sentiu-se seminua.

Quando Pascal a forçou a deitar-se no sofá, mordeu-lhe a mão com quanta força tinha, fazendo sangue.

– *Tu vas le regretter, salope que tu est!* – gritou ele, e largou-a para segurar a mão. Belle aproveitou a oportunidade, empurrou-o e correu para a porta. Mas descobriu que estava trancada, e a chave não se encontrava na fechadura, e Pascal estava em cima dela. Agarrou-a por um ombro, fê-la rodar e esmurrou-a na cara com tanta força que a cabeça dela chocou contra a madeira.

– Não podes sair! – gritou-lhe. – Vais ficar aqui até eu me fartar de ti!

De repente, Belle estava de novo no quarto na casa de madame Sondheim, encurralada e impotente. A cara ardia-lhe, sentia o sabor do sangue na boca e o terror paralisava-a. De súbito, viu que devia ter percebido que o servilismo que Pascal adotava com os clientes do Ritz era apenas uma fachada. Por baixo rugia um vulcão de inveja. Provavelmente odiava todos os que fossem ricos e bem-sucedidos, por saber que nunca poderia sê-lo. Mas acreditara que poderia tê-la porque ela era apenas uma prostituta.

– Por favor, não seja assim – suplicou, a esforçar-se por parecer meiga e dócil, agarrada aos pedaços do corpete para esconder os seios. – Começámos mal a noite. Não devia ter fingido que o encontro era com o Philippe; teria tido muito prazer em passar a noite consigo se mo tivesse pedido.

– Mentirosa! – gritou ele. – Quando te abri a porta, vi-te na cara os teus verdadeiros sentimentos. Gostaste tanto de me ver como uma cobra! Sorris, namoriscas com qualquer outro homem. Fazes tudo o que eles querem desde que te paguem. Mas nem sequer olhas para mim.

Nessa altura ela olhou-o bem de frente, apesar de o olho esquerdo começar a inchar e mal conseguir ver com ele. Havia tanta fúria na cara dele, as narinas frementes, os lábios cerrados, os olhos tão frios. Belle estremeceu.

– Nós os dois tínhamos um acordo de negócios – voltou a dizer, a fazer muita força para não chorar. – Pensei que melhor seria mantê-lo assim.

– Não quero um acordo de negócios, quero que sejas minha amante – rosnou ele.

Belle percebeu que aquela discussão podia continuar indefinidamente, e que ele ficaria ainda mais furioso e voltaria a bater-lhe, e sentiu que tinha de tentar acalmá-lo.

– Porque é que não começamos de novo? – sugeriu. – Voltamos para junto da lareira, bebemos outra bebida e conversamos um pouco?

– Não quero conversar, quero foder-te! – gritou Pascal.

Belle lutou contra a sensação de náusea. Tinha a cara a latejar, tinha medo dele, e a ideia de ser forçada a ter sexo com um louco apavorava-a. Mas não havia alternativa, ele não ia deixá-la ir de outra maneira.

– Muito bem, então – disse. – Para onde quer ir? Aqui junto à lareira, ou lá em cima?

Ele agarrou-a pelos braços e arrastou-a literalmente para a sala de estar, voltando a atirá-la para cima do sofá.

– Não sejas tão bruto – pediu ela, debilmente, mas ele já estava a levantar-lhe a saia do vestido, ajoelhado a seu lado, enquanto com a outra mão desabotoava a braguilha.

Belle pensava ter encontrado, naqueles dois anos, todos os géneros de técnicas sexuais, dos desajeitados neófitos aos amantes experientes, com todas as centenas de variantes intermédias. Aprendera a fechar num canto da mente a recordação de ter sido violada; tinha de fazê-lo, ou nunca seria capaz de enfrentar a sua nova vida no Martha's. Quando estava com um homem de que não gostava ou que era incompetente ou desajeitado, o seu truque era imaginar que estava com Serge e pensar na felicidade que ele a fizera conhecer.

Mas tudo em Pascal tornava impossível imaginar o que quer que fosse de agradável ou sentir o que quer que fosse senão aversão, porque ele era bruto e insensível como os violadores, mais nojento do que o pior dos bêbedos. Introduziu à força a língua na boca dela, juntamente com tanta saliva que lhe provocou um vómito. Mexeu--lhe violentamente nas partes íntimas até que ela gritou de dor, e Belle sabia que as coisas que ele murmurava em francês deviam ser obscenas e ficou contente por não as compreender. O pénis dele era comprido, fino e duro como um pau. Ela tentou todos os truques que conhecia para o fazer ejacular rapidamente, mas sem êxito. O tormento continuou, infindável, e Belle sentiu-se violada de todas as maneiras, porque ele lhe mordeu o pescoço e os seios com tanta força que ela soube que estava a fazer sangue, e beliscou-lhe e arranhou-lhe as coxas e as nádegas como se odiasse a forma feminina e quisesse desfigurá-la.

Mas finalmente, quando ela já se convencia de que aquilo nunca mais ia acabar, ele ejaculou com um soluço abafado. Durante alguns segundos, ficou a ofegar em cima dela, e então repentinamente pôs-se de pé e compôs as roupas.

– Vou mostrar-te a casa de banho – disse, secamente.

Belle descobrira que quase todos os homens ficavam menos rudes depois do sexo, mas Pascal não. O rosto dele estava ainda mais duro e frio do que antes, os cabelos, geralmente impecáveis e luzentes de brilhantina, estavam despenteados e de pé, mas esse era o único sinal de que estivera envolvido em qualquer coisa fora do normal.

Agarrou-a por um pulso e praticamente arrastou-a escada acima até ao último piso.

– Aí – disse, abrindo uma porta e empurrando-a para dentro.

Não era uma casa de banho como ela esperara, mas um pequeno quarto no sótão. Belle voltou-se para lhe indicar o engano, mas ele já tinha recuado e fechado a porta, e ela ouviu a chave rodar na fechadura.

– Pascal! – gritou. – Deixa-me sair. Preciso de ir à casa de banho.

– Tens aí um bacio e água para te lavares – respondeu ele do outro lado. – Ficas aí.

Belle gritou e esmurrou a porta, mas ouviu-o descer a escada enquanto dizia que não valia a pena gritar porque ninguém a ouviria.

Durante alguns minutos, ela ficou ali, demasiado aturdida para reagir. O quarto parecia ser o de uma criada: continha apenas uma estreita cama de ferro, com uma desbotada colcha às flores a cobri-la, uma lavatório com uma jarra e um bacio por baixo, uma cómoda com gavetas e um tapete esfarrapado no chão. A pequena janela tinha portadas de madeira e quando Belle a abriu descobriu que não havia vidros, apenas tábuas firmemente pregadas a toda a volta da moldura.

Subitamente, a luz elétrica apagou-se, e ela uivou em protesto, apercebendo-se de que o interruptor devia ficar algures ao fundo da escada. No entanto, consciente de que ele devia ter apagado a luz por uma razão, calou-se e pôs-se à escuta. Ouviu os passos dele no vestíbulo lajeado e em seguida o som da porta da rua a ser fechada com força.

Encostada à porta, Belle gemeu de medo. Pascal ia deixá-la ali aprisionada!

CAPÍTULO 29

Gabrielle voltou a olhar para o relógio suspenso da parede. Eram duas da tarde e Belle ainda não tinha voltado. Tentou dizer a si mesma que era por a sua hóspede estar com um homem de quem realmente gostava e talvez ele a tivesse levado a um lado qualquer.

Mas nenhuma mulher no seu juízo perfeito andaria na rua durante o dia com um vestido de noite e uma capa de raposa. O instinto dizia-lhe que Belle estava em perigo.

Era verdade que chegara ao hotel com um vestido de noite, embora usasse um casaco quente por cima. Nunca dissera de onde vinha naquele dia, mas ficando o Mirabeau tão perto da estação dos caminhos de ferro, era razoavelmente óbvio que tinha fugido de um homem e apanhado um comboio para Paris.

Normalmente, Gabrielle não se permitia o mínimo interesse pelos seus hóspedes. Desde que fossem sossegados, limpos, respeitassem o hotel e os outros hóspedes e pagassem o que deviam, o resto não era com ela. Como qualquer outro hoteleiro, tivera a sua quota de clientes difíceis, desagradáveis e incómodos nos seus cinco anos de atividade. Tivera a polícia a irromper-lhe porta dentro para fazer uma detenção, tivera uma mulher que se suicidara num quarto do segundo piso, tivera maridos furiosos à procura de esposas fugitivas, tivera até uma mulher que na realidade era um homem. E tivera dúzias de prostitutas à procura de um quarto. Geralmente, reconhecia o que elas eram e recusava-lhes alojamento, mas às que admitira, mal tinham tentado levar um homem, mostrara a porta da rua.

Belle fora um caso especial, no entanto. Chegara desmazelada, claramente perturbada, sem bagagem, e Gabrielle ficara à espera dos problemas que a seguiriam. Mas não tinham aparecido.

Percebera o que Belle andava a fazer na segunda manhã em que ela chegara de madrugada. Ficara preocupada. A experiência, incluindo alguns erros seus na mesma linha de trabalho, dizia-lhe que não tardaria muito que Belle começasse a tomar liberdades. Mas não acontecera. Belle era, na realidade, a hóspede ideal, sem exigências, agradecida por pequenos gestos, e extraordinariamente discreta.

O que mais a tinha cativado fora a chama dela, os bons modos e o sorriso. Gabrielle gostava da maneira como ela aprendera um pouco de francês e começara a amar Paris, e era sempre um prazer vê-la tão bem-arranjada, elegante, bonita e senhoril.

Parecia agora que o receio que tivera por ela naquelas últimas semanas não era afinal injustificado. Aprendera à sua custa que Paris era um lugar cheio de perigos para raparigas como ela. Havia não só patifes dispostos a tudo para ficar com uma parte dos seus ganhos, mas também loucos que desenvolviam fixações em relação a raparigas bonitas como ela.

Às dez da noite, Belle ainda não tinha voltado e a ansiedade de Gabrielle estava a tornar-se cada vez mais forte. Em desespero, foi ao quarto da rapariga, acendeu a luz e olhou em redor, na esperança de encontrar qualquer coisa que lhe desse uma pista sobre onde ela fora na noite anterior.

O quarto estava, como sempre, impecavelmente arrumado, com os vestidos pendurados no guarda-fatos, os sapatos dispostos em fila por baixo, a roupa interior dobrada e guardada nas gavetas. Havia um par de livros ingleses ao lado da cama, um frasco de água--de-colónia em cima do toucador, uma escova de cabelo, um pente e uma variedade de ganchos e travessas numa pequena bandeja.

O caderno de desenho que encontrou ao lado da cama foi uma surpresa, pois continha apenas esboços de chapéus. Embora falasse bastante bem inglês, Gabrielle lia a língua com dificuldade, mas presumiu que as notas por baixo dos desenhos se referiam aos materiais e ideias sobre como fazer cada um. Achou estranho que Belle tivesse aspirações a ser modista de chapéus, mas a julgar pelos belos desenhos e copiosas notas, era uma coisa que levava muito a sério.

Todas as roupas, artigos de *toilette* e adereços que havia no quarto tinham sido comprados depois de Belle ter ido viver para o hotel. Não recebia cartas, e não havia nenhuma agenda ou diário que pudesse fornecer qualquer indicação a respeito de onde vinha, ou até moradas de amigos ou familiares em Inglaterra. As únicas comunicações que recebia era quando um moço de recados aparecia com um bilhete. Gabrielle presumiu que o mais recente era o que estava em cima do toucador.

Pegou nele e leu-o. Não tinha qualquer morada nem nome do remetente.

«Monsieur Le Brun gostaria de encontrar-se consigo esta noite em Montmartre. Um fiacre irá buscá-la às sete», dizia, e por baixo apenas as iniciais E.P.

Le Brun era um nome bastante comum, daqueles que podiam até ser falsos, e em Montmartre havia muitos restaurantes, cafés e bares para onde Belle podia ter sido levada. O rapaz que entregava as mensagens era apenas um miúdo da rua, um das muitas centenas que os parisienses usavam para entregar bilhetes como aquele a troco de alguns cêntimos. Gabrielle duvidada que conseguisse sequer reconhecer o rapaz se voltasse a vê-lo, pois ele entrava, entregava-lhe um sobrescrito dirigido a mademoiselle Cooper, pedia-lhe que assinasse um papel a dizer que o recebera e voltava a sair. Não saberia sequer dizer se era o mesmo que levara a mensagem anterior.

Sentou-se na cama por um instante, a olhar pensativamente para o bilhete. Estava escrito em papel creme de boa qualidade, mas o topo irregular indicava que tinha sido arrancado de um bloco.

– Ou então quem enviou este bilhete arrancou o cabeçalho que lá estava – murmurou para si mesma. – Um hotel! – exclamou subitamente. – Claro! É assim que ela consegue os encontros.

Sabia que era prática corrente os hóspedes ricos dos hotéis mais luxuosos pedirem ao porteiro ou ao *concierge* que lhes arranjasse companhia feminina. Não percebia como não pensara naquilo mais cedo, pois Belle era perfeita para esse género de trabalho. Não parecia uma vulgar prostituta e tinha a pose e as boas maneiras necessárias para conviver com homens sofisticados.

Sentiu-se repentinamente agoniada, pois Belle podia ter tido o infortúnio de encontrar alguém muito perigoso. Embora a maior parte dos homens de negócios longe de casa quisesse apenas sexo sem complicações, havia sempre os pervertidos e cruéis que viam as prostitutas como objetos disponíveis para qualquer atividade doentia que inventassem.

Levou a mão ao rufo da gola alta do vestido e passou os dedos pela cicatriz que ela escondia. O filho, Henri, acabava de completar um ano quando ela tivera a pouca sorte de conhecer um homem que dizia chamar-se Gérard Tournier. Parecia um perfeito cavalheiro, concordara em pagar-lhe cinquenta francos e levara-a a jantar primeiro. Mas em vez de acompanhá-la de volta ao apartamento onde ela vivia, como ficara combinado, arrastara-a para um beco e cortara-lhe a garganta com uma faca. Felizmente, tinham-na encontrado antes de sangrar até à morte, mas a horrível cicatriz ficara como uma recordação perpétua do que tinha sido.

– A Belle é mais esperta do que tu eras – disse em voz alta, enfiando o bilhete no bolso do avental, saindo do quarto e fechando a porta. Sabia que se de manhã Belle não tivesse voltado, teria de recrutar a ajuda de alguém para a encontrar, pois nunca conseguiria viver consigo mesma se a rapariga aparecesse morta e ela tivesse ficado de braços cruzados sem fazer nada.

Gabrielle cortara todas as ligações com todas as pessoas que conhecera durante o seu tempo como prostituta. Não queria nada que lhe recordasse o seu antigo trabalho. E nunca quisera que Henri descobrisse o que tinha feito no passado. Havia, no entanto, uma pessoa ligada a esse mundo com quem mantivera o contacto, pois fora ela que a devolvera à saúde na sequência do ataque e tomara conta de Henri. Quando, no dia seguinte, se levantou e descobriu que Belle não tinha regressado, resolveu ir procurar Lisette depois de servir o pequeno-almoço aos seus hóspedes e de Henri ter ido para a escola. Não esperava que a sua velha amiga fizesse ideia de onde Belle poderia estar, mas talvez conhecesse pessoas que soubessem.

A menos que fosse passar o dia fora com Henri, raramente ia além de um raio de oitocentos metros à volta do Mirabeau, e mesmo assim só para comprar comida, pois sentia-se mais segura perto de casa. Também nunca cuidava do seu aspeto porque, parecendo desleixada, evitava atrair atenções. Mas sentiu-se na obrigação de fazer um esforço para visitar Lisette, e por isso vestiu um já antigo mas ainda elegante fato com um padrão de triângulos brancos e pretos entrecruzados. O casaco era um tudo-nada justo para uma mulher que gostava de esconder as formas debaixo de roupas largas, mas ela pôs um lenço branco ao pescoço para esconder a cicatriz, acrescentou o chapéu de veludo preto com meio véu que usava para ir à missa, e ficou satisfeita ao verificar que não ficava demasiado vistosa nem demasiado trapalhona.

Quando Lisette tratara dela, há mais de uma década, tinham ambas quartos na mesma casa em Montmartre, mas um ano mais tarde, quando Gabrielle deixara Paris para ser governanta de Samuel Arkwrigth, um pintor inglês que vivia na Provença, Lisette fora viver e trabalhar num bordel. O contacto entre as duas limitara-se a uma carta ocasional, pois, embora Gabrielle gostasse muito de Lisette, não queria nada que lhe recordasse a vida que partilhara com ela.

Fora a competência de Lisette como enfermeira que a salvara, pois, anos mais tarde, depois de ter dado à luz um rapazinho, começara a trabalhar numa casa de repouso em La Celle Saint-Cloud. Desde então, as duas tinham-se encontrado apenas uma vez, pouco depois de Gabrielle ter voltado a Paris após a morte de Samuel. Naquele dia, Lisette pouco falara de si mesma, pois estava mais preocupada com o desgosto de Gabrielle por ter perdido Samuel e com as dúvidas que a atormentavam quanto a investir ou não num hotel o dinheiro que ele lhe deixara.

Gabrielle estava bem consciente das suas insuficiências. Não tinha uma natureza gregária. Na realidade, depois de ter sido atacada, tornara-se numa alma solitária incapaz de uma conversa de circunstância e que fugia ao contacto com as outras pessoas. Os hóspedes chegavam a comentar o facto de ela ser sombria e pouco comunicativa, e não fora a excelente localização do Mirabeau, tão perto da estação ferroviária, podia ter enfrentado sérias dificuldades. Felizmente, porém, havia um fluxo constante de pessoas a precisar de um hotel pequeno e confortável como o dela, o que lhe evitava depender de clientes habituais.

No comboio a caminho de La Celle Saint-Cloud, Gabrielle começou a pensar que Lisette podia ter-se mudado para outro lado, uma vez que não sabia nada dela há mais de um ano. Mas consolou-se com o pensamento de que, se fosse esse o caso, teria ao menos tentado fazer qualquer coisa para encontrar Belle.

Não teve dificuldade em dar com a casa de repouso e bateu à porta. Foi-lhe aberta por uma velha que usava um avental branco por cima do vestido preto.

Gabrielle pediu desculpa por incomodar mas disse que precisava de falar urgentemente com Lisette. A mulher disse-lhe que esperasse na rua.

Decorreram alguns minutos até Lisette aparecer à porta, com

um ar ansioso, como se esperasse ouvir más notícias. Ao ver a velha amiga, o rosto bonito rasgou-se-lhe num grande sorriso.

– Gabrielle! – exclamou. – Que bom ver-te! O que é que te traz cá?

Gabrielle perguntou-lhe se havia algum sítio onde pudessem falar e Lisette disse que podia sair para tomar um café com ela; só tinha de dizer a alguém o que estava a fazer.

Cinco minutos mais tarde, estavam a caminho da praça e Gabrielle explicava o mais sucintamente possível que uma das suas hóspedes tinha desaparecido depois de sair para se encontrar com um homem.

– Acabei por me afeiçoar à pequena inglesa – disse. – Como podes imaginar, quando percebi como ganhava a vida comecei a preocupar-me, mas ela é como nós éramos, muito segura de que nada de mal lhe vai acontecer. Pensei que talvez conhecesses alguém capaz de me ajudar a encontrá-la.

– É inglesa? – disse Lisette. – Que idade tem?

– Cerca de dezoito, não sei ao certo. Chama-se Belle Cooper.

Lisette pareceu sobressaltada.

– Belle? Tem cabelos escuros, encaracolados, e olhos azuis?

– Conhece-la? – perguntou Gabrielle, incrédula.

– Bem, parece ser a mesma rapariga – disse Lisette, e explicou que tinha cuidado de uma rapariga com aquela idade, nome e aspeto físico há cerca de dois anos.

– Levaram-na para a América – concluiu. – Mas uma vez apareceu-me aqui um homem a perguntar por ela, um amigo da família. Há de fazer agora um ano.

– Chamava-se Étienne?

Lisette franziu a testa.

– Não, era inglês, por volta dos trinta. Mas porque perguntaste se se chamava Étienne?

– Foi o nome que ela me deu, da última vez que a vi. Disse-me que confiava nele.

Tinham, entretanto, chegado ao café na praça e sentaram-se numa mesa da esplanada, bem longe das outras pessoas. Lisette parecia siderada.

– O que foi? Conheces alguém chamado Étienne? – perguntou Gabrielle.

Lisette assentiu.

– É o homem que a acompanhou até à América.

Gabrielle esperara pouco daquele encontro, e descobrir que Lisette conhecia Belle e o homem que ela referira era um choque quase demasiado forte. O coração batia-lhe loucamente e grandes gotas de suor perlaram-lhe a testa.

– Podes contar-me tudo o que sabes? – pediu. – Pareces saber muito mais a respeito da Belle do que eu.

Lisette hesitou.

– Não saí do ramo, como tu – disse, tristemente. – Mas tenho a certeza de que te lembras como é. Só te disse isto porque és uma velha amiga e confio em ti. Tenho de pensar no meu filho.

Gabrielle compreendia exatamente o que ela queria dizer, e pegou com as duas mãos na da amiga, para a tranquilizar.

– Não esqueci nada. Mas tudo o que puderes dizer-me ficará só entre nós.

Lisette contou-lhe então tudo o que sabia: como acontecera Belle precisar de cuidados de enfermagem, como gostara dela e, finalmente, como Noah Bayliss aparecera à procura dela.

– Gostei muito dele – admitiu. – Quase me deixei tentar pela oferta de me ajudar a fugir daqui. Mas tive demasiado medo.

Gabrielle assentiu. As pessoas que estavam por detrás do tráfico de raparigas eram implacáveis, e seria muito difícil Lisette confiar o suficiente em qualquer homem para pôr em risco a segurança do filho.

– Mas, se esse tal Étienne foi o homem que levou a Belle para a América, deve com certeza ser tão mau como os outros, não? Porque terá ela dito que confiava nele?

Lisette encolheu os ombros.

– Muitos dos que foram enredados neste negócio são obrigados a fazer coisas que sabem ser erradas, geralmente porque eles sabem qualquer coisa que usam para nos ameaçar. O que não significa que sejamos todos maus. Diria que a Belle deve ter tocado o lado bom do Étienne, como tocou o meu, e o teu. Fez com ele uma longa viagem por mar, e devem ter-se tornado amigos. O inglês, o Noah, queria que eu tentasse contactá-lo para saber para onde a tinha levado. Tentei, na altura, mas não consegui.

Gabrielle suspirou.

– Não me parece que ele pudesse ajudar-nos nesta situação, de qualquer modo.

– Talvez não – respondeu Lisette. – Sobretudo porque ouvi dizer que tinha abandonado o negócio. A história que corre por aí é que a mulher e os dois filhos morreram num incêndio e que ele é um homem destroçado. Claro que pode não ser verdade. Já ouvi outras histórias parecidas, e podem só servir para nos manter controlados pelo medo.

– Queres dizer que alguém pode tê-lo feito propositadamente? – perguntou Gabrielle, horrorizada.

– Não seria a primeira vez, quando alguém pisa o risco – disse Lisette, olhando furtivamente em redor, como se receasse que alguém a ouvisse.

As duas mulheres ficaram caladas durante alguns minutos. Lisette acabou de beber o café e disse que tinha de ir.

– Tenho a morada do Noah – disse, enquanto fazia sinal ao criado a pedir a conta.

– A sério? – perguntou Gabrielle, arquejante. – E podes dar-ma?

Lisette assentiu. O criado aproximou-se e Gabrielle pagou os cafés. As duas mulheres puseram-se de pé e começaram a afastar-se em direção à casa de repouso.

– Vou buscá-la e já ta trago – disse Lisette. – Imagino que as notícias vão tornar tudo ainda pior para a família, mas se o Noah vier a Paris falar contigo, como tenho a certeza de que virá, por favor, fá-lo compreender que não posso ser envolvida.

*

Enquanto as duas mulheres conversavam em La Celle Saint-
-Cloud, Belle estava deitada na cama no pequeno quarto trancado à
chave, a tentar com muita força não ceder completamente ao pânico.

Só podia calcular as horas olhando para o minúsculo orifício
de uma das tábuas que entaipavam a janela e que não era sequer
suficientemente largo para lá enfiar o dedo mindinho. E quando
tentava espreitar por ele, tudo o que via era um pedaço de céu. Só
soubera que o orifício lá estava ao nascer do dia, quando um fino
ponteiro de luz o atravessara. Procurara no quarto qualquer coisa
aguçada que lhe permitisse alargá-lo, mas sem êxito. Tirara a fina
enxerga da cama e descobrira que não havia molas, apenas um
entrecruzado de cordas amarrado à armação metálica, e tateara o
chão com os dedos, na esperança de encontrar um prego, ou um
parafuso, mas não havia nada.

O fino feixe de luz estava agora mais brilhante, pelo que presumira que era da parte da tarde e que o sol incidia nele. Mas o tempo
não tinha grande significado, de qualquer maneira, a não ser para
tornar mais insistentes os protestos do estômago. A última coisa
que comera fora o pequeno-almoço do dia anterior. Havia água na
jarra do lavatório, e bebera um pouco algum tempo antes, mas
como não sabia quando Pascal ia voltar, resolvera limitar-se a uns
poucos goles de vez em quando.

Esperava fervorosamente que ele voltasse naquela noite. Mas o
que iria fazer com ela se voltasse? Duvidava que a deixasse ir, teria
medo de que ela fosse falar com a polícia ou com o gerente do Ritz.
Mas também não podia mantê-la ali indefinidamente. Estaria a planear levá-la para outro sítio qualquer? Ou ia matá-la?

Horas antes, descartara a hipótese como ridícula; até o imaginara a regressar e a pedir desculpa, ou a dizer que só fizera aquilo
para lhe dar uma lição. Mas à medida que o tempo passava a ideia
parecia-lhe cada vez menos ridícula, porque era a única maneira
segura de garantir o seu silêncio.

A quem pertenceria a casa? Parecia-lhe muito pouco provável que fosse a Phillipe Le Brun, que não tinha qualquer motivo para querer tê-la ali aprisionada. E tinha a certeza de que não era de Pascal; nunca um simples *concierge* poderia ter uma casa daquelas. Estaria Pascal de conluio com o proprietário e planeariam os dois vendê-la a outro bordel? Ou mandá-la novamente para o outro lado do mar?

Estes pensamentos giraram-lhe na cabeça até sentir que iam enlouquecê-la. Tentara esmurrar as paredes e bater com os pés no chão. Escutou atentamente, na esperança de ouvir alguém, senão na casa, na outra ao lado, mas houve apenas silêncio. Suspeitava de que aquela casa era mais alta do que as vizinhas, e talvez as paredes do pequeno quarto não fossem contíguas a quaisquer outras.

Calculava que Gabrielle devia ter ficado preocupada quando ela não voltara, especialmente depois do aviso que lhe fizera. Mas faria alguma coisa? E o que poderia fazer? Não sabia quem era que lhe arranjava os encontros com os cavalheiros.

Perguntou-se também quanto tempo passaria antes que Gabrielle lhe revistasse o quarto e encontrasse o dinheiro escondido entre a última gaveta e o fundo do guarda-fatos. Estavam lá mil e setecentos francos. O suficiente para dissuadir qualquer dona de um hotel com problemas económicos de comunicar à polícia o desaparecimento de uma hóspede.

Convenceu-se de que alguém lhe tinha rogado uma praga, pois sempre que a sua vida parecia estar a mudar para melhor, acontecia qualquer coisa horrível.

Em Seven Dials, ficara muito feliz ao conhecer Jimmy, mas nessa noite testemunhara o assassínio de Millie. Depois dos tormentos por que passara no bordel de madame Sondheim, julgara que tudo isso tinha acabado quando dera por si na casa de repouso sob os cuidados de Lisette. Mas então tinham-na mandado para a América.

Houvera aquele pequeno período de felicidade com Étienne em Nova Iorque e depois na viagem até Nova Orleães, mas não tardara muito a ficar encurralada no Martha's, acreditando depois que

447

Faldo Reiss poderia ser o seu bilhete para casa. Acabara por ser outra forma de prisão, mas trabalhar com Miss Frank na loja de chapéus fizera com que voltasse a sentir esperança. Então Faldo morrera, e Miss Frank voltara-se contra ela.

Confiara em madame Albertine, em Marselha, mas ela traíra-a ao empurrá-la para as mãos de Clovis.

E então, finalmente, quando estava prestes a ir para casa e ver a mãe, Mog e Jimmy, Pascal fazia-lhe aquilo. Porquê? Devia ter ganhado muito dinheiro à custa dela. Porque não seria isso o suficiente para ele?

Teriam as coisas sido diferentes se ela se tivesse mostrado entusiasmada por ir para a cama com ele?

Não sabia porquê, mas duvidava que assim fosse. Ele sabia da existência daquele quarto, devia ter planeado trancá-la lá. Talvez começasse a recear perder o emprego se alguém descobrisse o que andava a fazer por fora.

Devia ter percebido, depois daquela tarde no café em Montmartre, que ele não ia desistir do seu desejo de possuí-la. Sentira bem no fundo que haveria sarilhos mais adiante. Porque fora então que ignorara o que lhe dizia o instinto e continuara em França? Que espécie de parva era para se convencer de que ver Paris na primavera era assim tão importante? Mas se tivesse sido só isso, podia ter deixado de aceitar encontros e mudado para outro hotel, e Pascal pensaria que ela tinha partido de vez. Tinha dinheiro suficiente, mas quisera mais devido ao seu estúpido orgulho e por não querer chegar a casa de mãos vazias.

Uma sensação de náusea cresceu dentro dela ao enfrentar a verdade a seu respeito. Sabia que muitas prostitutas eram inicialmente forçadas a entrar para a profissão, e que outras entravam devido a uma necessidade desesperada ou até por pura estupidez, mas todas as que conhecera tinham ficado por preguiça ou ganância.

Começou então a chorar de vergonha. Era uma inocente quando fora raptada por Mr. Kent e vendida a madame Sondheim, mas por que diabo permitira que Martha a corrompesse ao ponto de acreditar que era aceitável servir dez homens por noite? Porque perdera o seu código moral?

Sempre se orgulhara de ser corajosa, mas coragem teria sido ir à polícia em Nova Orleães e contar o que lhe acontecera e porquê! Teria sido muito melhor do que tentar ser a maior e congratular-se por ter aprendido uma dúzia de maneiras de fazer os clientes ejacularem rapidamente para poder passar ao pobre diabo seguinte, mais um desgraçado que não tinha a sua própria mulher.

Quantas mais vidas de raparigas tinham sido arruinadas por Kent e pelos seus associados? Quantas mães e pais choravam as filhas desaparecidas? Se tivesse tido a coragem de falar, talvez tivesse salvado algumas.

Ocorreu-lhe, enquanto chorava a sua vergonha, que fora tudo aquilo que tornara a mãe fria e aparentemente indiferente à filha. Não fazia ideia de como ou porquê Annie se tornara numa prostituta, e agora provavelmente nunca o saberia. Mas via que Annie fizera tudo o que pudera para a proteger do que fazia. Todas aquelas regras a respeito de nunca sair da cave depois das seis, mantê-la afastada das raparigas e encorajá-la a ler livros e jornais, tinham tido como objetivo mostrar-lhe que havia um mundo maior para lá de Seven Dials. Até ter-lhe permitido que visse Mog como uma segunda mãe fora um ato de altruísmo. Porque a bondosa, gentil e terna Mog era a melhor das influências, e a ensinara a distinguir o certo do errado, e boas maneiras, e a falar bem, para que não seguisse o mesmo caminho que a sua verdadeira mãe seguira.

– Deixei-a ficar mal – soluçou Belle deitada na enxerga, e este pensamento era pior do que qualquer coisa que Pascal pudesse fazer-lhe.

CAPÍTULO 30

No comboio de regresso a casa, Gabrielle olhava, pensativa, para a morada que Lisette lhe tinha dado. Se escrevesse a Noah Bayliss para aquela morada, poderia passar uma semana ou mais antes que a carta lhe chegasse às mãos. Era demasiado tempo, ia ter de enviar-lhe um telegrama.

Mas o que diria nesse telegrama? «Preciso ajuda para encontrar Belle» não serviria de grande coisa se ele já tivesse tentado encontrá-la e falhado. «Belle em perigo venha depressa», seria assustador para a mãe da rapariga. Em todo o caso, escrevesse o que escrevesse, fosse ou não assustador para a família, ele tardaria ainda um par de dias a chegar.

Podia ainda assim enviar o telegrama, mas entretanto do que precisava era alguém, preferivelmente um homem, que conhecesse os melhores hotéis de Paris e aqueles que arranjavam raparigas para os seus clientes e fosse capaz de identificar as iniciais do bilhete que Belle recebera.

Houvera um tempo em que conhecera meia dúzia de homens assim, mas já não. Sentia que o tal Étienne de Belle seria o ideal, mas se Lisette não sabia onde o encontrar, que hipóteses tinha ela?

O facto de Lisette ter cuidado de Belle fora um extraordinário golpe de sorte, mas talvez não uma coincidência tão espantosa como ao princípio lhe parecera, pois, ao fim e ao cabo, Lisette trabalhava para pessoas que compravam e vendiam raparigas. Pensou que, depois de encontrar Belle, ia ter de tentar convencer Lisette a fugir com Jean-Pierre e cortar todos os laços com aquela gente horrível.

De repente, no instante em que o comboio abrandava para entrar na estação, Gabrielle lembrou-se de que Marcel, que tinha a lavandaria duas portas abaixo do Mirabeau, era de Marselha. E, pelo que se dizia, tivera uma vida agitada antes de se dedicar ao negócio da lavagem de roupa. O Mirabeau era um bom cliente da casa, de modo que, mesmo que Marcel não conhecesse Étienne, talvez pudesse aconselhá-la.

Foi direita à estação dos correios e enviou um telegrama a Noah. «Contacte-me para notícias da Belle», escreveu e pôs a morada do Mirabeau.

– A rapariga bonita, de cabelos escuros? – perguntou Marcel, depois de Gabrielle lhe ter dito que estava preocupada com uma das suas hóspedes, que tinha desaparecido. – Sim, vi-a passar pela montra.

Quando Gabrielle começou a dizer-lhe que suspeitava de jogo sujo, Marcel levou-a para um pequeno escritório contíguo à loja. Era muito quente e estava cheio de vapor, mas ali podiam falar em privado, isolados das pessoas que não paravam de entrar e sair da lavandaria.

Marcel era baixo e rotundo, quase a extravasar da camisa. O rosto redondo brilhava de suor, e os cabelos negros, que começavam a rarear na testa, e o bigode pendente tinham um aspeto oleoso.

– Ela disse-me que tinha um bom amigo de Marselha, e sabendo que é de lá, pensei que talvez o conhecesse. Chama-se Étienne Carrera.

Marcel abriu muito os olhos.

– Ouvi falar dele – disse, num tom que sugeria que Étienne Carrera devia ser tratado com cautela. – Mas como conheceu a sua jovem hóspede um homem assim? Tem má fama.

Gabrielle relatou o mais rapidamente que pôde o rapto de Belle e como Étienne a tinha acompanhado até à América, dois anos antes.

— Disse-me que confiava nele, o que tem de significar que a tratou bem. Não quero saber que género de homem é, só espero que ele possa ajudar-me a encontrá-la.

— Soube, através da minha família em Marselha, que perdeu a mulher e os filhos num incêndio — disse Marcel, pensativo. — Foi o assunto de todas as conversas na cidade, aqui há dezoito meses, porque muita gente está convencida de que não foi um acidente e de que alguém quis castigá-lo.

— Ouvi dizer o mesmo. Mas sabe onde ele está agora?

— Posso telefonar ao meu irmão mais novo e perguntar-lhe. Foram amigos, quando eram rapazes. Sei que o Pierre foi ao funeral da mulher e dos filhos.

Gabrielle pousou a mão no braço de Marcel.

— Seria muito bondoso da sua parte — disse, sinceramente. — Se ele souber, pede-lhe que diga ao Étienne que julgo que a Belle está em perigo e que deu o nome dele como sendo o de alguém em quem podia confiar?

Marcel deu-lhe uma palmadinha no ombro, num gesto de compreensão.

— Vou ter consigo logo que acabe de falar com o Pierre. Vejo que está muito preocupada com esta rapariga. Gostava dela?

— Muito — admitiu Gabrielle, subitamente consciente de que, além de Henri, Belle era a primeira pessoa, desde a morte de Samuel, por quem se interessava. — Passou por tempos muito difíceis. Quero vê-la reunida à família. E acredito que esse tal Étienne há de querer o mesmo para ela.

Marcel assentiu.

— Deixe isso comigo.

*

Mrs. Dumas abriu a porta da frente e empalideceu ao ver um estafeta dos correios com um telegrama na mão.

– É para Mr. Bayliss – anunciou o rapaz.

Mrs. Dumas ficou aliviada por não ser para ela.

– Não está em casa – disse. – Mas não deve tardar muito.

Pegou no telegrama e fechou a porta, a olhar para o sobrescrito e a perguntar a si mesma o que conteria. Estaria algum dos pais de Noah doente ou até a morrer? Esperava fervorosamente que não, pois acabara por afeiçoar-se muito ao jovem, que estava a singrar tão bem que fora aceite no quadro de pessoal do *The Times*.

Meia hora mais tarde, Mrs. Dumas ouviu uma chave na fechadura e correu para o vestíbulo para ver se era Noah. Era. Parecia cheio de calor e incomodado, pois o dia estava quente e devia ter vindo a pé desde Fleet Street.

– Receio que haja um telegrama para si – disse. – Espero que não sejam más notícias. Mas tenho a chaleira ao lume, querido.

Noah pareceu ansioso, mas sorriu depois de ter lido o telegrama.

– Não me parece que sejam más notícias. Alguém em Paris tem novidades a respeito da Belle.

Nos tempos em que corria para casa à espera de encontrar uma carta de Lisette, Noah fizera à senhoria um resumo censurado da história de Belle, omitindo que fora criada num bordel e vendida a uma rede de prostituição. Mas a tão esperada carta nunca chegara, e desde que passara a ser jornalista do *The Times* e a trabalhar mais horas, as suas visitas a Mog, Garth e Jimmy tinham-se tornado pouco a pouco menos frequentes.

Da última vez que estivera no Ram's Head, Garth dissera-lhe que ele e Mog estavam a planear casar em breve. Queriam comprar um *pub* algures no campo, e uma vez que Jimmy já estava gerir o Ram's Head praticamente sozinho, poderia ficar à frente do negócio, se quisesse.

Jimmy tornara-se num jovem forte e sólido, honesto e franco, e já só muito raramente falava de Belle. Mas Noah sabia que continuava a pensar nela, pois apesar de ter saído com duas ou três raparigas, era evidente que o seu coração lhe pertencia.

Mog não perdera completamente a esperança de encontrá-la, mas esforçava-se por esconder dentro de si o núcleo de tristeza. Tinha uma boa vida com Garth e Jimmy e preenchia os seus dias a cozinhar, limpar e coser. Certa vez, dissera a Noah que sentia no mais fundo da alma que Belle havia de reaparecer um dia, e que era esse pensamento que a mantinha.

Quanto a Annie, a sua pensão fora um êxito tão grande que ocupara também a casa ao lado, mas tinha agora pouco contacto com Mog. Em dezembro, Noah escrevera outro artigo a respeito de Belle e das raparigas desaparecidas, na esperança de que, passado tanto tempo, alguém aparecesse com novas informações. Entrevistara várias das mães para o seu artigo, incluindo Annie, e ocorrera-lhe que, embora ela parecesse fria e dura, na realidade provavelmente sofria tanto como Mog por causa de Belle, só não era capaz de expressar os seus sentimentos.

De longe em longe, Noah ouvira rumores a respeito do Falcão. Uma rapariga tinha sido encontrada morta num campo nos arredores de Dover e a sua morte atribuída a uma dose excessiva de sedativos. Era natural de uma aldeia do Norfolk e fora vista pela última vez numa feira local, a falar com um homem cuja descrição correspondia à de Mr. Kent. Noah conseguira dar uma vista de olhos ao relatório do inquérito e ficara a saber que tinham sido encontradas marcas de cordas nos pulsos e tornozelos do cadáver, como se tivesse estado amarrada, mas que as cordas tinham sido retiradas depois da morte. Ficara convencido de que o responsável fora Kent, que planeara levar a rapariga para França do mesmo modo que tinha levado Belle, mas quando a encontrara morta abandonara o corpo na esperança de que a polícia pensasse que se tinha suicidado.

Havia várias outras raparigas desaparecidas, algumas do Suffolk e do Norfolk. Muitos dos polícias com que Noah falara acreditavam que Kent estava envolvido e que se limitara a transferir a sua atividade para uma área diferente. Mas não havia provas, e das várias vezes em que o tinham detido para ser interrogado, apresentara sempre álibis à prova de bala. Um alto responsável da polícia dissera a Noah que se conseguissem encontrar uma das raparigas desaparecidas e ela estivesse disposta a testemunhar, tinha a certeza de que outras pessoas se apresentariam com mais informações sobre os crimes.

Mas agora aquela mulher de Paris tinha notícias de Belle. Noah sabia que o *The Times* teria muito gosto em pagar-lhe as despesas da viagem, e além disso pedir aos seus correspondentes em França que lhe dessem toda a ajuda necessária na esperança de que conseguisse encontrá-la e levá-la para Inglaterra para que pudesse testemunhar a respeito de Kent e da sua operação. O coração palpitava de excitação, não só pela perspetiva de vê-la reunida a Annie e a Mog, mas também pelo que significaria conseguir uma história sobre o tráfico de pessoas que todos os jornais do país iam querer.

E talvez até voltasse a ver Lisette.

Menos de uma hora depois de receber o telegrama, Noah ia a caminho de Charing Cross para apanhar o último comboio para Dover. Considerara a possibilidade de parar no Ram's Head para dar a notícia a Mog, mas decidira não o fazer para o caso de as coisas não correrem como esperava. Telefonara ao editor, que, como sabia que aconteceria, lhe dera a sua bênção e prometera telegrafar à delegação do jornal em Paris para que lhe dessem ajuda e, se necessário, lhe arranjassem um intérprete.

Gabrielle estava a pôr as mesas para o pequeno-almoço, às nove da noite, quando a campainha da porta tocou. Era Marcel.

– Descobriu alguma coisa? – perguntou, fazendo-lhe sinal para entrar.

– O meu irmão sabe onde está o Étienne, mas o lugar fica a alguns quilómetros de Marselha, no campo. O Pierre prometeu-me ir até lá de bicicleta, mal amanheça, para o ver e entregar a mensagem.

– Deus o abençoe, Marcel – disse ela, e, impulsivamente, inclinou-se para a frente e beijou-o na face. – O seu irmão acha que o
Étienne vem?

– Tudo o que me disse foi que o Étienne é o género de homem
que ajuda sempre um amigo. Mas acrescentou que não parece o
mesmo desde o incêndio. Resta-nos esperar.

– Quer tomar um copo de qualquer coisa comigo? – convidou
Gabrielle. Pela primeira vez em anos, não queria estar sozinha.
O medo por Belle fora crescendo à medida que as horas passavam.
Imaginara o corpo dela atirado ao Sena ou caído num beco qualquer. E mesmo que ainda estivesse viva, não suportava imaginar o
que lhe estariam a fazer. Estivera de joelhos diante de uma imagem
da Virgem, a pedir-Lhe que mantivesse Belle a salvo, mas a sua fé
não era suficientemente forte para acreditar realmente que isso bastasse.

De pé à porta da casa meio arruinada onde vivia, Étienne via
Pierre pedalar na sua bicicleta pelo caminho de terra que descia até
à estrada de Marselha. Estava uma bela manhã de primavera, o calor
do sol fizera desabrochar flores silvestres ao longo das bermas e o
canto dos pássaros à sua volta fazia-o sentir-se um pouco menos
desesperado. Fora bom voltar a ver Pierre, tinham partilhado muitas
brincadeiras inocentes quando eram crianças, e, apesar de as suas
vidas adultas terem seguido rumos muito diferentes, continuava a
haver uma ligação entre os dois.

Étienne desejara a sua própria morte depois de ter enterrado
Elena e os rapazes. Fora esconder-se naquela casa e passara o inverno
inteiro a procurar o esquecimento na bebida, mal comendo, sem
fazer a barba, sem se lavar ou sequer mudar de roupa. As únicas ocasiões em que saía era para comprar mais bebida.

Só quando o tempo melhorara, no início de março, começara
a dar atenção ao que o rodeava. Acordara uma manhã estendido na
enxerga de palha, e a luz que entrava pela janela realçara a imundície

em que vivia: latas de comida e garrafas de vinho vazias por todo o lado, a mesa atravancada de pão bolorento e pratos sujos, o soalho, que não era varrido desde que ele chegara, coberto por uma camada de cinza da lareira. Notara um cheiro nauseabundo. Se vinha dele ou da comida que caíra no chão e ali apodrecera não saberia dizer, mas soubera que era tempo de fazer qualquer coisa para remediar aquilo.

Estava tão fraco que só pudera atacar a tarefa em pequenas fases, com períodos de descanso pelo meio. Tirar da bomba lá fora água suficiente para encher a velha bacia de cobre e acender o lume debaixo dela deixara-o ofegante e cheio de dores. Mas não abrira uma garrafa, e essa noite, depois de varrer o lixo e queimá-lo, tomar banho e lavar a roupa, fora a primeira desde o incêndio em que adormecera sóbrio.

Agora estava outra vez fisicamente forte; longos dias de trabalho duro a limpar o terreno à volta da casa tinham-lhe devolvido os músculos. Consertar o telhado, cortar lenha para o lume e madeira para fazer novas portadas impedira-o de beber e atenuara-lhe a dor.

Ainda havia dias em que a raiva o consumia. Queria ter a certeza de que o incêndio do restaurante fora deliberadamente ateado para o castigar por ter ousado dizer a Jacques que não continuaria a trabalhar para ele. Se pudesse ter a certeza, teria matado Jacques. Mas não havia provas. A origem do fogo parecia ter sido o fogão.

A pergunta que agora tinha de fazer a si mesmo era se seria sensato ir a Paris procurar Belle. Fizera a rutura com Jacques, sentia o seu antigo eu voltar pouco a pouco, como as folhas verdes que cresciam nas sebes. Mas voltar a Paris pô-lo-ia inevitavelmente em contacto com a escumalha a que voltara costas.

No entanto, via o doce rosto de Belle enquanto cuidava dele quando enjoara no navio, ouvia as suas exclamações de prazer enquanto exploravam Nova Iorque, e recordava até bem de mais como se sentira tentado naquela noite em que ela se enfiara no seu beliche.

Tinham sido tantas as vezes que ela se lhe insinuara no espírito depois de a ter deixado em Nova Orleães. Acalentara a esperança de que o mandassem lá voltar para poder vê-la, e sentia uma pontada de culpa quando olhava para Elena, pois seguramente aqueles pensamentos a respeito de outra mulher eram tão adúlteros como uma relação de facto.

Mas o simples facto de Belle o ter referido como uma das pessoas em que confiava significava que tinha de ir em seu socorro. O que tinha ele a perder? Tudo o que lhe fora querido já desaparecera.

Voltou-se e entrou em casa. Se partisse imediatamente, estaria em Paris naquela noite.

Belle soluçou quando o salto do sapato caiu no chão. Passara horas a bater com ele nas tábuas que tapavam a janela, a tentar desesperadamente fazer um buraco. O salto do primeiro sapato tinha-se partido, e então ela recomeçara a bater depois de dormir um pouco, mas agora o salto do segundo sapato partira-se também. E nem sequer ganhara nada com todo aquele trabalho: tudo o que tinha para mostrar depois de tanto esforço era uma pequena marca na madeira. Mas pelo menos enquanto martelava havia uma réstia de esperança. Agora, até isso tinha desaparecido.

A fome estava a deixá-la fraca e zonza. Já não sabia muito bem se ali estava há dois ou três dias. Seria esse o plano de Pascal? Torná-la tão fraca que não pudesse resistir quando ele voltasse? Ou tencionaria deixá-la morrer de fome?

De vez em quando sentia o cheiro de comida a cozinhar, e isso era mais um tormento a acrescentar aos outros. Se havia um restaurante ali perto, porque seria que ninguém a ouvia bater e gritar? Tinha-o feito sobretudo quando não havia luz a entrar pelo pequeno orifício, com a ideia de que seria mais provável que alguém a ouvisse numa altura em que houvesse menos barulho na rua. Mas não conseguia distinguir entre tarde e noite, nem sabia quanto tempo dormia de cada vez.

Já por duas vezes ouvira um acordeão a tocar. Era um som comum em Paris, um som que ela achava encantador, quando era livre. Se aquele som lhe chegava aos ouvidos, porque seria que ninguém a ouvia a ela?

Voltou para a cama, a sentir debaixo dos pés os ganchos de cabelo dobrados e partidos que tentara sem êxito transformar em gazuas para abrir a porta. Já não lhe restava mais nada para usar; tirara todas as barbas de baleia do corpete do vestido e tirara os ganchos, e partira-os todos, uns atrás dos outros. Tinha sido derrotada. E restavam na jarra menos de cinco centímetros de água para beber.

Mais valia deitar-se e esperar pela morte. Não havia salvação.

CAPÍTULO 31

G abrielle estava sentada à sua secretária, no vestíbulo do hotel, quando um homem entrou. A primeira coisa em que reparou foi no fato cinzento, de excelente corte, pois era muito raro algum dos seus clientes do sexo masculino vestir roupas daquela qualidade ou ter a presença do recém-chegado. Então, quando ele falou, a combinação da voz grave e profunda e dos frios olhos azuis deixou-a aturdida por um instante.

– Chamo-me Étienne Carrera – disse ela. – Julgo que estava à minha espera.

O mais que Gabrielle conseguiu foi ofegar tolamente:

– Esperava que viesse, mas não estava muito confiante – conseguiu dizer, a sentir-se como uma rapariguinha pateta de dezasseis anos. Ao cabo de mais um momento de hesitação, pôs-se de pé e estendeu a mão para apertar a dele. – Chamo-me Gabrielle Herrison. E tenho muito prazer em conhecê-lo. Posso oferecer-lhe um café e qualquer coisa que comer? Fez uma longa viagem.

– Um café seria agradável, enquanto falamos – respondeu ele.

Gabrielle fez soar uma pequena sineta e uma mulher já de idade, de avental branco, saiu do salão de jantar.

– Ah, Jeanne! Importa-se de levar café para dois à minha sala de estar?

Subiu à frente de Étienne até ao patamar intermédio e convidou-o a entrar numa pequena sala sobranceira ao pátio das traseiras. Iluminada pelo sol do fim da tarde, estava parcamente mobilada, com um sofá, um par de cadeirões de braços e uma mesa e cadeiras junto à janela. Tirou um monte de livros escolares de um dos cadeirões.

– São do meu filho – disse. – Devia estar aqui a fazer os trabalhos de casa, mas escapuliu-se. Sente-se, por favor.

«Mal consigo acreditar que chegou aqui tão depressa – continuou, depois de se sentar no outro cadeirão. – Deve ter partido de Marselha logo a seguir ao irmão do Marcel ter falado consigo, não?»

Ele assentiu com um movimento de cabeça.

– Percebi a urgência. Agora diga-me, por favor: há quanto tempo estava a Belle aqui, e de onde veio?

– Chegou pouco depois do Natal. Suponho que veio do Sul, porque a Gare de Lyon serve essa parte do país. Não disse uma palavra a respeito de si mesma, limitou-se a pedir um quarto, em inglês. Mas eu calculei que vinha a fugir de alguém, pois usava um vestido de noite por baixo do casaco, sem chapéu, lenço, luvas ou bagagem. Mais tarde perguntou-me se conhecia uma boa loja de roupa em segunda mão, porque lhe tinham roubado as malas.

Jeanne bateu à porta e entrou com uma cafeteira e duas chávenas numa bandeja. Gabrielle esperou que ela saísse e então explicou rapidamente como adivinhara o que Belle fazia para ganhar a vida.

– Normalmente, quando me apercebo disto, peço-lhes que saiam – disse. – Sabe seguramente que essas mulheres trazem quase sempre problemas. Deixa-se entrar uma, e as amigas vêm atrás. Não quero nada disso no meu hotel.

Étienne esboçou um meio sorriso de compreensão.

– Porque foi então que a deixou ficar?

– Porque ela era uma senhora: sossegada, delicada, asseada e encantadora. Tinha uma simpatia enorme, sempre com um sorriso pronto, e era agradecida. Mas estou certa de que sabe tudo isto.

– Sem dúvida que sim. Alguma vez lhe fez algum comentário a respeito do que fazia?

– Não. Penso que tinha medo que se assustasse e fosse embora.

Gabrielle contou então como, de vez em quando, aparecia um rapaz com um bilhete para Belle, e mais tarde chegava um fiacre para a levar a um encontro. Disse que ela passava frequentemente a noite fora, só regressando quase de manhã. Fez então o relato do que acontecera na última noite em a que vira.

– Senti que ela conhecia o homem com que ia encontrar-se. Foi a única vez que a avisei e a aconselhei a desistir daquela vida e regressar a Inglaterra. – Olhou bem de frente para os olhos de Étienne, o lábio inferior a tremer de emoção. – É que sei por experiência própria o que pode acontecer a raparigas como ela. Pode correr tudo bem durante algum tempo, mas mais tarde ou mais cedo acabam por encontrar um homem perigoso. E receio que tenha sido isso que aconteceu.

Mostrou-lhe o bilhete que tinha encontrado no quarto de Belle. Étienne estudou-o atentamente.

– Monsieur Le Brun, um nome muito comum! O que a leva a pensar que ela já se tinha encontrado com este homem?

– Estava particularmente bonita, tinha-se arranjado com especial cuidado e estava excitada, como se esperasse ir a um sítio elegante com alguém de que gostava.

– Acha então que era um homem rico?

– Não estava vestida para passar a noite com um homem pobre.

– Posso ver o quarto dela? – perguntou Étienne.

– Com certeza. Ia sugerir que ficasse lá.

– Não acredito que vá dormir muito esta noite. – Étienne sorriu com a boca, mas os olhos permaneceram frios. – Preciso de começar a investigar. Mas tenho de ver o quarto dela antes de sair. Aquilo que as mulheres possuem revela muito a seu respeito.

Gabrielle subiu até ao primeiro piso com ele, abriu a porta e entregou-lhe a chave.

– Dar-lhe-ei a da porta da rua antes de sair – disse.

Depois de Gabrielle ter voltado ao vestíbulo, Étienne ficou imóvel durante vários minutos, a olhar em redor. Sentia o aroma de um perfume almiscarado e ligeiramente inebriante. Reparou na fila de sapatos por baixo do guarda-fato, na escova de cabelo, no pó de arroz e nos ganchos no toucador e nos três chapéus em cima da cómoda. Fê-lo recordar as ocasiões em que entrava no camarote durante a viagem e ficava comovido pela meticulosidade e feminidade dela.

Tinha uma imagem mental de como Belle costumava enrolar-se no seu beliche a ler um livro enquanto brincava distraidamente com uma madeixa de cabelos, e o modo como olhava para ele e sorria.

Saiu daquele devaneio e concentrou-se no que tinha a fazer, abrindo gavetas, examinando as roupas no guarda-fatos. Ficou impressionado: apesar de usadas, eram de boa qualidade e elegantes. Belle tornara-se claramente sofisticada naqueles dois últimos anos.

Atravessou o quarto e deu uma vista de olhos ao caderno de desenho junto à cama. Quando viu que todos os desenhos eram de chapéus, sentiu-se curiosamente emocionado, pois lembrou-se de ela lhe ter dito que o seu sonho era ter uma chapelaria. Leu algumas das notas por baixo dos esboços; aparentemente, Belle aprendera a executar os modelos que desenhava. Não lhe parecia que ela possuísse esse conhecimento dois anos antes.

Deu então início à sua busca, pois a lógica dizia-lhe que se ela estava a juntar dinheiro para voltar a Inglaterra, nunca correria o risco de levá-lo consigo quando saía à noite.

Começou por tirar todas as gavetas e ver se tinham alguma coisa colada na parte inferior. Quando isto nada revelou, levantou o colchão e procurou por baixo. Fez deslizar a mão por trás da cabeceira da cama, voltou o banco do toucador de pernas para o ar. Estava a ficar sem ideias, e fez uma pausa para olhar mais uma vez em redor. Enfiou a mão na chaminé da lareira e a única coisa que encontrou foi fuligem. Foi então que reparou na gaveta no fundo do guarda-fatos. Estava vazia. Puxou-a para fora, examinou a parte de baixo, e então enfiou a mão no espaço onde a gaveta assentava. E encontrou uma caixa de lata.

Tirou-a do esconderijo e abriu-a. Continha um grosso maço de notas. Passou o polegar pelo maço e calculou que havia ali bem mais de mil francos.

Fechou a caixa, voltou a pô-la onde a encontrara, colocou a gaveta no seu lugar e pôs-se de pé. Era muito dinheiro e uma prova de que os clientes de Belle eram homens ricos, pois Gabrielle dissera-lhe que ela nunca saía mais de quatro noites por semana. Ficou impressionado por ter conseguido poupar tanto. A maior parte das raparigas na sua posição teria desbaratado o dinheiro em roupas e bugigangas. Paris era um lugar inebriante, e uma rapariga bonita podia facilmente convencer-se de que tinha o mundo a seus pés e agir em conformidade. Mas Belle ficara num hotel barato, comprara roupa em segunda mão e desenhara chapéus, e quando não estava com um cliente sem dúvida sonhava voltar para junto dos que a amavam e abrir uma chapelaria. Isto comoveu-o profundamente, e reforçou a sua determinação de voltar Paris de pernas para o ar, se fosse preciso, para a encontrar.

Quem seria então aquele monsieur Le Brun com que ela fora encontrar-se?

Saiu do quarto, fechou a porta à chave e começou a descer a escada. Quando chegou ao patamar intermédio, em frente da sala de estar de Gabrielle, soou uma pancada na porta da rua. Gabrielle apressou-se a abrir.

O homem alto e magro que esperava no primeiro degrau tirou o chapéu ao vê-la.

— *Bonsoir. Je suis Noah Bayliss* — disse, com um forte sotaque inglês.

Étienne desceu a correr o resto das escadas. Gabrielle tinha dito que enviara um telegrama àquele inglês, mas não explicara muito bem quem ele era.

— Falo inglês. — Gabrielle usou o tom que quase todos os franceses adotam quando ouvem algum inglês torturar-lhes a língua.

464

Voltou-se para Étienne e disse, em francês, que Noah era um amigo da família de Belle e que tinha ido várias vezes a Paris nos últimos dois anos para tentar encontrá-la. Então apresentou Noah a Étienne e disse-lhe que Belle lhe tinha dado o nome dele como o de alguém em quem confiava.

Étienne aproximou-se e apertou a mão do inglês.

– Ainda bem que veio. Vamos precisar de toda a ajuda que pudermos arranjar.

Noah fez um ar confuso.

– Que quer dizer com isso? O telegrama falava de notícias a respeito da Belle. Onde está ela?

Gabrielle interveio para dizer que Belle tinha estado hospedada ali no hotel e desaparecera. Explicou por que razão não quisera pôr no telegrama nada que fosse alarmante, mas que contara com a ajuda de Noah e estava grata por ele ter respondido tão rapidamente.

Noah voltou-se para Étienne, e o seu ar continuava a ser de confusão.

– Peço desculpa, não compreendo. Onde é que encaixa no meio de tudo isto?

– Foi o Étienne que acompanhou a Belle até à América – disse Gabrielle.

Os olhos de Noah faiscaram.

– Nesse caso, espanta-me que tenha o descaramento de aparecer aqui. Faz alguma ideia daquilo por que a família e os amigos dela passaram?

– Compreendo como deve parecer aos seus olhos – respondeu Étienne. – Tudo o que posso alegar em minha defesa é que não tinha outro remédio senão levá-la. Foi-me ordenado que o fizesse, e quando alguém recusa cumprir uma ordem das pessoas que mo ordenaram, alguém que lhe é muito querido sofre. Mas posso dizer--lhe que foi com o coração muito pesado que deixei a Belle em Nova Orleães, porque entretanto tinha-me afeiçoado a ela, e presumo que

465

ela sente o mesmo a meu respeito, uma vez que deu à Gabrielle o meu nome como o de alguém em quem confiava.

Noah levou a mão à cabeça. Muito claramente, não conseguia compreender o que se passava.

– Preciso que me expliquem tudo em mais pormenor – disse.

– Sim, precisa, e a Gabrielle é a pessoa indicada para isso. – Étienne compreendeu que Noah não sabia o que Belle estivera a fazer ali em França e não queria ser ele a dizer-lho. – Eu tenho de fazer algumas investigações, e estou certo de que está muito cansado depois da sua longa viagem desde Inglaterra. Porque não fica aqui com a Gabrielle? Ela explica-lhe tudo. Voltamos a encontrar-nos amanhã de manhã, quando estiver repousado e souber tudo o que nós sabemos.

– É o melhor plano – concordou Gabrielle. – Tenho um quarto disponível para si, Noah, mas primeiro deixe-me arranjar-lhe uma bebida e qualquer coisa para comer.

Étienne apanhou um fiacre para os Champs-Elysées. Pensou que Belle teria presumido que os homens de negócios mais ricos escolheriam um hotel naquela área, devido à sua localização central. Tinha o bilhete que ela recebera no bolso, e o esboço de um plano na cabeça.

Quando se apeou do fiacre e pagou ao cocheiro, ocorreu-lhe que a tarefa que se tinha imposto ia ser mais difícil do que ao princípio imaginara. Há vários anos que não ia àquela parte de Paris, e parecia haver muitos mais hotéis do que recordava. Além disso, não fazia ideia de quais eram agora os mais elegantes. Nos tempos em que entrava nos hotéis para aliviar os ricos das suas joias e dinheiro, havia apenas cerca de uma dezena por onde escolher. Mas houvera muita construção e remodelação para a Exposition Universelle de 1900 – se bem recordava, a Gare de Lyon fora construída especialmente para o evento, e o primeiro metropolitano de Paris também.

Caminhou rapidamente, passando pelos hotéis e espreitando para o interior, reparando na qualidade das roupas e das malas das pessoas que entravam e saíam de carruagens e fiacres. Não ia perder tempo com hotéis cujos hóspedes fossem sobretudo turistas; eram os estabelecimentos seletos, caros e discretos que lhe interessavam.

O primeiro onde entrou, o Elysée, encaixava nestes critérios. Loureiros envasados flanqueavam as duplas portas de mogno com refulgentes aplicações de latão que eram abertas por um porteiro de libré verde e dourada.

Atravessou o átrio de mármore branco em direção ao balcão da receção e sorriu ao empregado de ar solícito e óculos de aros de tartaruga.

– Pode dizer-me o nome do vosso *concierge*? Um colega meu disse que deixaria com ele uma encomenda para mim, mas não tenho a certeza de estar no hotel certo – disse.

– Temos dois – respondeu o rececionista. – Monsieur Flambert e monsieur Annily. Monsieur Flambert está de serviço neste momento. Talvez possa ajudá-lo, mesmo que não seja este o hotel certo.

Apontou para o homem sentado atrás de uma secretária do outro lado do átrio, a falar com um casal de hóspedes.

Nenhum dos dois nomes correspondia às iniciais, mas mesmo assim Étienne perguntou se estava ali hospedado algum monsieur Le Brun. O rececionista verificou o registo e disse que não havia nenhum cliente com esse nome.

Étienne pediu-lhe então os nomes de outros bons hotéis onde pudesse tentar. O homem despejou um rol de nomes. Alguns eram bastante perto, outros relativamente longe, mas o homem marcou--os prestimosamente num mapa e até se ofereceu para lhe dar os números de telefone.

Um a um, Étienne ligou para todos os hotéis, mas em nenhum deles havia alguém com as iniciais certas nem estava hospedado um monsieur Le Brun. Tomou nota de todos os que tentara, com o nome do respetivo *concierge* ao lado.

Por volta das onze da noite, começou a pensar que talvez não fosse um *concierge* que procurava e sim um gerente de hotel, embora soubesse que de um modo geral eles não se dignariam tratar dos assuntos dos hóspedes. Só lhe faltava verificar o Ritz, e não alimentava grandes esperanças de que o mais prestigioso hotel de Paris tivesse ao seu serviço alguém disposto a correr o risco de envolver--se em negócios tão escuros. Além disso, não tinha muita vontade de lá entrar, pois fora um dos seus alvos preferidos nos tempos em que se dedicava ao roubo, e da última vez fora surpreendido por uma criada que entrara no quarto para abrir a cama. Passara por ela a toda a velocidade e descera as escadas de serviço, saindo pela porta das traseiras com alguém colado aos calcanhares. Não fora apanhado, claro – na altura corria como o vento e escalava muros como um gato. Mas nunca mais se atrevera a lá voltar com medo de que a sorte se lhe acabasse. Raciocinou, no entanto, que era muito pouco provável que alguém que lá trabalhasse dezasseis anos antes recordasse a descrição que uma criada fizera de um jovem magro e mal vestido que surpreendera a roubar um dos hóspedes.

Deteve-se durante alguns minutos na place Vendôme a olhar para o Ritz e tentou imaginar a Belle que acabara por conhecer tão bem a reunir coragem para entrar num hotel tão magnífico. Mas então lembrou-se de que ele próprio lá entrara para roubar, e que a Belle não faltava coragem, e entrou para perguntar pela sua encomenda fictícia.

E foi-lhe dito que o nome do *concierge* era monsieur Édouard Pascal.

E.P. tinha de ser ele.

– Mas neste momento não está de serviço – disse o rececionista. – Posso ajudá-lo de alguma maneira?

– Não, obrigado – respondeu Étienne. – Acho que me enganei no hotel. Vou ter de contactar o meu amigo e perguntar-lhe onde foi que deixou a minha encomenda.

Étienne estava esfusiante quando saiu do Ritz. Agora que tinha o nome certo, os seus contactos em Paris poderiam dar-lhe mais

468

informação a respeito do homem. Pela primeira vez desde o incêndio, sentia que tinha um propósito. Só esperava que Belle ainda estivesse viva, pois quando raparigas com a idade e a experiência dela desapareciam eram invariavelmente encontradas mortas num beco qualquer ou a flutuar no Sena. Eram as raparigas inocentes e crédulas que eram raptadas e obrigadas e trabalhar em bordéis: podiam ser moldadas à vontade da proprietária. Mas Belle já não seria assim.

O Chat Noir era um bar escuro e fumarento perto do Moulin Rouge, um dos pousos preferidos dos homens que viviam da astúcia e da mentira: vigaristas, batoteiros, gatunos e uma variedade de outros aldrabões. Mas os que o frequentavam eram, de um modo geral, os melhores nas respetivas profissões, e Étienne era, por reputação, um deles.

O porteiro, um ex-pugilista com a constituição de um touro, abraçou-o, encantado.

— Pensávamos que não voltávamos a ver-te – disse. – Constou que te tinhas retirado.

— E é verdade, Sol – respondeu Étienne, beliscando afetuosamente a bochecha do homem. – Só vim a Paris tratar de assuntos pessoais, mas não podia deixar de vir ver a rapaziada.

— Soubemos do incêndio – disse Sol, de rosto subitamente sério e triste. – Uma coisa terrível!

Étienne assentiu. Não queria falar do assunto e esperava que as pessoas com que ia ter de falar não se sentissem na obrigação de o trazer à baila. Talvez Sol o tenha compreendido, pois fez um comentário a respeito de como ele parecia estar em forma e elegante com aquele fato caro e abriu-lhe a porta do bar.

Estavam lá cerca de quinze homens, a beber, e talvez cinco ou seis mulheres. Mais tarde, às primeiras horas da madrugada, o local estaria apinhado e o ar tornar-se-ia praticamente irrespirável. Étienne ouviu alguém chamá-lo e viu um homem muito baixo, com um casaco aos quadrados, a acenar-lhe do extremo oposto da sala.

Sorriu. Era Fritz, um velho amigo e uma das pessoas que esperara encontrar ali aquela noite. Fritz sempre fora uma mina de informações e Étienne duvidava que tivesse mudado nos quatro anos decorridos desde a última vez que o vira.

Cumpriu com Fritz a mesma rotina que com Sol: o abraço, as sinceras condolências.

– Não falemos disso – disse Étienne. – Vim cá para saber coisas. Pode ser?

Fritz encolheu os ombros, a indicar que Étienne poderia ter tudo o que quisesse, e fez sinal ao criado, a pedir bebidas.

Com quem não o conhecia, Fritz fazia o papel de palhaço. Tinha menos de um metro e meio de altura, e com os seus casacos berrantes, as polainas e os coletes coloridos que usava sempre, e uma voz a condizer, as pessoas tomavam-no automaticamente por um tonto. Na realidade, porém, era um dos homens mais inteligentes que Étienne alguma vez conhecera. Quando era mais novo, roubara sozinho um negociante de diamantes ali em Paris. Fora um golpe audacioso e meticulosamente planeado que a polícia nunca conseguira desvendar. Fritz não chegara a ser sequer suspeito e só três pessoas sabiam que tinha sido ele: a mulher, o irmão e Étienne.

Na altura, o negociante de diamantes clamara que lhe tinham sido roubadas pedras no valor de quatro milhões de francos, mas Fritz sorria sempre que esse valor era referido, o que Étienne interpretara como indicando que fora muito menos do que isso. Porém, passado tanto tempo, as pessoas ainda falavam do roubo, cujo valor ia aumentando de ano para ano.

Fritz escapara impune não só porque não deixara quaisquer pistas, mas também porque nunca se vangloriara. Étienne sabia que era isso que levava a maior parte dos ladrões à prisão, e o facto de começarem repentinamente a ostentar demasiado dinheiro. Fritz comprara uma pequena casa, onde ele e a mulher, e os filhos que chegaram mais tarde, viviam uma vida simples e feliz. Dissera uma vez a Étienne que sempre planeara dar um grande golpe que lhe permitisse uma vida confortável até ao fim dos seus dias, e fora o que fizera.

— Quero saber se sabes alguma coisa a respeito do *concierge* do Ritz, um tipo chamado Édouard Pascal — disse Étienne, logo que o *barman* lhes serviu dois grandes *brandies* e se sentaram a uma mesa afastada.

Fritz franziu a testa.

— Não posso dizer que seja um lugar que eu frequente. O que foi que ele te fez?

— A mim, nada. Mas tem andado a arranjar clientes para uma amiga minha que entretanto desapareceu.

— *Fille de joie?*

Étienne assentiu. Ficou contente por Fritz ter usado aquela expressão. Era mais gentil.

— Mas não é do cliente que devias andar à procura? Sabes como se chama?

— Le Brun, mais nada, deve haver centenas em Paris. Mas tem de ser um homem rico. E ela estava excitada com a perspetiva do encontro, de modo que devia gostar dele.

— Andamos então à procura de um monsieur Le Brun, rico e encantador. Fazes alguma ideia de que idade tem?

— Não. Mas não acredito que tenha muito mais de quarenta. Ela só tem dezoito, nenhuma rapariga dessa idade estaria excitada por ir encontrar-se com um velho. Mas consegues arranjar-me alguma coisa a respeito deste Pascal? Posso ser obrigado a apertar com ele, e preciso de saber o que tenho pela frente.

— Estás a ver aquele fulano além? — Fritz apontava para um homem forte, de trinta e poucos anos e com um grande nariz que estava sentado a algumas mesas de distância. — Foi porteiro do Ritz até há pouco tempo. Correram com ele por ter insultado não sei quem. Deve conhecer o *concierge*.

Étienne hesitou.

— Mas como é ele? Não quero que o Pascal saiba que anda alguém a perguntar por ele. E também não quero que mais alguém saiba deste assunto. Tu sabes o que quero dizer.

Fritz assentiu. Étienne receava que a organização a que estivera ligado tentasse forçá-lo a voltar ao trabalho se soubesse que estava novamente ativo.

– O tipo deve-me um par de favores. Posso inventar uma razão qualquer para lhe perguntar pelo Pascal. Não lhe direi que és tu que queres saber.

– Certo. Pergunta-lhe depois de eu ter saído, e podemos voltar a encontrar-nos amanhã. Vai pensando também no tal Le Brun e vê se consegues desenterrar qualquer coisa.

– Está bem. Encontramo-nos no Gustave às dez da manhã.

À saída do Chat Noir, Étienne fez sinal a um fiacre e mandou seguir para o Marais. Era uma área que estava a passar por tempos difíceis, mas de que ele gostava por ter lá vivido durante um período quando regressara à pressa de Londres mas não podia ir imediatamente para Marselha. Apesar de já passar bem da meia-noite, a azáfama era grande e havia gente por todo o lado, incluindo dúzias de prostitutas que se pavoneavam de um lado para o outro à procura de trabalho e os respetivos *maquereaux* encostados aos candeeiros, a fumar e a fazer ares ameaçadores.

Saía música dos muitos cafés e bares, a maior parte dos quais albergava bordéis nos pisos superiores. Étienne trabalhara durante algum tempo num deles, como porteiro, e ficara chocado com as perversões que o lugar oferecia. Uma das salas parecia uma câmara de tortura, com grilhetas nas paredes a que os clientes podiam ser presos e chicoteados. Vira homens sair de lá aos tropeções, com a carne de tal maneira lacerada que parecia um milagre manterem-se conscientes. Continuava a não conseguir compreender como podia alguém ver naquilo uma forma de prazer.

Fora ali que aprendera que alguns homens gostam de sexo com crianças, e fora ouvir uma rapariguinha de doze anos gritar enquanto era violada que quebrara o feitiço de Paris e o fizera voltar a Marselha. Ao longo dos anos seguintes, conhecera um grande número de homens que raptavam crianças e raparigas muito novas para as for-çarem à prostituição, uma prática que considerava desprezível. O mais triste de tudo era que não havia saída para aquelas raparigas; uma vez apanhadas na armadilha, ficavam lá até serem demasiado velhas ou demasiado doentes para qualquer homem lhes pagar.

A força dos seus sentimentos relativamente àquele tráfico fazia--o envergonhar-se profundamente de ter cedido à pressão de Jacques e acompanhado Belle até Nova Orleães. Embora fosse verdade que não tivera alternativa, se não quisesse arriscar a segurança de Elena e dos rapazes, acabara por justificar-se dizendo a si mesmo que Belle não era uma criança e que, além disso, o Martha's parecia ser um lugar bem melhor do que qualquer bordel de Paris.

Depois de a ter deixado, porém, os pensamentos sobre o ato de que fora cúmplice tinham sido como espinhos cravados nos pés e que não conseguia arrancar. Tinha pesadelos em que Belle era mal-tratada, possuída à força por homens brutais. Odiava-se a si mesmo por não ter sabido encontrar uma maneira de levá-la a salvo para Inglaterra, garantindo simultaneamente que a mulher e os filhos estavam protegidos.

Fora tudo isto que acabara por levá-lo a dizer a Jacques que não podia continuar a trabalhar para ele. Alegara que era apenas porque queria passar mais tempo com a família e que Elena não conseguia gerir o restaurante sozinha.

Provavelmente, nunca saberia se o incêndio que os matara fora uma vingança de Jacques ou um acidente genuíno. Mas de uma coisa tinha a certeza: se conseguisse encontrar Belle, denunciaria todo aquele diabólico tráfico de crianças e raparigas. Já perdera tudo o que lhe era querido, não tinha mais nada a perder exceto a vida, e morreria feliz se soubesse que mais nenhuma criança sofreria daquele modo.

O Trois Cygnes não mudara. Quando abriu a porta, viu a mesma desbotada meia cortina aos quadrados vermelhos e brancos suspensa de um varão de latão a tapar a montra, sentiu a mesma baforada de fumo de cigarro e cheiro a mofo e a alho. Um velho engelhado tocava acordeão, tal como ele se lembrava, e embora as caras dos clientes tivessem mudado, eram a mesma miscelânea de putas e chulos, artistas incompreendidos, bailarinas e estudantes. Alguns dos mais velhos podiam até ser os mesmos que costumavam ir ali beber há tantos anos. Mas a sua recordação do lugar era que estava sempre a estuar de vida, com acaloradas discussões a respeito de política e arte. Personagens pitorescas, opiniões inabaláveis e excentricidade costumavam estar na ordem do dia, mas a clientela atual parecia sombria, gasta e amorfa.

– Étienne!

Olhou para o lugar de onde tinha partido o grito, ao fundo do bar, e sorriu ao notar a alegria na voz da mulher. Tinha de ser Madeleine, apesar de o tempo não ter sido generoso com ela.

Viu-a abrir caminho por entre as mesas e as cadeiras, gorda e com quarenta e tal anos, mas ainda com um sorriso capaz de iluminar uma sala.

– Madeleine! Estava na esperança de te encontrar aqui – disse Étienne, e abriu os braços para a abraçar. Fora com ela que aprendera tudo a respeito de fazer amor, e ainda mais a respeito da vida. Com trinta e poucos anos, Madeleine fora uma beldade de cabelos flamejantes, com uma alma tão bela como o rosto. O cabelo continuava ruivo, mas agora nitidamente pintado, e a pele que outrora parecera porcelana tornara-se baça e sulcada por rugas. O calor, porém, continuava todo lá, e quando a abraçou o tempo esfumou--se e Étienne sentiu-se como se tivesse novamente vinte anos.

– Deixa-me olhar para ti – disse ela, afastando-se um pouco. – Mais bonito do que nunca, e o fato diz-me que não precisas que te pague uma bebida! Mas o que te traz por cá? Ouvi dizer que te tornaste num recluso.

– Vim procurar-te – disse Étienne.

Ela pegou-lhe na mão e levou-o para uma mesa livre ao fundo do bar, gritando ao *barman* que lhes levasse *cognac*. Como Étienne estava meio à espera, sabia do que acontecera a Elena e aos rapazes

– as más notícias correm sempre depressa e chegam longe –, e quando ofereceu as suas condolências os olhos encheram-se-lhe de lágrimas.

– É bom ver que o teu coração continua grande – disse ele, pegando-lhe na mão por cima do tampo da mesa. – Depois da maneira como te deixei, não te censuraria se me desejasses má sorte.

– Nunca foste para mim, sempre o soube – disse ela, e Étienne notou que os olhos verdes continuavam bem vivos. – Se tivesses ficado, ter-nos-íamos destruído um ao outro, e além disso eu era muito velha para ti. Mas não falemos disso… diz-me porque estás em Paris. Não eras muito dado a visitas sociais, se bem recordo.

– É escusado dizer-te que tudo o que te contar deve ficar entre nós, não é?

– Claro.

Étienne traçou-lhe um esboço da história de Belle.

– Tinhas razões para acreditar que me tinha tornado num recluso. Se não tivesse recebido uma mensagem a dizer que a Belle tinha desaparecido, teria acabado de limpar o terreno à volta da casa, plantado qualquer coisa e criado galinhas.

Madeleine riu.

– Tu, agricultor? Nunca!

– Gosto de trabalhar a terra – disse Étienne. – Espero poder voltar para lá. Mas primeiro tenho de encontrar a Belle e corrigir o mal que foi feito.

– Pode ser que ela tenha ido a qualquer lado com o tal cliente.

– Não, deixou tudo o que tinha no hotel onde estava hospedada.

– Bah! – disse Madeleine, depreciativamente. – Umas roupas não seriam o bastante para prender uma rapariga, com um homem rico disposto a comprar-lhe outras novas.

– Diria que isso é verdade no caso de muitas mulheres, mas não no da Belle – afirmou Étienne, convicto. – Teria mandado uma mensagem à dona do hotel, para que ela não ficasse preocupada.

– Dois anos como prostituta hão de tê-la mudado. Já não será a mesma rapariga que conheceste.

– Há mais de doze anos que te conheço, mas diria que continuas a ter os mesmos valores – argumentou Étienne.

– No que te diz respeito, talvez. – Encolheu os ombros, a dar a entender que ele era um caso especial. – Mas uma rapariga que trabalha nos grandes hotéis tem de ser esperta e determinada. Não esqueças que também eu o fiz.

– Eu sei que a Belle está em perigo – insistiu ele. – Sinto-o, e a dona do hotel também. E ela também foi em tempos uma *fille de joie*.

Esta última informação pareceu fazer Madeleine mudar de ideias.

– Muito bem. O que queres então de mim?

– Alguma vez conheceste ou sabes alguma coisa a respeito de um homem chamado Édouard Pascal?

– Sim – respondeu ela, e endireitou-se bruscamente, como que sobressaltada. – Costumava vir ao Marais quase todas as semanas. Fui com ele duas ou três vezes, mas não gostei do fulano, causava--me arrepios. Nenhuma das outras raparigas gostava. Mas isto foi há oito anos, ou mais. Não voltei a vê-lo desde então.

– Em que é que trabalhava?

– Nunca disse. Vestia bem, mas não me parece que tivesse muito dinheiro… empregado de escritório, talvez?

– Atualmente, é *concierge* no Ritz. Era ele que arranjava clientes à Belle.

Madeleine abriu muito os olhos, surpreendida.

– Isso leva-me a pensar que tens motivos para estar preocupado com ela. A razão por que me lembro dele é que gostava de fazê-lo à bruta. Mordia-me com muita força, e batia-me se eu me queixava. As outras raparigas diziam o mesmo.

– Sabes onde mora?

– Não costumamos anotar moradas, neste negócio – disse ela, com uma pequena gargalhada desprovida de humor. – A maior parte das vezes nem usamos nomes verdadeiros. Mas esse queria que soubéssemos o dele. Talvez porque o fazia sentir-se importante.

– Alguma vez conheceste um homem chamado Le Brun?

– Umas dúzias deles – foi a resposta seca.

Étienne explicou que aquele Le Brun devia ser muito rico e boa companhia, porque a dona do hotel lhe dissera que Belle estava contente por ir encontrar-se com ele.

– Bem, isso elimina a maior parte – disse Madeleine. – Não será Philippe Le Brun, pois não? O milionário que é dono dos restaurantes? Conheço uma rapariga que foi com ele. Levou-a a jantar e a dançar. Contou-me que se divertiu tanto que voltaria a fazê-lo de borla.

Étienne nada sabia do homem que ela referia, mas a verdade era que todos os seus contactos em Paris tendiam a situar-se no lado oposto da escala social.

– Essa tal rapariga continua por aí?

Madeleine fez uma cara divertida.

– Achas que um homem como ele ia querer uma rapariga da rua? Era bailarina, e conseguia os seus contactos através do diretor do teatro. Mas casou-se e saiu de Paris. Não acontece muitas vezes, ela foi uma das poucas felizardas.

Étienne achou que Madeleine não podia ajudá-lo mais, e sentiu-se repentinamente muito cansado.

– Tenho de ir, Madeleine – disse. – Deste-me muito em que pensar. Obrigado.

– Gostaria de poder ajudar-te mais. Mas sabes onde encontrar-me, se houver mais alguma coisa que eu possa fazer.

Étienne pagou a conta e deu-lhe cinquenta francos.

– Compra qualquer coisa bonita – disse. – Verde-esmeralda, sempre ficaste bem com essa cor. – Pôs-se de pé e inclinou-se para a beijar. – Tem cuidado contigo.

*

477

Durante o pequeno-almoço, na manhã seguinte, Étienne percebeu que Noah não confiava nele. Não ficou surpreendido: com o que o homem sabia a seu respeito, só um louco confiaria. Mas ficou a saber que Noah não conhecia Belle; a única relação que tinha com ela era a sua paixão por Millie, a prostituta que Belle vira ser assassinada. Quando explicou que tinha começado a gostar dela durante a viagem, Noah eriçou-se.

— Ela disse-lhe que tinha um namorado em Inglaterra? — perguntou, venenoso.

— Está a falar do Jimmy, presumo — respondeu Étienne. — Falou-me dele, mas disse que era apenas um amigo. Mas de qualquer modo, não aconteceu nada entre mim e a Belle, se é disso que tem medo. Ela tinha passado por uma experiência horrível em casa de madame Sondheim e eu era um homem casado que amava a mulher. Éramos como o tio e a sobrinha que fingíamos ser.

— O Jimmy ama-a — disse Noah, teimoso.

Étienne percebeu que o bem-educado Noah era um tudo-nada ingénuo. As incursões no bordel de Annie tinham sido o seu primeiro contacto com o submundo de Londres, e, embora tivesse bom coração e não houvesse dúvidas quanto à sua sinceridade, tinha uma visão excessivamente idealista das pessoas e da vida.

— Devia ser uma rapariga muito fácil de amar — concordou. — E, se Deus quiser, há de poder levá-la de volta para o Jimmy, para a mãe e para a Mog, a senhora de que ela tanto me falou. Se pensa que vim até aqui para a reclamar para mim mesmo, está enganado. Estou apenas a tentar corrigir um mal que foi feito.

Depois disto, Noah pareceu menos cauteloso e escutou com atenção o relato que Étienne lhes fez do que descobrira na noite anterior.

— A minha sugestão é que vamos ambos encontrar-nos com o meu amigo Fritz e ver o que ele conseguiu descobrir. Não gostei do que ouvi a respeito desse Édouard Pascal e é possível que ele e o tal Le Brun estejam juntos nesta história, e talvez também outros.

Vamos precisar de ter muito cuidado e descobrir o mais que pudermos a respeito dos dois antes de fazer seja o que for.

– De que «outros» está a falar?

Étienne suspirou para dentro. Considerando que Noah já estivera várias vezes em Paris a tentar investigar o que acontecera às outras raparigas desaparecidas, seria de esperar que tivesse uma ideia da verdadeira dimensão daquele negócio.

– O vício é universal, Noah – disse. – Fazem-se fortunas à custa dele.

– Estou a ver. – Noah fez um ar sombrio. – Portanto, pode ter sido levada para qualquer lugar do mundo?

– Exato, mas o meu palpite é que, se ainda está viva, está aqui em Paris. Há sempre mercado para raparigas muito novas, mas a Belle já é demasiado velha para isso, de modo que, a menos que já tivessem um comprador para ela, vão demorar algum tempo a despachá-la.

Noah parecia agora verdadeiramente assustado.

– Isso quer dizer que acha que já está morta?

– Não, não quer – disse Étienne, com mais firmeza do que na realidade sentia. – Mas temos de ter essa possibilidade presente no nosso espírito.

Gabrielle entrou na sala de jantar no instante em que os dois homens se preparavam para sair. Étienne já a tinha posto ao corrente das suas descobertas na noite anterior.

– Tenham cuidado – disse, ansiosa. – Seria horrível se acontecesse algum mal a qualquer dos dois.

Étienne pousou a mão no ombro dela. Tinha visto de fugida a vívida cicatriz naquela manhã, num momento em que o lenço escorregara, e o instinto dissera-lhe como a arranjara.

– Vai correr tudo bem, não se preocupe. Fez o que devia ao chamar-nos a Paris. Agora é connosco.

*

Fritz já estava no Gustave quando chegaram. O Gustave era um pequeno café-bar, e Fritz tinha ocupado uma das mesas da esplanada. Étienne apresentou-o a Noah e perguntou-lhe se tinha alguma coisa para eles.

– Sim e não. Fiquei a saber que o tal Édouard Pascal é um filho da mãe untuoso. Maltratou uma série de mulheres, nos seus tempos, e só trabalha no Ritz há três anos. Antes disso era cangalheiro.

– Cangalheiro! – exclamou Étienne.

Fritz assentiu.

– Parece estranho ter passado disso para *concierge* do melhor hotel de Paris, e se tivesse de apostar, diria que subornou ou chantageou alguém para conseguir o lugar. O *concierge* vem geralmente da carreira. Cheira-me a esturro.

– E o Le Brun? Alguém me disse ontem à noite que poderia ser Philippe Le Brun, o dono dos restaurantes.

– Condiz com o que descobri. É uma personagem curiosa, muito rico, mulherengo e com uma preferência por prostitutas, embora toda a gente afirme que as trata bem. Mas a minha fonte disse-me que, na noite em questão, foi visto com uma escultural bailarina loura até às tantas da madrugada.

Étienne franziu a testa.

– Podemos então eliminá-lo?

– Da suspeita de ter estado com a tua rapariga naquela noite, sim, mas foi visto recentemente duas vezes com a mesma rapariga, nova, muito bonita, de cabelos pretos e encaracolados, e a minha fonte acha que era inglesa.

Noah e Étienne sorriram.

– O homem é acessível? – perguntou Noah.

– Não sei – disse Fritz, depois de ter pensado um pouco. – Mas disseram-me que vai quase todas as manhãs tomar café ao Le Dôme, em Montparnasse.

Étienne agradeceu a Fritz e ele e Noah saíram do café.

– Vamos ao Le Dôme ver se o encontramos? – perguntou Noah.

Étienne hesitava. A sua reação instintiva era investigar o homem mais aprofundadamente antes de contactá-lo, mas Belle desaparecera há já três dias e talvez precisassem de agitar um pouco as coisas.

– Sim. Pelo caminho explico-lhe como vamos fazer isto – disse, e fez sinal a um fiacre.

Noah entrou no Le Dôme a sentir-se decididamente nervoso. Étienne tinha ficado na rua, um pouco mais abaixo.

Havia apenas cerca de dez clientes no café, quase todos homens em grupos de dois ou três. Um homem estava sentado sozinho a uma mesa junto à montra, a ler o jornal. Noah ocupou a mesa ao lado, e enquanto fingia consultar a agenda olhava sub-repticiamente para o vizinho.

Era um homem grande, tão alto como ele, e bem constituído, com o rosto avermelhado típico dos que comem demasiado bem. O colete, visível por baixo do casaco de corte impecável, era verde--esmeralda bordado a fio de prata. Parecia confirmar o que Fritz dissera a respeito de o homem ser uma personagem curiosa. Enquanto o observava, Noah ouviu-o dirigir-se a outro indivíduo sentado ao fundo do café. Percebeu, pela estranheza das palavras, que se tratava de um comentário bem-humorado a respeito de um acontecimento recente. Gostou do riso profundo e rouco do homem. Parecia ser uma pessoa muito simpática.

Noah pediu um café e inclinou-se para o vizinho da mesa ao lado.

– *Excusez-moi. Êtes-vous monsieur Le Brun?*

– *Je suis, en effet* – respondeu o homem, e sorriu. – E o senhor?

– Noah Bayliss, e peço desculpa por falar tão pouco francês.

– Acontece a todos os ingleses – respondeu Le Brun, com uma gargalhada saída das profundezas do ventre. – Mas eu gosto de praticar o meu inglês, de modo que não faz mal.

481

– Posso sentar-me à sua mesa? – perguntou Noah. – Há umas coisas que preciso de lhe perguntar.

O homem assentiu com um gesto, mas a sua expressão tornara-se um pouco tensa, como se a perspetiva de ser interrogado o deixasse apreensivo.

Noah passou para a mesa dele e então, para o pôr à vontade, perguntou-lhe que restaurante lhe recomendaria para levar uma jovem que desejava impressionar.

Pareceu resultar. Le Brun sugeriu que se quisesse optar pelo ostentoso, Le Grand Vefour era aonde Napoleão costumava levar Josefina, e a comida era deliciosa. E foi por aí fora, falando de outros lugares menos caros mas bons, entre os quais os seus próprios restaurantes. Noah anotou os nomes na agenda.

Le Brun perguntou-lhe se estava de férias em Paris, e então Noah inspirou fundo e disse que na realidade tinha vindo tentar encontrar a filha de uma das suas amigas.

– Tinha a morada do hotel onde ela estava, mas desapareceu de lá – disse. – É muito estranho, porque deixou todos os seus pertences para trás. Não é nada da Belle. Começo a ficar preocupado.

Estava a vigiar o rosto do homem, na esperança de que o nome provocasse uma reação qualquer, e não ficou desapontado.

– Belle? – disse Le Brun, de olhos arregalados. – Conheço uma pessoa com esse nome.

Nos seus tempos como jornalista e investigador de uma companhia de seguros, Noah aprendera a reconhecer as pessoas honestas e os aldrabões. Aquele homem podia ser um mulherengo, mas não era um mentiroso.

– Sim? Como é ela? – perguntou, inclinando-se ansiosamente para a frente.

– Como o nome, bonita, de cabelos pretos e encaracolados. Mas o nome só pode ser uma coincidência, porque esta rapariga é uma *fille de joie*.

O coração de Noah começou a bater mais depressa.

– Compreende a expressão? – perguntou Le Brun.

Noah assentiu. Não respondeu imediatamente, pois precisava de tempo para planear a sua resposta.

– Tenho todas as razões para acreditar que é precisamente isso que a nossa Belle é – disse, em voz baixa. – Foi raptada em Londres há dois anos, e desde então eu e a família não deixámos de a procurar. Receávamos que estivesse morta, mas então recebemos um telegrama a dizer que se encontrava aqui, em Paris. Mas cheguei demasiado tarde, ela já tinha desaparecido.

– *Mon Dieu!* – exclamou Le Brun, e o seu rosto ficou um pouco menos vermelho. – Passei a noite com ela há apenas dez dias. Esperava voltar a vê-la em breve, ela é muito... – Calou-se, e Noah soube que acabava de aperceber-se de que aquele encontro não fora puramente casual.

– Sim, eu sei, encontrei no quarto dela um bilhete do homem que lhe arranjava os encontros – disse Noah. – Perdoe-me a astúcia, mas estou certo de que compreende que tinha de ser cuidadoso. É que o bilhete dizia-lhe para se encontrar consigo em Montmartre. Segundo a dona do hotel, a Belle ficou muito feliz com a perspetiva do encontro, mas nunca mais voltou.

– Ouça, eu nunca... – começou Le Brun, zangado.

– Eu sei – disse Noah, num tom apaziguador. – Tratou-se muito claramente de um engodo para a fazer sair convencida de que ia ter consigo. Mas se gostou dela, ficar-lhe-ia imensamente grato se me dissesse tudo o que sabe a respeito da Belle, e do homem que combinava os encontros. Seria, naturalmente, na mais estrita confidência.

Le Brun tapou a cara com as mãos por um segundo, no gesto de um homem que se sente encurralado.

– Gostei muito dela – disse. – É divertida, meiga e interessante em todos os sentidos. Juro por tudo o que me é caro que não voltei a vê-la desde... – Fez uma pausa para tirar uma pequena agenda do bolso do casaco – ...26 de março. Levei-a ao Maxim's, nessa noite.

– Acredito em si – afirmou Noah. – Fale-me do Édouard Pascal. Julgo saber que foi ele que lhe apresentou a Belle?

– Foi por causa dele que não voltei a ver a Belle. – O rosto de Le Brun ensombrou-se à menção do nome. – O homem é uma serpente. Quem me dera nunca ter sido suficientemente tolo para ir ter com ele. É que vi a Belle pela primeira vez no restaurante do Ritz. Estava com um homem já de idade e eu senti, pela maneira como os dois se comportavam, que era um primeiro encontro. Ninguém diria que a Belle era uma *fille de joie*. Vestia tão bem, tinha modos de senhora. Porém, quando iam a sair do restaurante, vi o Pascal aproximar-se do homem. Havia qualquer coisa entre os dois, e foi então que compreendi.

– Gostou do aspeto da Belle e abordou o Pascal?

Le Brun suspirou.

– Sim, para mal dos meus pecados. Pediu cem francos por uma apresentação, como lhe chamou. Devia ter-me afastado, mas nós, os homens, podemos ser fracos quando queremos uma mulher.

Noah recordou como fora com Millie: teria pagado o que fosse preciso para estar com ela.

– Que mais sabe a respeito do homem? É possível que ele esteja envolvido no que aconteceu à Belle?

Le Brun encolheu os ombros.

– Não é o género de homem com quem se passe mais um minuto do que o estritamente necessário, de modo que não sei nada a respeito da vida dele. Mas é ganancioso, e se lhe escreveu a dizer que ia encontrar-se comigo, é porque alguma andava a tramar. Podemos contratar alguém para lhe arrancar a informação à pancada.

A sugestão fez Noah sorrir.

– Conto com a ajuda de alguém capaz de tratar disso. Mas receio fazê-lo, não vá dar-se o caso de haver mais gente envolvida. Podem matá-la se souberem que lhes andamos no encalço.

Le Brun pareceu alarmado.

– Com certeza não chegariam a esse ponto? O que posso fazer para ajudar?

– Já fez muito ao dizer-me a verdade – disse Noah. – Nunca poderei agradecer-lhe o suficiente.

– O único agradecimento que quero é saber que ela está sã e salva – respondeu Le Brun, com total sinceridade. – Mantenha-se em contacto. – Tirou um cartão do bolso. – Pode encontrar-me aqui. Não hesite em procurar-me se precisar de ajuda, seja ela qual for.

CAPÍTULO 32

Belle arrastou-se até à janela e apanhou do chão o gancho partido com o qual continuava a tentar alargar o pequeno orifício da tábua. Não conseguia manter-se de pé durante muito tempo, estava demasiado fraca e tinha tonturas, mas conseguira alargar o minúsculo orifício o suficiente para enfiar nele o dedo mindinho. Continuava a não ver grande coisa, só um telhado a vinte ou trinta metros de distância. Mas quando o sol incidia na janela, um feixe de luz entrava pelo buraco e ela podia deitar-se na cama e ver as partículas de pó a dançar e imaginar que eram fadas.

Mog obrigava-a sempre a rezar as suas orações, um costume que abandonara há muito tempo. Agora, porém, rezava muito, prometendo a Deus que nunca mais voltaria a pecar se Ele enviasse alguém para a salvar.

A fome deixara de ser o seu único problema. A água acabara, e sentia-se enfraquecer de hora para hora. Excetuando os breves momentos que dedicava a tentar alargar o orifício, passava a maior parte do tempo estendida na cama, para conservar as forças. Só gostaria que o seu cérebro abrandasse, como o corpo estava a fazer, pois era atormentada pela recordação constante dos acontecimentos daqueles dois últimos anos, culpando-se pelo papel que desempenhara na maior parte deles.

Também pensava muito em Mog, na mãe e em Jimmy, mas sobretudo em Mog. Imaginava-a na cozinha, a estender massa, ou a torcer roupa na lavandaria. Por vezes, acordava de um sonho em que Mog estava a embalá-la nos braços como fazia quando era criança, e durante um ou dois segundos pensava que ela tinha ali estado.

Tentava não pensar em Pascal, ou adivinhar o que ele planeava fazer-lhe. Não conseguia acreditar que alguém fosse capaz de deixar deliberadamente outra pessoa morrer de sede e de fome, e quase sempre dizia a si mesma que ele devia ter adoecido ou tido um acidente que o impedia de voltar. Já não sabia há quanto tempo ali estava, porque quando adormecia nunca sabia quanto tempo tinha dormido. Mas parecia-lhe que tinham passado semanas, e não dias.

O gancho caiu-lhe dos dedos e ela estava demasiado fraca para o apanhar, de modo que voltou para a cama. Perguntou a si mesma como seria morrer de fome. A pessoa ficaria inconsciente e não sentiria nada? Esperava que fosse assim.

Étienne escutou atentamente o que Noah tinha a dizer a respeito de Philippe Le Brun.

– Vamos ao Ritz ter uma conversa com o Pascal – sugeriu Noah.

– Nada me daria mais prazer do que ir até lá e arrancar-lhe a verdade a pontapé – disse Étienne, sombrio, enquanto caminhavam pela rua. – Mas não sabemos se trabalha sozinho ou com outros. Precisamos de mais informação a respeito dele, onde vive e com quem, a que horas trabalha e se vai a algum lado depois de sair do hotel. Mas concordo que devemos ir lá e ver se conseguimos descobrir alguma coisa.

Noah começava a simpatizar com Étienne. Gostava da sua atitude dura, determinada, e sentia-se intrigado pelo seu passado obviamente colorido. Não era gabarolas, tinha um lado terno, sobretudo tratando-se de Belle, e fazia-o sentir-se mais corajoso só por

487

estar na sua companhia. Tão corajoso, na realidade, que resolveu confessar os seus sentimentos por Lisette, e perguntou-lhe se achava que tinha algumas hipóteses com ela.

– Não a conheço, tudo o que sei dela foi o que a Belle me contou – disse Étienne. – Parece ser uma boa mulher. Mas se quer a minha opinião sincera, acho que o que tem a fazer é, quando recuperarmos a Belle, voltar a Inglaterra e procurar uma rapariga vinda de um meio igual ao seu. Será muito mais feliz.

Aquilo não era o que Noah queria ouvir.

– Mas eu estou decidido a denunciar o tráfico de raparigas – disse, acaloradamente. – Encontrar a Belle é a minha prioridade, mas tenciono escrever artigos na imprensa até que todos os envolvidos sejam apanhados e punidos.

– É uma ambição muito louvável, e eu estarei a cem por cento consigo. Mas não pense que vai conseguir acabar completamente com ele, há demasiado dinheiro a ganhar neste negócio. Os homens que pagam para ter rapariguinhas ocupam muitas vezes posições de poder: juízes, advogados, políticos e por aí fora. Enquanto eles estiverem interessados em comprar carne jovem, haverá alguém disposto a fornecer-lha. Escreva os seus artigos, faça uma campanha, se quiser, mas não passe disso. E não se sinta tentado a ter por esposa uma ex-prostituta; nunca ela será socialmente aceite e acabará por se arrepender.

– Palavras duras! – retorquiu Noah. – Quer isso dizer que a Belle também nunca será socialmente aceite?

Étienne fez um esgar.

– Quase de certeza. Pode também estar tão traumatizada que nunca queira um marido ou filhos. Nenhuma mulher pode passar por aquilo por que ela passou sem ficar marcada. Diz que o Jimmy a ama, mas o amor nem sempre é suficiente.

Étienne fez sinal a um fiacre, dando a entender que a conversa acabava ali.

*

488

— Acha que entre e converse com o Pascal? – perguntou Noah, quando o fiacre os deixou perto da place Vendôme. – Faço muito bem o papel de inglês pateta no estrangeiro.

Étienne sorriu. Sabia que Noah estava aborrecido com ele por causa do que dissera a respeito de Lisette, mas tinha de admirá-lo por não continuar a amuar.

— Parece-me um bom plano. Pergunte-lhe a respeito do cancã, qualquer coisa que tenha a ver com raparigas. Dê a entender que está desejoso de companhia. Eu fico cá fora. Vou segui-lo, quando sair, e não quero que me reconheça.

Étienne atravessou a place Vendôme e encontrou um banco para se sentar enquanto esperava por Noah. Tinha a cabeça cheia de fragmentos de informação e sentia que deveria ser capaz de juntá--los de modo a formar um todo, mas faltava-lhe um pedaço vital. Não sabia nada a respeito da vida doméstica de Pascal, nem onde morava ou se era casado. Porque haveria um cangalheiro de abandonar uma carreira potencialmente tão lucrativa para se tornar *concierge*? Os dois trabalhos eram tão diferentes.

Voltou-se e olhou para o hotel, perguntando-se se haveria uma ligação em que não tinha pensado, e reparou num casal que se apeava de um fiacre. Havia quatro outras pequenas carruagens em fila à espera de passageiros.

— É isso! Descobre o cocheiro que levou a Belle naquela noite – murmurou para si mesmo. Não ia ser fácil, mas valia a pena tentar. Se Pascal enviara o fiacre, o mais provável era que o cocheiro fizesse praça perto do hotel.

Noah só saiu do Ritz cerca de meia hora mais tarde. Viu Étienne sentado no banco e encaminhou-se apressadamente para ele.

— O homem é mesmo uma serpente – disse. – Estive a observá--lo com outras pessoas durante algum tempo, e embora não conseguisse perceber o que foi dito, por duas vezes vi-o receber o que me pareceu ser dinheiro. Mas fala muito bem inglês; quando chegou a minha vez, deu-me vários programas de espetáculos e disse-me logo que estavam todos esgotados para esta noite, mas que tinha um contacto que me arranjaria bilhetes por um «pequeno extra»! Quando lhe perguntei por raparigas, foi cauteloso. Disse que conhecia alguém que talvez pudesse conseguir qualquer coisa. Fiquei com a impressão de que estava à espera de que lhe passasse uma nota.

– Perguntou-lhe onde estava hospedado?

– Não, mas eu tive um momento de inspiração e disse-lhe que estava em Paris para tratar do funeral da minha tia e que não fazia ideia de como encontrar uma funerária, e no mesmo instante ele escreveu um nome. Aqui está.

Noah entregou-lhe um papel.

– Arnaud Garrow, Directeur de Services Funèbres – leu Étienne em voz alta. – Rue Custine. Fica perto de Montmartre. Seria lá que ele trabalhava?

– Achei estranho, um *concierge* dar a morada de uma funerária – disse Noah. – Será que o homem tem um dedo em todos os negócios da cidade?

– Iremos lá mais tarde verificar – respondeu Étienne, e explicou a sua ideia de encontrar o cocheiro que tinha sido pago para ir buscar uma jovem ao Mirabeau, na rue Saint-Vincent de Paul, na quinta-feira, 11 de abril. – Vamos falar com eles agora, e depois apanhamos um para nos levar à rue Custine.

Noah esperou enquanto Étienne trocava uma última palavra com o cocheiro do fiacre. Não compreendia o que dizia, mas presumiu que estava a pedir ao homem que passasse palavra aos colegas a respeito do serviço do Mirabeau a Montmartre na noite de 11 e a prometer que aquele que levasse a informação a Gabrielle receberia uma recompensa.

– E se a coisa chega aos ouvidos do Pascal? – perguntou Noah, depois de o cocheiro agitar o chicote e o cavalo arrancar.

– Tinha de correr esse risco. Precisamos da informação para a encontrar.

As instalações da funerária de Arnaud Garrow tinham um aspeto muito pobre: uma pequena loja com um arranjo de poeirentas flores de cera em cima de um desbotado tecido púrpura na montra. Étienne e Noah olharam um para o outro, surpreendidos.

– Muito pouco a condizer com o esplendor do Ritz – observou Noah, com um sorriso torcido.

– É melhor ser eu a tratar do assunto – disse Étienne. – Duvido que falem inglês. Vou só dizer quem nos recomendou a casa e ver a reação. O mais certo é ser algum amigo ou parente dele. Deve ter feito bem o seu papel de inglês pateta.

Um homem magro, com os cabelos pretos empastados em brilhantina penteados para o lado de modo a disfarçar a calvície, saiu de uma sala ao fundo da loja quando eles entraram. Tinha as mangas da camisa enroladas e usava um avental verde-escuro salpicado de serradura. Noah perguntou-lhe se falava inglês e o homem abanou a cabeça. Étienne assumiu então o comando das operações e Noah ouviu o nome de Pascal no meio de uma torrente de francês.

O cangalheiro baixou a cabeça e pareceu estar a falar de Pascal. Étienne apresentou Noah como John Marshall e continuou a falar por ele. A conversa entre os dois prolongou-se por cinco ou seis minutos, e foi quase só Étienne que falou. Finalmente, apertou a mão a Garrow antes de se voltar para Noah e dizer-lhe que tinha combinado voltarem na manhã seguinte para tratar do necessário depois de terem discutido o assunto com os restantes membros da família.

Noah apertou a mão ao cangalheiro e saíram os dois da loja.

– O Pascal é irmão da mulher dele – explicou Étienne, quando já se tinham afastado alguns metros da funerária. – Julgo que ainda deve ser sócio, porque o Garrow disse que tinha um e de repente calou-se. Suponho que o Pascal acha que subiu na vida e não quer que se saiba que continua envolvido numa reles funerária de beco!

– Não me espanta. Eu não gostaria que se soubesse que era sócio de uma espelunca destas.

– Aposto que ganha bom dinheiro com ela. É o género de lugar que as pessoas pobres procuram, e os pobres gostam de fazer bons funerais aos seus entes queridos, mesmo que tenham de se endividar.

Noah sabia que aquilo era verdade. Nos seus tempos como investigador de seguros, notara como os pobres pareciam gastar sempre muito mais do que realmente podiam em faustosos funerais, e muitas vezes se perguntara qual seria a lógica daquilo.

– Não descobriu onde mora o Pascal, suponho?

– Tem de ser perto. Perguntei ao Garrow, em ar de conversa, se estava muitas vezes com o Pascal, e ele disse que de vez em quando passava pela loja a caminho de casa, no regresso do trabalho. Mas fiquei com a impressão de que há ali muito azedume. Provavelmente acha que o Pascal não ajuda como deveria. Logo a seguir disse-me que tinha um sortido de bons caixões para nos mostrar e que podia fazer-nos um bom preço.

Almoçaram os dois num pequeno café e discutiram o facto de parecerem não estar a fazer verdadeiros progressos. Noah disse que estava a pensar visitar *Le Petit Journal*, para onde o *The Times* lhe dera uma carta de apresentação.

– Vou falar com o editor, que já sabe qualquer coisa a respeito dos motivos que me trouxeram até cá, e vou perguntar-lhe se recorda alguma história que envolva o Pascal ou o Garrow. Talvez ele ponha alguém a pesquisar números antigos. É natural que estejam interessados em cooperar se acharem que há a possibilidade de uma boa história, mais adiante.

– Bom plano – disse Étienne. – Mas não fale em mim! Mais logo vou voltar ao Ritz, esperar que o Pascal saia e segui-lo.

– Disse-me que estava de serviço até às oito, quando lhe falei dos bilhetes – informou Noah. – Posso ir lá ter consigo a essa hora?

Étienne abanou a cabeça.

– Não é aconselhável. O Pascal já o conhece. Espere por mim no Mirabeau.

– Mas e se precisar de ajuda? – Noah fez um ar alarmado. – Não saberei onde está.

Étienne cravou nele um olhar duro.

– Passei a maior parte da minha vida adulta a lidar com bandi-dos e *gangsters*. Sei o que esperar deles e como lidar com eles. Mas o Pascal é uma incógnita, não sabemos quem está com ele nem como reagirá se se sentir encurralado.

– Mais uma razão para eu ir consigo – protestou Noah.

– Não, não quero pô-lo em perigo. O Noah é o único de nós que tem a influência para pôr os traficantes de crianças atrás de gra-des. Se eu não voltar esta noite, vá direito à polícia e conte-lhes tudo o que sabemos.

– Mas...

Étienne calou-lhe os protestos pousando-lhe firmemente a mão no ombro.

– Não quero ser responsável por arriscar a sua vida. Agora vá ao jornal e descubra tudo o que puder. Deixe-me fazer aquilo que faço melhor.

Às sete e meia dessa tarde, Étienne tinha tomado posição na rue Gambon, suficientemente perto da porta das traseiras do Ritz para controlar as entradas e saídas. Antes disso, tinha entrado no hotel para se informar sobre os preços dos quartos e, enquanto o fazia, olhara sub-repticiamente para a secretária do *concierge*, para ver Pascal e poder reconhecê-lo mais tarde.

Naquele momento, enquanto esperava que o homem apare-cesse, o coração insistia em dizer-lhe que o arrastasse para uma rua escondida, lhe encostasse uma faca ao pescoço e o obrigasse a dizer onde estava Belle. Mas a cabeça dizia-lhe que não era boa ideia.

Para começar, Pascal podia não saber, se houvesse outros envol-vidos, e como o seu próprio nome era conhecido da polícia, corria o risco de ser preso, e então Belle estaria perdida para sempre.

Passara todo o dia ocupado a falar com cocheiros de fiacre, com velhos amigos que podiam saber alguma coisa a respeito de Pascal, e fora até apresentar-se a Philippe Le Brun na morada que ele dera a Noah naquela manhã. Gostara de Philippe, sentira que também ele subira a pulso, pois não tinha nem uma ponta de snobismo. E prontificara-se imediatamente a voltar a falar com Pascal para que lhe arranjasse outro encontro com Belle. Étienne deixara-o dizendo que a menos que surgisse qualquer coisa de novo quando Pascal saísse do hotel, voltariam a encontrar-se mais tarde, num dos restaurantes de Philippe no Pigalle, para continuarem a discutir o assunto.

De momento, porém, tudo o que podia fazer era esperar.

Um grupo de mulheres saiu pela porta das traseiras do hotel quando passavam poucos minutos das oito. Criadas de quarto, presumiu Étienne. Seguiram-se dois homens. Criados de mesa, talvez, ou homens da manutenção. Então, quando já começava a pensar que Pascal usara a porta da frente, viu-o aparecer.

Trocara a elegante libré por um fato escuro, e deteve-se à porta para acender um cigarro. Étienne sentiu o sangue ferver, porque tudo no homem, o rosto estreito e ossudo, o bigode e a pera cuidadosamente aparados, os cabelos oleosos, lhe recordava outras personagens do estilo fuinha que conhecera no passado. Soube que se tivesse provas irrefutáveis de que aquele homem fizera mal a Belle, ia querer destroçá-lo, membro a membro.

Pascal atirou a ponta de cigarro para o chão, pisou-a e começou a subir a rua em direção ao boulevard des Capucines. Caminhava a passo estugado, e dava a impressão de ir apanhar um transporte.

Étienne deixou-se ficar bem para trás, e quando o viu juntar-se à fila de pessoas que esperavam na paragem, fez sinal a um fiacre e disse ao cocheiro que esperasse pela chegada do autocarro e então o seguisse até que o mandasse parar.

Estava uma noite agradavelmente amena, as ruas cheias de trânsito, e houve momentos em que Étienne receou que o cocheiro perdesse o autocarro de vista, tal a quantidade de carroças e carruagens que se lhe atravessavam no caminho. No entanto, já perto da Gare du Nord, viu Pascal apear-se. Por um instante, pensou que ia entrar na estação e apanhar um comboio, e praguejou, porque isso tornaria mais difícil segui-lo, mas, enquanto mandava parar o fiacre e pagava ao cocheiro, viu-o começar a subir o boulevard Magenta em direção à funerária de Garrow.

Mas não chegou até lá. Em vez disso, virou à esquerda numa transversal, e depois novamente à direita. Étienne manteve-se a vinte metros de distância, e felizmente havia uma quantidade suficiente de pessoas na rua para que Pascal não se apercebesse de que estava a ser seguido. Tinha metido por uma rua estreita ladeada de prédios altos, provavelmente apartamentos, e foi mesmo até ao fim antes de entrar num deles.

Étienne esperou alguns instantes e seguiu-o. O vestíbulo era igual aos de milhares de outros prédios de apartamentos em Paris, escuro, empestado pelo cheiro de cozinhados, com um chão de ladrilhos, paredes sujas e, ao fundo, uma escada que subia seis pisos. No vão da escada estavam guardadas duas bicicletas.

Havia doze caixas de correio suspensas da parede, e a quarta ostentava o nome de Pascal, prova de que ele morava ali. Étienne assumiu que, havendo dois apartamentos por andar, o homem ocupava o primeiro.

Um tudo-nada desiludido, anotou a morada num pedaço de papel que guardou no bolso. Esperara que Pascal vivesse num sítio mais chique, tendo em conta o dinheiro que ganhara à custa de Belle.

Esperou um pouco mais abaixo na rua até às nove horas. Pascal não voltou a aparecer, o que parecia indicar que não tornaria a sair naquela noite. Ao começar a descer a rua, decidiu ir ter com Philippe ao restaurante e mandar outro fiacre buscar Noah, para que a noite não fosse uma perda total.

Philippe Le Brun recebeu calorosamente Étienne no Le Petit Poulet. Era um restaurante tradicional parisiense, comprido e estreito, e estava cheio até à porta. Mas Philippe levou-o até uma mesa que mantivera livre e ficou satisfeito por saber que Noah se lhes juntaria um pouco mais tarde.

— Então, conseguiu contactar o Pascal e pedir-lhe que lhe arranjasse outro encontro com a Belle? — perguntou Étienne, mal se sentaram.

— Consegui, sem dúvida, e ele foi furtivo. — Phillipe sorriu. — Quero eu dizer, mais furtivo do que de costume. Respondeu, tal como esperava, que seria ele a contactá-la. Então eu disse-lhe que não estava a ver como ia fazê-lo porque já tinha ligado para o hotel onde ela estava instalada e a proprietária me tinha dito que há vários dias que não sabia nada dela.

— E o que respondeu ele a isso?

— Ficou visivelmente surpreendido; perguntou-me como soubera onde ela vivia. Respondi-lhe que a tinha acompanhado ao hotel da última vez que estive com ela.

— E?

Philippe riu.

— Isto abalou-o. Mas não sei se por saber que ela tinha desaparecido ou por não conseguir imaginar qualquer homem a tratar uma puta como se fosse uma senhora. Talvez lhe tenha ocorrido que podia facilmente perder o seu papel de intermediário se os homens começassem a acompanhar as raparigas a casa.

— E depois?

— Bem, seja como for, gaguejou um pouco e acabou por dizer: «Bem, sabe como são estas raparigas, provavelmente conheceu alguém que a levou para outro lado.» Fiz notar que isso seria muito estranho, tendo em conta que deixara todas as suas coisas no hotel, e acrescentei que estava a considerar a possibilidade de alertar a polícia. Foi a gota de água: levantou a voz, os olhos faiscaram-lhe e disse que não seria bom para mim. E eu respondi que também não seria bom para ele, uma vez que eu teria de dizer à polícia como fora que a tinha conhecido.

Interrompeu-se para servir a si mesmo e a Étienne um copo de clarete, fazendo rodar o vinho no copo e cheirando-o antes de o provar.

– Com esta, dei meia-volta e saí. Achei melhor deixá-lo a reco-
zer, sem saber o que eu ia fazer.

Étienne desejou não ter abandonado o seu posto junto à casa
de Pascal. Se a visita de Philippe o assustara, era possível que naquele
preciso instante estivesse a ir ao encontro de quem quer que estava
envolvido consigo naquilo para o avisar de que se adivinhavam sarilhos para eles.

CAPÍTULO 33

Belle não conseguia pensar em nada exceto na sede que tinha. Sempre que fechava os olhos via água a correr de uma torneira e imaginava-se inclinada para a frente, de mãos em concha, a bebê-la. Tentava distrair-se pensando em Mog, mas quando o fazia Mog estava a segurar uma chaleira e a deitar chá numa chávena.

Um barulho ao fundo das escadas sobressaltou-a. Sentou-se na cama, à escuta, segura de que imaginara o som. Mas não; estava mesmo alguém lá em baixo. Saltou da cama e correu para a porta num segundo, a sede esquecida, e gritou e bateu na madeira com os punhos cerrados.

Fez uma pausa para escutar, e ouviu passos a subir a escada, e notou que havia uma frincha de luz à volta da porta, o que significava que a lâmpada tinha sido acesa.

– Socorro! – gritou. – Estou aqui.

– Eu sei muito bem que estás aí – disse a voz amaldiçoadamente familiar de Pascal. – Afasta-te da porta, vou entrar com comida e bebida.

Uma onda de alívio invadiu-a. Afastou-se espontaneamente da porta, a segurar contra os seios os farrapos do corpete rasgado. Ouviu a chave rodar na fechadura e então, quando a porta se abriu lentamente, a luz que tanto desejara inundou o quarto, fazendo-a

498

piscar os olhos. Pascal tinha uma jarra numa mão e um saco debaixo do braço, mas a outra mão empunhava uma faca.

– Não te deixes assustar pela faca – disse ele, servindo-se dela para acender a luz do quarto. – Só a usarei se tentares alguma coisa.

Belle tinha os olhos fixos na jarra, porque a sede era maior do que o medo da faca.

– Onde esteve? – perguntou, arquejante. – Porque foi que me deixou aqui fechada tanto tempo?

Ele entregou-lhe a jarra e fechou rapidamente a porta. Belle levou a jarra à boca e bebeu sofregamente. Nunca a água lhe soubera tão bem.

– Espero que entretanto tenhas decidido que vais ser simpática comigo – disse ele.

Saciada a sede, Belle pousou a jarra no lavatório.

– Farei tudo o que quiser, mas não volte a deixar-me aqui fechada – disse.

– Senta-te e come isto – disse ele, estendendo-lhe o saco.

Belle arrancou-lho da mão. Continha um pedaço de pão com queijo. O pão era velho, o pequeno pedaço de queijo era muito duro, mas não importava, atacou-o com os dentes, engolindo-o tão depressa que nem o saboreou.

Pascal, de pé, observava-a. Belle ergueu os olhos para ele um par de vezes, e viu que estava a sorrir.

– Obrigada – disse, depois de ter engolido a última migalha. – Pensei que nunca mais ia voltar.

– Tinha de ensinar-te a ter um pouco de respeito por mim – respondeu ele, com uma sugestão de ameaça. – Mas estou certo de que, agora que sabes o que posso fazer-te, vai ser tudo muito diferente.

Com a sede e a fome pelo menos parcialmente saciadas, Belle começava a recuperar alguma presença de espírito.

– Que quer de mim? – perguntou

– Quero o teu amor – disse ele.

Belle sentiu o coração afundar-se-lhe no peito. Olhou-o nos olhos, e em vez da expressão fria e morta que lhe notara quando o conhecera, viu o mesmo género de loucura que vira nos olhos de Faldo na última noite em que estivera com ele. Não lidara muito bem com Faldo, apesar de ter sentido algum afeto por ele, mas odiava Pascal e a ideia de ele voltar a tocar-lhe punha-lhe arrepios na pele.

– É preciso tempo e paciência para que o amor cresça – disse cautelosamente, agora bastante consciente da faca que ele empunhava. Tinha apenas quinze centímetros de comprimento, com uma lâmina estreita, mas parecia extremamente aguçada. – Trancar-me num quarto sem comida nem bebida não é a melhor maneira de conseguir que o amor aconteça.

– Nesse caso, contento-me com o amor fingido que dás aos teus clientes – disse ele, lambendo lascivamente os lábios enquanto olhava para ela.

Belle estivera tão concentrada a beber e a comer que esquecera completamente o vestido rasgado e os seios descobertos. Sentiu um calafrio descer-lhe pela espinha enquanto tentava cobrir-se.

– Não vale a pena tapá-los – disse Pascal. – Gosto de olhar para eles. E sei como és apaixonada com os teus clientes. Alguns deles relataram-me a experiência.

Só aquela voz oleosa, sem falar do que estava a dizer, era o suficiente para lhe dar a volta ao estômago. Não seria capaz de fazê-lo com ele, não conseguiria suportá-lo.

– Mas não me vais querer assim como estou – disse, afastando-se dele, horrorizada. – Estou toda suja… Deixa-me lavar-me e vestir roupas limpas primeiro.

– Não me importo que estejas suja – disse ele, avançando e estendendo a mão para lhe tocar no seio direito. – Recorda-me que és uma puta, e, além disso, o cheiro que tens em ti é da última vez que te tive. Gosto disso.

O estômago de Belle contraiu-se. Sempre achara tão fácil brincar com os seus clientes, dizer-lhes coisas que os lisonjeassem para os pôr à vontade, mesmo quando não gostava deles. Mas Pascal era tão profundamente repelente que não conseguia sequer tentar dizer aquelas frases tantas vezes repetidas, nem mesmo sabendo que a sua vida dependia de ser o que ele queria que fosse.

– Despe-te – continuou ele, quando ela não respondeu. – Tudo. Quero ver-te nua.

Belle sentiu o que sentira com aquele primeiro homem no bordel de madame Sondheim, um terror puro e gelado que a avassalava completamente. Mas ele empunhava uma faca e o instinto dizia-lhe que não hesitaria em cortá-la.

Começou a despir-se, relutante. Desapertou o cós do saiote e deixou-o cair, ficando apenas com a camisa. Pascal arrancara-lhe as cuecas no andar de baixo, dias antes, e ela despira as meias pouco depois de ser encarcerada. Não conseguia decidir-se a despir aquela última peça de roupa, apesar de estar de tal maneira rasgada que pouco cobria.

– Isso também – disse ele, e avançou, estendeu a mão que empunhava a faca e cortou primeiro uma alça e depois a outra, com dois rápidos movimentos. A camisa caiu no chão.

– Para a cama – ordenou Pascal e, ainda a empunhar a faca, despiu o casaco, atirou-o para um lado, tirou os suspensórios dos ombros e começou a desabotoar as calças.

Não havia nada que Belle pudesse fazer senão obedecer. Pascal tinha agora as calças à volta dos pés, e a camisa chegava-lhe quase aos joelhos ossudos, as meias pretas presas pelos elásticos. Pegou no pénis e começou a acariciá-lo, enquanto olhava para ela. Mas continuava a segurar a faca com a mão livre e Belle sabia que não havia maneira de escapar ao que ele queria fazer-lhe, e que tinha de acabar com aquilo o mais depressa possível.

– Aproxima-te e deixa-me pegar-te – disse, a tentar parecer sedutora, mas conseguia ouvir o desespero e o ódio na sua própria voz, e teve a certeza de que ele também os ouvia.

– Abre as pernas. Mostra-te – exigiu ele e, inclinando-se, tocou com a ponta da faca nos pelos púbicos dela.

Belle sentiu as lágrimas subirem-lhe aos olhos. Quando estava no Martha's, ouvira contar a história de uma rapariga a quem um homem abrira o ventre com uma faca, e tinha medo de que fosse isso que Pascal tencionava fazer-lhe.

Soube que tinha de praticar o ato obsceno que lhe era exigido, e abriu os lábios da vagina para ele ver.

— Fizeste isso para o Le Brun? — perguntou ele. — Foi por isso que ele queria estar outra vez contigo?

A pergunta confundiu-a. Teria Philippe querido verdadeiramente voltar a estar com ela, provocando o ciúme de Pascal?

— Não me lembro – gemeu.

— Lembras-te, sim. Ele gostou tanto de te foder que foi procurar-te ao teu hotel.

Aquilo era ainda mais estranho. Nunca tinha dito a Philippe onde vivia.

— Disse-lhe que tinhas ido embora com um homem. Não ficou nada satisfeito. Os homens ricos e poderosos como ele gostam de ter sempre tudo à sua maneira. Mas agora és minha. Nunca mais ninguém te terá, vou marcar-te para te lembrar de que és minha.

Fez deslizar a ponta da faca ao longo do ventre dela, rasgando a pele. Belle olhou para baixo e viu o fino traço vermelho de sangue subir da púbis até ao umbigo, e de repente o quarto rodopiou e ficou tudo escuro.

— Não faz muito sentido voltar para lá a correr agora – disse Philippe, calmamente. – Se o Pascal voltou a sair, será tempo perdido, e de qualquer modo não teria ido diretamente do trabalho para onde quer que tinha de ir, se estivesse assim tão assustado?

— Suponho que sim – admitiu Étienne, e deixou que Philippe lhe servisse um segundo copo de vinho. Ergueu os olhos e viu Noah entrar no restaurante, de sorriso rasgado enquanto avançava por entre as mesas.

— Tenho informações – disse, puxando uma cadeira.

Quando começou a falar excitadamente a respeito do que tinha descoberto no *Le Petit Journal*, nessa tarde, nem Étienne nem Philippe conseguiram perceber uma palavra do que estava a tentar dizer-lhes. Falava demasiado depressa, usando nomes de pessoas que nenhum dos dois conhecia e fazendo referência a artigos de jornais sem explicar do que se tratava.

— Não estamos a perceber nada. Acalme-se e diga-nos o que descobriu – disse Étienne num tom de reprovação, e serviu-lhe um copo de vinho.

Noah corou intensamente.

— Peço desculpa. Tenho estado à espera no Mirabeau, a morrer por contar-lhe o que descobri – disse, em jeito de explicação, e bebeu metade do copo de vinho de um só trago. – Bem, não estava a conseguir grande coisa até que referi ao editor que o Pascal tinha sido cangalheiro e que suspeitava que continuava a ser sócio do Garrow – continuou, mais devagar. – Então, de repente, ele lembrou-se de uma história a respeito de dois cangalheiros terem sido presos por causa de uma zaragata em plena rua. Disse que na altura toda a gente achou muita piada, pois ninguém está à espera de que dois sóbrios gatos-pingados se ponham à pancada.

— Foram eles? O Pascal e o Garrow? – perguntou Étienne.

— Sim, bem, ele teve de verificar os nomes, mas eram eles. Aconteceu há três anos. Escaparam com um aviso, mas um dos jornalistas seguiu a história porque tinha ficado curioso a respeito dos motivos da briga. Aparentemente, teve a ver com uma velhota que morreu e deixou uma casa ao Pascal. Parece que o Garrow ficou furioso porque tinha tratado da senhora, ia a casa dela e fazia-lhe pequenos recados, e a mulher dele lavava-lhe a roupa, ao passo que o Pascal se limitava a aparecer de vez em quando com um ramo de flores. O Garrow acusou-o de ter enganado a velhota, levando-a a alterar o testamento a seu favor, e queria que ele vendesse a casa e dividisse o dinheiro pelos dois.

— Mas o Pascal recusou – disse Philippe.

— Terminantemente, e parece que foi por essa razão que largou o negócio e foi trabalhar para o Ritz, por causa do mau ambiente entre os dois.

— E onde é essa casa? – perguntou Étienne.

— Em Montmartre. – Noah entregou-lhe um papel com a morada. – Portanto agora sabemos onde ele vive. Se o meu sócio e cunhado herdasse uma casa daquelas e se mudasse para lá, deixando-me a gerir o negócio sozinho, acho que também eu ia ficar bastante zangado.

— Mas ele não vive lá – disse Étienne, de testa franzida. – Hoje segui-o até casa e ele mora num prédio de apartamentos numa rua transversal ao boulevard Magenta.

Noah pareceu confuso.

— A sério? Mas pedi a alguém que investigasse se a casa ainda era dele, e é. Porque é que não vive lá?

Philippe pegou no pedaço de papel e olhou para a morada.

— Conheço esta rua. Tudo casas grandes, relativamente novas. Provavelmente alugou-a.

Étienne levantou-se da mesa.

— Vou até lá dar uma vista de olhos.

— Mas eu ia encomendar o jantar para os três – protestou Philippe, a olhá-lo de lado. – Não pode ficar para amanhã?

— Vão encomendando – disse Étienne, apressadamente. – Eu tenho de ir verificar.

Saiu tão depressa que os outros dois ficaram a olhar um para o outro, espantados.

— Seria assim tão urgente? – perguntou Noah.

Philippe sorriu-lhe com simpatia.

— Quase saiu disparado daqui para fora há coisa de dez minutos, quando lhe contei a conversa que tive hoje com o Pascal. Deixe--me contar-lhe o que aconteceu.

*

Étienne olhou pensativo para o edifício de seis pisos na rue Tholoze. Era uma casa bonita e bem-proporcionada, provavelmente construída nos últimos vinte anos, e embora os candeeiros a gás da iluminação pública não dessem luz suficiente para ver bem, parecia em muito bom estado. Todas as salas estavam às escuras exceto uma ténue claridade na janela de bandeira por cima da porta principal. Pela sua experiência, isso significava que os residentes tinham saído e deixado apenas uma luz acesa no vestíbulo, para verem qualquer coisa quando regressassem.

Intrigava-o o facto de Pascal não se ter mudado para ali. Qualquer pessoa preferiria viver naquela casa a continuar na rua feia onde tinha o apartamento. Se lhe tivessem deixado em herança uma casa como aquela, teria ficado com o primeiro piso para si e alugado os quartos superiores. As rendas em Montmartre eram caras, os dias em que o bairro era refúgio de pintores e poetas pertenciam ao passado: tinham-se mudado todos para Montparnasse, onde era tudo muito mais barato.

Não querendo voltar para junto de Philippe e de Noah sem qualquer informação que fizesse a sua saída precipitada do restaurante parecer vital, dirigiu-se à casa vizinha e bateu à porta. Foi-lhe aberta por um homem de cerca de sessenta anos, senhor de uma densa juba de cabelos brancos.

– Peço desculpa por incomodar – disse Étienne –, mas tenho estado a tentar contactar o proprietário da casa ao lado da sua, monsieur Pascal – disse. – Ouvi dizer que tem quartos para alugar.

– Ele? Nunca, não deixa ninguém lá entrar – disse o homem, secamente.

– Palavra? – exclamou Étienne. – Disseram-me que está desejoso de alugar alguns quartos.

– Quem lho disse não conhece o homem. Há constantemente pessoas a pedirem para alugar quartos, mas ele não aceita ninguém. O que me parece uma perfeita loucura, uma vez que raramente cá vem.

– A sério? É estranho, de facto, deixar vazia uma casa tão grande.

— O sujeito é estranho, muito estranho. Aparece por cá, fica cerca de uma hora e volta a ir-se embora — resmungou o homem da juba branca, e o tom sugeria que tinha um ressentimento qualquer contra Pascal.

— Ouvi dizer que é um homem difícil — disse Étienne, no seu tom mais solícito. — E avisaram-me de que é escorregadio, também. É verdade?

— Sem a mínima dúvida. Um pé-rapado que se julga importante por ter aquela casa. Que ainda por cima conseguiu em circunstâncias duvidosas.

— Como foi isso?

— Enganou madame Florette, a antiga proprietária, e convenceu-a a torná-lo seu herdeiro universal. Absolutamente vergonhoso! Ela tinha dois sobrinhos que deviam ter herdado.

Étienne estava encantado por a fúria ter tornado o homem tão falador.

— Mas não faz sentido não ganhar dinheiro com ela. Por acaso sabe quando foi que cá esteve pela última vez?

— Na quinta-feira depois da Páscoa. Lembro-me muito bem porque estava furioso por o mato do jardim dele estar a invadir o meu pequeno pátio. Vi-o passar pela janela e saí a correr para falar com ele.

Étienne sentiu o coração dar-lhe um salto no peito, porque quinta-feira fora o dia em que Belle desaparecera. Podia ser apenas coincidência, claro, mas sabia que tinha de entrar na casa e dar uma vista de olhos.

— Quinta-feira. Foi dia 11. Tem a certeza?

— Absoluta. Registei a ocorrência na minha agenda porque posso vir a ter de tomar medidas legais contra ele. Só tenho um pequeno espaço nas traseiras, mas mantenho-o impecável. Também costumava tratar do de madame Florette, apesar de ter o dobro do tamanho do meu, porque ela era velhota e não podia fazê-lo. Mas ele deixa-o ao abandono e o matagal vai tapar a luz à minha cozinha se não o cortar antes do verão.

– Espero que tenha prometido fazer qualquer coisa a esse respeito – insinuou Étienne.

– Não, pelo contrário, foi mal-educado, como sempre. Entrou em casa e fechou-me a porta na cara.

– Nesse caso não o viu esta noite? – perguntou Étienne. – Deixou uma luz acesa no vestíbulo. Presumo que isso significa que volta mais tarde.

– Nunca passa cá a noite. Os quartos dos andares superiores não estão mobilados, só a sala de estar. Madame Florette tinha imensas coisas bonitas que deixou a amigos e parentes. No entanto, não imagino porquê, deixou a sala de estar intacta para aquele homem horrível. Todos os parentes vieram visitar-nos depois de ela ter morrido, para vir buscar coisas… nós tínhamos as chaves, compreende… e ficaram muito desgostosos por ela ter deixado a casa àquele cangalheiro ignorante. Mas não havia nada a fazer.

– Na noite de 11, ele não tinha uma jovem consigo, pois não?

O velho da juba branca franziu a testa.

– Chegou sozinho, foi por isso que saí para lhe falar. Mas pode ter recebido alguém mais tarde, ouvi um fiacre parar. Mas não posso dizer com certeza que fosse alguém para ele.

Étienne sentiu que chegara o momento de ser mais verdadeiro.

– Para ser honesto, senhor, não estou interessado em alugar aquela casa. Estou a tentar encontrar uma jovem que desapareceu. E tenho a certeza de que monsieur Pascal teve alguma coisa a ver com esse desaparecimento.

O homem olhou fixamente para Étienne, talvez a pensar que fora pouco sensato dizer tanto a um estranho. Mas então bufou.

– Bem, lá esquisito é ele. Mas está a sugerir que a tal jovem pode encontrar-se na casa neste momento?

– É possível. Ela desapareceu na noite de 11, e ele mandou um fiacre buscá-la a Montmartre, tenho um bilhete escrito pelo punho dele que o prova. Ouviu por acaso algum barulho vindo daquela casa?

O homem abanou a cabeça.

— Não, mas a verdade é que as paredes são sólidas.

— Seria demasiada ousadia pedir-lhe para me deixar entrar no jardim dele através do seu?

O homem hesitou.

— Como é que sei que não está a planear roubar o meu vizinho?

— Importar-se-ia se estivesse?

O outro sorriu.

— Não, mas não gosto de ser enganado.

— Será um herói se a rapariga lá estiver — disse Étienne. — Confie em mim. Por favor! É possível que ele lhe tenha feito mal.

— Nesse caso, é meu dever ajudá-lo. Entre.

Étienne atravessou, atrás do homem, um amplo vestíbulo para o qual abriam duas portas e percorreu um estreito corredor que levava à cozinha, para lá da qual havia uma copa. O dono da casa abriu a porta para o pátio.

— Negarei qualquer conhecimento de como conseguiu acesso ao jardim dele, se for apanhado — disse, mas então sorriu. — Boa sorte. Dir-me-á alguma coisa se encontrar a rapariga?

— O senhor e a vizinhança inteira saberão — respondeu Étienne. — Fico em dívida para consigo.

Percebeu imediatamente por que motivo o vizinho de Pascal estava tão zangado. À luz que vinha da copa, via os arbustos e silvas que cresciam, espessos e altos, do outro lado do muro com um metro e oitenta que separava as duas propriedades. Não tinham ainda a folhagem toda, mas no verão passariam para o pequeno e bem cuidado quintal.

Trepou o muro com a agilidade de um gato e, do outro lado, escolheu para descer um lugar onde o matagal fosse menos denso. Mesmo no escuro, conseguia ver que o jardim estava completamente votado ao abandono. Distinguia, aqui e além, a mancha quase luminosa de uma flor branca e detetava um aroma doce e almiscarado que lhe dizia que aquele jardim fora em tempos um lugar amorosamente cuidado. Esperou no meio dos arbustos que os seus olhos se adaptassem à escuridão, e então foi até ao fundo do jardim, onde havia uma grande árvore. Voltou-se e olhou para a casa. Uma lua quase cheia brilhava suspensa no céu por cima do edifício, que era visivelmente mais alto do que qualquer das casas vizinhas. Não havia luzes acesas, excetuando uma ténue claridade numa janela estreita do primeiro andar, o que o levou a deduzir que aquela era a janela das escadas e que a luz vinha do vestíbulo.

Experimentou a porta das traseiras, que estava fechada e trancada. Uma simples fechadura não o deteria, mas uma tranca sim, de modo que procurou em redor uma maneira mais fácil de entrar. A pequena janela ao lado da porta pareceu-lhe uma boa possibilidade. Trazia sempre consigo uma faca fina e afiada numa bainha de couro presa ao cinto. Pegou nela e introduziu a lâmina entre o caixilho e a moldura. Sentiu a lingueta de metal, que estava presa, mas conseguiu levantá-la ao cabo de alguns segundos de esforços e a janela abriu-se.

Trepou para o parapeito, descobriu que estava por cima de um lava-louça e saltou silenciosamente para o chão. A planta da casa era igual à do vizinho, e Étienne atravessou a cozinha e abriu a porta que dava para o vestíbulo. Apesar de saber que havia lá uma luz acesa, teve um pequeno sobressalto ao dar por si no meio de tanta claridade. Deteve-se à escuta antes de olhar em redor. Não ouviu qualquer som exceto o tiquetaque de um relógio que parecia vir de uma das divisões na parte dianteira da casa.

A primeira porta que abriu revelou uma sala completamente desprovida de mobília, com paredes forradas a papel verde-escuro, desbotado nos lugares onde em tempos houvera quadros pendurados. Presumiu que tinha sido a sala de jantar. A segunda divisão mais perto da porta da rua era uma sala de estar bem mobilada, com as paredes cobertas de livros. As cortinas estavam corridas e, depois de a ter examinado, Étienne voltou a fechar a porta e começou a subir as escadas. Reparou que a alcatifa e os quadros que pendiam das paredes não condiziam com o bom gosto que vira na sala de estar. A alcatifa era de um vermelho berrante, fina e barata, e os quadros do género que qualquer pessoa podia comprar por vinte

francos na feira da ladra. Calculou que representavam a contribui-
ção de Pascal para a decoração.

Tinha chegado apenas ao quinto degrau quando ouviu um
som. Deteve-se e pôs-se à escuta. Era quase como o rosnido de um
cão, mas claramente produzido por uma garganta humana, e vinha
do último piso da casa. Sempre tivera o passo leve – as pessoas costumavam dizer que as enervava porque não o ouviam aproximar-se –,
mas até ao momento não fizera qualquer esforço para ser silencioso.
Parecia, no entanto, que a casa não estava deserta.

Continuou a subir em bicos de pés, encolhendo-se a cada ran-
gido da escada, parando de vez em quando para escutar. Outra vez
o rosnido, e quando chegou ao primeiro patamar começou a ouvir
também uma espécie de pancadas abafadas. Ambos os sons poderiam vir de alguém que estivesse amarrado e amordaçado, e portanto podia ser Belle, presa num dos quartos superiores. Mas por
muito que quisesse correr escada acima, sabia que tinha de ser cauteloso. Voltou a tirar a faca da bainha e continuou a subir passo a
passo, sempre à escuta, pronto para atacar se fosse preciso.

Quando chegou ao quarto piso, a luz que vinha do vestíbulo
era já muito pouca, mas, ao olhar para cima, viu uma estreita fresta
luminosa no último patamar. O barulho de qualquer coisa a bater
era agora muito mais forte, e repentinamente Étienne percebeu o
que estava a ouvir. Além disso, reconheceu o som semelhante a um
rosnido como o género de ruído que uma pessoa amordaçada podia
fazer, e teve a certeza de que era Belle.

Furioso, atirou a cautela às urtigas. Subiu a toda a velocidade
os últimos degraus e, quando chegou à porta, correu para ela e
meteu-lhe o ombro. A porta e o umbral estremeceram e rangeram.
Étienne recuou e voltou a carregar ainda com mais força, e dessa
vez a porta abriu-se, com lascas de madeira a saltarem do umbral e
caírem no chão.

A cena que se lhe deparou deu-lhe a volta ao estômago. Pascal
já tinha saltado da cama e recuado até à parede mais distante, mantendo Belle à sua frente.

Belle estava nua, o rosto lívido e aterrorizado, o sangue a escorrer-lhe pelo ventre e pelas pernas. Tinha qualquer coisa enfiada na boca, a servir de mordaça. E Pascal encostava-lhe uma faca ao pescoço.

Os olhos dela abriram-se muito de espanto ao ver Étienne.

– Aproxima-te mais e corto-lhe o pescoço de orelha a orelha – sibilou Pascal. Vestia apenas uma camisa e as meias presas por elásticos, mas a camisa estava manchada de sangue. – Quem és tu?

– Larga-a! – ordenou Étienne. Escondera a sua própria faca na manga do casaco no instante em que vira que Pascal tinha uma, e voltou a enfiá-la disfarçadamente na bainha para ficar com as mãos livres. – Podes ficar comigo como refém, mas deixa-a ir.

– Porque havia eu de fazer isso? – perguntou Pascal, com desdém. – Tenho todas as cartas na mão. Faz um movimento que seja, e corto-lhe o pescoço.

Étienne estava consciente de que o homem tinha de facto todas as cartas na mão. Se desse meia-volta e corresse em busca de ajuda, Belle morreria. Se tentasse agarrar Pascal, o mais certo era o homem cumprir a sua ameaça.

Há muitos anos, quando era um rapaz, um tio que era pugilista dissera-lhe que um homem encurralado era tão perigoso e imprevisível como um animal encurralado. Mais tarde, tivera muitas oportunidades de confirmar a verdade desta afirmação. Sabia que tinha de controlar a fúria e pensar antes de fazer fosse o que fosse.

– Não quero magoar-te e não quero que magoes a Belle – disse, o mais calmamente que foi capaz.

– Não podes magoar-me – respondeu Pascal, com um risinho satisfeito. – Ela é a minha mulher. Esperei muito tempo para a encontrar, e agora que a tenho vou ficar com ela.

Os olhos de Belle estavam fixos em Étienne. Apesar de estar claramente aterrorizada, a súbita chegada dele devia ter-lhe parecido um milagre. Étienne examinou o quarto quase nu, reparando que a janela estava entaipada. Fez um esgar ao ver a manta suja de sangue.

– Vais mantê-la aqui? Como um animal enjaulado? – perguntou. – Que prazer pode haver nisso?

– Não sabes nada a meu respeito – retorquiu Pascal. – Esta é a minha casa, e ela vai ser a senhora.

Étienne compreendeu então que o homem tinha de estar completamente louco se pensava que podia violar uma mulher, trancá-la num quarto, cortá-la com uma faca, ameaçar degolá-la e mesmo assim imaginar que ela não fugiria na primeira oportunidade. Soube que ia ter de ser muito cuidadoso e tentar dar-lhe a volta.

– Se queremos que uma mulher fique connosco, temos de mostrar-lhe bondade e afeto – disse. Belle arqueou as sobrancelhas, como que a tentar avisá-lo de que Pascal era extremamente volátil.

– Ela é uma puta, está habituada a ser paga. Vou sustentá-la e vesti-la, e ela vai ficar comigo. Mas afinal quem és tu?

– Apenas uma das muitas pessoas que têm andado à procura dela – disse Étienne. – Neste preciso instante há um grupo de homens à espera que eu lhes diga se estás ou não aqui. Se eu não voltar, virão procurar-me. E o teu vizinho sabe que eu estou cá. Deixou-me saltar o muro do jardim. Não vai tardar muito a chamar a polícia. Portanto larga a Belle, e não será tão mau para ti.

– Já te disse, aproxima-te mais e corto-lhe o pescoço.

Étienne viu Belle erguer as mãos para a mordaça, mas estava obviamente demasiado assustada para lhe chegar e arrancá-la.

– Ao menos deixa-a tirar esse trapo da boca. Mal consegue respirar – disse.

– Não, não quero ouvir a voz dela. Cada palavra que diz é uma mentira. Trouxe-a para aqui, para minha casa, para lhe oferecer uma boa vida comigo, mas ela não quis dar-me sequer o que dá a qualquer outro homem que lhe pague.

– Estou a ver – disse Étienne, e encostou-se à parede, para criar uma imagem menos ameaçadora. – Então ama-la, é isso?

– Achas que um homem como eu não pode amar? – perguntou Pascal, zangado.

Belle olhou fixamente para Étienne e piscou um olho, e então pestanejou exageradamente, ao mesmo tempo que mexia as mãos para cima e para baixo. Étienne sentiu que ela estava a tentar dizer-lhe que podia levantar as mãos e afastar a faca se ele estivesse pronto para saltar em cima de Pascal.

– Penso que o amor pode erguer qualquer homem – disse, na esperança de que ela compreendesse que aquela era a sua resposta codificada. – Mas por vezes pensamos que uma mulher nos está a dar sinal de que nos deseja, e estamos enganados.

Belle voltou a piscar rapidamente os olhos, e ele teve a certeza de que interpretara bem a mensagem.

– E a tua mulher? – perguntou, enquanto se aproximava mais alguns centímetros de Pascal deslizando ao longo da parede. – Como é que pensas que podes manter a Belle aqui quando já tens uma mulher?

– Os Franceses sempre tiveram amantes – foi a resposta.

– Mas as amantes têm de sê-lo porque querem – insistiu Étienne, voltando a mover-se. Estava agora suficientemente perto para saltar para o homem, mas queria esperar até que ele baixasse a guarda ou se cansasse de estar na mesma posição. – E a Belle não quer, pois não? E a polícia já foi a tua casa à tua procura. E há de ir também falar com o Garrow. Ele falar-lhes-á desta casa, como já falou a um dos meus amigos, esta manhã.

O rosto de Pascal pareceu murchar um pouco. Étienne esperava que continuando a sobrecarregá-lo de pensamentos preocupantes ele perdesse o autodomínio por um ou dois segundos.

– Tudo isto é uma grande confusão para ti, não é? O teu vizinho suspeita de ti, viu a Belle chegar num fiacre. E agora vai chamar a polícia, porque eu não voltei logo a seguir. E o teu trabalho no Ritz? Se isto se sabe, despedem-te, mas claro que não fará grande diferença porque em todo o caso irás para a prisão.

– Cala a boca! – rugiu Pascal. Belle fez um aceno de cabeça quando o homem mudou a posição dos pés, e quando a mão dela subiu para afastar do pescoço a lâmina da faca, Étienne saltou para a frente, agarrou Pascal pelo ombro e atirou-o violentamente contra a parede.

Belle deslizara para o chão; Étienne não podia fazer uma pausa para ver se a faca a tinha ferido, precisava de concentrar-se em subjugar Pascal. Mantendo-o encostado à parede, esmurrou-o na barriga com toda a sua força. O homem dobrou-se sobre si mesmo e a faca fugiu-lhe dos dedos e caiu no chão.

Tinham passado vários anos desde a última vez que Étienne espancara alguém. A sua reputação era tal que a maior parte dos arruaceiros e traidores recuava quando ele entrava na jogada. E sempre se orgulhara de usar apenas a força estritamente necessária para suprimir ou controlar aqueles que era incumbido de atacar. Mas tinha vindo a acumular raiva desde a morte de Elena e dos rapazes, e ao olhar para Pascal, agarrado à barriga, a ideia do que ele fizera a Belle despertou-lhe no peito o instinto assassino.

Agarrou o homem pelo pescoço, levantou-o do chão e esmurrou-o na cara com terrível violência. Ouviu Pascal suplicar misericórdia enquanto o sangue lhe jorrava do nariz esmagado, e isso enfureceu-o ainda mais, e agarrou-lhe a cabeça e bateu com ela na parede, uma e outra vez.

– Para, Étienne! – gritou Belle. – Vais matá-lo. Amarra-o e deixa-o para a polícia.

Ouvir a voz dela arrancou-o ao buraco negro para onde tinha deslizado, e deixou Pascal escorregar pela parede abaixo até ao chão, inconsciente.

Voltou-se e viu Belle com a faca de Pascal na mão, as lágrimas a correrem-lhe pelas faces e a traçarem sulcos brancos no sangue e na sujidade. Tinha os cabelos empastados e continuava nua.

– Há uma corda debaixo da enxerga – disse ela. – Amarra-o e leva-me daqui para fora.

Étienne arrancou a manta da cama e embrulhou-a nela.

Subitamente, ambos ouviram o som de vidros partidos lá em

baixo. Étienne calculou que fossem Noah e Philippe, mas Belle estremeceu visivelmente.

– Não tenhas medo, são reforços – disse, abraçando-a com força. – Acabou-se. Vamos levar-te para um lugar seguro.

CAPÍTULO 34

Étienne não suportava continuar a ouvir o som dos gemidos de Belle. Havia vinte e quatro horas que a resgatara das garras de Pascal, e Philippe arranjara maneira de a internar naquela clínica privada. Um médico tomara conta dela logo à chegada, e tratara--lhe do ferimento no ventre, que, graças a Deus, não era suficiente-mente profundo para exigir pontos. Dissera-se convencido de que ia recuperar completamente, com repouso e boa alimentação. Étienne chamara a si a obrigação de ficar de guarda à porta do quarto, por lhe parecer que o médico estava a ser demasiado complacente a res-peito de tudo aquilo por que ela tinha passado.

Abriu a porta e entrou. Era um quarto pequeno, todo branco, com uma cama de ferro e um crucifixo de madeira na parede por cima da cabeceira. Ao anoitecer, uma das enfermeiras acendera uma pequena luz de vigília, e os cabelos de Belle destacavam-se num gri-tante contraste contra o branco dos lençóis.

– Não consegues dormir? – perguntou suavemente. – Ajudaria se eu me sentasse aqui a teu lado? Ou preferes conversar?

– Tenho medo de adormecer – disse ela, num murmúrio. – Acho que tenho medo de acordar e descobrir que sonhei que me salvaste. Nem sequer compreendo como conseguiste encontrar-me.

516

Depois de tudo o que lhe tinha acontecido, Étienne não achara surpreendente ela mal ter dito uma palavra depois do salvamento. Pensava até que era muito possível que nunca conseguisse contar a alguém o que fora exatamente que Pascal lhe tinha feito, ainda que o sangue, as contusões e o terror contassem grande parte da história. Mas parecia-lhe um bom sinal o facto de ter perguntas para fazer.

— Eu e o Noah fomos como o vosso Sherlock Holmes — disse jovialmente, sentando-se na beira da cama. — Investigámos, interrogámos e pressionámos até te encontrar. Como era aquela frase que o Sherlock costumava dizer ao companheiro? «Elementar, meu caro Watson.»

Foi recompensado com o débil fantasma de um sorriso.

— Quem é o Noah? Falou como se me conhecesse bem, mas eu tenho a certeza de nunca o ter visto — disse ela, franzindo a testa como se aquele enigma a intrigasse há já algum tempo.

— Era amigo da Millie, a rapariga que foi assassinada na casa da tua mãe — explicou Étienne. — A Mog, a senhora de que me falaste, foi ter com ele e pediu-lhe que ajudasse a encontrar-te, quando desapareceste. É que ele é jornalista. Veio várias vezes a França para tentar encontrar-te. Numa dessas viagens conheceu a Lisette, a mulher que tratou de ti antes de eu te levar para Nova Orleães, e ela disse-lhe que tinhas ido para a América. Mas é na verdade a madame Herrison que tens de agradecer o facto de teres sido salva. Quando não regressaste ao hotel naquela noite, ficou preocupada contigo. Foi falar com a Lisette, que é uma velha amiga dela, e pediu-lhe conselho. Ficou espantada ao descobrir que ela te conhecia e, mais do que isso, tinha a morada do Noah em Inglaterra, de modo que lhe mandou um telegrama, e conseguiu contactar-me em Marselha.

— A Gabrielle fez tudo isso? — murmurou Belle.

— Também ela sofreu às mãos de homens, e afeiçoou-se a ti. Mas poderei explicar-te tudo mais claramente quando estiveres melhor. A polícia apanhou o Pascal, e o Philippe Le Brun está a tratar de arranjar-te papéis para que possas regressar a Inglaterra.

– Mas o Philippe não estava metido com o Pascal? Foi em casa dele que estive presa.

Étienne afastou-lhe ternamente os cabelos da cara.

– Não, a casa é do Pascal, o Philippe só soube dela quando eu e o Noah fomos procurá-lo. É um bom homem, e é mais uma pessoa que gosta muito de ti. Ele e o Noah passaram o dia na polícia, a explicar tudo. Como deves compreender, as minhas credenciais não são tão boas como as deles, por isso optei por ficar aqui contigo.

– Então o Noah conhece a minha mãe e a Mog?

Étienne sentiu-se invadir pela emoção ao ver a esperança nos olhos dela.

– Muito bem, e pelo que me contou, a tua Mog adotou-o praticamente como família. Nunca perdeu a esperança de te encontrar.

– E a minha mãe?

Étienne estivera na esperança de que Belle esperasse para perguntar a Noah a respeito da mãe. Pelo que percebera, Annie não participara minimamente nos esforços para encontrar a filha.

– Vais ter de perguntar ao Noah – disse, cauteloso. – Só nos conhecemos há uns dias e eu andei demasiado ocupado a tentar encontrar-te para conversar a respeito de muito mais.

– Toda a gente sabe o que eu sou? – perguntou ela, num fio de voz.

– Sabem apenas o que lhes contámos, que foste raptada em Inglaterra.

– Mas o Pascal vai dizer-lhes que me arranjava clientes.

Étienne sentiu o coração apertar-se-lhe de compaixão. Havia muita coisa na sua vida de que se envergonhava, mas ele escolhera o seu caminho, ao passo que Belle fora empurrada para o dela.

– Julgo que vais descobrir que o Philippe sabe contar umas histórias muito plausíveis, e não vai aparecer ninguém para o desmentir. Além disso, o Pascal é um louco, quem é que vai dar atenção ao que ele possa dizer?

– Conta-me como tens estado – pediu ela inesperadamente, como se quisesse afastar as recordações de Pascal e do seu tormento no quarto do sótão. – Não esperava voltar a ver-te, mas pensei muito em ti nestes últimos dois anos.

– Tenho uma pequena casa de campo, estou a preparar a terra para semear. Deixei o negócio a que me dedicava.

– Fico feliz por sabê-lo – disse. – Deve ser um grande alívio também para a tua mulher.

Étienne baixou a cabeça. Não ia falar-lhe dos seus infortúnios, os dela já lhe bastavam.

– Agora tenta dormir – sugeriu. – Estarei por perto, se precisares de mim.

– Não queres saber como vim parar a França? – perguntou Belle.

– Claro que quero, só não pensei que estivesses pronta para falar disso.

– Talvez me ajude a afastar de vez alguns fantasmas. – Fez uma careta. – Tornei-me a rapariga número um do Martha's, houve momentos em que até gostei de tudo aquilo. Mas a Martha era uma cobra, pagava-me uma ninharia porque dizia que tinha de recuperar o que tinha investido em mim.

– Lamento sabê-lo. Quando te disse que era uma boa mulher, estava a repetir o que ouvira. Mas até as pessoas basicamente boas podem mudar quando o dinheiro entra em jogo. Como foi então que saíste de lá?

– Fingi que ia só dar um passeio, fugi e tornei-me amante de um dos meus clientes. Era a única maneira de me libertar, e pensei que conseguiria poupar o suficiente para voltar a Inglaterra.

– Espero que esse teu cliente fosse um homem bom – disse Étienne, e acariciou-lhe meigamente a face.

– Acreditei que sim, era gentil e eu gostava dele. Queria mesmo fazê-lo feliz. – Os olhos de Belle encheram-se de lágrimas. – Mas ele mudou logo que me instalou numa pequena casa. Não falava comigo, nunca me dizia quando ia aparecer, não me levava a parte nenhuma, só se servia de mim e fazia-me sentir horrorosa. Porque mudou ele tanto, Étienne? Foi como se tivesse trocado uma prisão por outra.

Ele suspirou profundamente, pegou-lhe na mão e beijou-lhe as pontas dos dedos.

– Talvez por se ter apaixonado por ti e ter medo de que o enganasses. Devia ser um homem muito inseguro.

Belle explicou rapidamente como se sentia só e como conhecera Miss Frank na chapelaria e começara a ajudá-la a fazer chapéus.

– Nunca me atrevi a dizer ao Faldo aonde ia todos os dias, mas aprender a fazer chapéus animava-me muito. Nas noites em que ele não aparecia, passava o tempo a desenhá-los. Miss Frank até recebeu uma encomenda de um dos meus modelos e eu pensei que estava verdadeiramente a chegar a um lado qualquer. Mas então o Faldo morreu.

– Morreu? Como?

– Teve um ataque cardíaco quando estávamos... – Calou-se bruscamente e baixou os olhos. Étienne não teve dificuldade em adivinhar o que estava Faldo a fazer quando morrera.

– Naquela noite foi muito mau para mim – continuou Belle, numa voz muito baixa, com lágrimas a correrem-lhe pelas faces. – Perguntei-lhe porque não falava comigo e não me levava a parte nenhuma e ele disse-me coisas horríveis e bateu-me. Então começou a suplicar e a dizer que não conseguia controlar-se porque queria o meu coração. Disse aquilo, e depois atirou-se a mim como um louco. – Voltou a calar-se, e tudo o que Étienne pôde fazer foi segurar-lhe a mão e esperar que ela continuasse. – Deu-lhe uma coisa qualquer quando estávamos a fazê-lo – soluçou Belle. – Saí a correr, para pedir ajuda, mas quando voltei com um polícia, ele já estava morto. Mais tarde, quando o médico apareceu, disse que tinha sido um ataque cardíaco.

Étienne imaginava facilmente como tudo aquilo devia ter sido terrível para uma jovem que não tinha a quem recorrer. Conhecera muitas raparigas que, desejosas de escapar ao bordel, tinham depositado a sua confiança em homens mais velhos. Geralmente, acabava mal, talvez porque o género de homem que oferecia uma nova vida a uma ex-prostituta tinha quase sempre problemas psicológicos.

– Deves ter ficado muito assustada – disse.

Belle assentiu.

– Fui ter com Miss Frank, convencida de que me ajudaria, mas quando lhe contei tudo também ela se voltou contra mim. Por isso enfiei as minhas coisas numa mala e apanhei o único barco que me aceitou. Ia para Marselha.

Étienne arqueou uma sobrancelha.

– Quem me dera ter sabido.

Belle apertou-lhe a mão.

– Pensei em ti durante a viagem, mas não me atrevi a perguntar a alguém se te conhecia, com medo de que as pessoas erradas descobrissem onde estava. Mas então voltei a ser uma parva. Seria de esperar que entretanto já tivesse aprendido a não confiar em ninguém.

– Em quem confiaste dessa vez?

– Bem, primeiro foi noutro passageiro do navio, um homem chamado Arnaud Germaine. Levou-me para casa de uma amiga dele, madame Albertine. Conheces algum deles?

Étienne esboçou um meio sorriso.

– Não reconheço o nome Germaine, mas já ouvi falar de madame Albertine. É conhecida por apresentar jovens atraentes a mulheres ricas já de uma certa idade.

Belle franziu a testa ao ouvir isto, perguntando-se se os jovens que conhecera em casa de madame Albertine, incluindo Clovis incluído, seriam potenciais gigolôs. Receosa de ter interpretado mal as intenções da mulher em relação a ela, e envergonhada pelo que acontecera com Clovis, não quis dizer mais nada a respeito de Marselha.

– Bem, digamos apenas que me arrependi de lhe ter contado tudo a meu respeito – concluiu. – Por isso apanhei o comboio para Paris.

Étienne lembrou-se de Gabrielle ter dito que Belle chegara ao Mirabeau com um vestido de noite por baixo do casaco, sem bagagem, e deduziu que ela tinha passado em Marselha por uma qualquer experiência humilhante que não queria revelar.

– Todos cometemos o erro de confiar nas pessoas erradas, de vez em quando – disse, apaziguador. – Eu de certeza que o fiz, muitas vezes. Mas também acontece depositarmos a nossa confiança nas pessoas certas, como tu fizeste com a Gabrielle e eu fiz com o Noah e o Philippe.

– Pensei que estava a alucinar quando entraste de rompante pela porta – disse ela, com uma débil gargalhada. – Até me esqueci de ficar envergonhada por estar nua.

Étienne sorriu-lhe.

– Em anos futuros, ainda havemos de pensar que estávamos numa cena de um romance de cordel. Que pena não me ter lembrado de dizer: «Tira as mãos de cima dela, grande patife.»

Dessa vez, Belle conseguiu uma verdadeira gargalhada.

– É tão bom voltar a ver-te. Quando estava em Nova Orleães, costumava perguntar a mim mesma se eras na realidade tão bonito e misterioso como eu te recordava, ou se era só por eu ser jovem e ingénua. Mas és tudo o que recordava.

– Muitas vezes me lembrei de como cuidaste de mim quando enjoei, e de como estavas bonita naquela última noite antes de chegarmos a Nova Orleães. Foi muito difícil deixar-te em Nova Orleães, Belle. Sempre desejei não te ter levado para lá.

– Não tinhas alternativa – disse ela, firmemente. – E não tenhas remorsos porque, de muitas maneiras, foi o que me fez.

– Como podes dizer isso?

– Cresci, aprendi a confiar nas minhas capacidades – disse ela, com um encolher de ombros. – Aprendi muito a respeito das pessoas. Mas não nos deixemos cair nessa coisa do «quem me dera não ter». Foi o que fiz durante todo o tempo que passei em casa do Pascal, e ia dando comigo em doida.

Já na viagem para a América, Étienne ficara impressionado pela capacidade que Belle tinha de aceitar as coisas que não podia mudar, e ficou muito contente por ver que continuava na mesma.

– É justo. O que queres então dizer-me, ou perguntar-me?

– Deixei muito dinheiro no meu quarto no Mirabeau. A Gabrielle encontrou-o? – perguntou ela.

– Encontrei-o eu – respondeu Étienne. – Continua lá, perfeitamente a salvo. E a Gabrielle tem um grande coração por baixo daquele exterior amargo. O Noah voltou lá ontem à noite e disse-lhe que te tínhamos encontrado e onde estavas. Contou-me que ela se iluminou como a Torre Eiffel, estava fora de si de preocupação. Mas amanhã ou no dia seguinte poderás vê-la. Ela está morta por te ver.

Belle baixou as pálpebras, e Étienne decidiu esperar até que estivesse profundamente adormecida antes de sair sem fazer barulho. Porém, minutos mais tarde, ela voltou a abrir os olhos.

– Eu sei que disse para não cairmos naquela coisa do «quem me dera não ter», mas alguma vez pensaste que seria melhor morrer do que viver com as coisas horríveis que fizeste? – perguntou.

– Sim, pensei – admitiu ele, a recordar que poucos meses antes não pensava noutra coisa. – Mas ouve o que te digo, Belle. Em Paris, uma em cada cinco mulheres é uma *fille de joie*, e uma grande percentagem delas não teve alternativa senão viver dessa maneira, como tu. Não roubaste nem fizeste mal a ninguém, na realidade deste aos teus clientes muito prazer, por isso não tens nada de que te envergonhar.

– Nunca me envergonhei até conhecer o Pascal. Mas ele fez-me sentir o que vender o meu corpo verdadeiramente significa. À sua maneira, tinha razão, porque não o deixava ter-me? Estava à venda. Como não vira como tinha caído tão fundo? Podia ter trabalhado como criada de mesa, ou a fazer limpezas. Mas julgava-me demasiado boa para isso. Como pude pensar que ser uma puta era melhor?

Étienne inclinou-se para a frente, tomou-a nos braços e apertou-a contra o peito.

– Ele é que era mau, Belle, não tu. Não te atrevas a começar a pensar que mereceste o que ele te fez. A morte não é a solução, é apenas a maneira cobarde de fugir à dor. Coragem é pôr o passado no seu lugar, para trás das costas. Vi os esboços que fizeste no teu caderno, e acho que tens um verdadeiro talento. Portanto, pensa em regressar a Inglaterra e mudar de vida, tornar-te chapeleira e realizar o teu sonho.

Belle começou a chorar, mas já não eram os tristes gemidos que ele antes ouvira, eram grandes soluços, profundos, que limpavam a alma. Étienne continuou a abraçá-la enquanto Belle chorava, sabendo que o processo de cura só poderia começar depois de ela ter deitado tudo cá para fora.

Belle chorou durante muito tempo, mas, pouco a pouco, foi acalmando. Étienne pegou numa toalha molhada e lavou-lhe os olhos inchados.

— Achas que consegues dormir agora? Convenci-te de que estás a salvo, de que o Pascal está preso e de que vais regressar a Inglaterra muito em breve?

Belle esboçou um sorriso, um sorriso fraco, lacrimoso.

— Sim, estou convencida, mas tenho só mais uma pergunta. O Kent foi enforcado por ter assassinado a Millie?

Étienne não estava muito seguro de que aquela fosse a melhor altura para abordar o assunto, mas se fugisse à questão só conseguiria que ela ficasse a remoer também aquilo.

— Não, não foi. Não havia provas suficientes para acusá-lo de assassínio. O Noah compilou um *dossier* impressionante sobre os crimes do homem, e não foste só tu que ele raptou e vendeu a um bordel, houve muitas outras raparigas. Todas elas continuam desaparecidas, e o Noah espera conseguir desmascarar todos os que participaram no tráfico, tanto em Inglaterra como aqui em França.

— Isso quer dizer que vai precisar de mim como testemunha?

Étienne hesitou. Receava que, se dissesse que o testemunho dela ia ser vital, Belle voltasse a ficar cheia de medo.

— Ninguém vai pedir-te que faças seja o que for que não queiras fazer.

— Quero que seja castigado pelo que fez à Millie. Se não for, e aquela horrível madame Sondheim também, estas coisas continuarão a acontecer. Mas não quero que pessoas como tu ou a Lisette sejam arrastadas para isto.

— Eu não terei problemas. Só fui contratado para te acompanhar até à América, tu não eras menor e eu não tinha por onde escolher. Além disso, tenho as minhas próprias razões para ver os culpados punidos, e ajudarei a polícia a consegui-lo. Quanto à Lisette, ela é tão vítima como tu, e o Noah gosta dela, de modo que vai ter quem a ajude. Nestas organizações, quando os chefes são presos, acontece muitas vezes os que estão por baixo sentirem-se livres de dizer o que sabem. O Noah espera conseguir encontrar as outras raparigas; todas elas têm famílias desesperadas por notícias.

— Então serei testemunha — disse Belle. — Seria uma grande cobardia não o fazer.

Étienne sorriu-lhe, comovido pela coragem dela.

— Não vai ser fácil. Ser a principal testemunha num julgamento desta importância significa que o teu nome vai aparecer em todos os jornais, e as pessoas vão falar — avisou.

— Que falem — respondeu ela. — É preciso travar essa gente.

— Voltou a passar aqui a noite inteira? — perguntou Noah quando chegou à clínica na manhã seguinte para ver como Belle estava e encontrou Étienne sentado ao lado da porta do quarto, com os olhos encovados e a barba por fazer.

— Sim, tive medo de que ela tivesse pesadelos — respondeu Étienne.

— E teve?

— Não, até dormiu bastante bem. Mas antes de ir vê-la, vamos até lá fora conversar um pouco. Depois farei as devidas apresentações, antes de ir ao Mirabeau lavar-me e mudar de roupa.

Há muito que Noah perdera todas as reservas que alimentara relativamente ao francês, mesmo que tivesse sido um *gangster*, e o facto de ter estado quarenta e oito horas de vigia à porta do quarto de Belle era mais uma prova da sua dedicação e afeto por ela. Desceram as escadas ao fundo do corredor e saíram para o pequeno jardim nas traseiras da clínica. Estava uma quente manhã de sol e o jardim abrigado era encantador, alegrado por canteiros de tulipas vermelhas e amarelas e uma pequena árvore carregada de flores brancas.

Sentaram-se num banco e Étienne disse a Noah que Belle estava preparada para testemunhar em qualquer julgamento que viesse a realizar-se.

– Afinal, há já algum tempo que a polícia daqui suspeitava do Pascal – revelou Noah. – Não só estão convencidos de que ele ludibriou a velhota para a convencer a deixar-lhe a casa, como outra rapariga, Claudette qualquer coisa, desapareceu há cerca de dezoito meses e pensam que é possível que ele a tenha assassinado.

Étienne disse que não estava muito surpreendido e perguntou se a rapariga desaparecida era uma prostituta.

– Não, trabalhava num grande armazém. Foi a colega com quem partilhava o quarto que comunicou à polícia o desaparecimento, quando ela não regressou a casa uma noite. Disse que tinha a certeza de que o responsável fora um cliente que estava constantemente a aparecer na loja para ver a amiga. Não sabia o nome do homem, mas a descrição que fez na altura coincide com a do Pascal. Estava convencida de que ele tinha esperado pela amiga à saída da loja e a convencera a acompanhá-lo a um sítio qualquer.

– E a polícia não seguiu essa pista?

Noah encolheu os ombros.

– A polícia daqui parece ser quase tão ineficiente como a de Londres. Perguntaram a uma porção de pessoas se tinham visto a Claudette com um homem, mas suponho que numa cidade do tamanho de Paris é difícil encontrar alguém de que não se sabe o nome. E como nunca chegaram a encontrar o corpo, porque a pobre rapariga não tinha família em Paris para os espicaçar, acabaram por arquivar o processo e esqueceram-no. Pelo menos até agora. Foi o Philippe que traduziu tudo isto para mim, de modo que é possível que se tenha perdido qualquer coisa na tradução, mas disseram que tencionavam revistar a casa e o jardim do Pascal de alto a baixo, ainda hoje.

– O Pascal já disse alguma coisa a respeito da Belle?

– Aparentemente, recusou dizer fosse o que fosse durante as primeiras horas depois de ter sido detido, mas ontem à tarde, por volta das quatro, disse que a tinha encontrado na rua e que ela o tinha acompanhado voluntariamente. E então disse que depois de terem tido sexo, ela lhe exigira quinhentos francos e dissera que se não lhos desse ia contar tudo à mulher dele e aos patrões.

Étienne abanou a cabeça, incrédulo.

– É então essa a desculpa dele para trancá-la num quarto durante dias, violá-la outra vez e ameaçar matá-la?

– Diz que entrou em pânico – respondeu Noah desdenhosamente, arqueando uma sobrancelha. – Mas como pela boca morre o peixe, foram estas palavras que o perderam. O Philippe já tinha dito que o Pascal servira de intermediário entre ele e a Belle, que a tinha visto a tomar chá no Ritz semanas antes e perguntara ao Pascal quem era. Explicou também que o Pascal a abordara à saída do hotel e lhe dissera que havia um cavalheiro que queria conhecê-la. E o que arrumou de vez a questão foi ter afirmado que a tinha levado a jantar um par de vezes.

– Bem pensado – observou Étienne, aprovador. – Pode levar algumas pessoas a pensar que a Belle era um pouco libertina, mas isso é menos prejudicial para ela do que a verdade.

– Exatamente. O Philippe não é o género de homem de quem se duvide, é um cidadão conhecido e irrepreensível que por acaso gosta de companhia feminina. Além disso, está claramente embeiçado pela Belle, e os polícias devem tê-lo percebido. E como o próprio Philippe fez notar, se for encontrado algum corpo, será esse o ponto fulcral do julgamento, e o caso da Belle passará para segundo plano. E é extremamente improvável que qualquer dos outros clientes dela se ofereça para testemunhar.

– Alguém perguntou como ganhava ela a vida?

– Sim, e o Philippe disse que era criada de quarto no Mirabeau. Foi a Gabrielle que o sugeriu.

Étienne estava impressionado pelo facto de Philippe parecer ter pensado em tudo.

– E você, Noah, disse alguma coisa a respeito de ela ter sido raptada e trazida para França?

– Não. Se tivesse levantado esse ponto, o Kent poderia vir a saber e desaparecer antes de a polícia ter a oportunidade de o prender. Além disso, não me pareceu boa ideia agitar as águas.

– Fez bem – disse Étienne. – Não cheguei a agradecer-lhe por ter aparecido tão rapidamente em casa do Pascal. A situação estava muito feia e nem sei dizer-lhe como fiquei aliviado quando o vi irromper por ali adentro. O que foi que o levou a agir tão prontamente? Com certeza não teve tempo de jantar.

Noah esboçou um meio sorriso.

– A maneira como saiu a correr fez-me ficar tenso. E então senti que alguma coisa de errado se passava. Quando chegámos, o homem da casa ao lado estava na rua, a olhar para as janelas. Estava preocupado por o Étienne continuar lá dentro. Por isso, o Philippe arrombou a porta a pontapé. Acho que nunca nada me chocou tanto como a cena que vi naquele quarto. O sangue, o cheiro, o rosto lívido e aterrorizado da Belle. Graças a Deus que a encontrou! Ele devia estar a planear matá-la, não podia tê-la mantido ali indefinidamente.

– Julgo que tem razão – murmurou Étienne, pensativo. – Mas pelo que ele disse, diria que a levou para lá convencido de que poderia conservá-la como amante. Como é possível um homem iludir-se ao ponto de pensar que pode conquistar o coração de uma mulher à força e com crueldade?

– Por falar em corações, a Belle perguntou pelo Jimmy? Acho que devíamos enviar um telegrama à Mog a dizer que a encontrámos, mas aposto que isso vai fazer o Jimmy correr para cá a toda a velocidade.

– Não, não perguntou por ele. Perguntou por si, quis saber quem era, e eu expliquei-lhe, mas não toquei nas outras coisas que me contou porque me pareceu que ela não estava suficientemente forte para saber do incêndio ou da aparente indiferença da mãe. É o Noah que deve falar-lhe do incêndio. E esperemos que consiga dourar a pílula no que respeita à mãe.

Noah assentiu.

– Penso que o incêndio acabou por ser uma bênção por vias travessas. A Belle não terá nada que lhe recorde o que viu no Annie's, e vai ter um verdadeiro lar junto da Mog, do Garth e do Jimmy.

– Parece-me um pouco irrealista imaginar que ela vai reatar o que tinha com ele – observou Étienne, secamente.

Noah olhou para ele e riu.

– Será que deteto aí uma ponta de ciúme?

– *Certainement pas. Je ne suis pas jaloux* – retorquiu Étienne.

Noah voltou a rir. Ao descambar para a sua língua natal, Étienne acabava de provar que sentia qualquer coisa por Belle.

– Não, claro que não tem ciúmes! Como poderia ter?

Noah sentiu-se recompensado ao ver Étienne corar. Tinha a certeza de que era uma coisa mais rara do que dentes de galinha.

– É melhor irmos ver a Belle agora – disse. – E depois devia ir dormir um pouco, antes que caia para o lado.

Étienne ficou contente ao ver que Belle parecia cem vezes melhor do que na noite anterior. Tinha os olhos mais brilhantes, as olheiras tinham desaparecido e as contusões na cara pareciam menos lívidas.

– Apresento-te o Noah Bayliss, o meu Dr. Watson – disse com um sorriso rasgado. – Da última vez que se viram não estavas em condições de ser apresentada.

– Sei que tenho muito que lhe agradecer, Mr. Bayliss – disse ela. – O Étienne disse-me que veio várias vezes a Paris para me procurar.

— Por favor, trate-me por Noah — pediu ele, com um sorriso. — E não são necessários agradecimentos; vê-la com tão melhor aspeto é todo o agradecimento que quero.

— Sente-se aqui e fale-me da Mog — disse Belle, e havia excitação na sua voz e nos seus olhos.

— Vou para o Mirabeau — disse Étienne, encaminhando-se para a porta. — Penso que poderás sair daqui hoje à tarde ou amanhã, de modo que vou trazer-te umas roupas quando voltar.

— Dá lembranças minhas à Gabrielle — pediu ela. — E diz-lhe que estou em dívida com ela por te ter encontrado.

Étienne saiu e Noah puxou uma cadeira para junto da cama.

— Sabia que ele passou as últimas quarenta e oito horas do outro lado daquela porta? — perguntou.

Belle pareceu surpreendida.

— Mas porquê? Ninguém ia fazer-me mal aqui.

— Tinha medo de que tivesse pesadelos.

— Pareço ter a capacidade de recuperar muito rapidamente de coisas desagradáveis. Dormi muito bem a noite passada, nem sequer sonhei. E esta manhã acordei a sentir-me muito melhor. Mas basta de falar de mim, conte-me tudo a respeito de como conheceu a Mog e a minha mãe. Sei que a Millie era sua amiga, pelo que deve ter sido horrível saber como ela morreu.

— Depois do seu desaparecimento, a Mog descobriu onde eu morava e foi procurar-me. Na altura, eu trabalhava como investigador para uma companhia de seguros, e a Mog pensou que isso significava que seria capaz de encontrá-la. Só soube do que tinha acontecido à Millie quando ela mo contou.

— A minha mãe não foi com ela?

Noah detetou a nota de desgosto na voz dela.

— Penso que a Mog agiu por sua própria iniciativa, e alguém tinha de ficar em casa para o caso de a Belle voltar ou de aparecer alguém com notícias a seu respeito.

Explicou então que não tinha verdadeiramente qualquer experiência de encontrar pessoas desaparecidas.

— A polícia não levou o caso muito a sério e a Mog estava desesperada. Mas foi o Jimmy que me acicatou a querer encontrá-la; se não fosse ele, talvez tivesse desistido.

— O Jimmy ajudou? — Belle pareceu surpreendida e emocionada. — Mas como foi que se conheceram? E como está ele? Continua com o tio no Ram's Head?

— Agora é praticamente ele que gere a casa, e é um ótimo rapaz, do melhor. Julgo que, se não fosse ele, a Mog se teria ido abaixo depois do seu desaparecimento. E ele e o tio Garth salvaram a vida da sua mãe quando houve o incêndio.

— Incêndio?

Noah viu o horror voltar aos olhos dela e perguntou-se se teria sido sensato falar-lhe daquilo tão pouco tempo depois do que acontecera.

— Sim, a vossa antiga casa ardeu. A Mog deu o alarme e levou as raparigas para a rua em segurança, mas a Annie ficou encurralada no quarto. O Garth e o Jimmy salvaram-na pela janela. E depois levaram as duas para o Ram's Head.

— O incêndio foi um acidente?

— Estamos convencidos de que foi o Kent que o provocou. Mas, claro, não pudemos prová-lo, e é tal o poder do homem que a polícia pouco se interessou pelo assunto.

Os olhos de Belle encheram-se de lágrimas.

— Deve ter sido tão triste para elas perder a casa e tudo o que tinham. Mas porque foi que o Garth as levou para casa? Dizia-se que era um homem muito desagradável.

— Como a maior parte das pessoas, pode revelar-se uma surpresa — disse Noah, e estendeu a mão para lhe limpar os olhos com a ponta do lençol. — Tive oportunidade de conhecê-lo muito bem, nestes dois anos, e sei que, por baixo daquele exterior brusco, é um homem bondoso e decente. Também é verdade que a Mog lhe deu uma volta, a ele e ao Ram's Head, quando passou a ser a governanta.

Belle fez um ar surpreendido.

531

– Mas há melhor – continuou Noah, com um sorriso. – Ele e a Mog querem casar. E quando receberem o meu telegrama a dizer que vou levá-la para casa, vão dançar de alegria e tenho a certeza de que o casamento vai ser uma festa a dobrar, consigo lá.

– Oh, Noah! – exclamou Belle, e dessa vez as lágrimas que lhe subiram aos olhos foram de felicidade. – São notícias maravilhosas. A Mog merece toda a felicidade do mundo. Sempre pensei que estava condenada a tornar-se numa velha solteirona.

– O amor e sentir-se querida fizeram-na desabrochar – disse Noah, alegremente. – Tudo o que faltava para que a felicidade deles fosse completa era encontrá-la a si.

Belle fez muitas perguntas excitadas a respeito de Mog e de Jimmy, mas então o seu rosto ensombrou-se.

– Não disse nada a respeito da minha mãe.

– Está bem – respondeu Noah apressadamente, e falou-lhe das pensões de Annie. – Não se zangou com a Mog, apenas seguiram direções diferentes. A verdade é que o incêndio foi a melhor coisa que podia ter acontecido às duas. Agora são ambas mulheres respeitáveis, a viver confortavelmente. Até já começou a ser construído um novo edifício no lugar do antigo. O Annie's Place já não passa de uma recordação distante para toda a gente.

– E eu também já não passo de uma recordação distante para a minha mãe?

Noah pegou-lhe na mão.

– Deve saber que a Annie é incapaz de expressar os seus sentimentos – disse, suavemente. – O que não quer dizer que não os tenha. Tivemos um longa conversa, um dia, e ela estava tão perturbada com o seu desaparecimento que me falou do seu passado. Também ela foi forçada a prostituir-se quando era ainda mais nova do que a Belle. Isso marcou-a muito profundamente, e se deixou a Mog cuidar de si foi por sentir que não era capaz de o fazer. Mas eu sei que a amou, ainda que nem sempre o tenha mostrado.

– Mas não ficou apavorada por eu ter desaparecido?

Noah encolheu os ombros.

— A Annie é uma mulher profunda, Belle. Não é fácil lê-la. A Mog é, para todos os efeitos, a sua verdadeira mãe, e a Annie sempre o soube. Mas agora que conhece tão melhor o mundo em que ela a criou, devia ser capaz de ver que a sua mãe fez tudo o que pôde por si.

Belle fungou. Noah sentiu que era preferível deixar o assunto por ali e deixá-la pensar.

— O que é que acha de voltar a ver o Jimmy? – perguntou.

— Não sei – respondeu Belle, com uma expressão sombria. – Éramos apenas duas crianças inocentes quando nos conhecemos. Gostei muito dele, na altura, mas já não sou a mesma rapariga, pois não?

Tinha um ar tão triste que Noah sentiu um nó a apertar-lhe a garganta.

— Todos nós mudámos – disse. – Eu era tão presumido antes de conhecer a Millie… Mas nos últimos dois anos aprendi a não julgar as pessoas, nem a maneira como vivem. O Jimmy cresceu em todos os aspetos, e até o Garth amoleceu.

— Mas o Jimmy deve estar amarrado à recordação de mim como eu era, tal como eu estou à dele. Não vamos poder regressar a esse ponto.

— Não, não vão. Mas no meio de toda a excitação do seu regresso a casa, e do casamento da Mog e do Garth, talvez consigam encontrar um novo ponto de partida.

— O Étienne disse-me que gosta da Lisette. Posso ter a esperança de que alguma coisa nasça daí? Ela foi tão boa para mim.

— A Gabrielle foi hoje visitá-la. São velhas amigas, imagine. Além de lhe dizer que a Belle está a salvo, espera poder combinar uma maneira de nos encontrarmos. Seria insensato da minha parte ir lá pessoalmente, as pessoas de quem ela tem medo poderiam saber. Mas da última vez que a vi ofereci-me para a levar, e ao filho, para um lugar seguro. A Gabrielle dir-lhe-á que essa oferta continua de pé.

— Então espero que ela a aceite.

Noah sorriu tristemente.

– O Étienne disse que eu devia ir para casa e casar com uma rapariga do meu meio.

– Para poder deixá-la em casa e andar por aí atrás de outras mulheres, como ele faz – retorquiu Belle.

Noah olhou para ela, surpreendido.

– Ele não lhe disse nada da mulher e dos filhos?

– Não, porque havia de dizer?

– Morreram num incêndio, o ano passado. Ele não sabe se foi fogo posto ou um acidente, mas está convencido de que foi delibe-rado, por ter abandonado a organização para a qual trabalhava.

Belle empalideceu.

– Que horror! Pobre Étienne. Sei que os amava muito.

– Ele não gosta de falar do assunto e, claro, não o conheci como era antes. Mas diria que foi por isso que se empenhou tanto em encontrá-la, e é por isso que está disposto a revelar nomes e teste-munhar em tribunal.

Belle ficara tão aturdida pela notícia que não conseguia falar. Sabia o suficiente a respeito de homens para perceber que, para Étienne, a família era tudo, caso contrário teria aproveitado a opor-tunidade no navio, quando ela tentara seduzi-lo.

Muito claramente, não lhe falara da tragédia porque queria concentrar nela toda a sua energia e toda a sua compaixão. Uma tal bondade na presença da sua própria dor era quase insuportável. Ela fora salva, iria para casa e teria uma boa vida com a família, mas ele ficaria sozinho tendo como única companhia as suas recordações.

Noah olhou para a expressão siderada de Belle e, não pela pri-meira vez, perguntou-se se não haveria entra ela e Étienne algo mais do que qualquer dos dois revelara. Mas não era apropriado pergun-tar, já fizera estragos suficientes para um dia ao dar-lhe as más notí-cias. Também não havia mais nada que pudesse contar-lhe a respeito da família em Inglaterra, pelo que achou preferível retirar-se a ficar a fazer conversa de circunstância. Além disso, precisava de escrever e organizar as suas notas de modo a ter um registo decente do que acontecera naqueles últimos dias. E também tinha de mandar o telegrama a Mog.

Disse a Belle que tinha de ir, e ela ficou a olhar para ele por um momento, como se não tivesse compreendido.

– Oh, sim. Obrigada por ter vindo ver-me. Espero que as coisas corram bem com a Lisette.

– E eu espero que recupere depressa para poder regressar a casa.

Quando a porta se fechou, Belle recomeçou a chorar, e pensou em como Étienne a tinha reconfortado, e em como devia ter acorrido imediatamente depois de receber o recado de Gabrielle.

Poderia aquilo significar que sentia alguma coisa por ela? Tinha-lhe dito que se lembrava de como estava bonita naquela última noite no navio. Recordaria também os beijos que tinham trocado no estreito beliche?

Durante dois anos, evocara recordações de Étienne sempre que se sentia triste ou só e até, para ser totalmente franca, quando estava com os seus clientes. Era, claro, vergonhoso da sua parte esperar que pudessem ter um futuro juntos depois de saber da terrível tragédia que se abatera sobre ele, mas porque os teria a sorte voltado a juntar senão por isso?

CAPÍTULO 35

— **P**rometes escrever-me? E ir em breve a Inglaterra? – suplicou Belle a Étienne.

Estavam na Gare du Nord, no cais do comboio que partia para Calais. Noah já tinha levado a bagagem para bordo, dando-lhes uma oportunidade de se despedirem sem o constrangimento da sua presença.

Na estação, a azáfama era muita e o barulho ainda mais, com os silvos de vapor das locomotivas, o matraquear das rodas dos carrinhos que os bagageiros empurravam e as pessoas que gritavam para se fazerem ouvir. Mas Belle não via nem ouvia nada exceto Étienne, que lhe segurava as mãos e olhava para ela.

Queria gravar para sempre na memória a imagem do rosto dele. Aqueles olhos azuis que por vezes conseguiam ser frios como o Atlântico mas que ao mesmo tempo continham, quando pousavam nela, todo o calor e alegria de Nova Orleães. Os pómulos angulosos, a curva da boca generosa. Queria tirar-lhe o chapéu e despentear--lhe os cabelos, porque gostava do ar arrapazado que ele tinha quando se levantava de manhã.

Belle fora obrigada a ficar na clínica mais tempo do que o previsto porque, inesperadamente, adoecera, com temperaturas muito altas. O médico dissera que era do choque, mas ela estava convencida de que a causa era o receio de que Pascal a tivesse engravidado. Felizmente, porém, a menstruação aparecera alguns dias mais tarde e ela depressa recuperara. A cicatriz no ventre sarara bem, mas Belle evitava olhar para ela; não queria nada que lhe recordasse o que Pascal lhe tinha feito.

Mas tinham sido as visitas de Étienne a levá-la a uma recuperação total. Aparecia com doces, fruta ou qualquer outro pequeno mimo e sentava-se a seu lado e contava-lhe o que tinha lido nos jornais naquele dia. Ela dava por si a contar-lhe algumas das histórias mais divertidas a respeito das raparigas do Martha's, e ele contava-lhe histórias dos bandidos que conhecera noutros tempos. Acabara por falar-lhe do incêndio do restaurante, e de como depois se afundara, mas gostava mais de falar dos seus planos para a pequena quinta, e ela do seu sonho de ter uma loja de chapéus.

Mas falavam sobretudo de coisas sem importância, do que tinham visto juntos em Nova Iorque, dos livros que tinham lido e de outros lugares aonde gostariam de ir. Era tão fácil estar com ele. Não a interrogava, não lhe perguntava o que estava a pensar. E nunca lhe dava a ideia de estar a aborrecer-se na sua companhia.

E ela sempre acabara por ver Paris na primavera, pois, logo depois de lhe terem dado alta na clínica e ter voltado ao Mirabeau, ele levara-a a ver as vistas.

Paris estivera cinzenta e invernosa desde que ela chegara, mas agora as árvores brilhavam de flores cor-de-rosa e brancas, e o sol incendiava canteiros de tulipas vermelhas e amarelas. As pessoas tinham posto de lado as pesadas e tristonhas roupas de inverno, e era bom vê-las passear pelos *boulevards* ladeados de árvores, as senhoras com elegantes vestidos em tons de pastel e encantadores chapéus primaveris. Até os homens tinham optado por fatos de cores mais claras.

Tinham gozado as delícias de um passeio de barco pelo Sena, deambulado pelo Bois de Boulogne, visto Versalhes e subido ao topo da Torre Eiffel. Fora quase como se estivessem a namorar, como todos os casais que os rodeavam.

Mas Belle estava bem consciente de que nunca poderia aspirar a esse género de doce relação, depois de tudo o que fizera. Ouvira as raparigas rirem e soltarem gritinhos na plataforma no alto da torre, notara como os companheiros as enlaçavam, protetores, pela cintura quando se inclinavam para ver o magnífico panorama de Paris que se estendia a perder de vista, tão lá em baixo. Podia rir como elas, e Étienne podia segurá-la da mesma maneira, mas a soma do que ambos sabiam a respeito do lado mais sujo da vida impedia um romance inocente.

– Escrevo-te, embora te avise desde já que o meu inglês escrito não é grande coisa – disse Étienne. – Mas quanto a ir a Inglaterra, não me parece que seja boa ideia. A minha presença seria sempre uma maneira de te recordar o passado, e isso não é bom para ti.

Belle olhou para ele, consternada. Soube, pela maneira como a voz se lhe quebrava, que o coração dele dizia uma coisa completamente diferente das suas palavras.

– Mas eu preciso de ti – suplicou, os olhos a encherem-se-lhe de lágrimas. – Estás a dizer-me que queres que te esqueça?

– Tens de tentar, pequenina. E eu também tenho de tentar, porque sei que não sou o homem de que precisas.

O chefe da estação soprou o apito para avisar todos os passageiros de que o comboio ia partir. Da janela da carruagem, Noah gritou a Belle que se apressasse.

– Tens de ir. A tua família está à tua espera em Inglaterra – disse Étienne.

Ela queria bater o pé e recusar ir até que ele admitisse que a amava e prometesse que voltariam a estar juntos dentro de poucas semanas. Mas adivinhou, pela tristeza que viu nos olhos dele, que nunca o diria, porque acreditava estar a fazer o que era melhor para ela.

– Então diz-me uma última coisa em francês – pediu, pondo-se em bicos de pés para o beijar na boca.

Ele segurou-lhe a cara com ambas as mãos e devolveu o beijo com intolerável doçura.

– *Jé défie les incendies, les inondations, et même l'enfer pour être avec vous* – sussurrou, enquanto a largava. – Agora, o comboio. Vai!

Belle começou a avançar para a porta da carruagem, de onde Noah lhe fazia gestos frenéticos. Voltou-se para olhar uma última vez para Étienne.

– *Au revoir, mon héros* – disse, e viu que os olhos dele estavam marejados de lágrimas, tal como os dela.

– Belle, venha, depressa! – gritou Noah, enquanto o chefe da estação agitava a bandeira para dar partida ao comboio.

Étienne teve de pegar nela e enfiá-la na carruagem, que já começara a avançar. Belle inclinou-se da janela e soprou-lhe um beijo. Ele correu ao lado do comboio, a dizer qualquer coisa que ela não conseguiu ouvir, e o fumo que jorrava da chaminé quase lhe escondeu a cara.

Continuou a acenar até ele ser apenas um pequeno ponto ao longe, e só então se foi juntar a Noah, que tinha encontrado um compartimento vazio e lhe explicou, a rir, como espalhara a bagagem dos dois pelos bancos para dissuadir outros passageiros de se instalarem. Mas então reparou que ela chorava e estendeu-lhe um lenço.

Belle limpou as lágrimas dos olhos e os pontinhos pretos de fuligem que se lhe tinham agarrado à cara.

– Quando ponho a cabeça fora da janela nos comboios fico sempre com os olhos cheios de água – disse, em jeito de explicação.

– É, também os meus olhos lacrimejam nas ocasiões mais estranhas, como dizer adeus a pessoas de quem gosto – respondeu Noah, com um sorriso.

Belle teve de recorrer a toda a sua determinação para não deixar ceder o dique e dizer a Noah que amava Étienne e não suportava a ideia de voltar para Londres sem ele. Mas Noah estava tão excitado com a perspetiva da reunião familiar que os esperava que não seria justo desapontá-lo ou preocupá-lo, depois de tudo o que ele fizera para a encontrar. E seria cruel para Annie, Mog e Jimmy, que estavam provavelmente a preparar freneticamente o seu feliz regresso.

E depois, havia também Gabrielle. Tivera ocasião de ver como a dona do Mirabeau gostava dela quando se tinham despedido, naquela manhã, e Gabrielle falara das esperanças que tinha relativamente à sua vida futura em Inglaterra.

Belle devia-lhe muito; na realidade, provavelmente só a iniciativa dela impedira que o seu corpo fosse pescado do Sena ou ficasse para sempre sepultado numa cova pouco funda. No entanto, não era apenas gratidão o que sentia por aquela mulher que pouco falava mas muito fizera por ela. Gabrielle mostrara-lhe que era possível até para as pessoas mais traumatizadas ter uma vida nova e melhor. Falara-lhe dos seus tempos como prostituta, do homem que lhe cortara a garganta, de como Lisette cuidara dela e do jovem Henri. Também ela conhecera o desgosto quando o pintor que amava tinha morrido; confessara que teria acabado com a própria vida se não tivesse um filho para criar.

– Talvez nunca mais voltemos a ver-nos – dissera, enquanto abraçava Belle. – Será sempre bem-vinda a esta casa, claro, mas compreendo que há aqui demasiadas más recordações para que queira voltar. Mas leve no coração o meu afeto por si, e a minha esperança de que os seus sonhos se tornem realidade. Fez mais por mim do que alguma vez poderá vir a saber.

Já não havia maneira de voltar para trás, agora que o comboio ganhava velocidade. Belle sentou-se e concentrou a sua atenção em Noah, para não pensar nas lágrimas de Étienne.

– A Lisette sempre vai para Inglaterra? – perguntou. Noah encontrara-se duas vezes com ela na última semana, mas não dissera grande coisa a respeito desses encontros.

– Disse que queria ir, mas receio que lhe pareça demasiado assustador.

– Talvez por pensar que o Noah não está a falar mesmo a sério – disse Belle. – Uma mulher com um filho precisa de se sentir segura. É assim que deve fazê-la sentir-se, bombardeando-a com cartas a falar-lhe de tudo o que há de melhor em Londres. Prometa-lhe que não terá qualquer obrigação consigo, mas diga que está desejoso por conhecer o filho dela. Deverá ser o bastante para a convencer.

Noah sorriu.

– Dito assim parece fácil. Mas tivemos tão pouco tempo para eu lhe provar que sou de confiança e não um patife.

– Isso já ela deve ter percebido só de olhar para si. – Belle acabara por ver Noah como um irmão; gostava da abertura e do entusiasmo dele, e o facto de não haver na sua maneira de ser nada de escondido ou complicado. – E ter-me-á por perto para conversar de coisas de mulheres e para lhe ouvir as confidências. E depois há a Mog, que vai recebê-la de braços abertos por ter sido tão boa para mim.

– E a Belle e o Jimmy? – perguntou Noah. – A julgar pelo telegrama que lhe mandou, parece estar a contar os minutos para voltar a vê-la.

Belle contraiu os lábios. Também ela sentira que Jimmy tinha grandes esperanças, e à luz dos seus sentimentos em relação a Étienne isso constituía uma enorme preocupação.

– Tem de prometer-me que não lhe falará demasiado a respeito do Étienne. Deixe-me ser eu a arranjar uma maneira de o desenganar suavemente.

– Ao menos dê-lhe uma hipótese – argumentou Noah. – A meu ver, o Étienne é como um tigre: forte, corajoso e nobre, mas também é perigoso. O Jimmy pode ser mais como um gato doméstico, mas é inteligente, afetuoso, orgulhoso, leal, e lutará com unhas e dentes para a defender. Não lhe feche o coração antes de o ver e voltar a conhecê-lo.

– Não fecharei – prometeu Belle. Então, recostando-se no assento, fechou os olhos e fingiu que ia dormir. Queria recordar aquelas palavras que Étienne dissera em francês.

Compreendia a primeira parte, que desafiaria o fogo, mas não conseguia traduzir o resto. A rapidez com que ele encontrara a frase, juntamente com as lágrimas que lhe brilhavam nos olhos, sugeria que era qualquer coisa que ela havia de querer ouvir, e no entanto se fogo fora a primeira coisa que lhe acudira à cabeça, não seria isso prova de que estava a pensar na mulher?

Nunca conseguiria esquecer o choque e a alegria que sentira quando Étienne arrombara aquela porta em casa de Pascal. Nem mesmo nas suas mais loucas esperanças de salvação alguma vez lhe passara pela cabeça que pudesse ser ele o seu salvador, ou que voltaria sequer a vê-lo. Mas houvera outros momentos, como quando Philippe entrara no quarto e ele e Étienne estavam a amarrar Pascal, em que julgara estar a sonhar. E então, de repente, estava numa cama de hospital, com um médico a dar-lhe qualquer coisa para dormir, e ela pensara que tinha enlouquecido e imaginara tudo aquilo.

Nos dias que se tinham seguido, fora Étienne que a arrancara ao choque, ao medo e ao desespero. Depois de Noah lhe ter contado o que acontecera à mulher e aos filhos dele, compreendera que era a única pessoa capaz de ajudá-la a lidar com aquele pesadelo.

Não conseguia impedir-se de esperar que ele a amasse. Mas talvez aquilo fosse apenas a maneira que a Natureza tinha de tentar compensar o trauma que sofrera. Ele certamente nada dissera que lhe alimentasse a esperança.

Nos últimos dias, quando a levara a passear por Paris, não dera a mais pequena indicação de que o seu afeto por ela fosse mais do que o de um amigo ou um irmão. E também não voltara a beijá-la como a tinha beijado no navio, a caminho de Nova Orleães.

Realisticamente, aliás, ela própria tinha a noção de que os seus sentimentos podiam estar distorcidos. Podia estar a colocá-lo num pedestal porque ele a tinha salvado; e ele era também o único homem que nunca lhe atiraria à cara o seu passado, e isso era reconfortante.

Tanto quanto sabia, porém, Pascal podia tê-la marcado de tal maneira que talvez viesse a descobrir ser incapaz de voltar a dar-se a outro homem.

Não valia a pena pensar que as lágrimas de Étienne significavam que ele estava apaixonado por ela. Ainda chorava a morte da mulher e dos filhos, tal como ela continuava a ser assombrada pelo que sofrera às mãos de Pascal. Tinham-se ajudado um ao outro quando ambos precisavam, e talvez fosse apenas isso.

Belle e Noah saíram da estação de Charing Cross para o bulício do Strand ao princípio da tarde do dia seguinte. Tinham passado a noite em Calais, porque Noah achara que seria demasiado cansativo para ela fazer a viagem toda de uma só tirada.

Do *ferry*, Belle vira pela primeira vez as brancas falésias de Dover. Perguntou-se quantos ingleses, ao longo dos séculos, tinham sentido um nó na garganta ao avistá-las porque isso significava que estavam a chegar a casa.

Enquanto o comboio resfolegava através da paisagem do Kent, Belle maravilhara-se por ver tudo tão verde e luxuriante, e apercebera-se de que o mais perto que alguma vez estivera do campo fora em parques. Parecia-lhe extraordinário ter estado na América e em França e nunca ter visto uma vaca ou uma ovelha a pastar até àquela viagem de regresso a casa.

À medida que se aproximavam de Londres, o coração dela começara a bater mais depressa, mas quando o comboio estrondeara ao passar por Hungerford Bridge e vira o Tamisa a brilhar como prata à luz do sol, e a cúpula da Catedral de São Paulo, e o Big Ben, e o Parlamento, tivera dificuldade em continuar sentada, tal era a excitação.

O Strand estava tão animado como sempre, mas Belle notou que havia agora muitos mais automóveis. Noah dissera no comboio que queria um e que pensava que era apenas uma questão de um ou dois anos antes que se tornassem mais comuns do que os cavalos.

Quando meteram pelo Strand e atravessaram a rua para iniciar a subida em direção a Covent Garden, Belle começou a andar cada vez mais depressa.

– Mais devagar – gemeu Noah, que carregava uma mala em cada mão. – Não consigo correr com este peso.

Belle mal o ouviu. Estava em território conhecido e no país das maravilhas.

– Parece tudo mais pequeno do que me lembro – disse, ofegante. – Achava os *pubs* tão grandes, as ruas tão largas, mas são pequenas, até as pessoas parecem ter encolhido e fazer menos barulho.

Noah teve de rir. Para ele, os tamanhos, os sons e os cheiros eram exatamente os mesmos, sujidade e degradação, baforadas pestilentas de esgotos e excrementos de cavalo. Os mendigos, os bêbedos, as crianças esfarrapadas de mão estendida, os vendedores de rua a apregoar os seus produtos continuavam iguais ao que eram quando partira.

Quando viu o Ram's Head, Belle começou a correr. As pessoas paravam para olhar para ela, e Noah achou que não era de espantar, pois parecia muito mais parisiense com o seu vestido às riscas cinzentas e brancas e o seu pequeno e elegante chapéu cinzento do que uma rapariga de Seven Dials.

À porta do *pub* hesitou, e olhou por cima do ombro para Noah, como que em busca de encorajamento.

– Entre – disse-lhe ele.

Belle empurrou a porta, com o coração a bater com tanta força que se convenceu de quem passasse conseguiria ouvi-lo.

O cheiro a cerveja e a fumo de cigarro atingiu-a como uma chapada. Viu pessoas voltarem-se para olhar para ela e, por um segundo, quis retroceder.

Mas então ouviu Mog gritar o seu nome, um som de pura alegria, e as lágrimas vieram tão repentinamente que por um instante ficou cega.

A pequena figura enfiada num vestido rosa-escuro que abria caminho por entre a multidão que enchia o bar não parecia a mulher que a tinha criado.

– Belle, minha querida Belle – exclamou, e o véu de lágrimas dissipou-se o suficiente para Belle ver que Mog também chorava, de braços estendidos para a abraçar.

Ergueu-se um enorme rugido, cinquenta vozes masculinas a darem-lhe aos gritos as boas-vindas. Os braços de Mog estavam à volta dela, a apertá-la com tanta força que toda a apreensão se desvaneceu.

— Deixa-me olhar para ti! — disse Mog.

Fez-se silêncio e todos os rostos se voltaram para as duas mulheres que, de mãos dadas, choravam e riam ao mesmo tempo, enquanto se estudavam uma à outra.

— Bem-vinda a casa, querida! — gritou alguém, e o grande rugido voltou a encher a sala, misturado com o bater de pés.

Belle não reconheceu ninguém, embora supusesse que eram todos homens que a tinham visto crescer. Mas sabia que a alegria deles era na verdade por Mog. A mulher que amara toda a sua vida era amada também por toda aquela gente.

Garth avançou então para elas, mas também ele tinha mudado. Continuava tão grande como Belle o recordava, mas os cabelos ruivos e a barba, que usara sempre tão descuidados, estavam agora cuidadosamente aparados. Usava uma camisa ofuscantemente branca, com as mangas enroladas nos poderosos antebraços, e um colete verde-esmeralda com pequenos botões de latão. Mas a verdadeira diferença era o grande sorriso que ostentava; Belle conhecera-o ao longo de toda a sua infância, mas sempre lhe parecera azedo e mau.

— Ena, tornaste-te numa beldade! — exclamou. — É bom ter-te em casa. Onde se meteu o Jimmy? Passou o dia a andar de um lado para o outro, a verificar o relógio e a olhar para a porta, e agora nem sequer aqui está!

— Estou aqui, tio — disse a voz de Jimmy, e todos se voltaram para o ver de pé junto à janela, onde muito claramente sempre estivera. — Só quis que a Mog pudesse ser a primeira a acolhê-la.

Estava uns bons dez centímetros mais alto do que Belle se lembrava, e a voz tornara-se-lhe mais grave. Os ombros eram quase tão largos como os do tio e os cabelos cor de cenoura, que outrora se

espetavam em todas as direções, estavam mais escuros e um tudo-
-nada mais compridos, o que lhe ficava bem.

A imagem dele que Belle conservara no espírito era a de um
rapaz escanzelado, de cara sardenta e olhos castanhos, modos delicados e o aspeto de um miúdo da rua, mas aquele Jimmy era um
homem, atraente, calmo e confiante. Só os olhos castanhos eram os
mesmos.

– Ele nunca desistiu de te encontrar – disse Garth, e o olhar
que lançou ao sobrinho foi de orgulho. – Então, chega aqui, meu
paspalhão, e dá-lhe um abraço!

Belle sentiu que o Jimmy que em tempos conhecera se enco-
lheria de vergonha ao ouvir semelhante ordem, mas não foi o que
aquele novo Jimmy fez. Cobriu em três ou quatro passadas a distância que os separava, tomou-a nos braços e fê-la rodopiar.

– Pensei que este dia nunca mais chegava – disse, enquanto ela
gritava de surpresa. – Não imaginas como é bom voltar a ver-te.

Garth foi colocar-se atrás do balcão e tocou a sineta a pedir
silêncio.

– Este é o dia por que todos esperávamos – disse, a voz a ecoar
pela sala. – É tempo de festejar, com a nossa Belle em casa sã e salva.
A verdade é que só a conheço através da Mog e do Jimmy, mas estou
desejoso de conhecê-la como família. Antes de mandar servir bebidas por conta da casa a toda a gente, só quero dizer um obrigado
muito especial ao Noah. Sem a sua ajuda e tenacidade, teríamos
perdido a Belle para sempre.

«O Noah não é da família, nem sequer conhecia a Belle antes
de ela ter sido raptada. Mas a Mog pediu-lhe ajuda, e ele deu-a sem
hesitar. Durante dois anos, foi o nosso rochedo, confortando a Mog,
apoiando o Jimmy, aconselhando, escrevendo artigos, espicaçando
a polícia e sabe Deus o que mais. Por tudo isto, consideramo-lo
família. E trouxe para casa a nossa Belle. Vamos fazer-lhe uma sau-
dação à moda de Seven Dials que se ouça em França.»

Os gritos nunca mais paravam, tão altos que Belle e Mog tapa-
ram os ouvidos com as mãos. Noah fez um ar embaraçado, mas

Garth e Jimmy pegaram nele, carregaram-no aos ombros e juntaram-se ao coro.

Para Belle, aquilo era ao mesmo tempo paraíso e inferno. Embora fosse maravilhoso ver o seu regresso suscitar tanta alegria, e Noah receber o reconhecimento que merecia, o que verdadeiramente queria era estar sozinha com Mog, e com Jimmy também, sentar-se comodamente e conversar. Não estar encurralada num *pub* cheio de fumo com um monte de desconhecidos que faziam uma barulheira infernal.

Noah foi pousado no chão, Garth voltou para trás do balcão para distribuir as bebidas, e de repente Jimmy estava ali, a passar um braço pela cintura de Mog e o outro pela de Belle.

– Saiam pelas traseiras – disse. – Têm dois anos de conversa para pôr em dia.

Mog fez exatamente o que Belle imaginara durante toda a viagem de regresso a casa: um bule de chá. O barulho do bar era só ligeiramente menos audível na cozinha, mas ela parecia não o notar.

– É tão estranho – disse, enquanto tirava um bolo de fruta da forma e o punha num prato. – Desde que soube que vinhas para casa, ensaiei tudo o que ia dizer, pensei em todas as perguntas que queria fazer, e agora que estás aqui não me ocorre nada para dizer.

– Acontece o mesmo comigo – admitiu Belle. – Nem sequer tenho as coisas da velha cozinha à minha volta para me inspirar.

– Não gostas desta? – O tom de Mog foi tão ansioso que Belle teve de rir.

– É muito, muito bonita – disse.

E estava a ser totalmente sincera. A cozinha da casa antiga fora o único lar que conhecera, mas era demasiado grande para ser confortável, e estava sempre escura por ser uma meia-cave. Lá fora começava a entardecer, mas ainda entrava luz pela grande janela junto ao lava-louça, e as paredes verde-limão pareciam acabadas de pintar. Havia cortinas aos quadrados amarelos na janela e uma toalha de mesa a condizer. Em frente do fogão havia um tapete de retalhos e dois cadeirões de braços com almofadas axadrezadas. O aparador estava cheio de boa louça e as prateleiras, onde se alinhavam frascos de vidro contendo de tudo desde farinha a açúcar mascavado e arroz, tinham um pequeno rebordo recortado igualmente pintado de amarelo.

Tudo aquilo era obviamente obra de Mog. Belle lembrava-se de que ela estava sempre a enfeitar e a arranjar, porque era uma dona de casa nata, mas, talvez porque Annie tivesse relutância em gastar dinheiro em qualquer coisa que não fosse vista pelos seus «cavalheiros», as melhorias eram necessariamente pequenas.

– Era um buraco infernal quando cá cheguei – disse Mog. – Quando vivem sozinhos, os homens são autênticos porcos!

– Conta-me do fogo e, mais importante ainda, fala-me do Garth. O Noah disse-me que vão casar.

Com isto, o gelo quebrou-se, e Mog contou animadamente como tinha ido para ali viver, para fazer a limpeza, e acabara por apaixonar-se por Garth e aceitar o seu pedido de casamento.

– Somos os dois iguais – disse, com um sorriso de ternura que mostrava como se sentia feliz. – Ou talvez deva dizer que éramos ambos só meia pessoa até que nos encontrámos e nos tornámos um. Ele não é o patife mal-humorado que toda a gente pensava, e eu não sou o capacho que costumava ser. Nunca esperei encontrar o amor, sempre presumi que não era para mulheres como eu.

Belle sentiu que começava a ficar sufocada pela emoção e perguntou quando seria o casamento.

– Bem, agora que estás em casa, podemos marcá-lo para quando quisermos – respondeu Mog, e serviu a Belle mais uma chávena de chá. Já lhe oferecera todo o género de comida, mas Belle não tinha fome. – Penso que devia saber, no fundo do coração, que havias de ser encontrada, porque tenho andado a adiar. Mas agora que estás de novo em casa, a minha felicidade é completa.

– E a Annie? – perguntou Belle. – O Noah contou-me o que

ela faz agora, e que vocês as duas seguiram caminhos diferentes. Ela sabe que eu voltei?

– Sabe que foste encontrada. Fui falar com ela, mas na altura não sabíamos quando poderias regressar a casa.

– E?

– Ficou muito contente por saber que estavas a salvo, mas sabes como ela é. Incapaz de mostrar emoção, de elogiar seja quem for, de mostrar compaixão. Antigamente, pensava que a culpa era de alguma maneira minha, mas para ser franca, Belle, já não estou para a aturar. Se quer tornar-se numa velha azeda, é lá com ela. Estou farta de andar às ordens dela e de arranjar desculpas para tudo o que faz. Ela sabe onde eu estou e onde tu vais estar. Esperemos para ver o que acontece.

Belle esperara que o facto de ter estado longe durante dois anos tivesse tornado a mãe menos dura e mais carinhosa, mas chegava agora à conclusão que fora esperar de mais.

– Mas quero saber de ti – disse Mog, mudando de assunto. – Começa pelo princípio e conta-me a história toda. Nada de deixar de fora pedaços que aches que podem perturbar-me.

Cerca de hora e meia, duas chávenas de chá e uma sanduíche de fiambre mais tarde, Belle tinha finalmente chegado ao ponto da história em que Étienne a salvava. Mog mantivera os olhos muito arregalados durante a maior parte do relato, e desfizera-se em lágrimas mais de uma vez.

– Como é que consegues continuar a parecer tão fresca e encantadora? – perguntou.

– Tive dez dias em Paris para engordar um pouco e para que as marcas desaparecessem, com a bondade de pessoas como o Noah, o Étienne e a Gabrielle a ajudar – respondeu Belle. – E o Philippe mandou-me uma bonita blusa de seda e um perfume francês antes de eu partir.

– Foste, tu sabes, examinada? – perguntou Mog, num tom muito gentil.

A reticência de Mog em dizer a palavra «sífilis» fez Belle sorrir. Mog parecia e falava agora como uma dona de casa suburbana; nunca ninguém adivinharia que fora criada num bordel durante metade da sua vida.

– Sim, quando estava na clínica. Não encontraram sinais de qualquer doença, mas o médico avisou-me de que podia passar algum tempo antes que os sintomas se manifestassem. De qualquer modo, não volto a seguir esse caminho!

Mog corou e Belle riu.

– Não podemos fingir que continuo a ser uma rapariguinha inocente – disse.

– Para mim, serás sempre a minha menina – disse Mog, com o lábio a tremer. – Não suporto pensar nas coisas por que passaste.

– Agora já acabou. Contar-te tudo era o último obstáculo. Tenho uma boa maquia, vou abrir uma loja de chapéus. E o primeiro que fizer vai ser para o teu casamento.

Jimmy abriu a porta e espreitou para a cozinha.

– Se quiserem que me vá embora, vou – disse.

– Claro que não queremos – respondeu Belle. – Entra e vem sentar-te ao pé de nós. Ainda há clientes no bar? Parece muito mais sossegado.

– A maior parte já se foi embora – disse Jimmy. – O Garth diz que não tarda a fechar. O Noah foi há já algum tempo. Pediu-me para te dizer que tinha uma carta para escrever.

Belle sorriu e explicou-lhes o caso de Lisette.

– Espero que venha para Inglaterra, o Noah está mesmo embeiçado por ela. E a Lisette merece uma vida melhor. É uma mulher boa e generosa, e muito bonita.

Percebeu que Jimmy também queria saber a história, mas a ele teria de dar uma versão censurada, e isso levaria um ou dois dias a preparar. Além disso, sentiu-se repentinamente exausta; a viagem e toda aquela excitação tinham-na esgotado.

– Posso ir para a cama? – perguntou. – Gostaria de ficar a conversar mais um pouco, mas estou demasiado cansada.

– Claro – disse Jimmy. – Saber que estás a salvo lá em cima é o suficiente para a Mog e para mim. Podemos falar amanhã.

CAPÍTULO 36

O inspetor Todd, um homem de olhar arguto e dentes amarelados, ia a sair do Ram's Head com o polícia uniformizado que o acompanhara, depois de ter falado com Belle, quando se voltou para ela.

– Obrigado pela sua preciosa ajuda, Miss Cooper – disse, num tom brusco. – Esta tarde, ambos os homens serão detidos. Temo-los mantido sob vigilância desde que Mr. Bayliss nos avisou de que tinha sido encontrada.

Belle abriu a boca, de choque e surpresa. Os dois homens tinham estado a interrogá-la durante mais de uma hora, mas como se ela fosse uma criminosa, não a vítima de um crime. Não compreendia por que razão não lhe tinham dito aquilo logo no início da conversa.

Todd obrigara-a a explicar até ao mais ínfimo pormenor o que acontecera no quarto de Millie, interrompendo-a constantemente com novas perguntas, como se estivesse a tentar apanhá-la numa mentira. A dada altura, chegara até a insinuar que se escondera debaixo da cama por outra razão que não apenas o receio de ser apanhada no andar de cima. Muito claramente, não acreditava que ela nunca tivesse percebido o que se passava em casa da mãe.

Quando lhe pedira que lhe falasse do rapto, arvorara uma expressão de descarado ceticismo, como se estivesse convencido de que tinha subido para uma carruagem com dois desconhecidos pelo gosto da aventura. Só quando Belle chegara finalmente ao relato do que lhe acontecera na casa de madame Sondheim, e começara a chorar, a atitude dele se suavizara um pouco.

Mostrara-lhe um longa lista de nomes de raparigas e perguntara-lhe se tinha conhecido ou ouvido falar de qualquer delas. Alguns dos nomes eram os mesmos que Noah já referira, mas ela nada sabia a respeito de nenhum deles. Outra coisa em que Todd parecera não acreditar.

Belle sentiu-se tentada a dizer ao inspetor o que pensava dele, mas dobrou a língua.

– O que só revela a eficácia da polícia – disse, e disfarçou o sarcasmo com um sorriso radioso.

– Vamos precisar que identifique formalmente os dois homens, depois da detenção – continuou Todd, claramente imune à ironia. – E uma vez devidamente registado o seu depoimento, vamos pedir-lhe que o leia e o assine. Posto isto, permita-me que diga que estou muito contente por ter sido encontrada em Paris e devolvida ao convívio dos seus familiares e amigos.

Belle voltou para dentro, depois de os polícias saírem, e encontrou Jimmy à espera na cozinha, com uma expressão ansiosa no rosto.

– Então, correu bem? – perguntou ele.

– Agora compreendo porque é que a maior parte das pessoas daqui não quer ajudar a polícia ou sequer pedir-lhe ajuda. Ficam de braços cruzados durante dois anos, e quando eu finalmente volto a casa, sem que eles tenham contribuído para isso, tratam-me como se fosse uma mentirosa – queixou-se. – Aquele Todd tem tanta sensibilidade como uma barata. Mas lá acabou por dizer que vão prender o Kent e o Sly ainda hoje. Esperemos que de facto consigam.

Jimmy olhou para ela com compreensão.

– O que se diz por aí é que desta vez ninguém vai proteger o Kent, por mais que ele tente subornar as pessoas – disse. – E não é só pelo que fez à Millie ou por te ter raptado, é também pelas condições em que obriga os seus inquilinos a viver, as outras raparigas que desapareceram e a violência que usa para com quem se lhe atravesse no caminho. Está acabado, até aqueles que eram os seus mais firmes aliados o abandonaram. Espera-o a forca, tenho a certeza disso, e se o tal Sly fizer jus ao nome, vai falar para salvar o pescoço.

– Só espero que as outras raparigas sejam encontradas e voltem para casa – disse Belle. – Mas receio que a maior parte já não possa ser salva.

Deixou-se cair numa cadeira, sentindo-se completamente abatida.

– O tio Garth disse que posso tirar o resto do dia. Achou que ias ficar um pouco em baixo e sugeriu que te levasse a um sítio qualquer para te animar. Que achas?

– Seria muito bom – respondeu ela, agradecida. Não queria passar o resto do dia metida em casa a remoer a forma injusta como a polícia a tinha tratado ou a pensar na sorte das outras raparigas.

– Está um dia tão bonito que podíamos ir de barco até Greenwich, ou a Hampstead Heath, ou mesmo aos Kew Gardens.

– Gostava de ir a Greenwich.

O rosto de Jimmy iluminou-se, e ele disse que ia num instante mudar de roupa, pois estivera a trabalhar na adega nessa manhã.

Belle ficou na cozinha e lavou a louça do chá. Mog saíra para ir ao mercado comprar verduras e, através da janela, via Garth no pátio das traseiras, a empilhar barricas e caixas de garrafas vazias para serem recolhidas. Passar o resto do dia fora com Jimmy seria a oportunidade ideal para falar com ele; sabia que fora um pouco injusto da sua parte ter evitado fazê-lo mais cedo.

No dia anterior, levantara-se tarde, e então Mog açambarcara--a, levando-a a uma modista para tratar de lhe fazer um vestido para o casamento. Poderia ter voltado para casa depois da visita à modista e falado com Jimmy, mas em vez disso encorajara Mog a ficar com ela para uma tarde de compras em Regent Street. À noite, Jimmy trabalhara no *pub*, o que impedira mais do que breves trocas de palavras.

O que tornava ainda mais difícil aquela inevitável conversa com Jimmy era o facto de tanto Mog como Garth terem obviamente grandes expectativas em relação aos dois. Notava-o em tudo. Tinham-lhe preparado um quarto no último piso, com um bonito papel florido a forrar as paredes, cortinas com folhos e o género de cama dupla com cabeceira de madeira entalhada que um par de recém-casados poderia escolher. A divisão contígua ao quarto estava vazia de mobília, e Belle tinha a certeza de que fora reservado como sala de estar para ela e para Jimmy, se chegassem a casar.

Embora soubesse que aquele género de assunções e planos era comum nas famílias em que havia dois jovens que toda a gente considerava ideais um para o outro, achava tudo aquilo opressivo e irrealista. Gostava muito de Jimmy, que tinha todas as qualidades que qualquer rapariga poderia desejar num marido. Na realidade, não duvidava de que se não tivesse sido raptada tão nova, teriam sido namorados e talvez até estivessem agora casados.

Mas Mog e Garth não estavam a ter em consideração que ela já não era a rapariguinha inocente de outros tempos e que as suas experiências tinham cavado um abismo enorme entre ela e Jimmy. Achava que Mog e Garth tinham a obrigação de ver isto sem necessidade de que alguém lho dissesse, mas, como tinham encontrado o amor, pareciam viver na doce mas potencialmente perigosa ilusão de que a devoção de Jimmy por ela seria o suficiente para varrer o passado.

Enfiou o braço no de Jimmy enquanto desciam Villiers Street em direção ao Embankment, onde apanhariam o barco.

– Lembras-te do dia em que viemos a correr até aqui pelo meio da neve? – perguntou ele.

– Pensava sempre nisso quando as coisas se punham muito más – admitiu ela. – É tão estranho darmos por nós de repente adultos. Ambos mudámos tanto nestes dois anos.

– Eu acho que não mudei – disse ele, a sorrir-lhe. – Cresci uns centímetros, ganhei um pouco de músculo, mas foi só isso.

– Não, é muito mais do que isso. Agora és um homem, aprendeste a ter confiança em ti mesmo. Quando te conheci, ainda eras um rapaz a chorar a perda da mãe.

Jimmy fez uma careta.

– Quem te ouvisse, pensaria que era um choramingas.

Belle riu.

– Não era a minha intenção. Eu era bastante choramingas, não sabia nada de nada, praticamente nunca tinha saído de Seven Dials.

Continuaram a conversar quando se juntaram à longa fila de pessoas que esperavam o barco para Greenwich. Belle sentia-se muito mais animada, porque Jimmy não estava a tentar obrigá-la a falar daqueles dois anos perdidos. Contava-lhe histórias dos vizinhos, alguns dos quais ela recordava, outros não, mas eram todas divertidas. Jimmy era um bom contador de histórias, descritivo, mas a puxar um pouco para o cinismo, como se tivesse estudado atentamente as pessoas de que falava. Belle deu por si a rir sem constrangimentos e, quando entraram no barco e arranjaram lugares sentados à proa, estava a sentir-se muito contente por terem saído, e muito à vontade com ele.

Havia uma enorme mistura de pessoas a bordo do barco: jovens casais como eles, famílias, velhos e alguns estrangeiros de férias em Inglaterra. O sol estava muito quente e o rio refulgia e toda a gente se mostrava jovial e amistosa na expectativa de um bom dia passado ao ar livre.

– Sempre quis que a Mog me levasse a viajar num destes barcos – disse Belle enquanto a tripulação soltava as amarras e o barco começava a descer o rio. – Achava que era má por não me fazer a vontade, mas suponho que a Annie nunca lhe daria um dia inteiro de folga.

– Uma vez, disse-me que tinha pedido à Annie que a deixasse levar-te numas pequenas férias à beira-mar – contou Jimmy. – A Annie recusou. A Mog disse que na altura tinha pensado que era só por ser má, mas que mais tarde compreendera que tinha ciúmes do laço que havia entre as duas.

— Não sei porque é que a Mog nunca a deixou. A Annie tratava-a tão mal, às vezes.

— Por causa de ti, claro. Mas acho que também era muito dedicada à Annie. Disse-me que a antiga dona da casa andava sempre em cima dela, mas que a Annie a defendia. A Mog não é do género de abandonar alguém que tenha sido bom para ela.

— Penso que não tinha a noção do seu próprio valor, apesar de ser ela que mantinha tudo a funcionar — disse Belle. — Conta-me como foi que se separaram. A Annie não quis a Mog na pensão?

— A Annie fez os seus planos a contar só consigo mesma — respondeu Jimmy. — Na altura, achei que era mesquinhez, que não queria saber da Mog para nada, mas no fim acabou por ser pelo melhor.

— Pergunto a mim mesma quando se dignará vir ver-me. Ou achas que está à espera de que vá eu vê-la a ela?

Jimmy encolheu os ombros.

— É difícil saber o que ela pensa. Nunca contei isto a ninguém, mas fui falar com ela quando o Noah descobriu que tinhas sido enviada para a América. Suponho que, além de transmitir a informação, queria conhecê-la um pouco melhor, mas ela foi extremamente seca. Disse que onde quer que estivesses, poderias de certeza ter-lhe escrito uma carta. Bem, fiz notar que era bem possível que o tivesses feito, mas como a antiga casa tinha ardido a carta não tivesse sido entregue.

— Enviei um postal de Nova Iorque — disse Belle. — Nunca me passou pela cabeça que elas já lá não estivessem. Imaginava-as em Jake's Court, a Mog a pendurar a roupa, a mãe a jantar à mesa da cozinha com as raparigas. E a ti, claro, a fazer recados para o teu tio. Pensei em escrever uma carta como deve ser quando chegasse a Nova Orleães, mas nunca o fiz por pensar que seria pior para a Mog e para a Annie saber a verdade a respeito do que me tinha acontecido.

557

– Isso compreendo – respondeu Jimmy. – O que não consegui compreender foi a atitude da Annie, fiquei furioso. Deturpou tudo de maneira a fazer ela o papel de vítima. Disse-lho na cara e ela mandou-me sair.

Jimmy contou então todas as diferentes coisas que fizera para tentar encontrá-la. Belle sorriu quando descreveu a maneira como invadira o escritório de Kent e a casa dele em Charing.

– Não achaste a casa estranha? – perguntou. – Só vi o vestíbulo e uma sala de estar, mas estava tudo tão bonito e arrumado. Nada o género de casa onde seria de esperar que um monstro como ele vivesse.

– Pensei o mesmo. Pergunto-me se alguma vez saberemos porquê – disse Jimmy pensativo. – Estaria mesmo a pensar levar a Millie para lá?

Belle imaginou Millie trancada num quarto e estremeceu.

– Não falemos disso, faz-me pensar no Pascal. Acho que ele e o Kent são os dois iguais.

– Prometo-te que um dia vais acordar e descobrir que ganhaste qualquer coisa com as tuas experiências, por muito horríveis que estes dois anos possam ter sido – disse ele.

Belle arqueou, risonha, as sobrancelhas.

– Parece-me tão pouco provável como descobrir que na verdade sou filha do rei Eduardo – respondeu, com uma gargalhada.

Jimmy sorriu.

– Bem, a mim aconteceu-me. Fiquei muito perturbado quando desapareceste, eras a minha única amiga e de repente tinhas-te sumido. Mas, miraculosamente, a minha vida ficou melhor por causa disso. A Mog veio para nossa casa depois do incêndio, o meu tio tornou-se num homem mais feliz e tentar encontrar-te deu-nos a todos um novo propósito e aproximou-nos. Até o *pub* tem estado a fazer mais negócio por causa de toda esta história.

– Sim, percebo como acabou por melhorar a tua vida. Mas não me parece que alguma vez chegue ao ponto de dizer que estou contente por ter sido vendida a um bordel.

– Não, isso não, mas do que aconteceu nasceram outras coisas. Eu próprio só consigo vê-lo quando olho para trás. Foi horrível assistir ao desgosto da Mog, e também eu estava louco de preocupação. Foi uma época negra, horrível. No entanto, sem ela, alguma vez teria chegado a gostar do meu tio e respeitá-lo? Não me parece. Ganhei a Mog, que adoro, e encontrei um amigo de primeira categoria no Noah. E eles por sua vez deram-me confiança, estou a tornar-me muito bom a gerir o *pub*. Sinto que agora tenho uma verdadeira família, e um futuro. E não sou só eu, vê como a Mog está feliz, e o tio Garth. Três pessoas cujas vidas foram mudadas para melhor.

– Nesse caso, suponho que vou ter de olhar para trás e ver se consigo descobrir qualquer coisa que tenha ganhado.

– Ainda é muito cedo para isso. Ainda só consegues pensar na tua inocência perdida, nas pessoas que te fizeram mal. Mas aposto que há pessoas que gostaste de conhecer, coisas que viste que mudaram a tua maneira de pensar. Um dia acordarás, como eu, e sentir-te-ás grata por tudo isso.

– Talvez – respondeu Belle. A única pessoa que gostara verdadeiramente de conhecer fora Étienne, mas não podia dizê-lo, e por isso encaminhou a conversa para um tema mais leve.

Belle achou Greenwich encantadora, com as suas velhas casinhas e bares junto à margem do rio e as elegantes casas jorgianas mais recuadas. O Royal Hospital School e o Naval College pareceram-lhe magníficos, com os seus jardins extensos e luxuriantes. Depois de uma empada com puré de batata numa banca perto do cais, subiram a colina para ver o Observatório e sentaram-se num banco para apreciar a vista do rio.

– Henrique VIII nasceu aqui, no palácio, que foi destruído por um incêndio – disse Jimmy, que parecia sempre saber muito de História. – Onde agora está o Observatório, havia o Castelo de Greenwich, onde ele tinha as suas amantes. Devia ser um espetáculo grandioso, quando reis e rainhas subiam o rio nas barcaças reais. E é estranho pensar que é aqui que o tempo é medido, e a longitude, para que as pessoas possam navegar por todo o mundo.

– Estás satisfeito com a perspetiva de continuar a gerir o Ram's Head, ou tens outros planos? – perguntou Belle.

Tinham falado de muita coisa. Jimmy relatara-lhe o funeral do rei Eduardo, e depois a coroação de Jorge V, um ano mais tarde, e como ficara a pé a noite toda para conseguir um bom lugar para ver passar o cortejo real. Contara-lhe o que as *suffragettes* tinham feito durante a ausência dela, como muitas tinham sido alimentadas à força na prisão, e como uma morrera ao atirar-se para debaixo das patas do cavalo do rei nas corridas de Epsom. E também lhe dissera que Mog e Garth tinham tido várias discussões acesas por causa delas. Mog admirava-as, mas Garth achava que deviam ficar em casa a cuidar das famílias e deixar a política e os votos para os homens.

Tinham falado do naufrágio do *Titanic* na sua viagem inaugural, a 15 de abril, numa altura em que Belle estava ainda a recuperar na clínica em Paris. Noah dissera-lhe que tinham morrido mil e quinhentas pessoas quando o paquete chocara com um icebergue, mas, talvez pensando que isso a perturbaria, não se alongara muito no assunto, e Belle não pudera, claro, ler os relatos da tragédia que tinham aparecido na imprensa francesa. Mas Jimmy sabia a história toda e contara-lha com tal riqueza de pormenores que qualquer pessoa diria que estivera a bordo do navio.

Mas Belle reparara que apesar de ter falado muito a respeito de assuntos do dia a dia, dos vizinhos, de Mog e de Garth, não respondera à sua pergunta a respeito do trabalho que fazia, e por isso insistira.

– Acho que o tio Garth e a Mog estão a pensar em sair do centro de Londres, depois de casarem – respondeu Jimmy. – Suponho que podia ficar e gerir o *pub* sozinho, mas não é isso que verdadeiramente quero. Fomos todos passar um dia a Blackheath, na Páscoa, pouco antes de sabermos que tinhas sido encontrada. Na altura, não falaram de outra coisa senão de tentar arranjar por lá um *pub*

560

que pudessem comprar, mas desde que voltaste para casa não voltaram a tocar no assunto.

– Onde é Blackheath? – perguntou Belle.

Jimmy apontou para trás deles.

– Aqui perto, do outro lado de Greenwich Park. A estrada de Dover passa por lá, e com tanta gente a ter automóvel, seria um bom lugar. E estão a construir montes de casas para aqueles lados. Se o Garth conseguisse descobrir o sítio certo, poderiam também alugar quartos. A mim parece-me um plano brilhante. Heath é um lugar encantador, tem imensos lagos, e quando lá estivemos havia uma feira. Joga-se *cricket*, no verão, e a aldeia é muito bonita.

– Parece que estás cheio de vontade de ir para lá – disse Belle. – Achas que seria um bom sítio para uma loja de chapéus?

Tinha contado a Jimmy e a Mog que aprendera a fazer chapéus quando estava na América e dissera que queria abrir uma loja, mas com a excitação do seu regresso, e aquela história com a polícia, nenhum dos dois reagira à ideia.

– Seria ideal. É uma aldeia muito classe média, onde vivem imensos homens que trabalham na City e cujas mulheres gostam de andar na moda e bem vestidas.

Belle sentiu uma vaga de excitação face à ideia de começar de novo num lugar onde ninguém a conhecesse. Mas logo a seguir esmoreceu, porque como principal testemunha num caso de assassínio a sua história persegui-la-ia.

– O que foi? – perguntou Jimmy, ao notar-lhe a expressão.

Ela explicou.

– As pessoas não ficam com esse género de coisas na cabeça durante muito tempo – disse ele, para a sossegar. – Usam o jornal do dia anterior para acender a lareira e, pronto, não pensam mais nisso. Só a família e os amigos têm dificuldade em esquecer. Mas podes mudar de nome, e então ninguém te relacionaria com o julgamento.

Belle pensou naquilo durante algum tempo.

– Não consigo imaginar-me senão como Belle Cooper – acabou por dizer.

– Podias ser Belle Reilly, se casasses comigo.

Belle estivera a recear que ele a pressionasse naquela questão, mas a maneira descontraída como fizera o comentário arrancou-lhe uma gargalhada.

– Penso que uma rapariga deveria casar com alguém por razões muito mais profundas do que mudar de nome – disse.

– É verdade – admitiu ele, no mesmo tom ligeiro. – Mas se nos mudássemos todos para Blackheath, que é um sítio muito respeitável, eu teria de fingir que era teu irmão, para evitar falatórios. E isso tornar-se-ia muito complicado. Seria muito mais fácil apresentar--te como minha mulher. E mais fácil para ti conseguir uma loja... os senhorios são muito preconceituosos quando se trata de mulheres sozinhas a fazer arrendamentos.

Belle pensou que deveria sentir-se nervosa com o rumo que a conversa estava a tomar, mas a verdade era que não sentia. Tudo o que ele dizia era verdade.

– Estou a falar de sermos marido e mulher apenas de nome – acrescentou Jimmy rapidamente, antes que ela tivesse sequer tempo de responder. – Compreendo que depois de tudo o que passaste a última coisa que queres é outro homem a tomar conta da tua vida.

Belle sentiu a absoluta sinceridade dele, e ficou comovida.

– Isso não seria justo para ti, Jimmy – disse em voz baixa.

– Queres dizer se não quisesses partilhar a minha cama? – perguntou ele, francamente.

– Bem, sim, e de não sentir o mesmo por ti – disse, embaraçada. – Gosto muito de ti, Jimmy, e confio em ti e podíamos ser melhores amigos, mas... – Calou-se, sem saber como tornar aquilo menos duro.

– Ouve – disse ele, pegando-lhe nas mãos –, limitei-me a fazer uma sugestão, nada mais. Tudo o que realmente quero é que recuperes. Ser teu amigo e apoiar-te em tudo o que decidires fazer.

Ela olhou-o no fundo dos olhos castanhos e viu exatamente o

mesmo que tinha visto da primeira vez, quando se tinham conhecido. Honestidade.

Passearam por Greenwich Park e foram até aos grandes portões de ferro forjado, no extremo oposto, e ele disse-lhe que aquela vasta extensão de erva à frente deles era Blackheath. Viram várias crianças a andar de barco num lago, os rapazes com fatos de marinheiro, as raparigas com bonitos vestidos, vigiadas pelas mães, algumas com carrinhos de bebé, sentadas nos bancos.

Para lá do Heath avistava-se o campanário de uma igreja. A cena era tão diferente do bulício e da esqualidez de Seven Dials que Belle sentiu um aperto na garganta.

– A minha mãe trouxe-me aqui uma vez, quando eu tinha mais ou menos o tamanho daquele rapaz – disse Jimmy, apontando para um miúdo com cerca de sete anos. – Nunca o disse, mas senti que gostaria de viver num lugar assim, onde eu pudesse andar de barco em vez de brincar na rua. Tinha de trabalhar muito para nos sustentar. Mas nunca se queixava.

– É por isso que gostavas de vir viver para aqui? – perguntou Belle.

– Suponho que sim, bem, pelo menos em parte. Gostaria de ter filhos, um dia, e trazê-los para aqui para andarem de barco, e jogar *cricket* com eles. Mas sobretudo gostava de viver num sítio com espaços abertos, como este, acordar todas as manhãs a ouvir o canto das aves, e ser feliz.

– A mim parece-me uma ambição encantadora – disse Belle, e ocorreu-lhe que a partilhava.

Nos dias que se seguiram, enquanto ajudava Mog nas lides domésticas, Belle deu muitas vezes por si a pensar no soalheiro Heath, no lago e nos barcos à vela. Já chegara à conclusão de que seria arriscado tentar abrir uma chapelaria algures perto de Seven Dials, havendo já tantos sítios onde comprar chapéus em Oxford Street e em Regent Street. Blackheath parecia perfeito, e imaginar a sua loja desviava-lhe os pensamentos do pesadelo que vivera naqueles dois últimos anos e do que o futuro imediato lhe reservava quando Kent e Sly fossem capturados.

Até ao momento, porém, a polícia fora incapaz de deter os dois homens, e isto fazia com que Belle se sentisse mais tensa a cada dia que passava. Sabia que era perfeitamente possível que se Kent soubesse que tinha regressado a Inglaterra a procurasse e a matasse. Sabia, pelo ar vigilante com que fechavam portas e janelas todas as noites e pela maneira como insistiam que nunca saísse sem ser acompanhada, que este receio estava igualmente presente no espírito de Garth e de Jimmy.

Jimmy trabalhava durante a maior parte do dia e da noite, mas quando o *pub* fechava ele e Belle podiam sentar-se junto ao fogão, na cozinha, e conversar. Pedaço a pedaço, Belle falou-lhe de Nova Orleães, de Faldo, da ida para Marselha. Ao princípio, censurara a história, contando apenas as partes divertidas, ou fazia o relato como se tivesse sido uma simples espectadora. Mas, pouco a pouco, à medida que compreendia que ele não se deixava chocar com facilidade, contou tudo como realmente acontecera.

– Esse rapaz é um poço de compreensão – comentou Mog no dia em que Jimmy acompanhou Belle à esquadra de polícia de Bow Street para ler e assinar o seu depoimento. – Suponho que a trabalhar no *pub* deve ter ouvido todo o género de histórias... quem vive por aqui não conserva a inocência durante muito tempo. Mas o Jimmy não julga ninguém, e acho que é disso que mais gosto nele.

Belle tinha de concordar. Chegou até a provocar Jimmy, dizendo-lhe que daria um bom padre.

– Era capaz de ouvir as pessoas no confessionário – riu ele. – Mas lá aquilo de rezar e o resto, acho que não.

Belle perguntou-se se com o «resto» estava a referir-se ao celibato. Sabia que ele tinha saído com um par de raparigas durante a sua ausência, mas suspeitava de que continuava virgem. A proposta dele ficara-lhe na cabeça, e vinha à tona nas ocasiões mais inesperadas. Pensava que aceitá-la seria a coisa mais fácil do mundo; de uma só penada, faria toda a gente feliz, incluindo até ela própria, de muitas maneiras, pois quanto mais tempo passavam juntos mais gostava dele. Mas enquanto continuasse a pensar em Étienne e a esperar que ele aparecesse para a reclamar, não seria justo para Jimmy fazer fosse o que fosse que o levasse a ter esperança.

Não recebera, porém, qualquer carta de Étienne. Há já duas semanas que estava em Londres, e por muito que dissesse a si mesma que o correio de França podia levar mais tempo do que isso a chegar, no fundo do coração sabia que não havia nenhuma carta a caminho.

Garth não permitia a presença de mulheres no seu *pub*. Uma atitude que nada tinha de invulgar; excetuando os bares dos hotéis, e os que ficavam perto de teatros, acontecia o mesmo quase por todo o lado. Mog ajudava ocasionalmente a servir o almoço, mas só isso, e Garth chamava às mulheres que tentavam entrar «damas da noite» e recusava-lhes o acesso.

O eufemismo nem sequer era apropriado, pois em Seven Dials elas não esperavam pela noite, estavam pelas esquinas das ruas a partir das nove da manhã. Tinham estado pelas esquinas das ruas durante toda a infância de Belle, mas Belle quase não reparara. Agora, no entanto, não só reparava como sentia uma profunda pena delas: sujas, desmazeladas, algumas com seios engelhados quase desnudos, cabelos desgrenhados que não eram lavados há semanas, e magras, porque preferiam comprar *gin* barato a comida, porque o *gin* lhes proporcionava o esquecimento e a comida não.

Por isso, quando, certa noite, sentada na cozinha com Mog, ouviu vozes femininas estridentes vindas do bar, ergueu os olhos do caderno de esboços, surpreendida.

– O que se passa ali? – perguntou.

Mog pousou a peça de roupa que estava a costurar e espreitou pela janela.

– Bem, não está a chover, que é quando geralmente tentam convencer o Garth a deixá-las entrar. Deve ter acontecido qualquer coisa na rua. Vou ver.

O mais que fez foi abrir a porta que dava para o bar e espreitar para o outro lado.

– Jimmy! – chamou. – O que é que se passa?

Belle não ouviu a resposta, mas Mog voltou à sua cadeira.

– Diz que já vem explicar. Mas está lá um monte de rapari-gas... pareceram-me as do Pearl's... e o Garth serviu bebidas a todas. Alguma coisa há de ter acontecido.

O Pearl's era um bordel que ficava a um par de ruas de distân-cia. Mog falara dele um ou dois dias antes, porque corria o rumor de que pertencia a Kent.

– Talvez a polícia tenha feito uma rusga e o tenha encontrado? – alvitrou Belle.

– Se fosse isso, de certeza tinham levado as raparigas para a esquadra – disse Mog, e franziu a testa, com um ar preocupado.

Era frustrante ouvir as vozes cada vez mais altas e não saber o que se estava a passar. Mog aproximou-se várias vezes da porta para escutar, mas não conseguiu perceber palavra do que era dito. Então ouviram o repicar da campainha a avisar os clientes de que era tempo de acabarem as respetivas bebidas porque o bar ia fechar e, pouco a pouco, o barulho foi diminuindo à medida que toda a gente saía.

Finalmente, Garth entrou na cozinha. Tinha uma expressão sombria.

– Que aconteceu? – perguntou Mog, aproximando-se dele e passando-lhe os braços pela cintura.

– A polícia fez uma rusga no Pearl's. O Kent estava lá, mas tinha uma arma, matou um polícia e fugiu pela janela das traseiras. Seven Dials em peso está em alvoroço. As raparigas vieram avisar-me por causa da Belle.

566

CAPÍTULO 37

B elle passou a noite às voltas na cama, muito consciente da presença de Mog deitada a seu lado, e de que Garth e Jimmy se revezavam para montar guarda lá em baixo.

Antes de elas terem subido para o quarto, Jimmy fizera notar que, depois de ter matado um polícia, de pouco serviria a Kent tentar matar também Belle, uma vez que tinha a forca garantida quer ela depusesse no julgamento quer não. Garth acrescentara que, naquele momento, Kent devia estar principalmente interessado em sair do país, e ambos estavam a ser lógicos. Mas Belle sentia que a lógica não entrava na equação com homens como Kent ou Pascal.

Tinham espreitado pela janela do quarto antes de se deitarem e visto dois polícias a patrulhar Monmouth Street. Mog dissera que haveria muitos mais espalhados por Seven Dials e notara como tudo parecia silencioso, sem os habituais bêbedos e prostitutas a deambular de um lado para o outro.

Belle devia ter adormecido a dada altura, pois acordou em sobressalto a ouvir alguém a bater à porta lá em baixo, e o dia já tinha nascido.

Mog saltou da cama como um gato escaldado e pôs um xaile à volta dos ombros.

– Fica aqui – ordenou. – Vou só até à escada ver se o Jimmy ou o Garth abrem a porta.

Belle olhou para o relógio e viu que eram seis e meia. Sabendo que de qualquer modo não conseguiria voltar a adormecer, levantou--se e vestiu-se.

Mog voltou ao quarto.

– É o Noah – disse. – O Jimmy abriu-lhe a porta.

Belle correu escada abaixo e encontrou Jimmy, completamente vestido, na cozinha, acompanhado por Noah e por Garth, que, só de calças e casaco, bocejava sonolentamente.

– O Noah esteve na esquadra da polícia para saber as últimas novidades – informou Jimmy.

Belle pôs a chaleira ao lume. Por vezes, pensava que estava a ficar igual a Mog, porque era aquilo que ela sempre fazia em momentos de crise.

– Peço desculpa por vir tão cedo, mas achei que haviam de que-rer saber. O Sly foi preso ontem à tarde – disse Noah. – Deve ter cantado como um passarinho, pois era a única maneira de a polícia saber que o Kent ia estar no Pearl's a noite passada para recolher a receita. Vá-se lá saber porque foi que não o apanharam antes de ele entrar, malditos incompetentes. Seja como for, irromperam pelo Pearl's como se fossem a cavalaria. Para ser justo, suponho que não lhes passou pela cabeça que o fulano estivesse armado. O Kent estava num dos quartos do piso superior, que aparentemente usa como escritório. Ouviu o barulho, tentou fugir pela janela, e quando um polícia entrou, disparou contra ele.

– Matou-o?

– Bem morto – respondeu Noah, num tom lúgubre. – Um homem novo, com três filhos. Estão a imaginar a confusão que por lá foi. Ao que me disseram, o lugar parece um labirinto, com pas-sagens estreitas e quartos minúsculos. Com as raparigas aos gritos e os homens a tentarem vestir-se e safarem-se de lá antes que a polí-cia os interrogasse, deve ter sido uma balbúrdia. O Kent conseguiu sair pela janela e chegar ao telhado, e parece que foi pelos telhados que percorreu a rua toda e escapou aos polícias que tinham cercado o Pearl's.

– Portanto continua à solta? – perguntou Belle, nervosamente.

– Sim, mas está em curso uma verdadeira caça ao homem. Todos os polícias de Londres andam na rua; não há nada que os motive tanto como a morte de um dos seus.

– Se sabiam que é o dono do Pearl's, porque foi que não puseram a casa sob vigilância mais cedo? – perguntou Jimmy.

– Não me parece que soubessem. A Pearl foi presa. Aposto que tem demasiado medo dele para o denunciar.

Mog entrou na cozinha, branca de medo.

– Onde se meteram as raparigas do Pearl's? – perguntou.

Noah encolheu os ombros.

– Não faço ideia, mas quando vinha para cá, vi que a polícia isolou a rua. Se essas raparigas tiverem um mínimo de juízo, vão manter-se afastadas durante algum tempo.

– É a casa delas, Noah – lembrou-lhe Belle, recordando como fora quando Millie tinha sido assassinada: no meio de toda a histeria e medo, as raparigas tinham ao menos podido continuar em casa. – Tudo o que possuem está lá e a maior parte não deve ter outro sítio para onde ir.

– Acham que devíamos mudar-nos para outro lugar? – perguntou Mog.

Garth olhou para ela, viu como estava assustada, aproximou-se e abraçou-a, num gesto protetor.

– Não podia sair daqui mesmo que quisesse – disse. – Pilhavam-me a casa mal dobrasse a esquina, e não tenciono perder-vos de vista, a ti e à Belle, por um minuto que seja. Mas o Kent não se atreverá a vir até aqui. Não é parvo, ou já o tinham apanhado. Portanto ficamos e fazemos a nossa vida normal, só que vigilantes.

– Vamos todos sentar-nos e tomar o pequeno-almoço – disse Belle, e tirou a frigideira do gancho, sabendo que isso levaria Mog a pôr a mesa.

Cerca de quinze minutos mais tarde, estavam todos sentados a comer *bacon* com ovos, e a calma tinha voltado.

– Estava para vir cá ontem à noite. – disse Noah, enquanto tirava outra fatia de pão. – Recebemos um telegrama de Paris a dizer que a polícia tinha encontrado o corpo da outra rapariga. Mas fiquei até tão tarde a trabalhar no artigo que já não eram horas de vir.

– Estava enterrada no jardim do Pascal? – perguntou Belle. Tinha a pele toda arrepiada.

– Não, escavaram-no de uma ponta à outra mas não encontraram nada. Estava num terreno baldio nas traseiras do Sacré-Coeur. Encontrou-a um trabalhador quando estavam a nivelar o terreno para o pavimentar. Identificaram-na por um colar que a mãe lhe tinha dado.

– Como foi que morreu? – quis Garth saber.

– Temos de falar destas coisas enquanto comemos? – protestou Mog, com a voz a tremer.

Noah pediu desculpa, mas não deixou de informar que a rapariga tinha sido estrangulada.

– Mas podem provar que foi o Pascal? – perguntou Belle.

– Encontraram algumas peças de roupa dela em casa dele – disse Noah. – A mesma roupa que usava na noite em que desapareceu. Parece ser o suficiente para o condenar.

– Se eu fosse da polícia de lá, arrancava-lhe uma confissão à pancada – disse Garth sombriamente.

– Ficaria muito surpreendido se não o tiverem já feito. – Noah sorriu. – O julgamento vai ser marcado para breve, e eu irei a Paris para o cobrir.

– Também vou ter de ir? – perguntou Belle.

– Duvido muito. O Philippe disse, quando lá estávamos, que o teu depoimento era o suficiente para eles. E prenderam também madame Sondheim. Talvez precisem de ti para o julgamento dela, mas isso não será para já. Ainda estão a recolher provas sobre os crimes dela e, claro, dos outros na organização.

– E a Lisette? Vai ter de depor?

– Vais ter oportunidade de conversar pessoalmente com ela a esse respeito. Vem a caminho de Inglaterra. – Noah fez um grande sorriso, a excitação a brilhar-lhe nos olhos. – Recebi uma carta dela há dois dias. Estava com o filho na Normandia, em casa de uma tia, e os dois chegam a Dover para a semana. Mais logo vou ver uma casa para ela. Fica perto do sítio onde moro.

– O Étienne sabe de tudo isso?

Belle tinha de perguntar, era mais forte do que ela. Sentiu os olhos de Jimmy pousados em si e esperou que ele não lhe tivesse detetado a ânsia na voz e adivinhado que tinha um rival.

– Pode não saber do corpo que foi encontrado perto da igreja, mas vai com certeza saber de madame Sondheim. Tanto quanto sei, ajudou muito a polícia francesa. É um homem corajoso, e a partir de agora um homem marcado. Mas sente-se que impôs a si mesmo a missão de acabar com o tráfico de raparigas, e desconfio que desistiu há muito de preocupar-se com a sua própria segurança.

Belle estava à espera de que Jimmy fizesse algum comentário venenoso, mas ele não o fez. E subiu mais um furo na consideração dela.

Nessa noite, depois de o bar ter fechado, Jimmy contou-lhes que não se falara de outra coisa senão de Kent ter matado um polícia.

– Todos dão a entender que conhecem muito bem o Kent – disse, furioso. – Mas quando estávamos a tentar encontrá-lo, há dois anos, nenhum daqueles cretinos cobardes sabia fosse o que fosse a respeito dele.

Belle riu. Achava graça a ver o calmo e pacífico Jimmy tão zangado.

– Duvido que o conheçam, as pessoas são mesmo assim. Aposto que metade da população de Londres afirma ter um parente ou um amigo que se afundou com o *Titanic*.

Jimmy concordou com ela.

– No dia em que se soube da notícia, não se ouvia outra coisa. Aposto que quando Jack, *o Estripador*, andava a fazer das suas, houve centenas de prostitutas que afirmaram ter conseguido escapar às suas garras.

– A polícia continua a patrulhar a rua? – perguntou Belle. Garth tinha-a proibido de pôr sequer o nariz fora da porta.

– Sim, há polícias por todo o lado, e as pessoas até já começam a queixar-se. Os lojistas dizem que os clientes têm medo de aparecer, as raparigas da rua estão sem trabalho e os carteiristas não encontram carteiras para roubar.

– O *pub* também tem tido menos clientela?

– Não, e essa é a parte mais curiosa. Estamos com mais movimento do que nunca. Esta noite até apareceu gente que não vive para estes lados.

– Tivemos um pico de negócio no Annie's quando a rainha Vitória morreu – disse Mog, com um sorriso maroto. – Agora digam-me lá porque é que há de alguém querer mais sexo porque o monarca morreu.

Começaram os três a rir, e depois de terem começado não conseguiram parar. Para Belle, era particularmente divertido, porque conseguia imaginar as frenéticas cenas por detrás das portas fechadas, no bordel. Só não teve a certeza de que Jimmy achasse assim tanta graça.

Mas aquelas gargalhadas fizeram com que todos se sentissem um pouco melhor.

Desde que chegara a Londres, Belle chamara a si a obrigação de limpar o bar todas as manhãs, deixando Mog livre para outras tarefas. Uma das vantagens do trabalho era ser sempre ela a apanhar o correio. Tinha consciência de que Jimmy poderia ficar magoado se recebesse uma carta de Étienne, e Mog ia provavelmente querer saber de mais, pelo que preferia que não vissem qualquer carta.

Agora, no entanto, sem que nenhuma tivesse chegado mais de duas semanas depois do seu regresso a Londres, estava quase à beira de desistir da ideia de Étienne. Mas quando naquela manhã entrou no bar e viu o sobrescrito branco caído no chão por baixo da fresta da caixa do correio, correu para lhe pegar. Escondeu a carta no bolso do avental e voltou ao quarto para a ler.

O sobrescrito não tinha selo, francês ou outro, mas ela rasgou-o ansiosamente, meio à espera de que Étienne tivesse chegado a Inglaterra e escolhido aquela maneira para lho dar a saber. Ficou desapontada ao ver que a morada no topo da única folha de papel era de King's Cross. Era da mãe, e o desapontamento fê-la sentir-se um pouco culpada.

«Querida Belle», leu. «Estou muito contente por estares de novo a salvo em Inglaterra. Desculpa-me por não te ir visitar, mas há algum ressentimento entre mim e a Mog e não posso mesmo ir aí. Enfiei esta carta por baixo da porta a caminho do mercado esta manhã e espero que possas encontrar-te comigo em Maiden Lane, num café que lá há. Não digas nada à Mog, ela sempre quis ter-te só para si e vai tentar impedir-te de ir. Estarei lá às dez e meia. A tua mãe que te ama.»

Belle leu a carta várias vezes antes de voltar a guardá-la no bolso do avental. Não obstante o seu profundo amor por Mog, era agora suficientemente madura para compreender que Annie nunca tivera a possibilidade de ser uma verdadeira mãe, porque Mog assumira esse papel.

Agora que sabia, graças a Noah, que também Annie fora forçada a prostituir-se, tinha uma nova perspetiva das razões que a levavam a ser tão fria e distante. Mas ela nunca passara fome quando era criança, nunca ninguém a tratara com crueldade. Na realidade, tivera uma vida muito melhor do que a maior parte das raparigas que conhecera na escola e que tinham um pai e uma mãe muito respeitáveis.

Se tivesse engravidado quando estava em Nova Orleães, teria sido uma boa mãe? Não podia responder àquela pergunta, ninguém podia antes que lhe tivesse acontecido. Mas sentia que tinha de ir ver a mãe. Tinham agora muito em comum, e talvez com isso descobrissem que podiam ser amigas.

O problema era que Garth, Mog e Jimmy não iam deixá-la sair. Se não aparecesse no café, sabia que a mãe ia pensar que era porque não queria ter nada a ver com ela. Sentia que tinha de ir, quanto mais não fosse para lhe explicar que Kent continuava à solta.

Ainda eram só nove da manhã. Era o dia de Mog mudar os lençóis das camas e Jimmy estaria a trabalhar na adega até cerca das dez e meia. Garth poderia estar em qualquer lado, não era homem de rotinas fixas. Se limpasse o bar muito depressa, poderia escapulir-se pela porta lateral às dez menos um quarto, e todos pensariam que ainda estava ocupada com a sua tarefa durante pelo menos mais meia hora.

Enquanto trabalhava, a lavar e limpar copos, passar o pano pelos espelhos atrás do balcão e pelo próprio balcão, a esfregar o chão, ponderava o risco de sair sozinha. Como tantas pessoas tinham dito, era pouco provável que, depois de ter matado um polícia, Kent continuasse por ali. E mesmo que continuasse, estaria escondido algures, não andaria pelas ruas ou pelos cafés.

Poderia desculpar-se, quando voltasse, dizendo que saíra para comprar material para um chapéu. Na melhor das hipóteses, era até possível que nem dessem pela sua falta.

Lavou as mãos e a cara quando acabou de limpar o bar, arranjou os cabelos e pendurou o avental atrás da porta da cozinha. Desejou estar mais elegante para o seu encontro com Annie. Mog dera-lhe o vestido de algodão verde que usava, porque todas as suas outras roupas eram demasiado boas para aquele trabalho, mas era feio e ficava-lhe demasiado grande e fazia-a parecer uma servente de cozinha.

Garth estava no pátio das traseiras, Mog nos quartos, lá em cima, e o retinir de garrafas vindo da cave disse-lhe que Jimmy estava lá. O melhor era ir agora, enquanto podia.

Felizmente, a porta lateral tinha uma daquelas fechaduras que não precisavam de chave para se trancarem, de modo que não haveria qualquer porta aberta para a denunciar. Uma vez na rua, correu pelo beco em frente e foi dar a Neal Street. Viu quatro polícias antes de chegar ao mercado mas, apesar do que as pessoas tinham dito no bar na noite anterior, a azáfama era por todo o lado a mesma de sempre. Ouviu um relógio dar a meia hora quando estava a aproximar-se de Maiden Lane.

Maiden Lane tornara-se num lugar ainda mais imundo do que ela se lembrava. O passeio do lado esquerdo estava ocupado pelos andaimes de uma casa, e havia montes de areia e pilhas de tijolos a ocupar a calçada, de modo que atravessou para o lado direito. As portas das traseiras dos teatros do Strand davam para aquela rua e havia caixotes de lixo a deitar por fora e montes de caixas de cartão. Não viu nenhum café, mas, como alguns edifícios sobressaíam em relação aos outros, continuou a descer a rua para o procurar.

De repente, um homem agarrou-a pela costas e uma mão tapou-lhe a boca. Soube naquele instante que tinha sido enganada, mas antes que pudesse reagir deu por si a ser arrastada à força para um edifício.

Tentou resistir ao seu assaltante, mas o homem atirou-a contra a parede e fechou a porta com um pontapé. Havia muito pouca luz, mas mesmo assim soube que era Kent, só pela forma e pelo cheiro. Gritou com toda a força dos seus pulmões até que ele a calou com um murro na cara.

– Devia ter-te matado logo, sabia que havias de me arranjar sarilhos – rosnou Kent, enfiando-lhe um trapo malcheiroso na boca para a silenciar. – Desta vez acabo contigo, mas primeiro vais ser o meu passaporte para sair de Londres.

Belle, cujos olhos começavam a adaptar-se à penumbra, viu-o pegar num pedaço de corda e amarrar-lhe as mãos atrás das costas e os tornozelos, como fizera da primeira vez que a capturara. Quando acabou, Kent carregou-a ao ombro e subiu um lanço de escadas.

O cheiro daquele lugar fez o estômago de Belle dar uma volta. Era o mesmo cheiro que emanava dos mais sórdidos pardieiros: dejetos humanos, ratos, humidade e imundície. Estava escuro, como na entrada, apenas com uma pálida claridade a vir do extremo mais afastado de uma grande sala. Belle viu cadeiras partidas no meio de outros destroços e pensou que o lugar devia ter sido, em tempos, um clube ou uma sala de baile, mas que mais recentemente servia de morada a pessoas desesperadas.

Kent deixou-a cair no chão, o que lhe abalou todos os ossos do corpo, e afastou-se em direção à débil luz que se avistava ao fundo da sala.

Ali caída no meio da fétida esqualidez, com o queixo dorido do murro de Kent, Belle pensou que estava sempre a arrepender-se de qualquer coisa. Porque não dera ouvidos às instruções de Garth para que não saísse? Mas ainda pior do que esse arrependimento era o horror de pensar que a própria mãe a tinha atraído até ali. Porque o teria feito?

Não que isso tivesse agora grande importância, considerando o que Kent ia fazer-lhe. Não tinha nada a perder e era um homem inteligente e astuto. Não imaginava como achava ele que ela seria o seu passaporte para sair de Londres, mas não duvidava de que tinha um plano.

CAPÍTULO 38

Jimmy saiu da adega e entrou no bar, à espera de ver Belle ainda a tratar da limpeza. Mas já tinha acabado, estava tudo a brilhar e o chão ainda húmido, e não a encontrou ali. Presumindo que estaria com Mog, subiu as escadas a correr, mas Mog estava sozinha, a juntar lençóis sujos.

– Onde está a Belle? – perguntou.

– A limpar o bar – respondeu Mog.

– Já acabou e não está na cozinha – disse Jimmy, e então abriu as portas de todos os quartos para ver se a encontrava num deles.

– No pátio com o Garth? – sugeriu Mog.

Jimmy abriu a janela e gritou ao tio, que estava sentado num caixote virado a fumar o seu cachimbo:

– A Belle está aí consigo?

O tio respondeu que estava no bar.

Jimmy disse que não estava. Começava a ficar preocupado.

– Onde mais poderá estar? – perguntou a Mog, e voltou a descer as escadas a correr para ver na sala de estar, que raramente usavam.

Estava na cozinha, com uma expressão de ansiedade no rosto, quando Mog desceu, minutos depois.

– Não estou a gostar disto – disse. – Acha que pode ter saído, apesar de lhe dizermos que não o fizesse?

– Talvez precisasse urgentemente de qualquer coisa.

– O quê, por exemplo?

– Não sei, Jimmy. Mas às raparigas metem-se-lhes ideias na cabeça. Suponho que achou que era urgente.

– Às nove e meia subi para vir buscar água quente e ouvi-a a varrer. Viu-a depois dessa hora?

– Bem, gritei lá de cima que ia mudar os lençóis e ela brincou comigo a respeito de não voltar para a cama. Foi por volta das dez.

– Deve ter saído pela porta lateral. O Garth esteve sempre no pátio, de modo que não pode ter sido por esse lado.

– Não a imaginava tão escorregadia – comentou Mog. E então, ao ver a expressão assustada de Jimmy, deu-lhe uma palmadinha no braço. – Não te preocupes, provavelmente precisava de ganchos de cabelo, ou então viu pela janela alguém que conhecia e saiu para dar dois dedos de conversa. Não deve ter ido para muito longe.

– Não estou a gostar disto, Mog – repetiu Jimmy. – Veja, ela tirou o avental, e não o teria feito se só tivesse saído para falar com alguém. Além disso, foi há já mais de meia hora.

Mog olhou para o avental pendurado atrás da porta. O simples facto de estar pendurado era invulgar, uma vez que geralmente Belle o deixava nas costas de uma cadeira, ou em qualquer outro lugar menos no cabide. Aproximou-se e apalpou-o. Belle só o pendurava quando estava molhado.

– Está completamente seco – disse, mas quando passou as mãos por ele, sentiu qualquer coisa no bolso. Enfiou a mão e tirou de lá a carta, e à medida que a lia o seu rosto ia empalidecendo.

– O que foi? – perguntou Jimmy.

– Uma carta da mãe – arquejou Mog. – Só que a letra não é a da Annie, e quem a escreveu queria encontrar-se com a Belle.

Jimmy arrancou-lhe a carta das mãos e leu-a.

– Mas a morada é a da Annie – disse. – Tem a certeza de que não é dela?

– Claro que tenho a certeza. Vi a letra da Annie todos os dias durante mais de vinte anos, e não é essa.

– Mas a Belle não devia saber isso?

– A mãe nunca lhe escreveu uma carta. O mais que a Belle pode ter visto foi umas quantas listas de compras rabiscadas à pressa. E nem sequer isso nos últimos dois anos. E não acredito que a Annie dissesse isso a respeito de não querer vir aqui. Pode ser muita coisa, mas não é cobarde.

Jimmy voltou a olhar para a carta.

– Maiden Lane. Foi onde entrei no tal escritório. Era um clube, na altura, mas encerraram-no há ano e meio. – Voltou-se para Mog, os olhos subitamente a chispar. – Isto é obra do Kent. Apanhou-a. Diga ao Garth e ele que mande a polícia a Maiden Lane. Diga-lhe que é no antigo clube ao lado da porta do teatro. Vou agora para lá.

– Não, Jimmy, ele tem uma arma! – exclamou Mog, horrorizada, mas era demasiado tarde, Jimmy já tinha saído porta fora, detendo-se apenas o tempo suficiente para pegar no cacete que Garth usava para ameaçar os pretensos arruaceiros.

Atravessou o mercado a correr como o vento. Ouviu pessoas gritarem-lhe, mas não parou para responder. Um único pensamento enchia-lhe a cabeça: tinha de salvar Belle.

Em Maiden Lane, teve de fazer uma pausa. Uma dor aguda trespassava-lhe o flanco, e estava sem fôlego. Ficou dobrado pela cintura até a dor passar e então aproximou-se da porta do antigo clube. Viu, pelo lixo que se amontoara à volta, que deixara de ser usada regularmente. Calculou que James Colm, o antigo gerente do clube, oferecera a Kent um sítio onde se esconder até que as coisas acalmassem. Apesar de saberem que Colm estava envolvido no tráfico de raparigas, era provável que não tivesse ocorrido aos polícias que Kent pudesse estar acoitado no clube, fechado há tanto tempo.

A porta não parecia muito sólida mas, quando ergueu o cacete para a arrombar, Jimmy apercebeu-se de que Kent ouviria o barulho e estaria à espera com a sua arma. Podia até matar também Belle.

Não lhe restava alternativa senão trepar pela fachada do edifício e entrar pela janela.

Deu a volta a correr até ao Strand, a lembrar-se de como, da primeira vez que ali fora, tivera medo de ser visto. Naquele momento era o que menos o preocupava, mas mesmo assim esperava que se alguém o visse não se pusesse aos gritos de tal maneira que alertasse Kent para o facto de algo de insólito estar a acontecer.

Enfiou o cacete na camisa e começou a trepar. Era agora muito mais forte do que dois anos antes, e subiu facilmente pelo algeroz, do qual passou para o peitoril da janela do antigo escritório. Os vidros estavam tão negros de sujidade que quase não se conseguia ver para dentro, mas, mantendo-se o mais para o lado possível e esperando que as cortinas de que se lembrava continuassem penduradas no seu lugar e a escondê-lo, limpou com a mão uma área suficiente para poder espreitar.

O escritório parecia um campo de batalha. Viu uma velha enxerga estendida no chão coberto de lixo. Os arquivos tinham desaparecido, mas a secretária continuava lá, e Kent estava sentado diante dela, a examinar o que parecia ser um mapa.

Estava voltado para a janela: o mais pequeno ruído da parte de Jimmy, e ergueria os olhos. Jimmy voltou a espreitar, na esperança de ver a arma. Mas se estava algures naquela sala, não se encontrava no seu campo de visão. Também não viu sinais de Belle, mas provavelmente Kent deixara-a na outra sala.

Encolheu-se no parapeito e ponderou o que fazer. Pensou em voltar a descer e pedir a alguém de uma das lojas que desse a volta e batesse à porta. Talvez isso levasse Kent a investigar, dando-lhe a oportunidade de partir o vidro e entrar pela janela mal ele voltasse costas. Mas Kent quase de certeza pegaria na arma e levá-la-ia consigo. Jimmy não estava preparado para pôr a vida de Belle em perigo.

Voltou a espreitar e ficou espantado pela calma que o homem aparentava, ali sentado a estudar o mapa como se estivesse apenas a planear umas férias. Mas o seu aspeto já não era tão elegante como quando Jimmy o espiara dois anos antes. Na altura, os cabelos eram negros, com alguns fios prateados nas têmporas. Agora estavam todos grisalhos, e tão compridos que pendiam para a gola da suja camisa sem colarinho. Não se barbeava há algum tempo, mas não o suficiente para lhe ter crescido uma barba. O bigode de estilo militar, outrora impecavelmente aparado, parecia um matagal que quase lhe escondia os lábios.

Entretanto, reunira-se no passeio um grupo de pessoas a olhar para cima. Jimmy ouvia-lhes o murmúrio das vozes, e calculou que pensassem que, tendo encontrado a porta trancada, estava a tentar entrar pela janela. Ouviu uma mulher gritar-lhe que tivesse cuidado, pois se caísse poderia partir o pescoço.

De repente, teve uma ideia. Se aquelas pessoas fizessem barulho suficiente, Kent levantar-se-ia para investigar o que se passava. A secretária estava mais próxima da segunda janela, que parecia também menos atravancada de lixo, ao passo que, tanto quanto conseguia ver, havia um monte de caixas debaixo daquela em cujo parapeito estava empoleirado. Por isso, Kent escolheria o caminho mais fácil para olhar para fora, e quando o fizesse dar-lhe-ia uma oportunidade para entrar de rompante e, com um pouco de sorte, derrubá-lo antes que conseguisse deitar mão à arma.

Não era, nem de longe, um plano infalível; tudo o que tinha a seu favor era o elemento surpresa. E ia ter de sincronizar muito bem os seus movimentos: partir os vidros, saltar lá para dentro e atingir Kent com o cacete antes que ele tivesse tempo de recompor-se.

Mas era a única coisa que lhe ocorria, e enquanto ali estava a pesar os prós e os contras do seu plano, Belle continuava lá dentro, em perigo de morte.

Voltou-se então parcialmente para a rua e começou a agitar os braços, fingindo que estava à beira de cair. Sabia que as pessoas lá em baixo não podiam ver a verdadeira largura do parapeito, e queria que se pusessem a gritar.

— Fique quieto, vamos buscar ajuda! — gritou alguém.

No mesmo instante, o murmúrio de vozes tornou-se numa algazarra, que aumentou de volume à medida que outros espectadores iam chegando. Jimmy espreitou rapidamente para dentro do escritório e viu Kent pôr-se de pé. Para ter a certeza de que o homem ia até à janela, fingiu uma vez mais que ia cair, e as exclamações e gritos para que ficasse quieto soaram tão alto que soube que Kent devia estar a olhar.

Tinha pousado o cacete no parapeito quando trepara para ele. Pegou-lhe, puxou o braço bem atrás e atingiu o vidro com toda a sua força. No momento do impacto, projetou-se para a frente, de olhos fechados. Sentiu pontas de vidro roçarem-lhe os cabelos e as faces, mas não largou o cacete e só abriu os olhos quando bateu no chão. Levantou-se, cambaleante, rodou sobre si mesmo e viu Kent ainda junto à janela, mas voltado para ele e com os olhos muito abertos de espanto.

Ergueu o cacete acima da cabeça, saltou para o homem e baixou-o com força. A pancada apanhou Kent no ombro, fazendo--o recuar com um uivo de dor. Jimmy voltou a erguer o cacete e, ainda com mais força, atingiu-o no lado da cabeça.

Kent caiu como uma saca de batatas.

Jimmy estava meio cego pelo sangue que lhe escorria da testa. Limpou os olhos com a manga da camisa e olhou em redor. O casaco de Kent estava em cima de umas caixas, a coronha da arma a sobressair de um dos bolsos.

Pegou na pistola, enfiou-a no cós das calças, deu um pontapé em Kent para se certificar de que estava inconsciente e, como ele não se mexeu, foi à procura de Belle.

Encontrou-a caída no chão junto à porta das escadas, de pés e mãos amarrados e com uma mordaça na boca e um olho a ficar negro de um murro que apanhara.

– Estás a salvo, o perigo já passou – disse Jimmy, enquanto lhe tirava a mordaça da boca. – O Kent está inconsciente e tenho a arma dele. Mas tenho de voltar ao escritório para me certificar de que não acorda. Espera só mais uns minutos, a polícia não tarda aí.

– Então eras tu – disse ela, espantada.

Jimmy riu. Queria desamarrá-la e abraçá-la, mas não tinha uma faca para cortar as cordas e receava que Kent recuperasse os sentidos.

– Sim, era eu, mas aguenta, querida, não posso soltar-te agora.

Belle ficou a vê-lo afastar-se em direção à luz ao fundo da sala. Tinha uma maneira de andar muito leve e ágil, que lhe recordou o dia em que tinha deslizado no gelo do Embankment. Parecia-lhe que fora noutra vida.

Fora dominada por um terror tão abjeto ali caída no chão que molhara as cuecas. De onde estava, tinha visto Kent de costas para ela, ao fundo da sala, mas era apenas uma sombra escura e imóvel. Não sabia o que estava a fazer, mas estava convencida de que se preparava para a matar. Não tinha esperança de salvação. Ninguém se lembraria de procurá-la naquele lugar.

Depois de tentar em vão libertar-se, desistira. Parecia que a sua sorte era morrer violentamente, e o mais que conseguira fora enganar o destino ao ser salva das garras de Pascal. Então, de repente, ouvira gritos vindos da frente do edifício. Esperara que fosse a polícia, mas com essa esperança viera um terror ainda maior, pois sabia que Kent nunca se renderia. Começaria a disparar ou usá-la-ia como refém. De um modo ou de outro acabaria por morrer, ali ou noutro sítio qualquer.

Vira Kent levantar-se da cadeira, e então ouvira aquele incrível estilhaçar de vidros. Subitamente, a luz entrara a jorros, e vira a silhueta de outro homem que tinha na mão qualquer coisa grande e pesada, e ouvira uma pancada e um uivo de dor. Seguira-se o som abafado de outra pancada e um homem avançara para ela.

Tinha a luz pelas costas, de modo que só reconhecera Jimmy quando ele falara. Pensou que toda a força policial de Londres fora incapaz de encontrar Kent e capturá-lo, mas Jimmy conseguira fazê-lo sozinho.

– O meu Jimmy, um herói – murmurou para si mesma.

Entretanto, Jimmy estava a janela, a gritar com alguém lá em baixo na rua.

– Deem a volta até às traseiras! Arrombem a porta! Não posso deixar este filho da mãe sozinho. E um de vocês que liberte Miss Cooper quando cá chegarem. Está amarrada.

De súbito, o fedor daquele lugar e o terror que sentira desapareceram. Era quase como se estivesse a flutuar nas nuvens, e podia olhar para baixo e ver todo o passado desfilar diante dos seus olhos. Kent era o homem que causara tudo aquilo, e agora tinha sido apanhado, e ela estava livre. Livre de pôr tudo para trás das costas, livre de fazer a vida que escolhesse.

Jimmy tivera razão ao dizer que um dia havia de descobrir que algo de bom nascera de todas as provações por que passara. Agora conhecia as pessoas, as boas e as más e aquelas que estavam no meio e tinham um pouco de bom e de mau porque tinham sido danificadas pelas coisas más que lhes tinham acontecido. Compreendia como a ganância era capaz de distorcer o pensamento de algumas e como a luxúria sem amor nunca satisfaria completamente ninguém.

Compreendia que as pessoas verdadeiramente más eram raras. Kent era uma delas, Pascal e madame Sondheim outras duas. Mas pessoas como Martha, Sly e talvez até madame Albertine tinham-se provavelmente tornada más por ganância e por associação com pessoas más.

No entanto, feitas as contas, havia muitas, muitas mais pessoas boas. Além de Mog e Jimmy, havia Lisette, Gabrielle, Philippe, Noah, Garth e Étienne. Talvez alguém argumentasse que, como ela própria, não eram inteiramente puras, mas erguiam-se em defesa do bem quando era necessário.

Ouviu o estrondo de madeira a estilhaçar-se, e em seguida o reconfortante bater de pesadas botas na escada. Tinha acabado o pesadelo: ela e Jimmy poderiam regressar a casa em breve e ela poderia iniciar a sua nova vida.

CAPÍTULO 39

Epílogo

Soaram os primeiros acordes da Marcha Nupcial, e quando Belle se voltou para ver Mog entrar na igreja pelo braço de Jimmy, os olhos arderam-lhe de lágrimas de emoção. Já tinha visto Mog em todo o seu esplendor, quando, horas antes, a ajudara a vestir-se. Apertara a comprida fila de minúsculos botões ao longo das costas do vestido azul-claro, e colocara na cabeça de Mog o chapéu azul e branco que ela própria fizera, mas vê-la naquele momento, a corar e a sorrir como uma jovem noiva enquanto caminhava em direção ao seu homem, era muito comovente.

Estava um magnífico dia de início de setembro, quente e soalheiro. À volta da All Saints Church, em Blackheath, havia famílias a fazer piqueniques, pares de namorados a passear e velhos sentados em bancos de jardim, a aproveitar o sol. E ao fundo da rua, à espera que Garth e Mog se tornassem Mr. e Mrs. Franklin, ficava o Railway Inn, o *pub* dos seus sonhos.

Há já três meses que Mog e Belle viviam num par de quartos em Lee Park, uma tranquila rua ladeada de árvores, para que Mog e Garth pudessem casar ali, em Blackheath. Garth e Jimmy tinham ficado no Ram's Head, não só para tratar da venda do *pub* e esperar pelo fim dos aspetos legais associados à compra do Railway Inn, mas também por uma questão de decência. Em Seven Dials, ninguém se preocupava muito com essas coisas, mas todos tinham consciência de que começar uma nova vida numa zona bastante respeitável significava que também eles tinham de ser vistos como respeitáveis.

Belle pensara que ela e Mog iam ter alguma dificuldade em adaptarem-se aos costumes de uma sociedade mais requintada, mas, para surpresa de ambas, não parecia assim tão difícil. Se lhe perguntavam, Mog dizia que fora governanta e Belle criada de quarto na mesma casa. Quando estavam sozinhas, riam muitas vezes deste engano, que, bem vistas as coisas, até acabava por não o ser. Mog sempre fora bastante polida e educara Belle da mesma maneira, de modo que não havia muitas armadilhas em que pudessem cair. A única coisa a que lhes tinha custado habituarem-se fora ao facto de o senhorio e os outros homens que iam conhecendo as tratarem como se fossem delicadas flores sem um cérebro na cabeça e incapazes de pensar por si mesmas. No entanto, três meses com pouco mais que fazer do que passear, ler e costurar tinham-lhes dado amplo tempo para estudar a classe média, ajustar o seu próprio comportamento em conformidade e desfrutar de um bem merecido repouso enquanto faziam planos para o futuro.

Naquele momento, porém, enquanto via Mog avançar pela coxia em direção ao altar onde Garth a esperava com o seu padrinho, John Spratt, um velho amigo, Belle sabia que Mog estava encantada por aquela ociosidade forçada ter chegado ao fim. Ia finalmente poder transformar as divisões por cima do *pub* num verdadeiro lar e ter Garth a seu lado para sempre.

– A Mog está encantadora – sussurrou Annie ao ouvido de Belle. – E o chapéu dela parece comprado em Bond Street. Tens mesmo jeito para o ofício. E também estás muito bonita!

Belle sorriu, contente, ao ouvir o elogio da mãe. Usava um vestido rosa-claro de seda artificial com rufos na orla da saia e um chapéu branco – tudo feito por ela. Sabia que nunca se sentiria tão próxima de Annie como de Mog, mas estavam ambas a tentar com muita força.

Depois daquele terrível dia com Kent, Garth fora procurar Annie e insistira que fosse ver a filha e lhe explicasse o seu papel em tudo o que acontecera. Belle vira então uma faceta diferente da mãe: uma mulher vulnerável que construíra à sua volta uma concha dura, convencida de que mantendo-se afastada poderia proteger-se de mais sofrimento.

Descobriu-se que um homem que conhecera Annie no passado tinha aparecido um dia como hóspede na pensão dela. E como já sabia tanto a seu respeito, e parecia tão boa pessoa, Annie falara-lhe de Belle, e dissera-lhe que não voltara a ver a filha desde que ela regressara de França.

Ao saber da carta que supostamente tinha enviado, compreendera que o tal homem devia ser um cúmplice de Kent, enviado com o único propósito de obter informações a respeito de Belle. Informações que transmitira a Kent, que as usara para forjar a carta da maneira mais apropriada.

Annie admitira que devia ter ido imediatamente ao Ram's Head quando Belle regressara de França, mas alguns dos sentimentos expressos na carta tinham uma base de verdade. Envergonhava-se de ter abandonado Mog e pensado apenas em si mesma, mas quando, um ano antes, Jimmy a visitara e a censurara por isso, sentira que estava toda a gente contra ela.

– Não suportava pensar que tinhas sido sujeita às mesmas coisas horríveis que eu quando era nova – soluçara, abraçada a Belle. – Era menos doloroso acreditar que tinhas morrido e sido poupada aos mesmos tormentos por que eu passei. Sempre que o Jimmy, a Mog ou o Noah me procuravam, sentia que estavam a reabrir as minhas feridas. Não conseguia acreditar, como eles, que era possível encontrar-te.

Belle compreendia. Talvez se a ligação entre as duas fosse tão forte como era entre ela e Mog, Annie tivesse sabido, no fundo do coração, que estava viva. Achava que devia ter pena da mãe e não castigá-la ainda mais expulsando-a da sua vida. Desde essa altura, passara a ir visitá-la a King's Cross de duas em duas ou três em três

semanas. Annie conhecera no seu passado muitas experiências simi-
lares àquelas por que ela própria passara naqueles dois anos, e falavam delas, por vezes com lágrimas, por vezes com riso. Belle sentia
que aquela troca de confidências tinha sido muito boa para ambas.

Não podia deixar de admirar o jeito da mãe para o negócio e a
maneira como trabalhava duramente. As suas duas pensões ofereciam quartos limpos e confortáveis, com pequeno-almoço e jantar.
Era ela que cozinhava e fazia grande parte da limpeza, pois tinha
apenas uma criada para a ajudar, mas parecia muito mais feliz do
que nos velhos tempos em Seven Dials.

Fora a Annie que Belle pedira conselho quando Étienne finalmente lhe escrevera, porque a lealdade de Mog teria sido para com
Jimmy.

A carta de Étienne era estranha, não só porque ele tinha dificuldade em escrever em inglês, mas também porque Belle sentia
que lhe escondia os seus verdadeiros sentimentos. Contava que
tinha dado à polícia francesa todas as provas que pudera a respeito
do tráfico de raparigas, e madame Sondheim e muitos outros da
organização tinham sido presos e aguardavam julgamento. Também
Pascal aguardava o seu, e Étienne não tinha dúvidas de que seria
condenado à guilhotina.

Depois falava da sua pequena quinta e dizia que tinha galinhas
e alguns porcos e que plantara limoeiros e oliveiras, e tornara a casa
mais confortável. Lera nos jornais que Kent tinha sido preso, julgado e condenado pelo assassínio de três raparigas, Millie e duas
outras, e perguntava a Belle como se sentia agora que Kent ia ser
enforcado. Concluía aconselhando-a a pôr o passado para trás das
costas, dizendo-lhe que estava no seu coração e desejando-lhe as
maiores felicidades para o futuro.

Annie estudara cuidadosamente cada palavra daquela carta.

– Diria que ele te ama – dissera, finalmente –, mas sabe que
não é o homem certo para ti. É um homem honrado e sabe que só
pode trazer-te mais infelicidade. E penso, pela maneira como des-
creve a sua pequena quinta, que sabe que nunca conseguiria assentar

em Inglaterra e que tu não quererias viver em França. Mas, lendo nas entrelinhas, diria que espera estar no teu coração.

– Devo ir ter com ele e descobrir? – perguntara Belle.

Annie encolhera os ombros.

– Se o fizesses, tenho a certeza de que te receberia de braços abertos e que, durante algum tempo, serias muito feliz. Mas terias de pagar um preço muito elevado, Belle. Ele é conhecido em França, e o seu passado refletir-se-ia em ti. E depois há o problema do profundo desgosto que continua a sentir pela morte da mulher e dos filhos. Conseguirias viver sozinha em isolamento com um homem assim e não te arrependeres da teres deixado para trás as pessoas que te amam? E o teu sonho de ter uma loja de chapéus?

Belle ficara tocada por a mãe não ter troçado da ideia de ela fazer uma vida de camponesa, a dar de comer a porcos e galinhas e a regar as árvores de Étienne. Achara que Annie até compreendia o seu desejo físico por ele, mas não dissera que isso não era o suficiente para a manter feliz em França.

– Acredito que podes sentir o mesmo que sentes pelo Étienne com outro homem que possa dar-te também as outras coisas que queres – dissera Annie, suavemente. – Receio que tenhas fechado o teu espírito a essa possibilidade. Mas tens de abri-lo, ser recetiva e deixar o amor entrar.

O julgamento de Kent ocorrera pouco antes de Belle se mudar para Blackheath. Fora chamada a Old Bailey para testemunhar, mas por causa dos outros dois assassínios, e de cerca de uma dúzia de outras testemunhas, incluindo Sly, que depusera pela acusação contra o antigo parceiro, o seu papel acabara por ser muito menos relevante do que esperara. Devido à sua pouca idade, e por ter sido tão vítima de Kent como Millie, não fora sujeita a um interrogatório muito cerrado, e graças às ligações de Noah com os principais jornais, muito pouco fora escrito a seu respeito pelos jornalistas que tinham feito a cobertura das audiências.

Kent fora enforcado duas semanas depois de ter sido julgado e Belle fizera questão de não ler qualquer jornal da altura. Não queria voltar a ver o nome dele, e menos ainda ler a seu respeito.

Naquele momento, ali na igreja, a ouvir Mog e Garth trocarem votos, toda essa escuridão e brutalidade pareciam ter acontecido noutra vida. Belle estava mais feliz do que nunca, cada dia parecia trazer uma nova alegria e sentia que o seu coração voltava a abrir-se.

Olhou para Jimmy, sentado na primeira fila, de costas muito direitas, os cabelos ruivos a brilhar como cobre polido sob um raio de sol que entrava pelos vitrais. Era vários centímetros mais alto do que os homens à sua volta, com ombros largos, e era mais forte e mais bondoso do que qualquer outra pessoa. Fazia-a rir, podia falar com ele a respeito de tudo, e provara, no dia em que saltara por aquela janela, que era tão corajoso e duro como Étienne. Ainda tinha na cara e no pescoço pequenas cicatrizes que lho lembravam; alguns dos cortes tinham sido tão graves que fora obrigado a passar dois dias no hospital para lhe retirarem os pedaços de vidro e lhe coserem as feridas.

Ele sabia tudo a respeito dela, mas ela continuava a descobrir coisas a respeito dele. E uma das coisas que descobrira fora que não era o cachorrinho dedicado sempre agarrado às saias dela que ao princípio julgara.

Annie tocou-lhe com o cotovelo, e Belle voltou à realidade com um sobressalto, consciente de que enquanto devaneava Mog e Garth tinham acabado de pronunciar os seus votos e toda a gente estava a ajoelhar para as orações.

Apressou-se a fazer como os outros, mas, pelo canto do olho, espreitou para Noah e Lisette, que, com o pequeno Jean-Pierre, de seis anos, estavam sentados do outro lado da coxia. Jean-Pierre usava um fato de marinheiro e estava adorável. Tinha os cabelos negros e os grandes olhos escuros da mãe. Lisette estava muito bonita com um vestido cinzento-prateado e o chapéu emplumado a condizer que Belle lhe fizera. Adorava a sua nova vida em Londres e arranjara trabalho como enfermeira numa pequena casa de repouso em Camden Town. Estava decididamente tão apaixonada por Noah como Noah por ela, e Belle pensava que era apenas uma questão de dias antes que ambos anunciassem que iam casar.

Noah tornara-se num jornalista muito bem-sucedido. Fizera a sua reputação naquele ano com uma série de contundentes artigos a respeito do tráfico de pessoas. Graças à sua tenaz persistência e à sua capacidade de motivar outras pessoas, três raparigas que faziam parte da lista das raptadas por Kent e pelos seus cúmplices tinham sido encontradas na Bélgica e devolvidas às famílias. De momento, estava a escrever outra série de artigos a respeito dos sobreviventes do *Titanic*. Recentemente, dissera a Jimmy que estava também a escrever um romance, mas recusara revelar o tema.

As outras cerca de vinte pessoas que ali estavam naquele dia eram os amigos mais respeitáveis de Mog e Garth em Seven Dials – lojistas, outros proprietários de *pubs*, um advogado e um médico e as respetivas esposas –, mas, na semana anterior, Garth e Jimmy tinham organizado uma tumultuosa festa de despedida no Ram's Head, para que os seus outros antigos clientes não se sentissem excluídos por não terem sido convidados para a boda.

Dois dias antes, um carreteiro transportara toda a mobília e pertences do casal para o Railway Inn, e Mog e Belle tinham-na disposto na sua nova casa. Naquela noite e nos quatro dias seguintes, Jimmy ficaria lá sozinho, enquanto Mog e Garth iam passar a lua de mel a Folkestone. Belle continuaria em Lee Park até essa altura. Sorriu para si mesma ao recordar a insistência com que Mog afirmara que ela e Jimmy não podiam ficar sozinhos sob o mesmo teto. Considerando a sua antiga carreira, parecia ridículo, mas desde que se tinham mudado para Blackheath, Mog teimava em arranjar-lhe uma dama de companhia. Dizia que era para lhe salvaguardar a reputação.

*

O último hino «Love Divine, All Loves Excelling», foi cantado e Mog, Garth, John Spratt e Jimmy foram à sacristia assinar o registo. O organista tocava qualquer coisa suave e havia um murmúrio baixo de conversas.

– Tenho uma coisa para te dizer – anunciou Annie. – E vou dizer-ta agora, antes da confusão dos beijinhos e das fotografias. Quero que vás ao escritório de solicitadores Bailey e Macdonald, em Montpelier Row, na segunda ou na terça-feira, para assinares o arrendamento da tal loja.

Belle franziu a testa.

– Já lhe disse que eles não ma querem alugar por ser solteira.

Semanas antes, tinha descoberto uma loja para alugar em Tranquil Vale, a rua principal de Blackheath Village, e pedira ao agente para lha mostrar. Era perfeita, uma pequena loja com uma bonita montra saliente e uma sala nas traseiras suficientemente ampla para servir de oficina, além de uma casa de banho no pátio. A renda também era razoável. Mas fora liminarmente recusada como inquilina.

Annie sorriu.

– Agora vão querer. Convenci-os a deixarem-me ficar como fiadora. Como tenho propriedades e eles estão convencidos de que sou viúva, não podiam recusar.

Se não fosse o facto de a noiva e o noivo virem a descer a coxia com grandes sorrisos na cara, Belle teria lançado os braços ao pescoço da mãe. Em vez disso, apertou-lhe silenciosamente a mão num gesto de agradecimento e sussurrou que conversariam mais tarde.

A festa do casamento decorreu no Railway Inn. Era um *pub* tradicional, com chão de tijoleira, uma enorme lareira e um comprido balcão em curva. Fora bastante negligenciado ao longo dos anos, mas, depois de o ter comprado, Garth fechara-o durante uns dias antes do casamento para o arranjar.

Contratara um grupo de pessoas para esfregar o chão, envernizar o balcão, as portas, as mesas e as cadeiras e pintar de creme as paredes enegrecidas pelo fumo. Agora, com refulgentes espelhos por trás de um igualmente refulgente balcão, arranjos de flores e cortinas de chita nas janelas, parecia um sítio diferente. Uma empresa de *catering* local dispusera duas compridas mesas em T e colocara o bolo de noiva, com dois andares, feito por Mog, como peça central. Belle levantara-se às seis da manhã para fazer pequenos arranjos de flores para a mesa a condizer com o *bouquet* de margaridas e botões de rosa de Mog, e também preparara os cravos para as lapelas dos cavalheiros.

– Não vai ficar tão bonito ou bem cheiroso como agora quando começarmos a trabalhar – disse Garth com uma gargalhada, e deu ordens aos empregados para que oferecessem uma taça de champanhe a todos os convidados antes de se sentarem para comer.

– Se pensas que vou deixar-te transformá-lo numa taberna, estás muito enganado – retorquiu Mog. – E também não vamos ter nada dessa conversa de «só homens». Consta que muitas senhoras de Blackheath gostam de vir ao reservado beber um copo de xerez.

Tinha mandado estofar de novo os bancos do reservado, que ficava isolado da sala principal do bar por uma divisória encimada por bonitos vitrais.

– Agora que estamos casados, Mrs. Franklin – disse Garth, a olhar ternamente para ela –, fará o que eu disser.

Toda a gente riu, pois era claramente evidente que Garth adorava Mog e a consultava a respeito de tudo.

– Custa acreditar que aqueles dois são as mesmas pessoas com quem vivíamos quando nos conhecemos – sussurrou Jimmy ao ouvido de Belle. – O meu tio era tão severo e resmungão, e a Mog parecia um ratinho cinzento.

Belle riu. Na altura, só conhecia Garth por reputação, mas dizia-se que se alguém o irritasse punha o prevaricador na rua a pontapé. Mog parecia muito mais velha do que na verdade era, usava roupas antiquadas e raramente contradizia quem quer que fosse.

O amor fizera-a desabrochar e ganhar confiança, e, desde que regressara, Belle encorajava-a a usar roupas mais elegantes, que realçassem a sua esbelta figura. Já não penteava tão austeramente para trás os cabelos, que eram luzidios como castanhas novas, e prendia-os num carrapito muito menos apertado. Quando os deixava cair costas abaixo para os escovar, antes de ir para a cama, não parecia ter mais de vinte e cinco anos.

Lisette aproximou-se de Belle pouco antes de se sentarem à mesa.

– Estás muito chique hoje – disse, com o seu encantador sotaque francês. – Não admira que o Jimmy não tenha olhos para mais ninguém.

Belle riu. Tinha falado de Jimmy a Lisette quando estivera doente na casa de repouso depois da provação por que passara no bordel de madame Sondheim, e Lisette estava convencida de que tinham sido feitos um para o outro.

– Não há mais nenhuma mulher descomprometida para competir comigo – disse.

– Isso é verdade, mas se houvesse, continuarias a açambarcar toda a atenção dele – insistiu Lisette.

– Como está o Jean-Pierre a dar-se na nova escola? – perguntou Belle. Tanto Noah como Lisette estavam constantemente a dizer coisas como aquela a respeito de Jimmy, e começava a tornar-se um pouco cansativo.

– Sente-se muito feliz aqui – respondeu Lisette, obviamente encantada. – Já fala inglês tão bem como eu. Lê bem e gosta de fazer contas de somar.

– E tu, estás feliz por teres vindo para Inglaterra?

– Oh, sim, não tenho saudades de França, a não ser talvez do bom vinho e da comida. Aqui há dias, o homem do talho disse-me: «Vocês, os Franceses, são demasiado esquisitos.»

Riram as duas. Noah falava muitas vezes de como ela escolhia os legumes e as frutas nas lojas. Por acordo tácito, nenhuma das duas falava de como se tinham conhecido. Ambas davam a entender que fora Noah que as apresentara, e só Mog, Garth e Jimmy sabiam a verdade.

– Bem, hoje temos boa comida inglesa – disse Belle. – Rosbife com todos os acompanhamentos. – E então contou a Lisette que a mãe conseguira o arrendamento da loja em que estava interessada. – Tens de vir à inauguração – acrescentou. – Podes aplicar o teu charme francês nas senhoras de Blackheath e ensiná-las a usar um chapéu com estilo.

Lisette inclinou-se e beijou-a nas duas faces.

– Os maus tempos passaram para nós as duas – sussurrou. – Tu trouxeste-me o Noah, e espero que não tardes a perceber que o Jimmy é o homem ideal para ti.

Quase três horas mais tarde, depois de uma lauta refeição e muito vinho, todos os convidados para o casamento acompanharam Mog e Garth até à estação onde apanhariam o comboio para Folkestone. Mog parecia saída de uma revista de moda num fato creme com um casaco cintado e uma saia de corte direito que lhe roçava os botins castanhos de couro, com um pequeno salto. Belle fizera-lhe um chapéu de feltro da cor do vestido com uma faixa entrançada de fita castanha e creme.

Depois de o comboio partir, os convidados dispersaram, a maior parte para outro cais para apanhar o comboio de regresso a Charing Cross.

Jimmy e Belle voltaram ao Railway Inn para pagar aos fornecedores, que tinham deixado ocupados com a limpeza.

– Vou estranhar voltar para Lee Park sozinha – disse Belle, enquanto saíam da estação. – Habituei-me a ter a Mog sempre comigo.

– Penso que a Annie estava à espera que lhe perguntasses se podias voltar para junto dela – disse Jimmy. – Achei-a um pouco triste quando se despediu.

Annie partira um pouco mais cedo, porque tinha de fazer o jantar para os seus hóspedes.

– Não me parece que fosse por isso. Acho que estava com um pouco de inveja da Mog. Mas não foi tão bonito da parte dela conseguir-me a loja?

Contara a história a praticamente toda a gente durante o almoço de casamento, e além da sua própria alegria, era bom poder mostrar a mãe a uma luz mais lisonjeira.

– Não fez mais do que mereces – disse Jimmy. – Nem te vais reconhecer, com tanto espaço para fazer chapéus. Em Lee Park já estavas muito apertada.

Belle começara a fazer chapéus a sério seis semanas antes, e com meia dúzia deles enfiados em moldes e caixas de enfeites e outros materiais empilhados em redor, a sala de estar começava a parecer uma oficina.

Entraram no *pub* e encontraram os fornecedores prontos para sair. Jimmy pagou-lhes, agradeceu-lhes por tudo e fechou a porta depois de saírem.

– Socorro! – exclamou Belle, a fingir um ar de horror. – Estou sozinha com um homem!

– E eu tranquei a porta – disse Jimmy, com um sorriso maroto. – Agora vou seduzir-te.

– Não, peço-lhe, bondoso senhor – disse ela, fugindo para a cozinha. – Sou apenas uma donzela inocente, e se me desgraçar, quem me quererá? – gritou, por cima do ombro. Jimmy correu atrás dela e abraçou-a.

– Largue-me, senhor – pediu ela.

Sabia que era apenas uma brincadeira, mas aqueles braços a enlaçá-la faziam-na sentir-se tão bem que o seu corpo se moldou ao dele, e pôs-lhe a mão no pescoço e puxou-o para si, para o beijar.

Os lábios de Jimmy eram deliciosamente quentes e macios, e quando a ponta da língua dele tocou a dela, sentiu uma vaga de desejo com que não tinha contado. Um beijo levou a outro, e depois a outro, e o tempo pareceu imobilizar-se enquanto eles se devoravam mutuamente.

Foi Jimmy quem desfez o enlace. Estava corado e a respirar pesadamente.

– E tu, donzela inocente, tens de me largar a mim – disse –, ou sofrer as consequências.

– E que consequências poderão ser? – perguntou ela, com fingida modéstia.

– Terás de casar comigo.

A proposta de casamento no dia em que tinham ido a Greenwich fora feita num tom ligeiro, e desde então ele não voltara a abordar o assunto. Depois de se ter mudado com Mog para Lee Park, passando a vê-lo, e a Garth, só aos domingos, tivera muitas saudades dele, mas sempre recusara acreditar que pudessem ser outra coisa senão bons amigos.

Naquele instante, porém, à luz do que os beijos dele a tinham feito sentir, já não estava tão certa disso.

– Amo-te, Belle, sempre te amei – disse ele, em voz baixa. – Conheci outras raparigas enquanto estiveste longe, mas elas nada significaram, foste sempre tu que estiveste presente no meu espírito. Mas são horas de te acompanhar a casa. Acho que fomos ambos afetados pelo casamento e que bebemos demasiado, e não vou continuar a fazer figura de tolo insistindo contigo.

– Não estás a fazer figura de tolo – disse Belle. – Beija-me mais uma vez antes de irmos.

Ele tomou-a nos braços e beijou-a até que ela sentiu que ia desmaiar de desejo.

– Para casa, agora – disse ele, pegando-lhe na mão e encaminhando-se para a porta. – Acho que precisas de tempo sozinha para pensar bem nisto.

Nessa noite, Belle deu voltas e reviravoltas na cama, incapaz de pensar noutra coisa que não os beijos de Jimmy e no que a tinham feito sentir. Em toda a sua vida, só beijara cinco homens: Étienne, Serge, Faldo, Clovis e Jimmy. Serge não contava, pois por mais deliciosos que os seus beijos tivessem sido, nunca ela tivera a ilusão de que aquilo fosse mais do que sexo. Faldo também não, porque nunca sentira por ele mais do que um vago afeto. Clovis fora um caso de que se arrependia profundamente. Quanto a Étienne, era ainda uma criança quando ele a beijara, e depois de tudo aquilo por que passara antes de o conhecer era natural que se apaixonasse só por ele ter sido tão gentil com ela.

Tinha-lhe escrito antes de ela e Mog se mudarem para Blackheath, e falara-lhe da sua vida em Inglaterra, de Lisette e de Noah, e que Mog e Garth iam casar. Dissera que esperava que ele encontrasse a verdadeira felicidade na sua pequena quinta, mas nem uma palavra a respeito dos seus sentimentos.

Compreendia agora que aquela carta fora, para ela, o fim de uma história. Conhecera-o numa fase desesperada da sua vida, e a bondade e a sensatez dele tinham-na ajudado a ultrapassá-la. Em retrospetiva, não era de espantar que o tivesse posto num pedestal. Ainda por cima, fora ele que a salvara de Pascal. Que mulher não o teria amado só por isso? No entanto, naqueles três últimos meses de segurança e felicidade raramente pensara nele, e quando pensara não fora com tristeza pelo que poderia ter sido, mas apenas com gratidão por ele ter estado presente numa altura em que precisava de alguém.

Mas se Jimmy saísse da sua vida, sabia que não o esqueceria tão depressa. Jimmy fazia parte do seu passado, do seu presente, e queria que fizesse parte do seu futuro. Amava-o?

Se alguém era o nosso melhor amigo, alguém que não queríamos perder, e se desejávamos essa pessoa, se isso não era amor, o que era?

Tentou pensar na loja, em como a decoraria e arranjaria, em como exporia os seus chapéus na montra. Mas os seus pensamentos voltavam teimosamente a Jimmy.

Todas as pessoas que conhecia ficariam encantadas se os dois casassem. Até a mãe dissera que ele era um diamante.

De que estava então à espera? De um raio caído do céu que a fizesse ver o que ele significava para ela?

Levantou-se da cama e, como tantas vezes fazia quando não conseguia dormir, pegou no caderno de desenho e no lápis.

Mas em vez de desenhar um chapéu, deu por si a desenhar um véu, e isso levou a um vestido de noiva.

Quase não havia luz quando começou, e absorveu-se de tal maneira nos pormenores, no seu próprio rosto por baixo do véu, nas contas que enfeitavam o vestido, até no vaporoso *bouquet* de rosas e flores de laranjeira nas suas mãos, que perdeu a noção do tempo.

Quando acabou e olhou para o relógio, ficou surpreendida ao ver que eram nove horas.

Olhou para o desenho acabado e sorriu.

– Isto é o mais perto que vais chegar de um raio caído do céu – murmurou. – De modo que acho que deves ir ter com ele e dizer--lhe.

A saga de Belle

continua em

A Promessa,

que a ASA publicará

em breve.
Até lá, delicie-se

com as primeiras páginas

das aventuras desta

heroína inesquecível…

CAPÍTULO 1

Julho de 1914

A brigado da chuva num portal, olhou para a montra saliente da pequena chapelaria, do outro lado da rua.

Só de ver o nome «Belle» escrito em itálico com letras douradas por cima da montra sentiu o coração bater um pouco mais depressa. Havia duas senhoras no interior da loja, e a maneira como se mexiam sugeria que estavam entusiasmadas com os bonitos chapéus em exposição. Tinha atingido o seu objetivo, saber se Belle concretizara o seu sonho, mas agora que estava ali, tão perto dela, queria mais, muito mais.

Uma senhora gorducha e de faces rosadas juntou-se-lhe no portal, para fugir à intempérie. Debatia-se com um guarda-chuva que o vento virara do avesso.

– Se não para de chover em breve, vão-nos crescer barbatanas no lugar dos pés – comentou jovialmente, enquanto tentava endireitar o guarda-chuva. – Nem sei o que me deu para sair de casa com um dia assim.

– Estava a pensar o mesmo – respondeu ele, e tirou-lhe o guarda-chuva das mãos para endireitar as varetas. – Aqui tem – acrescentou, devolvendo-lho. – Mas receio que a próxima rajada de vento torne a voltá-lo.

A mulher examinou-o com curiosidade.

– É francês, não é? Mas fala muito bem inglês.

Ele sorriu. Gostava da maneira como as mulheres inglesas daquela idade não hesitavam em fazer perguntas a um perfeito desconhecido. As francesas eram muito mais reticentes.

– Sim, sou francês, mas aprendi inglês quando cá vivi um par de anos.

– Voltou de férias? – perguntou ela.

– Sim, para visitar velhos amigos – disse ele, porque era em parte verdade. – Disseram-me que Blackheath era um lugar muito bonito, mas ainda não consegui apanhar um dia bom para conhecer a terra.

Ela riu e concordou que ninguém quereria passear pela charneca com um tempo daqueles.

– Deve viver no Sul de França – continuou, estudando-lhe com um ar avaliador o rosto bronzeado. – O meu irmão esteve de férias em Nice e voltou de lá negro como um tição.

Ele não fazia a mínima ideia do que pudesse ser um tição, mas ficou contente por a mulher parecer disposta a conversar. Talvez conseguisse ficar a saber alguma coisa a respeito de Belle através dela.

– Vivo perto de Marselha. E aquela loja ali faz-me lembrar as chapelarias francesas – disse, apontando para o outro lado da rua.

A mulher olhou para a loja e sorriu.

– Bem, dizem que a dona aprendeu o ofício em Paris, mas todas as senhoras da aldeia adoram os chapéus dela – disse, com genuína simpatia na voz. – Eu própria tinha pensado passar por lá hoje, se o tempo não estivesse tão mau. É uma jovem encantadora, sempre com tempo para toda a gente.

– Tem um bom negócio, então?

– Sem dúvida, ouvi dizer que vêm cá senhoras de todo o lado comprar chapéus. Mas é melhor ir andando, ou esta noite não há jantar lá em casa.

– Foi um prazer conversar consigo, minha senhora – disse ele, e ajudou-a abrir novamente o guarda-chuva.

— Devia ir até lá e comprar um chapéu para a sua esposa — disse a mulher, enquanto começava a afastar-se. — Não encontrará uma loja melhor, nem sequer em Regent Street.

Continuou a olhar para a loja do outro lado da rua, depois de a mulher ter desaparecido, na esperança de ver Belle, nem que fosse de relance. Não tinha uma mulher a quem comprar um chapéu bonito, nem precisava de desculpas para entrar na loja de uma velha amiga. Mas seria sensato remexer no passado?

Voltou-se para examinar o seu reflexo no vidro da montra a seu lado. Em França, os amigos diziam que tinha mudado naqueles dois anos decorridos desde a última vez que vira Belle, mas ele não notava qualquer diferença. Continuava esbelto e atlético: o trabalho duro na pequena quinta mantinha-o em forma e tinha os ombros ainda mais largos e musculosos do que antes. Mas talvez os amigos se referissem ao facto de a velha cicatriz que lhe cruzava a face se ter desvanecido um pouco e à maneira como a tranquilidade e o contentamento lhe tinham suavizado as feições angulosas, fazendo--o parecer menos perigoso.

Dez anos antes, a meio da casa dos vinte, quando precisava de ser capaz de infundir medo às pessoas, ficava orgulhoso ao ouvir dizer que os seus olhos azuis eram gelados e que até na sua voz havia ameaça. Mas embora soubesse que continuava capaz de violência se necessário, tinha-se afastado desse mundo.

Se os elogios que a senhora do guarda-chuva tecera a Belle eram representativos do que as pessoas daquela aldeia simpática pensavam dela, isso só podia significar que os aspetos mais escandalosos do seu passado não a tinham seguido até ali. O que era bom. Ele, mais do que ninguém, sabia que erros passados, más escolhas e episódios vergonhosos eram muitas vezes difíceis de pôr para trás das costas.

Agora, cumprida a sua missão, sabia que a coisa mais sensata que podia fazer era voltar à estação e apanhar o comboio de regresso a Londres.

*

O tilintar da campainha da porta avisou-o de que alguém saía da loja de Belle. Eram as duas senhoras, que calculou serem mãe e filha, porque uma teria quarenta e poucos anos e a outra não devia ter mais de dezoito. A mais jovem correu para um automóvel que aguardava levando na mão duas chapeleiras às riscas pretas e cor--de-rosa, enquanto a mais velha voltava a cabeça para o interior da loja, como que a dizer adeus. E então, de repente, viu Belle aparecer à porta, tão elegante e encantadora como a recordava, com um muito recatado vestido verde-claro de gola alta, os cabelos negros e brilhantes presos no alto da cabeça num bonito penteado de que só uns poucos caracóis escapavam para lhe emoldurar o rosto.

Subitamente, já não queria ser sensato, tinha de falar com ela. Os tambores de guerra que tinham começado a rufar um ou dois anos antes soavam cada vez mais alto, e com o assassínio do arqui-duque Francisco Fernando da Áustria, em finais de junho, o conflito tornara-se inevitável. A Alemanha ia certamente invadir a França, e ele ia ter de lutar pelo seu país e era muito possível que não vivesse para tornar a ver Belle.

Enquanto o carro das duas mulheres se afastava, Belle fechou a porta da loja. Incapaz de resistir ao impulso agora que ela estava sozinha, atravessou a rua sob a chuva, detendo-se apenas um ou dois segundos para vê-la através do vidro. Estava de costas para ele, a arranjar alguns chapéus em pequenos expositores. Havia uma fila de pequenos botões de pérola ao longo das costas do vestido, e o pensamento de que nunca seria ele a desapertá-los despertou nele uma pontada de ciúme. Belle inclinou-se para a frente para apanhar uma chapeleira do chão e ele teve um vislumbre das elegantes pernas acima de uns bonitos botins rendados. Vira-a nua quando a salvara em Paris, e sentira apenas preocupação por ela, mas naquele instante a visão de uns poucos centímetros de perna foi o bastante para o excitar.

Belle voltou-se quando a campainha da porta tilintou e, ao vê--lo, levou as mãos à boca e abriu muito os olhos, de choque e surpresa.

606

– Étienne Carrera! – exclamou. – Que fazes tu aqui?

A voz dela, o azul profundo dos seus olhos e até a maneira como dissera o nome dele fizeram-no sentir-se fraco de desejo.

– Sinto-me lisonjeado por te lembrares de mim – disse, tirando o chapéu com um floreado. – E tu estás cada vez mais bonita. O êxito e a vida de casada ficam-te bem.

Avançou uns passos, com a intenção de beijá-la na face, mas ela corou e recuou, como que envergonhada.

– Como soubeste que estava casada e a viver em Blackheath? – perguntou.

– Fiz uma visita ao Ram's Head, em Seven Dials. O novo proprietário disse-me que tinhas casado com o Jimmy e ido viver para Blackheath. Não podia deixar a Inglaterra sem voltar a ver-te, de modo que apanhei o comboio e vim até cá na esperança de te encontrar.

– Depois de tudo o que fizeste por mim, devia ter-te escrito quando me casei – disse ela, simultaneamente ansiosa e atrapalhada pelo súbito aparecimento dele. – Mas...

– Compreendo – disse ele, num tom ligeiro. – Velhos amigos que passaram por tanta coisa juntos não precisam de explicações. Sempre soube, pela maneira como o Jimmy nunca desistiu de procurar-te depois de teres sido raptada, que deve amar-te muito. Por isso estou feliz por as coisas terem corrido bem para vocês os dois. Ouvi dizer que ele e o tio têm um *pub* aqui na aldeia.

Belle assentiu.

– É o Railway, ao fundo da colina. Tenho a certeza de que te lembras de eu te ter falado da Mog, a governanta da minha mãe. Bem, casou com o Garth, o tio do Jimmy, há dois anos, em setembro, e eu e o Jimmy casámos pouco depois.

– E conseguiste finalmente ter a tua loja de chapéus! – Étienne olhou com um sorriso apreciador para a decoração em tons de rosa-claro e creme. – É encantadora, tão feminina e chique como tu. Uma senhora lá fora disse-me que nem em Regent Street é possível encontrar chapéus mais bonitos.

Ela sorriu e pareceu relaxar um pouco.

– Porque é que não despes essa gabardina encharcada enquanto eu faço um chá para os dois? – Dirigiu-se a uma pequena divisão nas traseiras da loja e de lá perguntou: – Ainda tens a quinta?

Étienne pendurou a gabardina num cabide junto à porta e alisou com as mãos os cabelos louros e molhados.

– Tenho, pois. Mas também faço um pouco de tradução, e foi por isso que vim a Inglaterra, para falar com as pessoas de uma editora para que já trabalhei aqui há anos.

– Portanto, a tua vida agora é mais do que galinhas e limoeiros – disse ela, voltando à loja. – Por favor, diz-me que te tens mantido no bom caminho.

Ele levou a mão ao coração.

– Juro que me tornei um pilar da melhor sociedade – disse, num tom grave e com os olhos a luzir. – Nunca mais escoltei rapariguinhas até à América nem salvei nenhuma das garras de loucos.

Nunca se perdoara por não ter resistido quando os *gangsters* para que trabalhava na altura o tinham chantageado para que entregasse Belle num bordel de Nova Orleães. Talvez se tivesse redimido em parte quando, dois anos mais tarde, a salvara em Paris, mas, a seus olhos, isso não bastara para limpar o passado.

– Não acredito que possas alguma vez ser um pilar da sociedade – disse Belle, rindo.

– Duvidas da minha palavra? – exclamou ele, a fingir-se ofendido. – Devias ter vergonha, Belle, que falta de fé! Alguma vez te menti?

– Bem, uma vez disseste que me matavas se tentasse fugir – retorquiu ela. – E mais tarde admitiste que era mentira.

– Ora aí está o grande problema das mulheres – suspirou ele. – Lembram-se sempre das pequenas coisas sem importância. – Estendeu a mão e tocou num pequeno chapéu emplumado que estava num expositor, encantado por a determinação e o talento dela terem dado fruto. – Agora é a tua vez de dizer a verdade. O teu casamento é tudo o que esperavas?

– Isso e muito mais – respondeu ela, um tudo-nada demasiado depressa. – Somos muito felizes e o Jimmy é o marido ideal.

– Fico feliz por ti – disse ele, e fez uma pequena vénia.

Belle voltou a rir.

– Ficas? Tens uma mulher na tua vida? – perguntou.

– Nenhuma suficientemente especial para assentar.

Ela arqueou as sobrancelhas, numa interrogação.

Ele sorriu.

– Não faças essa cara, nem toda a gente quer casamento e estabilidade. Sobretudo com a guerra que aí vem.

– Vai com certeza ser possível evitá-la – disse ela, esperançadamente.

– Não, Belle. Não há a mais pequena hipótese disso. É uma questão de semanas.

– Os homens não falam de outra coisa. – Belle suspirou. – Estou tão farta. Mas ouve, porque é que não vens agora comigo para que eu te apresente o Jimmy, o Garth e a Mog? Eles iam ficar tão contentes por te conhecer, ao fim de tanto tempo.

– Não me parece que fosse apropriado.

Belle fez beicinho.

– Porque não? Salvaste-me a vida, em Paris, e eles vão ficar muito desapontados e intrigados quando souberem que estiveste cá e não foste visitá-los.

Ele olhou-a pensativamente por um instante.

– Quando te mudaste para aqui, deixaste o passado para trás.

Belle abriu a boca para protestar, mas voltou a fechá-la, ao aperceber-se de que ele tinha razão. No dia em que casara com Jimmy, fechara definitivamente a porta ao tempo que tinha vivido na América e em Paris. Étienne podia ter voltado a abri-la ao aparecer para a ver, e ela estava contente por ele o ter feito, mas Jimmy podia não ver as coisas da mesma maneira.

– E o Noah? – perguntou. – Vais vê-lo? Tornaram-se tão bons amigos quando andavam à minha procura, e tenho a certeza de que te lembras da Lisette, que cuidou de mim no convento antes de me levares para a América. O Noah apaixonou-se por ela, e casaram e estão à espera de um filho. Têm uma casa encantadora em St. John's Wood.

– Tenho-me mantido em contacto com o Noah – disse Étienne. – Talvez não tão frequentemente como devia, mas ele é jornalista e tem muito mais facilidade em escrever do que eu. Se bem que seja agora um colunista tão famoso que até posso ler os trabalhos dele em França. A verdade é que vamos almoçar juntos amanhã, num restaurante perto do jornal. Seremos sempre amigos, mas não vou a casa dele. Ambos sentimos que do que a Lisette menos precisa é de coisas que lhe recordem o passado, especialmente com um filho para nascer.

Belle esboçou um sorriso triste, compreendendo exatamente o que ele queria dizer. Também Lisette fora forçada a prostituir-se quando era uma rapariguinha, e por isso se mostrara tão carinhosa para com ela.

– A respeitabilidade paga-se caro. Gosto muito do Noah e da Lisette, mas apesar de nos mantermos em contacto, e de nos visitarmos de vez em quando, temos sempre o cuidado de não falar de como e porque nos conhecemos. Sei que é o melhor agora que tanto eu como a Lisette estamos casadas, mas isso não nos impede de sermos muito boas amigas.

– O passado afeta a tua relação com o Jimmy? – perguntou Étienne, os olhos fixos nos dela, a desafiá-la a mentir-lhe.

– Por vezes – admitiu Belle. – É como termos uma lasca espetada num dedo e não conseguirmos tirá-la. Estamos sempre a senti--la, e a mexer-lhe.

Étienne assentiu. Pensou que a descrição dela era bastante adequada.

– Também para mim. No entanto, a seu tempo, a lasca acaba por sair e o buraco que deixa enche-se de novas recordações.

De repente, Belle riu.

– Porque é que estamos a ficar tão sombrios? Para todos nós… para mim, para ti, para a Mog e também para a Lisette… a despeito de todos os problemas que tivemos, alguma coisa boa resultou de tudo o que aconteceu. Porque serão as pessoas tão perversas que só gostam de lembrar os maus tempos?

– São os maus tempos que recordamos, ou os bons momentos que nos ajudaram a aguentar os maus tempos? – perguntou ele, a arquear uma sobrancelha.

Belle corou, e ele soube que ela recordava até bem de mais os bons momentos que tinham partilhado.

Apesar de ter sido levada para a América contra a sua vontade, Belle servira-lhe de enfermeira quando ele enjoara durante a viagem. Muito antes de chegarem a Nova Orleães, tinham-se tornado amigos muito próximos, e na noite em que fizera dezasseis anos ela oferecera-se-lhe. Nem ele sabia como conseguira conter-se naquela noite, pois desejava-a não obstante a mulher e os dois filhos que tinha em casa. A recordação do corpo dela, jovem e firme, nos seus braços, da doçura dos seus beijos, inflamara-o muitas vezes ao longo dos anos. No entanto, estava satisfeito por não ter sucumbido aos encantos de Belle naquela noite: já carregava consigo culpa suficiente, em relação a ela, para não precisar de lhe somar também aquilo.

– Sempre que leio qualquer coisa a respeito de Nova Iorque, lembro-me de como me mostraste a cidade – disse Belle. – Tenho de ter muito cuidado para nunca dizer que lá estive, ou talvez tivesse de explicar quando e com quem. Nunca te perguntei se também tu gostaste daqueles dois dias. Gostaste?

– Foram os melhores que tive em muito, muito tempo – admitiu ele. – Tu estavas tão espantada, tão desejosa de ver tudo. Custou-me muito continuar a viagem até Nova Orleães, sabendo que ia ter de deixar-te lá

– Não foi assim tão mau no Martha's – disse ela, pousando-lhe uma mão no braço para o tranquilizar. – Nunca te culpei, sempre compreendi que tinhas sido obrigado a fazê-lo. E de qualquer modo, quando dois anos mais tarde, em Paris, entraste por aquela porta e me salvaste do Pascal, mais do que compensaste tudo.

Estremeceu involuntariamente, como lhe acontecia sempre que recordava o horror por que Pascal a tinha feito passar. O louco aprisionara-a no sótão da sua casa, e ela não duvidava de que a teria matado se Étienne não tivesse conseguido encontrá-la.

E Étienne não se limitara a salvá-la, tinha-a também ajudado a sarar sentando-se junto à sua cama no hospital, deixando-a chorar, conversando com ela e dando-lhe esperança para o futuro. Também recordava o dia em que Noah lhe dissera que a mulher e os dois filhos dele tinham morrido num incêndio. Para sua vergonha, a sua primeira reação fora pensar que Étienne estava livre, em vez de ficar horrorizada pela maneira bárbara como aqueles que ele amava tinham morrido.

Étienne notou o tremor e, consciente de que a sua visita inesperada e a recordação do passado que partilhavam estava a perturbá-la, sentiu que tinha de trazê-los a ambos de volta ao presente.

– Vou alistar-me no Exército quando regressar a França – disse.

– Não, não podes! – exclamou ela.

Ele riu.

– As mulheres reagem sempre assim, mas é o meu dever, Belle. E mais uma vez o meu passado vai apanhar-me, porque fugi ao serviço militar obrigatório quando era rapaz, fugindo para Inglaterra.

– Vão castigar-te por causa disso?

Ele sorriu.

– Espero que se contentem com pôr-me uma espingarda nas mãos – disse. – Não vou gostar da recruta e de ter de obedecer a ordens, e não sou suficientemente ingénuo para pensar que é o caminho para a glória, mas amo a França e raios me partam se vou ficar de braços cruzados a vê-la cair nas mãos dos Alemães.

Belle olhou-o com interesse.

– És hábil e corajoso, Étienne, darás um bom soldado. Mas eu ficava muito mais contente se continuasses na tua quinta a cultivar limões e a dar de comer às tuas galinhas.

Étienne encolheu os ombros.

– Nesta vida, nem sempre podemos escolher o caminho mais seguro e agradável. Tenho um passado violento, conheço o pior que os homens são capazes de fazer uns aos outros. Pensava nunca mais ter de usar esse conhecimento, mas parece ser exatamente o que o meu país precisa de mim agora.

– És um homem bom e honrado. – Belle suspirou. – Por favor, tem cuidado. Mas se tens a certeza de que não queres ir comigo conhecer o Jimmy, são horas de fechar a loja e ir para casa. Gostamos sempre de jantar juntos antes de ele abrir o *pub*.

– Sim, claro, não quero atrasar-te – disse ele, mas não fez menção de pegar na gabardina. Queria dizer-lhe que sempre a amara, queria abraçá-la e beijá-la. Mas sabia que era demasiado tarde. Tivera a sua oportunidade em Paris e não a aproveitara. Agora, ela pertencia a outro homem.

– É melhor saíres primeiro. Não quero que ninguém se lembre de me ver a descer a rua com um desconhecido – disse ela, com franqueza.

Étienne vestiu a gabardina.

– Encontrei o que procurava – disse em voz baixa. – Fiquei a saber que estás feliz e segura. Continua feliz, ama o Jimmy com todo o teu coração, e espero vir um dia a saber pelo Noah que tens um monte de filhos.

Pegou-lhe na mão e beijou-a, e então deu meia-volta e saiu rapidamente da loja.

– *Au revoir* – murmurou Belle quando a porta se fechou, e as lágrimas arderam-lhe nos olhos, porque havia muito mais que teria gostado de lhe dizer, muito mais que teria gostado de saber a respeito da vida dele.

Com dezasseis anos, julgara amá-lo. Ainda corava cada vez que recordava como se despira e se enfiara no beliche dele e o convidara a partilhá-lo com ela. Mas ele fora um cavalheiro: abraçara-a e beijara-a, mas não fora mais longe do que isso.

Como adulta, ao rever os horrores por que tinha passado antes de conhecer Étienne, raptada em plena rua perto de sua casa e levada para Paris para ser vendida a um bordel e violada por cinco homens, supunha que era possível que tivesse sentido que amava quem quer que fosse gentil para com ela depois de tal inferno.

No entanto, não podia ter sido só por Étienne se ter mostrado gentil, ou por ser forte, sensível e afetuoso, porque aqueles sonhos de rapariguinha a respeito dele tinham continuado com ela durante o tempo que vivera em Nova Orleães e na viagem de regresso a França.

Quando ele reaparecera para lhe salvar a vida, há muito que a sua inocência se perdera e ela sabia mais a respeito de homens do que qualquer mulher devia saber. Mas ele também devia sentir qualquer coisa por ela: senão, porque teria corrido para Paris dois anos mais tarde quando lhe tinham dito que ela desaparecera?

Ao longo de toda a sua convalescença, depois do salvamento, esperara e desejara uma confissão de amor. Sentia que ele a amava pela maneira como a olhava, pela ternura que lhe mostrava. E no entanto, não a tomara nos braços e admitira que a desejava, nem sequer quando se tinham despedido na Gare du Nord e ela chorara e tornara mais do que claros os seus sentimentos.

Esforçara-se ao máximo por apagar da memória aquela despedida, e as saudades que tivera dele durante muito tempo depois disso, mesmo quando já estava a salvo em casa junto de Mog e Jimmy começara a falar de casamento. Porque tivera então ele de ir ali naquele dia e voltar a cravar aquela farpa no seu coração?

Dissera-lhe a verdade. Ela e Jimmy eram muito felizes. Ele era o seu melhor amigo, amante, irmão e marido numa só pessoa. Tinham os mesmos objetivos, riam das mesmas coisas, ele era tudo o que uma rapariga podia desejar ou precisar. Curara-a dos horrores do passado, nos seus braços encontrara uma ternura maravilhosa, e satisfação também, porque ele era um amante atento e sensível.

Jimmy era o seu mundo; amava a vida que tinha com ele. Ao mesmo tempo, no entanto, desejava ter podido dizer a Étienne como fora maravilhoso voltar a vê-lo, que ele estivera muitas vezes nos seus pensamentos naqueles dois últimos anos e que lhe devia muito.

Mas uma mulher casada não podia dizer aquelas coisas, como não podia encorajá-lo a demorar-se mais tempo na loja. Blackheath era uma aldeia, as pessoas eram tacanhas e bisbilhoteiras, e não faltaria quem ficasse feliz por poder coscuvilhar a respeito de a ter visto na loja com um homem atraente.

Começou a arrumar as coisas, limpando o balcão e apanhando do chão pedaços de papel de seda.

Apesar de tudo, não conseguia impedir-se de perguntar a si mesma por que razão, se era tudo assim tão bom, continuava a sentir que faltava qualquer coisa na sua vida. Porque era que lia a respeito das *suffragettes* no jornal e as invejava por terem a coragem de se baterem pelos direitos das mulheres face à hostilidade? Porque era que se sentia um pouco sufocada pela respeitabilidade? Mas acima de tudo, porque era que a voz de Étienne, a sua presença e o toque dos seus lábios na mão dela ainda tinham o poder de a fazer estremecer?

Abanou a cabeça, abriu a gaveta onde guardava a receita do dia e despejou o dinheiro num saco de pano que enfiou na bolsa de rede. Prendeu o chapéu de palha aos cabelos com um alfinete comprido, pôs a capa por cima dos ombros e tirou o guarda-chuva do bengaleiro junto à porta.

Deteve-se antes de apagar as luzes e recordou o dia em que inaugurara a loja. Fora num frio dia de novembro, apenas dois meses depois de Mog e Garth terem casado, quando ela e Jimmy tinham o casamento marcado para antes do Natal. Tudo fora novo e brilhante, naquele dia. Jimmy fizera-lhe a vontade e comprara os pequenos mas dispendiosos candelabros franceses e o balcão com tampo de vidro. Mog descobrira as duas cadeiras estilo Regência e mandara-as forrar de veludo cor-de-rosa, e a prenda de Garth fora pagar aos dois decoradores que tinham feito o milagre de transformar a lojeca feia e miserável num paraíso feminino cor-de-rosa e creme.

Vendera vinte e dois chapéus naquele primeiro dia, e dúzias de outras mulheres que tinham entrado só para dar uma vista de olhos tinham voltado mais tarde para comprar. Nos dezoito meses passados desde então, houvera menos de sete dias em que não vendera um único chapéu, e tinham sido todos dias de mau tempo. As vendas médias de uma semana andavam pelos quinze chapéus, e embora isso significasse que tinha de trabalhar duramente para acompanhar a procura, e contratar trabalho fora para a ajudar, estava a ganhar bom dinheiro. No verão, comprara uma porção de chapéus de palha simples e enfeitara-os, e fora muito lucrativo. A loja era um êxito retumbante.

– Como tudo o mais na tua vida – recordou a si mesma enquanto apagava as luzes.

Étienne foi direito à estação, mas ao descobrir que acabava de perder o comboio e ia ter de esperar vinte e cinco minutos pelo seguinte, ficou junto da bilheteira a olhar para o Railway, do outro lado da rua.

Nunca conseguira compreender os *pubs* ingleses, as rígidas horas de abertura, os homens de pé em frente do balcão a beber enormes quantidades de cerveja e a cambalear de regresso a casa quando eram horas de fechar, como se só embriagados conseguissem enfrentar as mulheres e os filhos. Os bares franceses eram muito mais civilizados. Nunca eram vistos como uma espécie de templo onde um homem se podia embebedar porque estavam abertos todo o dia e ninguém estranhava se um cliente bebia um café ou um refresco enquanto lia o jornal.

O Railway, ao menos, parecia convidativo, com a sua pintura recente e as janelas de vidros muito limpos. Não lhe custava imaginar que numa fria noite de inverno fosse um refúgio quente e amistoso onde os homens se podiam reunir.

Enquanto olhava, viu um homem grande, de cabelo e barba ruivos aparecer na porta da frente. Usava um avental de couro por cima das roupas e Étienne calculou que devia ser Garth Franklin, o tio de Jimmy. O homem deteve-se a olhar para a água que jorrava de um algeroz partido e escorria pela fachada do edifício e chamou alguém que estava no interior.

Um homem mais novo juntou-se-lhe, e Étienne soube imediatamente que era Jimmy. Era maior do que o imaginara, tão alto como o tio e com os mesmos ombros largos, mas não usava barba e os cabelos ruivos estavam bem aparados e eram um pouco mais escuros do que os de Garth, talvez devido à brilhantina. Os dois, que mais pareciam pai e filho, ficaram ali a olhar e a discutir o algeroz partido, aparentemente indiferentes à chuva.

Jimmy voltou de repente a cabeça e o rosto rasgou-se-lhe num grande sorriso, e Étienne soube que era por ter visto Belle avançar na direção deles.

Belle esforçava-se por manter o guarda-chuva a cobrir-lhe a cabeça e a capa à volta dos ombros, mas correu os últimos metros até aos homens. Quando chegou, o guarda-chuva estava inclinado para trás e Étienne notou que o sorriso dela era tão feliz como o do marido.

Jimmy tirou-lhe o guarda-chuva com uma mão enquanto com a outra lhe acariciava a face, e beijou-a na testa. Aqueles pequenos gestos de ternura disseram a Étienne quanto o homem a amava.

Teve de desviar o olhar. Sabia que devia sentir-se em paz por ter a certeza de que Belle era verdadeiramente amada e protegida, mas em vez disso sentiu apenas a amarga ferroada do ciúme.

Lesley Pearse

na ASA

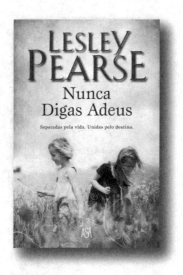

Nunca
Digas Adeus

Num chuvoso dia de outono, Susan Wright entrou numa clínica, matou duas pessoas a sangue-frio e aguardou que a polícia chegasse. Terá sido um ato de loucura? Uma vingança planeada? Susan não parece interessada em defender-se e recusa falar. O seu silêncio estende-se a Beth Powell, a advogada a quem é atribuído o caso. Beth é uma mulher de sucesso com uma carreira brilhante mas nada a preparara para o momento em que identifica a autora daquele crime tão bárbaro.

Quando eram crianças, Beth e Susan juraram ser amigas para sempre. Vinte e nove anos depois, mal se reconhecem. Mas as memórias dos verões felizes das suas infâncias são suficientemente poderosas para as unir de novo. Enquanto as provas contra Susan se acumulam, elas partilham recordações e revelam os segredos que ditaram o rumo das suas vidas.

A amizade entre as duas mulheres torna-se cada vez mais forte mas sobre uma delas pende a implacável mão do destino…

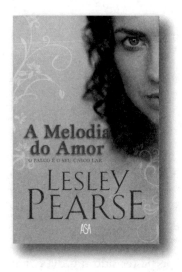

A Melodia
do Amor

Liverpool, 1893. Os sonhos de Beth são desfeitos quando ela, o irmão Sam e a irmã mais nova, Molly, ficam órfãos. As suas vidas, até então tranquilas e seguras, sofrem uma dramática reviravolta. Para escapar a um futuro de miséria e servidão, Sam e Beth decidem arriscar tudo, atravessar o Atlântico e partir à conquista do sonho americano. Mas Molly é demasiado pequena para os acompanhar e os irmãos veem-se obrigados a tomar uma decisão que os marcará para sempre: deixá-la em Inglaterra, a cargo de uma família adotiva.

A bordo do navio para Nova Iorque não faltam vigaristas e trapaceiros, mas o talento de Beth com o violino conquista-lhe a alcunha de Cigana, a amizade de Theo, um carismático jogador de cartas, e do perspicaz Jack. Juntos, os jovens vão começar de novo num país onde todos os sonhos são possíveis.

Para a romântica Beth, esta será a maior aventura da sua vida. Conseguirá a Cigana voltar a encontrar um verdadeiro lar?

Segue o Coração

Londres, 1842. Bastará uma boa ação para levar Matilda Jennings das ruelas lamacentas de Londres rumo às cintilantes luzes da América...

Aquele podia ter sido um dia como tantos outros na vida de Matilda, uma pobre vendedora de flores. Mas aquele é o dia em que Matilda salva a vida de uma criança e recebe a mais preciosa das dádivas: a oportunidade de fugir da miséria e construir uma nova vida. Em breve trocará os bairros degradados de Londres pelos recantos misteriosos de Nova Iorque, as planícies do Oeste Selvagem e a febre do ouro em São Francisco. Munida apenas da sua coragem, beleza e inteligência, a jovem está apostada em ditar o seu destino, nem que para tal tenha de lutar contra tudo e todos.

A sua rebeldia condena-a à solidão. Mas um dia também ela viverá as emoções de um verdadeiro amor. Um amor que terá de suportar a separação, a guerra e os tormentos do nascimento de uma nova nação. Será no Novo Mundo que Matilda vai aprender o que a sua infância não lhe ensinou: que todos nascem iguais, que a coragem e a generosidade são o que de mais nobre pulsa no coração humano, e que, por mais doloroso que seja, a vida tem de continuar e nunca se deve olhar para trás...

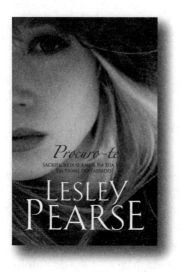

Procuro-te

Daisy tem apenas vinte e cinco anos quando a mãe morre nos seus braços. Embora saiba há muito que foi adotada, sempre se sentiu amada pelos pais e pelos irmãos. Para Daisy, aquela é a sua família. Todavia, o luto vai abalar o equilíbrio doméstico e revelar rivalidades encobertas. A serenidade dá lugar à devastação, e a jovem sente que é a altura certa para partir em busca das suas raízes e confrontar-se com o passado.

Na ânsia por saber mais sobre Ellen, a sua mãe biológica, e à medida que vai desvendando a história da família, Daisy descobre as duras verdades por detrás do seu nascimento. Dotada de uma inabalável determinação, Ellen sobrevivera a uma infância traumática: a morte da sua própria mãe estava envolta numa aura de mistério e os maus-tratos de que fora vítima às mãos da madrasta haviam-na marcado irremediavelmente. O destino quis que a sua coragem fosse constantemente posta à prova. O tempo encarregou-se de apagar o rumo dos seus passos.

Mas Daisy não desistirá de a encontrar, nem que para tal tenha de renunciar ao amor da sua vida.

Nunca me Esqueças

Num dia…
Com um gesto apenas…
A vida de Mary mudou para sempre.

Naquele que seria o dia mais decisivo da sua vida, Mary – filha de humildes pescadores da Cornualha – traçou o seu destino ao roubar um chapéu.

O seu castigo: a forca.

A sua única alternativa: recomeçar a vida no outro lado do mundo.

Dividida entre o sonho de começar de novo e o terror de não sobreviver a tão dura viagem, Mary ruma à Austrália, à época uma colónia de condenados. O novo continente revela-se um enorme desafio onde tudo é desconhecido… como desconhecida é a assombrosa sensação de encontrar o grande amor da sua vida. Apaixonada, Mary vai bater-se pelos seus sonhos sem reservas ou hesitações. E a sua luta ficará para sempre inscrita na História.

Inspirada por uma excecional história verídica, Lesley Pearse – a rainha do romance inglês – apresenta-nos Mary Broad e, com ela, faz-nos embarcar numa montanha-russa de emoções únicas e inesquecíveis.